Zum Buch:

Mit Anfang zwanzig hatte Kate eine intensive Affäre mit dem verheirateten Familienvater Callum, die in einer Katastrophe endete. Kate dachte damals, ihr gebrochenes Herz nie heilen zu können. Siebzehn Jahre später ist sie eine erfolgreiche Schauspielerin geworden. Sie ist verheiratet und mittlerweile Mutter einer kleinen Tochter. Callum ist nach wie vor mit seiner Ehefrau zusammen. Die Vergangenheit, so scheint es, liegt hinter ihnen.

Bis sie sich erneut begegnen. Und mit der Frage konfrontiert werden: Sollen sie auseinandergehen oder diesmal das Risiko wagen, herauszufinden, was hätte sein können.

Zur Autorin:

Ruth Jones, geboren 1966 in Bridgend, Südwales, ist eine walisische Schauspielerin und Drehbuchautorin. Sie lebt mit ihrem Ehemann in Cardiff. »Alles Begehren« ist ihr Debütroman.

Lieferbare Titel:

Nur wir drei

RUTH JONES

ALLES BEGEHREN

Roman

Aus dem Englischen von
Julia Walther

HarperCollins

Die Originalausgabe erschien 2018 unter dem Titel
Never Greener bei Bantam Press, London.

1. Auflage 2021
© 2018 by Ruth Jones
Ungekürzte Ausgabe im HarperCollins Taschenbuch
© 2021 für die deutschsprachige Ausgabe
by HarperCollins in der
Verlagsgruppe HarperCollins Deutschland GmbH, Hamburg
Umschlaggestaltung von Hauptmann & Kompanie, Zürich
Umschlagabbildung von LineTale / Shutterstock
Gesetzt aus der Optima
von GGP Media GmbH, Pößneck
Druck und Bindung von CPI books GmbH, Leck
Printed in Germany
ISBN 978-3-95967-558-1
www.harpercollins.de

Wahrlich, und ist die Zeit auch unser Element,
so taugen wir nicht für den fernen Blick,
wie er sich in jedem Moment des Lebens öffnet.
Führte er uns doch Verlust vor Augen: Schlimmer noch,
er zeigt uns das, was wir jetzt haben, wie es einst war,
so leuchtend ungeschmälert, als hätten wir
durch anderes Verhalten es so bewahren können.

Philip Larkin

1985

PROLOG

Fergus wurde langsam sauer. Die Neue hätte um sechs da sein sollen. Und jetzt war es schon zwanzig nach. Ein Samstagabend mitten im Hochsommer war kein guter Zeitpunkt für zu wenig Personal. Er hatte bereits den armen Callum als Aushilfe eingespannt. Und der wäre ganz offensichtlich auch lieber an einem anderen Ort gewesen. Fergus sah zum Ausschank hinterm Tresen hinüber und dachte, wie so oft, wie gut Callum für sein Alter aussah, auf jeden Fall jünger als fast neununddreißig. Sein kleiner Bruder Callum. Schon lustig, für Fergus würde er immer das Küken bleiben, obwohl er über eins neunzig groß war. Fergus beobachtete, wie Callum sich mit ein paar Stammgästen unterhielt. Typisch Callum: immer völlig locker. Im Umgang mit allen. Egal, mit wem er sprach – egal, um wen es sich handelte, welcher Herkunft, welchen Alters, Callum klang immer ernsthaft interessiert. Das machte ihn auch zu einem so guten Lehrer. Und einem guten Vater. Fergus beneidete seinen Bruder um dessen unendliche Geduld.

Callum lauschte dem alten Stuey Jameson, der sich über die jüngsten Geschehnisse in den Nachrichten ausließ und entsprechend seinen Senf dazugab – »Also, wenn *der* das Sagen hätte, dann würd die Sache anders aussehen.« Es gehörte zum Job, sich mit den Stammgästen zu unterhalten – den alten Herren, die an der Bar ihr Revier absteckten und sich weigerten, auch nur einen Zentimeter zu weichen, egal, wie voll es im Pub wurde; die immer am selben Platz saßen, auf demselben Barhocker, und dieselbe Sorte Bier tranken. Selbst dann, wenn alles in tristen Winterschlaf fiel, wenn sich die Wellen der Nordsee unbarmherzig gegen die Küste warfen und ihren hellbraunen Schaum hoch über die Dächer der Strandhotels schleuderten; wenn die Eis schleckenden Feriengäste längst von der menschenleeren Promenade verschwunden waren, selbst in diesen dunklen Monaten, in denen das Geschäft schlecht lief, kamen Männer wie Stuey so sicher wie das Amen in der Kirche und tranken an der Bar ihre Pints im Takt zur Melodie der spärlichen, inhaltsleeren Unterhaltung. Ja. Außerhalb der Hochsaison waren sie angewiesen auf solche wie Stuey. Darum durfte man sie nie als selbstverständlich betrachten.

Fergus nickte Callum zu und ging hinaus in den Biergarten. Wo zum Teufel blieb diese Aushilfe? Er wusste, es war ein Fehler gewesen, ihr den Job zu geben. Das Mädchen – Kate Sowieso – war vergangene Woche bei ihm aufgetaucht, als er gerade besonders im Stress gewesen war. Die Tochter eines Kumpels von einem Kumpel, auf der Suche nach einem Ferienjob. Offensichtlich ein bisschen zu lebhaft, aber waren das heutzutage nicht alle? Hielt sich angeblich für eine begnadete Schauspielerin. Aber taten das heutzutage nicht auch alle? Fergus ging davon aus, dass Schauspielerinnen gut mit Leuten umgehen konnten, also auch mit Typen wie Wheezy Ron und Jackie Legg. Und sie hatte dieses Lächeln gehabt. Ehe er sich versah, hatte er zu ihr gesagt: »Okay, komm am Samstag um sechs, dann schauen wir, wie's läuft.« Laut seiner Uhr war es inzwischen 18.35 Uhr. Es lief also alles andere als gut.

Er fing an, leere Chipstüten von einem der Tische draußen zu räumen. Die Gruppe Jugendlicher, die den Plastikmüll produziert hatte, klatschte johlend Beifall, als Fergus geübt mit jeder Hand fünf Pintgläser einsammelte. Einer von ihnen, vom Alkohol etwas zu sehr beflügelt, leerte sein Whiskyglas und knallte es mit solcher Wucht auf den Tisch, dass es zerbrach, was weiteres Jubelgeschrei zur Folge hatte.

»Hey! Lasst gefälligst solchen Scheiß, ist das klar?!«

Fergus brachte die Gläser nach drinnen zur Bar. »Rede du mal mit denen, Callum. Die gehen mir jetzt schon auf die Eier, und es ist gerade mal halb sieben.« Er reichte ihm eine Kehrschaufel mit Besen. »Und wo zum Teufel bleibt dieses Mädel?«

Auf dem Weg zur Meute der Halbstarken fragte Callum sich wieder einmal, weshalb Fergus Kneipenwirt hatte werden wollen. Er hasste die Arbeitszeiten, hasste die Gäste und trank noch nicht einmal gerne. »Kommt mal etwas runter, Jungs. Mein Bruder ist heut Abend echt schlecht drauf, und das muss ich dann ausbaden.«

»Geht in Ordnung. Alles klar, Cal.«

Callums sanftes, hünenhaftes Auftreten verfehlte nie seine beruhigende Wirkung. Er hätte für die UNO arbeiten sollen, witzelten seine Freunde gerne. Seine unerschütterliche Gelassenheit und seine liebenswerte, verbeulte Rugbyspielerseele vermittelten seinen Mitmenschen ein Gefühl von Sicherheit. Er verlor nie die Beherrschung, und doch wollte es sich keiner mit ihm verscherzen. Obwohl seine Rugbyzeit schon lange zurücklag, trug sein Körper noch immer die Kampfspuren aus unzähligen Matches bei Wind und Wetter, wo er im Getümmel Hieb um Hieb eingesteckt hatte, von tausenden Zweikämpfen zerbeult, geschlagen, gekratzt, geprellt und vernarbt. Er war nie eine Schönheit im herkömmlichen Sinn gewesen, aber was ihn so attraktiv machte, war die Tatsache, dass er sich seiner Attraktivität gar nicht bewusst war, mit seinen Gesichtszügen, die inzwischen zerfurchter waren als die schottische Küste, an der er aufgewachsen war. Und wie es Denise vom Rugby Club gerne formulierte: Egal, wie alt er wurde, Callum MacGregor würde nie seinen Sexappeal verlieren.

»Schaut mal da, Kinder – das ist ja Zauberei!«, ertönte es plötzlich hinter ihnen. Ein fremder walisischer Akzent inmitten des schottischen Stimmengewirrs. »Daddy hat eine Schaufel und einen Besen in der Hand, und er BENUTZT sie sogar!«

Strahlend drehte Callum sich nach Belinda um, seiner hochschwangeren Ehefrau, die mit sechsunddreißig immer noch strahlend schön war und seine beiden Söhne, Cory und Ben, an den Händen hielt.

»Hey, nicht so frech!«

»Daddy, wir gehen zum Strand!«

Callum beugte sich hinunter, um Ben zu kitzeln, der vor Freude quietschte. »Ich wünschte, ich könnte mitkommen!« Er küsste Belinda sanft auf die Wange. »Wie geht's dir?«

»Ach, du weißt schon, so lala. Das Auto steht vorne an der Straße.« Sie reichte ihm den Wagenschlüssel.

»Bist du sicher, dass es dir nichts ausmacht, zu Fuß nach Hause zu gehen?«

Belinda rieb sich den Bauch. »Ja – die Bewegung wird mir guttun. Vielleicht hilft es dem da ein bisschen auf die Sprünge. Ich glaub nämlich nicht, dass ich das noch vier Wochen so durchhalte.«

»Was du brauchst, ist ein gutes Curry.«

»Keine weiteren Kinder mehr! Das ist es, was ich brauche, Callum MacGregor. Ich werde dafür sorgen, dass du mir nie wieder zu nahe kommst!«

Callum vergrub seine Nase unauffällig an ihrem Hals und flüsterte: »Aber wir wissen doch beide, dass das nicht passieren wird.«

Belinda schnappte nach Luft. Selbst jetzt, nach zehn Jahren, mit Baby Nummer drei unterwegs, löste er noch dieses Kribbeln bei ihr aus. »Benimm dich«, flüsterte sie zurück und errötete. Dann schnappte sie sich Cory, der seinen Eimer samt Schaufel fest umklammert hielt, und rief Callum über die Schulter hinweg zu: »Wann bist du zurück? So gegen zwölf?«

»Ja, später wird's nicht.«

Er sah ihr nach. Zehn Jahre älter als bei ihrer ersten Begegnung. Zehn Jahre klüger – wenn Belinda überhaupt noch klüger werden konnte – und noch hinreißender als damals, mit einem Kind an jeder Hand und einem dritten auf dem Weg. Ja, dachte er mit Blick auf seine Frau, was für ein riesengroßes Glück er doch hatte.

Wenn er sein Leben wie ein Video hätte zurückspulen können, dann hätte er das bis zu dieser Stelle getan, das Band angehalten und dort wieder eingesetzt. An diesem alles verändernden Moment, als er seiner geliebten Belinda hinterhersah und der Wirbelwind namens Kate Andrews in seine sichere kleine Welt hereingestürmt kam.

Sie aß Zuckerwatte.

Sie war einundzwanzig.

Sie war atemberaubend schön.

»Na, alles klar, Jungs?«

Die jungen Kerle am Tisch waren begeistert. »Hallo! Darf ich mal abbeißen?«

»Sorry, aber ich teile nie. Weiß ja nicht, was ich mir da vielleicht einfange!« Sie zwinkerte ihnen zu und verschwand nach drinnen, ohne Callum überhaupt zu bemerken, der immer noch mit Kehrschaufel und Besen in der Hand dastand.

Drinnen in der Kneipe wurde es langsam voller. »Tut mir leid, dass ich zu spät bin. Bin bei den Jahrmarktbuden hängen geblieben!« Kate sah sich nach einem Abfalleimer um und entsorgte ihren Zuckerwattestiel. Fergus' verärgerte Miene wurde vom Dampf aus der Glasspülmaschine verdeckt. Am liebsten hätte er sie gefeuert, bevor sie überhaupt angefangen hatte, aber er brauchte dringend eine Aushilfe an der Bar. Und er wusste, dass Kate das wusste.

»Na gut. Bin nicht gerade beeindruckt. Wenn du noch mal so spät kommst, kannst du den Job vergessen. Jetzt stapel die Gläser da, und fang an mit Bedienen. In ner Stunde rennen sie uns hier die Bude ein.«

Callum trat hinter die Theke und ergriff eines der vielen leeren Biergläser, die ihm von der anderen Seite aus entgegengestreckt wurden.

»Das Seventy-Shilling-Fass muss ausgetauscht werden …«

»Kann ich machen«, bot Callum an.

»Nein, passt schon, zapf du mir ein Pint für Alec, ja?« Mit diesen Worten verschwand Fergus Richtung Keller.

»Okay, wer ist als Nächstes dran?« Kate strahlte die Gäste an und schien von Fergus' Anpfiff wenig beeindruckt zu sein. Ein Chor durstiger Stimmen behauptete, an der Reihe zu sein.

»Ist der immer so schlecht drauf?«, wollte sie von Callum wissen, während sie die erste Bestellung ausführte. Es waren die ersten Worte, die sie an ihn richtete, und Callum konnte an nichts anderes denken als an die Tatsache, dass ihr nackter Arm seinen berührte, während sie nebeneinander Bier zapften.

Zur Verteidigung seines Bruders versuchte er, genervt zu klingen. »Du bist eine Dreiviertelstunde zu spät gekommen!«

»Ha! Du klingst wie ein Lehrer!« Kate lachte.

»Liegt wohl daran, dass ich einer bin.«

»Du machst Witze!« Kate hielt mitten im Zapfen inne, das Glas in der Hand.

»Nein. Das hier ist bloß … ich helfe Fergus aus, wenn viel los ist.«

Sie drehte sich zu ihm um und sah ihn das erste Mal richtig an. »Wo unterrichtest du?«

»In der Oberstufe am St. Mary's drüben.«

»Ach, gegen die haben wir Korbball gespielt.«

»Auf welche Schule bist du denn gegangen?«

»Andere Seite der Stadt. North Park an der Queensferry Road.«

Ihr Lächeln war hypnotisierend. »Ich heiße übrigens Kate.«

»Ich weiß.«

Sie hielt seinem Blick stand.

Fünf Stunden später saß sie rittlings auf ihm. Ihr Spitzenslip lag irgendwo auf dem sandigen Boden zu ihren Füßen, und ihren kurzen Jeansrock hatte sie selbstbewusst hochgezogen. Die Holzbretter der Bank im Unterstand stöhnten bei jedem Stoß, als wollten sie mit einstimmen. Kate saß mit dem Gesicht zu ihm, nahm ihn ganz in sich auf, völlig verzückt, ihn in sich zu spüren, als würde sie zum ersten Mal Sex erleben. Doch sie war viel zu geübt in dem, was sie tat, als dass es ihr erstes Mal hätte sein können. Dann hielt sie einen Moment lang inne, um Luft zu holen, und nahm Callums Gesicht ungläubig in beide Hände – »Wahnsinn!« Sein Lächeln wurde breiter, dann packte er sie ohne Vorwarnung, hob sie mühelos hoch und drückte sie gegen die Wand. »Ja«, flüsterte sie, woraufhin er sie weiter fickte. »Gott, bist du gut.«

Was tust du da? Die Frage schoss ihm durch den Kopf, doch er ignorierte sie.

Sie kamen gleichzeitig. Dann standen sie da, er mit der Jeans um die Knöchel, sie die Beine um seine Taille geschlungen, während die Wellen an den Strand brandeten. Auf einmal hörten sie über das Rauschen hinweg Gesang: eine betrunkene Stimme, die näher kam. *»I'm ne'er gonna dance again. Guilty feet … got no rhythm.«*

»Shit!« Kate kicherte. Callum hielt ihr den Mund zu. Was sie nur noch mehr zum Lachen brachte.

»Stillhalten.«

Sie rührte sich nicht. Ebenso wenig wie Callum. Stattdessen vergrub sie den Kopf an seinem Hals, während der betrunkene Möchtegern-George-Michael auf der anderen Seite des Unterstands um die Ecke bog, seinen Hosenladen öffnete und geräuschvoll pisste. Es schien ewig zu dauern, begleitet von Fetzen wie »*Should have known better than to cheat a friend …*«.

Kate biss in Callums Hand, um nicht laut loszulachen. Während jeder Sekunde, die verging, warteten sie darauf, dass der Typ den Kopf hob und sie entdeckte, aber er bemerkte nichts. Als er schließlich fertig war, schüttelte er ab, packte alles wieder ein und stolperte davon.

Kate flüsterte: »Meinst du, er …«

»Nein, niemals.«

Aus einiger Entfernung ertönte: »Gute Nacht, mein Freund. Netter Hintern übrigens.« Und Kate verlor vor lauter Kichern beinahe das Gleichgewicht.

Es war schon fast eins, als er sie ins Stadtzentrum fuhr. Auf ihrem Schoß hatte sie diverse Make-up-Utensilien vom Body Shop ausgekippt. Sie hatte den Schminkspiegel in der Sonnenblende heruntergeklappt und band sich gerade die Haare mit einem Gummi nach oben. Ihre braunen Locken waren üppig, dicht und glänzend. Am liebsten hätte er wieder mit beiden Händen hineingefasst, das Gesicht darin vergraben und tief eingeatmet.

Sie bemerkte seinen Blick. »He, schau gefälligst auf die Straße!« Lächelnd tat er wie geheißen.

Kate schüttelte ein blaues Mascarafläschchen und tuschte ihre Wimpern nach, mit vor Konzentration leicht geöffnetem Mund.

»Wie alt sind deine Kinder?«

»Wer sagt, dass ich Kinder habe?«

»Willst du etwa behaupten, du hast keine?«

Er lächelte. »Drei und fünf. Und ein drittes ist gerade unterwegs.«

»Verdammt, da warst du ja ganz schön fleißig. Kein Wunder, dass du die Extrakohle brauchst.« Inzwischen war sie beim Lipliner angekommen. Unauffällig beobachtete Callum, wie sie ihre vollen Lippen mit geübtem Strich sorgfältig umrandete. Sie spürte, dass er sie wieder ansah. »Ich kann das übrigens mit geschlossenen Augen. Ist mein kleiner Partytrick.«

»Ich wette, bei jemand anderem könntest du's nicht.«

Sie lächelte. »Hier kannst du mich rauslassen. Den Rest gehe ich zu Fuß.« Sie packte ihr Make-up zusammen und stopfte es in die kleine perlenbesetzte Tasche, während Callum den Wagen anhielt.

»Bist du sicher, dass ich dich nicht nach Hause fahren soll?«

»Mann, es ist Samstagabend in Edinburgh! Erinnerst du dich noch? Clubs? Curry-Buden? Kater am nächsten Tag? So alt bist du nun auch wieder nicht.«

»Nächsten Monat neununddreißig!«

Grinsend stieg sie aus. »Danke fürs Mitnehmen!«

Er sah ihr nach, wie sie davonging. Und dann, als wäre ihr noch etwas eingefallen, drehte sie sich um und kam zu ihm an die Fahrerseite zurück. Er ließ das Fenster runter, und sie küsste ihn.

Oh, verdammt, diese Lippen, dachte er.

Sie sah ihm fest in die Augen.

»Du. Wirst mir. Das Herz. Brechen, Callum MacGregor.«

Mit einem Abschiedsklopfen aufs Autodach war sie wieder weg. »Tschüss!« Dieses Mal drehte sie sich nicht mehr um.

Er versuchte zu begreifen, was gerade passiert war. War das eine Art Falle, ein aufwendiger Scherz, den sich einer von den Jungs aus dem Rugbyclub auf seine Kosten erlaubte? Nein. Das hier war kein Scherz.

Und dann kamen sie.

Die Schuldgefühle.

Belinda.

Er holte tief Luft. Was würde er sagen, wo er noch gewesen war? Für den Bruchteil einer Sekunde zog er in Erwägung, es ihr zu erzählen. Wie bitte? Auf keinen Fall! Wie konnte er das nur für eine gute Idee halten.

Ich war noch im Club, und da ging's ein bisschen länger.

Gary würde ihn decken. In dieser Hinsicht schuldete er Callum mehr als einen Gefallen – schließlich gab er Gary ständig Alibis. Herrgott, war so jemand aus ihm geworden? Einer dieser stumpfen Rugbyclub-Ficker?

In der Ferne sah er, wie Kate lachend zu einer Gruppe von Freunden stieß. Einer von ihnen hob sie hoch und schwenkte sie herum. Callum drehte den Schlüssel im Zündschloss und fuhr los. Nach Hause. Bereit, mit dem Lügen zu beginnen.

Teil eins

2002

KAPITEL 1

»Ich hab mich Hals über Kopf in ihn verknallt. Als würde man mit dem Fahrrad ganz schnell einen sehr steilen Hang hinuntersausen und plötzlich merken, dass die Bremsen nicht funktionieren.« Kate Andrews – inzwischen achtunddreißig, tränenüberströmt und mit fortgeschrittenem Alter noch hinreißender – hatte beim Gespräch mit der Therapeutin die Hände sorgfältig im Schoß gefaltet.

»Und was war mit ihm? Was, glauben Sie, hat *er* in diesem Moment gefühlt?« Die Therapeutin sprach leise, mit freundlicher Stimme. Kate holte tief Luft. »Also, um ehrlich zu sein, ich glaube, die meiste Zeit hat er …« Sie zögerte, und die Therapeutin nickte ihr aufmunternd zu. »… meinen Hintern befühlt.« Prustend lachte sie los und verbarg das Gesicht in den Händen.

Der Regisseur und das Fernsehteam waren solche Ausbrüche bei Kate gewohnt. Die Darstellerin, die die Therapeutin spielte, wirkte etwas verwundert. Die Kameramänner grinsten sich an.

»Tut mir leid, tut mir echt leid, aber da konnte ich nicht widerstehen. Dieses Drehbuch ist schuld! Der Text ist einfach so – völlig bescheuert teilweise …«

»Ja, vielen Dank, das ist sehr hilfreich.« Der Regisseur war genervt. Sie waren ohnehin schon im Verzug.

Kate verdrehte die Augen. Mann, warum stellten sich alle immer so an? Es war doch bloß ein Scherz. »Meine Güte, ich hab doch schon gesagt, es tut mir leid!«

»Okay zusammen, wir machen am Freitag an dieser Stelle weiter. In der Hoffnung, dass Ms. Andrews sich bis dahin wieder im Griff hat. Das war's für heute.«

Wie ein gescholtenes Kind verzog Kate sich in Richtung

ihres Wohnwagens. Auf dem Weg dorthin rief sie verschiedenen Crewmitgliedern einen Gutenachtgruß zu. Betsy, ihre Visagistin, rief zurück: »Süße, willst du die Schminke runterhaben?«

»Nee, mach ich zu Hause.«

»Selber schuld«, witzelte Betsy. »Von mir hättest du noch ne schöne Kopfmassage bekommen!«

»Nächstes Mal! Bist ein Schatz!«

Kate stieg die Metallstufen ihres Winnebago hoch, und sobald sie die Tür hinter sich geschlossen hatte, erlosch ihr Lächeln. Sie zog die Sachen ihrer Filmfigur aus und stattdessen ihre Armani-Jeans an.

Die Wandbeleuchtung war eingeschaltet, ebenso der Elektrokamin. Das schätzte sie besonders an ihrem Wohnwagen, wenn es draußen dunkel und kalt war. Ihr persönlicher kleiner Zufluchtsort. Sie liebte Nachtdrehs, bei denen man stundenlang warten musste. Dann kroch sie in ihr schmales Wohnwagenbett und tat so, als wäre sie wieder acht Jahre alt und sicher und geborgen. Als sie nun ihren Kaschmirpullover mit dem V-Ausschnitt überstreifte, begegnete sie ihrem Spiegelbild an der laminierten Wand. Heute sah man ihr ihr Alter an. Die dunklen Ringe unter ihren Augen schimmerten durch den matten Concealer hindurch. Offenbar brauchte sie eine weitere Vitamin-B-Spritze von diesem Arzt in der Harley Street. Sie konnte es sich nicht leisten zu schwächeln, wo noch acht weitere Wochen Dreharbeiten vor ihr lagen. Und das Rauchen musste sie wirklich sein lassen. Kate griff nach ihrer Schachtel Marlboro Lights, zündete sich eine an, nahm einen tiefen Zug und blies den Rauch trotzig in Richtung des Schilds *Absolutes Rauchverbot* am Kühlschrank. Alle wussten, dass sie hier drin rauchte, doch niemand traute sich, etwas zu sagen.

Ein zögerliches Klopfen an der Wohnwagentür.

»Moment!«

»Sorry, Kate, ich wollte nur sagen, dass dein Wagen bereitsteht, wenn du so weit bist.« Es war Becky, eine von den Set-Runnern, ein süßes, echt nettes Mädchen, deren Liebenswürdigkeit immer wieder verblüffend war.

»Alles klar, danke, Becs. Komme gleich.«

Kate nahm vier weitere rasche Züge, um den letzten Rest Nikotin aus ihrer Zigarette zu saugen, bevor sie am Waschbecken Wasser darüberlaufen ließ und die Kippe in den Mülleimer warf.

Dann schloss sie für einige Sekunden die Augen und seufzte. Die Dunkelheit war wieder auf dem Weg zu ihr. Diese entsetzliche, lähmende Schwärze, die sich heimlich anpirschte, um sie zu verschlingen. Kate spürte sie, tief unten im Bauch – eine Sorge, eine Angst vor dem Unbekannten, ein irrationales Gefühl nahenden Kummers. Sie musste es verscheuchen, bevor es wieder seine Klauen in sie schlug.

Mit einem Blick in den Spiegel biss sie entschlossen die Zähne zusammen. »Schluss damit«, knurrte sie. »Reiß dich gefälligst zusammen!« Dann setzte sie das berühmte Kate-Andrews-Lächeln auf und öffnete die Wohnwagentür.

Dougie, ihr Fahrer, stand wartend an seinem schwarzen Mercedes und trank wie immer Kaffee aus seiner Thermostasse. »Soll ich dir irgendwas zum Auto tragen, Liebes?«, rief er Kate zu.

»Nur meinen müden Hintern!«

»Lässt sich einrichten.«

»Oh, Doug, du alter Charmeur.«

Dougie lachte, einen Tick zu laut. Manchmal war dieses Geplänkel am Set ermüdend. Immer auf »eine große Familie« machen zu müssen, immer gut gelaunt sein, dauernd irgendwelche Witzchen reißen, immer locker sein zu müssen. Sie stellte sich vor, wie Dougie zu seiner Frau oder den anderen Fahrern sagte: »Diese Kate Andrews, die ist ein echter Schatz. Auf die lasse ich nichts kommen. Total bodenständig, eine Seele von einem Menschen, und mit einem echten Sinn für Humor …« Kate wusste, wie wichtig es war, es sich mit Dougie nicht zu verderben. Man wusste nie, wann man mal um einen Gefallen bitten musste.

Also strengte sie sich an und schaltete in den Fröhlichkeitsmodus. »Na, dann mal los, Douglas! Bring mich nach Hause, und gib den Pferden die Sporen!«

Vierzig Minuten später schlief Kate tief und fest auf der Rückbank. Den Heimweg verschlief sie immer. Dougie kannte den Ablauf: Zehn Minuten vor Ankunft weckte er sie, damit sie noch eine heimliche Zigarette aus dem Fenster rauchen konnte.

»Kate«, flüsterte er, um sie nicht zu erschrecken, »wir sind gleich da.«

»Hmmmm.« Sie gähnte und streckte sich und wartete auf Dougies unvermeidliches »Achtung – wenn du so weitermachst, schluckst du noch eine Fliege!«.

»Wie spät ist es?«

»Viertel nach, Schätzchen.«

Sie kramte in ihrer Handtasche nach den Kippen, zog eine heraus, zündete sie an und kurbelte schnell das Fenster herunter, um den Rauch hinauspusten zu können. Die hereinströmende kühle Luft fühlte sich gut an auf ihrem Gesicht. Der Verkehr in Chiswick war dicht. Kate liebte es, um diese Zeit im Dunkeln an Häusern vorbeizufahren, wo Menschen bei geöffneten Vorhängen das Licht brennen ließen und damit unabsichtlich kleine private Inszenierungen für diejenigen boten, die im Vorübergehen anonym einen Blick auf das Leben im Innern erhaschten.

»Tut mir leid, dass ich in deinem Auto rauche, Doug. Das ist ziemlich egoistisch von mir.«

Ihre unerwartete Demut überraschte ihn. »Ist schon in Ordnung, Darlin'. Hab ja keine Augen im Hinterkopf, oder?«

Der Verkehr geriet wieder ins Stocken. Kate blickte in ein Wohnzimmer im Erdgeschoss. Dort saß eine Frau allein auf dem Sofa, vor sich einen leeren Teller, und zappte durch die Fernsehkanäle. Dann gab sie auf, schleuderte die Fernbedienung quer durchs Zimmer und vergrub den Kopf in den Händen. Im Haus nebenan war ein Paar am Streiten: Sie fuchtelte mit erhobenen Armen wütend herum, er schüttelte einfach immer nur den Kopf. Es sah aus, als wolle er etwas sagen, aber sie ließ ihn nicht zu Wort kommen. Der Wagen rollte ein Stück vorwärts. Drei Häuser weiter lachten zwei Frauen über etwas, was eine von ihnen aus einem Brief vorlas. Die beiden wischten sich die Freudentränen aus den Augen. Aus der Freude wurde eine Umarmung. Aus der Umarmung ein Kuss.

»Doug, bist du glücklich?«

»Ach, du kennst mich doch! Kann mich nicht beklagen.«

Kann mich nicht beklagen, darf nicht jammern, könnte schlimmer sein – all diese banalen, abgedroschenen Phrasen, die die Leute unablässig von sich gaben, um den Schmerz zu verharmlosen und dabei ja nicht durchblicken zu lassen, dass sie sich innerlich völlig kaputt fühlten. Außer natürlich, das war gar nicht der Fall. Vielleicht war sie ja die Einzige, die diese geistige Sinnlosigkeit, diesen seelischen Bankrott kannte, der sie überwältigte, wenn sie es am wenigsten erwartete.

Wie es wohl war, normal zu sein, fragte sie sich. Oder zumindest das, was die Welt unter normal verstand. Sie dachte an Dougies Frau. Dougies Frau war bestimmt normal. Dienstags zum Frisör, mittwochs Aerobic, Mädelsabend am Donnerstag (Dougies Frau würde von »den Mädels« sprechen, auch wenn sie einen Altersdurchschnitt von 62 hatten), freitagabends mit Dougie essen gehen, »außer er muss arbeiten, diese Dreharbeiten fürs Fernsehen, da ist er bis spät in der Nacht unterwegs, um die Stars hin und her zu kutschieren, der Gute«. Samstags würde Dougies Frau auf die Enkel aufpassen oder mit ihrer Schwiegertochter einkaufen gehen und sonntags einen schönen Braten zubereiten. Jeden Sonntag. Dougies Frau hatte vermutlich einen kleinen Teilzeitjob in einer Geschenkboutique oder einem Café und erledigte jedes Jahr ihre Weihnachtseinkäufe vor dem ersten Oktober. Kate sehnte sich danach, normal zu sein. Nie über alles zu viel nachdenken zu müssen oder der Nörgelstimme in ihrem Kopf lauschen zu müssen, die nie verstummte und ihr unablässig erklärte, dass sie nicht gut genug war oder nicht echt genug, die sie als nutzlos, hässlich und fett beschimpfte.

»Und, was hast du für deinen freien Tag morgen geplant?«, unterbrach Dougie ihre Gedanken.

»Nichts Spezielles, zum Glück.« Kate fischte ihren Kalender aus der Tasche. »Ausschlafen, gemütlich bei Carlo's brunchen, vielleicht eine kleine Massage im … oh, Scheiße.« Sie hatte die Seite für morgen aufgeschlagen, und der Eintrag sprang sie förmlich an. Rasch griff sie nach ihrem Handy und suchte unter den Kontakten die Nummer ihrer Agentin heraus.

»Bist du für was gebucht?«, erkundigte sich Doug.

»Sieht so aus.« Ihre Agentin meldete sich. »Cynthia, ich bin's. Tut mir leid, dass ich so spät anrufe, aber ich weiß noch gar nichts Genaues über diesen Termin morgen – da steht nur ›Schulbesuch‹.«

»Ja, in deiner alten Schule.«

»Du machst Witze.«

»Überhaupt nicht. Du hast eine Reservierung für den Zug um 7.10 Uhr ab Euston. Sie haben dich vor über sechs Monaten eingeladen und freuen sich schon sehr.«

»Wie kommt es, dass ich mich nicht erinnern kann, zugesagt zu haben? Edinburgh! Cynthia, verdammt.«

Cynthia Keen war seit über fünfzehn Jahren Kates Agentin. Sie war an das aufbrausende Temperament ihrer Klientin genauso gewöhnt wie an deren Angewohnheit, nicht richtig zuzuhören und sich später zu beschweren, die Informationen nicht erhalten zu haben. Cynthia nahm das nie persönlich. »Möchtest du, dass ich für dich absage?«

Kate seufzte. Ja, das wollte sie. Aber sie wusste, es wäre zu unhöflich. »Nein, schon gut. Tut mir leid. Ich hätte nur gut einen freien Tag brauchen können.«

Cynthia versprach, mit dem Produzenten zu sprechen, ob es im Drehplan nicht ein paar Tage Luft gab, damit Kate sich erholen konnte.

»Danke, Cynthia.« Nachdem sie das Gespräch beendet hatten, sah Kate aus dem Fenster und seufzte. Sie wusste, was Dougie als Nächstes sagen würde, und er enttäuschte sie nicht: »Wer rastet, der rostet, was?«

»Oh, ich darf mich nicht beschweren, ich hab's ja gut, könnte schlimmer sein ...« Dougie bemerkte ihren Sarkasmus natürlich nicht. Kate nahm einen letzten Zug von ihrer Zigarette, bevor sie die Kippe aus dem Fenster warf, gerade als sie in ihre Straße einbogen.

KAPITEL 2

Im Haus mit der Nummer 29 war Matt Fenton gerade dabei, einen großen Topf Chili mit Rotwein abzulöschen. Die rüschenbesetzte Küchenschürze, die er trug, tat seinem männlichen Aussehen keinen Abbruch. Vielmehr ergänzte sie perfekt das Bild eines siebenunddreißigjährigen Vaters mit hellblonden Haaren und skandinavischen Zügen, der auch seine weibliche Seite auslebte. Seine Tochter Tallulah sah ihm beim Kochen zu und trank dabei ihre Abendmilch, auf dem Schoß ihren Pandastoffbären – genannt Panda.

»Warum macht Mummy nie das Abendessen?«

Tallulah war fünf. Tallulah war ein Papakind.

»Weil Mummy zu sehr damit beschäftigt ist, Geld zu verdienen, damit du nie auf Cocopops und Eiscreme verzichten musst.« Matt beugte sich zu ihr hinunter, um sie hochzuheben. »Und jetzt, kleines Fräulein, ist es Zeit fürs Bett. Und für dich auch, Panda.«

»Panda hat das nicht geschmeckt, was du ihm vorhin gekocht hast.«

»Beschwerden bitte nur schriftlich an die Verwaltung.«

Sie waren gerade oben an der Treppe angekommen, als unten die Haustür aufging.

»Hallo?«

»Mummy!«

Kate warf ihre Tasche und den Mantel von sich.

»Hallo, Schatz!«

»Meine zwei liebsten Menschen auf der ganzen Welt. Lasst mich nur schnell einen Schluck trinken.« Kate verschwand Richtung Küche, und Matt versuchte, den Anflug von Ärger zu ignorieren, den er verspürte. Kate hatte die Angewohnheit, ihr Glas Rotwein allem anderen vorzuziehen, sogar dem

Gutenachtkuss für ihre fünfjährige Tochter.

»Ich will zu Mummy.«

»Pass auf, was hältst du davon: Ich bring dich jetzt ins Bett, und dann schicke ich Mummy zu dir hoch, damit sie dir eine Geschichte vorliest.«

»Einverstanden.« Tallulah mochte Mummys Geschichten lieber, weil die beim Vorlesen mit verschiedenen Stimmen sprach.

Unten in der Küche leerte Kate ihr Glas Rioja in einem Zug, ehe sie sich ein zweites einschenkte, von dem sie Matt gegenüber behaupten würde, es wäre ihr erstes. Als er hereinkam, kostete sie gerade vom Chili. »Mhm, das schmeckt lecker.«

»Sie möchte, dass du ihr eine Geschichte vorliest.«

»Ja, gleich.«

Sie küssten sich. Kate kuschelte sich an Matts Hals und schloss für einen Moment die Augen. Er legte den Arm um sie und atmete den Geruch ihrer Haare ein, die vertraute Mischung aus Haarspray, Zigarettenrauch und sehr teurem Parfüm. Er merkte, dass sie in Gedanken woanders war.

»Wir haben heute die Bellotti-Drucke verkauft. An ein Restaurant in Hackney.«

»Prima.« Sie nahm einen weiteren Schluck von ihrem Wein, die Augen immer noch geschlossen.

»Und dann habe ich gute zwei Stunden damit verbracht, mit Lula deinen Kuchen zu planen. Aber pssst, das ist ein Geheimnis.«

Kate löste sich lächelnd von ihm. »Ich glaube, sie findet Geburtstage anderer Leute noch toller als ihren eigenen.«

»Ich weiß, und auf deinen freut sie sich ganz besonders, obwohl ich ihr gesagt habe, dass Damen ab einem gewissen Alter den lieber vergessen!«

»Oje, bin ich das jetzt – eine ›Dame gewissen Alters‹?«

»Für mich bist du immer noch eine hinreißende Frau.« Er küsste ihr linkes Ohr. »Alles okay?«

»Bestens.«

Das war gelogen. Er kannte die Anzeichen.

»Ich schau mal nach Lula.« Matt folgte ihr mit einem Glas Wein in der Hand nach oben.

Tallulah schlief bereits tief und fest, die Ärmchen im Traum fest um Panda geschlungen. Vom Türrahmen aus betrachtete Kate ihre kleine, schlafende Tochter, als Matt leise hinter sie trat.

»Sie ist so ein kostbarer Schatz«, flüsterte Kate kaum hörbar. Hand in Hand standen sie schweigend da. Betrachteten ihre Tochter. Voller Liebe.

»Was möchtest du denn an deinem Geburtstag machen?«, erkundigte sich Matt leise. »Sie fragt immer wieder.«

»Ach, ich weiß auch nicht. Ich muss ja zum Dreh, oder?« Kate dachte einen Augenblick nach. »Ich wünschte, wir könnten abhauen. Nur wir drei.«

Matt sah sie an. »Du wirst doch nicht wieder traurig, oder, mein Schatz?«

Sie wich seinem Blick aus. »Nein, natürlich nicht.«

»Du würdest es mir aber sagen, oder?«

»Mir geht's gut, ehrlich. Ich mag nur den Gedanken nicht, noch ein Jahr älter zu sein, das ist alles. Für dich ist das was anderes. Du bist im Grunde immer noch Mitte dreißig.« Und ehe Matt weiter darauf eingehen konnte, wechselte sie das Thema. »Ich hab morgen diese Schulsache.«

»Ich weiß. Steht im Kalender. Ich kann dich zum Bahnhof bringen, wenn du magst.«

Kate zögerte. »Komm doch einfach mit.« Es war eher ein Flehen als ein Vorschlag.

»Lula hat morgen ihr kleines Konzert, schon vergessen? Einer von uns sollte da sein …«

»Soll das eine Anspielung sein?«

»Was? Nein, sei nicht albern! Schau, du bist um zwölf in Edinburgh und bis abends um acht wieder zu Hause. Ich könnte uns für morgen Abend einen Tisch bei Porto's reservieren, was meinst du?«

»Verdammte Schule. Die haben mich doch bloß eingeladen, weil ich berühmt bin.«

»Äh, ja, ich denke, das ist der Sinn der Sache. Sie wollen mit dir angeben. *Seht nur, wie erfolgreich die Schüler der North Park Primary School sind.*«

»Erzähl meiner Mutter bloß nicht, dass ich da hingehe. Sie ist sonst stinksauer, dass ich sie nicht besuche.«

»Du kannst nicht alles machen, Schatz.« Matt streichelte ihre Wange. »Na, komm. Ein Teller von meinem leckeren Chili und dann früh ins Bett. Das ist es, was dir jetzt fehlt.«

War es nicht. Aber andererseits wusste Kate selbst nicht, was sie eigentlich brauchte. Sie ließ zu, dass Matt ihre Hand nahm und sie nach unten führte. Dabei schob sich gedanklich die drohende Finsternis beiseite, die in der Ecke Liegestütze machte und auf den geeigneten Moment wartete, über sie herzufallen …

In jener Nacht träumte Matt, er würde versuchen, ein undichtes Dach zu reparieren, neben ihm ein sich drehender Zementmischer – *swisch, bamm, swisch* –, doch jedes Mal, wenn er mehr Zement schöpfte, um ein Loch zu stopfen, öffnete sich woanders ein weiteres. Und die ganze Zeit über drehte sich der Zementmischer – *swisch, bamm, swisch, bamm.*

Beim Aufwachen, zitternd und außer Atem, versuchte er verzweifelt, sich zurechtzufinden. Er war im Schlafzimmer. Gut.

Das war gut. Doch er konnte das Geräusch immer noch hören – *swisch*, *bamm*, *swisch*, *bamm*. Er sah zu Kates Bettseite hinüber. Sie war leer. Da wurde ihm klar, woher das Geräusch kam …

Sie wohnten seit sechs Jahren in ihrem Haus in Chiswick, waren dort eingezogen, als Kate mit Tallulah schwanger war. Es lag preislich eigentlich weit über ihrem Budget, aber Kate hatte gerade eine gut bezahlte Fernsehserie in den Staaten abgedreht, sodass sie alles andere als knapp bei Kasse waren. Ein wunderschönes freistehendes Haus im georgianischen Stil in Chiswick, in das sie sich bereits bei der ersten Besichtigung total verliebt hatten.

Man musste nicht mal mehr was daran tun. Sogar das Kinderzimmer war schon fertig eingerichtet. Nur eines fehlte: Kate wollte einen Fitnessraum. Da ließ sie nicht mit sich verhandeln. Und das Zimmer, von dem Matt sich erhofft hatte, es könnte sein Arbeitszimmer werden, war ganz eindeutig das einzige, das dafür infrage kam. »Es ist essenziell für mein Wohlbefinden und dafür, wie ich bei der Arbeit aussehe.« Ihr ungewohnt scharfer Tonfall hatte ihn so überrumpelt, dass er keine Einwände brachte. »Mein Aussehen ist mein Kapital, Matt.« Dann hatte sie gelacht und ihn geküsst, und damit war das Thema beendet. Es war das erste Mal gewesen, dass er mit Kates Entschlossenheit Bekanntschaft machte, das zu bekommen, was sie wollte. Aber je besser er sie kennenlernte, umso deutlicher sah er diese Seite ihrer Persönlichkeit – und er verstand nach und nach, dass sie neben ihrer Verletzbarkeit, ihrer Unsicherheit und ihrer Sehnsucht, geliebt zu werden, auch einen rücksichtslosen Ehrgeiz und eine innere Willenskraft besaß, die jedes Hindernis aus dem Weg räumen konnte. Und er stellte fest, dass er seine Frau seltsamerweise dafür respektierte.

Hier stand er nun, an der Tür zu Kates Fitnessstudio, und sah zu, wie ihre Füße auf das Laufband trommelten, *swisch, bamm, swisch, bamm,* während die Schweißtröpfchen in alle Richtungen flogen und die Muskeln ihrer durchtrainierten Arme und Beine unter dem mörderischen Tempo zitterten. Sie hatte Kopfhörer auf und bemerkte ihn nicht. Durch zusammengebissene Zähne feuerte sie sich murmelnd an: »Komm schon, komm schon, LOS!« Matt hatte das Gefühl, sie jetzt zu stören wäre in etwa so, wie einen Schlafwandler aufzuwecken, aber das, was er vor sich sah, war verrückt. Es war halb vier Uhr morgens, verdammt. Kate lief mit dem Rücken zu ihm, und die Musik über ihre Kopfhörer war so laut, dass er den Text des treibenden Dance-Songs sogar über den Lärm des Laufbandes hinweg hören konnte.

Dann schlug Kate völlig unerwartet mit der Hand auf den Stopp-Knopf und kam keuchend zum Stehen. Sie riss die Kopfhörer herunter und ließ die Stirn auf die Konsole sinken. Die blecherne Musik lief weiter, während das Laufband verstummte. Matt wollte sie nicht erschrecken, doch er wusste, dass sie bei jedem Geräusch zusammenzucken würde. »Kate?«, flüsterte er.

»Scheiße! Wie lange stehst du da schon?«

»Ein paar Minuten.«

Sie griff nach ihrem Sporthandtuch und wischte sich den Schweiß vom Gesicht, während sie sich ans untere Ende des Geräts hockte.

»Konnte nicht schlafen. Hab versucht, mich auszupowern.«

»Wohl eher, dich umzubringen?« Matt saß inzwischen auf der Hantelbank neben dem Laufband. Aus der Nähe konnte er erkennen, wie erschöpft sie trotz ihrer geröteten Wangen und des Schweißfilms auf der Haut aussah. Er streckte ihr die Hand hin.

»Nicht. Ich bin total verschwitzt und eklig.«

Matt ließ sich die Zurückweisung nicht anmerken, als sie aufstand und das Zimmer verließ. »Bin nur schnell duschen. Dauert nicht lang. Geh wieder ins Bett.« Mit diesen Worten ließ sie ihn sitzen.

Der blecherne Dance-Beat endete, und in der Stille fühlte Matt sich sehr allein.

KAPITEL 3

Acht Stunden später saß Kate auf einem Platz in der ersten Klasse im Intercity 125 und starrte durch das Fenster auf die regennassen, schlammigen Felder, die von Farngestrüpp und welken Herbstbäumen eingefasst wurden. Strommasten ragten stolz wie kleine Eiffeltürme in die Luft, und leere Fußballfelder riefen nach Spielern, um über ihr nasses Gras zu laufen. Ab und zu eine Herde Schafe, die alle in dieselbe Richtung glotzten, auf Gras herumkauten, als würde es bald knapp werden, und eingemummelt in ihr dickes, wolliges Fell von der Kälte nichts zu spüren schienen.

Kate nippte an ihrem abgestandenen, faden Kaffee und fragte sich, wann die britische Eisenbahngesellschaft wohl mit dem Rest gleichziehen und einen anständigen Kaffee servieren würde. Ihr Magen rumorte, woraufhin sie sich peinlich berührt umsah, ob es jemand gehört hatte. Gott, hatte sie Hunger! Vom Chili am Abend zuvor hatte sie kaum etwas gegessen, ebenso wenig wie vom Porridge, den Matt ihr morgens gekocht hatte.

Nicht dass Matt etwas davon bemerkt hätte. Im Lauf der Jahre hatte sie eine ganze Reihe von Tricks entwickelt, Essen verschwinden zu lassen – das Klo hinunterspülen, es mit Blumenerde vermischen, im Hundenapf verstecken. Und das Krasseste: Als Tallulah noch ein Baby war, hatte Kate unerwünschtes Essen in volle Windeln aus dem Windeleimer verpackt. Manchmal hatte sie ein schlechtes Gewissen, dass sie Matt nichts davon erzählte. Aber sie wusste, er würde es nicht verstehen und ihr Vorträge über Ernährung und die gesundheitlichen Risiken von Untergewicht halten. Er hatte leicht reden: Das Fernsehen war erbarmungslos. Es stimmte nicht, dass man auf dem Bildschirm immer fünf Kilo dicker wirkte. Es waren

zehn. Und Kate wusste, wie wichtig es war, gut auszusehen –
vor allem je älter sie wurde. Sie musste nur zwei, drei Kilo ab-
nehmen, dann würde sie sich wieder wohlfühlen.

Schräg gegenüber von ihr saß eine übergewichtige Geschäftsfrau in schlecht sitzendem Hosenanzug und telefonierte, während sie nebenher ein belegtes Frühstücksbaguette futterte.
Kate konnte nicht anders, als sie heimlich zu beobachten. Es
tröstete sie, dicken Menschen beim Essen zuzusehen – sie
fühlte sich dann bestätigt in ihrem Hunger und dem Wissen,
dass sie selbst von einer solchen Körperfülle oder diesem Kontrollverlust weit entfernt war. Die Frau am Handy sprach über
Quartalszahlen. Sie schien für irgendein nationales Einzelhan-
delsunternehmen zu arbeiten.

»Dave, darüber wird Paul wohl noch mal mit Ihnen sprechen
müssen«, sagte sie gerade, »denn in dem Bericht, den ich hier
vorliegen habe, steht etwas ganz anderes.«

Während »Dave« am anderen Ende vermutlich sein Handeln rechtfertigte, nutzte die Geschäftsfrau die Gelegenheit,
noch einmal in ihr Baguette zu beißen. Allerdings wohl ein
wenig zu herzhaft, denn das Eigelb des Spiegeleis platzte auf,
und der Dotter spritzte quer über ihre Wange und vorne auf
die Bluse.

Nicht wissend, dass sie beobachtet wurde, fluchte die Frau
leise vor sich hin, während sie nach einem Taschentuch suchte,
um die gelbe Soße aufzuwischen. Da sie nichts davon vergeu-
den wollte, kratzte sie das Eigelb mit dem Zeigefinger ab und
schob ihn in den Mund.

»Ja, ja … nein, reden Sie weiter, ich höre zu.« Was sie ganz
offensichtlich nicht tat. Stattdessen kramte sie in ihrer riesigen,
vollgestopften Handtasche unterm Sitz herum und heuchelte
gleichzeitig Interesse am Gespräch. Schließlich brachte sie

eine Packung Feuchttücher zutage, doch es war gar nicht so einfach, einhändig eines davon herauszuziehen. Sie erwischte prompt zwei, mit denen sie zuerst energisch an ihrer Wange herumwischte und dann versuchte, ihre Bluse zu säubern. Dabei ließ sie das Handy fallen.

»Verdammt.« Es fiel direkt unter den Sitz. Kate konnte das *Dave – Filiale Bolton* fröhlich auf dem Display blinken sehen, während seine kleinlaute Stimme um Hilfe rief. »Hallo? Hallo? Sind Sie noch dran?«

Kate wandte den Blick ab, während die Dame auf der Suche nach dem Handy mit der Hand erfolglos unter ihrem Sitz herumfuchtelte wie eine dieser Greifarmmaschinen in einem heruntergekommenen Vergnügungspark.

Dann gab es ein kurzes Durcheinander. Als Kate aufblickte, sah sie, dass sich die Frau nun auf alle viere begeben hatte, wobei ihr breiter Hintern majestätisch zwischen zwei Sitzen schwankte, weil sie sich nach dem Telefon streckte. Ihre dicken Waden hatten Dellen, und die aufgerissene Hornhaut ihrer Fersen war sogar durch die blickdichte Strumpfhose zu erkennen. Kate stieß ein stummes Dankesgebet aus, dass *sie* nicht so aussah.

Mit dem wiedergefundenen Handy in der Hand kletterte die Dame zurück auf ihren Sitz, wobei ihr inzwischen der Schweiß den Hals hinunterlief. »Tut mir leid, Dave, wo waren wir stehen geblieben?«

Die Blicke von Kate und der Geschäftsfrau begegneten sich für eine Sekunde, ehe beide schnell wegsahen, gleichermaßen peinlich berührt, bis die beschämte Miene der Geschäftsfrau sich in begeistertes Wiedererkennen verwandelte, als ihr klar wurde, dass sie gerade *die* Kate Andrews anstarrte! Kate hielt die unangenehme Situation nicht länger aus, nahm ihre Tasche und machte sich auf den Weg ins Raucherabteil.

Dort stand sie im Windfang und zündete sich eine Zigarette an, das Fenster einen Spalt geöffnet, damit sie den Rauch hinausblasen konnte. Sie dachte an den frühen Morgen daheim zurück. Sie war etwas zu spät aufgewacht. Tallulah saß am Ende ihres Bettes, Panda im Arm.

»Hallo, meine Süße. Kriegt Mummy vor der Schule noch einen Kuss?«

Tallulah kuschelte sich an sie. »Daddy hat gesagt, du gehst heute auch in die Schule.«

»Das stimmt, mein Schatz. In Mummys alte Schule in Schottland.«

»War Mrs. Pickering auch deine Lehrerin?«

»Nein, Liebes – ich schätze mal, Mrs. Pickering war noch gar nicht auf der Welt, als ich zur Schule ging!«

Matt kam mit Kates Porridge ins Zimmer und reichte ihr eine Tasse Kaffee.

»Danke.« Sie nahm einen großen Schluck. »Ach, Matt, warum muss ich da hin?«

»Schatz, du musst einfach nur dein Gesicht zeigen, das ist alles. Lass sie ein Foto machen, sag ein paar Worte, wie demütig es dich macht, da zu sein. Sie werden furchtbar enttäuscht sein, wenn du absagst. Es ist nun mal das hundertjährige Jubiläum!«

»Ja, aber es ist ja nicht so, als wäre *ich* vor hundert Jahren da gewesen.«

»So wie du heute Morgen aussiehst, wär das schon möglich!«

»Na, vielen Dank!«

Matt lachte. »Jetzt mal ehrlich, was sollte das denn werden – ein beschissener Nachtmarathon?«

Kate seufzte und wandte den Blick ab.

»Hey! Daddy, du hast ein schlimmes Wort gesagt – Panda sagt, das macht man nicht.«

»Ja, das stimmt. Tut mir leid, Panda. Komm, jetzt lassen wir Mummy sich in Ruhe anziehen – sie muss zum Zug.«

Tallulah sprang vom Bett und rannte hinaus in den Flur. Als Matt für einen Augenblick mit seiner Frau allein war, beugte er sich zu ihr hinunter und streichelte ihr die Wange. »Wir sehen uns heute Abend. Ich hab vor, Hetty noch zu fragen, oder hast du da was dagegen?«

»Natürlich nicht.«

»Ich meine, wenn es dir lieber ist, wenn wir zu zweit sind …«

»Hetty ist immer willkommen, das weißt du doch. Sie ist einer der wenigen Menschen in meinem Leben, die mich nie stören.« Sie nahm seine Hand, küsste sie und flüsterte: »Ich liebe dich so sehr. Und es tut mir schrecklich leid, dass ich so eine anstrengende Nervensäge bin.«

Kate wusste, wie viel ihre Freundlichkeit ihm bedeutete, wie sehr es ihm den Boden unter den Füßen wegzog, wenn sie unerwartet nett zu ihm war. Sie schalt sich dafür, dass sie Matt nicht besser behandelte, und nahm sich vor, sich mehr anzustrengen. Welche Dämonen sich auch immer zeitweise in ihrem Kopf einnisteten, sie waren ganz bestimmt nicht Matts Werk. »Iss deinen Porridge, Goldlöckchen«, hatte er gesagt und war Tallulah hinterhergerannt. Bei der Aussicht auf den Tag seufzte sie. Was hatte sie sich nur dabei gedacht, diesen Schulbesuch zuzusagen? Sie musste zu dem Zeitpunkt betrunken gewesen sein. Oder abgelenkt. Denn nach Hause nach Edinburgh zu fahren war etwas, das Kate nur tat, wenn es sich partout nicht vermeiden ließ, wie zum Beispiel zur Beerdigung ihrer Großmutter oder zu Weihnachten vor fünf Jahren, als ihre Mutter ein Nein einfach nicht akzeptierte. In der schottischen Hauptstadt lungerten zu viele Geister herum, und sie fühlte sich ohnehin schon verfolgt genug.

Kate zündete sich eine zweite Zigarette an. Kettenrauchen half dabei, die Ängste zu mildern, die innerlich an ihr nagten wie eine Ratte am Knochen, wenn auch nur für kurze Zeit. Sie schloss die Augen und hielt ihr Gesicht in den heftigen Luftstrom von draußen, der durch das offene Waggonfenster hereinströmte.

Siebzehn Jahre war es jetzt her.

Am Anfang hatte sie noch geduldig darauf gewartet, dass die heilenden Kräfte der Zeit ihre legendäre Wirkung entfalten würden und sie sich besser fühlte, genau wie das Sprichwort es immer versprach. Und ja, der Schmerz hatte seit damals deutlich nachgelassen. Doch ihr war letztlich klar geworden, dass er sie nie ganz verlassen würde, und es verging kaum ein Tag, an dem sie nicht an das dachte, was passiert war, oder sich fragte, wie ihr Leben wohl verlaufen wäre, wenn die Entscheidung anders ausgefallen wäre.

Die Zeit hatte ihr jedoch etwas anderes gegeben: die besondere Fähigkeit, sich unerwünschten Gefühlen gegenüber abzuschotten, nie etwas an sich heranzulassen, das sie nicht kontrollieren konnte. Es war kein besonders toller Trostpreis, aber immer noch besser, als ihren beiden Feinden ausgeliefert zu sein: Schwäche und Verletzbarkeit. Wenn es darum ging, sich selbst zu ermahnen, war Kate knallhart. »Reiß dich gefälligst zusammen, verdammt«, flüsterte sie, was vom brausenden Luftzug übertönt wurde.

»In Kürze erreichen wir Berwick-upon-Tweed«, verkündete die blecherne Lautsprecherstimme des Schaffners. Kate nahm einen letzten Zug von ihrer Zigarette, bevor sie die Kippe aus dem Fenster warf und sich zwei zuckerfreie Minzbonbons in den Mund schob.

Als die Schiebetür des Waggons sich wieder öffnete, sah sie

die Geschäftsfrau von eben, die sich gerade ein großes Croissant mit Marmelade schmecken ließ. Kates Magen knurrte erneut, und sie schnurrte innerlich vor Selbstgerechtigkeit. Die Dame rief ihr mit Gebäckkrümeln um den Mund zu: »Ich bin wirklich ein großer Fan von Ihnen, Miss Andrews!« Dann mampfte sie lächelnd weiter.

KAPITEL 4

Der Taxifahrer war auch ein Fan. Nicht nur das, er war ein Fan mit Ambitionen zur Berufsberatung und hatte keine Hemmungen, seine Ratschläge an die Frau zu bringen. »Also, wissen Sie, bei dieser Serie in der BBC? Die mit der Krankenschwester?«

»Ach, Sie meinen *Die Schwestern*?«

»Nee, die waren nicht verwandt. Ich meine diese Krankenhausgeschichte!«

Kate biss sich auf die Zunge. *Immer schön lächeln.* »Ja, die Serie hieß *Die Schwestern* – hat sie Ihnen gefallen?«

»Was für ein Haufen gequirlte Kacke!«

»Vielen Dank«, murmelte sie.

»Also nicht, dass Sie mich falsch verstehen, Sie waren spitzenmäßig dadrin! So richtig frech und witzig. Aber Ihr kleiner Typ, der mit den Augen …«

»Jimmy McColl.«

»Genau der. Also, den kann ich echt nicht ausstehen. Mit dieser verschobenen Visage, so zerbeult wie ne Rübe.«

»Viele Frauen finden ihn sehr attraktiv.«

»Pffff, der Kerl ist ein totales Muttersöhnchen, keine Frage. Und so einer nennt sich Detective? Es heißt, er würde sich die Brust rasieren! Ich mein, hat man so was schon mal …«

»Sie können mich hier rauslassen, ich gehe das letzte Stück zu Fuß.« Kate hatte genug von seinem Gequatsche.

»Sind Sie sicher? Es macht echt keine Umstände …«

»Nein, schon in Ordnung. Wirklich. Ich muss noch ein bisschen Luft schnappen.« Sie nahm einen Zwanzigpfundschein aus dem Geldbeutel. »Der Rest ist für Sie.«

»Sie Engel. Ich sag Ihnen was, es ist schön, dass Sie wieder bei uns zu Hause sind, Miss Andrews. Viele gehen ja weg und kommen dann mit so aufgeblasenem englischem Getue zurück, aber Sie …«

»Na, also, ich bin immerhin mit einem Engländer verheiratet!«, schalt sie ihn lächelnd.

»Na ja, keiner ist perfekt.« Und er lachte. »Passen Sie auf sich auf – hier ist meine Karte, falls Sie jemanden brauchen, der Sie wieder abholt.«

Kate stieg aus dem Wagen und ließ die Szenerie, die sich ihr bot, auf sich wirken. Nur knappe hundert Meter entfernt befand sich das Schultor zur North Park Primary School, inzwischen mit einem grünen Anstrich statt des schmutzigen Weiß von einst. Hinter ihr fuhr das Taxi mit einem frechen Hupen davon.

Durch das Tor zu treten fühlte sich seltsam tröstlich an. Die seltenen Male, die sie in den letzten siebzehn Jahren zurückgekommen war – sie ließen sich an einer Hand abzählen –, hatte Kate für die Dauer ihrer kurzen Besuche das Haus ihrer Eltern kaum verlassen. Ganz bestimmt hatte sie sich nie die Queensferry Road entlang zu ihrer alten Schule gewagt. Nun hierher zurückzukommen, an den Ort, wo sie gerade mal sechs Jahre ihres Lebens verbracht hatte, fühlte sich wirklich wie Heimkommen an.

Kate ging auf den Haupteingang zu. Die große Eichentür mit Glas und Messingbeschlägen war schon zu Kates Zeiten da gewesen. Sie drückte die Klinke hinunter, genau wie sie es vor neunundzwanzig Jahren getan hatte – doch nichts passierte. Es war abgeschlossen. Ein Gesicht tauchte auf der anderen Seite auf.

»Sie müssen den Summer drücken.« Es war Mrs. Crocombe, die Schulsekretärin.

»Können Sie mich nicht einfach reinlassen?«

»Nein, Sie müssen zuerst klingeln.« Mrs. Crocombe hielt

sich selbst dann strikt an Schulregeln, wenn sie keinen Sinn ergaben.

Kate lächelte höflich und drückte brav auf den Knopf. »Hallo, ich bin Kate Andrews, und ich …«

Mrs. Crocombe unterbrach sie. »Ich weiß, wer Sie sind, Liebes. Kommen Sie rein.« Und sie öffnete die Tür, um Kate hereinzulassen. Kate verkniff sich einen Kommentar, als sie das Foyer betrat. »Der Herr Schulleiter wird gleich bei Ihnen sein.«

»In Ordnung. Vielen Dank.«

Irgendetwas an Mrs. Crocombes ehrfürchtigem Tonfall beim Wort »Schulleiter« und das »Herr« davor weckten in Kate das Bedürfnis, zu rebellieren und sich unverzeihlich danebenzubenehmen.

Mrs. Crocombe ließ Kate stehen, umgeben von einem Chor aus Kinderstimmen, der ganz in der Nähe eine Hymne sang.

»*Dance, dance, wherever you may be …*«

Kate blickte zu einem riesigen Mosaik-Banner auf, das zweifellos Hunderte kleiner Hände mit Pritt-Klebestiften und farbigen Papierschnipseln fabriziert hatten. Darauf stand: *100 Jahre North Park Primary! Willkommen.* Auf verschiedene Stellwände darunter waren Dutzende Fotos von der Schule seit der Eröffnung im Jahr 1902 gepinnt. Kate studierte aufmerksam die lächelnden, verblassenden Gesichter.

»Kennen Sie jemanden?« Der Schulleiter spähte über ihre Schulter hinweg.

»Oh, hallo – ich wollte nur …«

»Brian Boyd. Es ist mir ein großes Vergnügen.« Er streckte ihr seine Pranke hin und drückte entsprechend fest zu. »Ich habe Sie natürlich nie unterrichtet, aber ich habe versucht nachzurechnen, bis wann Sie hier waren.«

»1974!«

Der Schulleiter stieß einen erstaunten Pfiff aus. »Dann war

Colin Marshall Rektor, wenn ich mich nicht irre. Ich war mir nicht sicher, ob …«

Aber Kate hörte ihm gar nicht richtig zu. Sie versuchte immer noch, alles zu verarbeiten. »Es ist noch fast genau wie damals … die Eisvogel-Statue und … und der Boden … der Dielenboden … und die Türgriffe und sogar der Geruch … was ist das nur für ein *Geruch*?«

»Ich nenne es gerne eine Mischung aus harter Arbeit und glücklichen Zeiten!« Das war Brian Boyds Mantra. Er war so stolz darauf, dass er es bei jeder Gelegenheit anbrachte.

Kate schob sich in Richtung der Aula, angezogen vom Gesang. *»Dance, dance, wherever you may be …«*

»Darf ich kurz reinschauen?«

»Aber gerne doch. Versammlung der Grundschüler.«

»I am the Lord of the Dance, said he …«

Auf Zehenspitzen schlich sie zum Fenster in der Tür und sah ungefähr hundert Kinder, die ältesten etwa sieben Jahre alt, die im Schneidersitz dasaßen und pflichtbewusst Worte sangen, die sie nicht wirklich verstanden. »An das Lied kann ich mich erinnern!« Kate blinzelte unerwartete Tränen zurück, während sie flüsternd mitsang.

»And I'll lead you all, wherever you may be …«

Damit hatte sie nicht gerechnet. Von Gefühlen überwältigt und in die Vergangenheit entführt zu werden, zu einer einfacheren, schmerzfreien Zeit ihres Lebens, frei von den Komplikationen und unerklärlichen Ängsten der Erwachsenenwelt. *»And I'll lead you all in the dance, said he!«*

»Ich dachte mir, Sie könnten zuerst die Fünftklässler besuchen.« Der Schulleiter redete ohne Pause und bekam von Kates Nostalgieanfall gar nichts mit. »Das, was früher die ›Top Juniors‹ genannt wurde.«

»Ja, ich weiß.« Sie riss sich aus ihrem Tagtraum. »Ich habe eine fünfjährige Tochter, deshalb …«

»Na dann. Deren Klassenzimmer ist immer noch da, wo es immer war, im ersten Stock, am Ende des Flurs. Wollen wir?«

Als sie die Treppe hinaufgingen, erinnerte sie sich sofort an den Schwung des Geländers und wie sich das polierte Mahagoniholz unter ihren kleinen Fingern angefühlt hatte. Auf dem Weg den Flur entlang schwafelte der Rektor irgendetwas von Klassengrößen und Wirtschaftsflauten. Kate hörte Kinder in den Klassenzimmern lachen, Gedichte aufsagen und herumkrakeelen. Ihre Stimmen mischten sich unter jene der Geister vergangener Schüler.

Mr. Boyd, der von ihren Gedanken weiterhin überhaupt nichts mitbekam, verkündete lautstark: »Natürlich haben wir seit Ihrer Schulzeit achtzehn Feuerschutztüren einbauen lassen. Und einen Computerraum. So, da wären wir.«

Sie blieben vor dem letzten Klassenzimmer stehen. Früher, vor bald dreißig Jahren, war das Mrs. Jacksons Zimmer gewesen. Doch nun stand auf dem Schild an der Tür der Name eines anderen Lehrers.

Mr. MacGregor.

Kate wurde gleichzeitig übel und froh zumute. Das konnte doch nicht sein, oder? In ihren Ohren rauschte es, sodass sie sich unauffällig am Türrahmen abstützen musste. Zum Glück bemerkte Mr. Boyd nichts davon. Kate riss sich zusammen.

»Aber nicht etwa … *Callum* MacGregor?«

Der Schulleiter klopfte enthusiastisch an die Tür. »Doch, genau. Kam letztes Jahr von der St. Mary's in Portobello zu uns. Stellvertretender Rektor. Nicht schlecht!«

Eine Stimme von drinnen rief: »Herein.«

Kate war schwindelig, sie konnte fast nichts mehr hören. Ihr Mund fühlte sich an, als wäre er mit Sand gefüllt. Der unentwegt weiterquasselnde Schulleiter öffnete die Tür und trat beiseite, um sie vorbeizulassen. Doch ihre Füße bewegten sich nicht vom Fleck, als wäre sie mit den fischgrätgemusterten Fliesen des Flurs verwurzelt.

Dort an seinem Tisch, vor einer Klasse unruhiger Elfjähriger, saß der Mann, in den sie sich vor siebzehn Jahren verliebt hatte. Kates Stimme versagte.

Callum sah sie an. Sanft. Nicht überrascht.

»Hallo, Kate.«

KAPITEL 5

Matt erhob sich von seinem Schreibtisch in dem kleinen Büro hinten im Laden, trank den letzten Schluck Espresso und streckte sich. Er hasste Papierkram – die Schattenseite davon, sein eigener Chef zu sein. Der Vorteil hingegen war, sich nach Tallulahs Stundenplan richten zu können. Da Kate grundsätzlich so lange Arbeitstage hatte, konnte man auf sie in Sachen Kinderbetreuung nicht zählen. Nicht dass das für Kate je zur Debatte gestanden hätte. Sie erwartete von Matt einfach, zu akzeptieren, dass ihre Karriere an erster Stelle stand. Es war praktischer so, und er rechtfertigte es vor sich selbst mit der Aussage, dass er zwei schöne Dinge unter einen Hut bringen konnte: ein kleines, flexibles Geschäft führen und gleichzeitig Daddy daheim am Herd sein. Also nicht wirklich am Herd, eher im Laden. Oder, um genau zu sein, in der Galerie.

In Warwick hatte er Kunstgeschichte studiert. Er konnte sich leidenschaftlich für die Arbeiten anderer begeistern. Vermutlich weil er selbst kein Talent zum Malen oder Zeichnen hatte. Nicht mal ein gekritzeltes Strichmännchen oder einen Kartoffeldruck brachte er zustande. Dafür konnte er endlos und in aller Ausführlichkeit über Porträts und Landschaften und abstrakte Werke sprechen. Als seine Großmutter starb, hinterließ sie ihm eine Summe, die groß genug war, um seine eigene kleine Kunstgalerie in Brackenbury zu eröffnen. Er war sich mit seiner Mutter, die ihm das Geld nur zu gerne überschrieben hatte, einig: »Wer malen kann, soll malen – und wer es nicht kann, der soll eine Galerie eröffnen.« Und diese lief erstaunlich gut. Gut genug, um Peter zu bezahlen, seinen Mitarbeiter in Teilzeit, einen alten Schulfreund seiner Mutter, der auf den Laden aufpassen konnte, wenn Matt seinen Vaterpflichten nachkommen musste, wie jetzt zum Beispiel, wo er sich auf den Weg machte, um Lulas Schulaufführung anzuschauen. Natürlich wäre ihm lieber gewesen, Kate neben sich sitzen zu haben, doch er hatte schon lange gelernt, das besser für sich zu behalten. Er wusste, dass sie Schuldgefühle hatte, weil sie als Mutter so wenig präsent war, und sie daran zu erinnern würde einen heftigen Streit nach sich ziehen, der zwei oder drei Tage dauern konnte. Das Leben war unkomplizierter, wenn Matt Kates Regeln einfach akzeptierte. Und auch wenn er sich zeitweise wie ein alleinerziehender Vater fühlte, war es nun wirklich keine Anstrengung, mehr Zeit mit Tallulah zu verbringen.

Über der Galerie befand sich ein fabelhafter Atelierraum, groß und hell und luftig, den Matt für eine symbolische Summe an Künstler aus der Umgebung vermietete. Momentan handelte es sich dabei um Chloe, eine ungewöhnlich aussehende Frau aus Birmingham mit rosafarbenen Haaren, die extrem schüchtern war, aber faszinierende Werke mit Pastellkreide schuf. Matt hatte erst letzte Woche eines ihrer Bilder verkauft – eine wilde Mischung aus Grün- und Blautönen, die die moosige, feuchte Unterseite der Hammersmith Bridge darstellte. Das Bild hatte etwas Düsteres an sich, das an einen Roman von Dickens erinnerte, und war für 1500 Pfund weggegangen, also auch eine nette Provision für Matt.

Er sah auf die Uhr. Wahrscheinlich ein guter Moment, um Hetty in ihrer Mittagspause zu erwischen. Matt und Hetty waren seit der Uni beste Freunde, und sie war stets seine erste Anlaufstelle, wenn er jemanden zum Reden brauchte. Heute wollte er über Kate reden. Etwas an ihr beunruhigte ihn. Wahrscheinlich arbeitete sie einfach zu viel, aber diese Fitnesseinlage mitten in der Nacht war nur eines von vielen Symptomen – Symptome eines tief vergrabenen Kummers, der dann und wann sein Gesicht zeigte. Ein Gespräch mit Hetty würde ihn wieder beruhigen. Und vermutlich eine Runde Streicheleinheiten mit

Kate, die immer positiv darauf reagierte, verwöhnt und geliebt zu werden, weil es ihr Selbstbewusstsein stärkte. Er griff nach seinem Handy, drückte auf »Hetty« und wartete.

Hetty arbeitete seit zehn Jahren für eine kleine Zeitschrift in Hampstead namens *Vegetarian Living*, und Matt wusste, wie genau es ihr Chef Glen mit Anrufen während der Arbeitszeit nahm. »Ja, hallo?«

»Warum meldest du dich am Telefon immer so, als wüsstest du nicht, wer dran ist?«

»Tu ich das?«

»Ja! Warum sagst du nicht einfach ›Hallo, Matt‹? Du siehst doch, dass ich es bin.«

Hetty dachte einen Moment lang nach. »Na ja, ich glaube, es fühlt sich sonst irgendwie an, als würde ich deine Überraschung kaputt machen!«

Matt lachte. Wie recht Kate mit ihrer Einschätzung von Hetty hatte: Sie war einer der nettesten und lustigsten Menschen überhaupt.

»Hey, weißt du was?« Sie klang ganz aufgekratzt und wartete seine Antwort gar nicht erst ab. »Ich hab's getan! Ich hab das mit dem Jahrgangstreffen angeleiert.«

Das verdammte Ehemaligentreffen ihrer Uni-Abschlussklasse! Das plante Hetty schon seit mindestens zwei Jahren. Matt war erleichtert, dass es endlich passierte, denn dann wäre es bald vorbei, und er müsste sich von Hetty zu diesem Thema nicht mehr dauernd etwas anhören.

»Oh, aber was ist, wenn keiner kommt?« Schon ging es wieder los mit ihren Zweifeln, Überlegungen und der Planung, und sie vergaß dabei völlig, dass sie jemanden am anderen Ende der Leitung hatte. »Du kommst doch, oder? Ich meine, wenn es nur wir beide sind, du und ich, dann ist das theoretisch immer noch eine Wiedersehensfeier …«

»Hetty, mach mal langsam! Ich brauch deinen Rat wegen Kate. Ich glaube, sie wird wieder … du weißt schon … unruhig.«

Doch Hetty hörte gar nicht zu. Sie sah, wie Ivor, der Buchhalter der Zeitschrift, ihr signalisierte, dass der Chef zurückkam. »Matt, ich muss Schluss machen«, sagte sie nervös. »Glen taucht gleich hier auf.«

»Okay, kannst du heute Abend babysitten?«, platzte Matt heraus. »Ich dachte, ich führ sie zum Essen aus – wir brauchen ein bisschen Zeit zu zweit …«

»Ja, ja!« Ivor winkte inzwischen wie ein Wilder.

»Prima. Dann bis sieben.«

»Ja, okay, tschüss jetzt!« Sie war in Panik.

»Ach, eines noch: Soll ich dir was Spezielles zum Essen besorgen? Pizza?«

Hetty sah Glens Silhouette den Flur entlang auf die Bürotür zusteuern und brachte gerade noch ein manisches Kreisch-Flüstern heraus: »Vollkornreis-und-Brokkoli-ich-mach-DE-TOX!« Bevor sie ihr Handy in hohem Bogen in einen Papierkorb warf und sich so hektisch auf ihren ergonomischen Kniestuhl fallen ließ, dass sie abrutschte und auf dem Boden landete. Eine Sekunde bevor Glen das Büro betrat, war sie wieder hinaufgeklettert und versuchte, möglichst konzentriert auf den Computer zu schauen, während sie sich unauffällig das linke Knie rieb.

In der Galerie zog Matt seine Jacke an. »Pete, ich starte dann mal. Machst du nachher zu?«

»Natürlich. Wir haben übrigens fast keine von den Ketterlock-Postkarten mehr.«

»In Ordnung, ich ruf morgen dort an.« Mit diesen Worten trat Matt hinaus in den frischen Oktobernachmittag.

Porto's lag zu Fuß nur fünf Minuten entfernt, auf dem Weg zur Schule. Er hatte Kate zu ihrem ersten Date dorthin ausgeführt, und seither war es ihr Lieblingsrestaurant. Sie schätzten die unaufdringliche, authentisch portugiesische Einrichtung und noch viel mehr den köstlichen frischen Fisch und die Meerestiere. Das Porto's gehörte Ralph, der stolz darauf war, eine kleine mediterrane Oase mitten in Westlondon geschaffen zu haben. Ralphs Bruder kochte das Essen nach den Rezepten ihrer Mutter, und Ralph selbst war sozusagen der Oberkellner. Jetzt gerade stand er draußen und unterhielt sich mit einigen Gästen. Als er Matt entdeckte, strahlte er. »Hallo, mein Freund, wann bringst du deine schöne Frau wieder zu mir?«

»Habt ihr heute Abend gegen halb neun noch ein Plätzchen für uns?«

»Natürlich. Der übliche Tisch?«

Matt lachte. »Ralph, wie kann es sein, dass ihr *immer* Platz für uns habt? Was, wenn jemand anderes diesen Tisch haben will?«

»Dann werfe ich sie aus meinem Restaurant. Raus auf die Straße. Auf ihre Hintern. Bis heute Abend, Mattango.«

Kopfschüttelnd musste Matt über Ralphs Hang zur Melodramatik lächeln. Er machte sich auf den Weg zu Tallulahs Schule und bereitete sich innerlich auf die Aufführung von »Ein Tintenfisch im Urlaub« vor.

Er rief Kate an. Mailbox. »Hallo, meine Schöne, wollte mich nur kurz melden und hören, wie's dir da oben so ergeht. Ist es sehr komisch? Ruf mich an, wenn du fertig bist. Ich hab für uns im Porto's reserviert, und Hetty kommt zum Babysitten. Hab dich lieb.« Als er auflegte, kam wie aufs Stichwort eine SMS von Hetty. *OH MEIN GOTT* – sie schrieb immer in Großbuchstaben –, *SCHON DREI ANTWORTEN AUF DIE EINLADUNG ZUM JAHRGANGSTREFFEN!*

Matt schrieb zurück: *Super!*

Einige Sekunden später eine weitere Nachricht: *PS: EINE DAVON IST VON ADAM LATIMER!*

Matts Lächeln erlosch. Das wiederum war nicht so super. Er blieb kurz stehen, um zurückzuschreiben: *Toll. Muss los. Schulaufführung. Bis heute Abend!*

Adam Latimer, verdammt. Beim Gedanken an diesen Typen kam keine Begeisterung in ihm auf. Adam war ein Idiot. Nur dass Hetty sich stets geweigert hatte, das zu akzeptieren. Egal, wie sehr er sie verletzt hatte, Matts wunderbare Freundin, immer und immer wieder. Dass Hetty dauernd über ihn redete, konnte er ertragen, aber die Vorstellung, ihn wiederzusehen, nach allem, was passiert war ... nun ja ... egal, außerdem hatte sie nicht geschrieben, dass Adam an dem Treffen teilnehmen würde, nur dass er geantwortet hatte.

Hoffen wir also das Beste, dachte Matt, als er Tallulahs Schule erreichte und eine winzige dunkle Wolke in Adam-Latimer-Form seinen ansonsten sonnigen Tag zu bedrohen schien.

KAPITEL 6

Kate saß auf der Kinderklobrille einer Kindertoilette im Mädchenklo und versuchte, nicht zu weinen. Sie schloss die Augen und drängte die Tränen zurück, während sie sich gleichzeitig zwang, tief durch die Nase ein- und durch den Mund wieder auszuatmen, als befände sie sich in einem Meditationskurs für fortgeschrittene Superhelden. Ein. Und aus. Und ein. Und aus.

Sie hatte befürchtet, gleich ohnmächtig zu werden. Verdammt, sie war eine gute Schauspielerin. Niemand hätte vermutet, welche Qualen sie durchmachte, während sie dort vor Callum MacGregors Schülern stand, unter den stolzen Blicken des Schulleiters an der Seite des Raums, und Frage um Frage beantwortete. Mit ihrem Witz, ihrer Herzlichkeit und ihrem Charme gewann sie die Herzen der Kinder. Sie hatte über dreißig Autogramme gegeben, einschließlich eines für Alice MacDonalds Großmutter. »Miss! Miss!« In einem Meer aus in die Luft gereckten Armen hatte Callum – der selbst ruhiger als ein Dorfweiher wirkte – die inoffizielle Rolle des Showmasters übernommen und die einzelnen Schüler aufgerufen.

»Na dann, Gregory Lang. Aber wehe, du sagst etwas Unanständiges, Kumpel.« Kate hatte gelächelt, es jedoch nicht gewagt, in Callums Richtung zu sehen, sondern hielt den Blick fest auf den kleinen Gregory gerichtet.

»Miss, also wie Sie in Australien waren und diesen Film da gemacht haben …«

»Ja?«

»Warum haben Sie da nicht auch bei *Home and Away* mitgespielt?«

»Hm, also, ich glaube ehrlich gesagt nicht, dass die mich hätten haben wollen.«

»Du Blödmann, sie kann den Akzent doch gar nicht!«

»Klar kann sie den, sie ist doch Schauspielerin, selber Blödmann!«

»Miss! Sind Sie Millionärin?«

»Äh …«

»Haben Sie ein Schloss und ein Auto aus Gold?«

»So, das waren jetzt genug Fragen. Ich glaube, es ist an der Zeit, dass wir uns von unserem Gast verabschieden, was meint ihr?« Callum MacGregors geübte »Lehrerstimme« verfehlte nicht ihre Wirkung. Es war ihm immer gelungen, selbst von seinen schwierigsten Schülern respektiert zu werden.

»Vielen-Dank-liebe-Mrs.-Andrews«, hatten die Kinder in diesem Singsang heruntergebetet, wie ihn nur Schulkinder beherrschen.

»Um genau zu sein, ist es *Miss* Andrews.«

»Dann haben Sie nie geheiratet?«, hatte Callum gefragt.

Und dieses Mal konnte sie nicht vermeiden, ihn anzusehen. Oder zumindest vage in seine Richtung zu blicken. Sie schaffte es nicht, ihm in die Augen zu schauen, sich seine körperliche Anwesenheit einzugestehen, das Offensichtliche anzuerkennen, dieses unaussprechliche Monster, das da im Raum stand und so riesig war, dass es ihn fast sprengte.

»Na ja, doch«, hatte sie gemurmelt und mit aller Kraft versucht, beiläufig zu klingen. »Aber als Schauspielerin hat man ja seinen Namen und so. Ich bin eine verheiratete Fenton.«

Die folgende Pause dauerte so lange wie der Flügelschlag eines Schmetterlings, doch niemand sonst nahm sie wahr. Die Schüler redeten bereits über das Mittagessen, und der Schulleiter scharrte mit den Hufen. Er wollte mit dem nächsten Teil seiner Tour beginnen. »Also dann, Kate, können wir weiter zu Mrs. Baldwin gehen?«

»Mrs. Baldwin! Mein Gott, unterrichtet sie noch?« Kates Begeisterung war ein wenig zu enthusiastisch.

»Gerade noch so! Sie geht im Juni in den Ruhestand. Und sie freut sich schon sehr auf Ihren Besuch.«

»Wunderbar!« Auf dem Weg zur Tür nahm Kate all ihre Kraft zusammen, drehte sich zu Callum um und lieferte die Schauspielleistung ihres Lebens ab. Ultracool, völlig ruhig und gelassen. »Nett, dich wiedergesehen zu haben, Callum.«

Als Antwort tippte er sich an die Schläfe, als würde er ihr salutieren.

Draußen im Flur sauste der Rektor wie eine Rakete in Richtung von Mrs. Baldwins Raum davon, und Kate folgte ihm wie betäubt.

»Sie ist immer noch im selben Klassenzimmer, in dem sie 1960 angefangen hat zu unterrichten!« Dann fügte er hinzu: »Ich wusste gar nicht, dass Sie und Callum sich bereits kennen.«

»Oh.« Darauf war Kate nicht vorbereitet. »Nicht wirklich. Wir hatten mal einen gemeinsamen Bekannten …« Sie versuchte, die Übelkeit zu unterdrücken. »Ich hab wohl im Zug zu viel Kaffee getrunken. Darf ich kurz auf die Toilette?«

Der Schulleiter war wenig erfreut. Schließlich hatte er einen festen Zeitplan. Er hatte geahnt, dass sie alles durcheinanderbringen würde – schließlich war sie Schauspielerin. Und Schauspielerinnen konnten ziemlich anspruchsvoll sein. Von zickig ganz zu schweigen. Zumindest hatte ihn seine Frau davor gewarnt. Er warf einen Blick auf die Uhr und rang sich ein Lächeln ab.

»Nun, wir stehen ziemlich unter Zeitdruck, was den Ablauf betrifft. Es ist wohl am besten, wenn Sie hier auf die Schülertoilette gehen statt zurück zum Lehrerzimmer. Ich warte dann bei Mrs. Baldwin. Da finden Sie doch alleine hin, oder?«

Kate war ins Mädchenklo gestolpert. Es war leer und still dort, abgesehen vom Zischen des undichten Wasserhahns, der, wie sie irgendwo in ihrem Unterbewusstsein registrierte, seit ihrer Schulzeit immer noch nicht repariert worden war. Sie verzog sich in eine Kabine, verriegelte die Tür und setzte sich. Wie sehr sie sich nach einer Zigarette sehnte.

Ihre Affäre war unbeschreiblich erotisch gewesen. Heimliche Momente im Bierkeller des Pubs, wenn sie beide anboten, ein Fass zu wechseln, auf dem Heimweg nach der Arbeit, der grandiose, gefährliche, risikoreiche Sex am Strand, in seinem Auto, zu Hause in ihrem Zimmer, wenn ihre Eltern nicht da waren – manchmal sogar bei ihm zu Hause.

Doch es war immer mehr als nur eine oberflächliche Affäre gewesen. Schon als sie ihn an jenem ersten Abend hinter der Bar gesehen hatte, war ihr klar gewesen, wie beängstigend mächtig diese Anziehungskraft zwischen ihnen war. Sie hatte es gewusst. Etwas in ihr war gleichzeitig gestorben und zum Leben erwacht. Völlig ohne Kontrolle, wo es hinführen würde, ohne Rücksicht darauf, wen es verletzen würde, einschließlich ihrer selbst. In jeder Sekunde, die sie mit ihm verbrachte, war sie ständig gleichermaßen aufgeregt und voller Panik gewesen, genau wie in jeder Minute ohne ihn.

Und da war es wieder. In ihrem Innern lebendig. Wie Elektrizität nach einem Stromausfall. Die Lichter gingen wieder an. Alles wie gehabt. Genauso, wie es sich vor siebzehn Jahren angefühlt hatte. Bevor alles um sie beide herum eingestürzt war ...

Nicht heulen.

Heul jetzt bloß nicht.

Sie tastete nach ihren Zigaretten. Sie wusste genau, dass der Schulleiter bereits ungeduldig wurde, doch er würde einfach warten müssen. Mit zitternder Hand hob Kate das Feuerzeug, entzündete den Tabak und inhalierte tief. Drei tiefe Züge an ihrer Marlboro, bevor sie die halb gerauchte Kippe in die Kloschüssel warf. Dann drückte sie die Spülung, holte ihren Chanel-Flakon aus der Handtasche und hüllte den Raum in eine Wolke aus Parfüm.

Als sie aus der Kabine kam, stand sie unerwartet einem kleinen Mädchen gegenüber, das Kate anstarrte, als hätte es auf sie gewartet.

»Oh! Du hast mich aber erschreckt!« Kate versuchte zu lächeln, doch die Kleine runzelte nur die Stirn.

»Der Rektor sagt, Mrs. Baldwin wartet«, verkündete sie und rannte davon. Kate wünschte sich, ebenfalls davonlaufen zu können.

»Bin schon unterwegs!«, rief sie gespielt munter.

KAPITEL 7

Sobald die Schulglocke das Ende des Unterrichtstages verkündete, schoben seine siebenundzwanzig Schüler lärmend die Stühle zurück, schnappten sich ihre Taschen und stürmten aus dem Klassenzimmer, während Callum vergeblich »Nicht rennen!« hinter ihnen herrief. Er fing an, die Tische aufzuräumen, und seufzte.

Er hatte seit mehreren Wochen gewusst, dass sie kommen würde. Brian Boyd hatte es zu Beginn des Schuljahres selbstzufrieden am Schwarzen Brett verkündet: *Hundertjahrfeier – VIP-Besuch von ehemaliger Schülerin, Fernsehstar Kate Andrews.* Während die meisten seiner Kollegen bei der Aussicht ganz aufgeregt wurden, vor allem die Kolleg*innen*, die »alles toll fanden, wo sie mitgespielt hat, vor allem das mit den Krankenschwestern«, blieb Callum stumm und tat so, als würde ihn das Thema nicht interessieren.

Kates Namen schwarz auf weiß dort zu sehen hatte ihn total aufgewühlt, die ungeheure Ahnung, wie es sich anfühlen würde, sie wiederzusehen. Doch er hatte wenigstens ein paar Wochen Zeit gehabt, sich an die Vorstellung zu gewöhnen. Und durch die Vorwarnung war er gewappnet gewesen, auf die Stunde vorbereitet, die sie in seinem Klassenzimmer verbringen würde, bevor sie so schnell wieder verschwand, wie sie gekommen war, und er seinen Tag fortsetzen konnte. Sie hingegen würde nicht damit gerechnet haben, ihm hier zu begegnen, oder? Sie wäre davon ausgegangen, dass er immer noch in Portobello unterrichtete und nicht Konrektor ihrer alten Schule in Queensferry geworden war. Er hätte sich krankmelden und die ganze Situation damit vermeiden können. Doch er arbeitete noch nicht so lange an der Schule, sodass es nicht gut ausgesehen hätte, bereits jetzt einen Tag zu fehlen.

Außerdem, um ganz ehrlich zu sein, sobald er sich an die Vorstellung gewöhnt hatte, Kate wiederzusehen, war er neugierig gewesen, wie sie inzwischen aussah. In Fleisch und Blut.

Siebzehn Jahre.

Nun kam alles zurück, als wäre es erst vor ein paar Wochen passiert. Das Chaos, das ausgebrochen war, der Zerfall seines bis dahin sehr soliden Lebens. Die ganze Erfahrung, die unter den letzten Jahren begraben worden war, tauchte nun wieder grell im Scheinwerferlicht seiner Gegenwart auf.

Er dachte an das schlechte Gewissen, das er nach jener ersten Nacht am Strand gehabt hatte.

Die einzige Möglichkeit, damit umzugehen – vor allem die einzige Möglichkeit, sich nicht zu verraten –, war, sich völlig ruhig zu verhalten, so als wäre es nie passiert. Da stand er also am nächsten Morgen früh um acht, um das Frühstück für die Jungs zuzubereiten und Belinda eine Tasse Tee zu machen. Er bestrich drei Runden Toast mit Butter und schnitt sie in Streifen. Dann holte er zwei weich gekochte Eier aus dem Topf und setzte sie vorsichtig in zwei getöpferte Thomas-the-Tank-Engine-Eierbecher, die er seinen Söhnen reichte. »Bitte schön.«

»Lecker!« Ben schlug sofort mit dem Löffel oben auf sein Ei.

»Hey, vorsichtig. Lass Daddy das machen.« Cory starrte sein Ei bloß an, unsicher, was er als Nächstes tun sollte, und wartete darauf, dem Vorbild seines großen Bruders folgen zu können, wie in allen Dingen seines kleinen Lebens. Kurze Zeit später tauchten beide ihre Toaststreifen in den dunkelgelben Eidotter, und Callum wandte sich wieder dem Tee zu. Nachdem er drei Beutel in die Kanne gegeben hatte, wartete er darauf, dass das Wasser kochte.

Den vergangenen Abend zu vergessen war jedoch leichter

gesagt als getan. Im Radio spielten sie Kate Bush, und sofort befand er sich wieder in der Strandhütte, wo die Wellen ihnen Beifall klatschten, die Augen geschlossen, während Kate im Sand kniete und begeistert sein Gesicht beobachtete, als sie seinen Gürtel öffnete, seine Jeans ... Sie hatte genau gewusst, was sie tat, was sie wollte ... und als sie es bekam, verschlang sie ihn nach allen Regeln der erotischen Kunst. Verdammt. *And if I only could, I'd make a deal with God. And I'd get him to swap our places ...*

Der Wasserkocher schaltete sich ab.

»Ich bin am Verdursten.« Belinda.

Callums Entschlossenheit, seine Schuldgefühle zu verdrängen, war wie weggeblasen, sobald er seine Frau schwerfällig und müde in die Küche schlurfen sah, einen Monat vor dem Entbindungstermin. Verzweifelt nahm er seine ganze Kraft zusammen und bemühte sich, mit gezwungener Beiläufigkeit zu sagen: »Ich hatte gehofft, du schläfst heute aus.«

»Sag das mal dem da.« Belinda strich mit der Hand über ihren Babybauch. »Wir haben heute Morgen schon ein bisschen Rugby in meinem Bauch gespielt, stimmt's?«

»Früh übt sich.« Callum küsste Belinda auf den Kopf und zog sie an sich. Einen Augenblick lang umarmten sie sich schweigend und sahen zu, wie ihre Söhne ihre Frühstückseier vertilgten. »Seltsame Vorstellung, dass es bald drei sein werden, nachdem es jetzt so lange nur diese zwei waren.«

»Ich weiß. Aber die Dinge ändern sich, nicht wahr, Callumagico?«

Sie blickte lächelnd zu ihm auf, und er zwang sich, ruhig zu bleiben, obwohl sein Herz laut klopfte und die Reue durch seine Adern pulsierte.

Belindas Antennen fingen sofort an zu zucken. »Alles okay, Schatz?«

Innerlich schloss Callum blitzschnell einen Deal mit einem Gott, an den er nicht glaubte: *Lass es dieses eine Mal gut gehen, und ich werde mich dieser Frau nie wieder nähern.*

»Ja, warum?« Er versuchte vergeblich, locker zu klingen, und wenn das Telefon nicht genau in diesem Moment geklingelt hätte, wäre in dem Augenblick womöglich alles herausgekommen.

»Daddy, Onkel Fergus ist dran«, sagte Ben, den Mund voller Toast.

Callum nahm den Hörer mit leicht zitternder Hand. »Ist das nicht ein bisschen früh für dich, Ferg?« Dabei sah er zu, wie Belinda sich Tee einschenkte und den Jungs einen Kuss gab. Erfolgreich abgelenkt.

»Ich weiß, und es tut mir auch echt leid, aber heute kommen zwei Busladungen voll, und Chris hat sich gerade krankgemeldet. Ich hab's bei Polly und Liam versucht, aber da geht nichts. Wäre es irgendwie möglich, dass du …?«

»Um wie viel Uhr?«

»Abendschicht, so gegen sechs? Wahrscheinlich wärst du um zehn fertig.«

»Ich muss das mit Belinda abklären.«

Belinda war ihm schon einen Schritt voraus. »Wenn er will, dass du arbeitest, dann mach das. Ich geh in dem Zustand sowieso nirgendwohin.«

Callum wandte sich wieder dem Hörer zu. »Klingt nach einem Ja.«

»Deine Frau ist echt eine Heilige, weißt du das?«

Callum lachte. »Ja, das ist sie.«

Er wollte gerade auflegen, als Fergus noch hinzufügte: »Ach, und keine Sorge, du wirst nicht ganz allein sein. Ich bestell dieses Mädchen noch mal ein. So ganz nutzlos war sie ja doch nicht.«

Und das war's. Ein Vorsatz von allerkürzester Dauer, der sich in willensschwache Luft auflöste. Callum wusste, er würde an diesem Abend wieder mit Kate zusammen sein, und wahrscheinlich den darauf und den darauf …

Nachdem Callum den Vorbereitungsraum abgeschlossen hatte, steckte er den Schlüssel in die Tasche und verließ das Klassenzimmer, erleichtert, dass der Tag, vor dem ihm so gegraut hatte, vorüber und er ungeschoren ohne Komplikationen oder Nachwirkungen davongekommen war. Er hatte beschlossen, Belinda nichts vom »berühmten Besuch« in der Schule zu erzählen. Wozu auch? Es war am besten, die Dinge nicht unnötig zu verkomplizieren.

Außerdem war Kate jetzt weg.

Und mit ihr die Panik.

KAPITEL 8

Kinder wuselten um sie herum, die der Schulleiter erfolglos zu verscheuchen versuchte, während ein uralter Reporter ein paar Fotos für die Lokalzeitung schießen wollte. Sie standen im Foyer der Schule, und die ganze Zeit über täuschte Kates professionelles, aufgesetztes Lächeln über das quälende Kribbeln hinweg, das ihr Wiedersehen mit Callum drei Stunden zuvor ausgelöst hatte.

»Ihr Taxi sollte jeden Moment da sein«, verkündete der Rektor. »Darf ich noch einmal betonen, was für eine Ehre es war, Sie wieder hier in der North Park Primary School begrüßen zu dürfen?«

Er sprach unnatürlich laut und vergewisserte sich dabei, dass der Reporter in Hörweite war. Er wollte nämlich Wort für Wort zitiert werden, das hatte er alles genau geplant. Doch Kate war nicht bei der Sache und spielte nicht richtig mit.

»Äh, ja, schön«, murmelte sie.

Das übliche Chaos zu Unterrichtsende wurde durch ihre Anwesenheit noch verschlimmert. Eltern, die ihre Kinder abholten, wollten einen schnellen Blick auf die Schauspielerin erhaschen, die sie so oft zu Hause im Fernsehen gesehen hatten und die für sie wie eine alte Freundin war. Leute riefen ihren Namen, manche hatten Kameras dabei, andere bettelten um Autogramme. Und die ganze Zeit über suchte Kate mit den Augen die Menge nach Callum ab, mit dem dringenden Wunsch, einen letzten Blick auf den Mann zu werfen, der vor all den Jahren ihr Herz gebrochen hatte.

Und dann sah Kate ihn.

Unbemerkt von allen anderen bahnte Callum sich einen Weg zur Eichentür mit der Verglasung, Autoschlüssel und einen

Stapel Bücher in der Hand. Sie beobachtete, wie er beiseitetrat, um noch einige weitere Eltern auf Promi-Jagd hereinzulassen. Während er wartete, drehte er den Kopf, und Kate begegnete seinem Blick. Ein kurzes Lächeln huschte über sein Gesicht, und ihr Herz machte einen solchen Satz, dass sie dachte, es würde stehen bleiben.

Ein Schüler, der die Aufmerksamkeit auf sich ziehen wollte, rempelte sie heftig an und hätte sie beinahe umgeworfen.

»Richard Blair! Wie oft habe ich dir schon gesagt, dass auf dem Schulgelände NICHT gerannt wird!«, brüllte die Sekretärin Mrs. Crocombe dem Kind hinterher.

Als Kate aufblickte, war Callum verschwunden.

»Miss Andrews, ich sagte, Ihr Taxi ist da!« Der Schulleiter fand sie inzwischen ein bisschen lästig. Diesen Satz hatte er nun schon zum dritten Mal gesagt. Sie war ziemlich zerstreut, antwortete oft nicht auf seine Fragen, war wahrscheinlich auf Drogen – die meisten von denen waren das doch, oder? Zumindest hatte seine Frau das gesagt.

»Oh. Verstehe. Vielen Dank.« Kate fühlte sich von der Menschenmenge überwältigt und musste schleunigst an die frische Luft. »Vielen Dank für … ich weiß auch nicht, danke für die Einladung«, murmelte sie und steuerte auf den Ausgang zu.

Draußen wartete das Taxi. Es war derselbe Fahrer, der Kate hergebracht hatte.

»Ha! Mich werden Sie wohl nicht mehr los!« Sie stieg wortlos hinten ein. Schüler und Eltern waren ihr nach draußen gefolgt und riefen immer noch ihren Namen in der Hoffnung auf ein Autogramm oder ein Lächeln.

»Müssen Sie nach Waverley oder Haymarket?«, wollte der Fahrer wissen.

Kate war sich nicht sicher. In diesem Moment wusste sie eigentlich gar nichts mehr. Sie wollte nur fort von hier und frische Luft. »Äh, Haymarket, glaube ich.« Als er losfuhr, öffnete sie das Fenster. In ihrem Kopf dröhnte es. Sie brauchte eine Zigarette. »Darf ich aus dem Fenster rauchen?«

Der Fahrer lachte. »Solange ich mitrauchen darf!« Und er zündete sich eine Benson an, erfreut über die Gelegenheit zu einer ungeplanten Zigarettenpause.

Kate legte den Kopf zurück und sog den Rauch ein, um sich mit dem beißenden Brennen des Tabaks zu betäuben, ehe sie es wagte, an Callum zu denken. Den ganzen Nachmittag über hatte sie sich zusammengerissen, den Schmerz festgehalten, bis jeder Muskel ihres Körpers vor Sehnsucht brannte, doch keiner so sehr wie ihr Herz. Am liebsten hätte sie vor Qual geschrien, geheult, geweint.

»Alles in Ordnung da hinten?« Der Taxifahrer hatte im Rückspiegel gesehen, wie Kate aus dem Fenster auf die Häuser und Straßen draußen blickte und ihr eine Träne über die Wange lief. Er hielt ihre Melancholie fälschlicherweise für Heimweh. »Aye, ist kein schlechter Ort zum Aufwachsen. Bestimmt wünschen Sie sich manchmal, Sie wären nie weggegangen!«

Kate rang sich ein müdes Lächeln ab, wischte verlegen die einzelne Träne weg und verfluchte sich innerlich, dass sie sich nicht besser im Griff hatte. Sie näherten sich einer Ampelkreuzung. Während der Fahrer über die Engländer ablästerte, blickte Kate weiter aus dem Fenster. Auf der Spur neben ihnen hielt ein Auto ebenfalls an der Ampel.

Zuerst begriff sie es gar nicht. Doch dann erging es Kate wie in einem Cartoon: Sie musste zweimal hinschauen, und ihr Magen schlug einen Purzelbaum.

Es war Callum.

Er hatte sie nicht gesehen.

Kate zog eine Zwanzigpfundnote aus der Handtasche und warf sie nach vorn zum Fahrer mit den Worten: »Tut mir leid, mein Bester, ich muss los. Hab jemanden gesehen, den ich kenne.«

Sie kletterte aus dem Taxi und knallte die Tür zu, während der Fahrer einerseits lauthals protestierte – »Das ist doch verrückt! Ja, spinnen Sie denn?« – und sich gleichzeitig über den Schein freute: »Trotzdem vielen Dank, sehr freundlich.«

Sie öffnete die Beifahrertür von Callums Wagen und stieg ein. Er war viel zu verblüfft, um zu reagieren. »Nimmst du mich ein Stück mit?« Lächelnd schnallte sie sich an. »Mein Fahrer war mir nicht geheuer. Hatte so einen anzüglichen Blick.«

Die Ampel schaltete auf Grün, und Callum fuhr los.

KAPITEL 9

»Das ist jetzt echt nicht hilfreich.«

Matt lachte immer noch, während er Hetty ein Glas Leitungswasser einschenkte. Sie standen in Kates und Matts großer offener Küche. Tallulah aß neben ihnen ihre Nudeln, mit dem treuen Panda an ihrer Seite, und versuchte, den Witz zu verstehen, der ihren Daddy so zum Lachen gebracht hatte.

»Ach, Hetty, es tut mir leid. Aber so was kannst echt nur du bringen.«

»Na, vielen Dank auch.«

Hetty war zum Babysitten gekommen und hatte ihm mit vor Verlegenheit roten Wangen von der E-Mail berichtet, die Adam Latimer ihr nachmittags geschickt hatte. »Du kannst dir ja vorstellen, dass ich fast einen Herzinfarkt bekommen hab, als ich seinen Namen gesehen hab. Da stand: *Soso … die kleine Hetty Strong! Wie geht's denn so? Klar komm ich gern zum Treffen. Ruf mich an. Adam :-* :-** Zwei Küsse, Matt. Zwei Küsse!«

»Aha.« Matt hatte sich gefragt, wo die Geschichte wohl hinführte.

»Also hab ich mir gedacht, na gut, immer schön unverbindlich bleiben. Ganz locker … Ich hab also angefangen: ›Hallihallo!‹ Aber das klang eher wie ein …«

»Wie eine Kindersendung?«, schlug Matt vor.

»Genau.« Manchmal hatten Matt und Henny verblüffend ähnliche Gedanken und beendeten oft die Sätze des anderen. »Schließlich hab ich mich für ›Hallo, du‹ entschieden. ›Schön, wenn du's zum Jahrgangstreffen schaffst. Ich ruf dich morgen mal an, dann können wir ne Runde schwatzen.‹«

»So weit, so gut …« Matt fand Hettys Geschichten zu Alltagskatastrophen immer sehr unterhaltsam.

»Dann war ich natürlich total unentschlossen wegen des Kusses. Einer oder zwei oder keiner? Denn für mich wirkt EIN Kuss zu intim …«

»Het, du denkst zu viel nach.«

»… aber wenn ich sie ganz weglasse, wirkt das vielleicht zu kühl?«

»Also hast du was gemacht?«

»Also hab ich beschlossen, was soll's, zwei Küsse, genau wie er, habe auf Senden gedrückt und den PC runtergefahren, bevor ich meine Meinung ändern konnte.«

»Prima. Erledigt.«

»Ja, schon, aber dann, Matty, als ich gerade meine Jacke angezogen habe, trifft mich plötzlich der Schlag!«

Matt liebte Hettys Hang zu Dramatik und fing bereits an zu lachen.

»Also hab ich den Computer wieder eingeschaltet, bin in meine gesendeten Nachrichten, und da stand's! Scham trübte das Blut in meinen Adern wie Jod das Wasser.« Manchmal klang Hetty fast wie Shakespeare.

»Warum? Was denn? Sag schon!«

»Als ich meine Mail noch mal gelesen hab, wurde mir klar, dass ich statt ›Ich ruf dich morgen mal an, dann können wir ne Runde schwatzen‹ ›ne Runde schwitzen‹ geschrieben hab.«

Matt war in seinem Element. »Oh, wie wunderbar!«

»Jetzt denkt er sicher, ich bin auf irgendwelche schweißtreibenden Aktionen aus!«

Matt kamen vor Lachen die Tränen. »Aber warum hast du es dir denn nicht noch mal durchgelesen?«

»Weil ich so aufgeregt war. Matty, das ist jetzt vierzehn Jahre her, seit wir irgendeinen Kontakt hatten!«

Matts Lachen verstummte beim Gedanken an Adam und die Wirkung, die dieser auf seine beste Freundin hatte, selbst nach so langer Zeit. »Ach, Mensch, was findest du bloß an diesem Typen? Er hat dich wie eine Idiotin behandelt.«

Matt schnitt einen Apfel in Schnitze und arrangierte diese mit ein paar großen Rosinen auf einem Teller zu einem lachenden Gesicht, das er Tallulah hinstellte, bevor er sie aufs Haar küsste.

»Er war nicht *nur* schlecht.« Hetty wirkte jetzt traurig, und wie immer bereute es Matt, die Liebe ihres Lebens kritisiert zu haben.

»Verzeih mir. Pass auf, ich geh kurz unter die Dusche. Lules? Warum erzählst du Hetty nicht von dem Tintenfischsong, den du heute beim Konzert singen durftest?«

Oben im kleinen Bad direkt neben dem Schlafzimmer drehte Matt die Dusche auf, zog sich aus und wartete darauf, dass das Wasser warm wurde. Er betrachtete sich in der verspiegelten Wand – immer noch sonnengebräunt vom Marokko-Urlaub vor weniger als einem Monat – und lächelte.

Das war ein schöner Urlaub gewesen. Matts Mutter Sylvia war mitgekommen, um ihnen mit Tallulah zu helfen, wodurch sie mehr Zeit zu zweit hatten, was mehr Zeit für Sex bedeutete. Als er sich nun unter den heißen Wasserstrahl stellte, erlaubte er sich die aufregende Erinnerung an Kate und sich in ihrer Hoteldusche, einem riesigen, teuer gekachelten Raum mit fünf verschiedenen Düsen und einer Granitstufe in genau der richtigen Höhe, wo das Wasser erbarmungslos von allen Seiten auf sie beide einprasselte, während sie im Stehen fickten. Es war fantastisch, der kräftige Wasserstrahl und der Dampf, der ihr Stöhnen, das sie einfach nicht unterdrücken konnten, verschluckte. Was machte Sex in heißem Klima nur so besonders, fragte er sich. Sex bei warmen Temperaturen war einfach besser. Matt konnte es kaum erwarten, Kate zu sehen. Er blickte an seinem sauberen nassen Körper hinab: Ja, offensichtlich freute sich *jeder* Teil von ihm auf das Wiedersehen mit ihr.

Er trat aus der Dusche, griff sich ein großes flauschiges Handtuch und wickelte sich darin ein. Immer noch tropfnass setzte er sich auf die Bettkante, um Kate anzurufen. Dieses Mal klingelte es. Und klingelte. Und dann ging ihre Mailbox dran. Er ließ sich nach hinten aufs Bett fallen und wartete darauf, dass ihre Stimme ihn wie üblich auffordern würde, *eine Nachricht zu hinterlassen, und ich rufe dann zurück.* Nach dem Piep legte er sofort los: »Wo steckst du denn, Mrs. Fenton, denn ich muss dich sehen. Ich hab gerade an Marokko gedacht. Mein Gott, das war gut, oder? Mhmm. Ich glaube, uns beiden würde ein Wochenende irgendwo im Bett guttun, was meinst du?« Er musste über sich selbst lachen. »Okay. Ich fürchte, das hier könnte zu einem obszönen Anruf werden, also ruf mich zurück. Ich nehm an, du sitzt inzwischen wieder im Zug. Wahrscheinlich treffen wir uns am besten direkt im Lokal? Wir können die Vorspeise überspringen, gleich zum Hauptgericht übergehen und dann hierher zurückkommen und uns die Seele aus dem Leib vögeln. Ruf mich an.«

Er legte auf und ging zum Schrank, um ein weiches blaues Leinenhemd herauszunehmen, das er in Marokko oft getragen hatte und das Kate, wie er sich erinnerte, sehr gemocht hatte.

KAPITEL 10

Letzten Endes hatte er sie zum Flughafen von Edinburgh gefahren oder, genauer gesagt, bis zum Parkplatz der Travelodge in der Nähe, wo es etwas weniger betriebsam zuging. Zum Bahnhof zu fahren hatte keinen Sinn ergeben, denn Kate war klar, dass sie ihren Zug verpasst hatte. Sie überlegte, vielleicht stattdessen den Flieger zu nehmen. Doch so richtig denken konnte sie eigentlich nicht, denn alles, was sie wollte, war, mit Callum hier zu sitzen, ihn anzusehen, mit ihm zu reden. Gleichzeitig wusste sie gar nicht genau, was sie wirklich wollte. Für eine Frau, die nach außen hin so beherrscht wirkte, hatte sie sich in ein Meer aus Verwirrung verwandelt, in ein schwaches, hilfloses Häufchen Chaos.

So saßen sie im Auto auf dem Parkplatz der Travelodge, während die dröhnenden Triebwerke der startenden und landenden Maschinen des nahe gelegenen Flughafens die Stille zwischen ihnen zerrissen. Viel hatten sie auf dem Weg hierher nicht gesprochen. Einmal hatte Kates Handy geklingelt – Matt. Sie hatte es klingeln lassen.

»Willst du nicht rangehen?«, hatte Callum gefragt.

»Nein.«

Er hielt den Blick weiterhin die ganze Zeit starr nach vorn gerichtet, auf die Menschen, die das Hotel betraten und verließen. Er wusste, dass Kate ihn ansah, aber er wagte es nicht, ihr in die Augen zu schauen. Er traute sich selbst nicht über den Weg.

Was tat er hier? Das war der pure Wahnsinn. Was, wenn sie jemand zusammen sah?

Kate starrte ihn an. Er musste inzwischen sechsundfünfzig sein. Wie gerne hätte sie die Hand ausgestreckt und die rauen Züge seines kantigen, attraktiven Gesichts berührt. Sie fühlte sich von ihnen schon wieder in den Bann gezogen, gefesselt wie eh und je, selbst mit siebzehn weiteren Lebensjahren, die sich in die Falten um seine Augen und auf seiner Stirn gezeichnet hatten, und den grauen Strähnen in seinem unverändert dichten Haar. Das Alter hat ihn schöner gemacht, dachte sie. Seine Haut besaß die vertraute Röte von viel Zeit an der frischen Luft – von Ferien mit *ihr* natürlich, mit Belinda, von Gartenarbeit in *ihrem gemeinsamen* Garten, von Stunden am Spielfeldrand, um *ihren* Kindern beim Kricket und Rugby und Netzball zuzusehen. Vor lauter Neid auf dieses glückliche Familienleben wurde Kate ganz schwindelig.

Callum schraubte den Deckel einer Wasserflasche ab und nahm einen großen Schluck, bevor er sie Kate anbot und mit dem Handrücken seinen Mund abwischte. Sie nahm die Flasche und trank, nicht weil sie durstig war, sondern weil sie mit den Lippen dieselbe Stelle berühren wollte wie er.

»Und wie alt sind deine Kinder jetzt?«, fragte sie betont locker. So als würde sie mit einem entfernten Cousin plaudern.

»Ailsa ist siebzehn, gerade in die zehnte Klasse gekommen. Ben ist einundzwanzig und macht ein Auslandsjahr in Borneo.«

»Nicht zu fassen!« Dieser Small Talk war lächerlich, dachte sie.

»Und Cory ist fast zwanzig. Sein zweites Jahr an der Uni.«

»Was studiert er?« Nicht dass es sie wirklich interessiert hätte.

»Geschichte.« Nicht dass es ihm wichtig war, es ihr zu erzählen.

»Gute Wahl.« Was für eine sinnlose Aussage, dachte sie. Und die Stille, die nun folgte, war keinen Deut weniger angespannt.

Vor dem Hoteleingang hielt ein Taxi, und zwei Geschäftsleute stiegen aus, beide mit Übernachtungstaschen. Einer lachte über das, was der andere gesagt hatte, ohne etwas von dem merkwürdigen Wiedersehen zu ahnen, das da nur wenige Meter von ihnen entfernt stattfand.

Kate dachte immer noch an Callums Kinder.

»Sie waren noch Kleinkinder …«, sagte sie.

»Ich weiß.«

Und dann redeten sie plötzlich gleichzeitig los, unfähig, den Schein höflicher Konversation länger aufrechtzuerhalten.

»Ich hätte heute wahrscheinlich nicht in die Schule kommen sollen«, platzte er heraus.

»Du musst doch gewusst haben, dass ich … oh, tut mir leid.« Sie machte einen Rückzieher.

»Nein, sprich weiter.«

»Na ja, ich hab einen Zettel im Lehrerzimmer gesehen, auf dem mein Besuch in der Schule angekündigt wurde. Du musst also gewusst haben, dass ich komme.«

»Natürlich! Aber was hätte ich denn tun sollen? Dem Rektor sagen, dass das keine gute Idee ist, weil ich dich vor siebzehn Jahren geschwängert habe? Verdammt!«

Es lag an der Art, wie er es sagte, sein drastisches Bekenntnis zu dieser Ur-Verbindung zwischen ihnen. Und ehe sie sich versah, streckte sie die Hand aus, drehte sein Gesicht zu ihr und versuchte unbeholfen, ihn zu küssen.

Callum wich zurück, entsetzt. »Was zum Teufel tust du da?!«

»Entschuldige, ich weiß auch nicht …«

Er wandte sich von ihr ab und richtete den Blick aus dem Fenster auf einen reisemüden Geschäftsmann, der einen Businesstrolley aus seinem noch reisemüderen Auto zog. Callum schloss die Augen in der Hoffnung, sich zu beruhigen, doch er konnte den Ärger nicht abschütteln, der bei der Erinnerung an das, was sie getan hatte, in ihm aufstieg. Er konnte sie nicht ansehen, als er sagte: »Du hättest es mit mir besprechen sollen, Kate. Nicht einfach losziehen und es ...«

»Ach, weil du zu mir gestanden hättest, Callum? Das glaub ich kaum!« Kate kamen inzwischen die Tränen.

»Ich meine nur ...« Er geriet ins Straucheln, weil er wusste, dass sie recht hatte. Er wäre nicht für sie da gewesen. »Ich weiß auch nicht ... Mich einfach so anzurufen. Es zu verkünden wie einen abgeschlossenen Deal.«

»Ich muss dir was erklären«, schluchzte sie. »Das, was passiert ist – das war nicht ... so ohne Weiteres ...« Doch ehe sie ihren Satz beenden konnte, wurden ihre Gedanken vom anhaltenden Klingeln ihres Handys in der Tasche unterbrochen. Sie rührte sich nicht.

»Geh doch ran.« Er war gereizt. Sofort tat ihm sein Tonfall leid. »Es könnte wichtig sein.« Er selbst hatte noch nicht so lange ein Handy und dachte nach wie vor, man benutzte es nur im Notfall.

Kate gehorchte, und er sah zu, wie sie in ihrer Tasche herumsuchte. Als sie das Gerät endlich fand, fiel ihm auf, wie ihre Hände zitterten. Eine Welle des Mitleids überkam ihn, und auf einmal wollte er sie gerne trösten. Beim Telefonieren blickte sie aus dem Fenster, und dieses Mal erlaubte er sich, ihre bezaubernde Schönheit zu betrachten, die er, wenn er ehrlich war, nie vergessen hatte. Die einladende Fülle ihrer betörenden Lippen, die grüngrauen Augen, die einen mit einem einzigen Blick umwerfen konnten, und die milchige Ebenmäßigkeit ihres Porzellanteints. Als sie zuvor mit den Schülern im Klassenzimmer gesprochen hatte, hatte er sich nicht getraut, sie anzusehen, zumindest nicht richtig. Denn er wusste, was er dabei fühlen würde, und er hatte sich nicht getäuscht. Oh, verdammt.

»Hi!« Ihre Stimme war emotionslos und flach.

»Na, endlich!«, sagte Matt am anderen Ende erfreut. »Hast du meine Nachrichten bekommen?«

»Äh, noch nicht.«

»Also, ich dachte, wir treffen uns am besten im Porto's, weil du keine Zeit haben wirst, erst nach Hause zu kommen – wo ungefähr bist du gerade? Peterborough?«

»Schatz, es tut mir so leid …«

Schweigen am anderen Ende. Matt wusste, was kam. Er war an den Tonfall nur zu gut gewöhnt, mit dem Kate ihre sanften Abfuhren einleitete.

»Ich bin jemandem von früher begegnet. Wir sind noch was trinken gegangen.« Sie holte tief Luft. »Deshalb hab ich den Zug verpasst.« Sie schloss die Augen, während sie ihn belog, und zwang sich zu einem ruhigen, unaufgeregten Tonfall.

Es folgte eine weitere Pause, in der Matt verarbeitete, was er hörte. »Du bist immer noch in Edinburgh«, sagte er mit einem Seufzen.

»Ja. Hör zu, es war einfach … wir haben uns schon so lange nicht mehr gesehen! Seit … also, seit Jahren!«

»Wen hast du denn getroffen?«

Sie zögerte. »Was?«

Dann drehte sie sich zu Callum um und stellte fest, dass er sie die ganze Zeit beobachtet hatte. Seine Miene hatte sich verändert, war weicher geworden, weniger abwehrend. Sie wagte es, ihm direkt in die Augen zu sehen, und dieses Mal wandte er den Blick nicht ab.

»Paula. Paula McGee – kennst du nicht.«

Ohne seinen Blick zu senken, streckte Callum langsam die Hand aus und schob sie unter den Saum ihres Rocks. Berührte die weiche, nackte Haut auf der Innenseite ihres Oberschenkels und drückte fordernd ihre Beine auseinander. Kate schnappte nach Luft, schloss wieder die Augen und versuchte, ruhig weiterzusprechen, doch die Worte kamen zu hastig über ihre Lippen. »Matt, die Verbindung ist irgendwie Mist, ich nehm das Flugzeug, okay? Ich ruf dich an, sobald ich mehr weiß.«

Callums Hand wanderte langsam höher. Allein die Vorstellung seiner Finger in ihr war kaum auszuhalten …

»Dann wird also nichts aus unserem Abendessen?« Die Resignation in Matts Stimme war fast greifbar.

»Lass uns morgen gehen, ja? Ich ruf dich nachher an.« Sie wartete seine Antwort nicht ab.

Innerhalb von fünfzehn Minuten nach Beendigung des Anrufs hatten Kate und Callum die Tür von Zimmer 210 der Travelodge geschlossen und holten die siebzehn Jahre nach, die sie getrennt verbracht hatten. 800 Meter entfernt starteten und landeten weiterhin die Flieger.

KAPITEL 11

Becky bemühte sich, ein Plastiktablett auszubalancieren, auf dem sich ein Wasserglas mit darin sprudelnder Vitamintablette, eine bis zum Rand gefüllte Cafetière und eine mit Alufolie abgedeckte Styroporschale mit Melonenschnitzen befanden. Alles schwankte im Oktoberwind. Mit gesenktem Kopf kämpfte sie sich in Richtung Make-up-Truck vor, wobei ihre Regenkleidung schnelle Bewegungen unmöglich machte. Als sie die Treppenstufen erreichte, war Benno, der Regieassistent, bereits da.

»Ist das für Kate?«, fragte er.

»Ja. Mehr wollte sie nicht.«

»Okay, ich kümmer mich darum.«

Er nahm das Tablett auf eine Hand und sprang leichtfüßig die Stufen des Wagens hinauf, dessen Tür er mit dem Ellbogen öffnete. Es war 6.15 Uhr und immer noch dunkel.

Im Make-up-Truck lief im Hintergrund leise Radio 2. Eine Mischung aus warmer Luft und Haarspray stieg kitzelnd in Bennos Nase.

»Ein lächerlich kalorienarmes, sehr koffeinhaltiges Frühstück für Miss Kate Andrews!«, rief er mit breitem Grinsen. Kate saß im Visagistenstuhl am anderen Ende, den Kopf zurückgelegt, mit einer Maske über den Augen. Sie war so reglos, dass sie aussah wie tot. Betsy, die Visagistin, blickte Benno mit hochgezogener Augenbraue an, während sie weiter Kates Nägel lackierte.

»Mach damit, was du willst«, murmelte Kate.

»Führ mich nicht in Versuchung.« Das Geplänkel am Set hatte nie Pause, egal, wie früh am Morgen es war.

Benno stellte das Tablett neben Betsys Make-up-Wagen. »Bets, lässt du uns eine Minute allein?«

»Klar.« Sie steckte den Pinsel in das Fläschchen und schraubte den Nagellack zu. Ehe sie ging, versuchte sie noch erfolglos Kates Nägel trocken zu pusten.

Benno nahm eine Tasse vom Spülbecken und schenkte Kate Kaffee ein. Auf der Tasse stand: *Ja, du musst verrückt sein, hier zu arbeiten!*

»Also … Doug hat mir erzählt, du hast ihn gestern Abend angerufen und gebeten, dass er dich abholt …«

»Petze.« Kate konnte kaum sprechen.

»… in Sheffield.«

Seufzend nahm Kate langsam ihre Augenmaske ab.

»Du siehst scheiße aus.« Direkt zu sein war oft Teil von Bennos Job.

»Vielen Dank, Brad Pitt.« Kate griff nach ihrem Kaffee, wobei ihre Hand leicht zitterte. Sie nahm einen großen Schluck, während Benno die Folie von den Melonenschnitzen entfernte.

»Kate, was ist los?«

»Ist spät geworden gestern, das ist alles. Hab einen alten Schulfreund getroffen.«

»Ja, toll. Du hast heute vier wichtige Szenen, einschließlich der unfertigen vom Mittwoch, vierzehn Seiten Text, und du kannst kaum die Augen offen halten.« Er spießte ein Stück Melone auf und hielt es ihr vor den Mund, als würde er ein Kleinkind füttern.

»Ein paar Red Bulls, dann bin ich wieder wie neu. Du kennst mich doch, Benno, the show must go on und so!« Sie knabberte an der Melone, bevor sie die Gabel beiseiteschob und in ihrer Handtasche nach Kopfschmerztabletten suchte.

»Zwing mich nicht, es zu sagen.«

Kate drückte die Tabletten aus dem Blister und spülte sie mit Kaffee runter.

»Es wird nicht wieder vorkommen.« Ihre Stimme war kaum hörbar, wie die eines schmollenden Teenagers. Der Kreidefilm der Schmerztabletten hinterließ einen bitteren Geschmack in ihrem Mund.

»Gut.« Er machte sich auf den Weg zur Tür. »Ach, und übrigens« – er lächelte – »Happy Birthday!«

Als Callum und Kate die Tür des Hotelzimmers hinter sich geschlossen hatten, redeten sie eine Stunde lang kein Wort, sahen sich nicht einmal richtig an. Es war fast so, als wäre der Sex eine Notwendigkeit, eine Formalität, die es zu erledigen galt, bevor sie mit ihrem Leben weitermachen konnten. Es war alles überraschend leicht gewesen, keine peinlichen Momente, keine Schüchternheit, alles genau wie früher, wie es immer gewesen war. Und natürlich unbeschreiblich intensiv und gut.

Anschließend lagen sie im verblassenden Licht der schottischen Abenddämmerung da, das durch das nichtssagende winzige Hotelfenster hereintanzte. Ihr Kopf auf seiner Brust, während er zur verputzten Decke hinaufsah. Er brach das Schweigen als Erster.

»Also …«, flüsterte er lächelnd. »Du hast nie geschrieben, nie angerufen …«

Sie lachte, ohne ihn anzusehen, sondern streichelte nur seinen Arm. Seine Haut fühlte sich so überraschend vertraut an, als hätte sie ihn erst gestern berührt, nicht vor siebzehn Jahren das letzte Mal.

»Was wolltest du mir sagen? Vorhin. Im Auto?«

»Nichts. War nicht so wichtig.«

So blieben sie bis acht Uhr liegen, als der inzwischen schwarze Himmel von den gnadenlosen Parkplatzlichtern erhellt wurde, die einen unheimlichen orangefarbenen Schein auf ihre Körper warfen. Ihre beiden Handys hatten mehrmals geklingelt, doch keiner von ihnen war rangegangen. Sie wussten, dass mit jedem unbeantworteten Anruf die Forderung nach Erklärung stärker wurde, und doch brachten sie es nicht über sich, sich zu rühren.

Es war schließlich Kate, die den Anfang machte. Wortlos, denn es gab nichts zu sagen, was die Unausweichlichkeit der Trennung hätte lindern können. Also stand sie einfach auf, zog sich schweigend an und ging. Callum starrte noch minutenlang auf die Tür, nachdem sie verschwunden war, las den Notfallplan über der Klinke immer und immer wieder: *Im Brandfall …*

Als Kate am Flughafen ankam, waren auf der Anzeigetafel für diesen Abend keine weiteren Flüge nach London mehr angeschrieben. Scheiße. Aber in einer Stunde ging noch einer nach Birmingham. Na gut, besser als nichts, dachte sie. Sie ging zum Schalter, um sich ein Ticket zu kaufen. Es würde bestimmt ein Vermögen kosten, aber was sein musste, musste eben sein.

»Tut mir leid, Madam, aber der Flug ist vollständig ausgebucht.«

Kate lachte. Sollte das ein Scherz sein? »Wollen Sie mir etwa erzählen, Sie haben keinen einzigen freien Sitzplatz mehr?«

»Tut mir leid, aber so ist es. Wegen des ausgefallenen Flugs nach Manchester vorhin.«

Kate hatte den Kopf auf den Tresen sinken lassen, während in ihren Ohren die Melodie des Racheengels klingelte. Die Leute starrten sie an. Manchmal vergaß sie, dass sie ein berühmtes Gesicht hatte.

Voller Panik ging sie zum Bankautomaten ein paar Meter entfernt, zog ein Bündel Bargeld und ging hinaus zum Taxistand. Das Gesicht des Fahrers war ein Bild für die Götter, als sie ihm erklärte, er sollte die Autobahn nach Süden nehmen und immer weiterfahren. Dann holte sie tief Luft, warf einen Blick auf ihr Handy und rief Doug an. Ihr graute vor dem Drama, den Schuldgefühlen, die sie noch wochenlang quälen würden, doch sie hatte keine Wahl. Er ging ans Telefon. Sie versuchte locker und albern zu klingen.

»Hey, Doug, rate mal, welches verpeilte Huhn seinen Flug verpasst hat?«

Kurze Pause, dann schaltete Doug in den Krisenmodus. »Wo bist du denn, Herzchen?« Seine Stimme war tief und rau, und sein Londoner Akzent wäre auch in einer Folge *EastEnders* nicht fehl am Platz gewesen.

»Ach, Doug, das willst du lieber nicht wissen …« Sie scheute sich davor, es ihm zu sagen.

»Wenn es eine Straße gibt, die dort hinführt, bin ich unterwegs.« Sie konnte sich den Blick lebhaft vorstellen, den er seiner Frau über den Rand ihrer Kakaotasse hinweg zuwarf, und Kate wusste, dass er im Grunde die Heldenhaftigkeit dieser Aufgabe genoss. Wie möglicherweise auch *Mrs.* Doug. »Ich sitze in einem Taxi und bin im Augenblick ein paar Kilometer südlich vom Flughafen in Edinburgh.«

Doug stieß ein lang gezogenes Pfeifen aus, und Kate verdrehte die Augen.

»Okay. Kein Problem! Gib mir zehn Minuten, damit ich mir eine Thermoskanne machen kann, und ehe du dich versiehst, bin ich auf der M1. Sag dem Fahrer, er soll nach Sheffield fahren.«

»Sheffield! Gütiger Himmel!« Im Hintergrund verschluckte sich Mrs. Doug nun vermutlich an ihrem Kakao, dachte Kate.

»Ja, da gibt's eine Raststätte kurz hinter der Ausfahrt 30, glaube ich. Wenn wir es richtig timen, solltest du nicht allzu lange warten müssen. Bleib ganz ruhig, Schätzchen. Onkel Doug ist schon unterwegs!«

»Vielen Dank, Doug. Und gute Fahrt.« Kate legte auf.

»Sie wissen aber schon, dass das teuer wird, Miss, oder?«, hatte der Taxifahrer unnötigerweise gefragt.

»Ja, keine Sorge. Ich habe Bargeld.«

»Könnten zweihundert, dreihundert Mäuse werden!«

»Wie schon gesagt, ich hab das Geld.« Seine Augen begannen zu leuchten. »Wenn es Ihnen nichts ausmacht, würde ich jetzt gerne eine Weile schlafen.« Kate schloss die Augen und dachte an ihre Freundin Lynette, eine trockene Alkoholikerin. Lynette hatte ihr mal vom ersten Schritt im Programm der Anonymen Alkoholiker erzählt. Wie war das noch mal? Irgendetwas mit dem Alkohol gegenüber machtlos sein und »dass wir unser Leben nicht mehr meistern konnten«. Es war zwar nirgends ein Glas Wein zu sehen, aber Kate hatte noch nie das Gefühl gehabt, ihr Leben so wenig meistern zu können.

Und doch. Und doch … war da diese Wärme, dieses Lächeln, das sich von ihrem Kopf bis zu den Zehenspitzen erstreckte und ihr ganzes Wesen in Glückseligkeit tauchte. Sie fühlte sich, als hätte sie das fehlende Puzzlestück gefunden, von dem sie zwar stets gewusst hatte, dass es nicht da war, sich das aber nie eingestanden hatte. Bis heute.

Das Taxi fuhr auf die A1 und machte sich auf den Weg nach Sheffield, während Kate auf der Rückbank einnickte und im Schlaf lächelte.

Um drei Uhr morgens kroch Kate ins Bett. Matt schlief tief und fest, den Rücken ihr zugewandt. Er war nicht wütend gewesen, als sie ihn wegen des Fluges angerufen hatte, nur resigniert. Und stumm. Sie hasste dieses Schweigen. Sie kannte es zu gut. Aber sie wusste, dass sie es nur deshalb hasste, weil es berechtigt war. Sie war mit dem liebsten, nettesten, bezauberndsten Mann der Welt verheiratet, und doch ließ sie ihn immer und immer wieder im Stich.

Dieses Mal hast du dich allerdings selbst übertroffen!

Sie schmiegte sich von hinten an ihn, da sie unerklärlicherweise den Trost seines Körpers neben ihrem brauchte. Als würde sie ihn telepathisch für das, was sie getan hatte, um Verzeihung bitten. Im Schlaf fasste er nach ihrer Hand. *Schon okay, Baby, schon okay.*

Für gefühlte zehn Sekunden schloss Kate die Augen, bevor das zaghafte Weckerklingeln ihres Handys sie drängte aufzustehen. Sie hatte zweieinhalb Stunden Schlaf bekommen, und nun war es Zeit für die Arbeit. Als sie das Zimmer verließ, warf sie einen Blick über die Schulter auf Matt. Er schlummerte immer noch in Seitenlage, in derselben Haltung wie zuvor.

KAPITEL 12

»Ailsa Cerys Louise, pass gut auf! Auf dass du dir kein Beispiel nehmest an deinem Vater, Opfer von werktäglichen Trinkgelagen und ein Mann voll Schmach und Schande!«

Die vierundfünfzigjährige Belinda MacGregor räumte gerade den Frühstückstisch ab, als ihr Mann mit zerzausten Haaren hereinkam und seine Krawatte band.

»Dad, du siehst ja echt scheiße aus!« Ailsa saß am Tisch, schaufelte Shreddies in sich hinein und las *König Lear*.

»Ja, schon gut.«

»Dabei hast du gar nicht mal sooo besoffen gewirkt!«

»Hey! Pass auf dein loses Mundwerk auf, Missy.« Was das anging, war Belinda immer schon streng gewesen. Zumindest wenn es um ihre Kinder ging.

»Tja, im Vergleich zu dir vertrag ich halt was. Weil *ich* erwachsen bin und *du* immer noch minderjährig. Vergiss das nicht.« Callum war dankbar für den Themenwechsel. Es war lange, lange her, seit er hatte lügen müssen, und er befand sich auf sehr unsicherem Terrain.

»Wer war das noch mal? Dieser alte Kumpel?«

Belinda klappte die Spülmaschine auf und stellte die Teller hinein. Callum trank einen Schluck Tee, um sich eine Nanosekunde Bedenkzeit zu erkaufen. »Paul McGee, hab ich dir doch gesagt! Ist vor über dreißig Jahren nach Australien ausgewandert und besucht gerade seine Mutter.«

»Ich glaub echt, ich werde langsam alt. Ich kann mich überhaupt nicht an ihn erinnern!«

Er küsste sie auf die Stirn. »Warum solltest du dich auch an jeden Einzelnen erinnern, mit dem ich auf dem College gewesen bin?« Callum schüttete den Rest seines Tees weg und stellte die Tasse in die Spülmaschine. »Ich würde dich ja mitnehmen«, sagte er zu Ailsa, »aber ich muss erst noch das Auto aus der Stadt holen.«

»Das ist ja schändlich!« Belinda zwinkerte ihm zu. Sie hatte ihr grau meliertes Haar nach hinten zum Pferdeschwanz gebunden und war inzwischen ein paar Kilo schwerer als mit dreißig, aber ihre Augen blitzten wie eh und je, und ihr Lächeln war immer noch sexy.

»Ich muss erst nach der Pause in die Schule«, erklärte Ailsa mit vollem Mund. »Lernstunde.«

»Die auch zum Lernen gedacht ist!«

»Äh, und was, glaubst du, ist das hier?« Sie hielt ihren *König Lear* hoch.

Callum verdrehte die Augen und ging zur Tür.

»Bis heute Abend, du alter Nachtschwärmer!« Belinda sah ihm nach, dann fiel ihr etwas ein. »Heute musst du dir selbst was zu essen machen. Ich hab Bauch-Beine-Po.« Lächelnd wartete sie darauf, dass er wie jeden Freitagmorgen erwiderte: *Deine sind sowieso die schönsten auf der Welt!*, doch aus irgendeinem Grund sagte er das heute nicht. Sie runzelte die Stirn, schob es dann aber auf seinen Kater.

»Ich kann dich mitnehmen, Ailsa. Meine Schicht fängt erst um zehn an.« Sie schaltete die Spülmaschine an und erstickte die aufflackernden Zweifel.

Callum hatte das Auto am Abend zuvor vor einem Pub namens Griffin stehen lassen. Es war keine Kneipe, die er normalerweise besuchte, und er war davon ausgegangen, dort niemanden zu treffen, den er kannte. Drei Stunden zuvor hatte er das Zimmer verlassen, das Kate bereits bezahlt hatte, und sich an die Hotelbar begeben. Die zwei Geschäftsleute vom Nachmittag tranken ein paar Bier zusammen, und eine Frau in der Ecke starrte verzweifelt auf ihr Laptop. Abgesehen davon war die Bar menschenleer. Er wollte sich gerade einen Drink bestellen, als ihn das dringende Bedürfnis überkam, von hier zu verschwinden, aber nicht nach Hause, noch nicht. Hauptsache, weg von diesem Ort. Wo es passiert war. Als würde eine größere Distanz zwischen ihm und dem Hotel die Erinnerung löschen. Das Ereignis ausradieren. Er brauchte Alkohol. Irgendwas, um wieder alles ins Lot zu bringen. Etwas, das ihm dabei half, sich eine Geschichte auszudenken, das ihm beim Denken half.

Im Griffin war zum Glück selbst an einem Donnerstagabend viel los. Jede Menge Feierabendgäste, zwischen denen er sich verstecken und anonym bleiben konnte, während er fünf Pints trank und sich eine Strategie zurechtlegte. Er hatte sich also mit diesem alten Freund aus Collegezeiten getroffen, und aus einem Bier waren mehrere geworden. *Wer genau? Ach, den kennst du gar nicht. Sollen wir ihn mal zu uns einladen? Wirst du ihn wieder treffen?*

Nein. Auf keinen Fall. Das war nur dieser eine Abend.

Nun war die Kneipe geschlossen, abgesehen vom Bierkutscher, der seine frühmorgendlichen Fässer ablud. Callum stieg in sein Auto, das er ganz in der Nähe geparkt hatte, und starrte in die Luft. Es war halb neun. Er sollte inzwischen eigentlich in der Schule sein. Jedes Mal, wenn Kate in seine Gedanken hereinspazierte, verscheuchte er sie. Verzweifelt auf der Suche nach etwas Normalität drehte er das Radio auf, in der Hoffnung, das übliche Gedudel würde ihn in den Alltag seines wunderbaren, geliebten Lebens zurückbefördern. Liberty X sangen *Boy, if you could read my mind, I'm sure that you could find what you've been searching for.*

Doch er konnte Kate nicht verscheuchen. Und er konnte nicht aufhören, an sie zu denken: an diese Lippen, daran, wie sie die Beine fest um ihn geschlungen hatte und wie es sich anfühlte, wieder in ihr zu sein.

Schnell schaltete er zu einem Lokalsender um. Dort berichtete der Sprecher gerade vom gestrigen Besuch der berühmten Schauspielerin Kate Andrews in der North Park Primary School. *Was für eine reizende Person!*

Callum drehte den Regler weiter, bis er schließlich Trost bei Radio 4 fand. Er atmete tief durch und machte sich auf den Weg zur Schule.

KAPITEL 13

»Es ist großartig, findest du nicht?« Peter hielt in der Galerie eine große Leinwand in die Höhe, die am Morgen reingekommen und immer noch zur Hälfte in Packpapier eingewickelt war. Das Bild trug den Titel *Sonnenaufgang in Coggleshell*, und der Künstler hatte mit mutigen, dramatischen Farben die ganze Kraft und den Optimismus eines neuen Tages eingefangen. Gleichzeitig forderte er den Betrachter dazu heraus, diese infrage zu stellen. Trotz seiner trüben Stimmung wurde Matt unweigerlich davon in seinen Bann gezogen. Der Künstler, Mark Lavender, hatte einen solch eigenen Stil, dass weder Matt noch Peter ihn hätten benennen können. Doch seine Arbeiten brachten sie immer zum Lächeln. In der Vergangenheit hatten sie drei seiner Gemälde verkauft, alle für einen guten Preis.

»Er hätte gerne zweitausend dafür«, meinte Peter.

»Dann biete es für drei an.«

»Bist du sicher?«

»Nicht wirklich. Aber ich bin mir heute eigentlich bei gar nichts sicher.«

Peter runzelte die Stirn und wollte gerade nachfragen, doch Matt kam ihm zuvor. »Ach, beachte mich einfach nicht, ich muss sowieso weg. Muss Tallulah abholen, damit wir Kate ihre Geburtstagstorte vorbeibringen können.«

»Grüß sie von mir.«

Zu mehr konnte Peter sich nicht durchringen. Er versuchte stets, seine wahren Gefühle für Kate zu verbergen, aber es gelang ihm nie, weil er sie einfach noch nie besonders gemocht hatte. Er hatte immer den Eindruck, dass sie Matt an der Nase herumführte. Und er war nicht bloß von ihr eingeschüchtert, weil sie eine kapriziöse Schauspielerin war – nein, diese ganze Fernsehwelt beeindruckte Peter weder, noch konnte sie ihn aus der Fassung bringen, nachdem er selbst über zehn Jahre lang mit einem einigermaßen erfolgreichen Schauspieler – Julius – liiert gewesen war. Irgendetwas an ihr fand er nicht vertrauenswürdig.

Um genau zu sein, hatte Julius vor ein paar Jahren mit Kate bei einer Folge von *Midsomer Murders* zusammengearbeitet. Sie hatte die falsche Fährte verkörpert, die junge Ehefrau eines lokalen Würdenträgers, von der jeder dachte, sie habe einen Grund gehabt, ihren Mann umzubringen. Wie sich herausstellte, war nicht sie die Übeltäterin, sondern die Schülerlotsin. Julius hatte den ermordeten Würdenträger gespielt, und so hatten Kate und er ein paar gemeinsame Szenen gehabt. Laut Julius war sie charmant und witzig und extrem professionell. Doch irgendetwas war nicht so richtig im Lot bei ihr. »Das ist eine tickende Zeitbombe!«, hatte er Peter eines Abends nach dem Dreh im Vertrauen erzählt. »Ein bisschen zu gut mit dem alten Charlie befreundet.« Er tippte sich verschwörerisch an die Nase. Im Gegensatz zu Julius hatte Peter Koks nie ausprobiert. »Und da ist noch irgendwas anderes. Ich kann nicht so genau sagen, was, aber glaub mir, es wird kein gutes Ende mit ihr nehmen.«

Als Sylvia – Matts Mutter und Freundin seit Kindertagen – ihm später erzählt hatte, dass ihr »Matthew-Schatz« mit einer berühmten Schauspielerin liiert war – »Du weißt schon, die aus dieser schottischen Serie über dieses Dings. Sonntagabends!« –, gaben Peters Alarmglocken ein leises Klingeln von sich. Als Sylvia berichtete, dass die beiden heiraten würden, läuteten die Glocken lange und laut. Aber was konnte er schon sagen.

»Pete, sie ist so wunderschön!« Sylvia war so begeistert, als würde umwerfende Schönheit alle anderen Mängel wettmachen.

Und als die kleine Tallulah geboren wurde, war Sylvia außer sich vor Freude. Eine Zeit lang war ihre Schwiegertochter, die heilige Kate, unfehlbar. Schließlich hatte sie Sylvia eine Enkelin geschenkt!

Erst in den vergangenen zwei Jahren hatte Sylvia Peter nach und nach gestanden, dass sie nicht glaubte, dass in der Ehe ihres Sohnes alles gut lief.

»Ich weiß, Kate steht unter enormem Druck«, versuchte sie zu rechtfertigen. »Aber sie bekommt diese … Schübe … da gibt es kein Halten mehr. Sie ist dann auf einem richtigen Selbstzerstörungstrip. Betrinkt sich und treibt tagelang wie wild Sport. Oder noch schlimmer: Matt sagt, sie kauft einen Haufen Essen – Würstchen und Käsekuchen und so Zeug – und stopft das dann heimlich nachts in sich rein. Einmal kam er runter in die Küche, und sie steckte mit dem Kopf quasi in einer Schüssel Trifle.«

Peter würde sich sein unfreiwilliges Lachen bei dieser Beschreibung nie verzeihen. Doch wie er Sylvia hinterher immer wieder versicherte, es war einfach »die Art, wie du es gesagt hast, Liebes. Natürlich ist das besorgniserregend. Kate kommt mir nur eben wie jemand vor, der sich nicht mal im selben Raum mit einem Dessert aufhalten würde, ganz zu schweigen davon, eines in sich reinzustopfen.«

»Sie … du weißt schon, steckt sich hinterher den Finger in den Hals, sagt Matthew. Es ist wirklich erschütternd.«

Sie tat ihm leid, als er das hörte. Kate Andrews war der letzte Mensch auf der Welt, bei dem er eine Essstörung vermutet hätte. Irgendwie waren Alkohol- und Drogenabhängigkeit, ja sogar Spielsucht in gewisser Weise »cool«. Es war etwas, das einer Auszeit in einem Kloster würdig war, dachte er. Aber *Essen*! Wie peinlich. Wie demütigend für sie.

Er sah zu, wie Matt, inzwischen gedankenverloren, seine Schlüssel und das Handy einsteckte und zum Ausgang der Galerie ging. Vor der Tür drehte er sich noch mal um. »Hey, Pete, super gemacht mit dem Lavender-Bild.« Und weg war er.

Armer Kerl, dachte Peter, als die altmodische Ladenglocke beim Schließen der Tür unbeeindruckt bimmelte.

KAPITEL 14

Bei *Vegetarian Living* drückte sich Ivor aus der Buchhaltung vor Hettys Schreibtisch herum, in der Hand eine Schachtel mit einem halben Dutzend Eier. Hetty schenkte ihm keine Beachtung, so gebannt starrte sie auf ihren Bildschirm beim Versuch, herauszufinden, ob Adam in seiner letzten Mail mit ihr flirtete oder sich über sie lustig machte, wenn er schrieb: »*Eine Runde miteinander ›schwitzen‹? Mir war gar nicht klar, dass du so auf ›heiße Dinge‹ stehst, Hetty Strong!*«

Sie klickte auf Antworten, konnte sich aber nicht genug konzentrieren, weil sie inzwischen Ivors Anwesenheit bemerkt hatte.

»Die sind aus absoluter Freilandhaltung«, erklärte er, »und Bio. Glückliche Hühner. Von meinem Cousin. Der hat vier davon.«

Ivor stellte die Eier auf ihren Schreibtisch, und auf einmal tat es Hetty furchtbar leid, dass sie ihn ignoriert hatte, vor allem in Anbetracht von Adams plumper Mail. »Oh, Ivor, das ist echt nett von dir. Ich werde mir eines davon zum Frühstück machen.« Sie lächelte ihn an und versuchte, ihm stumm zu signalisieren, dass ihre Unterhaltung damit beendet war.

Doch er stand bloß da und lächelte zurück, wobei ihm auffiel, dass Hettys linke Augenbraue buschiger war als die rechte, wofür er sie noch mehr liebte. Er nahm seinen Mut zusammen und erkundigte sich: »Wie lief das Babysitten?«

»Musste ich am Ende gar nicht.« Er starrte sie weiterhin an. Hettys E-Mail-Postfach pingte, und sie warf einen Seitenblick auf den Monitor. Adam! Als sie seinen Namen sah, schnappte sie innerlich nach Luft.

»Wer ist das, dein Freund?«, erkundigte sich Ivor scherzhaft.

Doch Hetty, die von der E-Mail abgelenkt war, antwortete, ohne nachzudenken: »Äh … ja …«

Zwei kleine Worte, die Ivors Sorge, Hetty könnte mit jemandem zusammen sein, bestätigten. Er schlich wie ein begossener Pudel davon, murmelte noch »Oh, verstehe« und ließ die Eier zurück.

Hetty öffnete die Mail: *Sorry, ich hoff, ich hab dich nicht beleidigt. Ich würde es gerne wiedergutmachen, indem ich dich zum Mittagessen ausführe. Wie wär's mit Sonntag?*

Einen Moment lang überlegte sie, ob es sich um dieselbe Person handelte. Er klang so ernst, so nett … und dann erst fiel der Groschen. Er lud sie ein! Zu einem Date! Mit Adam Latimer! Sie musste unbedingt vorher ihre Augenbrauen zupfen lassen, dachte sie.

In der Mittagspause zog sie alleine los. Normalerweise hatte sie Ivor im Schlepptau, doch diesmal gelang es ihr, ihm aus dem Weg zu gehen und das Büro unbemerkt zu verlassen. Sie brauchte Zeit zum Nachdenken.

Also ging sie in den kleinen Park, der um die Ecke vom Verlagsgebäude lag. Normalerweise war es dort um diese Tageszeit gerammelt voll, weil alle Schreibtischtäter nach etwas Grün und minimal frischerer Luft lechzten, im Vergleich zu dem, was durch die Klimaanlage in ihre Büros gepumpt wurde. Doch heute war das Wetter umgeschlagen, und die meisten Angestellten hatten sich wohl entschieden, drinnen zu bleiben.

Hetty zog ihre kleine Brotdose heraus, in der sich ein Salat aus Vollkornreis, Kürbiskernen, Avocado, Tomaten und Frühlingszwiebeln befand. Sie fing an zu essen, überlegte es sich dann aber anders, fischte zuerst die Frühlingszwiebeln heraus und warf sie den Vögeln hin. Sie musste aufpassen, was sie aß, zwischen jetzt und dem Großen Tag. Sie wollte Adam auf keinen Fall mit schlechtem Atem abschrecken! Eine Taube pickte an einer aussortierten Frühlingszwiebel herum, wirkte jedoch nicht sonderlich beeindruckt und zog weiter zu einem weggeworfenen Burgerbrötchen auf einem Mülleimer.

Mittagessen! Adam Latimer führte sie zum Mittagessen aus!

Sie musste Ruhe bewahren. Sie durfte da nichts hineininterpretieren. Er war nur nett, das war alles. Wiedersehen mit einem alten Bekannten.

Ja, aber was, wenn … was, wenn es *mehr* war als das? Die Zeit stellte seltsame Dinge mit den Menschen an. *Er ist damals möglicherweise ein bisschen unreif, ein bisschen gedankenlos vielleicht gewesen.* Aber jetzt waren sie nicht mehr weit von der Vierzig entfernt. Vielleicht hatte er eine unglückliche Beziehung hinter sich? Vielleicht zog er Bilanz aus seinem Leben? Vielleicht war sie, Hetty, genau die, nach der er gerade suchte. Vielleicht …

Sie nahm ihr Notizbuch und den Stift heraus und begann, ihre nie enden wollende Liste zu ergänzen. Sie hatte einen Saal für das Jahrgangstreffen reserviert, im Marmant Hotel in Holborn am 20. Dezember. Sie musste dafür eine hohe Kaution bezahlen, aber das war es ihr wert. Die Location war klein und fein, es passten hundert Leute rein, und der Preis pro Kopf war nicht übertrieben. Vor allem für Londoner Verhältnisse. Sie wusste, dass sie sich viel zumutete, das ganz allein zu organisieren, aber es machte ihr tatsächlich richtig Spaß. Bisher hatte sie sechsundsiebzig Antworten erhalten.

Ohhh, Disco! Sie brauchten einen DJ, der ein paar der alten Achtzigerjahrehits spielte. Und Namensschilder, sonst würden sie sich ja nicht wiedererkennen. Wobei sich manche Leute wahrscheinlich kaum verändert hatten. Beim Gedanken daran, wie Adam jetzt wohl aussah, schlug ihr Magen vor lauter Vorfreude auf das Wiedersehen einen kleinen Purzelbaum.

Wenn sie nachher wieder im Büro war, würde sie ihm antworten. Kurz und knapp. Sie hatte bereits mehr oder weniger geplant, was sie schreiben würde: *Lunch am Sonntag wäre wunderbar. Wie wäre es mit dem Le Corale in der Marylebone High St. um 1 Uhr?* Mehr würde sie nicht sagen. Selbstbewusst. Keine Küsse. Und kein Bezug zur Schwitz-Katastrophe. Das ließ man besser unter den Tisch fallen.

Nachdem sie den Rest ihres Salats vertilgt hatte, merkte sie, dass sie immer noch Hunger hatte. Aber sie würde jetzt nichts mehr essen. Selbst wenn Ivor ihr etwas von dieser köstlichen Bioschokolade anbot, würde sie Nein sagen. Sie musste für Adam in Topform sein.

Ohh, die Augenbrauen. Sie schrieb auch das auf die Liste. Am besten wartete sie mit dem Termin bei der Kosmetikerin bis zum Tag davor, denn ihre Augenbrauen waren wie Unkraut: Kaum war sie beim Zupfen gewesen, sprossen sie schon wieder.

Hetty schloss gerade den Deckel ihrer Tupperdose und wollte ins Büro zurückkehren, als hinter ihr eine Stimme ertönte: »Kauf ein paar Blumen für dein Glück, mein Kind! Kauf ein paar Blumen für dein Glück!« Eine Roma-Frau, der zwei Schneidezähne fehlten und die einige Büschel halbherzig in Alufolie eingewickeltes Heidekraut umklammerte, stand viel zu dicht hinter Hetty.

»Oh! Aha! Ähm …«

»Schick mich nicht weg, mein Kind, schick dein Glück nicht weg!«

»Nein, natürlich nicht, es ist nur so …«

Hetty griff in die Tasche und zog einen Zehnpfundschein heraus. Den konnte sie ihr unmöglich geben. »Warten Sie …« Sie versuchte es mit der anderen Tasche. Zwanzig Pence. »Sie haben nicht zufällig Wechselgeld, oder?«

Die Frau schenkte ihr keine Beachtung und fuhr einfach fort: »Da brennt eine alte Flamme schon sehr lange in dir. Ein Mann. Und er wird dir Liebe bringen, mein Kind.«

Hetty blickte auf die zehn Pfund und dachte, was soll's. Die Frau hatte sie am Haken. Sie drückte ihr das Geld in die Hand.

»Es ist an der Zeit, ihn jetzt hervorzuholen, mein Kind. Er ist schon lange in deinem Kopf, Zeit, ihn rauszuholen.«

Hetty war wie gebannt. »Heißt er vielleicht Adam?«, flüsterte sie wie ein Kind, das glaubt, den Weihnachtsmann gesehen zu haben.

Die Frau wirkte über diese Frage leicht verärgert und ging nicht darauf ein, sondern endete mit einem Kracher: »Und da wird ein Kind sein, aber nur das eine. Und nicht sofort.«

»Wirklich?!« Hetty wollte gerne noch so viel mehr fragen, doch die Frau zog sich bereits zurück, das leicht verdiente Geld fest umklammert. Dann war sie verschwunden.

Hetty strahlte. Heute war ein *guter Tag*!

KAPITEL 15

Das Einzige, was Kate in der Mittagspause wollte, war Schlaf. Sie wollte nichts essen, doch das ließ Benno nicht zu. Er erklärte ihr, dass sie den Wohnwagen nicht verlassen würde, bevor sie etwas Kartoffelbrei und mit Käse überbackenen Blumenkohl gegessen hatte.

Sie tat wie befohlen. Ihr fehlte die Energie zum Widerstand, und wahrscheinlich konnte sie sich ein paar Kalorien leisten – die Müdigkeit hatte ihre Energievorräte aufgebraucht. Sie würde alles Nötige tun, um es durch den Tag zu schaffen. Momentan überlegte sie, sich was reinzuziehen. Sie war sicher, dass der Typ, der den Ramesh spielte, etwas dabeihatte. Doch sie hatte das Zeug nicht mehr angerührt, seit sie mit Tallulah schwanger gewesen war. Und um ehrlich zu sein, war ihr Leben schon heftig genug. Da musste sie es nicht noch schlimmer machen.

Sobald Benno zufrieden war, dass sie »zumindest die Tagesration einer Maus« gegessen hatte, versprach er, sie in Frieden zu lassen. Sie kletterte in ihr Bett im winzigen Schlafbereich des Wohnwagens, kroch unter die Decke und schloss die Augen.

In der Ferne konnte sie Benno sein Team anschnauzen hören, »NIEMANDEN ohne meine Erlaubnis in die Nähe von Kates Trailer zu lassen. Sie braucht eine Mütze Schlaf.« Benno hatte den Laden fest im Griff, das musste sie ihm lassen.

Ihre Augenlider fühlten sich sandig und wund an. Sie war selbst zum Schlafen zu müde, und in ihren Ohren rauschte es laut. Wenn sie wenigstens zwanzig Minuten hätte, das wäre schon mal etwas …

Sofort war sie weg. Versank in tiefen, gesunden Schlaf und träumte, natürlich, von Callum. Nichts, an das sie sich hätte erinnern können, kein greifbarer Handlungsstrang, nur das

Gefühl, mit ihm zusammen gewesen zu sein, das Wissen in ihrem Kopf, dass er da gewesen war. Und es fühlte sich so gut an. Als sie aufwachte, hatte sie die rechte Hand zwischen die Beine geschoben und wusste, dass sie sich im Schlaf zum Orgasmus gebracht hatte, genau wie er es am Abend zuvor getan hatte. Verdammt, es war noch nicht mal vierundzwanzig Stunden her.

Kate streckte die Arme über den Kopf und gähnte, bis die Kiefergelenke knackten. Dann kroch sie aus dem Bett und quetschte sich in die winzige Dusche des Badezimmers. Das Wasser floss spärlich, aber immerhin war es warm. Am liebsten hätte sie das Gesicht unter den erfrischenden Strahl gehalten, um wieder wach zu werden, aber sie wusste, dass Betsy sie umbringen würde, wenn sie ihr Make-up noch mehr ruinierte. Die Dusche tat ihr Bestes, und als Kate auf den Vorleger hinaustrat und sich mit dem großen violetten Handtuch vom Haken abtrocknete, fühlte sie sich geringfügig besser. Ins Handtuch gewickelt, ging sie hinüber in den Wohnbereich, wo sie sich eine Zigarette anzündete und eine weitere Dose Red Bull aus ihrem Kühlschrank nahm. Dann setzte sie sich hin und griff nach ihrem Handy.

»Telefonische Auskunft, wie kann ich Ihnen helfen?«

»Hallo, ich brauche eine Nummer in Edinburgh. Eine Schule in der Queensferry Road – North Park Primary.«

»Sollen wir Ihnen die Nummer per SMS schicken?«

»Ja, bitte.«

Sie legte auf und wartete auf die Textnachricht. Ihr Herz raste, als sie die Nummer eintippte und auf Anrufen drückte.

Im Lehrerzimmer der North Park Primary School machte sich der Schulleiter gerade einen Kaffee. Sie hatten alle über den Artikel in der *Edinburgh Gazette* gesprochen, und Brian Boyd war besonders stolz auf sich, denn sie hatten ihn quasi Wort für Wort zitiert. Außerdem war das Foto von ihm und Kate Andrews der Knaller. Er hatte Mrs. Crocombe bereits gebeten, bei der *Gazette* anzurufen und um einen Abzug zu bitten. Das würde er rahmen lassen und über seinen Schreibtisch hängen. Neben das von ihm und Sean Connery. »Um ehrlich zu sein, fand ich sie ein bisschen plemplem. Wahrscheinlich auf Koks. Ich meine, das sind sie heutzutage doch alle, diese Schauspielerinnen, oder?«

Callum blickte nicht von seinen Korrekturen auf. Der Rektor konnte mitunter ein solcher Schwätzer sein, da war es besser, er mischte sich gar nicht erst ein.

»Dann warst du von ihr also nicht so angetan, Brian?«, erkundigte sich Cathy McBride, eine Kollegin, die ein bisschen für den Chef schwärmte.

»Nein, nicht wirklich. Ich kann mit albernen Hohlköpfen einfach nicht viel anfangen, das ist alles.«

Mrs. Crocombe kam hereingewuselt. »Callum, da ist ein Anruf für Sie.«

Er sah von seinen Tests auf, den Rotstift in der Hand. Mrs. Crocombe ließ rasch den Blick durch den Raum schweifen, um ihr Publikum zu sondieren, bevor sie verkündete: »Es ist Kate Andrews!«

Brian Boyd warf Cathy McBride einen Seitenblick zu. Die wiederum zog nur die Augenbrauen hoch.

So cool wie eine Dose eisgekühlte Cola verzog Callum kaum eine Miene. »Ja, sie hat versprochen, einen Ausflug für die Schüler zu ihrem Drehort zu organisieren, damit sie mal hinter die Kulissen schauen können und so.« Er erhob sich von seinem Stuhl, und auf dem Weg ins Sekretariat meinte er beiläufig zum Rektor: »Sie kann also nicht völlig doof sein, oder, Brian?«

Mrs. Crocombe hielt den Hörer bereits wieder in der Hand. Mit ihrer besten Telefonstimme flötete sie: »Ich verbinde Sie jetzt mit Mr. MacGregor.« Dann streckte sie ihm das Telefon hin.

Er nahm es und starrte Mrs. Crocombe so lange an, bis sie aus Verunsicherung schließlich das Zimmer verließ, während er sagte: »Kate! Danke, dass Sie sich so schnell bei mir melden!«

Vierhundert Meilen entfernt zog Kate hektisch an ihrer Marlboro Light. So stark, dass ihr ein bisschen schwindelig wurde. Oder lag das nur daran, dass sie seine Stimme wieder hörte?

Nachdem er sich vergewissert hatte, dass die Tür fest geschlossen war, fuhr Callum fort, ohne eine Antwort abzuwarten. »Warum rufst du mich hier an, verdammt?«

»Ich muss dich sehen.«

»Du bist verrückt.«

»Callum, ich muss dich sehen. Ich komme morgen Abend nach Edinburgh.«

»Nein.«

»In Leith gibt es ein Hotel, das Barrington. Dort werde ich sein, in der Harmant Suite, ab 19 Uhr.«

Callum konnte kaum glauben, was er da hörte. Er atmete tief durch. Okay, Zeit, die Dinge abzukühlen. »Hör zu«, sagte er sanft. »Das gestern Abend war unglaublich, aber es war ein Fehler. Herrgott noch mal, ich bin verheiratet.«

»Ich auch.«

»Und zwar nicht unglücklich!«

»Ich auch nicht.«

Es klopfte bei Kate an die Tür. Becky rief von draußen. »Kate?«

»Ja, Becky, gib mir noch eine Minute.«

Callum hatte genug. »Ich muss los. Ruf mich hier nicht mehr an, okay?«

Kate schloss die Augen und bemühte sich um einen unaufgeregten, ruhigen Tonfall: »Callum, ich komme morgen Abend. Ich muss dich sehen. Wenn du nicht ins Hotel kommst, fahre ich zu dir nach Hause. Ich mein's ernst.«

»Mein Gott, du bist ja verrückt.«

»Bin ich nicht.« Ihre Stimme kippte ein wenig. »Ich weiß, dass du mich auch sehen willst.«

Die schreckliche Wahrheit war, dass es stimmte. In diesem Moment kehrte Mrs. Crocombe ins Sekretariat zurück, pantomimisch um Entschuldigung bittend und mit Beachten-Sie-mich-einfach-gar-nicht-Haltung nach einer Akte suchend.

Callum veränderte sofort seinen Tonfall. »Prima, wunderbar! Ja, vielen Dank. Die Schüler werden sich total freuen.«

Er wollte gerade auflegen, als er Kate noch hinzufügen hörte: »Das Barrington Hotel in Leith. Wir sehen uns dort.«

Doch alles, was Callum herausbrachte, war: »Auf Wiederhören! Danke für Ihren Anruf.«

Er legte auf, und Mrs. Crocombe wandte sich ihm mit breitem Lächeln zu. »Ach, sie ist ein echter Schatz, oder? Das habe ich immer gesagt. So ein aufrichtiges, herzliches Mädchen.«

Auf dem Weg zurück ins Lehrerzimmer versuchte Callum, sein Zittern zu verbergen.

KAPITEL 16

»Ja, genau so, mein Schatz. Er muss richtig einrasten!« Matt half Tallulah dabei, den großen Tortenbehälter mit Kates Geburtstagstorte anzuschnallen. Sie hatten sie vorsichtig auf den Rücksitz seines Autos gestellt und sicherten sie nun mit dem Gurt.

»So, und dich setzen wir jetzt daneben, einverstanden?«

»Das wird eine RIESENÜBERRASCHUNG für Mummy!«

»Das wird es auf jeden Fall, Liebes!«

Tallulah war so aufgeregt. Sie liebte Geburtstage, sie liebte Geburtstagskuchen, und sie liebte es, Mummy bei der Arbeit zu besuchen. Während Matt sie anschnallte, hielt sie Panda fest umklammert auf dem Schoß. Auf ihrem Mein-kleines-Pony-Kindersitz thronend, überragte sie die Kuchentransportbox ein gutes Stück. Matt küsste sie auf den Scheitel, bevor er die Autotür schloss.

Sie hatten die Torte am Morgen vor der Schule fertig gemacht. Und sie war riesig geworden. Drei Lagen Biskuit mit zwei verschiedenen Marmeladen dazwischen, Aprikose und Himbeere, und mehreren Schichten Sahne. Das Ganze überzogen sie mit fertigem Marzipan, das sie zusammen ausgerollt hatten – in Knallpink, genau wie Tallulah es entschieden hatte. Die Schrift sollte dann limettengrün sein.

Sorgfältig hatte Matt mit der Zuckergusstülle die Worte *Happy Birthday* geschrieben, bevor sich Tallulah am *Mummy* darunter austoben durfte. Sie hatte ewig gebraucht und sich mit eingeklemmter Zunge große Mühe gegeben, es richtig zu machen. Er beobachtete, wie sie mit dem zweiten m kämpfte und sich darauf konzentrierte, als hinge ihr Leben davon ab.

Am liebsten hätte er geweint. Nicht nur weil Tallulah so ernst und süß aussah. Sondern weil er wusste, dass Kate keinen Krümel dieses Kuchens anrühren würde.

103

Als sie fertig war, hatte sich Tallulah zu Matt umgedreht und strahlend verkündet: »Daddy, ich hab's geschafft!«

»Ja, das hast du! Toll gemacht.«

»Das ist der beste Kuchen, den Mummy je hatte.«

Lächelnd hatte er ihr die Haare verstrubbelt. »Na komm, packen wir ihn in die Box.«

Und nun brachten sie das Werk zum Drehort. Matt hatte Becky, das Mädchen für alles, angerufen, um sie vorzuwarnen, dass ihr Besuch eine Überraschung werden sollte. Der Plan war, rechtzeitig zur Kaffeepause um vier da zu sein, Happy Birthday zu singen und den Kuchen mit dem Rest der Besetzung und der Crew zu teilen.

»Daddy, hast du die Kerzen eingepackt?«

»Ja, hab ich, keine Sorge.«

Es war nicht schwer, »keine Sorge« zu sagen, aber alles andere als leicht, seinen eigenen Rat zu befolgen.

Mit Kate stimmte schon seit einiger Zeit etwas nicht. Ganz langsam hatte sie angefangen, sich zurückzuziehen, ihn mit einem Blick oder einer bissigen Antwort abblitzen zu lassen. Was Essen anging, war sie auch wieder total seltsam geworden. Er wusste genau, dass sie nicht aß. Sie versuchte es zu verheimlichen und dachte, er würde davon nichts mitbekommen, aber er kannte all ihre Tricks und Strategien: ihm ganz genau zu erzählen, was sie zu Mittag gegessen hatte, als würde es dadurch wahr werden. Oder zu behaupten, sie hätte irgendein umwerfendes Dessert auf der Speisekarte oder etwas Leckeres in der Bäckerei entdeckt und ihm »einfach nicht widerstehen können«.

Ja, er wusste genau, selbst wenn sie die Süßigkeit tatsächlich gekauft und sie womöglich wirklich gegessen hatte, würde es nicht lange dauern, bis sie sich auf einer ungestörten Toilette den Finger in den Hals steckte und sich von den bösen

Kalorien befreite, die sie aus »Schwäche« zu sich genommen hatte.

Einmal hatte er am Computer gesessen, nachdem sie ihn benutzt hatte. Aus Versehen hatte sie ein Fenster offen gelassen – eine Website mit jeder Menge magersüchtiger Frauen, die ihre obszön skelettartigen, fleischlosen Körper zelebrierten. Voller Panik hatte er Kate damit konfrontiert. Keine gute Idee. Statt wütend zu werden, hatte sie ihm seelenruhig erklärt, es handle sich um Recherche für ein Drehbuch, das man ihr geschickt habe. Sie solle die Rolle einer Therapeutin übernehmen, die mit Leuten arbeitet, die sich selbst verletzen. Sie hatte es geschafft, dass Matt sich blöd vorgekommen war, sie überhaupt gefragt zu haben. »Matt, du glaubst doch nicht etwa, dass *ich* magersüchtig bin, oder?«

»Was? Nein, das ist es nicht, ich hab nur ... ach, ich weiß auch nicht, was ich denken soll. Manchmal hab ich einfach den Eindruck, dass du nicht gut auf dich aufpasst. Ich mache mir Sorgen um dich.«

»Mir geht es blendend«, erklärte sie lächelnd. »Bitte spionier mir nicht hinterher.« Ihr Tonfall war kalt, ungewohnt, fremd geworden und hatte ihm völlig den Wind aus den Segeln genommen. Er lernte daraus, nie wieder ihre Essgewohnheiten anzusprechen.

Diese Seite an ihr musste es schon immer gegeben haben, dachte er nun, als er an einer roten Ampel bremste. Es hatte lediglich eine Weile gedauert, bis er sie entdeckt hatte. Kate war schließlich eine unglaublich gute Schauspielerin, die ihre Gefühle perfekt zu verbergen wusste.

Auf dem Rücksitz sang Tallulah vor sich hin – *Happy Birthday, liebe Mummy, Happy Birthday to you!* Er beobachtete sie im Rückspiegel und seufzte.

Sie waren sich das erste Mal in der Galerie begegnet, Kate und er. Vor fast sieben Jahren.

Draußen schüttete es wie aus Kübeln, ein heftiger, prasselnder Regen, der einen innerhalb von Sekunden bis auf die Haut durchnässte und seine Opfer vor Überraschung zum Lachen brachte. Matt war an jenem Tag allein im Laden, da sich Peter mit Julius zusammen auf einer Weintour durch Frankreich befand. Es war ein Mittwochmorgen, und der Regenschauer war aus heiterem Himmel gekommen, in Anbetracht des herrlichen Spätsommerwetters, das sie seit zehn Tagen genossen.

Matt stand da und schaute mit dem Kaffeebecher in der Hand aus dem Fenster. Er fühlte sich sicher und warm und trocken. Der perfekte Platz, um Leute zu beobachten. Draußen drängten sich unerschrockene Fußgänger entweder in Hauseingängen zusammen, oder sie flitzten von Unterstand zu Unterstand, wobei sie sich meist vergeblich mit Zeitungen und Einkaufstüten zu schützen versuchten. Nur wenige hatten Schirme dabei, nur wenige waren auf Regen vorbereitet gewesen.

Ein Stück die Straße runter parkten drei große Fahrzeuge: ein Kamerawagen, ein Beleuchtungstruck und ein Minibus. Sie gehörten zur Filmcrew, die im Haus Nr. 23 drehte. Die Fenster zur Straße hin waren mit Verdunklungsvorhängen verhüllt. Passanten blieben neugierig stehen, manchmal bis zu einer Stunde lang. Doch es gab im Grunde nichts zu sehen. Ab und zu schlenderte ein Techniker raus zum Truck, um eine Lampe zu holen und heimlich eine zu rauchen. Oder ein Runner kam an den provisorischen Verpflegungstisch, um für jemanden eine Tasse Tee zu kochen.

Drei Leute aus dem Team versuchten nun, über dem Tisch ein Behelfsdach zu errichten, damit die Becher und Zuckertütchen davor bewahrt wurden, völlig durchzuweichen. Matt beobachtete sie bei ihren Bemühungen und wie sie schließlich lachend aufgaben, weil der Regen einfach so unglaublich stark war, dass er nicht besiegt werden konnte.

Er sah sie gar nicht kommen. Wahrscheinlich hatte er gerade in die andere Richtung geschaut. Er hörte lediglich das fröhliche Bimmeln der Tür, und dann kam sie hereingeschneit, lachend, atemlos, völlig durchnässt und hinreißend schön.

»Oh mein Gott!« Sie war fast hysterisch. »Meine Visagistin wird mich umbringen!« Da stand sie, einunddreißig Jahre alt, mit triefenden Haaren, klatschnassem Gesicht, und zu ihren Füßen bildete sich eine Pfütze. Matt erkannte sie sofort, war aber seltsamerweise von ihrer Berühmtheit nicht eingeschüchtert.

»Möchten Sie einen Kaffee?«

»Aber natürlich.« Wie sich herausstellte, hatte man ihr gesagt, man würde sie eine Stunde lang nicht brauchen, aber sie solle sich nicht zu weit entfernen.

»Ich hab auch irgendwo ein Handtuch. Moment.«

Alles zwischen ihnen fühlte sich unerwartet entspannt an, als wäre er ihr zuvor schon einmal begegnet. Das konnte natürlich nicht sein. Es war bloß diese komische Vertrautheit, die sich bei einem berühmten Gesicht einstellt – man glaubt, die Person zu kennen, obwohl man es nicht tut. Zumindest nahm Matt an, dass es daran lag.

Fünf Minuten später hatte der Regen nachgelassen, und Kate betrachtete die große Leinwand hinten in der Galerie. Das Handtuch hatte sie sich um die Schultern gelegt und rubbelte damit ab und zu ihre Haare. Matt reichte ihr den Kaffee. Sie nahm die Tasse, ohne ihn dabei anzusehen, so gebannt war sie von dem Gemälde vor ihr. Es handelte sich um das Gesicht einer Frau, das die gesamte Fläche füllte. Die Frau hatte die Augen geschlossen und den Kopf in den Nacken geworfen. Sie lachte vor unbändiger Freude.

»Ich wünschte, ich könnte malen«, sagte sie.

»Ich auch.«

Überrascht wandte sie sich ihm zu. »Ich dachte, das wäre Voraussetzung für Ihren Job. Hat Ihr Chef da nicht drauf bestanden?«

»Äh, nein, weil … also, ich *bin* der Chef. Das ist meine Galerie.« Matt merkte, wie er errötete, was selten vorkam. Als würde er angeben.

»Alle Achtung!« Sie wandte sich wieder dem Bild zu. »Was kostet das hier? Es ist umwerfend.«

»Ja, das ist es. Aber es ist schon verkauft. Viertausend.«

»Schade aber auch. Ich hätte Ihnen fünftausend gegeben.« Sie zwinkerte ihm zu. In diesem Moment regte sich etwas in ihm, nur ganz kurz. Dann sah sie auf die Uhr. »Oh, Mist, ich sollte los. Danke für den Kaffee.« Sie trank den Becher aus und reichte ihn Matt zurück. »Das ist wirklich ein schönes Geschäft. Eine richtige kleine Oase.«

»Ja, das ist es wohl.«

Sie war so plötzlich wieder verschwunden, wie sie aufgetaucht war. Matt stand da wie ein Trottel, mit zwei Kaffeetassen in der Hand, einem feuchten Handtuch über dem Arm und dem Gefühl, dass er gerade von einer unerklärlichen und höchst angenehmen Macht überwältigt worden war.

Die nächsten beiden Tage verbrachte er damit, heimlich aus dem Fenster in Richtung des Drehortes zu spähen in der Hoffnung, einen Blick auf Kate zu erhaschen. Er googelte sie und war überrascht, in wie vielen Fernsehdramen sie bereits mitgespielt hatte. Ein paar von ihnen hatte er natürlich gesehen, aber es schien, als hätte sie vom ersten Tag ihrer Schauspielkarriere an so ziemlich ohne Pause durchgearbeitet. Dann klickte er auf »Bilder«. Eine ganze Reihe von Fotos tauchte auf, einige davon aus Filmrollen, andere von Veranstaltungen auf dem roten Teppich, Preisverleihungen und Ähnlichem. Ihm fiel auf, dass sie auf fast jedem Bild mit einem anderen Mann zu sehen war, und als er nach ihrem Familienstand suchte, sprang ihm das Wort förmlich ins Auge: »Single!!« Schnell klappte Matt den Laptop zu. Oh Gott, was war aus ihm geworden? Ein Stalker?

Als er Hetty davon erzählte, beruhigte sie ihn: »Natürlich bist du kein Stalker, du dumme Nuss. Du bist einfach nur fasziniert von Ruhm – wie wir alle. Da steht plötzlich eine berühmte Person in deinem Laden, und sie ist hübsch, und du findest sie toll …«

»Hey, Moment mal, ich habe nicht behauptet, dass ich sie *toll* finde.«

»Natürlich tust du das! Halb Großbritannien tut das. Sie ist umwerfend! Und weil sie berühmt ist, kannst du im Internet nach ihr suchen. Im Gegensatz zu normalen umwerfenden Frauen wie mir! Die bleiben traurigerweise unentdeckt.« Lachend warf sie ein Wollknäuel nach ihm. Hetty strickte nämlich einen Schal. Sie arbeitete seit achtzehn Monaten daran, und er war gerade mal dreißig Zentimeter lang.

»Sie ist übrigens älter als ich. Drei Jahre«, sagte Matt.

»Na dann. Du willst dich doch nicht etwa mit einer älteren Frau einlassen, oder?«

Matt hatte gelacht. Er war froh, Hetty davon erzählt zu haben. Irgendwie brach das den Bann, und er hörte auf, dauernd an Kate Andrews zu denken.

Er sollte wirklich mehr unter Leute gehen. Öfter ausgehen. Bis vor ein paar Monaten war er mit einer Frau namens Gillian zusammen gewesen. Sie war nett und der Sex ziemlich gut gewesen. Doch sie waren sich beide einig, dass es längerfristig nichts werden würde.

»Matthew, dein Problem ist«, hatte seine Mutter mal zu ihm gesagt, »dass du lieber alleine bist als unter Leuten!« Das stimmte so nicht ganz. Er verbrachte nur nicht gerne Zeit mit Menschen, die ihn nicht interessierten. Und ein paar schillernde Momente lang, als Kate in die Galerie gekommen war, hatte er geglaubt, jemanden gefunden zu haben, mit dem er *gerne* Zeit verbringen würde. Aber das sollte nicht sein. *Reiß dich zusammen, Mann, und such dir eine neue Freundin.*

Tags darauf bekam er einen Anruf von Fiona Barker, der Käuferin des Bildes *Laughing Woman*. Sie rief an, um ihm zu sagen, dass sie es sich anders überlegt hatte. Es tue ihr furchtbar leid, aber sie hoffe auf sein Verständnis.

Normalerweise wäre Matt sauer gewesen, denn eine solche Abmachung war nun mal verbindlich. Doch stattdessen hörte er sich sagen: »Überhaupt kein Problem, Mrs. Barker. So was kommt vor.« Sobald er den Hörer aufgelegt hatte, kritzelte er eine Nachricht auf ein Stück Papier mit Galeriebriefkopf – Laughing Woman *ist wieder verkäuflich, falls Sie Interesse haben, Matt –*, schob es zusammen mit seiner Visitenkarte in einen Umschlag und verließ den Laden, nachdem er ein *Bin-in-fünf-Minuten-zurück*-Schild in die Tür gehängt hatte.

Vor Haus Nr. 23 wuselten jede Menge Leute herum. Am Teetisch standen ein paar Schauspieler rauchend und lachend, während eine Kostümassistentin einem der Requisitenjungs im Campingstuhl die Schultern massierte. Techniker und Kameraleute mit schwerem Gepäck kamen und gingen. Jemand, der aussah, als könnte es sich um den Produzenten handeln, sprach aufgeregt in sein Handy. »Barry, wir brauchen das so SCHNELL wie möglich. Das geht so nicht, Kumpel, das geht so nicht.« Matt wartete eine Weile und war sich dabei bewusst, dass er aussah wie all die anderen neugierigen Schaulustigen. Von Kate keine Spur. Er überlegte, den Umschlag einem der Runner zu geben. Aber würden die ihn nicht für irgend so ein seltsames Groupie halten, einen gestörten Fan, der wie eine

Million andere um Kates Aufmerksamkeit buhlte? Da entdeckte er plötzlich ein vertrautes Gesicht: Les, den Tontechniker. Les war tags zuvor in die Galerie gekommen, ein mürrischer, ernst dreinblickender Kerl mit Baseballkappe und Regenkleidung. Sie hatten sich eine halbe Stunde lang darüber unterhalten, weshalb er Gaugin so bewunderte, ehe Les 90 Pfund für einen Kunstdruck für seine Frau ausgegeben hatte. »Hochzeitstag«, hatte er gemurmelt, immer noch ohne eine Miene zu verziehen. »Siebenundzwanzig Jahre, und ich liebe diese Frau immer noch wie am ersten Tag.« Matt hatte Gefallen an Les gefunden, was womöglich auch an dessen South-Yorkshire-Dialekt lag. Wenn es nach Matt ging, konnte jemand aus Yorkshire gar nicht im Unrecht sein.

»Les!«, rief er nun, ein bisschen zu verzweifelt. Zuerst wirkte Les wenig erfreut, dass ihn jemand auf diese Weise störte. Doch dann erkannte er Matt, und seine Miene zeigte freundliches Wiedererkennen. Beinahe hätte er gelächelt. »Hallo, Matt!«

»Können Sie mir einen Gefallen tun und das hier Kate Andrews geben? Sie war neulich im Laden – es geht um ein Bild, das sie haben wollte.« Matt war nun selbst in breiten Yorkshire-Dialekt verfallen und wusste, es war seine Chance, Les zu überzeugen.

»Aye, geht in Ordnung. Heut is sie aber nich da.« Matt spürte Enttäuschung in sich aufsteigen. »Aber ich schau, dass sie's nächste Woche bekommt.«

Am darauffolgenden Freitagabend half Matt zwei Möbelpackern dabei, die riesige Leinwand, die in schützende Decken gewickelt war, aus ihrem großen LKW auszuladen. Er überwachte, wie sie das Bild in Kates Vierzimmerwohnung in Pimlico trugen und in ihrem weitläufigen Wohnbereich an der

Wand befestigten. Sie hatte eine gute Wahl getroffen. Es wirkte umwerfend dort. Matt weigerte sich, die fünftausend Pfund anzunehmen, die sie ihm ursprünglich angeboten hatte, sondern akzeptierte nur einen Scheck über viertausend. Offenbar sei er ein sehr ehrlicher Mensch, aber wahrscheinlich ein lausiger Geschäftsmann, war ihr Kommentar.

Er lachte, und ihre Blicke begegneten sich. Wieder dieses Kribbeln. Als die Möbelpacker fertig waren, traten sie alle zurück und bewunderten die Arbeit. Matt bezahlte die Männer, und sie zogen ab. Sobald sie weg waren, wandte Matt sich an Kate, zeigte auf ihre Neuanschaffung und meinte: »Ich hoffe, Sie beide werden sehr glücklich miteinander.«

Das war sein Stichwort, ebenfalls zu verschwinden, doch er rührte sich nicht vom Fleck. Es war ihr Stichwort, sich zu verabschieden, doch sie blieb stumm. Nach ein paar Sekunden streckte sie einfach die Hand aus, und er griff danach. Matt verließ die Wohnung erst wieder um fünf Uhr am Nachmittag des folgenden Tages.

»Sind wir bald da?«, fragte Tallulah, wie es sich für jede Autofahrt gehörte.

Der Typ hinter ihm drückte auf die Hupe. Die Ampel stand schon so lange auf Grün, dass sie kurz davor war, wieder auf Gelb zu schalten. Matt riss sich aus seinem traurigen Tagtraum, hob die Hand zu einer sinnlosen Entschuldigung und fuhr los. »Nicht mehr lang, mein Schatz.«

KAPITEL 17

An diesem Nachmittag konnte sich Kate kaum konzentrieren, so viel Aufruhr herrschte in ihrem Kopf, seit sie Callums Stimme gehört hatte. Zudem konnte sie ihren Text nicht richtig, und leider handelte es sich um eine intensive Zweierszene, die vollen Einsatz und Aufmerksamkeit verlangte. Kate hatte keine Ahnung, wo ihre Konzentration abgeblieben war, und konnte das Ende des Tages kaum erwarten.

Es war auch wenig hilfreich, dass ihr Gegenpart, Ellis Marks, zu diesen Strebern gehörte, die extrem textsicher waren. Er hatte eindeutig kein Verständnis dafür, dass sie nicht so fit war wie er.

Ellis hatte die nervige Angewohnheit, die Szene abzubrechen, wann immer Kate eine falsche Formulierung verwendete oder eine Textzeile vergaß. Er blickte dann mit gequälter Miene in Bennos Richtung und nörgelte: »Es tut mir ja so leid, dass ich unterbrechen muss, aber Kate hätte an dieser Stelle sagen müssen: ›Ich werde da nicht mehr hingehen‹ und nicht ›Ich glaube nicht, dass ich da wieder hingehe‹.«

Benno war gut darin, seine Frustration zu verbergen. Es war nicht Ellis' Aufgabe, den Dreh zu unterbrechen oder auf die Fehler anderer hinzuweisen. Benno hatte schon mit vielen Schauspielern wie ihm gearbeitet: denen, die selten vor der Kamera standen und bei TV-Produktionen unbedingt der ganzen Welt zeigen mussten, dass sie wussten, wie es lief.

Als Ellis das dritte Mal abbrach, meinte Kate bloß seufzend: »Scheiß drauf!«, stand auf, verließ das Set und murmelte im Vorbeigehen: »Ich brauch mal fünf Minuten.«

Benno, der sich sehr bewusst war, welch emotionale Gratwanderung das heute aufgrund von Kates labilem körperlichem Zustand war, ließ sie nur zu gerne gehen.

»Keine Sorge, Süße. Willst du einen Kaffee? Jase! Hol Kate mal einen Kaffee, ja?«, rief er, noch bevor Kate ihm überhaupt geantwortet hatte.

Die Crewmitarbeiter am Set, die die zunehmend angespannte Stimmung natürlich ebenfalls spürten, wandten sich rasch irgendwelchen Aufgaben zu, die nicht wirklich erledigt werden mussten, um außerhalb der Schusslinie zu bleiben. Ellis schaute sich auf der Suche nach einem Verbündeten um. Der junge Kameraassistent senkte den Blick nicht schnell genug, woraufhin Ellis in betont unschuldigem Ton von ihm wissen wollte: »Hab ich was Falsches gesagt?« Der Kameraassistent wurde rot, wagte es aber nicht, Stellung zu beziehen. Sein Chef hatte ihm eingebläut, sich niemals mit Darstellern am Set einzulassen, außer es ging um Leben und Tod.

Draußen schien noch immer die Oktobersonne. Kate ließ sich in einen unbequemen Campingstuhl fallen, schloss die Augen und sog die lauwarmen Strahlen auf. Ihre Augen füllten sich mit Tränen, doch sie blinzelte sie weg. Sie war bloß müde, redete sie sich ein. Sie hätte es gerne auf Ellis Marks geschoben, doch im Grunde hatte er nicht unrecht. Sie konnte ihren Text nicht, der Job war ihr heute gleichgültig, und das war verantwortungslos von ihr.

In der Vergangenheit war es ihr stets gelungen, ihre Arbeit an erste Stelle zu stellen. Egal, was sonst in ihrem Leben los war, sie ließ nie zu, dass es ihren Job beeinflusste. Doch nun schien sich alles aufzulösen. Sie dachte, wie viel einfacher die Dinge wären, wenn sie die Schule nie besucht hätte. Wie viel einfacher es gewesen wäre, mit dem alten Leben weiterzumachen, weiterhin ihre abgenutzten Bewältigungsstrategien zu nutzen, ihre Mechanismen zur Vertreibung der Dämonen. Doch das Wiedersehen mit Callum hatte ihr gezeigt, wie tot sie gewesen war. All die Jahre. Der liebe Gott allein wusste, wie das enden würde. Das Einzige, woran sie denken konnte, war, ihn noch ein einziges Mal zu sehen. Das war kein Bedürfnis, sondern eine Notwendigkeit.

Jason, der Runner, kam atemlos angespurtet, in der Hand eine Tasse schwarzen Kaffee. Kate lächelte ihn an. Jason lebte, genau wie Becky, in ständiger Angst vor Kate, und sie wusste das.

»Danke dir, du bist wirklich ein Engel«, sagte sie und brachte ihn damit kurz völlig aus dem Konzept. Sie nahm einen großen Schluck der warmen, geschmacksneutralen Flüssigkeit.

»Benno lässt ausrichten, Sie sollen sich Zeit lassen, aber wenn Sie zurückkommen, wartet eine kleine Überraschung auf Sie.«

Kate wusste sofort, was das bedeutete. Niemand überstand einen Geburtstag, ohne dass irgendeine Art von Zirkus veranstaltet wurde. Fast täglich wurden am Set irgendwelche Grußkarten herumgereicht und heimlich Unterschriften gesammelt. Alle wussten, dass sie heute Geburtstag hatte. Sie würden keine Ausnahme machen.

»Wie aufregend!« Kate schaffte es, begeistert zu wirken. Sie reichte Jason den halb ausgetrunkenen Kaffee und machte sich auf den Weg zurück zum Set. Sie war auf einen Kuchen vorbereitet, sie war auf die versammelte Crew vorbereitet, die lächelnd das unausweichliche Happy Birthday sang.

Sie war *nicht* darauf vorbereitet, Matt und Tallulah dort zu sehen – Tallulah stand stolz hinter der Torte, die sie so liebevoll mitgestaltet hatte.

»Ich fass es nicht! Was macht *ihr* denn hier?« Kate wusste, was von ihr erwartet wurde. Tallulah wurde von der »überraschten Reaktion« ihrer Mutter nicht enttäuscht, und sie kicherte begeistert.

»Mummy, schau mal, was Daddy und ich für dich gemacht haben!«

Es folgten jede Menge »Ohhs« und »Ahhs« und »Sieht sie nicht aus wie Kate?« von den Mädels aus Kostüm und Maske.

»Wow! Der ist ja umwerfend!« Kate umarmte Tallulah stürmisch und ein bisschen zu fest.

Matt beugte sich herüber, berührte ihren Arm und küsste sie höflich auf die Wange. »Tut mir leid, sie hat darauf bestanden, dass wir dich besuchen.«

Ehe Kate Gelegenheit hatte, irgendeine Art von Entschuldigung für ihr Verhalten vorzubringen, rief Tallulah schon: »Schnell, puste die Kerzen aus, und wünsch dir was!«

Matt zog sich zurück, um Tallulah den Vortritt zu lassen, während Kate ihrer Pflicht nachkam.

Alle sahen lächelnd zu. Mehr Rampenlicht ging nicht. Kate sah Matt an, dessen Blick Bände sprach. Stumm bat er sie, für Tallulah weiter mitzuspielen, nicht aus der Rolle zu fallen. Es war das erste Mal, dass sie an diesem Tag miteinander sprachen, das hieß, sie hatten noch keine Gelegenheit gehabt, über das zu reden, was am Abend zuvor passiert war und weshalb sie ihn so unschön versetzt hatte.

Matts Blick erwischte sie kalt, und sie spürte, wie es ihr die Kehle zuschnürte. Oh Gott, gleich würde sie losheulen.

Nein. Schluss. Reiß. Dich. Zusammen. Also blies sie die Kerzen aus, und alle klatschten. Gerne hätte sie etwas gesagt wie »Okay, können wir jetzt bitte alle wieder an die Arbeit gehen, denn bei der Arbeit weiß ich wenigstens, wo oben und unten ist«, doch sie wusste, wenn sie den Mund aufmachte, würde nur ein Krächzen herauskommen. Also lächelte sie einfach weiter. Das verkrampfte Lächeln einer Frau, die mit den Tränen kämpft.

»Mummy, wünsch dir was. Du hast dir noch nichts gewünscht!«

Kate schloss die Augen und folgte der Aufforderung. Gott sei

Dank würde sie niemandem sagen müssen, was ihr Wunsch gewesen war.

»Jetzt musst du aber auch noch ein paar Worte sagen!«, rief Benno, der einerseits gerne schnell weiterdrehen, aber keinesfalls seine Hauptdarstellerin verärgern wollte. Wieder richteten sich alle Blicke auf Kate.

»Oh Gott, nein!« Mit aller Kraft versuchte sie, gespielt genervt zu wirken, und alle lachten. Irgendwie fand sie ihre Stimme wieder, und zuerst schien es, als würde sie damit davonkommen. »Vielen Dank für diesen *unglaublichen* Gesang. Vor allem dir, Rocky.« Sie zwinkerte dem Tonassistenten zu. »Diese liebliche Stimme war wirklich überraschend!« Brav lachten wieder alle. »Ähm … es ist toll, mit euch zu arbeiten. Dank euch macht es jeden Tag Freude, zur Arbeit zu kommen.« Kate war eine brillante Lügnerin. Sie begegnete Bennos Blick, und er zwinkerte ihr zu. Er wusste genau, dass das Bullshit war. »Also vielen Dank. Am meisten aber möchte ich mich für meinen tollen Geburtstagskuchen bedanken, den mein …« Und da hakte es plötzlich. »Den mein …« Sie wollte sagen: »den mein fantastischer Mann und meine wunderbare kleine Tochter …«, aber die Worte kamen einfach nicht über ihre Lippen. Sie steckten ihr im Hals fest wie Papierstau in einem widerspenstigen Kopierer. Stattdessen erklang nur ein trockenes, unzusammenhängendes Krächzen.

Zuerst wunderte sich niemand – ahhh, wie *süß*! Doch als Kates Erschöpfung schließlich die Oberhand gewann, als der emotionale Rückstau der vergangenen vierundzwanzig Stunden sich nicht länger zurückhalten ließ – die Schuldgefühle, zu wenig Essen, zu wenig Schlaf, die Folter, Callum wiederzusehen und zu wissen, dass es nicht das letzte Mal sein würde … all das brach wie ein Tsunami der Kapitulation über sie herein und drohte sie in die Knie zu zwingen.

Die Tränen ließen sich nun nicht mehr aufhalten, ihre Entschuldigungen kaum verständlich. Die lächelnden Gesichter der Crew spiegelten zuerst Verwirrung wider, dann Sorge, dann Angst. Kate stützte sich an der Ecke des Teetisches ab, und Tallulah, die ganz erschrocken war, ihre Mutter so zu sehen, fing ebenfalls an zu weinen. Das Rauschen in Kates Ohren wurde lauter und immer lauter, ihr Kopf war nur noch Matsch, alles bewegte sich in Zeitlupe. Benno, der versuchte, sie aufzufangen. Matt, der Tallulah auf den Arm nahm, damit sie sich sicher fühlte. Alles war so seltsam losgelöst von ihr, und sie wusste nicht, wo sie war, und dann – Schwärze.

Stille.

Kate war ohnmächtig geworden.

KAPITEL 18

Die Fensterscheiben der St.-Andrew's-Gemeindehalle waren auf der Innenseite vor Feuchtigkeit beschlagen. Zweiundzwanzig Frauen unterschiedlichen Alters und mit unterschiedlicher Figur hatten das Ende ihrer Sportstunde erreicht. Vorne vor der Gruppe ermunterte Rowena, schlank und durchtrainiert, ihre Schülerinnen, ein letztes Mal in die Dehnung hineinzuspüren und den Atem fließen zu lassen. Dann sprang sie auf, frisch und topfit. »Vielen Dank, meine Damen! Ich glaube, heute habt ihr euch selbst übertroffen.« Das sagte sie jede Woche. Die Frauen applaudierten und fingen an, ihre Matten aufzurollen, wobei sie die Wirkung ihres Bauch-Beine-Po-Trainings an den entsprechenden Körperstellen bereits spürten.

Belinda wandte sich an ihre Freundin Sue: »Das ist doch pure Folter. Warum tun wir uns das an?«

»Weil«, antwortete Sue leise, »wir zwar über fünfzig sind, aber immer noch sexy und genau wissen, wie man die alten Herrn auf Touren bringt. Dafür müssen wir schließlich unser Equipment in Schuss halten, oder?«

»Sue Crosby, du bist echt unmöglich.« Belinda lachte. Sue arbeitete mit ihr zusammen im Krankenhaus, und sie waren befreundet, seit Sue vor zwanzig Jahren von London nach Edinburgh gezogen war.

Eine der anderen Kursteilnehmerinnen, Sheilagh, kam mit gerötetem Gesicht und einem leichten Schweißfilm auf der Stirn angeschnauft. »Wer kommt noch mit was trinken, um die ganzen Kalorien wieder aufzufüllen, die wir gerade verbrannt haben?«

»Ich nicht, ich bin total kaputt«, meinte Belinda. Und das war nicht gelogen.

»Du willst wahrscheinlich nach Hause zu deinem berühmten Gatten, oder?«

»Wie bitte?«, fragte Belinda verwirrt.

»Jetzt sag bloß, du hast ihn nicht gesehen? In der *Gazette*?« Sheilagh raschelte in ihrer Tasche herum. »Ich hab's hier doch irgendwo …«

»Was quatschst du denn da wieder, Sheil?« Sue hatte für Sheilagh nicht sonderlich viel übrig.

Diese zog nun aus den Tiefen ihrer Handtasche eine zerknitterte Ausgabe der Edinburgher Wochenzeitung. »Schau ihn dir an – so geheimnisvoll und grüblerisch!« Auf der Titelseite unter einem Artikel über ein nahe gelegenes Vogelschutzgebiet prangte die Überschrift: *Berühmte Schauspielerin kehrt an die Queensferry School zurück*, dazu ein großes Foto von Kate Andrews und Brian Boyd von der North Park Primary. Hinter ihnen sah man Callum, der vergeblich versuchte, der Kamera auszuweichen. »Diese Kate Andrews war gestern da, um mit den Schülern zu reden. Was für eine bezaubernde Frau. Und schau dir deinen Callum an, wie er versucht, sich davonzustehlen! Kannst du behalten, wenn du magst.«

Belinda nahm die Zeitung und studierte das Foto, während sie ihren Händen befahl, mit dem Zittern aufzuhören.

»Da, siehst du?«

Doch Belinda konnte nichts sagen, weil ihr Hals vor lauter Tränen wie zugeschnürt war. Mit der Geschwindigkeit einer Superheldin war Sue als Retterin zur Stelle: »Oh, Shit! Linda, ich hab das verdammte Bügeleisen angelassen! Kannst du mich schnell nach Hause fahren, ehe das ganze Haus abbrennt?« Sie riss Belinda die Zeitung aus der Hand und nuschelte: »Sorry, Sheilagh, wir müssen schnell los!«, bevor sie ihre Freundin gewaltsam aus der stickigen Gemeindehalle nach draußen an die frische Luft bugsierte. Sobald sich die Tür hinter ihnen geschlossen hatte, lehnte sich Belinda an die Mauer und flüsterte: »Gib mir ne Zigarette.«

»Sei nicht bescheuert, du hast seit über dreißig Jahren nicht mehr geraucht.«

»Dann ist es Zeit, wieder damit anzufangen.«

»Na gut, aber dann setzen wir uns dazu wenigstens ins Auto.«

Eine Minute später saßen sie auf dem Parkplatz vor der Kirche, die Fenster von Belindas Fiesta heruntergekurbelt, und pafften Sues Mentholzigaretten. Belinda nahm nur ein paar Züge, dann warf sie die Kippe nach draußen auf den Kies. »Mein Gott, ist das eklig!«

»Ich weiß.« Sue studierte die Titelseite der Zeitung. »Das hat doch überhaupt nichts zu bedeuten«, wagte sie einen sanften Vorstoß.

Belinda antwortete nicht.

»Sie war bloß zu Besuch in der Schule. Wie ich Callum kenne, hat er sicher nicht mal mit ihr gesprochen, sondern ist ihr aus dem Weg gegangen.«

Belinda holte ein extrastarkes Pfefferminzbonbon aus ihrer Tasche und kaute knirschend darauf herum. »Weißt du, ich denke fast jeden Tag an sie. Was sie getan hat … was *die beiden* getan haben.«

»Kann ich mir vorstellen.«

Schweigend saßen sie da. Sue war vor all den Jahren, als Callums Affäre ans Licht kam, für Belinda da gewesen. Sie war ihm immer noch böse, dass er ihrer besten Freundin wehgetan hatte, aber das würde sie Belinda nie sagen.

»Wenn sie irgendwo im Fernsehen auftaucht, nimmt Callum immer die Fernbedienung und schaltet um.« Belinda hielt inne. »Wir reden nicht über sie, nie.«

»Aber heute Abend wirst du ihn nach ihr fragen, oder?«

»Ich weiß nicht.« Belinda zermalmte geräuschvoll die Reste ihres Bonbons, ließ den Wagen an und fuhr los.

Sie sprachen erst wieder, als sie vor Sues Haus ankamen. Beim Aussteigen sagte Sue an ihre Freundin gewandt: »Bleib locker. Es ist ja nicht so, als hätte er was getan, oder? Schließlich ist es nicht seine Schuld, dass diese alte Ehezerstörerin zu einem Schulbesuch in Schottland aufgetaucht ist.«

Doch Belinda ging nicht darauf ein. »Ich ruf dich morgen an.«

»Du kannst mich *jederzeit* anrufen, du dummes Huhn. Versprich's mir.«

»Natürlich.« Aber als sie dem Auto nachblickte, wusste Sue, dass Belinda sich nicht bei ihr melden würde.

Als die Wahrheit schließlich ans Licht gekommen war, glaubte Belinda, sie würde sich in nichts auflösen. Der Schmerz war erstickend, lähmend. Sie hätte viel darauf gewettet, dass ihre Ehe diesen Schlag nicht verkraften würde. Denn wie konnte sie Callum jemals verzeihen oder ihn noch mögen oder lieben oder sich auch nur im selben Raum aufhalten wie er?

Sie hatten es natürlich doch geschafft. Und Belinda glaubte, dass sie dadurch als Paar stärker geworden waren. Und doch war sie nun mit genau demselben Heer aus Zweifeln und Misstrauen konfrontiert, das vor siebzehn Jahren in ihre glückliche Ehe einmarschiert war. Belinda atmete tief durch und betrat das Haus, die *Edinburgh Gazette* fest umklammert.

Callum stand in der Küche am Herd. Schwaden aus Chili- und Knoblauchdampf stiegen aus dem Wok auf. Er hatte sie nicht hereinkommen hören.

»Callum.«

Lächelnd drehte er sich um. »Ich hab genug für zwei gekocht, wenn du magst?« Belinda holte tief Luft und legte los, ihre Stimme kalt und hart.

»Sag mir, dass du gestern Abend tatsächlich mit jemandem namens Paul McGee unterwegs warst und nicht mit Kate Andrews.« Sie knallte die Zeitung auf den Küchentisch. Sein Blick streifte das Schwarz-Weiß-Foto der lächelnden Frau, mit der er am Abend zuvor Sex gehabt hatte. Gute fünf Sekunden lang rührten sich weder er noch Belinda von der Stelle. Beiden kam es vor wie fünf Stunden. Schließlich gelang es Callum irgendwie, mit beleidigt klingendem Tonfall zu antworten:

»Natürlich war ich mit Paul unterwegs! Verdammt, Belinda, für wen hältst du mich?«

Und weil sie es wollte, beschloss sie, ihm zu glauben, und schämte sich dafür, je an ihm gezweifelt zu haben, und war gleichzeitig unendlich erleichtert. »Es tut mir leid. Es tut mir leid.« Mit Tränen in den Augen ließ sich Belinda aufs harte Holz der Küchenbank plumpsen. »Es war einfach so … sie da auf dem Foto zu sehen, mit dir …«

Callum setzte sich neben sie, nahm sie fest in die Arme, und während er sie tröstete, verfluchte er sich selbst dafür, so ein abscheuliches Exemplar der menschlichen Gattung zu sein. »Ich hab von dem Besuch in der Schule nichts erzählt, weil ich wusste, dass es dich aufregen würde.«

»Hast du mit ihr gesprochen?«

»Na ja, ich habe vor der Klasse und Brian Boyd Hallo zu ihr gesagt, ich war nie mit ihr allein – um ehrlich zu sein, konnte ich es kaum erwarten, dass der Tag vorbeigeht.«

Einen Augenblick lang saßen sie so da, Belinda an ihn gekuschelt, geborgen in seiner Umarmung. Dann fragte sie: »Wie hat es sich angefühlt? Sie wiederzusehen?«

Callum war dankbar, dass sein Kinn auf Belindas Scheitel ruhte, weil sie so die Lüge in seinen Augen nicht sehen konnte. »Ich habe gar nichts gefühlt. Sie war einfach … niemand.«

»Es tut mir so leid.« Belinda weinte nun wieder. »Ich hasse mich dafür, dass ich dir nicht vertraut habe.«

»Schhhhh, meine Süße. Es ist vorbei. Abgehakt. Da war nichts.«

Das vergessene Gemüse im Wok begann, die Küche mit dem unverwechselbaren Gestank nach verbranntem Essen zu füllen, und der Rauchmelder kreischte seine Warnung schrill und laut durchs Haus.

KAPITEL 19

»Und für diese Auskunft hast du ihr fünf Pfund gegeben?«

»Nein. Also, um ehrlich zu sein, zehn.«

»Du dummes Huhn.«

Hetty hatte Matt von ihrem Erlebnis mit der Roma-Frau während der Mittagspause berichtet, das sie im Gegensatz zu ihm für etwas ganz Besonderes hielt.

Sie saßen im Wohnzimmer bei einer Flasche veganem Wein, den Hetty zum Probieren mitgebracht hatte. Tallulah und Panda hatten sich neben Hetty auf das riesige Ledersofa gekuschelt und lasen – oder zumindest taten sie so – *Ein Kater macht Theater* –, während Hetty ihrer Patentochter gedankenverloren über die Haare strich. Tallulah erzählte sich die Geschichte in abgewandelter Form gerne selbst, und zwar mit amerikanischem Akzent. In ihrer Version kam ein dreibeiniger Hund vor, und sie war auch wesentlich interessanter.

Gebadet, im Schlafanzug und mit warmer Milch im Bauch genoss sie es, ausnahmsweise lange aufbleiben zu dürfen, um auf Mummy zu warten. Matt hatte ihr erklärt, es sei die Belohnung dafür, dass sie so ein braves Mädchen war, aber in Wirklichkeit wollte er Tallulah zeigen, dass es Kate nach ihrem dramatischen Zusammenbruch am Nachmittag wieder gut ging. Tallulah sollte von diesem Erlebnis keine Albträume bekommen, und auch wenn sie nun glaubte, dass Mummy bei der Arbeit bloß »hingefallen« war, wollte er auf Nummer sicher gehen.

Als Kate ohnmächtig geworden war, kam sofort die am Set diensthabende Krankenschwester. Nachdem sie Kates Blutdruck gemessen und ihr heißen, süßen Tee eingeflößt hatte, erklärte sie die Patientin für fit und gesund, nur ein bisschen »übermüdet« – die beim Film gängige Umschreibung für »verkatert«.

Kate war ihr öffentlicher Kontrollverlust dermaßen peinlich, dass sie, typisch Profi, damit drohte, bei den Produzenten Stunk zu machen, sollten die Dreharbeiten deswegen unterbrochen werden. Keiner wagte es, sich mit Kate anzulegen, wenn sie so wild entschlossen war, also drehten sie brav weiter.

Matt und Tallulah fuhren nach Hause, und als die Crew schließlich Feierabend machte, stellte Benno erfreut fest, dass sie alle notwendigen Szenen im Kasten hatten, trotz all des Dramas.

»Aber findest du das nicht erstaunlich? Dass ich erst vor zwei Tagen von Adam gehört habe und mir heute diese Frau erzählt, dass es jemanden aus meiner Vergangenheit gibt, der wieder in mein Leben tritt? *Und* dass es ein Baby geben wird?« Hetty war immer noch völlig aus dem Häuschen wegen der Prophezeiung.

»Nein, ich finde das überhaupt nicht erstaunlich. Das ist austauschbares Gewäsch, totaler Bullshit.« Hetty hielt unnötigerweise Tallulah die unschuldigen Ohren zu, wobei diese sowieso nicht zuhörte, so sehr war sie in ihr Geplapper versunken und kämpfte mit schweren Augenlidern gegen den Schlaf. »Du könntest diese ›Prophezeiung‹ auf absolut alles anwenden. Irgendwas trifft immer zu. Ehrlich, Het, ich hätte dich nicht für so naiv gehalten.«

»Was ist denn los mit dir, Mr. Schlechtgelaunt?!«

Matt musste unwillkürlich lächeln. »Tut mir leid. War ein heftiger Tag.«

»Ich weiß, aber es geht ihr doch wieder gut. Nicht wahr, Lules? Deine Mummy ist wieder fit?«

Doch wie unter Hypnose war Tallulah eingeschlafen, mit Panda im Arm, an ihre Tante Hetty gekuschelt, das Buch immer noch aufgeschlagen auf dem Schoß.

»Es ist nicht nur das, was heute passiert ist«, flüsterte Matt.

»Das Ganze hat sich schon eine ganze Weile zusammenge-braut. Gestern ist sie erst um drei Uhr nachts nach Hause ge-kommen.«

»Aber ich dachte, sie hat eine alte Freundin getroffen, Paula Sowieso?«

»Ach, Het, kapierst du nicht, es gibt keine Paula McGee. Sie hat gelogen.«

»Echt?«

Matt seufzte und trank einen Schluck Wein, bevor er zugab: »Ich glaube, also, es könnte sein, dass sie …« Er senkte die Stimme noch mehr, damit Tallulah es auf keinen Fall mitbekam, sollte sie aufwachen. »Es könnte sein, dass sie wieder drauf ist.«

»Oje. Oh nein, das ist nicht gut …«

Hetty kannte sich mit Drogen nicht wirklich aus. An der Uni hatte sie mal einen Joint geraucht, mit heftigen Folgen. Unter anderem hatte sie quer über ihr Bett gekotzt, nachdem sie ein Dutzend Biskuittörtchen verschlungen hatte. Doch sie wusste von Kates kleinem Kokain-Problem, seit Matt eines Nachts vor sechs Jahren bei Hetty vor der Tür gestanden hatte. Er und Kate kannten sich damals erst seit einem Jahr und hatten auf der Party eines Freundes heftig gestritten. Zugegeben, Matt hatte etwas zu viel Wein getrunken, aber Kate war außerdem total zugekokst. Es war für ihn an sich nichts Neues, dass sie kokste. Ganz am Anfang hatten sie sogar ein oder zwei Mal zusam-men eine Line gezogen. Doch für Matt hatte es seinen Reiz schon lange verloren, während es bei Kate bald nicht mehr bloß beim »Freizeitspaß« blieb. Auf der Party hörte sie dann gar nicht mehr auf zu reden. Schnitt mit glänzenden Augen di-rekt vor den Gesichtern der Leute Grimassen und laberte, laut Matt, »in einem fort irgendwelche Scheiße. Fand sich selbst SO interessant – aber in Wahrheit, Hetty, hat sie alle zu Tode gelangweilt. Zumindest alle, die nicht selbst high waren. Dann ist sie auf einen Tisch geklettert und hat sich ausgezogen. Wie eine echte Stripperin.«

Hetty hatte ihn die Nacht über beherbergt, aber als er am nächsten Morgen nach Hause gekommen war und erwartete, eine reuige Freundin in seinem Bett vorzufinden, war Kate nicht da. Auch nicht am folgenden Tag und am Tag darauf. Sie blieb drei Tage lang in dem Partyhaus, und als sie schließlich zurückkehrte, war sie in einem derartigen Tief, dass sie, wo immer sie sich aufhielt, eine finstere Wolke aus Negativität hinter sich herzog. Matt dachte, damit wäre die Beziehung gelaufen. Doch eine Woche später verkündete Kate, sie habe sich bei einer Therapeutin angemeldet und würde »diese ganze Scheiße aus meinem Leben verbannen, denn du bist mir zu wichtig, liebster Matthew«. Bald darauf wurde Kate mit Tallulah schwanger und schwor den Drogen mit der Zuversicht einer frisch zur Abstinenz Bekehrten für immer ab.

Und angeblich hatte sie ihr Versprechen gehalten. Doch Kates seltsames Verhalten in letzter Zeit konnte nur von zwei Dingen herrühren, wahrscheinlich in Kombination: Ihre Depression war zurückgekehrt und damit auch das Bedürfnis, zu stimmungsverändernden Mitteln zu greifen.

Damit meinte er nicht nur den Wein. »Auch das mit dem Essen läuft wieder total aus dem Ruder. Sie hungert sich halb zu Tode und steckt sich den Finger in den Hals.«

»Oh, Matt, das tut mir so leid.« Hetty sah ihren lieben Freund an und wollte so gerne etwas für ihn tun. »Hör zu, du musst mit ihr reden. Du musst ehrlich sein, ihr von deinen Ängsten erzählen.«

»Das ist nicht … so einfach. Mit ihr zu reden, meine ich.«

»Warum fährst du nicht ein paar Tage mit ihr weg? Geht nach Prag oder Brüssel oder irgendwohin. Nur ihr zwei. Ich kann auf die Kleine aufpassen.«

Beide sahen sie die schlafende Tallulah an, die zufrieden vor sich hin schnuffelte wie ein neugeborenes Lämmchen. Ihre Träume waren vermutlich erfüllt von dreibeinigen Hunden und einer Katze mit einem seltsamen gestreiften Hut.

»Ja, ich weiß. Ich werde mit Benno reden, um rauszufinden, wie ihr Drehplan aussieht. Dann schau ich mal, was ich organisieren kann.« Einen Moment lang saßen sie beide in ihre eigenen Gedanken versunken da.

»Dieser Wein ist grässlich, oder?«

»Ja, schmeckt ziemlich seltsam.« Sie lachten.

Matt wollte das Thema wechseln, um die Stimmung aufzulockern. Er hasste es, all seinen Kummer bei Hetty abzuladen, denn er kannte ihre Neigung, sich zu sorgen. »Also, dieses Jahrgangstreffen. Wie viele Anmeldungen sind es inzwischen?«

»Oh, das ist genial! Zweiundsiebzig!«

»Aber die kennen wir doch sicher nicht alle?«

»Oh nein, es kommen auch Leute mit ganz anderem Hintergrund – Mathematiker, Informatiker …«

»Erinnerst du dich an Richard Wiehießernochgleich, mit dem Bart, der hat doch Informatik studiert, und er hat mal einen Computer geklaut, weißt du noch, und ihn in deinem Kleiderschrank versteckt, als du während der Lernwoche nach Hause gefahren bist?«

»Oh mein Gott, ja! Und als ich wieder da war, kam er einfach in mein Zimmer spaziert, rotzfrech, als könnte er kein Wässerchen trüben, nahm den Computer und meinte: ›Ich befrei dich mal von dem Ding hier‹!«

»Ich befrei dich mal von dem Ding hier!« Lachend ging Matt zum Weinregal hinüber, um eine wohlschmeckendere Alternative zu Hettys veganem Mitbringsel zu holen. Er entkorkte die Flasche mit geübter Hand und nahm zwei frische Gläser aus dem Schrank. »Ich frag mich, ob wohl auch irgendwelche

Manscis kommen.« Mansci war der Spitzname für Management-Science-Studenten, eine Bezeichnung, die Matt immer verwirrt hatte: Lernten die, wie man Wissenschaft managte, oder die Wissenschaft des Managements?

»Ja, eine ist auf jeden Fall mit dabei. Greta vom Stockwerk unter uns. Kam die nicht aus Finnland beziehungsweise Birmingham?«

»Ja, und ich habe es geliebt, sie mit ihrem Akzent fluchen zu hören. Mhmm, der hier schmeckt *so* viel besser.« Der Wein rann warm durch ihre Kehlen und machte sie beschwingt und optimistisch.

Matt hielt Hetty sein Glas hin, um anzustoßen. »Auf Greta und Richard und all die netten Leute, die zu deiner schönen Jahrgangsfeier kommen!«

»Einschließlich Adam.«

Widerwillig fügte Matt hinzu: »Ja, okay, auf ihn auch. Obwohl ich ihn immer noch für einen ziemlichen Mistkerl halte!«

Sie lachten so sehr, dass sie Kate gar nicht hereinkommen hörten. Kate beobachtete die beiden einen Augenblick lang vom Türrahmen aus, zwei alte Freunde, völlig entspannt in der Gesellschaft des jeweils anderen, die eine vertrauensvolle, verlässliche und absolut stabile Freundschaft verband. Kurz wurde sie von Neid erfüllt. »Macht ihr hier Party?«

»Kate!«

Beim Namen ihrer Mutter erwachte Tallulah aus ihrem Schlummer. »Mummy!!« Trotz ihrer Schläfrigkeit verlieh ihr der Anblick ihrer Mutter genug Energie, um auf Kate zuzustürmen und sich ihr in die Arme zu werfen.

»Hallo, mein kleiner Schatz!« Kate überhäufte sie mit Küssen.

»Daddy hat gesagt, ich darf aufbleiben, bis du nach Hause kommst!«

»Ich seh's!« Über Tallulahs Schulter hinweg zwinkerte Kate Matt zu. Ihre unerwartete Zuneigungsbekundung verblüffte ihn wieder einmal. »Hallo, Hetty, wie schön, dich zu sehen!«

Hetty stand auf und umarmte Kate. »Ahh, alles Gute zum Geburtstag. Ich hab dir einen Kaktus mitgebracht.«

»Verflixt – willst du mir durch die Blume was sagen?«

»Was? Nein. Er ist einfach nur ungewöhnlich, und ich dachte, du …«

»Bleib locker, Het, ich mach bloß Spaß.«

»Hetty hat uns außerdem einen veganen Wein mitgebracht.«

»Der ehrlich gesagt ziemlich abscheulich ist«, gestand Hetty, ein wenig beschämt.

Kate lachte und schob Tallulah zu ihrer gemeinsamen Freundin hinüber. »Ich hab da was Besseres …« Sie ging wieder hinaus in den Flur und kam mit zwei Flaschen Crystal-Champagner zurück. »Da draußen sind noch mal vier davon!«

»Kate, das ist zu viel!«, protestierte Matt.

»Ja, ich muss morgen arbeiten, und ich glaube, ich sollte nichts mehr trinken!« Hetty bekam Panik.

»Wir müssen doch nicht alles trinken, Dummerchen. Die von der Arbeit haben ihn mir geschenkt. Ich dachte, wir könnten eine kleine Party feiern – das ist schließlich mein letztes Jahr mit einer Drei vorne!« Sie ging zur Vitrine und nahm drei elegante Champagnerflöten heraus.

Matt sah Hetty mit hochgezogenen Augenbrauen an, ein offensichtlicher Kommentar zur Unberechenbarkeit seiner Frau. »Tja, Hetty – mitgefangen, mitgehangen!«

»So ist's recht!« Kate ließ den Champagnerkorken knallen, der mit Feuerwerksgeschwindigkeit hinauf zur Decke schoss, was Hetty und Tallulah einen kleinen Aufschrei entlockte, gefolgt von Gekicher.

»Mummy, kann ich auch was davon haben?«

»Daddy holt dir dein besonderes Glas, nicht wahr, Daddy?«
Sofort stand Matt auf und nahm aus dem Schrank mit den Tupperdosen ein schickes pinkfarbenes Cocktailglas aus Plastik, das er ordnungsgemäß mit Limonade füllte, während Kate den Champagner einschenkte. »Das mit heute tut mir leid. Ich war einfach so erschöpft.«

»Geht's dir denn jetzt besser?«, erkundigte sich Hetty nervös.

»Wenn ich das hier intus habe, auf jeden Fall. Hoch die Tassen!« Sie leerte ihr Glas in einem Zug und schenkte sich sofort nach.

Hetty warf Matt einen unauffälligen Blick zu. Sie sah einen Anflug von Traurigkeit über sein Gesicht huschen, bevor er mit breitem Lächeln verkündete: »Happy Birthday, liebste Kate!«

»Ha! Genau, Happy Birthday für mich!« Sie nahmen alle einen Schluck, gefolgt von einem Augenblick peinlicher Stille, die von Kate unterbrochen wurde. »Wir haben heute Abend übrigens noch was anderes zu feiern.«

»Ach ja?«

Kate trank noch etwas Champagner, während sie sich innerlich stählte, bevor sie die Nachricht überbrachte. »Ja, es sieht so aus, als hätte ich eine Möglichkeit gefunden, unser neues Badezimmer zu finanzieren. Oder zumindest einen Teil davon.«

»Überstunden?«, erkundigte sich Matt. Tallulah hatte sich nun auf seinem Schoß zusammengerollt. Die kurzfristige Aufregung hatte schnell nachgelassen und der Schlaf sie wieder überwältigt.

»Nicht ganz. Ich hab einen Auftritt als E. G.«

»Sie meint, als bezahlter Ehrengast«, erklärte Matt Hetty.

»Ja. Nicht sonderlich glamourös. Man hat mich gebeten, ein Casino zu eröffnen.«

»Klingt für mich durchaus glamourös.« Hetty stiegen die Champagnerbläschen in die Nase und machten sie leicht benommen.

»Na ja, das Honorar ist auf jeden Fall glamourös, sie zahlen mir zehntausend Pfund!«

»Krass!« Matt griff nach der Flasche, um sich nachzuschenken.

»Das Problem ist, es findet morgen Abend statt.«

Genervt nahm Matt zur Kenntnis, dass ihr Wochenende wieder einmal durch Kates Arbeit gestört wurde. »Bisschen kurzfristig, oder?«

»Ha! Du glaubst doch nicht etwa, dass ich deren erste Wahl war. Eigentlich wollten sie Sarah Lancashire, aber die hat abgesagt, und angeblich war ich die Nummer zwei.«

»Na, die ist schön blöd!«, bemerkte Hetty und hob ihr Glas zu einem einsamen Toast.

»Genau. Matt, meinst du, du solltest sie nach oben bringen?« Kate deutete auf die schlafende Tallulah, die mit halb geöffnetem Mund an Matts Schulter lehnte.

»Ja, mach ich gleich.« Er hatte den Eindruck, dass Kate ihm etwas verschwieg. »Und wo ist das? Dieses wenig glamouröse Casino?«

Kate nahm noch mal einen extragroßen Schluck, um ihre Nerven mit einer ordentlichen Dosis Champagner zu stärken, ehe sie den Mut aufbrachte zu antworten. »Edinburgh. Ich muss nach Edinburgh.«

Teil zwei
1985

KAPITEL 20

»Du bist doch völlig übergeschnappt, Mann!« Callum leerte den Inhalt eines Aschenbechers in einen Eimer und bürstete ihn mit dem Pinsel aus, der speziell für diese eklige Arbeit reserviert war.

Es war ein Samstagabend Mitte September, und obwohl für Callum die Schule wieder angefangen hatte, half er am Wochenende immer noch im Pub aus. Für heute hatten sie geschlossen, sodass nur noch er und Fergus da waren. Welcher seinen Verdacht zur Sprache gebracht hatte.

»Aber ich hab doch gesehen, wie sie dich anschaut, Cal. Heimliche Blicke, und sie lacht immer über deine Witze.«

»Kann ich ja nichts dafür, dass ich so lustig bin«, versuchte Callum seinen Bruder zu beschwichtigen.

Aber Fergus ließ nicht locker. »Ich bin doch nicht blöd. Und Belinda ganz sicher auch nicht.«

Callum stellte den Aschenbecher ab und sah ihn an. »Verflucht noch mal, ich dachte, du willst mich verarschen! Sie ist gerade mal Anfang zwanzig!«

»Ja, und?«

»Hör mir genau zu, da läuft nichts zwischen mir und Kate … Dingsbums … Andrews.« Sein Blick forderte seinen Bruder geradezu heraus, weiter an seinen Worten zu zweifeln.

Schließlich wandte sich Fergus ab und fuhr fort, die Tageseinnahmen zusammenzurechnen. Callum brachte den Zigaretten- und Ascheeimer nach draußen hinters Haus. Im Vorbeigehen sagte er: »Hör zu, ich versteh mich gut mit dem Mädel, sie ist clever, sie ist witzig! Aber das ist alles, ich schwör's.«

Fergus nickte und lächelte matt. »Okay, ich glaube dir.« Nach einer Pause fügte er hinzu: »Dann seh ich dich morgen Abend?«

Callum nickte und ging zur Tür, wo er sich noch mal umdrehte. »Oh, da habe ich aber zusammen mit ihr Dienst – ich kann tauschen, wenn du dich dann besser fühlst?«

»Ich hab doch gesagt, ich glaub dir, oder etwa nicht? Und jetzt ab mit dir.« Er warf einen feuchten Lappen nach seinem Bruder, und Callum duckte sich lachend. Doch nachdem er gegangen war, blieb Fergus mit einem nagenden Gefühl im Bauch zurück.

Als Callum zwanzig Minuten später wie vereinbart Kate in der kleinen Seitenstraße traf, die vom Marktplatz abzweigte, war er in Gedanken woanders.

»Ich kann nicht bleiben«, erklärte er ihr. »Steig ein, ich fahr dich nach Hause.«

Eigentlich hatten sie geplant, ihren geheimen Ort aufzusuchen, einen schmalen Weg, der im Grünen endete, gerade mal fünf Minuten außerhalb der Stadt. Doch Callum wollte keinen Sex; seine Unterhaltung mit Fergus hatte ihn verunsichert.

»Dem entgeht auch wirklich nichts«, beschwerte er sich. »Ich weiß nicht, vielleicht sollten wir mal ein paar Tage Pause machen, nur bis sich die Wogen wieder geglättet haben.«

Die Vorstellung, ihn nicht zu sehen, warf Kate einen Moment lang völlig aus der Bahn. »Das brauchen wir nicht«, sagte sie ruhig.

»Kate, verdammt, für dich steht hier nichts auf dem Spiel. Für mich alles.«

»Ich sag doch, ich kümmere mich darum.« Sie lächelte ihr sexy Lächeln, und Callums schlechte Laune verpuffte auf der Stelle.

Kate hielt Wort: Am nächsten Abend sorgte sie im Pub für so viel Wirbel, dass Fergus anschließend überzeugt war, Callum habe tatsächlich die Wahrheit gesagt. Kurz nachdem sie um

sechs geöffnet hatten, kam eine Gruppe junger Männer herein-
spaziert, allesamt sonnengebräunt und sandig, mit zotteligen
Haaren und muskulösen Oberarmen. Sie nahmen an einem
Tisch in der Ecke Platz, während einer von ihnen an die Bar
kam, um zu bestellen.

Als Kate ihn sah, quietschte sie vor Freude los. »Oh mein
Gott! Oh mein GOTT!« Sie hob die Thekenklappe und rannte
auf ihn zu.

Er hob sie hoch, schwenkte sie einmal im Kreis herum und
küsste sie auf den Mund. Zu diesem Zeitpunkt waren nicht
viele Gäste da, bloß Jackie Legg und Stuey Jameson und ein
oder zwei Touristen – aber die wenigen Anwesenden beobachteten staunend das Spektakel.

Als die beiden schließlich aufhörten, sich zu küssen, fragte
Kate: »Seit wann bist du wieder da?«

»Seit ein paar Stunden. Dachte, ich komm her und überrasch
dich.« Kate sah ihn noch einige Sekunden lang an, dann drehte
sie sich um und führte ihn an der Hand zur Bar.

»Fergus, Callum, das ist Jake. Mein Freund.«

»Hallo!« Fergus war gleichermaßen verwirrt und perplex.

Callum wusste nicht, wohin mit sich, und brachte ein ge-
murmeltes »Freut mich sehr« heraus, wobei er Jake die Hand
hinstreckte. Davon war dieser so überrascht, dass er den Hand-
schlag in ein High Five verwandelte, was den Moment etwas
peinlich machte.

»Er war unterwegs auf Reisen. Ist gerade erst zurückgekommen!« Dann wandte Kate sich wieder Jake zu. »Du bist echt
fies. Warum hast du mir nichts gesagt?!« Sie küsste ihn erneut
und flüsterte – gerade noch laut genug, dass die anderen es hören konnten: »Gott, wie ich dich vermisst habe!«

Fergus, der sich von der ganzen Sache etwas überrumpelt
fühlte, verkündete plötzlich: »Hör zu, ich glaube nicht, dass

heute Abend besonders viel los sein wird. Callum und ich schaffen das schon, oder, Cal?«

»Äh … klar.« Callum hatte sich der Gläserspülmaschine zugewandt und befüllte sie, als würden sich Horden durstiger Gäste an die Bar drängen.

»Warum nimmst du dir heute Abend nicht frei?«

Kates Augen leuchteten auf. »Echt?«

»Ja, geh schon, wie's aussieht, habt ihr zwei ja einiges nachzuholen!«

Callum konnte Kate nicht ansehen, die ihren Kopf inzwischen an Jakes Schulter schmiegte.

»Weißt du, Fergie, es ist so. Das ist total nett von dir, aber ich brauch die Kohle … was hältst du davon: Jake und ich verdrücken uns für ein, zwei Stündchen, und ich bin gegen acht wieder da?«

»Ja, warum nicht, klingt nach einem guten Kompromiss.«

Sie sahen zu, wie Kate Arm in Arm mit Jake die Kneipe verließ. Dann wandte sich Fergus seinem Bruder zu. »Also, das war jetzt mal eine unerwartete Wendung! Ich nehme alles zurück, was ich gesagt habe!«

Callum gelang es zu lächeln, aber innerlich wurde er verrückterweise und völlig untypisch für ihn von Eifersucht zerfressen.

Als Kate dann wie versprochen kurz nach acht wiederkam, brachte es Callum nicht über sich, mit ihr zu sprechen. Sie fand das alles höchst amüsant, und als sie ihn schließlich im Bierkeller alleine erwischte – immerhin konnten sie sich ja jetzt frei bewegen, ganz ohne Misstrauen in Fergus' zweifelndem Blick –, brannte Callums Leidenschaft lichterloh.

»Und, hast du ihn gefickt?«

»Hallo …?« Er konnte seine Wut nicht zurückhalten, doch

Kate hatte keine Angst. Ganz im Gegenteil. Diese neue, besitzergreifende Seite an Callum, die sie da erlebte, machte sie total heiß.

»Natürlich nicht! Wir saßen am Strand, mehr nicht. Und haben uns eine Stunde lang unterhalten!«

»Aber ich habe doch gesehen, wie du ihn geküsst hast!«

»Ja, und? Wir haben das *gespielt*! Das war doch der Sinn der Sache, du Dummkopf!«

»War es genauso gut wie das hier?«

Und er presste seinen Mund auf ihre Lippen, küsste sie wütend und fordernd, um sein Revier zu markieren und ihr keinen Zweifel daran zu lassen, was er fühlte. Sie erwiderte seinen Kuss, während ihre Hand tastend nach unten wanderte, um zu fühlen, wie hart sie ihn machte, ehe sie sich von ihm löste und ihn hungrig zurückließ. Sie liebte es, wie sehr er sie brauchte. Wie viel Macht sie über ihn hatte.

»Jake ist ein Kumpel von mir von der Schauspielschule«, flüsterte sie. »Ich wollte von ihm wissen, ob er sich traut, das zu machen ...« Sie fuhr mit der Zungenspitze federleicht die Kurve seines Ohres nach, saugte sanft am Ohrläppchen, während ihr heißer Atem sein Verlangen nach ihr noch steigerte. »Ich bin eine gute Schauspielerin, findest du nicht?«

Callum gab es mit einem Nicken zu. Doch innerlich gefiel ihm nicht, wie er sich verhielt oder in was er sich verwandelte. Das war so gar nicht seine Art.

»Hör zu, es tut mir leid. Es hat mich einfach fertiggemacht, dich mit einem anderen zu sehen, das ist alles. Selbst wenn es nicht echt war.«

»Hey«, versuchte Kate ihn aufzuheitern. »Wenigstens musst du dir jetzt keine Anschuldigungen mehr von deinem Bruder anhören. Der hat's total geschluckt.« Dann ging sie zurück an die Bar und genoss lächelnd ihren kleinen Sieg.

KAPITEL 21

Der neunzehnjährige Matthew Fenton schloss die Tür zu Zimmer 125 im Benfield-Hall-Wohnheim auf und versuchte, sein Entsetzen zu verbergen.

»Wie du siehst, hast du hier im Grunde alles, was du brauchst, auf kleinem Raum beisammen«, erklärte der Steward – also so etwas wie ein Hausvorstand (der seltsamerweise tatsächlich Stewart hieß). »Da ist der Schreibtisch mit Blick über den Campus, der Schrank für die Kleider, das Bett – klar.« Stewart lachte über diesen Zusatz. Er gehörte zu seinen Sprüchen, die sich alle Studienanfänger anhören mussten, die ins Benfield einzogen. »Und die Krönung, dein eigenes Waschbecken. Mit Spiegel! Ohne Aufschlag!«

Matt bereute inzwischen, dass er so lange gewartet hatte, sich eine Unterkunft zu suchen. Die Uni lag auf einem großen Campus, also würden die meisten Studenten in Wohnheimen wie diesem hausen – aber es ging doch trotzdem sicher besser als das hier?

»Das Design basiert auf einem schwedischen Frauengefängnis! Ha! Damit hast du nicht gerechnet, was?«

»Um ehrlich zu sein, überrascht mich das überhaupt nicht«, sagte Matt mehr zu sich selbst, während er das spartanische Zimmer mit dem lächerlich schmalen Bett inspizierte.

Er legte seinen Koffer aufs Bett und stellte seine Gitarre neben das Waschbecken. Stewart deutete mit dem Kopf darauf. »Spielst du?« Er klang wie jemand aus der Musikbranche. Matt war schwer in Versuchung zu antworten: »Nein, ich trage nur immer eine mit mir rum, damit ich aussehe wie ein Schwachkopf«, doch er widerstand der Versuchung und sagte stattdessen: »Nur ein bisschen.«

»Na, dann schau bei der Orientierungswoche für Erstsemester auf jeden Fall mal beim Gitarrenclub vorbei. Da triffst du garantiert ein paar Gleichgesinnte, vielleicht könnt ihr euch für ne Session verabreden.«

»Geht klar.« Matt versuchte, begeistert zu klingen. Doch die Vorstellung, irgendeinem Club beizutreten oder während der drei Jahre, die er hier sein würde, auch nur mit einem anderen Menschen zu sprechen, erfüllte ihn mit Grauen. Er wusste genau, er würde sie alle hassen.

Stewart war schon am Gehen, als ihm noch etwas einfiel: »Ach, übrigens. Kunstgeschichte, richtig?«

»Äh, ja.«

»Da ist ein Mädel den Flur runter, Zimmer 135, gleicher Studiengang. Vielleicht wollt ihr euch ja zusammentun. Bis dann!«

Das Letzte, was Matt wollte, war, sich mit jemandem »zusammenzutun«. Er wollte einfach nur sein Ding machen und kam langsam zu dem Schluss, dass die Idee mit dem Studieren ein großer Fehler gewesen war.

Nach der Schule war er ein Jahr lang durch Europa gereist, hatte sich das obligatorische Interrail-Ticket gekauft, war aber alleine losgezogen statt mit einer Gruppe von Kumpels. Ihm lag nichts an den alkohol- und sonnenintensiven Zielen auf den griechischen Inseln oder entlang der spanischen Küste. Matt zog es zu den Galerien in Rom und Paris, auf die Kunstrouten durch Holland oder Deutschland. Seine Leidenschaft für Kunst war wie eine Sucht, er brauchte sie, blühte dabei auf. Und die einzigen zwei Gründe, weshalb er sich für ein Kunstgeschichtsstudium eingeschrieben hatte, waren a) seinen Eltern einen Gefallen zu tun, und b) war er nicht so arrogant zu glauben, dass es für ihn nichts mehr zu lernen gab. Wenn da nicht die Sache mit den Sozialkontakten wäre. Sich mit fremden Leuten anfreunden, diese gute Laune und das ganze Gedöns. Er war bloß ein ganz normaler Durchschnittsschüler aus Rotherham. Seine Familie war nichts Besonderes und er selbst auch nicht. Er besaß einfach nur diesen Wissensdurst. Den er unbedingt stillen musste. Orientierungswoche und oberflächliche Freundschaften waren nicht Teil des Plans.

Er ließ sich aufs Bett fallen. Seine Mutter wäre sooo enttäuscht, wenn er jetzt einen Rückzieher machte. »Gib der Sache zwei Wochen«, hatte sie zu ihm gesagt, als er ging – er hatte ihr nicht erlaubt, ihn zu begleiten. Wollte nicht wie all die anderen Kids sein, gefangen in diesem schrecklichen Zustand zwischen unabhängigem Erwachsensein und der Angst davor, die Nabelschnur zu kappen und sich wirklich von Mama und Papa zu lösen. Wahrscheinlich fiel es ihm leichter, das hier alleine durchzuziehen, weil er bereits dieses Jahr Auszeit gehabt hatte. Er seufzte, dann gab er sich innerlich einen Tritt, stand auf und öffnete den Kleiderschrank. Sieben traurige Bügel klapperten ein schwaches Hallo. Er öffnete seinen Koffer und versuchte, den nötigen Schwung zum Auspacken aufzubringen.

Es klopfte. War Stewart mit noch mehr Ratschlägen zurückgekommen …? Matt überlegte, einfach nicht zu reagieren, doch dann wurde ihm klar, dass er damit niemals durchkommen würde. Schließlich lebte er in einer Art offenem Vollzug … Er öffnete die Tür. Draußen im Flur stand eine junge Frau, in der Hand eine Schüssel mit unförmigen Kuchenstücken. Sie trug ein weißes Hemd aus Mulltuch, eine Weste aus den Vierzigerjahren, einen Dirndlrock und Stulpen über Cowboystiefeln. Eine seltsame Kombi. Sie hatte eine schlechte Dauerwelle und die Augen mit schillerndem grünem Eyeliner umrandet. »Felsenkuchen?« Sie streckte ihm die Schüssel hin.

»Äh …« Doch bevor er antworten konnte, redete sie schon weiter. Sehr schnell.

»Dieser Steward-Heini, also Stewart, hat vorgeschlagen, dass ich mal Hallo sage. Wir sind im selben Studiengang. Also nicht Stewart und ich – er promoviert, in Physik, glaube ich –, sondern du und ich. Und da bin ich. Um Hallo zu sagen. Ich hab Felsenkuchen mitgebracht, weil meine Mutter meinte, Kuchen würde helfen, das Eis zu brechen. Wohl eher die Zähne, um ehrlich zu sein. Ich bin keine sonderlich gute Bäckerin.«

Er sah sie an. Schweigen.

»Ach so, ja, ich bin Hetty«, fügte sie hastig hinzu. »Ich bin ein Mittelschichtkind, wohne in Hampstead, und ich habe den Bergarbeiterstreik nie so ganz verstanden. Außerdem bin ich Vegetarierin.«

Matt sah sie an, perplex. »So jemandem bin ich noch nie begegnet«, sagte er. Und damit schlossen sie auf der Stelle Freundschaft.

Später am selben Abend spazierten sie vom Milking Parlour zurück, der Bar, die Benfield Hall am nächsten lag. Sie waren ein bisschen angetrunken, aber nicht so schlimm, dass sie dummes Zeug redeten. Das Thema Schulabschlussnoten hatten sie bereits abgehakt – Hetty hatte zwei Bs und ein C in Englisch, Geschichte und Kunst. In dieser Reihenfolge. Matt hatte AAB in Philosophie, Geschichte und Französisch. Als Nächstes wollte Hetty sich über ihr Gewicht unterhalten, doch Matt sagte, er habe noch nie in seinem Leben auf einer Waage gestanden und nicht den blassesten Schimmer, was er wiege. »Ich wiege 65 Kilo«, verkündete sie.

»Du verwechselst mich mit jemandem, dem das wichtig ist.« Er lachte.

»Okay, erzähl mir was über dich, das sonst niemand weiß«, verlangte Hetty plötzlich, womit sie Matt ziemlich überrumpelte.

»Oh, also, okay. Na ja, ich will eigentlich gar nicht wirklich hier sein, und ich bezweifle, dass ich auch nur eine Woche durchhalte.«

Hetty reagierte nicht sofort. »Das ist schade«, sagte sie schließlich. »Aber das kannst wohl nur du für dich entscheiden.«

Er spürte, wie sie damit in seiner Achtung gewaltig stieg. Hetty war … nun ja, sie war in Ordnung. Vielleicht. »Okay, jetzt bist du dran«, meinte er. »Erzähl mir was Überraschendes über dich, Hetty Strong.«

Sie schwieg eine Weile, während sie nebeneinander durch das nasse Septembergras in Richtung ihres zukünftigen schwedischen Frauengefängnisses spazierten. »Also gut … ich bin nur deshalb nach Warwick gekommen, weil ein Typ hier studiert, der mit mir im Oberstufencollege war und den ich liebe – puh, das klingt ziemlich theatralisch, was? –, und wenn er nicht hierhergekommen wäre, dann wäre ich es auch nicht. Ach ja, und er weiß nicht, dass ich ihn liebe. Um genau zu sein, weiß er nicht einmal, dass es mich gibt.«

Matt wusste nicht, was er erwidern sollte. Schließlich brachte er ein »Krass« hervor, wie eine Hommage an einen unbekannten Hippie-Studenten aus den Siebzigern. »Und wie heißt dieser Kerl?«

»Adam«, antwortete sie. »Adam Latimer.«

KAPITEL 22

Als das Telefon klingelte, lagen sie dösend in Kates Zimmer auf dem Fußboden, während die späte Septembersonne höflich durch die Jalousien blinzelte, ohne sie stören zu wollen. Draußen passierte nicht viel außer dem sonntäglichen Surren einer Motorsense und der unverständlichen Unterhaltung zweier Autowäscher.

Kate und Callum waren seit zehn Uhr morgens hier. Fast drei Stunden köstlicher, ungestörter Sex lagen hinter ihnen: konzentriert, zielstrebig und erschöpfend. Kates Eltern waren im Urlaub, und dieses Zimmer war ihr Zufluchtsort geworden.

Callum hatte die Kinder morgens zu seiner Mutter gebracht und Belinda im Bett zurückgelassen. Sie schlief zurzeit so schlecht, dass sie zusehen musste, so viel wie möglich davon zu bekommen, wann immer es möglich war. Er küsste sie auf die Stirn und erkundigte sich, ob sie etwas brauche, bevor er ging.

Belinda öffnete halb die Augen und lächelte ihn an. »Ich schätze mal, die Chancen auf einen Quickie stehen schlecht?« Und mit einem Lächeln auf den Lippen ob der Absurdität dieser Vorstellung schlief sie schon wieder ein. Es würde noch lange dauern, bis sie wieder zu irgendwelchem Schabernack dieser Art in der Lage sein würde. Momentan fühlte sie sich ungefähr so attraktiv wie eine Autofähre. Kein bisschen weiblich, die Knöchel so geschwollen, dass man sie gar nicht mehr sah – »als würden sie jemand anderem gehören, Callum, wahrscheinlich meiner Tante Betty« –, und ihre Brüste waren so schwer, dass es jedes Mal wehtat, wenn sie gähnte.

Callum betrachtete seine leise schnarchende Frau und war froh, dass sie endlich ein bisschen Ruhe bekam.

Er wurde nicht länger von Reue zerfressen. Weil das, was du tust, so abscheulich ist, dachte er, dass es jenseits von Buße und definitiv jenseits von Vergebung liegt. Und der Teufel in seinem Kopf flüsterte: »Also kannst du es genauso gut genießen, solange es andauert, Cally, mein Junge, denn glaub mir, wenn sie es herausfindet, und das wird sie, dann wird dir alles um die Ohren fliegen.« Callum wusste es genau, und trotzdem konnte er nicht aufhören.

Es war doch aber bloß Sex. Nicht wahr? Das versuchte er sich einzureden, doch langsam war er sich selbst nicht mehr sicher. Er war verloren, überwältigt. Er wusste nur, dass er süchtig nach ihr war, nach ihrem Geruch, ihrem Geschmack – oh Gott, wie sie schmeckte! –, nach dem Gefühl ihrer Haut auf seiner und, verdammt, wie es sich anfühlte, in ihr drin zu sein. Wenn er zu viel daran dachte, würde er wahnsinnig werden.

Als er an diesem Morgen bei Kate ankam, öffnete sie ihm die Haustür mit nichts weiter bekleidet als kniehohen Stiefeln aus hellbraunem Wildleder und einer schwarzen Seidenbluse, die ihr viel zu groß war. Sie sah umwerfend aus. Wortlos zog sie ihn ins Haus. Zuerst küsste sie ihn, dann nahm sie sein Gesicht in beide Hände, blickte ihm tief in die Augen, und schließlich lächelte sie. »MacGregor, ich werd's dir jetzt so was von besorgen«, versprach sie. Ohne den Blick abzuwenden, öffnete sie seinen Gürtel und ließ sich langsam auf die Knie sinken. Dann begann sie, ihn zu verschlingen, angefeuert von seinem Stöhnen, während er auf die Kuckucksuhr ihrer Eltern an der Wand gegenüber starrte.

Jetzt, drei Stunden später, lagen sie postkoital ineinander verkeilt, zufrieden lächelnd in diesem Zustand zwischen Schlaf und Wachsein, als draußen im Flur das Telefon klingelte.

Sie hätten es natürlich einfach ignoriert. Selbst als sich der Anrufbeantworter einschaltete und die leise Stimme von Kates

Mutter in der Ferne den Anrufer höflich aufforderte, nach dem Piepton eine Nachricht zu hinterlassen.

Sie hätten es immer noch ignoriert, selbst als sie Fergus sprechen hörten: »Hallo, Fergus hier, vom Pub.«

»Er will bestimmt, dass ich meine Schicht tausche ...«, murmelte Kate schläfrig, küsste Callums Brust und inhalierte mit immer noch geschlossenen Augen den vertrauten Geruch seiner Haut.

»Kate, kannst du mich kurz zurückrufen, wenn du das hier abhörst?«

Callum strich mit den Fingern über die Kuhle ihrer Lendenwirbel.

»Es ist nämlich so, ich versuche Callum zu erreichen.«

Da hielten beide inne. *Was??*

»Und ich hab mich gefragt, ob du ihn zufällig gesehen hast.«

Sie setzten sich auf.

»Seine Frau, bei der haben nämlich die Wehen eingesetzt ...«

Den Rest der Nachricht hörten sie gar nicht mehr. Fergus sprach im Hintergrund weiter und erklärte unnötigerweise, dass alle Callum überall gesucht hatten und ihnen langsam nichts mehr einfiel, sonst hätte er nicht angerufen.

Kate saß auf der Bettkante, immer noch nackt, und sah ruhig zu, wie Callum hektisch seine verstreuten Kleider vom Fußboden aufsammelte.

»Fuck! Fuck!« Vor lauter Panik zitterte er und strauchelte beim Versuch, in seine Jeans zu steigen. »Ich muss ins Krankenhaus.«

»Nein.« Er hörte sie nicht, so sehr war er gedanklich bei anderen Dingen. Anderen verdammten lebensverändernden Dingen.

»Callum, hör mir zu!« Sie zwang ihn, sie anzusehen. »Du darfst nicht direkt ins Krankenhaus fahren.«

»Was redest du da – natürlich fahr ich da hin!«

»Wenn du das machst, fliegt alles auf. Dann weiß Fergus, dass du es von mir erfahren hast, weil du mit mir zusammen warst.«

»Und du glaubst, das interessiert mich jetzt?«

»Callum.« In ihrer Stimme lag eine Kälte, die er zuvor noch nie gehört hatte und die ihn aufhorchen ließ. »Es mag sich jetzt so anfühlen, als wäre es dir scheißegal, wenn es die Leute erfahren, aber später wirst du's bereuen, das schwör ich dir. Jetzt mach, was ich dir sage, und alles wird gut.«

Das Blut wich aus seinem Kopf, sodass er sich setzen musste. Auf einmal begriff er, dass das hier wirklich passierte, und die Ungeheuerlichkeit dessen, was er getan hatte, überwältigte ihn schließlich: Seine Frau lag weniger als drei Kilometer entfernt in den Wehen, während er sich hier in einem fremden Haus mit einer Frau amüsierte, die er kaum kannte und die siebzehn Jahre jünger war als er. Und das alles wegen irgendeiner Männerfantasie, eines egoistischen, destruktiven Egotrips, durch den er alles verlieren konnte, was er besaß.

Er blickte zu Kate auf und fühlte sich wertlos. »Was habe ich getan?«

Sie erwiderte seinen Blick mit entschlossener Miene, völlig Herrin der Situation.

»Okay, was du jetzt tun musst, ist Folgendes: Fahr nach Hause. Zu dir nach Hause. Genau wie du es tun würdest, wenn du nicht hier gewesen wärst.« Sie sprach deutlich, mit Nachdruck. »Was hast du behauptet, wo du heute hinwillst?«

»Ich weiß nicht …« Sie konnte ihn kaum verstehen.

»Callum! Reiß dich zusammen, das ist jetzt wirklich wichtig!«

Er dachte einen Moment lang nach. »Baumarkt in Craigleith. Die Kinder sind bei meiner Mutter.«

»Genau. Die einzige Möglichkeit, damit durchzukommen, ist zu lügen, und ich meine *richtig* lügen.«

Sie ging quer durchs Zimmer zu ihrem Schminktisch, wo ein hübsch anzuschauendes Durcheinander aus Schals und kleinen bemalten Schachteln, Lippenstift und Nagellack mit halb abgebrannten Kerzen und Räucherstäbchen um Platz kämpfte. Auf einem der Regalbretter befand sich eine alte lederbezogene Schmuckschatulle, deren Inhalt lässig über den Rand quoll. Silberkettchen und Perlen vermischten sich mit kleinen Spanischen Perlen und billigen Armreifen. Kate öffnete eine winzige Schublade im Sockel und nahm eine kleine antike Box heraus. Sie klappte den Deckel hoch, um den Inhalt zu überprüfen, klappte ihn wieder zu und reichte sie Callum. Verwirrt betrachtete er die Schachtel.

»Und jetzt hör mir genau zu, dann schaffst du das«, erklärte sie. »Das hier ist deine Geschichte, okay?«

KAPITEL 23

Obwohl sie es Matt gegenüber nicht zugeben würde, hatte Hetty den Großteil ihrer ersten Collegewoche damit verbracht, nach Adam Latimer zu suchen. Unter dem Vorwand, ihre »Umgebung zu erkunden«, hatte sie den Campus nach ihm abgegrast, so ziemlich alle Wohnheime, die Studentenverbindung, das Kulturzentrum – um wenigstens einen Blick auf ihn zu erhaschen. Am achten Tag, als sie ihn immer noch nicht gefunden hatte, begann sie langsam zu glauben, dass sie einen riesigen Fehler begangen hatte – dass Adam doch nicht nach Warwick gekommen war.

Letztlich stolperte sie ganz zufällig im Waschsalon über ihn. Und zwar fast buchstäblich. Er hatte seine gewaschenen, nassen Klamotten in einen weißen Plastikkorb gepackt und war auf dem Weg, Wechselgeld für den Trockner zu holen. Hetty, die mit ihrem ebenfalls vollen Wäschekorb im Arm eine Maschine ansteuerte, sah den von Adam nicht. Sie blieb mit dem Fuß daran hängen und flog in hohem Bogen durch die Luft, angeführt von einer Ladung Unterwäsche, Bettzeug sowie einem orthopädischen Strumpf, was ihr besonders peinlich war. Die Wäschestücke verteilten sich unelegant auf dem Boden, gefolgt von Hetty.

»Hey, pass doch auf, wo du hinläufst!«, schimpfte Adam, als er mit einer rasselnden Handvoll Zwanzigpencemünzen zurückkam. Er wirkte leicht genervt.

Hetty versuchte in diesem Moment noch hektisch, auf allen vieren mit dem Rücken zur Tür ihre verstreuten Kleidungsstücke einzusammeln und in den Korb zu stopfen. »Tut mir leid!« Sie lachte nervös. »Weiß auch nicht, warum ich mich entschuldige!« Dann drehte sie sich um und sah Adam dort stehen. In der rechten Hand hielt sie einen ausgeleierten Slip und in der linken einen BH, der ebenfalls schon bessere Zeiten gesehen hatte. Entsetzt, dass ausgerechnet der Mann, den sie liebte, ihr gegenüberstand, krächzte sie bloß: »Adam!« Er nahm seinen Waschkorb und trug ihn zum Trockner hinüber.

»Woher weißt du, wie ich heiße?« Er öffnete die große runde Klappe und lud seine nassen Sachen in die Trommel. Hetty rappelte sich auf und folgte ihm. »Ich bin Hetty. Strong. Wir waren zusammen im Oberstufencollege?«

Nun hielt er inne und sah sie halb lächelnd, halb fragend an. »Echt? Fand's furchtbar dort, du nicht?« Dann knallte er die Klappe zu und schob zwanzig Pence in den Schlitz. Die Maschine begann langsam rumpelnd ihre Trocknertätigkeit. »Lust auf ein Bier, während das Zeug hier trocknet?« Er war schon halb aus der Tür.

»Äh, ja. Ich muss nur noch schnell …« Sie zeigte auf ihre Wäsche.

»Dann sehen wir uns dort.« Er rief über die Schulter: »Mandela Bar. Was trinkst du?«

Hetty glaubte, vor Aufregung platzen zu müssen, und konnte keinen klaren Gedanken mehr fassen. Sie bemühte sich, cool zu klingen, was ihr gründlich misslang. »Oh, egal was, das, was du auch trinkst.« Und weg war er.

Sie fand ihn zehn Minuten später lachend an der Bar der Studentenkneipe, zusammen mit ein paar Schauspielschülern. Im Hintergrund lief ein Eurythmics-Song. Zuerst hielt sich Hetty für zu schüchtern, um sich dazuzustellen, und beobachtete lieber atemlos die Gruppe aus der Ferne, während sie den Anblick von Adam Latimer in seiner ganzen herrlichen Pracht genoss. *No-one on earth could feel like this …* Er war zweifelsohne attraktiv, mit zwei Steckern im Ohr, die Haare an den Seiten abrasiert, dafür oben lang und stachelig und im Stil von Depeche Mode gebleicht. *I'm thrown and overblown with bliss* … Über seinem schwarzen T-Shirt trug er eine Donkeyjacke, dazu hochgekrempelte Jeans und Doc Martens. Er nahm einen großen Schluck von seinem violetten Bier, und als er sich umdrehte, entdeckte er Hetty. »Da bist du ja! Komm schon, dein Pint wird warm.«

Sie ging zur Bar, wo Adam ihr die anderen vorstellte. »Kev, Rick – das ist Betty.«

»Hetty, um genau zu sein«, verbesserte sie ihn schüchtern.

»Hetty, Betty, macht keinen Unterschied. Da, bitte schön.« Er reichte ihr ein Pintglas mit dem gleichen violetten Inhalt. »Snakebite and black.« Die Mischung aus Bier, Cider und Johannisbeersirup roch widerlich. Doch Adam hatte es für sie gekauft, also musste sie es auch trinken. Vorsichtig nahm sie einen Schluck und versuchte, ihre Abscheu zu verbergen. »Hat übrigens sechzig Pence gekostet.«

»Oh.« Das Missverständnis war ihr peinlich. Hektisch kramte sie in ihrer Hosentasche herum und zählte das Kleingeld ab.

Adam schien Kev und Rick sehr gut zu kennen. Die drei unterhielten sich über das bevorstehende Vorsprechen der Drama Society für *Was ihr wollt*. Er reichte ihr einen Flyer. »Komm doch auch. Wir sind noch auf der Suche nach Komparsen. Ich spiele den Orlando. Und führe Regie.« Dann wandte er sich wieder Kev und Rick zu und setzte eine Unterhaltung fort, der Hetty nicht folgen konnte, aber das war ihr ganz egal …

Den Flyer fürs Vorsprechen fest in der Hand, nippte sie stumm an ihrem scheußlichen violetten Drink und dachte darüber nach, dass sie um jeden Preis in diesem Stück mit ihm mitspielen wollte. Innerlich war ihr wohlig warm. Ob es nun an der Wirkung des Snakebite lag oder an der Tatsache, dass sie nur wenige Zentimeter vom schönsten Mann der Welt entfernt stand.

Adam, der sich der stillen Bewunderung, die sie verströmte, nicht bewusst war, redete und scherzte weiter mit seinen Freunden, gerade so, als wäre Hetty gar nicht da. Die wiederum wollte um nichts in der Welt woanders sein.

KAPITEL 24

»Absolut hinreißend.«

Belinda hielt ihr 4200 Gramm schweres Neugeborenes und jüngstes Mitglied des MacGregor-Clans, Ailsa Cerys Louise, im Arm. »Ailsa« nach Callums Patentante, »Cerys« nach Belindas bester Freundin zu Schulzeiten und »Louise« nach – nun ja, weil sie und Callum den Namen beide einfach mochten. Ein dichter Schopf verfilzte rabenschwarze Haare auf ihrem glänzenden warmen Kopf, das Gesichtchen zuerst schmollend, dann Grimassen schneidend. Ailsa Cerys Louise war noch immer beleidigt, draußen in dieser lauten, hellen Welt zu sein, wo sie doch bisher nur Wärme, Frieden und den stetigen Trost des liebenden Herzschlags ihrer Mutter gekannt hatte.

»Ich weiß nicht, was ich sagen soll.«

Belinda war den Tränen nahe. Doch sie sprach nicht von ihrem Baby, sondern blickte auf den antiken smaragdbesetzten Memory-Ring an ihrer linken Hand, der sich perfekt an ihren schlichten Ehering schmiegte. »Ich kann immer noch nicht fassen, dass du ihn gekauft hast.«

»Ach, jetzt hör schon auf!« Lächelnd hob Callum mit geübten Händen seine Tochter hoch, um sie an seine breite, beschützende Brust zu betten und das kleine, zarte Wesen im Arm zu halten.

»Aber es ist so untypisch für dich. Du hast ja sogar fast vergessen, mir einen Verlobungsring zu schenken!« Belinda strahlte ihn an, inzwischen wieder entspannt, obwohl die Kampfschreie der Geburt noch immer in ihrem erschöpften Körper widerhallten.

»Na ja, also, ich freu mich einfach, dass er dir passt. Und jetzt bring mich nicht in Verlegenheit.« Er wollte unbedingt das Thema wechseln. Sanft drückte er einen Kuss auf Baby Ailsas verwirrt gerunzelte Stirn. »Alles okay mit der Vormilch?« Als dreifache Eltern kannten sie die Abläufe.

»Ja, alles gut. Ich hab den Eindruck, sie hat ordentlich Appetit.« In diesem Moment öffnete Ailsa ihren perfekten kleinen Mund und fing an zu brüllen, zu kreischen und zu protestieren, als wäre ihr auf einmal klar geworden, dass sie jetzt tatsächlich GEBOREN war! Und dass von ihr erwartet wurde, sich an die anstrengende Aufgabe des Babyseins zu machen.

»… und kräftige Lungen!« Callum lachte. Er staunte darüber, wie unmittelbar und überwältigend die Liebe für ein Kind war. Wie sie einfach das Leben der Eltern überflutete, ganz ohne Vorwarnung.

Als Ben auf die Welt gekommen war, glaubte Callum, sein Herz müsste platzen vor lauter Liebe. Das Auftauchen dieser fremden Macht hatte ihn vollkommen überwältigt – er war völlig platt. Zerlegt. In ein zitterndes, sabberndes Wrack verwandelt. Er hatte die Jungs im Rugbyclub oft darüber reden hören, wie es war, Vater zu werden, und sich immer gedacht, was für Weicheier das doch waren, die zu viele Artikel über den Mann von heute in den Zeitschriften ihrer Freundinnen gelesen hatten. Vater zu werden konnte einen unmöglich so aus der Bahn werfen, wie sie das darstellten. Doch dann hatte er seinen Erstgeborenen im Arm gehalten und all die Hilflosigkeit und Abhängigkeit dieses Häufchens aus Gliedmaßen und Lungen und diesen winzigen klammernden Fingern, all die bedingungslose Zugehörigkeit gespürt, ein überwältigendes Gefühl von »Ich-pass-auf-dich-auf-und-das-wird-sich-nie-ändern«, und geheult wie ein Schlosshund. Konnte gar nicht mehr aufhören.

Der Gedanke an ein zweites Kind war ihm daher unerträglich gewesen. Wie konnte er je ein anderes Kind genauso lieben? Um genau zu sein, hatte er Belinda, als sie mit Cory schwanger war, ganz ernst und unmissverständlich erklärt: »Es tut mir leid, Lindy, aber ich glaube nicht, dass ich noch Liebe für ein zweites übrig habe.«

Sie hatte ihn angelächelt – ein wenig herablassend, wie er später betonte – und geantwortet, dass es *immer* genug Liebe geben würde. Mehr als genug sogar.

Und nun stand er hier und hielt seine kleine Tochter im Arm, atmete den süßen, feuchten Duft ihrer frischen Haut ein. Sie schrie: hartnäckig, entschieden und extrem erbost. Sanft schaukelte er sie hin und her und wischte sich eine heimliche, unerwartete Träne fort. Er wünschte, er würde nur aus lauter väterlicher Liebe weinen. Doch tief in seinem Innern wusste er, dass er aus Scham weinte. Über die schreckliche Wahrheit, wer er war, wie er sich verhalten und welche Lügen er erzählt hatte und weiter würde erzählen müssen. Er blickte auf dieses winzige wütende Gesicht hinab und dachte, nein. Nein, das wird aufhören. Ich werde nicht länger dieser Mensch sein. Schlicht und einfach. Mit einem Vier-Kilo-Bündel Liebe im Arm traf Callum seine Entscheidung. Kate und er. Das war vorbei.

In jener Mittagspause war Callum zurück nach Hause gefahren, genau wie Kate es ihm geraten hatte. Er war viel zu sehr durch den Wind gewesen, um einen eigenständigen Gedanken zu fassen, also befolgte er einfach ihre Anweisungen, unfähig, sie zu hinterfragen oder den Kurs zu ändern. Er konnte nichts anderes tun, als sich an den Plan zu halten. Seine Eingeweide revoltierten, das Herz schlug ihm bis zum Hals, sein Hirn und seine Synapsen brummten vor Überlastung und verloren ihre Funktionsfähigkeit. Was, zum Teufel, war aus ihm geworden?

Er parkte das Auto und nahm die zwei ungeöffneten Dosen Farbe heraus, die Kate zum Glück im Schuppen ihres Vaters gefunden hatte. Sie sahen aus wie neu. Und natürlich den Ring – klein genug, um ihn sicher in seiner Tasche zu verwahren. So machte er sich auf den Weg zur Haustür. Zitternd versuchte er, den Schlüssel ins Schloss zu stecken, doch seine Mutter war innerhalb von Sekunden da. »Callum! Oh, Callum!«

»Was machst du hier? Ist was mit den Jungs?« Es fiel ihm nicht schwer, erschrocken und überrumpelt zu wirken, denn genauso fühlte er sich.

»Nein, es ist Belinda! Junge, die Wehen haben eingesetzt!« Und da war er. Der Freibrief, auf den er gewartet hatte, seit er zwanzig Minuten zuvor Kates Elternhaus verlassen hatte. Jetzt konnte er endlich angemessen reagieren.

»Verstehe.« Er stellte die Farbdosen ab, machte auf dem Absatz kehrt und rannte zurück zum Auto.

»Wir haben dich überall gesucht«, rief Janis ihm hinterher.

»Ich war beim Baumarkt in Craigleith.« Er spulte nun automatisch seinen Text ab, den er zuvor während der Fahrt wieder und wieder laut heruntergebetet hatte. Er fühlte sich wie ein Mörder, der seine Spuren verwischte.

»Aber dort haben wir es versucht! Wir haben dort angerufen!«

Darauf war er vorbereitet. »Ja, ich bin dann rüber nach Glasgow …«

»Glasgow?!«

»Ja, zu diesem Antiquitätengeschäft … Ich muss los. Ich ruf dich an, wenn ich dort bin.«

Er knallte die Fahrertür zu und startete den Motor. Inzwischen waren Ben und Cory an die Haustür gekommen und winkten ihrem Daddy zum Abschied, offensichtlich ziemlich verwirrt. Er winkte zurück. Hürde Nummer eins genommen.

Er konnte Belinda schon von Weitem brüllen hören. Selbst inmitten des vielstimmigen Durcheinanders der Geburtsschreie anderer Frauen würde er ihre überall wiedererkennen. Sie klangen wie Urschreie aus einer anderen Welt und, um ganz ehrlich zu sein, ein bisschen nach Kuh. Oktaven tiefer und absolut furchterregend. Sie war nur noch Sekunden von der Entbindung entfernt.

Callum trat durch die Tür des Kreißsaals, und da war sie, seine wunderschöne Frau, auf allen vieren, neben ihr sein Bruder, völlig hilflos, überflüssig wie ein Kropf, aber mit dem Gefühl, es wäre unhöflich zu gehen. Als Fergus Callum erblickte, jaulte er: »Verdammt, wo zum Teufel bist du gewesen?«

»Calluuuuuuum!!!!« Belinda drehte sich nicht um. Sie war mit anderen Dingen beschäftigt.

»Alles gut, Süße, ich bin jetzt da. Es tut mir so leid …«

»Calluuuuuuum!!!« Dann begann sie, beeindruckend anhaltend tief und gleichmäßig auszuatmen. Die Hebamme lächelte Callum kurz an, ehe sie sich darauf vorbereitete, das auftauchende Baby packen.

»Okay, es ist so weit, Belinda, noch einmal pressen, dann haben wir's geschafft.« Belinda konzentrierte sich mit letzter Kraft auf jede Faser und Sehne ihres Körpers und PRESSTE!

Fergus war beiseitegetreten, um Callum Platz zu machen. Dieser beugte sich nach unten, bis sein Gesicht neben dem von Belinda war, und flüsterte: »Lindy, ich liebe dich so sehr. Es tut mir so unendlich leid …«

Doch Belinda hörte ihm nicht zu.

»Gaaaaaaaaaannnnnngggggghhhhhh!!!«

Und da war sie. Entbindung Nummer drei für Belinda MacGregor, geborene Lewis. Ein bezauberndes kleines Mädchen, sofort geliebt und in dieser Welt willkommen geheißen. Die Hebamme reichte Callum seine Tochter und half Belinda dabei, sich langsam umzudrehen, damit sie sich endlich auf dem Bett ausruhen konnte. Er legte der Mutter das Baby auf die Brust, und die Hebamme half ihm, die Nabelschnur durchzuschneiden.

Fergus stand die ganze Zeit daneben und sah zu, völlig tränenüberströmt.

»Typisch Callum MacGregor«, scherzte Belinda müde. »Wartet ab, bis die ganze harte Arbeit geschafft ist, und taucht rechtzeitig zum krönenden Abschluss auf.«

Einige Minuten lang sagte niemand etwas. Es folgte das routinemäßige Hin und Her nach einer Geburt, begleitet vom tröstlichen Geräuschteppich der Entbindungsstation, Schwestern und Ärzte kamen und gingen, Notizen wurden gemacht, Blutdruck gemessen.

Schließlich streckte Belinda die Hand nach der ihres Mannes aus und erkundigte sich unschuldig: »Nun sag schon, wo warst du denn?«

Bleib ganz locker, ruhiger Tonfall, du weißt, wie's läuft ...
»Frag nicht. Ich bin ein solcher Idiot. Ruh dich jetzt aus.«

Sie lächelte ihn an, und er küsste ihre Hand. »Schatz, wir haben eine Tochter.«

»Ich weiß.«

Atme. Atme, verdammt.

Später am Abend, als die Familie da gewesen war, um Ailsa Cerys Louise zu begrüßen, und alle wieder nach Hause gegangen waren, als nur noch Belinda, Callum und ihr schläfriges, griesgrämiges Neugeborenes übrig waren, überreichte Callum im müden, trüben Licht und der trockenen Hitze der Entbindungsstation Belinda die kleine Schachtel. Er schluckte dabei das dringende Bedürfnis, sich zu übergeben, hinunter. Während ihm Schuldgefühle aus jeder Pore rannen, tat er das, was er tun musste. Er log, um sein Leben und seine Ehe zu retten.

»Das hier ist der Grund, weshalb ich zu spät gekommen bin.« Der Text war mehrfach geübt, geschrieben von Kate. »Es ist ein Memory-Ring.«

Sie nahm die Schachtel und öffnete sie, gleichermaßen überrascht und erfreut, nahm den Ring aus dem Futter und steckte
ihn an den Ringfinger ihrer rechten Hand. Sie kaufte ihm
seine Geschichte vollkommen ab: von der Fahrt zu Bradshaw's
in Glasgow, dem Kauf dieses antiken Smaragdrings, von der
Liebe, die er für seine Frau empfand, von der Treue, die durch
seine Adern floss.

Und nun, nach einem der ermüdendsten Tage ihres Lebens,
schlief Belinda MacGregor mit einem Lächeln ein, während
die Smaragde an ihrer rechten Hand im Neonlicht der Kran-
kenhausstation funkelten. Und Callum fühlte sich verloren,
traurig und leer.

KAPITEL 25

Das Getriebe des Kleinbusses der Student Union schaltete widerwillig knirschend in den Rückwärtsgang, als Matt in die Haltebucht manövrierte. Normalerweise war er ein ziemlich guter Fahrer, aber gegen dieses uralte Vehikel hatte er keine Chance. »Verflixter Kasten«, murmelte er und parkte so dicht wie möglich vor dem Unheil verkündenden Tor des Bühnenbilddepots. Er war hier, um Requisiten für *Was ihr wollt* abzuholen. Keine Aufgabe, um die er sich gerissen hatte, aber Hetty zuliebe hatte er sie übernommen. Als Wiedergutmachung. Dafür, dass er Adam Latimer gegenüber beinahe handgreiflich geworden wäre.

Zwei Wochen zuvor hatte Matt Hetty zum Vorsprechen begleitet, nur zur moralischen Unterstützung. Und, zugegeben, Hettys Auftritt war peinlich gewesen. Aus irgendeinem Grund hatte sie eine Textpassage von Maria (»die süße Lustige«, wie Hetty sie beschrieb) gewählt, diese aber in seltsam näselndem Dialekt vorgetragen.

»Verehrter Sir Toby, sei'n Se heut Nacht noch geduldig: Seit der Jung' vom Graf heut bei der Lady war, isse irgendwie ganz unruhig.«

Es klang höchst sonderbar, doch Matt brachte es nicht übers Herz, ihr das zu sagen. Adam Latimer spielte nicht nur die Hauptrolle und führte Regie, sondern leitete auch das Vorsprechen. Er war weniger freundlich gewesen. »Hetty, das war Kacke! Was soll der Quatsch mit dem Dialekt?«

»Na ja, ich wollte mal was anderes probieren.« Hetty wirkte überraschenderweise nicht übermäßig getroffen von Adams Reaktion.

»Also, das hättest du dir sparen können. Reine Zeitverschwendung. Jetzt mach's noch mal, ohne die alberne Stimme.«

»Ich glaub nicht, dass ich das kann. So hab ich's einstudiert.«

»Stell dich nicht an, natürlich kannst du es ohne.«

Matt, der bisher nicht sonderlich aufmerksam gewesen war und am liebsten unbemerkt den Raum verlassen hätte, stellte plötzlich fest, wie sich etwas in ihm sträubte. Er kannte Hetty zwar erst seit ungefähr einer Woche, doch er verspürte einen starken Beschützerinstinkt, vor allem wenn sich dieser Volltrottel hier wichtigmachte. Er stand auf. »Mach mal halblang, Kumpel. Das hier ist eine Laientheatergruppe. Für wen hältst du dich denn, den verdammten Derek Jacobi?«

»Schon in Ordnung, Matt.« Hetty wurde rot, und eine peinliche Stille füllte den Raum. Adam war gleichermaßen schockiert und erfreut. Er nahm Matthew zum ersten Mal richtig wahr. »Soso, der stumme Mann spricht! Bist du sicher, dass wir dich nicht rekrutieren können?«

Matt funkelte ihn an. »Gibst du ihr jetzt eine Rolle oder nicht? Denn ich hab die Leute nicht gerade um den Block Schlange stehen sehen, um in deinem kleinen Stück mitzuspielen.«

Sie hatten sich ein Blick-Duell geliefert, das schließlich von Moj, der Inspizientin mit Latzhose, Baseballkappe und übergroßem Ringbuch unterm Arm, unterbrochen wurde. »Okay, Hetty, vielen Dank, dass du gekommen bist. Wir hängen morgen eine Liste mit den verteilten Rollen ans Schwarze Brett der Drama Society, okay?« Adam wandte sich lachend ab, wodurch Matt ein wenig belämmert dastand.

Letztlich hatte Hetty die Rolle des Zweiten Offiziers bekommen. Sie hatte zwei Zeilen Text. »Sir, schnell hinfort!« und »Sir, ich flehe Sie an, gehen Sie!«. Sie war von beiden begeistert.

Matt hatte ein schlechtes Gewissen gehabt, dass er die Beherrschung verloren hatte, und wollte es nun wiedergutmachen, indem er half, einige größere Teile zu transportieren, die sie für die Inszenierung vom Belgrade Theatre ausleihen durften. In drei Wochen sollte Premiere sein. Seine Meinung über Adam hatte sich nicht geändert: Der Typ war ein Vollidiot. Aber Hetty war seine Freundin, und er tat es für sie.

Ein Bühnenarbeiter vom Theater, den man rausgeschickt hatte, um ihm den Weg zu zeigen, klopfte hinten auf den Bus, um ihn davon abzuhalten, noch weiter zurückzusetzen und das Tor zu rammen. »Haaalt! Mach mal langsam, Jungchen! Nicht so stürmisch!«

Matt stieg aus, genervt vom herablassenden Tonfall dieses Typen.

»Du musst reinkommen und fünf Minuten warten. Die Sachen müssen erst aufgelistet werden, bevor du sie mitnehmen kannst.«

Matt fielen auf der Stelle zwanzig andere Dinge ein, die er an diesem Freitagnachmittag lieber täte, doch er folgte dem Bühnenarbeiter brav durch die weitläufigen Hallen des Depots, bis sie einen Raum mit Stühlen erreichten. »Nimm dir einen Kaffee, wenn du magst. Schmeckt scheußlich, ist aber umsonst.« Matt entschied sich dagegen. Stattdessen griff er nach einer alten Ausgabe von *Plays and Players* und nahm auf einem der abgewetzten Stühle Platz. Er war von seiner Geduld selbst beeindruckt und hatte bereits die Hälfte der Rezension von *Titus Andronicus* in Stratford gelesen, als die Tür von einer freundlich aussehenden Frau geöffnet wurde, die ihn an seine Großmutter erinnerte. »Wenn Sie hier kurz warten würden«, sagte sie zu einer jüngeren Frau, die ihr folgte. »Oliver kommt gleich. Haben Sie Ihren Vorsprechtext dabei?«

»Ja, alles bereit, vielen Dank.«

Die freundlich aussehende Frau warf zuerst einen Blick auf ihr Clipboard und dann etwas verwirrt einen auf Matt. »Oh, habe ich Sie vergessen?«

»Wie bitte?«

»Wie heißen Sie denn, mein Lieber?«

»Äh … Matt.«

Die Frau studierte wieder ihre Liste. »Nein … da hab ich keinen Matt. Sind Sie Brummbär? Oder Schlafmütz? Oder vielleicht Seppl?«

»Um ehrlich zu sein, momentan ein bisschen was von allen.«

»Wie bitte?«

Sie verstand seinen Witz nicht, die jüngere Frau hingegen schon. »Ich bin hier, um einen großen Tisch und eine Kommode abzuholen. Ach ja, und gelbe Socken und irgendeine Art von Strumpfhaltern.«

Die junge Frau saß inzwischen ihm gegenüber, die Beine übergeschlagen und ein Textbuch auf dem Schoß, in dem Passagen mit grünem Textmarker markiert waren. Sie lächelte über das Missverständnis, während die Dame fortfuhr: »Ach so. Dachte ich mir schon. Sie sehen auch nicht wirklich aus wie ein Schauspieler.« Mit diesen Worten verließ sie den Aufenthaltsraum. Matt sah sein Gegenüber an und grinste. »Noch nie hat mich eine Bemerkung so sehr getroffen.«

Sie grinste zurück. »Du würdest mich nicht vielleicht abfragen? Meinen Text, meine ich?«

»Äh, ja, okay.« Sie reichte ihm das Buch.

»Du sagst alles, was nicht grün ist, und ich …«

Matt unterbrach sie. »Oh, ich kenn mich aus. Eine Freundin von mir ist Schauspielerin. Na ja, so was Ähnliches …«

»Das hier ist mein erstes Vorsprechen seit der Schauspielschule.« Matt fiel der weiche Singsang ihres schottischen Akzents auf und wie faszinierend ihre Augen waren. Da er sie aber nicht anglotzen wollte wie ein Trottel, wandte er seine Aufmerksamkeit dem Text zu. »Also. Los geht's. Das ist die böse

Stiefmutter ...« Er räusperte sich und wurde auf einmal total verlegen. Er versuchte, mit erzwungenem Selbstbewusstsein gegenzusteuern, doch seine Stimme wurde eine Spur zu laut. »Hört, wer ist das dort unterm Baum? Sie schläft tief und hört es kaum. SCHNEEWITTCHEN WACHT AUF ... Oh, sorry, soll ich die Regieanweisungen mit vorlesen?«

»Nein, schon okay. Werte Dame, wie froh macht's mich, Sie hier zu sehen. Hab solche Angst und weiß nicht, wohin gehen ...«

Die Tür wurde schwungvoll geöffnet, und ein Mann in einem engen roten Gymnastikanzug rauschte herein. »Okay, Süße, kommst du mit?« Er verschwand ebenso schwungvoll, wie er aufgetaucht war. »Drück mir die Daumen«, flüsterte sie Matt zu, während sie ihre Sachen einsammelte.

»Mach ich«, flüsterte er. »Aber ich weiß ja nicht mal, wie du heißt.«

Sie lächelte ihn an. »Kate.«

»Dann viel Glück, Kate«, sagte Matt. »Du haust sie bestimmt um.«

Eine Stunde später schleppte Matt seine Fracht in den Lagerraum des Warwick Arts Centre, unterstützt von Hetty. Woher sie die Energie nahm, war Matt wirklich schleierhaft.

»Ich habe heute Schneewittchen getroffen«, erzählte er ihr. »Also, ein potenzielles Schneewittchen.«

»Ah, ja, die Weihnachtsproduktion im Belgrade. Adam hatte gehofft, dafür vorsprechen zu dürfen.«

»Warum sollte er? Er ist doch kein Profischauspieler.«

»Matt, jetzt hack doch nicht immer auf ihm rum. Er hat echt Talent, weißt du.«

»Zumindest behauptet er das dir gegenüber.«

Wie aufs Stichwort tauchte Adam hinter ihnen auf. Er zündete sich eine Zigarette an und blies Hetty den Rauch ins Gesicht. Sie hüstelte ein wenig, beschwerte sich jedoch nicht.

»Mann, was für ein Scheißtag. Matt, das ist echt klasse von dir, dass du das ganze Zeug geholt hast. Lass mich wissen, wenn ich mich mal revanchieren kann.« Matt war sich nicht ganz sicher, aber er hatte fast den Eindruck, als hätte Adam ihm bei diesen Worten zugezwinkert. Bei Adam fühlte er sich immer irgendwie unbehaglich. Er wünschte sich so, Hetty würde sich in einen anderen verlieben, aber es sah nicht so aus, als würde das in naher Zukunft passieren. »Und *du*, meine Süße, bist ein verdammter Engel. Matt, ich schwör dir, diese Frau ist meine Rettung.« Adam schaute Hetty tief in die Augen und küsste sie dann direkt auf den Mund. Matt wandte den Blick ab. Nicht weil ihm der Kuss peinlich war, sondern weil er es nicht ertrug, Hetty so verletzlich und naiv zu sehen.

»Okay, den Rest schafft ihr alleine, oder? Ich bring besser mal den Bus zur Student Union zurück.«

»Alles klar, Kumpel«, rief Adam ihm hinterher, als Matt zum Wagen ging. Adam und Hetty standen nebeneinander, wobei Adam ihr den Arm anzüglich über die Schultern gelegt hatte.

»Übrigens, du bist zur After Show Party nach der letzten Aufführung eingeladen. Bei Dom zu Hause in Earlsdon. Wird der Hammer.«

»Mal schauen.« Matt ließ den Motor an, legte unelegant knirschend den ersten Gang ein, als wäre er nervös. Was nicht stimmte. Er konnte es nur kaum erwarten, von diesem Widerling fortzukommen. Der Minibus machte einen Känguru-Satz, und Matt hätte beim Blick in den Rückspiegel schwören können, dass Adam über ihn lachte.

KAPITEL 26

Die hektische Mittagspause war vorbei. Es war nur noch ein Tisch besetzt, wo fünf Gäste ihren Kaffee austranken. Jackie Legg nippte an der Bar an einem Pint, und ein amerikanisches Paar studierte eine Karte der schottischen Highlands und machte sich Notizen auf einem Block. Kate sah auf die Uhr. Noch eine Stunde bis zum Ende ihrer Schicht.

»Bis morgen!«, rief Izzy, die Köchin, auf dem Weg nach draußen.

Kate winkte zurück und fing an, den Tisch abzuräumen, an dem zuvor eine Gruppe Geschäftsleute gesessen hatte. Die nachmittägliche Ruhe war im Pub eingekehrt, in dem es nun schattig und kühl war. Ein dünner Faden Zigarettenrauch schlängelte sich heimlich durch die vereinzelten Sonnenstrahlen, die durchs Fenster fielen.

Seufzend lud Kate die Gläser in die Spülmaschine. Es war fast drei Wochen her, seit sie Callum das letzte Mal gesehen hatte. Als sie ihn vom Haus ihrer Eltern losgeschickt hatte, zwei unangebrochene Dosen Farbe im Gepäck, von denen er behaupten konnte, sie im Baumarkt gekauft zu haben, sowie einen antiken Ring, den ihr ihre Großmutter vererbt hatte.

Und den Callum seiner Frau schenken würde.

Es hatte keinen Abschiedskuss gegeben – dazu war er viel zu sehr neben der Spur. Das Einzige, was sie hatte tun können, war, ihn zu beraten, dafür zu sorgen, dass er keinen Mist erzählte und ertappt wurde. »Ich rette dir hier deinen hübschen Arsch«, hatte sie gescherzt. Doch Callum war nicht zu Scherzen aufgelegt gewesen.

Kate hatte nicht damit gerechnet, sofort von ihm zu hören, natürlich nicht. Sie wusste, dass sie Geduld würde haben müssen.

Sie hatte versucht, ihre Tage so gut wie möglich zu füllen, hatte Extraschichten im Pub angenommen, *The Stage* von vorne bis hinten gelesen, sich für Vorsprechen beworben. Ein Vorsprechen hatte sie sogar gehabt, das eigentlich recht gut gelaufen war – ein Stück in Coventry. Doch um ganz ehrlich zu sein, war ihre ursprüngliche Begeisterung für den Schauspielberuf längst erloschen. Die Vorstellung, in einer anderen Stadt zu leben und zu arbeiten als er, war ihr ein Gräuel. Sie musste dort sein, wo Callum war.

Am Abend, nachdem das alles passiert war, war sie wie geplant zur Arbeit gegangen. Und als Fergus von ihr wissen wollte, ob sie seine Nachricht bekommen hatte, stellte sie sich dumm – behauptete, den ganzen Tag mit ihrem Freund Jake unterwegs gewesen zu sein, mit einem Picknick auf dem Arthur's Seat.

»Warum, was ist denn passiert?«

Sofort legte Fergus los, das ganze Drama des Tages zu schildern, wie bei Callums Frau die Wehen eingesetzt hatten, wie sie Callum nirgends erreichen konnten, wie sie überall nach ihm gesucht hatten! Wie Fergus beinahe zum Geburtshelfer geworden wäre, Callum dann aber genau im letzten Moment aufgetaucht war.

»Oh mein Gott! Was für eine coole Story. Und was ist es geworden?« Kate hatte ihre »begeisterte« Miene vorher einstudiert, ihren »Ich-freu-mich-ja-so-für-Callum«-Blick.

»Ein kleines Mädchen. Ailsa.«

»Wie süß!«

»Ailsa Cerys Louise. Viertausendzweihundert Gramm. So ganz unter uns, ich hatte ja gedacht, sie würden sie vielleicht nach unserer Mutter benennen, aber, hey, es ist ihr Baby!« Fergus war offensichtlich ein wenig pikiert deswegen.

»Und wo ist er gewesen? Also, Callum, meine ich?«, fragte

sie völlig locker und ohne mit der Wimper zu zucken.

»Ahh, also das war richtig romantisch. Wie sich rausgestellt hat, war er in Glasgow, um einen Memory-Ring für Belinda zu kaufen. Als Überraschung!«

»Wer hätte das gedacht!«

»Ich hab hier ein Foto, schau sie dir an, die kleine Maus!«

Aus der Gesäßtasche seiner Jeans zog Fergus ein Polaroid-Bild, das erst wenige Stunden zuvor von einer Krankenschwester aufgenommen worden war. Es war schon ein wenig zerknittert, weil es durch die Hände der Stammgäste und all derer gewandert war, die Interesse an Fergus' Neuigkeiten gezeigt hatten. Kate war ziemlich überrumpelt. Darauf war sie nicht vorbereitet gewesen, und so richtete sie all ihre Aufmerksamkeit auf das leicht unscharfe Bild, das durch unerbetene Tränen, die ihr in die Augen stiegen, noch mehr verschwamm. Callums benommene Miene blickte ihr entgegen. Er hatte den Arm um Belinda gelegt, mit Baby Ailsa zwischen ihnen.

»Ahhhh. Bezaubernd!« Mehr brachte Kate nicht zustande. Sie konnte auch den Blick nicht abwenden, während sie versuchte, die Tränen aufzuhalten. Zum Glück wurde Fergus vom alten Stuey abgelenkt, der gerade hereingekommen war und sich nach den Neuigkeiten erkundigte. »Was hab ich da gehört, Cal hat Nachwuchs bekommen?«

Fergus ging zu ihm, um ihm ein Pint zu zapfen und seine Geschichte ein weiteres Mal zu wiederholen, während Kate immer noch mit dem Foto in der Hand dastand und Gelegenheit hatte, sich zusammenzureißen. Callum dort zu sehen, in diesem acht Zentimeter großen Vinyl-Quadrat eines unscharfen Farbfilms, auf dem er so k. o. aussah, so fertig, machte ihr erst richtig bewusst, dass sie ihn liebte. Er war der Richtige für sie. Ohne eine Spur von Bitterkeit oder Neid begriff sie in diesem Moment ganz einfach, dass Callum nicht in diese kleine

Einheit auf dem Foto gehörte. Er gehörte zu ihr. Sie war erstaunlich ruhig. Als würde nun alles einen Sinn ergeben. Sie musste nur Geduld haben.

Und das hatte sie. Geduld.

Jeden Tag kam sie zur Arbeit. Und jeden Tag erlaubte sie sich nur ganz selten, Fergus nach dem Baby zu fragen und ab und zu ein »Und wie kommt Callum damit klar, wieder Vater zu sein? Kann er noch Windeln wechseln?« einzustreuen. Es war die einzige Verbindung – wenn auch eine sehr dürftige –, die sie mit dem Mann hatte, den sie liebte. Sie wusste, dass sie nicht zu viele Fragen stellen durfte, dass sie nach Belinda und Ailsa, sogar nach den Jungs fragen musste und nicht nur nach Callum. Sie durfte nicht riskieren, Fergus misstrauisch zu machen.

Und sie übte sich weiterhin in Geduld.

Aber sie hörte immer noch nichts.

Nur ein einziges Mal erkundigte sie sich, wann Callum wohl wieder zur Arbeit kommen würde. Sie bemühte sich um einen ganz beiläufigen Tonfall, als wäre ihr völlig egal, wenn sie Callum nie wieder hinter dieser Theke sähe. Für noch mehr Glaubwürdigkeit fügte sie hinzu: »Falls er nicht zurückkommt, Jake sucht einen Job, also sag mir Bescheid.«

Fergus versprach, das zu tun, und meinte, er habe keine Ahnung von Callums Plänen. Als er mit seiner Frau tags zuvor bei den MacGregors vorbeigeschaut habe, sei Callum so vernarrt in das Baby und Belinda gewesen, habe ihr jeden Wunsch von den Augen abgelesen, dass Fergus sich nicht getraut habe, das Thema Arbeit anzuschneiden.

Wumms! Es fühlte sich an wie ein Schlag in die Magengrube: *vernarrt in das Baby und Belinda ...* Kate ließ sich nichts anmerken, sondern wandte sich bloß lächelnd ab, um einen Kunden zu bedienen.

Doch als sie an diesem Morgen aufgewacht war und die Tage gezählt hatte, an denen sie seine Stimme nicht gehört, ihn nicht berührt, geküsst, gefickt hatte ... da tickte etwas in ihr aus. Und sie wusste, was sie zu tun hatte.

KAPITEL 27

»Hallo! Ich bin Kate!«

Sie stand auf der Stufe vor Haus Nr. 24 in der Sutherland Avenue, halb versteckt hinter einem riesigen Blumenstrauß und ihrem gewinnenden Lächeln.

Belinda hatte die Tür mit Ailsa im Arm geöffnet. Sie hatte mit einem Besuch von Sue gerechnet und war etwas verdattert beim Anblick dieser fröhlichen, schönen jungen Frau, die sie anstrahlte und ihr Blumen hinstreckte. »Verzeihung, aber kennen wir uns …«

»Ich arbeite zusammen mit Callum im Pub«, unterbrach Kate sie. »Sie müssen Belinda sein!« Ihre Begeisterung hatte fast etwas Manisches an sich, und Kate nahm sich vor, sich zu mäßigen. »Und das da muss die bezaubernde Ailsa sein, von der wir alle schon so viel gehört haben!«

Vom Lob für ihr Neugeborenes überrumpelt, lächelte Belinda zurück, geschmeichelt, aber verwirrt. »Ja! Sie ist gerade aufgewacht.«

»Ahhh, sie ist echt zuckersüß! Tut mir leid, dass ich hier so unangekündigt auftauche, aber ein paar von uns haben für die Blumen zusammengelegt, und ich hab versprochen, sie auf dem Weg zu meinem Freund vorbeizubringen.«

Belinda fand gleichzeitig ihre sozialen Umgangsformen und ihre Manieren wieder. »Oh, das ist aber nett! Warum kommen Sie nicht rein? Ich wollte sowieso gerade Kaffee kochen.«

»Klingt prima.« Kate ließ sich nicht zweimal bitten und folgte Belinda kurz darauf in die Küche.

Frag. Nicht. Nach. Callum.

»Ich kann Ihnen den Kaffee aber leider nur schwarz anbieten.« Gekonnt füllte Belinda den Wasserkocher mit einer Hand.

»Genauso wie ich ihn mag.«

»Wir haben nämlich keine Milch mehr, bis Callum vom Ein-kaufen zurückkommt. Er wird es schade finden, Sie verpasst zu haben.«

Kate erschauderte beim Klang seines Namens. »Und wie macht er sich dieses Mal als Vater? Ich hoffe, er hilft nachts beim Füttern?«

Die Direktheit dieser persönlichen Frage irritierte Belinda etwas, doch sie ließ sich nichts anmerken. »Ähm … ja. Er trägt seinen Teil dazu bei.«

Ein kurzes Schweigen, unterbrochen von Belindas »Diese Blumen sind übrigens umwerfend!«.

Kate streckte ihr den Strauß hin. »Und ich halte sie die ganze Zeit in der Hand wie eine Idiotin. Soll ich sie für Sie ins Was-ser stellen?«

»Warum tauschen wir nicht, dann hole ich eine passende Vase von oben.«

Nun war Kate völlig überrumpelt, und die Überraschung spiegelte sich auf ihrem Gesicht wider.

»Keine Sorge, sie beißt nicht.« Lachend nahm Belinda die Blumen entgegen und überreichte dafür Ailsa mit der Routine und Gelassenheit einer dreifachen Mutter. In diesem Moment bemerkte Kate den Memory-Ring ihrer Großmutter am Ringfin-ger von Belindas rechter Hand.

Ausnahmsweise fehlten Kate die Worte. Sie konnte einfach nicht fassen, dass sie hier in Callums Küche saß, mit Callums Baby auf dem Arm, während Callums Frau eine Vase holen ging und sie hier alleine ließ. Eine ruhige, wunderbare Stille hüllte sie ein. Sie konnte Vögel im Garten zwitschern hören und das ferne Bellen eines Hundes. Die Zeit stand still. Einen Moment lang war das Leben perfekt.

Sie blickte hinab auf den samtigen Kopf und die weiche,

zarte Haut von Ailsas milchigem kleinem Gesicht. Ihre glänzenden Augen schauten fragend drein, nicht ganz fokussiert, aber sie starrte zumindest in Richtung Kate, voller Vertrauen und Zufriedenheit.

»Du siehst aus wie dein Daddy!«, flüsterte Kate, und Ailsa antwortete mit einem Gurgeln.

Bis zu diesem Zeitpunkt hatte sie Babys nie viel Beachtung geschenkt. Fand sie ein bisschen nervig und anstrengend. Aber dieses hier, dieses kleine Mini-Callum-Bündel, war das schönste Baby, das sie je gesehen hatte.

Das Timing hätte nicht perfekter sein können. Oder unglücklicher. Je nachdem, aus wessen Sicht. Doch genau in diesem Augenblick öffnete sich die Hintertür zur Küche, und Callum kam herein, beladen mit prallen Tüten voller Lebensmittel und Windeln. Um nicht zu stolpern, hatte er den Blick gesenkt.

»Tut mir leid, dass es so lange gedauert hat. Bin Arthur Noctor in die Arme gelaufen.«

»Hallo«, sagte Kate schüchtern.

Zuerst begriff er gar nicht richtig, wen er da vor sich sah.

Kate.

Mit seiner zehn Tage alten Tochter im Arm.

Er erstarrte wie ein Hirsch auf freiem Feld, suchte nach Worten oder seinem Verstand, während er nach Luft schnappte. »Was soll der Scheiß?«

Es war, als wäre er getasert worden. Dann rief Belinda draußen im Flur: »Callum? Bist du das?« Doch ehe er antworten konnte, war sie schon bei ihnen in der Küche, Vase in der einen und Blumen in der anderen Hand. Ohne es zu wissen, bewahrte sie ihn damit vor sich selbst. »Kate hat uns die hier gebracht – von der Meute im Lamb and Flag. Sind die nicht wunderschön?«

Irgendwie fand er seine Stimme wieder. »Ja. Hübsch.«

»Callum ist ein Mann weniger Worte.« Belinda grinste Kate auf die Art an, mit der Ehefrauen das ungeschickte Verhalten ihrer Männer entschuldigen.

Kate lächelte zurück. Nun, da sie wieder Boden unter den Füßen hatte und das sichere Gefühl, dass sie damit davonkommen würden, genoss sie insgeheim den Reiz des Ganzen.

»Ich mach uns gerade einen Kaffee. Magst du auch einen, Schatz?« Belinda drehte den Hahn auf, wartete, bis kaltes Wasser kam, und füllte dann die blaue Keramikvase.

»Nein, ich muss noch mal los. Bei Tesco's hatten sie keine Feuchttücher und Windeltüten mehr.«

»So glamourös ist unser Leben, Kate – bestimmt bist du neidisch.« Belinda lachte und war sich der Wahrheit in ihrem Scherz nicht bewusst.

Während sie am Spülbecken stand und ihnen den Rücken zukehrte, wagte Kate es, Callum anzusehen.

Er erwiderte ihren Blick nicht. »Danke für die Blumen – sag allen viele Grüße.« Er stellte die Einkaufstüten auf den Küchentisch. »Lindy, ich fahr noch schnell zu Dawsons und räum das hier auf, wenn ich zurückkomme.« Dann wandte er sich zum Gehen.

Voller Panik rief Kate: »Ach du Schande, ist es schon so spät? Jake wartet auf mich – mein Freund«, erklärte sie an Belinda gewandt, um gleichzeitig Callum zu versichern, dass sie an alles gedacht hatte. »Um ehrlich zu sein, wohnt Jake nicht weit von Dawsons entfernt – Callum, du könntest mich nicht vielleicht dort absetzen?« Sie wartete seine Antwort nicht ab. »Wir wollten um halb einen Film anschauen.«

Es gab keinen Ausweg. Vor allem da Belinda einfach annahm, dass er Kate den Gefallen tun würde. »Na, dann komm mal wieder zu mir, kleines Fräulein«, sagte sie und hob Ailsa aus Kates Armen.

»Okay, von mir aus. Auto steht hinten.«

»War nett, Sie kennenzulernen, Kate, wenn auch nur kurz! Und vielen Dank noch mal.«

»War mir ein Vergnügen.«

Mit zitternden Fingern schnallte Kate sich in Callums Auto an. Schweigend saßen sie da, während er sich darauf konzentrierte, rückwärts aus der Garage zu fahren, und sie sich beherrschen musste, ihn nicht zu berühren. Sobald sie auf der Straße waren, knurrte Callum: »Du bist krank, weißt du das?«

»Möglich.« Kates Stimme war fast tonlos.

»Zu mir nach Hause zu kommen! Mit meiner verdammten Frau Kaffee zu trinken! Herrgott noch mal!« Callum war voller Verachtung.

»Ich bitte dich nicht, sie zu verlassen.«

Davon war er so überrascht, dass er lachte.

Wieder schweigend saßen sie nebeneinander, während er an Dawsons vorbei bis ans Ende der Hauptstraße fuhr, wo er auf einen kleinen Parkplatz am Rand von irgendeiner Gemeindewiese einbog, auf der die Leute ihre Hunde spazieren führten. Er parkte, stellte den Motor ab und schloss erschöpft die Augen.

Kate griff nach seiner Hand, voller Angst, er könnte sie zurückweisen, aber positiv überrascht, als er es einfach zuließ.

»Ailsa ist hinreißend.«

»Bitte sprich nicht über das Baby.«

»Sorry.«

Einige Meter von ihnen entfernt kehrte ein Mann mit schlammverschmierten Turnschuhen und einem klatschnassen schwarzen Labrador zu seinem Kleintransporter zurück und öffnete die Heckklappe. Trotz der Lockversuche mit Keksen und Käsestückchen weigerte sich der Hund hineinzuspringen.

Stattdessen hockte er da, starrte seinen Besitzer an und verlangte wortlos nach einem längeren Spaziergang. Der Mann war geduldig, doch am Ende hievte er den Vierbeiner dann doch in den Laderaum. Er tätschelte das Tier, bevor er die Tür schloss, und das traurige Gesicht des Hundes schaute Callum und Kate durchs Rückfenster an, als sein Herrchen mit ihm davonfuhr.

Callum blickte immer noch stur geradeaus. »Diese ganze Geschichte mit dir und mir … das war … ich weiß auch nicht …«

»Ein totaler Mindfuck?«

»Ja.«

Schließlich fand er den Mut, sie anzusehen. »Ich wünschte, ich wäre dir nie begegnet.«

Trotzig hielt sie seinem Blick stand. »Ich weiß.«

Er hätte wegschauen sollen, ihr sagen, sie solle aussteigen und sich nie wieder bei ihm melden, ihn und seine Familie verdammt noch mal in Ruhe lassen. Doch es war zu spät. Diese hypnotischen, verzweifelten Augen zogen ihn in ihren Bann.

Kate beugte sich zu ihm hinüber, berührte sein Gesicht, das heiß war vor Anspannung und Begehren. Dann fanden ihre Lippen die seinen, zuerst noch schüchtern, doch als er unausweichlich reagierte, brauchte sie keine weitere Ermunterung, sondern küsste ihn wild, entdeckte seine Zunge und besiegelte ihre beiderseitige Leidenschaft.

Eine Frau in ausgetretenen Gummistiefeln und einem Mantel voller Hundehaare ging mit zwei munteren Cockerspaniels an ihnen vorbei. Sie ließ die Hunde von der Leine, die auf der Suche nach Abenteuer davonsprangen. Alle drei ahnten nichts von der Verzweiflung, die die Fenster von Callum MacGregors Wagen beschlagen ließ.

»Meine Eltern sind morgen auf einer Hochzeit«, flüsterte Kate.

»Nein.«

»Nur für einen Abend. Sag, du gehst arbeiten, zu einer Konferenz … irgendwas.«

»Kate. Du weißt, dass ich das nicht kann.«

Ihre Stimme kippte, als sie ihn anflehte. »Callum, bitte.« Und ohne ihn noch einmal anzusehen, stieg sie aus dem Wagen, schloss die Tür und verschwand.

Callum wusste genau, dass er in vierundzwanzig Stunden mit Kate im Bett liegen und sich fragen würde, wie dieses ganze traurige, wunderbare Chaos enden würde.

Es würde nicht mehr lange dauern, bis er es herausfand.

KAPITEL 28

Die Smiths dröhnten aus den Fenstern des Reihenhauses in Earlsdon, wo die After-Show-Party in vollem Gange war. Von Studenten bewohnte Häuser erkannte man stets an der Ansammlung prallvoller schwarzer Müllsäcke vor der Haustür, zersprungenen Fensterscheiben, schlecht befestigten Vorhängen und dem eindeutigen Duft von Hasch, der auf den Gehweg hinauszog, gemischt mit dem von Patschuliöl und billigen Burgern. Als Matt kam, hockten ein paar Gruftis draußen auf der niedrigen, zerbröckelnden Mauer, die den von Unkraut überwucherten Garten einfasste, der die Bezeichnung »Garten« nicht wirklich verdiente. Ein Einkaufswagen mit drei Rädern lag immer noch dort, wo er in der ersten Semesterwoche zurückgelassen worden war. Was fanden Studenten nur an Einkaufswagen, fragte sich Matt, als er durch die bereits geöffnete Tür trat.

Drinnen pulsierte die sauerstoffarme Luft vor Partyschweiß und potenziellem Sex. Dom, der den Cesario gespielt hatte, stand am Fuß der Treppe und knutschte mit einer kahl rasierten Englischstudentin aus dem sechsten Semester herum.

»Dom, alles klar?«, rief Matt über die Musik hinweg. »Hast du Hetty gesehen?«

Ohne sein Geknutsche zu unterbrechen, zeigte Dom vage in Richtung Küche. Matt machte sich auf den Weg, wobei er im Flur nach einer herrenlosen Dose Woodpecker griff. Er nahm einen Schluck und spuckte die Flüssigkeit sofort wieder aus, da er zu spät bemerkt hatte, dass die Dose als Aschenbecher benutzt worden war.

»MATTHEW!«, kreischte Hetty, als sie ihn sah. Er wusste sofort, dass sie betrunken war – nur dann nannte sie ihn nicht Matt.

»Hast du Kaugummi oder so was?«, fragte er. »Hab grade

einen Mund voll Asche geschluckt.« Doch sie drückte ihm lediglich eine Flasche billigen Wein in die Hand und zog ihn ins Wohnzimmer.

»Lass uns tanzen.«

»Boah, nee, vielen Dank, ich bin nüchtern.«

»Jetzt sei nicht so ein Langweiler.« Hetty akzeptierte kein Nein und legte sofort mit ihrem speziellen Hetty-Tanzstil los. Matt versuchte, seine Peinlichkeitsgefühle zu betäuben, indem er sich, so schnell er konnte, den Wein reinkippte, wobei ihm bald klar wurde, dass ihn sowieso niemand beachtete – die anderen waren alle mit dem Kopf in ihrem eigenen Partyland.

»Und, wie fandst du's?«, rief Hetty über die Musik weg.

»Du warst umwerfend!« Er lachte. »Echt … interessant.«

»Oh, danke, Matty. Es hat mir soooo viel Spaß gemacht.« Ihr Bühnenauftritt war in Wirklichkeit ziemlich mies gewesen, was er ihr aber natürlich niemals sagen würde.

»Und was ist mit Adam? War er nicht umwerfend?«, brüllte sie mit schmachtendem Blick.

»Ja. Umwerfend.« Matt leerte die Weinflasche und war froh über die Wirkung des Alkohols, die er brauchte, um diese Party voller unbekannter Leute zu überstehen, zu der er gar nicht hatte kommen wollen. Er fing nun ebenfalls an, sich zur Musik zu bewegen, überließ sich dem Rhythmus und sang den Text zu den Dexys Midnight Runners mit: »Come on Eileen, I swear, at this moment you mean everything!«

Eine halbe Stunde später saß er auf dem winzigen Hinterhof auf einer umgedrehten Mülltonne, um Luft zu schnappen und sich abzukühlen. Einige Meter entfernt teilte Hetty sich mit zwei hippen Mädels aus dem Ensemble, Mel und Zukie, einen Joint.

»Ich weiß, ihr werdet mir das jetzt nicht glauben«, nuschelte Hetty, »aber ich hab noch gar nie irgendwelche Drogen ausprobiert. Das Heftigste, was ich je genommen hab, ist Benylin, als ich Grippe hatte.«

Zukie, die schon ziemlich dicht war, fand das urkomisch, während Mel nur vor sich hin starrte.

»Aber um ehrlich zu sein, war es nicht mal hoch dosiert.«

Zukie lachte noch mehr, und Matt fiel mit ein.

»Het, du bist echt ein Knaller.« Er sah zu, wie seine gute Freundin am Joint zog wie ein Teenager, der zum ersten Mal eine Zigarette raucht. Der Rauch verfing sich in ihrer Luftröhre, und sie prustete: »Das ist sooo gut.«

»Lügnerin!« Matt streckte lachend die Hand nach dem Gras aus.

Sofort setzte die Wirkung bei Hetty ein. »Weißt du, was lustig ist an deinem Namen, Matt? Dass hinten eigentlich nur ein e fehlt. Und schon heißt du wie eine Badematte.«

»Ich glaub, ich piss mich ein«, quietschte Zukie, und es sah aus, als meinte sie das ernst.

Matt war kein unbeschriebenes Blatt, was Kiffen anging. Er mochte es dann und wann, genoss die sofortige entspannende Wirkung und dass es den Blickwinkel auf die Dinge veränderte. Er inhalierte das scharfe verbrannte Gras, gemischt mit billigem losem Tabak, hielt die Luft an und wartete auf den Hit. Beim Ausatmen schloss er die Augen und genoss das Gefühl der Erhabenheit, das sichere Wissen, dass alles genauso war, wie es sein sollte, und noch mehr. Doch seine kleine Ruheinsel wurde bald von Geschrei aus dem Innern des Hauses unterbrochen. »Nein, komm schon, SAG ES!« Offenbar hatten Adam und Dom »künstlerische Differenzen«. Einige Partygäste hatten sich schaulustig in die Küche gequetscht, und ein paar ernst dreinschauende Frauen versuchten, die Gemüter zu beruhigen. »Sag's mir ins Gesicht, verdammt, und versteck dich nicht hinter Liesl.«

»Okay, du bist ein Hochstapler, zufrieden? Ein verfickter kleiner Schwindler, der sich selbst für einen Theatergott hält. Führst dich hier auf, als wärst du der verdammte Kenneth Branagh persönlich, bist du aber nicht, okay?«

Unterdrücktes Nach-Luft-Schnappen war an verschiedenen Stellen im Raum zu hören, eine Art lustvoller Schock, dass jemand es wagte, dem großen Adam Latimer die Stirn zu bieten.

»Du bist ein beschissener mickriger Schauspielschüler mit einem Ego so groß wie Manchester. Meine Großmutter kann besser schauspielern als du. Und die ist seit fünf Jahren tot.«

Inzwischen kicherten einige, weil die ganze Sache einfach lächerlich war. Einen Moment lang schien Adam das ebenfalls zu denken, denn er warf einen Blick in die Runde seines Publikums und erlaubte sich ein Schmunzeln. Dann drehte er sich um, und der Streit schien schneller vorüber zu sein, als er angefangen hatte, bis zack: Adams Schlag kam aus dem Nichts, traf Dom mit Wucht links am Kiefer und schleuderte ihn rückwärts gegen das Spülbecken. Das überladene Abtropfgestell erzitterte unter Doms Gewicht, und das bunt zusammengewürfelte Geschirr krachte scheppernd zu Boden. Die Mädchen kreischten, die Jungs bauten sich wie Türsteher in einer Disko zwischen Dom und Adam auf, falls noch mehr folgen sollte. Tat es nicht. »Du bist ein Arschloch«, sagte Adam verächtlich, ehe er sich an einigen Zuschauern in der Küchentür vorbeidrängte und einen theatralischen Abgang hinlegte.

Matt, der inzwischen stoned war, fand das Ganze zum Brüllen komisch. Hetty jedoch war außer sich. Sie rief Adams Namen und versuchte, ihm durch das Meer von Leuten zu folgen. Siobhan, die Englischstudentin mit dem kahl rasierten Kopf, kümmerte sich um Dom. Als Hetty sich an ihr vorbeischob, ging Siobhan auf sie los. »Du nennst dich Pazifistin und lässt diesen kleinen Hitler jede Nacht in dein Bett? Schäm dich.«

Hetty schenkte ihr keine Beachtung, zum einen, weil sie nicht verstand, was Siobhan meinte, und zum anderen, weil sie fest entschlossen war, das Haus zu verlassen und Adam zu finden. Matt, der ihr dicht auf den Fersen war und immer noch den Joint in der Hand hielt, war auf einmal fasziniert von Siobhans Glatzkopf. So sehr, dass er stehen bleiben und sie anstarren musste.

Das brachte Siobhan aus dem Konzept. »Was ist?«

Matt streckte die Hand aus und berührte die warme, stoppelige Haut ihres Schädels.

»Finger weg, du Spinner!« Siobhan schob seine Hand weg.

Matt nahm einen Zug vom Joint und sagte: »Du fühlst dich an wie eine Backofenkartoffel.« Es klang wie eine Beleidigung, war aber nicht so gemeint.

»Jetzt komm schon! Sonst verlieren wir ihn!« Hetty zog Matt am Arm und rettete ihn damit unwissentlich vor Siobhan, die ihn als Wichser beschimpfte und ihm eine leere Bierdose hinterherwarf.

Sie fanden Adam an der Bushaltestelle, wo er auf den 12er-Bus wartete. Auf dem Weg zurück zum Campus sprach er kaum ein Wort. Hetty hingegen hatte Hunger und konnte über nichts anderes reden als über Essen. Als sie schließlich Benfield Hall erreichten, machte sie sich direkt auf den Weg in die Küche, wo sie ihre guten Manieren über Bord warf und auf der Suche nach Essbarem sämtliche Schränke und Dosen durchstöberte. Dabei war ihr völlig egal, wessen Vorräte sie plünderte. Schließlich zog sie mit zwei Schachteln Biskuittörtchen von dannen, die Grufti-Sarah versteckt hatte. Matt hatte sich in der Zwischenzeit in sein Zimmer verzogen und aufs Bett gelegt, ohne das Licht einzuschalten. In seinem Kopf drehte sich alles – nicht unangenehm, und das Mondlicht, das durchs Fenster fiel, warf seltsame Schatten auf die Wände.

Es kam Matt vor, als hätte er nur einige Minuten geschlafen, aber es mussten dann doch ein paar Stunden gewesen sein, denn als er aufwachte, spähte der Mond nicht länger zu ihm herein, und das Zimmer war dunkel.

Er brauchte gute fünf Sekunden, um zu registrieren, dass Adam auf seiner Bettkante saß. Immer noch ein bisschen stoned, überraschte es ihn nicht wirklich, ihn zu sehen. »Wo ist Hetty?«, murmelte er.

Adam blickte zu Boden. »Ich glaube, sie hat elf Biskuittörtchen verschlungen. Und dann übers ganze Bett gekotzt.«

»Oh, Scheiße.« Matt lachte, und Adam hob den Kopf.

»Kann ich hier schlafen? In ihrem Zimmer stinkt's.«

»Äh, nein.« Matts Kopf war klar genug, um zu wissen, dass Adam Latimer jemand war, den er niemals als Zimmergenossen haben wollte – nicht mal für eine Nacht.

»Matt, jetzt komm schon, ich hatte einen beschissenen Abend. Ich brauch nur eine Mütze Schlaf.« Und aus Gründen, nach denen er später suchen, sie aber nie finden würde, hörte Matt sich sagen: »Na gut, aber wenn du schnarchst, fliegst du raus.«

Er drehte sich zur Wand, um wieder einzuschlafen, wobei er ein leicht schlechtes Gewissen hatte, dass er nach Hettys Biskuitorgie nicht nach ihr sah. Dann beschloss er, dass es ihr vermutlich gut ging.

Er hörte das Rascheln von Stoff, als Adam Jeans und T-Shirt auszog und auf den Boden fallen ließ. Dann spürte Matt die ungewohnte Wärme eines Männerkörpers neben seinem, als Adam ins Bett kroch. Sein Kopf war immer noch etwas matschig vom Gras, und er redete sich ein, dass alles in Ordnung war, dass Adam bloß irgendwo schlafen musste und Matts Bett der einzige zur Verfügung stehende Ort war. So lagen sie einige Minuten lang da, während Matt so tat, als würde er schlafen, und Adam es anscheinend versuchte.

Dann, in die Mitten-in-der-Nacht-Stille hinein, flüsterte Adam: »Du magst mich wirklich nicht, oder?«

Zuerst ignorierte Matt ihn. Beste Taktik, dachte er sich, keine unnötigen Diskussionen – nicht um diese Zeit. Doch irgendetwas an der Art, wie Adam es gesagt hatte, war unangenehm verletzlich, so untypisch sanft von diesem harten Kerl in Hettys Leben. Matt hätte einfach weiter so tun sollen, als würde er schlafen, und den Mund halten, doch sein Instinkt war von zu viel Gras benebelt. Und so sagte er, ohne sich zu rühren: »Nein. Nein, ich mag dich nicht.«

Die darauf folgenden Augenblicke waren von Unsicherheit geprägt, nicht zu deuten und voller Risiko. »Aber du magst es, wenn ich *das* hier tue?«, fragte Adam und schob seine Hand in Matts Boxershorts. Zu Adams großer Freude und Matts ebenso großem Entsetzen stellten sie fest, dass Matt von Adams Berührung steinhart geworden war.

Matt blieb stumm, doch seine Atmung beschleunigte sich, während Widerwille und Lust gleichzeitig durch seinen Körper schossen.

»Ich glaube schon.« Ohne hinzusehen, wusste Matt, dass Adam auf seine typische hämisch triumphierende Art grinste, und er hätte ihm am liebsten eine reingehauen. Aber noch mehr wollte er, dass Adam mit dem weitermachte, was er tat ...

Matt hatte noch nie einen Mann geküsst; noch nie gespürt, wie sich glühende Männerhaut anfühlte, Männerlippen auf seinen, selbstbewusster und entschlossener als jedes Mädchen, das er je geküsst hatte, härter, muskulöser, kraftvoller. Und er konnte nicht glauben, dass das hier wirklich geschah; konnte nicht glauben, dass er es nicht im Keim erstickte. Es war, als stünde er ein Stück abseits und würde zusehen, wie es jemand anderem passierte, als würde er voyeuristisch beobachten, wie ein Mann einen anderen verführte: das Nachgeben, der ausbleibende Protest, das Verlangen nach mehr. Er wusste, wie lächerlich es klingen würde, doch er hatte das Gefühl, es trotzdem sagen zu müssen: »Ich bin nicht schwul.«

Adam kniete inzwischen rittlings auf ihm und grinste, außer Atem. »Ich auch nicht.«

Als Matt am nächsten Morgen aufwachte, war Adam verschwunden. Die Erleichterung war überwältigend. Er wusste nicht, was er getan hätte, wenn er ihm bei Tageslicht hätte gegenübertreten müssen. Reglos lag er da, mit geöffneten Augen, und wagte nicht, sich zu rühren, aus Angst, den Tag zu beginnen: den ersten Tag nach seiner ersten sexuellen Begegnung mit einem Kerl. Er erlaubte sich nicht, die Ereignisse in Worte zu fassen, die in diesem winzigen Rechteck von Zimmer stattgefunden hatten. Am liebsten wollte er alles ungeschehen machen – nicht weil es ihn abstoßen würde, Sex mit einem Mann gehabt zu haben, wobei es ihn zugegebenermaßen überraschte, nein, es widerte ihn lediglich an, dass dieser Mann Adam war – jemand, den er weder respektierte noch mochte. Matt gab sich einen Ruck, stieg aus dem Bett und drehte den Hahn seines Waschbeckens so weit auf, dass das Wasser bis auf die abgewetzten orangefarbenen Teppichfliesen spritzte. Er schöpfte es mit den Händen und wusch sich das Gesicht, immer und immer wieder, kalte, saubere Frische, die Erinnerung auslöschen, die Schuldgefühle abwaschen. Dann starrte er sein Spiegelbild an und war sich, was zwei Dinge betraf, ganz sicher: Erstens, was letzte Nacht passiert war, würde nie wieder passieren, und zweitens, der Sex mit Adam war der erotischste gewesen, den er je in seinem Leben haben würde.

Beides würde sich als falsch herausstellen.

KAPITEL 29

»Callum, ich fahre nicht zum ersten Mal in meinem Leben Zug! Ich weiß, was ich tue!«

Lachend packte Belinda drei Ladungen Kinderkleidung in eine Reisetasche. Sie wollte am Nachmittag mit Ben und Cory und dem Baby nach Wales fahren.

»Ja, aber du bist die Strecke noch nie ohne mich gereist. Noch dazu mit drei Kindern! Hör zu, vielleicht sollte ich doch mitkommen.« Das war ein geschickter Trick, denn ihm war klar, dass Belinda wusste, wie wichtig die bevorstehende Schulevaluation war. Nicht nur für die Schule, sondern auch für Callums Karriere. Bei ihm stand eine Beförderung an, und wegen einer Reise zu ihren Eltern würde Belinda seine Chancen darauf nicht aufs Spiel setzen. Zumindest hatte sie das zu ihm gesagt, und er hatte keinen Grund, an ihren Worten zu zweifeln.

»Callum, wie oft soll ich es dir noch sagen …«

»Na gut, dann warte, bis die Evaluation vorbei ist. Dann fahren wir alle gemeinsam.« Er wusste, dass auch das auf taube Ohren stoßen würde.

Belinda hielt im Packen inne und sah ihn fassungslos an. »Meinst du wirklich, ich würde das meinem Dad antun? Komm schon.«

Belindas Vater hatte einen Monat vor Ailsas Geburt einen Schlaganfall erlitten. Es ging ihm so weit ganz gut, doch er konnte es kaum erwarten, seine kleine und einzige Enkelin kennenzulernen. Innerhalb der Familie herrschte die unausgesprochene Angst, dass Gareth Lewis nicht mehr lange auf dieser Welt sein würde, und ob es nun eine Überreaktion war oder nicht, Belinda hatte geschworen, den Zug nach Süden zu nehmen, sobald sie nach der Geburt wieder richtig auf den Beinen war.

Doch das war nicht der einzige Grund, weshalb sie nach Wales fuhr. Während sie nach außen hin lächelte, war ihr innerlich ganz schlecht vor Angst. Denn sie konnte es nicht länger hinausschieben. Sie musste es herausfinden. Und das hier war die einzige Möglichkeit …

Es war Callums jüngere Cousine Angela gewesen, der es rausgerutscht war. Unabsichtlich natürlich. Die ganze Familie hatte sich versammelt, um den neunzigsten Geburtstag von Grannie MacGregor zu feiern. Fergus hatte den Restaurantteil des Pubs abgetrennt, und alle hatten wild durcheinandergeschnattert vor lauter Haben-wir-uns-lange-nicht-gesehen und Du-siehst-aber-gut-aus. Die MacGregors waren eine eng verbundene Familie und tatsächlich gerne zusammen.

Nach einigen Gläsern Sekt war Angela an diesem Nachmittag besonders überschwänglich in ihrer familiären Zuneigung gewesen. Sie liebte Belindas walisischen Dialekt, aber noch lieber hatte sie Belinda selbst und betrachtete sie als eine Art Vorbild. »Das Tolle an dir«, verkündete Angela, »ist, wie du das Knistern aufrechterhältst. Was deine Ehe angeht, meine ich. Du bist zum Beispiel einfach total sexy!«

Belinda, die gerade Ailsa stillte, fühlte sich zu diesem Zeitpunkt alles andere als sexy, vor allem da Ailsa so heftig saugte, dass Belinda vor Schmerzen hätte schreien können.

»Und selbst nach drei Babys geht bei euch immer noch was, stimmt's?« Angelas Atem, metallisch vom Champagner, war ein bisschen zu nah, als sie flüsterte: »Aber ich kenne euer kleines Geheimnis. Wie man eine gute Ehe am Laufen hält.«

»Du meinst meine Sonntagsbraten?«

»Haha, wenn du es so nennen willst … Nein, ihr wurdet gesehen.«

»Was?«

»Gestern im Kino in Fellgate. Meine Freundin Gilly war dort und hat euch in der letzten Reihe rumknutschen sehen. Sie kennt Callum aus dem Fitnessstudio und meinte, sie habe ihn selbst auf die Entfernung erkannt. Sie wollte eigentlich Hallo rufen, aber er wirkte anderweitig … beschäftigt. Also wirklich, ihr zwei, zehn Jahre verheiratet und immer noch so verliebt wie eh und je, wie macht ihr das?«

Belinda dockte Ailsa behutsam ab, zog ihr Oberteil herunter und wandte sich lächelnd an Angela. »Wir waren gestern nicht im Kino.«

Angela wurde auf einmal nervös. »Oh! Verstehe.« Sie wusste nicht, was sie sagen sollte, und sah zu, wie Belinda Ailsa geschickt an die Schulter legte und ihr den Rücken tätschelte, um den Schluckauf zu lindern. »Na, dann kann es nicht Callum gewesen sein!«

»Nein. Es kann nicht Callum gewesen sein«, wiederholte Belinda, immer noch lächelnd.

»Ich meine, Gilly ist auch echt ein dummes Huhn, und schlechte Augen hat sie noch dazu. Außerdem war es ja dunkel.«

»Könntest du mir das Babykörbchen reichen?« Belindas Stimme verriet nichts vom zunehmenden Aufruhr in ihrem Innern. »Ich muss die Kleine nach Hause bringen.«

Belinda legte das Baby in seine Trage, stand auf und verließ das Fest. Zwanzig Minuten vergingen, bevor Callum merkte, dass sie gegangen war.

Sie hätte an Angelas Verwechslung keinen weiteren Gedanken verschwendet, wäre ihr Misstrauen nicht schon geweckt gewesen: In letzter Zeit hatte es ein paar Abende mit den Kumpels gegeben, bei denen Callum ziemlich vage geblieben war, was seinen Aufenthaltsort anging. Dann war da noch das regelmäßige späte Heimkommen nach seinen Arbeitsschichten im Pub, wenn er behauptete, es wäre nach der Sperrstunde noch eine Weile weitergegangen. Als Belinda nach einem dieser Abende den Mut fand, bei Fergus nachzuhaken – »Ist bisschen spät geworden gestern, was?« –, hatte sich ihr Magen bei der Antwort ihres Schwagers verknotet: »Nein, nicht wirklich. Es war sogar ziemlich ruhig, um genau zu sein.« Woher sie die Kraft nahm, es mit einem Lächeln auf sich beruhen zu lassen, wusste sie selbst nicht.

Als Callum vom Geburtstagsfest zurückkehrte, erwähnte sie ihre Unterhaltung mit Angela nicht. Sie war noch nicht stark genug, um die Wahrheit herauszufinden. Sie wollte Zeit schinden, ihm noch einen größeren Vertrauensbonus einräumen, bis sie konkrete Beweise hatte, um endlich Gewissheit zu haben, auf die eine oder andere Weise. So viel zu der Frau, die behauptete, null Toleranz zu haben, wenn es um Untreue ging. In Wirklichkeit verschloss sie lieber die Augen vor der Wahrheit, statt sich dem lähmenden Gedanken zu stellen, dass Callum eine Affäre hatte.

Callum brachte sie zur Edinburgh Waverley Station und begleitete sie bis ins Zugabteil, um sicherzugehen, dass sein Nachwuchs für die Fahrt gut untergebracht war. Sie hatten Plätze an einem Tisch reserviert, damit Cory und Ben ihre Malbücher auspacken konnten und Belinda genug Platz hatte, um ihre Sammlung von Tupperdosen mit diversen Leckereien, kühle Getränke und Spiele auszupacken, die sie während der achtstündigen Fahrt bei Laune halten würden.

Callum stand im Zugabteil und verzweifelte fast. »Was machst du, wenn du auf die Toilette musst?«

»Dann bitte ich den Zugbegleiter, auf sie aufzupassen.«

»Was ist, wenn Ailsa gewickelt werden muss?«

»Callum, hör auf, so ein Theater zu machen. Du bist ja schlimmer als meine Mutter!«

»Ja, ich sollte halt mitkommen. Ich sollte euch hinfahren.«

»Tust du aber nicht. Also.«

Aufkeimende Sorge ließ sie nach Luft schnappen, ehe sie ihn wieder anlächelte und die Arme um ihn schlang, wobei sie die anderen Reisenden ignorierte, die sich an ihnen vorbeidrängten, und auch die Jungs, die dem Polizisten auf dem Bahnsteig Grimassen schnitten.

»Bitte pass gut auf dich auf, Bel«, flüsterte Callum, der kein Problem damit hatte, in der Öffentlichkeit seine Zuneigung zu bekunden.

»Bist du sicher, dass ich das nicht zu dir sagen sollte?«

Verwirrt sah er sie an. »Was?«

Doch bevor er Zeit hatte, weiter darüber nachzudenken, was sie damit meinte, entzog sie sich der Umarmung und meinte lachend: »Du musst schließlich fünf Tage lang selber kochen. Die Lasagne, die du letzte Woche gemacht hast, hätte einen Warnhinweis auf Gesundheitsgefährdung haben sollen! Und jetzt verzieh dich, bevor der Zug losfährt.«

Wie aufs Stichwort kam die Durchsage des sehr gelangweilt klingenden Schaffners, dass der 14.30-Uhr-Zug von Edinburgh nach Bristol nun abfuhr und man alle, die nicht mitreisten, hiermit bat, den Zug umgehend zu verlassen.

Callum stand auf dem Bahnsteig und sah dem Intercity nach, wie er sich aus dem Bahnhof schlängelte. Er hörte nicht auf zu winken, bis der Zug um die Kurve verschwunden war, obwohl er seine Jungs, das Baby und seine Frau bereits nicht mehr sehen konnte.

Belinda sah vom Zug aus zu, wie die vertraute Gestalt ihres Mannes kleiner und kleiner wurde und schließlich aus ihrem Sichtfeld verschwand. Sie musste an die Zeit denken, als sie sich kennengelernt hatten, vor gerade mal zehn Jahren, obwohl es ihr schon viel länger vorkam. Damals war sie freitagabends den langen Weg nach Edinburgh gereist, nur um am Sonntag schon wieder zu fahren. So unglaublich verliebt waren sie, dass sie jede Sekunde nutzten und genossen, die sie zusammen verbringen konnten. Oh, diese kostbaren, himmlischen Wochenenden. Nervös drehte sie den Memory-Ring an ihrem Finger, um sich zu versichern, dass er immer noch da war, während sie unbewusst die Existenz der Liebe infrage stellte, die er verkörperte.

Mach es nicht kaputt, Callum.

»Mummy, weinst du?«, fragte Ben und riss sie damit aus ihren Gedanken.

»Nein, Schatz.« Lächelnd wischte sie sich unauffällig eine einsame Träne fort. »Wer hat Lust auf eine Runde Vier gewinnt?«

KAPITEL 30

Ihre gemeinsame Zeit war minutiös geplant. Nachdem Callum Belinda und die Kinder zum Bahnhof gebracht hatte, fuhr er in die Schule, wo er sich in die letzten Vorbereitungen für die Schulevaluation kommende Woche stürzte.

Niemand hätte an seiner geleisteten Arbeit etwas aussetzen können. Sein eigenes Klassenzimmer war picobello, sogar sein Vorbereitungsraum hatte einen Frühjahrsputz erhalten und war frisch aufgeräumt mit beschrifteten, abgestaubten Regalen, aus denen der Schrott aussortiert worden war – die Früchte einiger abendlicher Arbeitsschichten, lange nachdem die Schulglocke geläutet hatte. Alle seine Noten und Beurteilungen waren auf dem neuesten Stand, und seine außerunterrichtlichen Aktivitäten waren ein leuchtendes Beispiel dafür, wie Nachmittagsprogramme gestaltet werden sollten.

Er würde seinen Eifer gerne auf die Begeisterung für seinen Job schieben, doch tief in seinem Innern wusste er, dass er nur den Weg ebnete und die Arbeit erledigte, damit er maximal viel freie Zeit hatte, um sie mit Kate zu verbringen. Sie hatten vereinbart, dass sie im Schutz der abendlichen Dunkelheit nach ihrer Rückkehr aus Coventry zu ihm nach Hause kommen und sich das Wochenende über dort verstecken würde. Er wusste, dass das, was er tat, absolut verwerflich war, aber er wusste auch, dass er schon zu tief drinsteckte, um umzukehren.

Drei gemeinsame Tage. Der Sex war endlos. Etwas hatte sich zwischen ihnen verändert. Vielleicht lag es daran, dass ihre gemeinsame Zeit nicht so begrenzt war – nicht nur eine gestohlene Stunde nach der Arbeit oder an einem der seltenen Morgen am Wochenende. Nun konnten sie einschlafen, aufwachen, zusammen frühstücken und zu Mittag essen und im Grunde so tun, als wären sie ein richtiges Paar. Zumindest für

drei Tage. Das hier war nicht nur ein Spiel oder eine Sommer-
romanze; sie wussten beide, dass sie in Schwierigkeiten steckten und die Sache aus dem Ruder lief.

Es war Sonntagabend. Callum musste am nächsten Tag in die
Schule, deshalb hatten sie geplant, dass Kate gegen zwei Uhr
nachts verschwinden würde, wenn es unwahrscheinlich war,
dass die Vorhänge der Nachbarn sich bewegen würden. Kate
hatte gekocht: Muscheln in Weißweinsauce mit frisch gebackenem Brot, gefolgt von Risotto. Sie hatte ihn beeindrucken wollen – eigentlich bescheuert, doch sie wollte ihm zeigen, dass
sie viel mehr war als bloß gut im Bett, dass sie zur Freundin
taugte. Nein – wem wollte sie hier etwas vormachen! –, dass sie
zur Ehefrau taugte, und noch mehr, zur Mutter seiner Kinder.

Sie saßen am großen Kiefernholzesstisch, den Callum und
Belinda direkt nach ihrem Einzug vor fünf Jahren gekauft hatten. Belinda war damals mit Ben schwanger gewesen, deshalb wollte Callum sie nichts Schweres schieben lassen, nicht
mal einen Zentimeter. Stattdessen sollte sie ihm Anweisungen
geben, wo der Tisch stehen sollte. Sie hatten vier Anläufe gebraucht, und als sie sich schließlich für den richtigen Platz
entschieden hatte, schnappten beide vor Lachen nach Luft.
Callum warf Belinda prustend vor, sie sei ein Kontrollfreak und
würde ihn absichtlich veräppeln, indem sie ständig ihre Meinung änderte. Der Tisch trug die Zeichen eines beständigen Fa-
milienlebens: verblasste Filzstiftkrakeleien von den Ausmalak-
tionen der Kinder, hartnäckige Rotweinflecken von zahllosen
Sonntagsessen und vereinzelte Tintenspuren von den vielen
Abenden, an denen Callum dort gesessen und Klassenarbeiten
korrigiert hatte. Nun saß er mit seiner Geliebten hier.

»Das war hervorragend.« Callum schob grinsend seinen
Teller weg und streckte Kate die Hand hin, um sie auf seinen

Schoß zu ziehen. Sie folgte der Einladung und kicherte bei der Vorstellung, eine mittelalterliche Dienstmagd zu sein.

»Ich danke auch recht schön, werter Herr!«, näselte sie in schlechtem West-Country-Dialekt. »Siehst du! Ich hab dir gesagt, ich bin viel mehr als eine heiße Nummer.«

»Du bist so gewöhnlich«, scherzte er, und sie lachte. Doch dann erlosch ihr Lächeln. Sie sah ihn an und strich ihm eine Haarsträhne aus den Augen. »Man hat mir übrigens die Rolle in diesem Stück angeboten«, erzählte sie ohne Begeisterung.

»Süße, das ist doch toll! Warum hast du nichts gesagt?«

»Weil ich es ablehnen werde. Ich kann nicht von hier wegziehen, Callum. Weg von dir.«

»Kate …«

»Ich hasse es, wie sehr ich dich liebe. Ich fühl mich ständig kurz vor dem Durchdrehen. Wenn mir jemand einen einzigen Wunsch gewähren würde, dann würde ich auf den Weltfrieden scheißen und mir wünschen, dir nie begegnet zu sein.«

Sie lehnte ihren Kopf an seinen. Schweigend lauschten sie dem Novemberregen, der wütend gegen die Fensterscheibe peitschte, und hingen ihren qualvollen Gedanken nach. Callum streichelte Kates Gesicht und fuhr mit den Fingerspitzen die Linie ihrer Wange bis zum Kinn entlang. Wie sehr sie seine Hände liebte. Ihre beruhigende Wirkung, ihre Stärke, so viel größer als ihre eigenen, so selbstbewusst, so geschickt waren diese Finger … in ihr drin … berührten sie auf Weisen, wie es noch niemand zuvor getan hatte … oh Gott.

»Was machen wir bloß«, sagte er, mehr zu sich selbst.

»Ich weiß, was wir tun *sollten* …«

»Kate, nicht.«

»Wir sollten es beenden, jetzt sofort, ich sollte wegziehen, am besten ins Ausland, jemanden kennenlernen, ihn heiraten, mit ihm Kinder kriegen und dich aus meinem Kopf

AUSRADIEREN!« Sie rutschte von seinem Schoß, wütend über ihre hoffnungslose Situation und nicht in der Lage, ihre Frustration in Schach zu halten. »Niemand. NIEMAND! wird jemals auch nur annähernd das sein, was du für mich bist. Das weißt du, oder? Dich zu treffen hat den Rest meines Lebens versaut.« Die Tränen kamen, und Kate versuchte, sie mit mehr Wein herunterzuschlucken, indem sie direkt aus der Flasche trank, die auf dem Tisch stand. »Ich habe NIEMANDEM davon erzählt, Callum, ist dir klar, wie das ist?«

»Natürlich – ich sitze doch im selben Boot, oder etwa nicht …?« Er wurde unruhig, da er ihren aufkeimenden Ärger spürte.

»Mit diesem Geheimnis zu leben. Meine Freunde anzulügen, meine Eltern – ihnen nie erzählen zu können, dass ich verliebt bin. Ich glaube, meine Mutter denkt, ich bin lesbisch! Und, nein. Du sitzt nicht im selben verdammten Boot wie ich, denn du hast alles. Du hast deine perfekte Frau und deine perfekten Kinder – und MICH hast du auch noch, die sich an dich klammert wie eine armselige kleine Schlampe, weil du genau wie ich weißt, dass ich dich nie aufgeben kann. Wie ist das, Callum?! Wenn man ALLES hat!?«

»Komm schon, nicht so laut, ja? Die Wände sind hier dünn wie Papier.«

»Das ist mir scheißegal.« Inzwischen heulte sie. Der Groll war aus dem Nichts gekommen, diese Wut auf ihre Situation, als wäre ihr erst heute Abend klar geworden, in welchem Gefängnis sie sich befand, einem Gefängnis, das sie sich selbst gebaut hatte, ja, aber nichtsdestotrotz war sie nicht frei.

»Du hast recht, wir sitzen nicht im selben Boot, weil ich so viel mehr zu verlieren habe als du. Was glaubst du denn, wie es ist? Zu wissen, was ich tue, die Schuldgefühle, die mich jede wache Minute begleiten. DU hast dieses schlechte Gewissen nicht, weil DU keine Familie hast, also halt gefälligst den Mund, und erzähl mir keine Jammergeschichten, wie schlecht du dran bist – du kannst jederzeit gehen …«

Das war ein Muster zwischen Kate und ihm, das er schon zuvor bemerkt hatte. Er schob es auf die Leidenschaft, die sie teilten, dass sie im einen Moment harmonisch und glücklich sein konnten, sich die Situation aber innerhalb von dreißig Sekunden umkehren konnte, bis sie sich gegenseitig an die Gurgel gingen. Er hasste sich für den Vergleich, aber mit Belinda passierte ihm das nie.

Überwältigt von der Erkenntnis, dass dies für eine Weile ihre letzte gemeinsame Nacht sein könnte, schluckte er seinen Stolz hinunter, stand auf und ging zu ihr, um sie in seine Rugbyspielerarme zu schließen, sie auf den Kopf zu küssen und zu beruhigen. »Hey, komm schon, schhhhh … lass uns nicht streiten.«

So standen sie eine Weile da, in der Küche, die zu einer anderen Welt gehörte, einer anderen Familie, während Kate leise schluchzte und Callum den Duft ihrer Haare einatmete. Bis sie schließlich den Mut fand, sich von ihm zu lösen, und, ohne zu ihm aufzuschauen, ganz ruhig sagte: »Ich habe mir geschworen, dass ich dich das nie fragen werde …«

»Kate …« Er wusste genau, was jetzt kam.

»… aber ich muss, Callum, denn ich schwöre, ich kann so nicht weiterleben. Es macht mich kaputt.« Dann schaute sie doch zu ihm auf, auf eine Weise, dass er es nicht wagte, den Blick abzuwenden, als sie die höchste aller Forderungen stellte. Ihre Stimme war kaum ein Flüstern und zitterte vor Tränen.

»Wirst du sie für mich verlassen?«

KAPITEL 31

Sie hatte kein Gepäck. Nur ihre Handtasche und einen dünnen Regenmantel. Dem strömenden schottischen Regen ausgeliefert, wartete Belinda in der Schlange auf ein Taxi. Sie hatte nicht nachgedacht, als sie Wales verließ, nicht vorausgeplant. Noch nicht einmal einen Schirm mitgebracht. Doch nass zu werden war jetzt ihre geringste Sorge.

Nachdem sie eine Viertelstunde gewartet hatte, war sie schließlich an der Reihe. Sie stieg hinten ins Taxi. »Sutherland Avenue Nummer 24, bitte. In Portobello.« Es war eine schreckliche Nacht, und weder sie noch der Fahrer waren in Stimmung für einen Plausch. Begleitet vom hektischen Quietschen der Scheibenwischer in ihrem aussichtslosen Kampf, ließ Belinda sich zurücksinken und blickte hinaus in die schwarze, nasse Dunkelheit und dachte daran, wie sie sich das erste Mal begegnet waren.

Es war nicht Liebe auf den ersten Blick gewesen. Darin waren Belinda und Callum sich immer einig gewesen. Ein Rugby-Match, am St. David's Day 1975, Schottland gegen Wales. Und das chaotischste Spiel in der Geschichte von Murrayfield. Das überfüllte Stadion platzte aus allen Nähten. Beide Seiten hatten die Triple Crown im Visier, daher war die Atmosphäre mehr als nur ein bisschen angespannt. Belinda war mit ihrem örtlichen walisischen Verein mit einem Bus angereist, ihren Vater an ihrer Seite. Sie hatte längst aufgehört zu zählen, bei wie vielen Rugbyspielen sie mit ihm schon gewesen war. Und im Gegensatz zu vielen Frauen, die Länderspiele besuchten, war sie ein echter Fan des Sports. Sie ging nicht nur hin, um sich volllaufen zu lassen und sich mit einem Ortsansässigen zu vergnügen. Sie kannte sich aus. Hatte alles von ihrem alten Herrn gelernt, der zu seiner Zeit ein ziemlicher Star gewesen war – einige Spielzeiten für Llanelli und ein Länderspieleinsatz bei den Waliser U21. Belinda war die Tochter eines Rugbykönigs. Und hier stand sie nun, in ihrem leuchtend roten Waliser Trikot, ohne Make-up, in der Hand eine Dose Cider, und brüllte den Schiedsrichter an, die Spieler, jeden, der es hören wollte. Diese Ungerechtigkeit! Diese offensichtlichen Fehlentscheidungen! Diese schummelnden Schotten! »Los jetzt!« Callum hatte sie nicht bemerkt und sie ihn ebenso wenig. Sie waren viel zu sehr damit beschäftigt, ihre Mannschaften zu unterstützen. Er saß in der Reihe hinter ihr, mit Kilt und gut betankt, umgeben von seinen gut betankten Kumpels in Kilts. Inzwischen stand es zehn zu zehn, und die Nachspielzeit hatte begonnen. Doch als Ian McGeechan schließlich die entscheidenden zwei Punkte holte, explodierte Schottland vor Begeisterung, und die gesamte walisische Nation – oder zumindest die dreißigtausend Waliser, die an diesem Tag im Murrayfield-Stadion waren – fiel in ein großes schwarzes Loch. Die Schotten drehten total durch. Ringsherum fingen sie an, *Flower of Scotland* zu grölen, während die besiegten Waliser jämmerlich weinten. Belinda drehte sich stumm zu ihrem untröstlichen Vater um und schüttelte den Kopf. Man hätte meinen können, ein naher Verwandter der beiden wäre gestorben.

Callum wiederum, beschwingt vom Sieg der Schotten und ein paar Bier, bemerkte ihre Verzweiflung. »Hey, komm schon, ist doch nur ein Spiel!«

Belinda starrte ihn einen Moment lang wortlos an. Dann öffnete sie den Mund, um etwas zu sagen, überlegte es sich aber anders. Öffnete wieder den Mund. Und überlegte es sich wieder anders. Callum war von ihrer Sprachlosigkeit etwas verwirrt, und da er nicht wusste, wie er reagieren sollte, platzte er heraus: »Du siehst aus wie ein Goldfisch, wenn du das machst.«

Er versuchte lediglich, die Situation zu entschärfen, nicht, seine Kumpels zu unterhalten, doch sie verschlimmerten die Sache, indem sie ihn lachend anfeuerten, während Belinda ihn weiter anstarrte. Und dann kam es zum Vorschein, das feurige Waliser Temperament, das er inzwischen so liebte.

»Und du, mein Lieber, siehst aus wie ein Trottel, wenn ich *das* hier mache!« Mit diesen Worten hob sie seinen Kilt hoch, dass alle Welt seine Boxershorts sehen konnte. Die er, wie Belinda seither viele, viele Male betont hatte, als echter Schotte eigentlich gar nicht hätte tragen dürfen.

»Hey! Was machst du da?«, rief Callum, als sie anfing, Cider in seinen Sporran zu kippen.

»Verdammt noch mal!« Es war eines der wenigen Male in seinem Leben, in denen Callum rot wurde, und während seine Kumpels über ihn lachten, mit seinem durchweichten Kilt und dem angeknacksten Stolz, war er mehr als froh, Belinda Lewis durch die Reihen hindurch davongehen zu sehen. Also, nein, es war nicht Liebe auf den ersten Blick.

Später am selben Abend jedoch saß Belinda in einem Pub in der Rose Street, um die Welt, oder zumindest die Rugby-Welt, wieder in die Angeln zu heben. Ihr Vater hatte sich längst ins B&B zurückgezogen, und Belinda war mit ein paar Hartgesottenen aus dem Verein übrig geblieben, hauptsächlich Männern, die alt genug waren, ihr Großvater zu sein, sowie ein paar Schotten, die sich ihnen zum Spaß angeschlossen hatten. »Er hätte diesen zweiten Strafstoß nicht geben dürfen.« Ihre Stimme war inzwischen heiser. Sie wiederholte das, was sie den ganzen Tag schon gesagt hatte. Doch niemand hatte mehr die Energie, mit einzustimmen. Der Kummer über die Niederlage und stundenlanges Trinken forderten ihren Tribut.

»Ja, da geb ich dir recht!«, ertönte eine schottische Stimme von der Bar. Es war Callum, der kurz zuvor mit einigen wenigen seiner sehr betrunkenen Freunde im Schlepptau in den Pub gestolpert war. »Ah, schau an, es ist der kleine Waliser Goldfisch!«

»Ignorier sie einfach, sie sind schlechte Gewinner.«

Belinda war zu traurig und müde, um sich zu verteidigen. »Tut mir leid mit vorhin, das mit deinem Kilt und so. War einfach schlechtes Timing … wir hätten nämlich eigentlich gewinnen müssen.«

Er merkte, dass sie ihm leidtat. Und dass er ihre außergewöhnlich langen Wimpern anstarrte.

»Komm, ich lad dich als Ausgleich auf einen Drink ein.«

»Nee. Ich hab genug getrunken.« Dann nahm sie ihre Jeansjacke von der Stuhllehne und zog sie an, um zu gehen.

»Oh. Verstehe.« Er war seltsam enttäuscht. War es nicht gewöhnt, abgewiesen zu werden. Mit der Arroganz der Jugend war er mit seinen 28 Jahren davon überzeugt, bei Frauen ziemlich gut anzukommen.

»Aber ich würde jetzt ne Menge für ne Portion Pommes geben.«

Etwas an der Art, wie sie es sagte, machte ihm klar, dass sie anders war als alle anderen Frauen, denen er bis dahin begegnet war, vor allem an einem Länderspieltag … Keine Hintergedanken, sie wollte einfach nur Pommes.

»Aber damit das klar ist, du kriegst mich nicht ins Bett. Nur Pommes, mein Freund.«

Callum öffnete ihr die Tür und fragte sich, wie sie seine Gedanken hatte lesen können.

Belinda hielt Wort und ließ Callum nicht ran. Er durfte sie nicht einmal küssen, zumindest nicht in dieser Nacht. Ihre Adresse und Telefonnummer allerdings bekam er. Wenn er es wirklich so ernst meinte, sagte sie, müsse er das beweisen. Was er auch tat. Denn siebenundzwanzig Anrufe, vierzehn Briefe, zwei Postkarten und drei Monate später willigte sie ein, ihn in Edinburgh zu besuchen.

Belinda schrieb es der schottischen Luft und dem Spaziergang hinauf zum Arthur's Seat zu, Callum seinen unwiderstehlichen Verführungskünsten – wie dem auch sei, sie gab schließlich nach und hatte Sex mit ihm, wobei sie am Ende verkündete: »Na, dafür hat sich das Warten auf jeden Fall gelohnt!«

»Oh ja!«

Sie hatte sich ganz ernst zu ihm umgedreht und war unerwartet in Tränen ausgebrochen. »Nein, wirklich, Cal, das war's. Jetzt ist es um mich geschehen.«

Und er küsste ihre außergewöhnlich langen, tränenbenetzten Wimpern und erwiderte: »Wurde auch langsam Zeit.«

Als Belinda sich in Callum verliebte, verliebte sie sich auch in Schottland. Ein Jahr später zog sie zu ihm in seine Wohnung in Portobello, zwanzig Minuten vom Stadtzentrum von Edinburgh entfernt, als frischgebackene Mrs. Callum MacGregor.

Belinda sah dem davonfahrenden Taxi nach, dessen Reifen Regenwasser in einem perfekten Bogen aus dem Rinnstein auf den Gehweg hinaufspritzen ließen. Dann wandte sie sich dem Haus zu, doch trotz des Regens konnte sie sich nicht überwinden, zur Haustür zu gehen. Denn sie wollte nicht herausfinden, was sich auf der anderen Seite befand.

Sie überlegte, was sie tun würde, wenn sie sich täuschte. Wenn sie den Schlüssel ins Schloss steckte und hineinging und er mit einem Takeaway vom Chinesen auf dem Schoß Wiederholungen vom Grand Prix schaute oder versuchte, für die Schule morgen sein Hemd selbst zu bügeln. Bei der Vorstellung musste sie lachen, doch dann kämpfte sie gegen die Tränen, weil sie insgeheim betete, es möge sich ihr genau dieses Bild bieten. Sie wusste, was sie zu ihm sagen würde, wenn sie ihn alleine antraf: »Überraschung! Meine Eltern passen ein paar Tage auf die Kinder auf, deshalb dachte ich, ich komm nach Hause, damit wir ein bisschen Zeit zusammen haben … wie lange ist es her, seit wir das letzte Mal zu zweit waren, Callum, nur du und ich?« Vielleicht täuschte sie sich ja tatsächlich. Vielleicht war das alles postnatale Paranoia.

Im Wohnzimmer zur Straße hin war das Licht an. Sie konnte jetzt umdrehen und zurückgehen, es nie herausfinden. Doch sie war komplett durchnässt und erschöpft, ihr war kalt, und sie zitterte. Außerdem musste sie es einfach wissen.

Leise schloss sie die Tür auf. Aus der Küche drang gedämpfte Musik: Sade sang *Smooth Operator*, und der Duft nach gebackenem Brot erfüllte den Flur, hieß sie in ihrem eigenen Haus willkommen.

Nur dass Callum noch nie in seinem Leben Brot gebacken hatte.

Ihre Schuhe hinterließen feuchte Abdrücke auf dem Teppich, als sie auf die Küche zuging, und ihr Herz wummerte lauter als die Musik. Die Tür war angelehnt. Sie konnte ihn mit dem Rücken zu ihr sitzen sehen, in Gedanken versunken. Er war allein.

Er war allein!

Vor Erleichterung wurde ihr ganz schwindelig. Am liebsten hätte sie vor Freude geschluchzt und wäre zu ihm gelaufen, um ihn mit Küssen zu bedecken und ihm zu sagen, was für eine dumme Gans sie gewesen war, aber dass jetzt alles gut war und was er davon halten würde, gleich ins Bett zu gehen, da die Kinder doch bei ihrer Mutter gut aufgehoben waren …

Als sie gerade seinen Namen rufen wollte, drehte er sich um und lächelte.

Aber es war nicht Belinda, die er anstrahlte.

KAPITEL 32

Zuerst erkannte Kate sie nicht wieder. Belinda hatte seit ihrer einzigen Begegnung zehn Tage nach Ailsas Geburt abgenommen. Und der regennasse Mantel, den sie trug, klebte erbarmungslos an ihren zitternden Gliedern, was sie noch unkenntlicher machte. Nasse Haare umrahmten ihr entsetztes Gesicht. Niemand sagte ein Wort. Sade sang immer noch im Hintergrund.

This is no sad and sorry dream
Your love is real …

Ganz ruhig und mit perfekter Zielsicherheit griff Belinda nach der fast leeren Weinflasche und schleuderte sie in Richtung Stereoanlage. Der grausame Songtext, der aus den Lautsprechern dudelte, verstummte. Sie fixierte Kate mit durchdringendem Blick. Es fiel Kate zwar schwer, aber sie hielt stand.

Das Schweigen war quälend. Nur der Regen draußen, der gegen die Scheiben prasselte, füllte die unangenehme Leere.

»Wie lange schon?«

»Bel…«

»Seit vor Ailsa oder danach?«

»Setz dich. Du bist ja total durchnässt. Lass uns … Ruhe bewahren.«

Doch Ruhe war für Belinda keine Option mehr. Sie hatte in ihrem Innern eine unbeschreibliche Kraft gefunden, die es ihr, wenn nötig, ermöglicht hätte, ohne Probleme ein kleines Auto hochzuheben. Callum machte einen Schritt auf sie zu.

Erst da drehte sie sich um und sah ihn an.

»WAGE ES JA NICHT …« Sie fauchte wie eine wütende Katze, spuckte die Worte förmlich aus. »Wage es ja nicht, mich anzufassen.«

Kate wusste, sie sollte besser gehen, doch sie wusste auch, dass jetzt der entscheidende Moment war. Nun kam alles auf den Tisch. Kein Verstecken mehr, keine heimlichen Treffen, jetzt würden Callum und sie endlich das Paar sein können, zu dem sie bestimmt waren, wie sie es tief in ihrem Herzen schon immer gewusst hatte. Das hier war der Anfang. Und egal, wie schrecklich sich dieser nächste Teil anfühlte, es würde passieren.

»Seit dem Sommer. Als Kate angefangen hat, im Pub zu arbeiten.« Es hatte keinen Sinn zu lügen, dachte Callum.

Belinda nickte, als wäre es ein Teil des Puzzles, das sie fieberhaft in ihrem Kopf zusammenfügte. Man fängt mit den Ecken an, dachte sie, dann die Ränder. Sie kämpfte gegen das Bedürfnis, sich zu übergeben.

»Scheiße, du warst schon mal hier! Als Ailsa frisch auf der Welt war. Du hast mir Blumen gebracht! Ich hab dir Kaffee gekocht!« Und als das Puzzle langsam sein Bild offenbarte, wurde Belinda vieles klarer. Den Blick durchs Fenster in die schwarze regennasse Nacht gerichtet, sagte sie leise: »Verlass auf der Stelle mein Haus.«

Kate rührte sich nicht. Überrascht und verwirrt drehte Belinda sich zu ihr um und wiederholte ihre Worte. »Ich sagte, verlass sofort mein Haus.«

Kate sah Belinda direkt in die Augen. Nun war es an ihr, stark zu bleiben. »Nein.«

»Kate …« Callum ahnte, wohin das führen würde, doch es war zu spät. Das Feuer flammte auf, und mit einem bestialischen Schrei stürzte sich Belinda auf die Frau, die drohte ihr den Mann zu stehlen und ihr Leben zu zerstören. Sie warf sie zu Boden und schlug wild auf sie ein, brüllend, heulend, wütend. Callum zog sie weg und hielt sie fest umklammert, teils um Kate zu schützen, teils um Belinda zu trösten. Hilflos in seiner vertrauten Umarmung verließ Belinda jeglicher Kampfgeist, bis sie nur noch schluchzend dastand und sich von ihm sanft hin und her wiegen ließ.

207

»Callum, sag es ihr.«

»Kate, halt den Mund.«

»Sag ihr, was du mir gerade gesagt hast. Belinda, er wird dich verlassen. Es tut mir leid, aber du würdest es ja …«

Doch Callum ließ sie ihren Satz nicht beenden. »Ich sagte, halt den Mund. Und geh.«

KAPITEL 33

Die Schneewittchen-Truppe hatte sich ins Dog and Duck gedrängt, das schon lange die Stammkneipe all derer war, die am Belgrade Theatre arbeiteten. Barney Bennett alias Lady Lose-it-All bestellte eine Runde Drinks im Gedränge an der Bar. Die Stimmung war aufgekratzt und festlich. Der Saal war am Abend rappelvoll gewesen, und obwohl es am nächsten Tag eine Nachmittagsvorstellung geben würde, waren die Theaterleute wild entschlossen, sich zu betrinken. Mit Ausnahme von Kate, die ein Stückchen entfernt von der Gruppe stand und die Gesellschaft des alten Mick vorzog, eines Bühnenarbeiters, der nur auf einen Drink mitgekommen war, weil er dann nach Hause wollte, um mit seiner Frau im Fernsehen Big Ben und das Feuerwerk anzuschauen.

»Ich versteh dich gut«, meinte Kate. »Silvester wird einfach überbewertet.«

»Das aus deinem Mund zu hören überrascht mich aber, schließlich bist du Schottin. Ihr habt Silvester ja quasi erfunden mit eurem Hogmanay!«

Barney Bennet reichte Kate ihren Orangensaft. »Bist du sicher, dass du da nicht wenigstens einen Schuss Wodka reinhaben willst, du alte Langweilerin?«, fragte er lächelnd.

»Nein, vielen Dank. Ich glaube nicht, dass ich die Vorstellung morgen mit einem Kater überstehen würde. Prost!«

»Ah, verstehe! Man merkt, dass es ihr erstes Engagement ist – aber sie wird's schon noch lernen!«, scherzte Barney mit den anderen.

Kate lächelte. Sie kannte diese Leute erst seit vier Wochen, und es war ein netter Haufen. Doch sie wollte eigentlich nur noch schlafen. Ihr Plan war, genau wie Micks, auf einen Drink zu bleiben und sich dann nach Hause zu verdrücken – ein hübsches Dachzimmer bei einer Familie in Canley. Die Besitzer waren im Moment im Skiurlaub, sodass Kate das Haus für sich alleine hatte. Sie lächelte über die Ironie des Ganzen: Die alte Kate hätte das als perfekte Gelegenheit für eine Party gesehen, hätte die gesamte Theatermeute zu sich eingeladen und sich erst am nächsten Morgen Gedanken über das entstandene Chaos gemacht. Doch nun war alles anders. Trauriger. Kate war nicht mehr das Partygirl von vor wenigen Monaten.

Eine Woche nach jenem Abend bei Callum zu Hause, als alles zusammengebrochen war, hatte Kate ihn bei der Arbeit angerufen.

Um ihm die Nachricht zu überbringen.

Zuerst wollte er den Anruf nicht annehmen – die Schulsekretärin wimmelte sie immer wieder mit fadenscheinigen Ausreden ab. Doch Kate blieb fünf Tage lang hartnäckig, bis er schließlich während seiner Mittagspause ans Telefon kam. Das Gespräch dauerte etwas über eine Minute. Sie wusste, dass andere Leute um ihn herum sein würden, dass er nicht frei würde sprechen können, doch sie hatte keine Wahl.

»Ich bin schwanger.«

Schweigen.

»Callum, hast du mich gehört?«

»Ja.« Dann hörte sie ihn zur Sekretärin sagen: »Irene, können Sie mich einen Moment allein lassen, bitte? Es ist eine persönliche Angelegenheit.« Im Hintergrund wurde die Tür geschlossen, und Callum seufzte tief.

»Ich lasse es wegmachen. Nächste Woche.« Kate bemühte sich, dass ihre Stimme nicht kippte. »Es gibt da einen Ort in London. Ist schon alles arrangiert.«

»Halt, halt, Moment mal … du kannst mir das nicht einfach so vor den Latz knallen!« Seine Bestürzung war deutlich zu spüren, und sie wünschte mehr als alles andere, ihn jetzt im Arm halten zu können, seinen Duft einzuatmen, ihn auf die Haare zu küssen.

»Callum, es tut mir leid. Ich weiß, das ist schwer für dich, aber es gibt nichts mehr zu diskutieren. Ich bin mir nicht sicher, warum ich es dir überhaupt erzähle …«

»Ich auch nicht. Offensichtlich hast du die Entscheidung ja schon gefällt.«

Das machte sie wütend. »Hast du denn eine bessere Lösung?«

Er seufzte wieder. »Nein. Nein, natürlich nicht … ich … ich wünschte nur, die Dinge wären anders, das ist alles.« Diesen Hauch von Zärtlichkeit in seiner Stimme zu hören ließ sie innerlich zusammenbrechen. »Ja. Ich auch.« Schließlich schluckte sie und sagte: »Auf Wiedersehen, Callum. Ich werde dich nicht mehr kontaktieren.« Als sie bereits den Hörer auflegte, hörte sie seine Stimme wieder, schwach und gedämpft. »Kate?«

»Ja?« Sie wusste nicht, was sie sich von ihm erhoffte, aber sie würde sich an jeden Strohhalm klammern, den er ihr hinhalten würde.

»Pass auf dich auf, ja?« Sie hielt inne, da sie keine Worte mehr fand, legte dann auf und ließ die Stirn auf das Münztelefon sinken, ehe sie sich heiser weinte. Ihre Prophezeiung hatte sich bewahrheitet. Ihr Herz war gebrochen …

Kate wischte eine Träne weg, die ihr bei der Erinnerung an die Unterhaltung vor über fünf Wochen ärgerlicherweise über die Wange rollte. Und sie fragte sich, was er wohl heute Abend tat. Ob er mit *ihr* zusammen war. Ob Belinda ihm verziehen hatte. Oder ob die Ehe unwiederbringlich zerstört war. Es überraschte sie selbst, dass das nicht ihr Wunsch war. Es schien ihr Verschwendung zu sein, dass sie alle drei litten. Außerdem ging sie davon aus, dass Callum doch sicher nach ihr gesucht hätte, wenn er und Belinda sich tatsächlich getrennt hätten? Er wusste schließlich, wo sie war. Wenn er gewollt hätte, hätte er sie finden können, und sie wären doch noch zusammengekommen. Na gut, am Anfang wäre es schwierig, bis sie das mit dem Sorgerecht und der Wohnsituation geklärt hätten, aber irgendwie würden sie das schon auf die Reihe kriegen. Sie wagte nicht zu hoffen. Sie hasste es, wenn sie hoffte. Hoffnung war das schlimmste und lähmendste Gefühl, das diesem Chaos entspringen konnte. Sie wollte nicht hoffen. Sie wollte akzeptieren und nach vorne schauen. Sie wollte sich keine Gedanken mehr machen, wollte den Mann vergessen, der ihr Herz gestohlen und zerschmettert hatte. Wie hieß es so schön – »Schmerz ist unausweichlich, Leiden ist wählbar« – okay, nun, sie wollte jetzt aufhören zu leiden. Neujahr. Neues Leben. Und die stählerne Entschlossenheit, an der sie die letzten Wochen gearbeitet hatte, war zurück und knallte alle Türen zu, durch die auch nur ein Hauch Weichheit oder Verletzbarkeit wehen konnte.

Sie war selbst von sich überrascht, was ihre Leistung in Sachen Nach-vorne-Schauen anging. Das Wichtigste war, niemandem zu erzählen, was passiert war. Und wenn, dann nur das Nötigste. Man hatte ihr einen Dreimonatsvertrag beim BBC-Radio angeboten, mit Start eine Woche nach der letzten Schneewittchen-Aufführung. In Anbetracht der Umstände hätte es nicht besser laufen können. Sie liebte das Radio. Sie konnte sich darin verlieren und trotzdem einen gewissen Grad an Ordnung in ihrem Leben aufrechterhalten. Routine und Sicherheit. Genau das brauchte sie jetzt. Sie würde für wenig Miete bei ihrer Freundin Josie in deren Wohnung in Brixton wohnen und im April für sechs Monate nach Cornwall abhauen, wo ihr Kumpel Sam ihr während des Sommers einen Job in seinem Souvenirshop angeboten hatte, einschließlich der winzigen

Wohnung darüber. Ja. Es war alles geplant. Routine und Sicherheit. Routine und Sicherheit. Bis sie den Schmerz durchgestanden hatte und Callum nichts weiter war als ein großer Fehler in ihrer traurigen, kläglichen Vergangenheit.

»Du meine Güte, du siehst aus, als wolltest du gleich jemandem an die Gurgel gehen!« Nicci, der Inspizient, bot Kate von seinen Krabbencocktail-Chips an und riss sie damit aus ihren Gedanken.

»Tu ich das? Nein, vielen Dank, ich glaub, ich hab mir irgendwie den Magen verdorben, das ist alles.«

»Bist du sicher, dass du nichts trinken willst? Einen Brandy oder so?«

»Nee, ich geh sowieso bald. Brauche meinen Schönheitsschlaf!« Lächelnd sah sie zu, wie das muntere Völkchen noch munterer wurde und sich kopfüber in einen gewaltigen Kater stürzte. Kate war froh, dass sie den nicht würde teilen müssen.

Sie erwischte einen Bus, der sie die halbe Strecke nach Canley rausbrachte, und ging den Rest zu Fuß, vorbei an fröhlichen Betrunkenen, wütenden Betrunkenen, albernen Betrunkenen und heulenden Betrunkenen, während sie auf die Ruhe ihres Dachkämmerchens und ihre warme, weiche Bettdecke zusteuerte. Es tat gut, zu Fuß zu gehen. Es war gut für ihren Kopf, so klar wie der Dezembernachthimmel. Sie schloss die Tür zum stillen Haus auf und ging hinauf in ihr Zimmer.

Aus einer Laune heraus nahm sie das Telefon, rief die Zeitansage an und lauschte der Stimme, während sie im Halbdunkel auf ihrem Bett lag und eine Mischung aus Straßenlaternen und Mondschein durch die Dachfenster fiel und den Raum erhellte. Die Automatenstimme der Ansage quetschte sich durch den Hörer und maß pflichtbewusst und höflich die Zeit ab. »Beim nächsten Schlag ist es 0 Uhr Mitternacht.«

Aufs Stichwort brach der allgemeine Geräuschpegel der Stadt in gedämpften Jubel aus, nahes und fernes Feuerwerk und unmelodische Versionen von *Auld Lang Syne*. Kate legte den Hörer auf.

Die Feierlichkeiten außerhalb des stillen Hauses gingen ohne sie weiter.

»Nicht zurückblicken«, flüsterte sie und streichelte ihren warmen Bauch, der es im Flanellschlafanzug schön kuschelig hatte.

Letzten Endes hatte es keine Wahl gegeben: Sie brachte es einfach nicht über sich. Sie konnte Callums Baby, das nun begeistert in ihr herumturnte, nicht wegmachen lassen.

»Frohes neues Jahr, mein Schatz«, sagte sie. Dann schloss sie die Augen.

KAPITEL 34

Dreihundert Meilen nordwestlich von Coventry hatte Belinda Ailsa gerade wieder zum Einschlafen bewegen können. Ben und Cory lagen seit Stunden im Bett und schliefen trotz des Partylärms auf den Straßen und in den Häusern ringsherum tief und fest.

Portobello bildete im allgemeinen Hogmanay-Wahnsinn keine Ausnahme, und Belinda hatte vor langer Zeit gelernt, dass man besser mitmachte, als sich darüber zu ärgern. So gut das eben ging mit drei Kindern unter sechs Jahren und keinem Erwachsenen, der einem beim Feiern half. Sie hatte nicht wirklich das Gefühl, etwas zu verpassen – Belinda war nie ein Silvesterfan gewesen. Als sie elf Jahre alt war, war ihre Großmutter am 31. Dezember gestorben, sodass der Tag für sie immer mit einem traurigen Anlass verbunden war. Natürlich sah die Sache anders aus, als sie mit Callum zusammenkam, und sie lernte, die zweitägigen Feierlichkeiten genauso intensiv zu genießen wie jeder Schotte, der etwas auf sich hielt. Heute Abend jedoch sehnte sie sich nach Schlaf und der Möglichkeit, dieses spezielle Jahr hinter sich zu lassen.

1985.

Das Jahr von Live Aid, der Geburt ihres dritten Kindes, der Untreue ihres Mannes und den Anfängen des Scheidungsprozesses. Verdammt noch mal, wer hätte das gedacht? Während sie zusah, wie Ailsa sich nach und nach in den dringend benötigten Schlaf schnüffelte, fühlte sich Belinda geborgen und geliebt, zumindest von ihren Kindern, aber auch sehr, sehr allein. Und überraschenderweise hatte sie Heimweh. Seit einiger Zeit bereits dachte sie darüber nach, zurück nach Wales zu ziehen, in die tröstliche Nähe ihrer Mutter und ihrer Schwester, ihrer alten Schulfreundinnen … doch es war nicht fair, die Kinder aus ihrem gewohnten Umfeld zu reißen, und egal, was sie von Callum halten mochte, sie konnte ihn nicht auf diese Weise von seinen Kindern trennen.

Sie ging nach unten und schenkte sich ein Glas Champagner ein. Eigentlich eine ziemliche Verschwendung, da sie vermutlich nicht mehr als eines schaffen und den Rest wegkippen würde. Sue und Jeff hatten ihr die Flasche geschenkt, nachdem sie vergeblich versucht hatten, sie zu überreden, Silvester mit ihnen zu feiern – »Bring die Kinder einfach mit, sie können bei uns übernachten, das wird lustig! Wir können Twister spielen!« –, doch Belinda wusste, es würde sie bloß an das letzte Silvester erinnern, als Callum und sie sich ziemlich betrunken und bis in die frühen Morgenstunden dort gefeiert hatten.

Es war eine Wahnsinnsparty gewesen, eine der besten überhaupt. Um Viertel vor zwölf hatten sie sich in Sues und Jeffs Badezimmer versteckt, um zu zweit weiterzufeiern – ungewöhnlich leidenschaftlicher und ungeplanter Sex auf dem Doppelwaschtisch, bei dem Nachtcreme und Zahnpasta auf dem schwarzen Fliesenboden gelandet waren. Sie hatten das Ganze mit perfektem Timing zum Höhepunkt gebracht, als die Feiernden auf der Straße bis Mitternacht herunterzählten: »*Fünf, vier, drei, zwei, eins …*«

»Mein Gott! Ahhhhh!« Callum schien ewig zu kommen.

»Verdammt, Callum, ich liebe dich!« Belinda klammerte sich an ihm fest, und sie küssten sich mit solch zärtlicher Leidenschaft, dass sie kaum Luft bekamen. Draußen sangen die Leute *Auld Lang Syne*, während Belinda und Callum sich aus ihrer Umarmung lösten, um die Trümmer der Kosmetika auf dem Boden zu sichten. Belinda hob die verschiedenen Tiegel auf. Zum Glück war nicht wirklich etwas zu Bruch gegangen.

»Hey, lass das mal kurz, und komm her.« Callum zog sie wieder an sich. »Frohes neues Jahr, Mrs. MacGregor.«

»1985. Zehn Jahre, Callum. Nicht schlecht, was?« Sie lehnte den Kopf an seine Schulter, und er begann leise und ganz ungewöhnlich für ihn, seiner Frau ein Ständchen zu bringen, indem er in den Gesang draußen mit einstimmte.

And there's a hand, my trusty friend
And gie's a hand o' thine

Belinda merkte, wie sie von Gefühlen überrollt wurde und Tränen des Glücks über ihre Wangen kullerten, als sie in das Lied mit einstimmte.

We'll tak' a cup o' kindness yet
For auld lang syne.

Das war die Nacht, in der Ailsa gezeugt worden war.

Wie konnte in einem einzigen Jahr so viel passieren, fragte sie sich, wie konnte sich ihr Leben so drastisch, so unerkennbar verändern. Belinda nippte an ihrem Champagner und sah aus dem Wohnzimmerfenster.

Unter anderen Umständen hätten die bunten Lichter in den Häusern und Gärten, die Ansammlung beleuchteter Weihnachtsmänner, Rentiere und Sterne, durch eine leichte Puderschicht aus Schnee verzaubert, eine perfekte Weihnachtskartenszenerie abgegeben. Es fehlte nur eines, dachte sie.

Das leise Klopfen an der Haustür war eine willkommene Ablenkung von ihrer weinerlichen, melancholischen Stimmung. Sie wusste nicht wirklich, wer das sein könnte – ein fröhlicher Nachbar vielleicht?

Ganz sicher hatte sie nicht damit gerechnet, *ihn* zu sehen.

Callum.

Ihr Herz machte einen Satz. Das tat es immer und würde sich auch nie ändern. Schweigend starrten sie sich an.

»Bel, ich kann das nicht.«

Er wollte keinen Champagner. Er hatte nichts zu feiern. Also machte sie ihm stattdessen eine Tasse Tee. Der mitternächtliche Countdown war von beiden unbemerkt vorbeigegangen. Das neue Jahr hatten sie alles andere als begrüßt. Die Szenerie hätte nicht unterschiedlicher zu der vom letzten Jahr sein können.

Seit Belinda ihn rausgeworfen hatte, wohnte Callum bei Gary, der sich zugegebenermaßen als wirklich guter Freund herausgestellt hatte. Er hatte nicht verurteilt und auch nicht Partei ergriffen – im Gegensatz zu Sue und Jeff, die sich nicht damit zurückhielten, Callum zu erklären, was für ein Arschloch er sei.

»Diese Frau ist hundertmal mehr wert als du!«, hatte Sue ihm ins Gesicht geschleudert, als sie ihn eines Nachmittags an der Tankstelle getroffen hatte. Callum konnte ihr nur zustimmen.

Er hatte abgenommen, und sein inneres Leuchten war erloschen. Weil er seine Frau verloren hatte.

»Sie ist nicht tot, Kumpel«, hatte Gary versucht, ihn zu trösten.

»Sie könnte es genauso gut sein.«

Nachdem es passiert war, versuchte er, zur Arbeit zu gehen wie immer. Um alles irgendwie zu normalisieren. Doch er hatte die Augen vor der Wahrheit verschlossen. Nach Kates Anruf fiel er in ein totales Loch. Das hatte ihm den Rest gegeben. Der ultimative Beweis der Zerstörung, die er angerichtet hatte. Callum, der normalerweise nicht zu Selbsthass neigte, lotete Abgründe der Verzweiflung aus, die er nicht für möglich gehalten hätte, während er immer tiefer sank.

In der Schule wusste man, dass es Probleme zu Hause gab, doch trotz der wilden Spekulationen wusste keiner von Callums Kollegen wirklich, was passiert war.

»Von mir bekommen sie keine Details«, hatte Gary ihm versichert. »Denn es geht sie einen Scheiß an!«

Als Callum seine Sachen zu Gary brachte, hatte er seine Umgebung gar nicht richtig wahrgenommen. Genauso gut hätte er in einen Papierkorb ziehen können. Doch nach und nach, als die Wochen vergingen, fiel ihm auf, dass Gary ein ziemlich häuslicher Typ war. Um genau zu sein, war er sogar sehr ordentlich, fast schon pingelig, wenn es um den Haushalt ging. Die Kinder kamen Callum nie dort besuchen, da Belinda und er sich einig waren, dass es für sie zu verwirrend wäre. Also erklärten sie Cory und Ben, dass Daddy eine Weile bei seinem Freund Gary wohnte, sie aber jedes Wochenende besuchen würde.

Callum lebte für diese Wochenenden, obwohl sein erster Besuch eine Katastrophe war: Er war unrasiert, zitterte, trug eine ausgebeulte Jogginghose und ein altes Rugbyshirt, das er seit Tagen nicht mehr ausgezogen hatte, roch nach Bier und Takeaway-Essen und war quasi nicht wiederzuerkennen. Belinda schickte ihn nach einer halben Stunde mit den Worten weg, er solle sich erst mal auf die Reihe kriegen und wiederkommen, wenn er sich besser im Griff hatte. »Du erscheinst hier wie ein Penner und machst deinen Kindern eine Heidenangst. Das haben sie nicht verdient.« Sobald sie die Tür hinter ihm geschlossen hatte, brach sie stumm in Tränen aus und sank zu Boden, entsetzt, was aus ihm geworden war, und mit dem verzweifelten Wunsch, ihm zu helfen.

Nachdem Callum zwei Wochen lang kaum ein Wort gesprochen und sein Zimmer so gut wie nie verlassen hatte, beschloss Gary, dass es an der Zeit war, einzuschreiten. Er stellte Callum zur Rede und fragte ihn, ob er seine Familie zurückhaben wolle. Natürlich wollte er das, was sollte das bitte für eine Frage sein? In diesem Fall, erklärte Gary ihm freundlich, aber unmissverständlich, wäre es Zeit, dass Callum seinen Hintern hochkriege, wieder zur Arbeit gehe, das Leben anpacke und sich Belinda und die Kinder zurückhole.

Wie durch ein Wunder hörte Callum auf ihn. Hörte auf diesen hartgesottenen Junggesellen, der selbst keine Kinder hatte und nie die Liebe einer tollen Frau wie Belinda erlebt hatte und trotzdem den quälenden Schmerz erkannte, in dem sein Freund ertrank.

Callum ging wieder zur Schule, zum Training, aß wieder richtig und rief jeden Tag seine Kinder an. Die Wochenenden wurden genauestens geplant mit einer vernünftigen Mischung aus spaßigen Unternehmungen und gemütlichem Beisammensein, und wann immer Belinda ihm irgendwelche Vorhaltungen machte oder sich über ihn aufregte oder von ihrer berechtigten Wut überwältigt wurde, trug er es mit Fassung und entschuldigte sich erneut.

Er bot sich als Babysitter an, wann immer sie einen Abend freihaben wollte – nicht, dass sie zurzeit besonders in Ausgehstimmung gewesen wäre –, er erledigte während seiner Wochenendbesuche die Einkäufe und sogar den Haushalt. Er ging die Sache wie eine Prüfung an, die es zu bestehen galt, und zwar nicht nur knapp, sondern mit Auszeichnung. Er würde jeden Preis zahlen, um seine Familie zurückzubekommen.

Wann immer Kate in seinem Kopf auftauchte, löschte er schnell das Bild, verbannte sie und ersetzte sie durch Bilder von Belinda aus glücklicheren Zeiten.

Weihnachten war besonders hart gewesen. Belinda sagte, Callum solle am Vormittag vorbeikommen, um mit den Kindern die Geschenke zu öffnen, aber er würde an Heiligabend nicht den Weihnachtsmann spielen, das würde sie schon selber hinbekommen. Es fühlte sich an wie ein Schlag in die Magengrube, doch er nahm seine Bestrafung ohne Beschwerde hin. »Du kannst zum Mittagessen bleiben«, sagte sie, »und mit den Kindern einen Film schauen. Aber nachmittags bekomme ich Besuch von meinen Freunden, und ich möchte nicht, dass du dann noch da bist.«

Callum stellte fest, dass ihre gemeinsamen Freunde nun Belindas Freunde geworden waren. Innerhalb weniger Wochen. Wenn ein Paar sich trennte, gab es immer Verluste, doch Callums waren weit zahlreicher als die von Belinda. Um genau zu sein, erlitt Belinda, was Freunde anging, überhaupt keine.

Also war er am Weihnachtstag ihren Anweisungen gefolgt, und es schien, als würden die Kinder den Unterschied gar nicht groß bemerken. Ben war vielleicht ein bisschen verwirrter als sonst, aber Belinda und Callum bemühten sich um eine so heitere und freundliche Stimmung, damit auch dieser kleine Kerl beschwichtigt war. Er schlief in dieser Nacht tief und fest.

Im Gegensatz zu Callum, der in der Dunkelheit eines schottischen Weihnachtsnachmittags in Garys leeres Haus zurückkehrte. Gary war zu seiner Mutter nach Morningside gefahren und würde erst tags darauf wiederkommen. Ziemlich einsam und verloren kam er sich vor, als er im großen Sessel im Wohnzimmer saß und schweigend zusah, wie die Lichter des Weihnachtsbaumes aufleuchteten. Und wieder erloschen. An. Aus. Und an. Und aus. So saß er stundenlang da und fragte sich, ob seine Bemühungen wohl zu etwas führten. Bald fand er heraus, dass dem nicht so war.

Am 29. Dezember teilte Belinda Callum mit, dass sie vorhatte, im neuen Jahr einen Anwalt aufzusuchen, um das Scheidungsprozedere einzuleiten. Ihre Stimme krächzte, als sie ihm erklärte, sie würde seine Untreue als Grund für die Scheidung anführen und diese widerliche kleine Hure namentlich nennen, mit der er eine Affäre gehabt hatte – sie brachte es nicht über sich, Kates Namen auszusprechen.

Callum versuchte, ruhig zu bleiben, aber es gelang ihm nicht. Er wusste, dass er kein Mitleid verdient hatte, aber Scheidung? Doch wenigstens eine zweite Chance? Belinda lachte ihm nur ins Gesicht. Und zum ersten Mal seit jener schicksalhaften Nacht im November, als für beide die Welt zusammengebrochen war, fingen Callum und Belinda an zu streiten. Ein richtiger, echter, Geschirr-in-Scherben, Vorwürfe regnender Streit, während dessen Callum wieder einmal betonte, dass er sich doch für *sie* entschieden hatte, oder etwa nicht? Er hatte Belinda gewählt – nicht Kate! Woraufhin Belinda wieder einmal staunte, dass Callum dafür offensichtlich Dankbarkeit von ihr erwartete!

»Sag brav Danke, Belinda! Der nette Ehemann hat das traurige alte Frauchen der zweiundzwanzigjährigen sexbesessenen Schönheit vorgezogen. Was hast du doch für ein Glück!«

Callum hatte ihr natürlich erklärt, dass sie das völlig falsch verstanden hatte und er es so nicht meinte, doch Belinda ignorierte ihn. Der Streit endete damit, dass Belinda brüllte, sie wünschte, ihm nie begegnet zu sein, und könne die Scheidung kaum erwarten, um mit ihrem Leben neu anzufangen.

Nichts davon hatte sie wirklich so gemeint, aber nun war es zu spät, sie hatte es ausgesprochen. Das Einzige, wofür sie dankbar sein konnte, war, dass die Kinder zu diesem Zeitpunkt bei Callums Mutter waren und vom heftigen Streit ihrer Eltern nichts mitbekommen hatten.

Und nun, achtundvierzig Stunden später, als 1986 gerade mal ein paar Minuten alt war, saßen Belinda und Callum in ihrer Küche, tranken schweigend Tee und blickten ruhig und nachdenklich auf die Trümmer ihrer Ehe, während oben ihre drei bezaubernden Kinder schliefen. Belinda brach das Schweigen als Erste.

»Ich bin so müde.«

»Ich auch.«

Vorsichtig wagten sie es, den Blick zu heben. Callum hatte keine Ahnung, wie er sich verhalten sollte. »Bel, ich schwör dir, es war ein bescheuerter Egotrip und nichts weiter.«

Belinda zeigte keine Regung, während er unbeholfen fortfuhr, sich an alles klammerte, was auch nur ein dünner Strohhalm der Hoffnung sein konnte.

»Du bist die einzige Frau, mit der ich je zusammen sein wollte …«

Belinda unterbrach ihn. »Sag jetzt nicht: ›Es wird nie wieder vorkommen‹ – du bist zu einem wandelnden Klischee geworden, Callum MacGregor.«

»Belinda, ich bin verzweifelt. Und bereit, alles zu tun. Egal, was. Du kannst einen Privatdetektiv engagieren, um mir zu folgen, ich ziehe eine von diesen Fußfesseln an, damit du rund um die Uhr weißt, wo ich bin, aber können wir es bitte, bitte noch mal versuchen?«

Draußen auf der Straße hörte sie die Menschen weiterfeiern. Irgendwo in der Nähe stimmten ein paar betrunkene glückliche Partygänger ein Lied an. Belinda nippte an ihrem Tee. Sie wusste, so viel hing davon ab, was sie als Nächstes zu diesem Mann sagte, den sie seit über zehn Jahren liebte, der der Vater ihrer drei Kinder war, der sie besser kannte als sie selbst, der wirklich ihr bester Freund war, mit dem sie denselben Sinn für Humor teilte – der Mann, der sie immer noch, immer noch nach allem, was er getan hatte, nach all dem Schmerz, den er ihr zugefügt hatte, zum Lächeln bringen und ihr das Gefühl von Sicherheit geben konnte. War sie schwach? Eine erbärmliche, schwächliche Frau, die nicht für sich selbst einstehen konnte? Sie dachte an ihre Freundinnen und was sie sagen würden, wenn sie jetzt hier wären – »Belinda, gib nicht nach! Tu dir das nicht an!«. Doch keine ihrer Freundinnen würde ihre Beziehung jemals so gut kennen wie sie selbst. Oder wissen, wie viel qualvoller es wäre, ohne ihn zu leben, oder wie viel Leid sie ihren Kindern antun würde, wenn sie deren Dad zwang, woanders zu leben, oder wie todunglücklich Callum war, nicht bei ihnen zu sein.

Nein.

Niemand würde das je verstehen.

Sie seufzte.

»Ich schlafe nicht im selben Bett mit dir, Callum. Noch nicht.«

»Natürlich.« Er versuchte, die Freude zu unterdrücken, die in ihm aufstieg, weil er Angst hatte, Belinda könnte ihre Meinung ändern, wenn er zu viel davon zeigte.

»Und wenn es nicht funktioniert, dann ist es eben so. Ich kann keine Versprechungen machen.«

»Nein. Aber können wir es versuchen?«

»Ja. Wir können es versuchen.«

Ganz sanft nahm Callum Belindas Hand, und sie ließ zu, dass er diese küsste.

»Danke.« Er konnte kaum sprechen.

Erstaunt stellte sie fest, dass sie ihn anlächelte. »Frohes neues Jahr«, flüsterte sie.

Teil drei
2002

KAPITEL 35

Kate blickte hinaus auf die Felder und Schafe und Bäume, die mit hundert Stundenkilometern am Zugfenster vorbeisausten, und lächelte. Es waren dieselben öden Felder und gelangweilten, freudlosen Schafe und leblosen, Herbstlaub verlierenden Bäume, die sie drei Tage zuvor betrachtet hatte, doch nun erfüllte sie ihr Anblick mit Freude. Wie anders diese Reise war im Vergleich zur identischen am Donnerstag. Selbst der abgestandene Kaffee schmeckte toll. Dieses Mal war sie allein im Erste-Klasse-Abteil. Niemand sah sie grinsen wie ein Honigkuchenpferd. Sie streckte sich auf dem geräumigen Ledersitz aus und schlang die Arme um den Oberkörper, ihr köstliches Geheimnis genießend.

Bis vor ein paar Tagen war Kate sehr geübt gewesen im Umgang mit Gedanken an Callum MacGregor, gemäß ihrem Versprechen sich selbst gegenüber, ihn in den fest zugemauerten Winkel unerwünschter Erinnerungen zu verbannen. Sollte er je so dreist sein, in ihrem gelegentlich unaufmerksamen Kopf aufzutauchen, wurde er ignoriert oder umgehend vertrieben. Aufgrund ihrer stählernen Entschlossenheit war Kate damit meistens erfolgreich. Dieselbe Entschlossenheit hatte sie an den jetzigen Punkt ihrer Karriere gebracht, machte sie stark und schützte sie auch in anderen Bereichen ihres Lebens. Doch es war nicht immer einfach gewesen, die Erinnerung in Schach zu halten. Die Verbreitung des Internets war eine besondere Herausforderung gewesen. Sie wusste, es gab nun die Möglichkeit, online nach ihm zu suchen, sich bei Friends Reunited anzumelden oder irgendeinem anderen sozialen Netzwerk und ihn aufzuspüren. Doch sie wusste ebenfalls, dass das nur in den Wahnsinn führen würde.

Es war natürlich purer Selbstschutz. Sie hatte lernen müssen, ihn zu vergessen, sonst hätte sie nie überlebt. Doch nun, nachdem sie Callum vor gerade mal zweiundsiebzig Stunden wiedergesehen hatte, wurde ihr in aller Deutlichkeit bewusst, dass sie all die Jahre nichts anderes getan hatte – als zu überleben. Nicht *leben*, nur funktionieren, auf Autopilot zu laufen seit jenem Abend 1985, als ihre Affäre so brutal und unumstößlich geendet hatte. Und um ehrlich zu sein, hatte dieses System bis jetzt perfekt funktioniert. Sie hatte sich in ihre Karriere gestürzt, das Streben nach Erfolg als Motor benutzt, mit jeder Rolle, die sie spielte, noch erfolgreicher zu werden. Rücksichtsloser Ehrgeiz füllte die innere Leere, deren Existenz sie zwar unbewusst wahrnahm, sich jedoch nie eingestehen wollte.

Die Begegnung mit Matt war eine Oase in der inneren Wüste ihrer Seele gewesen – dieser wunderbare, stille Kerl aus der Galerie, mit seinem trockenen Yorkshire-Humor, seinem skandinavischen Aussehen, intelligent, unaufdringlich, in sich ruhend und erstaunlich sexy. Das erste Mal waren sie sechsunddreißig Stunden lang im Bett geblieben! Und ja, er war anders als die meisten Kerle, die sie sonst traf. Er hatte weder die nervtötende Bedürftigkeit und das Ego der Schauspieler, mit denen sie etwas gehabt hatte, und übrigens auch der Regisseure. Er fand ihre Arbeit gut, interessierte sich aber nicht über die Maßen dafür. Er mochte den Menschen Kate, nicht die Film-Kate. Er war cool und lustig und hinreißend. Und ja, er war der Einzige, abgesehen von Callum natürlich, der dem Kern ihres Wesens nahegekommen war, der die schützenden Wände rings um die echte, geheime Kate erklomm, der über den Rand spähte und für einen kurzen Moment ihr wahres Ich sah. Doch dann erwischte sie ihn dabei und schubste ihn zurück nach unten, bevor er die Möglichkeit hatte, ihr noch näherzukommen. Kate liebte Matt, so gut sie konnte, doch so gut sie konnte, würde nie hundertprozentig sein.

Mit Tallulah war das natürlich anders. Mit ihr konnte Kate sie selbst sein. Dieses wunderbare Kind, das solch sanften Trost in das stachelige, kaputte Leben ihrer Mutter gebracht hatte, es mit der bedingungslosen Liebe zu ihrer Mutter geheilt hatte.

Und doch erinnerte sich Kate voll schlechtem Gewissen daran, wie sie reagiert hatte, als sie herausgefunden hatte, dass sie mit ihr schwanger war: »Matt, das kann ich unmöglich zulassen! Wir kennen uns doch erst ein paar Wochen!«

Matt hatte das natürlich anders gesehen, Gott sei Dank. Gott sei Dank hatte er dafür gekämpft, dass sie ihre Meinung änderte, denn wenn sie sich nun vorstellte, es würde Tallulah nicht geben, dass sie nie ihr Leben berührt hätte, war das unerträglich. Matt hatte den Großteil der Kindererziehung übernommen, anders ging es schlichtweg nicht. Kates Arbeit erlaubte es ihr nicht, Hausfrau und Mutter zu sein, nicht, wenn sie auf dieser Karriereleiter weiter hinaufsteigen wollte, auf der sich bisher immer neue Sprossen auftaten. Matt spielte gerne mit, Tallulah war gern eine Papatochter. Also: für alle die optimale Lösung.

Wahrscheinlich hätte sie genauso weitermachen können, mit ihrem durchschnittlich zufriedenen, angenehmen, guten Leben. Mit den schwarzen Stimmungstiefs kam sie zurecht. Genau wie mit der Essstörung, dem Trinken, dem regelmäßigen Gefühl, alles nicht mehr bewältigen zu können. Klar, das waren keine idealen Aspekte ihres Lebens, aber sie wusste, wie sie damit umgehen konnte.

Bis vor drei Tagen, als sie unerwartet Callum MacGregor begegnet war, was ihr durchschnittlich zufriedenes, gutes, angenehmes Leben gründlich über den Haufen geworfen hatte.

»Kuchen, süße Teilchen, Tee, Kaffee, alkoholische Getränke …?« Der dumpfe, näselnde Singsang der Erste-Klasse-

Bistrowagendame platzte unschön in Kates Tagtraum. Sie lächelte höflich zurück.

»Nein, vielen Dank.«

Auf einmal vergaß die Frau ihre bemüht vornehme Sprechweise, und ihre gelangweilten Züge erhellten sich, als sie Kate erkannte. In breitestem Glasgower Dialekt rief sie aus: »Oh mein Gott! Sie sind das Mädel aus diesem Ding!«

Kate war zu glücklich, um verärgert zu sein. »Ja, das bin ich!« Obwohl sie keine Ahnung hatte, was für ein »Ding« die Frau meinte.

»Ah, also ich find Sie einfach umwerfend. Kann ich vielleicht ein Autogramm haben?« Und sie streckte Kate eine Papierserviette und einen schwarzen Kugelschreiber hin.

»Natürlich, wie heißen Sie denn?«

»Ah, das is nich für mich, Schätzchen, sondern für meine bessre Hälfte. Das ist auch ne ›Kate‹. Und die ist ein irrer Fan von Ihnen. Sagt immer, wenn sie Sie mal für fünf Minuten in ner dunklen Gasse erwischen würde!«

»Ich bin geschmeichelt!« Die Dame vom Servierwagen bemerkte Kates Sarkasmus nicht, sondern sah strahlend zu, wie Kate ihren Namen auf die Serviette kritzelte, um dann mit ihrer Trophäe davonzueilen.

Es blieben immer noch vier Stunden. Wenn sie ankam, war der Plan, ein Taxi zum Hotel in Leith zu nehmen, einzuchecken, ein langes, entspannendes Bad zu nehmen – sie hatte extra etwas teures Badeöl eingepackt –, und um halb sechs würde sie dann in die mitgebrachten Dessous schlüpfen: ein wunderschönes fliederfarbenes Mieder aus Seide mit Satinbesatz entlang der Halbschalen-Cups, passende Strumpfhalter und fleischfarbene Nahtstrümpfe. Um ihm die Tür zu öffnen, würde sie darüber den fliederfarbenen seidenen Morgenmantel tragen und ihre Louis-Vuitton-Stilettos mit den fünfzehn

Zentimeter hohen Absätzen. Allein der Gedanke daran turnte sie an, und sie rutschte auf ihrem Sitz herum, vorfreudig und erregt.

Doch plötzlich, wie ein Schlag ins Gesicht, wurde sie von Zweifeln überfallen. War sie völlig übergeschnappt? War das alles eine vollkommen blöde Idee?

Diese Fahrt nach Edinburgh war in so vielerlei Hinsicht ein riesiges Wagnis. Das wusste sie natürlich. Sie spielte mit dem Feuer, nicht nur, weil Matt ihre Lüge entdecken könnte, sondern, noch viel wichtiger, weil Callum womöglich gar nicht auftauchte. Was, wenn sie die Situation völlig falsch eingeschätzt hatte? Das würde sich erst noch zeigen. Um acht Uhr an diesem Abend würde sie entweder mit dem Mann im Bett liegen, den sie nie aufgehört hatte zu lieben, oder in ein großes Glas Whisky heulen und darüber nachgrübeln, wie ihr Leben bloß weitergehen konnte, nachdem sie Callum MacGregor wiedergefunden hatte, nur um ihn dann ein zweites Mal zu verlieren. Das konnte nämlich durchaus passieren. »Halt es so einfach wie möglich, immer eines nach dem anderen.« Das sagte ihre Freundin von den Anonymen Alkoholikern immer. Genau. Es hat keinen Sinn, sich Sorgen zu machen, bis es wirklich passiert ist, dachte sie.

Sie beschloss, Matt anzurufen. Wenn sie jetzt mit ihm redete, würde er es sich später, wenn sie hoffentlich mit Callum zusammen war, zweimal überlegen, sie anzurufen. So weit ihre Logik. Er klang außer Atem.

»Wir sind im Park. Hetty schubst Lules auf der Schaukel an. Tallulah – ruf mal: ›Hallo, Mummy!‹«

Aus der Ferne hörte Kate die begeisterte, schrille Stimme ihrer fünfjährigen Tochter. »Mummy, ich fliege sooooo hoch!«

»Ah, dann schläft sie heute Nacht sicher gut!«, sagte Kate.

»Das ist der Plan. Wie läuft die Fahrt?«

Und weil es nicht gelogen war, hatte sie auch kein schlechtes Gewissen, als sie antwortete: »Ganz okay, bisher musste ich erst ein Autogramm geben! Hey, war ein schöner Abend gestern, oder?«

Und auch das stimmte. Sie drei – Kate, Matt und Hetty – hatten sich den Champagner schmecken lassen, und Matt hatte buchstäblich auf dem Tisch getanzt. Schon traurig irgendwie: So viel hatte Kate schon lange nicht mehr mit Matt gelacht. Manchmal beneidete sie ihn um seine enge Freundschaft mit Hetty, doch nun vermutete sie, dass sie in der Zukunft noch dankbar dafür sein würde. Denn es bestand die Möglichkeit, dass Matt Trost brauchen würde …

KAPITEL 36

»Wo ist Ailsa?«

»Bei Tom. Ich habe gesagt, wir holen sie später ab.«

Callum und Belinda saßen auf dem Sofa. Sie hatten eben zu Abend gegessen und warteten nun auf die Lottozahlen. Sie tippten jede Woche dieselben sechs Zahlen, und Belinda hielt den aktuellen Schein in der hoffnungsvollen Hand.

»Du weißt schon, warum sie das macht, oder? Uns die ganze Zeit Chauffeur spielen lässt?« Callum lächelte. »Weil sie uns psychologisch manipuliert, meine Liebe. Sie glaubt, sie kann uns mürbe machen mit ihren Bitten, sie hierhin zu fahren und dorthin, bis wir schließlich nachgeben und ihr ein Moped kaufen.«

»Immer noch besser als ein Auto, schätze ich mal.«

»Ah, sieh an – bei dir hat sie schon Erfolg. Was ist falsch daran, dass sie Fahrstunden nimmt, so wie wir zu unserer Zeit, und sich dann das Auto ihrer Eltern leiht – so wie wir es damals gemacht haben?«

»Weil nicht mehr *damals* ist. Jetzt ist heute.« Belinda schob ihm eine Strähne seines ergrauenden Haars hinters Ohr. »Fühlst du dich alt, Callumagico?«

»Nein«, log er. Und dachte sofort wieder an Kate. Sosehr er es auch versuchte, er kriegte sie einfach nicht aus dem Kopf. Seit sie am Donnerstag in der Schule angerufen hatte, konnte er an fast nichts anderes mehr denken. Kam sie wirklich nach Edinburgh? Er hatte keine Möglichkeit, sie zu kontaktieren, keine Möglichkeit, es herauszufinden. Außer zu diesem Hotel zu gehen, und das würde auf keinen Fall passieren. Aber was, wenn sie ihre Drohung wahrmachte und bei ihnen zu Hause auftauchte? Wenn sie Belinda von neulich Nacht erzählte? Aus dieser Sache würde er mit Lügen niemals rauskommen. Was für eine gequirlte Scheiße.

Er seufzte und schloss die Augen.

»Ich weiß. Zwei Zahlen. Eigentlich Mist.« Belinda zerknüllte den Lottoschein und warf ihn in den Papierkorb, während der Sprecher die Ziehung beendete. »Immerhin, zwei mehr als letzte Woche.« Sie rutschte vom Sofa und krabbelte zum Fernseher. »Wer weiß, vielleicht haben wir nächstes Mal mehr Glück! Also, Robert De Niro oder Jack Nicholson?« Sie hielt zwei Videokassetten aus der Videothek hoch. *The Score* oder *About Schmidt*.

»Was? Ach, mir egal.«

»Du denkst immer noch an Beavis, stimmt's? Hör zu, geh doch einfach noch hin, macht mir nichts aus, echt.«

»Das ist sein dritter Junggesellenabschied, Bel. Der Kerl ist ein Serienbräutigam. Zu seinem nächsten gehe ich dann wieder, okay?«

Sie lächelte. »Okay, dann treffe ich die Entscheidung. Wir schauen Robert De Niro. Der gute Bob bringt mich immer in Stimmung, also wer weiß, vielleicht hast du heute Nacht ja Glück, MacGregor!«

»Ha! Ich mach uns einen Tee.« Callum ging in die Küche. Der Wasserkocher war ein Retro-Teekessel mit Pfeife, den die Kinder ihnen zu ihrem sechsundzwanzigsten Hochzeitstag geschenkt hatten. »Weil ihr so verdammt viel Tee trinkt!«, hatte Ben erklärt, als sie das Geschenk öffneten. »Ja, und er ist retro, wie ihr beide!«, mischte sich Cory ein. Callum füllte ihn und stellte ihn aufs Gas. Er fragte sich, wie er in der Lage war, das Chaos in seinem Kopf so exzellent zu verbergen und nach außen hin so ruhig zu wirken. Er wünschte, es gäbe jemanden, dem er davon erzählen könnte. Jemand, der ihm sagte, was er tun sollte.

»Willst du die Trailer sehen?«, rief Belinda aus dem Wohnzimmer.

»Muss nicht sein. Fang ruhig schon an.«

Das Geräusch des sich erhitzenden Wassers im Kessel erfüllte die Küche, der Druck stieg, steigerte die Anspannung, näherte sich dem Siedepunkt.

Was Callum als Nächstes tat, kam wie aus dem Nichts. Er tat es, bevor er sich dessen richtig gewahr wurde. Er wusste nicht, ob er verrückt, vernünftig, bescheuert, schlau, töricht, weise oder einfach nur verängstigt war, doch er hatte nun sein Handy in der Hand und wählte die eigene Festnetznummer. Zwei Sekunden vergingen. Drei, vier. Sein Atem ging flach und laut, wurde aber vom Wasser übertönt, das sich immer weiter erhitzte. Dann klingelte es, das Telefon im Flur. Zwei Mal. Beim dritten Mal rief er: »Ich geh schon!«

Belinda rief vom Sofa im Wohnzimmer aus zurück: »Könnte Ailsa sein. Aber eigentlich noch bisschen früh für sie.« Dann schaute sie weiter die Trailer, die vor *The Score* kamen.

Über den Video-Soundtrack hinweg konnte Belinda hören, wie Callum ans Telefon ging. »Hallo, wie geht's, Kumpel? … Du musst lauter reden, ich versteh dich nicht! … Nein, ich kann nicht … weil ich den Abend mit meiner geliebten Frau …« An dieser Stelle blickte Belinda auf, neugierig, grinsend. »Nein, Kumpel, ich kann nicht! … Na gut, warte kurz …«

Callum betete, dass Belinda seine sichtlich zitternden Hände nicht bemerken würde, mit denen er den Hörer zuhielt, an dessen anderem Ende sich niemand befand, während er mit gesenkter Stimme sagte: »Gary ist dran. Er behauptet, sie würden mich alle vermissen, dieser Haufen Weicheier! Er sagt, ich soll dich fragen, ob du mich gehen lässt.«

Belinda lachte. »Na, dann ab mit dir.«

»Bist du sicher? Denn mir ist es nicht wirklich wichtig.« Ein Teil von ihm wollte, dass Belinda Nein sagte, ein Machtwort sprach und ihn davon abhielt, die Selbstzerstörungsleine zu ziehen.

Sie flüsterte, damit »Gary« sie nicht hörte: »Das musst du selber wissen, Schatz. Du könnest ja nur auf ein Bier bleiben? Dann sind sie vielleicht zufrieden.«

Callum wandte sich wieder dem Telefon zu. »Okay, ich komme auf ein Bier, und das war's dann, klar? … Aye, okay.« Er legte auf.

»Aber wunder dich nicht, wenn ich nicht mehr da bin, wenn du zurückkommst.«

Callum war völlig überrumpelt. »Wie bitte?«

»Bis dahin hab ich dich dann vielleicht für Robert de Niro verlassen, wer weiß.« Sie wandte sich wieder dem Film zu. Draußen in der Küche pfiff der Wasserkessel laut und scharf und schrill.

Eine halbe Stunde später stand Callum vor der Tür der Lomond Suite im Barrington Hotel in Leith. Sie öffnete nicht sofort, also klopfte er ein zweites Mal. Er war unbemerkt am Portier vorbeigekommen und hatte drei Stockwerke nach der Lomond Suite abgesucht, in der Hoffnung, dass ihn keine Überwachungskamera aufzeichnen würde. Sein Puls raste bei jedem Schritt. Was zum Henker tat er hier? Als auch aufs zweite Klopfen hin keine Reaktion kam, schlussfolgerte er, dass Kate nicht da war, und die Erleichterung durchströmte seinen Körper mit solcher Macht, dass er glaubte, ohnmächtig zu werden. Sie war nicht gekommen. Gott sei Dank. Er wandte sich zum Gehen und beschloss, direkt in den Club zu fahren, damit er wenigstens sein Alibi bestätigte und die Lüge verifizierte, die er über Beavis' Junggesellenabschied erzählt hatte. Er war drei Schritte von der Tür weggetreten, als sie geöffnet wurde. Callum drehte sich um. Und dort stand sie.

Keiner von beiden sagte ein Wort. Sie sah umwerfend aus. Der weiche Schein der Lampe im Raum hinter ihr schuf die perfekte Hintergrundbeleuchtung für die Szene, und Callum sog gierig ihre Wirkung ein, wie hypnotisiert von diesem Bild: die Seide, das Gesicht, das er so gut kannte, die Lippen, die er wieder küssen wollte, ihre sagenhaften straffen Schenkel, die vom Abschluss ihrer Strümpfe betont wurden, ihre milchige, makellose Haut, die er unbedingt berühren wollte. Es war um ihn geschehen. Ein weiteres Mal hatte sie ihn in ihren Bann gezogen, ihn verzaubert und ihn sich zu eigen gemacht. Als sie ihm die Hand hinstreckte, ergriff er sie und ließ sich, ohne Widerstand zu leisten, hineinziehen.

KAPITEL 37

»Sollen wir sagen, Abendgarderobe erwünscht?«

»Wenn du das tust, komm ich nicht.«

»Ach, Matt, du bist so ein Spielverderber!« Sie hatten über das bevorstehende Jahrgangstreffen gesprochen, während Hetty sich als Vorbereitung auf ihr Mittagessen mit Adam die Nägel lackierte. Morgen war der große Tag, und sie wollte nicht alleine sein, denn sie war viel, viel zu aufgeregt! Nachdem sie den Nachmittag mit Matt und Tallulah verbracht hatte, schien es irgendwie keinen Sinn zu ergeben, nach Hause zu gehen. Also hatte sie dort gebadet, sich die widerspenstigen Augenbrauen gezupft, »den Schlafi angezogen«, sprich, ein altes T-Shirt samt Jogginghose von Matt geborgt – »denn, machen wir uns nichts vor, die Sachen von Kate brauch ich gar nicht erst anprobieren«.

Matt zappte ohne Ton durch die Programme und nippte nebenher an seinem Pfefferminztee, da er Wein für mindestens einen Monat abgeschworen hatte. Er hatte am Abend zuvor einfach zu viel getrunken. Ein paar Mal hatte er es bei Kate auf dem Handy probiert, leicht frustriert, dass sofort die Mailbox ranging. »Außerdem, wenn du Abendgarderobe verlangst, werden alle ein dreigängiges Menü erwarten. Und du bietest ihnen nur eine Schale Nüsschen.«

»Drei verschiedene Kanapees zur Auswahl, um genau zu sein, aber ja, du hast recht.«

Eine Weile saßen sie schweigend da. Das mochten sie aneinander. Selbst wenn über längere Strecken hinweg keiner etwas sagte, fühlte sich das nie unangenehm an.

»Warum, glaubst du, hat er mich zum Lunch eingeladen?«

»Ahh, und ich dachte gerade, was für ein entspannter Abend …« Matt wusste, dass Hetty unbedingt über Adam reden wollte. Sie warf den Deckel ihres Stifts nach ihm.

»Oh, ich weiß nicht, wahrscheinlich weil er reifer geworden ist, in den letzten vierzehn Jahren Manieren gelernt hat und nun glaubt, dass er sich bei dir unter vier Augen entschuldigen sollte, statt bis zum Jahrgangstreffen zu warten. Ich persönlich finde ja, du solltest nicht hingehen …«

»Zum Jahrgangstreffen?« Hetty war entsetzt.

»Nein, du Quatschkopf, zum Lunch morgen! Aber was weiß ich schon.«

Matt zappte weiter durch die Programme. Und Hetty dachte an das letzte Mal, als sie Adam gesehen hatte. Um genau zu sein, dachte sie oft daran, aber mehr denn je während der vergangenen Woche, seit er sich wieder gemeldet hatte.

Es war ihr letztes Semester in Warwick gewesen. Während der vergangenen zweieinhalb Jahre hatte sie sich mühsam an den Glauben geklammert, Adams Freundin zu sein. Obwohl sie noch nie seine Eltern getroffen hatte oder bei ihm zu Hause gewesen war und obwohl sie ihn während der Semesterferien kaum sah. Hetty betrachtete das nicht als Hinderungsgrund für ihre Beziehung und machte weiter, als wären sie seit Jahren ein festes Paar. Dieses Gefühl beruhte eindeutig nicht auf Gegenseitigkeit, auch wenn Adam sich dann und wann dazu herabließ, ihr Bett zu besuchen, mal mit ihr ins Kino ging oder sich von ihr auf ein Curry einladen ließ. Das waren die Gelegenheiten, an die Hetty sich klammerte, die »Beweise« für ihre Beziehung.

Adam versuchte immer wieder, sie abzuschütteln, doch ohne Erfolg. Er ließ sie regelmäßig sitzen, willigte zu einem Treffen ein und tauchte dann nicht auf, oder er demütigte sie vor anderen Leuten, küsste demonstrativ andere Frauen, obwohl er wusste, dass Hetty in der Nähe war. Einmal traf er sie auf einen Drink in der Mandela Bar der Student Union, stand dann auf, um jemanden anzurufen, und ließ sein Getränk auf dem Tisch stehen. Als er vierzig Minuten später immer noch nicht zurückgekehrt war, machte Hetty sich auf die Suche nach ihm. Am Münztelefon um die Ecke war er nicht, auch nicht an der Bar oder sonst wo in der Kneipe. Sie ging zurück an ihren Tisch und saß dort, bis sie dichtmachten. Dann ging sie zurück auf ihr Zimmer.

Am nächsten Morgen sah sie, wie Adam von einer Erstsemestlerin in einer gelben Ente abgesetzt wurde. Er trug dieselbe Kleidung wie am Abend zuvor, wirkte etwas zerzaust, unrasiert, und er lachte. Er küsste die junge Frau übertrieben lange, ehe er sich auf den Weg zu seiner Studentenbude machte. Dabei fiel sein Blick zufällig auf Hetty, die verloren an ihrem Fenster saß und ihn beobachtete. »Was denn?«, rief er. »Du bist nicht meine verdammte Freundin!« Er hatte so wenig Achtung vor ihr, dass er es nicht einmal für nötig hielt, sie anzulügen, von einer ehrlichen Erklärung ganz zu schweigen. Und trotzdem hörte Hetty nicht auf, ihn zu lieben. Adams Freunde hatten ihr den Spitznamen Bumerang gegeben: Egal, wie oft er sie von sich schleuderte, sie kehrte immer wieder zu ihm zurück.

Für eine kurze Zeit sah es so aus, als gäbe es einen Ausweg aus dieser ungesunden Sackgassenbeziehung. Zu Beginn des zweiten Semesters kam Matt mit Lucy zusammen, einer Chemie-Doktorandin aus Sheffield, die auf der Suche nach einer unverbindlichen Liaison war, nach etwas »Ablenkung«, nichts Festem. Was Matt durchaus entgegenkam. Lucy hatte einen Kumpel namens Tim, den sie im Ruderclub kennengelernt hatte und der ihrer und Matts Meinung nach perfekt zu Hetty passen würde. Also fädelten sie ein Date zu viert ein. Zu ihrer großen Freude verstand Hetty sich ausgezeichnet mit Tim und willigte ein, ihn wieder zu treffen.

Doch bei ihrem fünften Date, Bowling in Leamington, tauchte plötzlich Adam auf und erstickte die beginnende Romanze im Keim. Er müsse mit ihr reden, erklärte er Hetty. Zuerst blieb sie standhaft, gestärkt durch die positive neue Beziehung zu Tim, und erklärte Adam, dass er sie nichts mehr anging. Und umgekehrt. Was Adam nicht akzeptierte. Er lieferte eine seiner bis dahin besten schauspielerischen Leistungen ab: wurde weinerlich, versicherte ihr, wie leid es ihm tat, dass er sie brauchte und nicht gemerkt hatte, wie viel sie ihm bedeutete, dass man eben nie wüsste, »was man an jemandem hat, bis man ihn verliert«. Zu Tims Pech erreichte Adams Jammervorstellung ihr Ziel: Hetty verabschiedete sich von den anderen und folgte Adam aus der Bowlinghalle. Als sie in Adams Zimmer ankamen, bat er Hetty, über Nacht zu bleiben, und hatte Sex mit ihr. Doch am nächsten Morgen schenkte er ihr so gut wie keine Beachtung mehr und erklärte ihr, dass der Grund für sein Auftauchen bei der Bowlingbahn eine Wette gewesen war: ob er es schaffen würde, sie dazu zu bringen, zu ihm zurückzukommen, obwohl sie gerade ein Date mit einem anderen Mann hatte. Und es war ihm gelungen. Er hatte die Wette gewonnen. »Also vielen Dank dafür, aber jetzt muss ich zu einem Seminar.«

Es war Hetty so peinlich, Objekt einer Wette gewesen zu sein, dass sie es nicht über sich brachte, Matt die Wahrheit zu sagen. Matt wiederum war von Hettys Rückkehr zu Adam so frustriert, dass er eines Abends in der Gemeinschaftsküche die Beherrschung verlor und ihr klarmachte, dass er jegliche Achtung vor ihr verloren habe. Wie sie zulassen könne, dass ein solcher Idiot dermaßen viel Kontrolle über sie und ihr Leben habe, lasse ihn verzweifeln. Und er würde es vorziehen, wenn sie von jetzt an getrennte Wege gingen.

Hetty war todunglücklich. Die Beziehung mit ihrem Freund war eine komplette Lüge, denn er war nicht wirklich ihr Freund

und sah in ihr nichts weiter als etwas Zerstreuung. Die Chance auf eine richtige Beziehung mit Tim hatte sie verspielt, und am allerschlimmsten: Sie hatte die Achtung und Freundschaft ihres liebsten Matt verloren. Hetty verbrachte das restliche Semester über ihre Freizeit mit Lernen in der Bibliothek, um dann in ihr Zimmer zurückzukehren und sich in den Schlaf zu weinen. Selbst als die Abschlussprüfungen begannen, sprach Matt nicht mit ihr. Zumindest nicht wirklich. Er erkundigte sich höflich, wie sie die Fragen gefunden hatte, um sich dann zu entschuldigen und zu verschwinden.

Dann kam der Tag mit den Prüfungsergebnissen. Sie hingen am Schwarzen Brett des Instituts aus, und es gab viel zu feiern. Sowohl Matt als auch Hetty hatten mit guten Zweiern abgeschlossen und waren sehr zufrieden. Keiner von beiden konnte seine Freude verbergen, als sie sich bei den Listen über den Weg liefen. Zuerst waren sie etwas schüchtern und linkisch, nachdem sie seit über sechs Wochen nicht mehr richtig miteinander gesprochen hatten.

»Glückwunsch«, meinte Matt.

»Dir auch, Matty! Dir auch.«

»Haben wir ganz gut hingekriegt, oder?«

»Aber echt.«

Dann standen sie etwas unbeholfen herum, bevor die Anspannung zu groß wurde und Matt als Erster nachgab. »Ach, scheiß drauf, komm her.«

Er breitete die Arme zu einer versöhnlichen Umarmung aus, und Hetty verlor keine Zeit, sie zu erwidern. »Matty, es tut mir so leid.«

»Dir muss doch nichts leidtun. Ich hab mich wie ein Idiot verhalten.«

»Aber ich hätte auf dich hören sollen, was Adam betrifft, und das hab ich nicht …«

»Hör zu, mit wem du zusammen bist, geht mich wirklich nichts an, und das meine ich ernst. Das soll nicht beleidigt klingen. Du magst ihn offensichtlich sehr, und nach dem, was er auf der Bowlingbahn gesagt hat, mag er dich auf seine seltsame Adam-Art auch.«

»Matt, die Sache ist die …« Hetty war versucht, ihm zu erzählen, was wirklich passiert war. Das mit der Wette. Alles eben. Doch dann dachte sie sich, warum diesen wunderschönen Moment verderben. »Sollen wir in die Studentenkneipe gehen und uns ordentlich besaufen?«

»Klingt nach einem verdammt guten Plan!« Gemeinsam zogen sie los.

Später am selben Abend, nach einer Menge Bier, viel Gelächter und einigen Abschieden und Beteuerungen zwischen den Absolventen, in Kontakt zu bleiben, schwankten Matt und Hetty Arm in Arm aus der Bar, wobei sie immer wieder stehen blieben, um sich betrunken zu schwören, für immer Freunde zu bleiben und dass sie NIEMAND je wieder auseinanderbringen würde. Nicht einmal Adam Latimer. Bei der Erwähnung seines Namens beschloss Hetty, die noch nie so betrunken gewesen war, sich auf die Suche nach ihm zu machen. »Denn seien wir doch mal realistisch, Matthew, heute ist vermutlich das letzte Mal, dass ich ihn sehe, und, na ja … ich bin auch nur ein Mensch, und eine letzte Gelegenheit lässt man sich nicht entgehen!«

Sie machte sich auf den Weg zu Adams Zimmer im Redelm-Hall-Wohnheim, während Matt ihr spöttisch salutierte und hinterherrief: »Tu, was du nicht lassen kannst!« Dann lachte er über sich selbst, weil er so bescheuert klang, und stolperte betrunken in sein Bett.

Hetty wusste, dass es höchst unwahrscheinlich war, Adam in seinem Zimmer anzutreffen. Wahrscheinlich lag er mit irgendeiner armen, nichts ahnenden Studienanfängerin im Bett oder kiffte auf einer Hausparty in Kenilworth. Sie klopfte zweimal an seine Tür, keine Antwort. Also fischte sie einen Stift und ein Stück Papier aus ihrer Tasche – die Rückseite eines alten Briefumschlags würde ausreichen müssen. Darauf kritzelte sie:

Ich war hier. Bin betrunken. Komm bei mir vorbei, Adam. Bitte? H. xx

Die Wirkung des Alkohols verhinderte, dass sie sich würdelos fühlte, als sie den Umschlag unter Adams Tür durchschob. Doch irgendwo im Hinterkopf ahnte sie, dass sie die Nachricht am nächsten Morgen bereuen würde. Sie rappelte sich auf und beschloss, Matt zu suchen. Denn bei ihm fühlte sie sich immer besser. Außerdem würde der hoffentlich ein paar KitKats haben.

Der Flur, in dem Matts Zimmer lag, war wie ausgestorben, was erstaunlich war, nachdem so viele Studenten an diesem Tag ihre Prüfungsergebnisse bekommen hatten. Hetty hätte damit gerechnet, dass auf jedem Stockwerk Party war. Sie klopfte vorsichtig. »Matt?« Da sie glaubte, drinnen ein Geräusch zu hören, wartete sie. »Matt – ich bin's.« Stille. Hetty drückte ihr Gesicht an die Tür und versuchte, durchs Schloss zu sprechen. »Ich war bei seinem Zimmer. Er war nicht da. Natürlich nicht!« Sie klang traurig und resigniert. »Bist du da?« Keine Antwort. »Matt, ich wünschte, ich wäre ihm nie begegnet.« Sie presste das Ohr an die Tür, um auf weitere Lebenszeichen zu lauschen. Es gab keine, doch sie fuhr trotzdem fort. »Weißt du, ich hab gedacht, es ist echt schade, dass wir beide uns nicht auf diese Art mögen. Wir hätten ein tolles Paar abgegeben, meinst du nicht? Aber das Problem ist, ich steh einfach nicht auf dich. Tut mir echt leid.«

Hetty begriff, dass es keinen Sinn hatte, noch länger zu

bleiben, also verabschiedete sie sich von Matts Tür und flüsterte: »Gut Nacht, Matty. Ich hab dich sooooo lieb!« Dann schwankte sie in Richtung Treppenhaus davon, wobei sie immer wieder gegen die Wände des Flurs stolperte.

Am nächsten Tag erwachte sie erst mittags, und selbst nach so viel Schlaf hatte sie immer noch heftiges Kopfweh. Sie konnte die Leute in den Nachbarzimmern hören, wie sie ihre Sachen packten und ebenfalls verkatert Neckereien und hysterische Abschiedsgrüße durch den Flur riefen. Auch sie würde bald anfangen müssen zu packen, um am Abend abreisen zu können. Hetty tat sich sehr leid und dachte, was für ein trauriger und enttäuschender Abschluss nach ihren drei Jahren in Warwick das doch war. Ihr fiel die Nachricht wieder ein, die sie Adam hinterlassen hatte, und sie erschauderte. Wahrscheinlich hatte er gelacht, als er sie entdeckt hatte. Oder er hatte sie weggeworfen, ohne sie überhaupt zu lesen. Ob er wohl schon nach London aufgebrochen war? Warum war sie nur so dumm? Sie überlegte, wieder ins Bett zu kriechen, da sie keine Kraft für den Tag hatte, der vor ihr lag. Wo war Matt? Sie sollte sich wirklich anziehen und nach ihm schauen. Er war am Abend zuvor sicher auch völlig breit gewesen. Doch gerade als ihr all das durch den Kopf ging, tauchte ein Gesicht vor ihrem Fenster auf. Hetty kreischte erschrocken auf – bevor ihr klar wurde, dass es Adam war. »Komm, mach auf! Ich muss zum Zug!« Vor Freude, ihn zu sehen, und überwältigt von seiner Kühnheit, schob sie das Fenster auf. Beim Hereinklettern warf er einige Sachen von ihrem Schreibtisch. »Wollte mich nur verabschieden.« Er nahm ihr Gesicht in beide Hände und drückte ihr einen Schmatz auf den Mund. Es war nicht romantisch, nicht mal besonders liebevoll, eher so eine Art Männergeplänkel, doch Hetty nahm alles, was er ihr bot. »Dann hast du also meine Nachricht bekommen?«, fragte sie.

»Welche Nachricht?«

»Die ich dir unter der Tür durchgeschoben hab.«

»Ich war noch nicht schlafen. Dachte nur, ich schau kurz vorbei, bevor ich mich vom Acker mache.«

Hetty wollte nicht wissen, mit wem er die Nacht verbracht hatte, sie wollte diesen seltenen schönen Moment nicht kaputt machen, den Adam selbst initiiert hatte.

»Also, Sweaty Betty, mach's gut.«

Sie hasste den Kosenamen, den er ihr gegeben hatte, doch jetzt war nicht der Zeitpunkt für Beschwerden. »Du auch, Adam.«

Dann kletterte er wieder auf ihren Schreibtisch und durchs Fenster hinaus. »Ich ruf dich an, ja?«

»Ja.«

Sie sah ihm nach, wie er in Richtung Redelm davonlief, erfreut, dass er sich wenigstens die Mühe gemacht hatte, sich zu verabschieden, auch wenn sie tief in ihrem Herzen wusste, dass sie nie wieder von ihm hören oder ihn sehen würde.

»Erde an Hetty? Hallo? Jemand zu Hause?«

Sie war völlig in Gedanken versunken gewesen, und Matt starrte sie verwirrt an.

»Entschuldige, was?«

»Ich erreiche Kate einfach nicht. Sie geht nicht ans Telefon.«

»Na, sie wird doch jetzt im Casino sein, oder?«

»Weißt du noch, in welchem Hotel sie übernachtet?«

»Nein – aber, Matt, warum ist das so wichtig?«

»Ach, ich weiß auch nicht. Sie ist heute Morgen in aller Eile aus dem Haus, und ich habe sie gar nicht nach Details gefragt.«

»Also ich würde das Geld nehmen und abhauen. Zehntausend! Ihr Job ist schon verrückt, oder? Das ist für manche Leute ein Jahresgehalt!«

Matt schenkte ihr keine Beachtung. »Ich glaube, ich rufe Cynthia an. Die wird es wissen.«

Hetty war Kates Agentin zweimal begegnet und hatte sie beide Male Furcht einflößend gefunden. »Ist das wirklich eine gute Idee? Um diese Zeit?«

Doch Matt hatte bereits gewählt. »Hallo, Cynthia. Matt Fenton hier. Tut mir leid, dass ich an einem Samstagabend störe, aber Kate hat ganz vergessen, mir den Namen vom Hotel zu sagen, in dem sie übernachtet …«

Hetty sah, wie das Lächeln auf Matts Gesicht erstarb.

KAPITEL 38

»Wenn ich jetzt gehe, komme ich damit durch.«

»Du musst damit nicht durchkommen.«

Callum ignorierte sie. Er wollte nicht schon wieder eine Diskussion darüber führen, wie es von nun an mit ihnen weitergehen sollte. Sie lagen auf dem riesigen Doppelbett, sein Kopf auf Kates Schulter, und sie streichelte seinen Arm.

»Ich hab meine Nummer in deinem Telefon gespeichert.«

»Wann hast du das gemacht?« Entsetzt richtete er sich auf.

»Als du unter der Dusche warst … Es wird einfacher sein, per Handy in Kontakt zu bleiben. Keine peinlichen Anrufe in der Schule mehr – tut mir leid. Aber pass um Gottes willen auf, dass du alle Nachrichten von mir sofort löschst, nachdem du sie gelesen hast. Was meinst du, wann kannst du wieder weg? Ich drehe noch bis …«

Er schnitt ihr das Wort ab. »Moment mal, bist du wahnsinnig?«

Sie wirkte eher überrascht als verletzt. »Warum?«

»Ich weiß ja nicht, was deiner Meinung nach hier läuft, Kate, aber ich kann dich nicht mehr treffen.« Er hielt inne, da er den Schmerz in ihrem Gesicht bemerkte, und wurde etwas sanfter. »Es geht einfach nicht!«

»Tut es doch.«

Da er spürte, dass dieses Gespräch auf gefährliche Bahnen geriet, stand Callum vom Bett auf und begann, sich anzuziehen. Als er seine Dennis-the-Menace-Socken auf dem Fußboden liegen sah, fiel ihm wieder ein, dass Belinda sie ihm letztes Jahr zu Weihnachten geschenkt hatte. »Ich muss los.«

Still lag sie da und schaute zu, wie er sich anzog. Sein Körper hatte sich während der letzten siebzehn Jahre nicht wesentlich verändert, und er besaß immer noch die Ausdauer eines Neununddreißigjährigen. Sie überlegte, ob es wohl an seiner Fitness lag und daran, dass er so lange Rugby gespielt hatte. Oder ob, Gott bewahre, er und Belinda immer noch ein so aktives Sexleben hatten und er dadurch ein lebendes Beispiel dafür war, dass man beim Älterwerden eben nicht nur das Gehirn trainieren sollte. Kate blieb erstaunlich ruhig, als Callum seinen Mantel anzog und nach seinen Autoschlüsseln griff.

Er hatte mit einem Streit oder zumindest Protest gerechnet, doch sie sagte nichts, sondern lächelte nur.

»Also, dann …«

»Danke für den Sex?«, beendete sie scherzhaft seinen Satz.

»Hör zu, unter anderen Umständen, du weißt …«

Dieses Mal tat sie ihm den Gefallen nicht, sondern sah stumm zu, wie er sich wand, unbeholfen, nicht wusste, wie er sich verhalten sollte. »Pass auf dich auf, ja?« Dann ging er zur Tür.

Kate rührte sich nicht.

»Du findest mich in deinen Kontakten unter K für Kettley's Garage. Die Werkstatt gibt es wirklich. In Portobello. Falls Belinda dein Telefon durchsucht.«

»Kate, ich werde dich nicht anrufen.«

»Schon gut. Dann lösch einfach meine Nummer.«

Seufzend öffnete er die Tür, um zu gehen.

In dem Moment, als er sie hinter sich schloss, rief sie: »Aber ich hab immer noch deine.«

Dann zog sie sich die Decke über und strahlte.

Es war nach Mitternacht, als Callum nach Hause kam. Während er auf die Haustür zuging, sah er durchs Fenster das bunte Lichterflackern des Fernsehers auf den Wohnzimmerwänden. Er holte tief Luft. Belinda war offensichtlich noch wach.

Er hatte seine Geschichte parat: Er war im Club gewesen, dann aber noch mit Gary was trinken, weil der Frauensorgen hatte. Er konnte sich darauf verlassen, dass Gary für ihn lügen würde. Nicht dass er es in den vergangenen siebzehn Jahren gebraucht hätte, denn wie versprochen hatte er andere Frauen nicht einmal angelächelt, seit Belinda ihm eine zweite Chance gegeben hatte. Callums Schritte waren schwer und schleppend, wie die eines verurteilten Mannes, der seinem Schicksal entgegengeht. Er machte kaum ein Geräusch, als er die Haustür hinter sich schloss und im Flur stand.

»Belinda?«

Keine Antwort. Also holte er tief Luft, setzte ein Lächeln auf und öffnete die Tür zum Wohnzimmer, vermutlich ein bisschen zu stürmisch, und legte sofort mit seinen Entschuldigungen los, bevor sie ihm Vorwürfe machen konnte. »Ich weiß, ich hab gesagt, nur auf ein Bier, und jetzt … Scheiße!« Er war nur zwei Schritte ins Zimmer hineingegangen, da stolperte er schon wieder zurück.

»Dad!«

Ailsa, höchstwahrscheinlich nackt, befand sich offensichtlich in einer ziemlich intimen Umarmung mit ihrem Freund Tom, der höchstwahrscheinlich ebenfalls nackt war, doch Callum blieb nicht lange genug, um es herauszufinden. Dieses Bild wollte er wirklich nicht in seinem Kopf haben. Das war seine Tochter, verdammt!

»Komm, zieh dich an, ja? Und, Tom, ich glaube, es ist Zeit, dass du nach Hause fährst.«

»Sorry, Mr. MacGregor.«

Wie viele von Ailsas Freunden hatte Callum Tom unterrichtet, als dieser in die 6. Klasse auf die St. Marys ging, und für Tom war der Vater seiner Freundin immer noch »Mr. MacGregor«.

Oben war Belinda durch den Tumult aufgewacht und trat im Schlafanzug an den Treppenabsatz. »Callum, was ist los?«

Er machte sich auf den Weg nach oben und vergaß kurzfristig seine Schuldgefühle wegen der abendlichen Unternehmungen. Momentan hatten die Ehre und der Schutz seiner siebzehnjährigen Tochter Priorität. »Die haben … du weißt schon, die hatten Sex!«, flüsterte er und brachte die Worte kaum über die Lippen.

Belinda sah ihn an und lachte. »Callum, Schatz, sie ist siebzehn. Die beiden sind seit über einem Jahr zusammen!«

»Ja, und?!«

»Und sie nimmt die Pille!«

»Woher weißt du das?«

Belinda war sehr amüsiert und gleichzeitig überrascht von Callums Reaktion auf die Entdeckung, dass seine einzige Tochter erwachsen geworden war. Sie zog ihn ins Schlafzimmer. »Sei still! Du hast die beiden schon genug in Verlegenheit gebracht. Komm ins Bett.«

Belinda schloss die Tür hinter ihnen und sah zu, wie Callum sich seufzend setzte. »Ach, Schatz, das ist doch kein Weltuntergang. Die beiden sind sehr verliebt.«

»Jetzt erzähl mir bloß keine Details. Es ist schlimm genug, dass ich sie gesehen habe …«

»Tja, geschieht dir recht, wenn du so spät heimkommst. Wenn du nur auf ein Bier geblieben wärst, wie du es versprochen hast, dann wärst du nie in die Höhle des Löwen geraten!«

»Ja, sehr lustig.«

»Was ist überhaupt passiert?« Belinda legte sich wieder ins Bett, schaltete ihre Nachttischlampe aus und machte es sich unter der Decke gemütlich, während Callum seine vorbereitete Antwort abspulte:

»… Jedenfalls soll ich dir ausrichten, dass es ihm leidtut. Ich hab gesagt, das soll er dir selber sagen, wenn er dich das nächste Mal sieht!«

»Hmm mm.« Belinda gähnte, die Augen inzwischen geschlossen, und Callum begriff, dass es sie überhaupt nicht interessierte, wo er heute Abend gewesen war. Er beobachtete sie eine Minute lang beim Einschlafen, während unten die Haustür geschlossen wurde und Ailsa die Treppe heraufgepoltert kam. Als sie an Callums und Belindas Schlafzimmertür vorbeikam, brachte sie ihren Ärger deutlich zum Ausdruck: »Das war so peinlich!«

Callum lächelte und rief leise: »Nacht, Ailsa!«

Als er begann, sich auszuziehen, wurde ihm der Wahnsinn der vergangenen Stunden langsam bewusst. Der zweite unglaublich erotische Abend innerhalb einer Woche, den er mit Kate verbracht hatte. Was zum Teufel trieb er da? Sein Handy vibrierte in seiner Tasche. Er nahm es heraus, und auf dem Display leuchtete eine SMS von ›Kettley's Garage‹ auf. Er warf einen Blick zu Belinda hinüber, die leise schnaufte und zufrieden träumte. Er öffnete die Nachricht.

Drehe nächste Woche in Newcastle. Mit dem Zug nur 90 Min von Edinburgh. Komm mich besuchen.

Callum seufzte und löschte die SMS.

KAPITEL 39

Da sie ihr Glück nicht allzu sehr herausfordern wollte, nahm Kate am Sonntagmorgen den ersten Zug zurück nach London. Sie wusste, dass sie ein extremes Risiko einging, Matt eine derart große Lüge wie das mit dem Casino zu erzählen: Wenn er wirklich wollte, konnte er nachforschen und sie dabei ertappen. Doch das machte die ganze Sache nur noch aufregender, und obwohl sie wusste, dass es falsch war, erregte sie diese Tatsache. Sie war ein hoffnungsloser, beschämender Fall. Das wusste sie nun. Aber was passiert war, war passiert, und um ehrlich zu sein, wollte sie nur eines, nämlich Callum wiedersehen. Ihr war völlig egal, wer dabei verletzt wurde. Sogar der arme, liebenswerte Matt.

Ganz am Anfang hatte Kate einen großen Zirkus darum gemacht, dass sie ehrlich zueinander sein mussten, was ihrer beider Vergangenheit anging, vor allem wenn sie heiraten wollten. Es war Kate, die ewig darauf herumritt, wie wichtig es war, keine Leichen im Keller zu haben, die zu einem späteren Zeitpunkt ausgebuddelt werden konnten und dann Chaos, Kummer und Schmerz auslösten. Das Ergebnis war, dass es nichts gab, was sie nicht über Matts Frauengeschichten wusste. Und als er ihr alles gestand, war sie in Wahrheit sehr erfreut, dass es so viele gewesen waren. Es gab ihr das Gefühl, keine totale Schlampe zu sein, hatte sie gescherzt.

Im Gegenzug hatte auch Kate ihm alles erzählt – angefangen bei Scott Duncan, dem sie zu Schulzeiten ihren in einen Sport-BH verpackten Busen gezeigt hatte, bis hin zu James Randell, dem zweimal verheirateten Produzenten von *Lost in May*, der Fernsehserie, die sie gerade drehte, als sie Matt an jenem Tag vor fast sieben Jahren in seiner Galerie traf.

Ja, Matt wusste über jeden der Männer in Kates Vergangenheit Bescheid.

Über jeden außer über Callum.

Sie seufzte und schob das schlechte Gewissen beiseite, um sich wieder in Verleugnung stürzen zu können.

Der Zug erreichte gegen Mittag Euston Station, und um eins stand Kate im Mario's in der King Street, um köstliche frische Salate und Pizza fürs Mittagessen zu kaufen. Vom Zug aus hatte sie kurz mit Matt gesprochen und ihm von ihren Plänen berichtet, voller selbst verordneter Begeisterung und Enthusiasmus für ihren gemeinsamen Familiensonntag. Sie hatte sich auch nochmals dafür entschuldigt, dass ein Teil des Wochenendes draufgegangen war. Sie hatte den Eindruck gehabt, dass Matt am Telefon etwas distanziert wirkte, schob es aber auf ihr schlechtes Gewissen, das sie dazu brachte, sich Dinge einzubilden. Dann machte sie sich eilig auf den Weg nach Hause. Auch wenn es etwas frostig war, schien die schwache Wintersonne, und der Tag war eigentlich recht schön für November.

Als Kate in die Küche kam, konnte sie Matt draußen im Garten mit Tallulah sehen, die zusammen mit Panda auf ihrem geliebten Trampolin hopste. Kate schob die Pizza in den Ofen, um sie warm zu halten, ging zum Kühlschrank und schenkte zwei große Gläser Sauvignon Blanc ein. Sie redete sich ein, dass ein Glas Wein zum Entspannen sonntags einfach dazugehörte, doch insgeheim wusste sie, dass sie sich Mut antrinken musste.

Mit einem Glas in jeder Hand schob sie mit dem Ellbogen die Terrassentür auf. Zuvor hatte sie gar nicht bemerkt, dass Matt rauchte. Daran war an sich nichts auszusetzen, nur hatte er eigentlich vor drei Jahren damit aufgehört.

»Solltest du das nicht hinter einem Werkzeugschuppen machen?«, rief sie.

Er drehte sich um, überrascht, sie zu sehen. »Oh. Hallo.«

Sie hatte den Eindruck, sein Gesicht sei blass und traurig, doch wieder fragte sie sich, ob sie nach Schwierigkeiten suchte, wo es gar keine gab.

»Ja, hatte gerade Lust auf eine.« Er ließ zu, dass sie ihn auf die Wange küsste, als sie ihm das Weinglas reichte. »Danke.«

»Mummy, Mummy, schau mal!« Tallulah war in ihrem Element.

»Hallo, mein Schatz! Hast du mich vermisst?«

»Ja!« Sie hüpfte weiter auf und ab.

Kate nahm einen großen Schluck Wein. »Mhm, das tut gut.«

So standen sie einen Moment lang da, beobachteten Tallulah und lauschten ihrem fröhlichen Kichern und den »Huuiiiiii!«-Rufen.

Obwohl sie merkte, dass Matt sich seltsam verhielt, beschloss Kate, es zu ignorieren, und steckte sich selbst eine Zigarette an. Dann fing sie an, nervös zu plappern: »Ich hab mir gedacht, wir sollten vielleicht nach Vegas fliegen. Diese ganzen Black-Jack-Tische gestern und das Roulette – da bin ich auf den Geschmack gekommen. Ich glaube, es würde dir gefallen. Warst du schon mal …«

»Was läuft da, Kate?« Er brachte es nicht über sich, sie anzusehen, und sie sog fest an ihrer Zigarette.

»Wie bitte?«

»Ich habe Cynthia angerufen. Sie wusste nichts von einem Job in einem Casino.«

Kate wurde übel. Ihre Gedanken überschlugen sich, während sie verzweifelt versuchte, einen Weg aus dieser Falle zu finden, die drohte zuzuschnappen.

»Du bist nicht ans Handy gegangen, und ich wusste nicht, in welchem Hotel du übernachtest, weil du es mir nicht gesagt hast, also …«

»Matt, du Idiot!«

Der einzige Weg, diese Nummer glaubhaft durchzuziehen, war, sich mit hundertprozentiger Überzeugung hineinzustürzen. »Natürlich wusste Cynthia nichts davon. Ich hab das unter der Hand gemacht! Ich sehe nicht ein, weshalb sie bei allem, was ich tue, Provision kassieren sollte.«

»Das wusste ich nicht!«

»Gut gemacht, jetzt hast du mich auffliegen lassen.« Dann ging sie davon, erfüllt von einer Mischung aus schwindelerregender Erleichterung, Adrenalin und Schuldgefühlen. Sie wusste, wenn sie sich nicht schnell hinsetzte, würde sie vor lauter Pochen in ihrem Kopf höchstwahrscheinlich ohnmächtig werden.

Matt sah ihr nach.

Tallulah hatte aufgehört zu hüpfen und stattdessen ihr kleines Gesicht gegen die Netzeinfassung des Trampolins gedrückt. Sie fragte sich, was wohl mit Mummy und Daddy los war.

KAPITEL 40

Hetty wartete seit zwanzig Minuten in der Marylebone High Street und kam langsam zu dem Schluss, dass Adam ihre Verabredung vergessen hatte. Natürlich wäre das nicht überraschend, sondern ziemlich typisch, dachte sie. Vielleicht täuschte Matt sich ja: Vielleicht war Adam in den letzten vierzehn Jahren überhaupt nicht reifer geworden. Vielleicht war das hier eine weitere gemeine Wette. Nun wünschte sie sich, sich nie auf ein Treffen eingelassen zu haben.

Die sonntäglichen Passanten gingen an ihr vorbei, ohne etwas von Hettys Sorgen zu ahnen. Für sie war sie bloß eine Frau in einem türkisfarbenen Mantel und einem albernen Hut mit Häkelblume an der Seite. Sie hatte sich für heute extra Mühe mit ihrem Äußeren gegeben. Zum Beispiel trug sie Make-up. Meistens sah sie den Sinn darin nicht mehr, denn abends musste man dann alles wieder abschminken, also noch etwas, das man vor dem Zubettgehen erledigen musste. Doch heute war es anders.

Zum Glück hatte sie den großen Tag von langer Hand vorbereitet und deshalb rechtzeitig festgestellt, dass das Make-up in ihrem treuen alten Waschbeutel schon bessere Zeiten gesehen hatte und es nötig war, neues zu kaufen. Ganz unten in der Tasche, voll mit Puderstaub aus einem Riss in ihrer alten Rouge-Dose, lag ein grüner Eyeliner, den sie garantiert seit Warwick besaß, sowie ein Lippenstift von Maybelline namens *Bilberry Ice*. Der war sogar noch älter, bestimmt von 1982. Als sie ihn rausdrehen wollte, zerfiel er in ihrer Hand zu violetten Krümeln. Also war sie vergangenen Freitag in ihrer Mittagspause losgezogen und hatte sich in die Make-up-Abteilung von Boots gewagt. Die freundliche, etwas übereifrige Verkäuferin – die selbst viel zu viel Make-up trug – hatte Hetty zu einer kleinen

Vorführung von Produkten überredet, die zu »Ihrem Alter und Ihrem Hauttyp passen«. Eine halbe Stunde später verließ Hetty den Laden mit einer Tasche voll nagelneuer Schminkutensilien und einem Gesicht, das durch Farbe, Schattierungen und Rouge völlig verändert war.

Als sie ins Büro zurückkehrte, zuckte Ivor förmlich zusammen, sagte aber nichts. Glen hingegen verkündete, sie sehe aus wie eine Drag Queen auf Speed und solle diesen ganzen Dreck vor ihrem Nachmittagsmeeting mit den Sponsoren von Health Well bitte abwaschen. Hetty versuchte an ihrem Schreibtisch, das Gröbste zu entfernen, indem sie mit einem Taschentuch den Lidschatten wegrubbelte. Ivor brachte ihr eine Tasse Tee und meinte, sie solle Glen einfach ignorieren. »Du kennst doch seine Einstellung zu allem Künstlichen. Er und seine Frau haben sich getrennt, nachdem sie sich Haarverlängerungen hat machen lassen. Ist also wenig überraschend.«

»Woher um alles in der Welt weißt du das?« Hetty lachte.

»Stille Wasser sind tief, weißt du.« Und er hatte auf seine schüchterne Art gelächelt.

»Ive, sehe ich wirklich furchtbar aus?«

»Nein.« Er beschloss, ehrlich zu ihr zu sein. »Ich finde nur, du hast es nicht nötig, das ist alles.«

In Gedanken fügte er noch hinzu: … *weil du auf natürliche, besondere Art schön bist und ich dich von ganzem Herzen liebe. Du könntest dir sogar ein Verkehrshütchen auf den Kopf setzen und wärst für mich immer noch die attraktivste Frau auf diesem Planeten, doch das wirst du nie erfahren, weil ich nie den Mut haben werde, es dir zu sagen.*

Hetty fuhr mit ihrer Make-up-Entfernung fort, und Ivor sah ihr einen Moment zu lange dabei zu, bis Glen sie unterbrach und wissen wollte, ob sie denn nichts zu tun hätten, aber zack, zack. Ivor kehrte mit schmerzendem Herzen an seinen Tisch zurück, und Hetty war nach wie vor völlig ahnungslos, wie sehr ihr Kollege sie verehrte, egal, was er auch tat.

Plötzlich hielt ihr jemand mit weichen, parfümierten Händen die Augen zu. »Geld oder Leben!« Es war Adam. Sie entzog sich ihm, kicherte zu laut und hoffte, dass er ihre Wimperntusche nicht verschmiert hatte. »Wow! Du siehst …«, er suchte nach dem richtigen Wort, »… anders aus!«

»Vierzehn Jahre, Adam.« Sie studierte sein Gesicht auf der Suche nach einem Hauch von Emotion oder Schmerz, doch da war nichts.

»Ich weiß! Und wir sind alle älter geworden. Ich auch.« Bevor das zweifelhafte Kompliment richtig bei ihr angekommen war, führte Adam sie ins Restaurant aus.

»Na, komm. Ich bin am Verhungern. Und ich hab leider nur eine Stunde.«

Hettys Herz wurde schwer, und sie fragte sich, was wohl der Grund war. War er verheiratet? Musste er nach Hause zu seiner Frau? Kindern? Einer Freundin? Einem Job? Während man sie zu ihrem Tisch führte, hoffte sie, dass die kommende Stunde ihr Antworten liefern würde.

KAPITEL 41

Kate hatte die Tür zu ihrem Fitnessraum abgeschlossen und ihre Musik voll aufgedreht. Matt wusste genau, dass er sie dann besser nicht stören sollte. Er würde nichts erreichen, das hatte er im Lauf der Jahre schmerzhaft herausgefunden. Kate war unglaublich stur. In einem ungnädigen Moment hatte seine Mutter sie als »ein ziemlich launisches Miststück« bezeichnet, und Matt tendierte dazu, ihr recht zu geben. Ganz offensichtlich hatten ihre berufliche Zielstrebigkeit und ihr Durchsetzungsvermögen auf ihr Privatleben abgefärbt, denn wenn sie in einer dieser Stimmungen war, konnte sie so tun, als wäre Matt gar nicht im Raum, seine Existenz völlig leugnen. Ja, sie neigte extrem zur Dickköpfigkeit. Aber noch extremer war ihre Fähigkeit, bei Streit nicht nachzugeben – selbst wenn sie im Unrecht war.

Er nahm es ihr übel, was sonst. Es war schließlich nicht seine Schuld, dass sie ihm das mit Cynthia nicht gesagt hatte. Das hatte sie vorher noch nie getan, woher also sollte er es wissen? Kate wickelte normalerweise alle ihre Engagements über ihre Agentin ab, weshalb sollte sie an diesem Punkt ihrer Karriere damit anfangen, unter der Hand zu arbeiten? Und trotzdem saß er hier, nahm wie immer die Schuld auf sich und bat um Verzeihung.

Wieder einmal.

Obwohl jeder einigermaßen vernünftige Beobachter sagen würde: »Hey, komm schon, das ist doch bloß ein kleines Missverständnis.« Trotzdem wurde er nun von schlechtem Gewissen geplagt, dass er Kates beruflichen Beziehungen geschadet hatte. Wie sie in regelmäßigen Abständen gerne betonte, war es ihr beruflicher Erfolg, der ihnen ihr Zuhause und allen dazugehörigen Luxus ermöglichte. Er hasste es, wenn sie das betonte – teils weil es stimmte, aber teils weil er ihrer Behauptung gerne eine noch härtere entgegengesetzt hätte: *Ja, aber dein beruflicher Erfolg hat dich die Beziehung zu deiner Tochter gekostet, und Gott sei Dank bin ich noch da, denn sonst wäre Tallulah vermutlich bei Pflegeeltern.* Kindisch von ihm. Er würde es auch nie laut sagen. Selbst wenn Kate sich so abscheulich verhielt wie heute.

Stattdessen schrieb er eine Nachricht und schob sie unter der verschlossenen Tür des Fitnessraums durch: *Es tut mir leid, wirklich. Bin mit Tallulah im Kino, noch mal* Aschenputtel *anschauen. Bis heute Abend. Ich liebe dich, M. xx*

Eine halbe Stunde später, von der tröstlichen, staubigen Dunkelheit des Kinos umhüllt, nippte Matt an seinem übergroßen Slush Puppy, hielt Tallulahs Hand und überlegte, was er als Nächstes tun sollte. Vor drei Jahren war Kate einige Monate lang zu einer Therapeutin gegangen, und das schien damals wirklich zu helfen. Er hatte gesehen, wie ihre Fassade zu bröckeln begann, ihre Abwehrmechanismen nachließen und sie weicher, offener wurde und, um ehrlich zu sein, auch liebenswerter. Dann verkündete sie eines Tages aus dem Nichts heraus, dass sie nicht mehr hingehen würde. »Mir geht's gut, Liebling. Mir geht's jetzt besser – wirklich!« Sie küsste ihn, und damit war die Sache vom Tisch. Einfach so.

Doch insgeheim ahnte Matt, was passiert war. Vermutlich hatte die Therapeutin nach Luca gefragt.

Er wusste so wenig über ihn. Zum Beispiel hatte er keine Ahnung, wer der Vater war oder in welchen Umständen Kate damals gewesen war. Er selbst hatte es nur durch Zufall erfahren.

Sie war in der neunten Woche mit Tallulah schwanger gewesen. Gemeinsam saßen sie in einer Praxis in der Harley Street Mr. Chalfont gegenüber, dem freundlichen Gynäkologen, dessen Lächeln allein hundertzwanzig Pfund die Stunde kostete. Als Mr. Chalfont Kate fragte, ob dies ihre erste Schwangerschaft war, nahm Matt an, die Antwort zu kennen.

»Nein. Ich habe mit zweiundzwanzig einen Jungen bekommen.«

Kate blickte dabei unverwandt geradeaus, obwohl sie merkte, dass Matt sie mit großen Augen ansah, während der Arzt sich weiterhin Notizen machte.

»Was?«, flüsterte Matt, unfähig, seine Ungläubigkeit zu verbergen, als der Arzt den Kopf hob, weil er merkte, dass sich hier eine Ehekrise anbahnte.

Ruhig und gefasst sagte Kate: »Ich habe ihn zur Adoption freigegeben.«

Matt war von sich selbst überrascht. Statt wütend oder überrumpelt zu sein, nahm er sie, als sie aus der Praxis kamen, einfach liebevoll in den Arm und drückte sie. »Du armer Schatz! Warum hast du mir das nie erzählt? Das muss … die Hölle gewesen sein … ein Baby wegzugeben. Gab es denn niemanden, der dich unterstützt hätte?«

Er merkte, dass sie diese Reaktion von ihm nicht erwartet hatte – dass er sie gar nicht fragte, wer der Vater war. Kurze Zeit später saßen sie auf einer Bank am Soho Square, wo sie ihrem liebenden Ehemann ihr Herz ausschüttete. »Matt, ich wollte ihn behalten.«

»Hey, schhhh … alles gut«, tröstete er sie.

»Ich hab's versucht, wirklich … aber ich … ich bin einfach nicht klargekommen. Ich hab's vermasselt. Es war echt erbärmlich …« Auf einmal wurde ihr Ton beängstigend grausam und voller Selbsthass. »Verdammte nutzlose dumme Schlampe, die ich war!«

»Kate, sag das nicht …« Es verunsicherte ihn, machte ihm sogar Angst.

»Ich habe getrunken und war depressiv und … na ja, ich konnte ihm einfach nicht geben, was er gebraucht hat … er war erst vier Monate alt. Ich habe ihn Luca genannt.«

»Wusste deine Mutter davon? Dein Vater?«

»Ja. Sie wollten ihn großziehen, aber ich habe Nein gesagt. Es wäre ihnen gegenüber nicht fair gewesen. Und ihm auch nicht.«

»Oh, Kate, das hättest du mir früher erzählen sollen. Damit ganz allein zu sein …«

Sie ließ zu, dass er sie tröstete, den Kopf an seine Schulter gelegt, fest in seinen Arm gekuschelt, bis sie sich ausgeweint hatte. Dann riss sie sich in klassischer Kate-Manier zusammen, wischte mit dem Ärmel die Tränen weg und verkündete, es sei nun wieder gut. »Danke, Matt«, sagte sie und küsste ihn auf den Scheitel.

»Du kannst jederzeit mit mir darüber reden, wann immer du willst.«

»Nein. Bitte erwähn es nicht mehr.« Sie lächelte traurig. »Wir müssen jetzt an unser eigenes Baby denken.«

Matt dachte oft an diese Szene. Er hatte Wort gehalten. Sie hatten seither nie wieder darüber gesprochen. Doch er wusste, dass sich etwas so Gewaltiges nicht einfach fortwischen und vergessen ließ. Wenn Kate sich nie erlaubt hatte, um Luca zu trauern, dann würde der Schmerz früher oder später zum Vorschein kommen. Und vielleicht war jetzt dieser Zeitpunkt. Vielleicht zeigte er sich in Kates unberechenbarem, unerklärlichem, ja sogar gefährlichem Verhalten. Matt fröstelte bei dem Gedanken.

KAPITEL 42

»Sue hat mir geschrieben – sie haben den Platz für Sonntag für eine halbe Stunde länger gebucht.« Belinda, die bereits für die Arbeit angezogen war, riss mit Schwung die Vorhänge auf und ließ das zögerliche sepiagetönte Tageslicht eines schottischen Dienstagmorgens herein.

»Okay.«

»Und ich hab dir Porridge gemacht, wenn du magst, aber du solltest dich beeilen. Es ist schon fünf nach.«

»Okay.«

Sie setzte sich auf die Bettkante und legte ihm die Hand auf die Stirn. »Ich hoff, du bekommst nicht auch diesen Infekt, der gerade die Runde macht.«

»Es gab mal ne Zeit, da hast du mich morgens als Erstes geküsst, statt meine Temperatur zu fühlen«, witzelte er, um die immer wiederkehrende Unterhaltung darüber, dass er in den letzten Tagen so komisch sei, abzuwenden. »Ja, vielleicht. Ich nehm ein paar Halsbonbons mit in die Schule.«

Belinda beugte sich vor und drückte ihm einen flüchtigen Kuss auf den Mund. »Na bitte, siehst du!« Sie lachte. »Wer sagt, dass nach siebenundzwanzig Jahren Ehe die Romantik flöten geht?«

Mit diesen Worten sprang sie auf und ging zur Tür. »Ich bin nach dem Yoga gegen sieben zurück. Schieb die Kasserolle in den Ofen, wenn du heimkommst, ja? Gas, Stufe fünf. Eine Stunde.«

Dann war sie weg, positiv erfüllt von den Kleinigkeiten eines Familienalltags, und völlig ahnungslos, dass ihr Mann ihr während der vergangenen Woche zweimal untreu geworden war.

Callum quälte sich aus dem Bett und machte sich auf den Weg zum Badezimmer. »Gutes Timing!«, meinte er, als Ailsa in

ein Handtuch gewickelt auftauchte, frisch, sauber und einge-
cremt und immer noch nicht in der Lage, ihm nach der peinlichen Begegnung ein paar Tage zuvor in die Augen zu sehen.

»Zahnpasta ist fast alle.« Mehr brachte sie nicht raus, während sie zurück in ihr Zimmer schlurfte, um sich für die Schule
fertig zu machen.

Unter der Dusche dachte Callum an Kate und an die Tatsache, dass er seit Samstag nichts von ihr gehört hatte. Der vernünftige Teil von ihm war extrem erleichtert. Er konnte seine
zwei Treffen mit ihr als ein verrücktes Zwischenspiel in seinem
ansonsten glücklichen und normalen Leben abtun. Doch da
war auch diese leise, nervende Stimme in ihm – was war das,
sein Ego? –, die wirklich enttäuscht war, dass sie sich nicht
gemeldet hatte. Ärger mischte sich in die Enttäuschung: Für
wen hielt Kate sich denn, auf diese Weise wieder in sein Leben zu platzen, ihn zu entführen und ihm zu zeigen, was er
all die Jahre verpasst hatte? Ihn erst scharfmachen und dann
wieder fallen lassen, schimpfte er insgeheim und ärgerte sich
dann über sich selbst. Callum hielt das Gesicht unter das erfri-
schende, reinigende Wasser der Powerdusche und ließ seine
lieblosen Gedanken davon wegspülen. Vermutlich hatte sich
bei Kate ebenfalls die Vernunft zu Wort gemeldet, sodass sie
gemeinsam das Geschehene unter den Teppich kehren und
zur Realität zurückkehren konnten. Außerdem war die Realität
doch gut.

Fünf Minuten später war er gerade dabei, sich anzuziehen,
als sein Blick auf ein gerahmtes Foto auf dem Fensterbrett fiel,
das 1982 unten am Strand von Portobello aufgenommen worden war. Belinda war mit Cory schwanger, und Ben hatte gerade eine Sandburg gebaut. Lächelnd griff Callum nach seinem
Handy und tippte eine SMS an Belinda. Das hatte er noch nie
zuvor gemacht, da er sich an Handys immer noch nicht richtig

gewöhnt hatte, aber schlechtes Gewissen und Dankbarkeit waren sein Antrieb. *Ich liebe dich, Belinda MacGregor x.* Er drückte auf Senden und lächelte. Kaum war die Nachricht verschickt, piepste das Handy plötzlich wegen einer eingegangenen SMS.

Sie war von Kettley's Garage.

Mr. MacGregor, bei Ihrem Auto ist eine Inspektion fällig. Bitte rufen Sie uns bei nächster Gelegenheit an.

Callum starrte auf das Telefon.

Ungläubig.

Ängstlich.

Aufgeregt.

»Dad! Kannst du mich fahren? Ich bin zu spät dran für den Bus«, rief Ailsa vom Flur aus. »Aber du darfst mit mir nicht über Tom reden, okay?«

Callum starrte immer noch auf sein Handy.

»Dad?«

»Alles klar. Komme.« Er drückte auf Löschen und schob das Gerät in die Tasche.

KAPITEL 43

Es war schon der zweite Tag in Folge, an dem Hetty vor der Arbeit joggen war. Es blieben ihr nur noch sechs Wochen bis zum Jahrgangstreffen, und sie hatte beschlossen, bis dahin mindestens fünf Kilo abzunehmen. Zugegeben, das schöne, warme, kribbelnde Gefühl in ihrem Innern seit ihrem Mittagessen mit Adam spornte sie ebenfalls an. Und zugegeben, sie wollte beim Jahrgangstreffen gut aussehen – nicht, um einem Haufen anderer Warwickonians zu beweisen, dass sie gut gealtert war, sondern um dem Mann zu imponieren, in den sie nach all den Jahren immer noch verliebt war.

Sie war bei der dritten Runde um die schmuddelige Grünfläche, die die optimistische Bezeichnung öffentlicher »Garten« trug. Einige Büroangestellte hatten sich in den trüben, wolkenverhangenen Morgen hinausgewagt, um ihre Vor-der-Arbeit-Cappuccinos auf den wenigen Parkbänken zu trinken. Die Kombination aus Bewegung und kalter Novemberluft veranlasste Hettys Lungen zu einem leicht asthmatischen Keuchen, sodass sie nach ihrem Ventolin-Inhalierer griff. Obwohl ihr der Schweiß hinter den Ohren runterlief, trotz der Röte ihrer Wangen und des unbequemen Drucks ihres schlecht sitzenden Sport-BHs war sie fest entschlossen weiterzumachen.

Hetty war nach ihrem Mittagessen mit Adam ganz aufgekratzt gewesen, ungeachtet des holprigen Starts. Es gab nämlich auf der Speisekarte kein vegetarisches Gericht, und Adam verstand nicht, weshalb sie nicht einfach Fisch aß. Aus Sorge, er könnte sich über sie ärgern, stellte sie zum ersten Mal in zwanzig Jahren als Vegetarierin ihre Überzeugung infrage und fragte sich für den Bruchteil einer Sekunde, ob jetzt der Zeitpunkt war, wieder mit dem Fleischessen anzufangen. Zum Glück erstickte der freundliche Kellner diesen verrückten

Gedanken im Keim, indem er ihr stattdessen ein Pilzomelette anbot. Danach wurde alles eindeutig besser. Der Wein half natürlich auch, aber es war mehr als das: Adam war freundlicher. Er interessierte sich für sie. Er wollte alles wissen. Um genau zu sein, sprach er viel mehr über Hetty als über sich selbst, was sie außerordentlich liebenswert fand.

»Ich hab mich oft gefragt, ob ich mal deinen Namen in Leuchtschrift am Theater lese oder in einem großen Hollywood-Streifen!«, sagte sie.

»Ha. Nein, meine Tage als Schauspieler haben mit dem letzten Stück der Theatergruppe in Warwick geendet.«

»Die Geisterkomödie.« Hetty wurde rot, weil sie sich wie ein Groupie vorkam.

»Gutes Gedächtnis!« Er stieß mit ihr an. »Wobei die Arbeit bei Benson Mayfield tatsächlich ein gewisses schauspielerisches Talent erfordert.«

Hetty hatte noch nie von Benson Mayfield gehört, aber wie es schien, war es eine der weltweit führenden Forschungsfirmen. Adam war die Karriereleiter dieser riesigen globalen Organisation hinaufgeklettert, seit er Mitte der Neunzigerjahre dort angefangen hatte, und reiste regelmäßig durch die Weltgeschichte, um Pharmahersteller zu besuchen und Handelsverbindungen zu knüpfen.

»Wie aufregend!« Hetty machte große Augen, als er ihr erzählte, dass er demnächst für einen Monat nach Dubai und Bahrain flog.

»Mitunter. Es ist natürlich toll, die vielen verschiedenen Kulturen zu erleben und neue Leute zu treffen, aber Reisen kann auch anstrengend sein.« Dann sah er sie an. »Und ein bisschen einsam, wenn ich ehrlich sein soll.«

Sie fühlte sich geehrt, dass er ihr gegenüber so offen war. Das war ganz eindeutig ein besonderer Moment, dachte sie.

Er hatte ihr bereits erzählt, dass er genau wie sie noch nicht sesshaft geworden war und dass es schon auch Nachteile hatte, sein Leben mit niemandem zu teilen. Sie hatte versucht herauszufinden, ob er aktuell eine Freundin hatte, doch seine Reaktion war vage und eher abweisend. Und zwar auf eine Art, dass Hetty sich fragte, ob es ihm womöglich peinlich war, Single zu sein! Also hakte sie nicht weiter nach. Schließlich hatte sie noch mehr als genug Zeit, ihn besser kennenzulernen, dachte sie.

»Warst du seither wieder mal dort?«, fragte sie, als sie auf die Vergangenheit und Erinnerungen an Warwick zu sprechen kamen.

»Ja, einmal. Ausgerechnet für einen Junggesellenabschied. Vor drei Jahren. Erinnerst du dich an Dom?«

»Englisch und Theaterwissenschaften?«

»Genau der. Und jetzt rate mal, wen er geheiratet hat: Moj! Die Inspizientin? Latzhose und Baseballkappe?«

»Nein! Aber ich dachte, die war lesbisch.«

»Offensichtlich nicht! Jedenfalls hat Dom beschlossen, seinen Junggesellenabschied auf dem Campus zu feiern. Hat sich total verändert dort. Das Mandela's gibt's nicht mehr. Und das Elephant's Nest auch nicht.«

Ein kurzer Schmerz stach Hetty in die Brust, als ihr wieder einfiel, wie Adam sie damals in der Mandela Bar hatte sitzen lassen. Doch sie kehrte ihn unter den Teppich der Verdrängung und hob stattdessen ihr Glas. »Auf Warwick!«

Adam folgte ihrem Beispiel. »Und auf Dom und Moj. Die haben inzwischen zwei Kinder!«

Nach dem Essen hielt Adam Hetty ihren Mantel hin. Als echten Gentleman würde ihre Großmutter ihn bezeichnen, auch wenn Hetty die galante Geste durch ihre ungeschickte Suche nach dem zweiten Ärmelloch etwas verdarb.

Draußen umarmte er sie zum Abschied und küsste sie auf den Scheitel. Hetty genoss diese sechs Sekunden in vollen Zügen, sog den Duft seines teuren Aftershaves ein und überließ sich dem einst vertrauten Gefühl seiner Arme um ihre Schultern. Sie hätte ewig so verharren können.

»Tut mir leid, dass wir nicht in Kontakt geblieben sind, Het.«

»Mir auch.«

»Aber das können wir ja jetzt ändern, oder?«

Hetty schnurrte innerlich. »Das würde mich freuen. War schön, dich wiederzusehen, Adam.«

»Dich auch.« Wurden seine Augen etwa feucht? Sie war sich sicher, dass das Tränen waren …

»Hör zu, ich bin bis zum Tag vor dem Treffen unterwegs, aber du hast ja meine E-Mail-Adresse. Wäre schön, von dir zu hören, wenn ich in der Fremde bin. Damit ich nicht so Heimweh bekomme.«

Hettys Herz schlug inzwischen Purzelbäume und platzte fast vor Freude, dass er so nett war! »Natürlich! Das mach ich doch gern! Gute Reise dann.«

»Ja. Tschüss, Hetty.« Und dann das bezauberndste i-Tüpfelchen auf dem leckersten Sahnehäubchen: Er warf ihr einen Luftkuss zu. *Einen Kuss!* Sie erwiderte die Geste, und lächelnd trennten sie sich.

Doch Hetty war erst ein paar Schritte gegangen, als sie ihn rufen hörte: »Ach, und, Hetty …?«

Sie drehte sich um. »Ja?«

»Hab ganz vergessen zu fragen. Wie geht's denn diesem Freund von dir – Matthew Soundso?«

»Matt Fenton.«

»Genau der. Habt ihr noch Kontakt?«

»Ja, und wie. Wir sehen uns dauernd. Ich bin die Patentante von seiner kleinen Tochter.«

»Wie schön!« Adam wirkte beeindruckt. »Ich hab irgendwo gehört, dass er eine Schauspielerin geheiratet hat?«

»Ja. Kate Andrews. Die ist echt nett.«

Adam nickte lächelnd. Dann fragte er: »Und, was meinst du, wird Matt zum Jahrgangstreffen kommen?«

»Na, aber klar doch!«

»Oh, das ist schön. Also grüß ihn von mir. Und dass ich es kaum erwarten kann, ihn wiederzusehen!«

Mit diesen Worten drehte er sich um und ließ die staunende Hetty zurück. Wie sehr Adam sich verändert hatte, wie rücksichtsvoll und aufmerksam und mit dem Alter milder er geworden war. Er hatte sich sogar an Matt erinnert!

Hetty näherte sich nun dem Ausgang des Parks und verlangsamte ihre Schritte, als sie die Roma-Frau entdeckte, die sie die Woche zuvor dort getroffen hatte. Das Wiedererkennen war jedoch einseitig, und die Frau versuchte erneut, Hetty ein struppiges Heidekrautbüschel in Alufolie zu verkaufen, das ihr »Glück bringen soll, Schätzchen!«.

»Oh, vielen Dank, aber ich brauche kein Glück!«, rief Hetty fröhlich, erfüllt von warmen Gedanken an Adam, ihren Talisman. Sie keuchte, schwitzte und hatte Blasen an den Füßen, aber sie strahlte innerlich vor positiver Zuversicht.

KAPITEL 44

Kate liebte den aktuellen Drehort. Zehn Tage im Kielder Border Forest – gar nicht wirklich Newcastle, sondern Newcastleton. Zumindest hieß so das Dorf, in dem die Filmcrew untergebracht war. Die Schauspieler hatten allesamt Hütten im Wald gewählt und stellten begeistert fest, dass jeweils ein Outdoor-Whirlpool dazugehörte.

Kate konnte nicht fassen, dass sie sich in der Location so getäuscht hatte. »Ich hab's erst kapiert, als wir schon stundenlang im Auto saßen und kein Starbucks weit und breit mehr zu sehen war!« Sie hatte über ihre eigene Dummheit gelacht, als sie Matt tags zuvor in der Mittagspause am Telefon davon erzählt hatte.

»Dann bist du quasi fast schon wieder in Schottland?«

Kate fiel in ihren heimischen Dialekt zurück und übertrieb noch ein wenig, um die Wirkung zu verstärken. »Aye, also das is nich wirklich Schottland, Freundchen, sondern die Borders, wenn man's genau nimmt!«

»Auf jeden Fall zu weit weg, als dass wir dich besuchen könnten.«

Kate wusste, dass eine solche Reise während der Schulzeit nicht infrage kam. »Ja, aber ich würde euch sowieso kaum sehen, wenn ihr herkommen würdet. Ich bin praktisch in jeder Szene dran«, log sie, wohl wissend, dass sie freitags am späten Vormittag fertig sein würde. »Aber vielleicht könnten wir an Ostern zum Urlaubmachen hierherkommen?«

»Dann drehst du doch aber diesen Film, oder?«

Manchmal kannte Matt Kates Arbeitsplan besser als sie selbst.

»Oh, stimmt. Blöd!« Sie versuchte bewusst, locker zu klingen. Sie hatten sich nach dem Cynthia-Fiasko gerade erst wieder versöhnt, und sie wollte den Stress eines weiteren Streits verhindern. »Aber weißt du was, ich werd mich für Lulas gesamte Sommerferien aus dem Drehplan austragen. Wir fahren eine Weile nach Frankreich und dann irgendwohin, wo es kinderfreundlicher ist, nach Florida zum Beispiel. Genau! Disney World!«

Daraufhin hatte Matt gestöhnt, genau wie Kate, da keiner von ihnen von dieser Aussicht sonderlich begeistert war, auch wenn sie wussten, dass Tallulah völlig aus dem Häuschen sein würde. Es klopfte an der Wohnwagentür. »Ich muss los, zurück in die Maske. Ich ruf dich heute Abend an, ja? Aus dem Whirlpool!«

»Ich liebe dich.«

»Ich dich auch.«

Dann legte sie auf. Im Bewusstsein, wie krass – zumindest ihrer Meinung nach – der Unterschied zwischen einem aufrichtig vorgebrachten »Ich liebe dich« und der automatischen Antwortphrase »Ich dich auch« sein konnte. Die Erwiderung war so viel weniger wert als die ursprüngliche Aussage. Hoffentlich hatte Matt nichts davon bemerkt.

Gestern Morgen auf ihrer Fahrt nach Norden hatte sie überlegt, Callum anzurufen. Aber sie kannte seinen Stundenplan nicht oder wann es gut passen würde. War er an einem Schultag überhaupt mal allein? Sie verfasste mehrere SMS, die von langen Erklärungen zu ihrer Gefühlslage über schlichte Nachrichten wie RUF MICH AN oder ALLES KLAR? bis hin zu einem einzelnen Ausrufezeichen reichten. Doch keine davon fühlte sich richtig an. Als der Drehtag dann endlich zur Neige ging, traute sie sich nicht, ihn zu kontaktieren.

Er hätte sich doch bei ihr melden können, oder nicht? Vor allem, da sie ihm ja gesagt hatte, dass sie die ganze Woche über in Newcastle drehen würde. Doch sie hatte kein Wort gehört und ging sich selbst auf die Nerven, weil sie pausenlos ihr Handy checkte, ob es eine Nachricht oder einen verpassten Anruf anzeigte. Selbst Benno bemerkte ihre Handy-Sucht. »Bitte keine Telefone am Set, Ms. Andrews!«, scherzte er, aber im Grunde wusste sie, dass er es ernst meinte. Ihre Konzentration war lausig an diesem Tag. Sie konnte einfach nicht aufhören, an Callum zu denken.

Machte sie sich selbst etwas vor?

Hatte sie ihn überredet, sie zu treffen?

Nun ja, natürlich hatte sie das. Aber er hätte schließlich auch Nein sagen können. Niemand hatte ihn gezwungen, am Samstagabend ins Hotel zu kommen. Und so beschimpfte sie sich den ganzen Tag lang. Obwohl sie Trost in einer Flasche Rotwein und zwei treuen Valium als Einschlafhilfe suchte, war Kate um zwei Uhr morgens immer noch wach, verfluchte sich, dass sie vergangene Woche nach Edinburgh gefahren war, verfluchte Callum, weil er sich nicht meldete, verfluchte Belinda dafür, ihre Affäre entdeckt zu haben, verfluchte Matt, weil er sie liebte, obwohl sie so ein verlorener hoffnungsloser Fall war und so verdammt gemein zu ihm, verfluchte ihr Leben, weil es so kompliziert war, fluchte, fluchte, fluchte, bis der Schlaf endlich kam und sie verschluckte, um sie nach gerade mal viereinhalb Stunden wieder auszuspucken.

Um Viertel nach acht trug Kate ihr Kostüm, war in der Maske gewesen, hatte ihr mageres Frühstück aus Joghurt und schwarzem Kaffee zu sich genommen und saß nun rauchend auf den Stufen ihres Wohnwagens, das Handy in der Hand.

»Fünf Minuten, Kate, dann starten wir zum Set.«

Kate lächelte Becky an, zog an ihrer Zigarette und gab sich einen Ruck. Jetzt war er doch sicher auf dem Weg zur Schule, wenn nicht sogar bereits dort? Also war es bestimmt ungefährlich, eine SMS zu schicken? Außerdem würde sie ja als Kettley's Garage auftauchen, also was war das Problem? Ehe sie das Für und Wider abwägen konnte – sie fühlte sich etwas benommen durch den Schlafmangel –, verfasste sie ihre Nachricht: *Mr. MacGregor, bei Ihrem Auto ist eine Inspektion fällig. Bitte rufen Sie uns bei nächster Gelegenheit an.* Sie drückte auf Senden und beschloss, ihr Handy bis zur Mittagspause um eins im Wohnwagen zu lassen, damit sie sich auf die Arbeit konzentrieren und es dem Schicksal überlassen konnte, über die Folgen zu entscheiden.

KAPITEL 45

In der Galerie war an diesem Morgen einiges los. Matt schob es aufs Weihnachtsgeschäft, auch wenn es noch gute sechs Wochen bis zu den Feiertagen waren. Ein Bild zählte nicht gerade zu den typischen Weihnachtsgeschenken, wie er selbst sagen würde, denn die Begeisterung für ein Kunstwerk war immer subjektiv. Doch an diesem Vormittag waren viele Kunden hereingekommen und hatten Sätze geäußert wie »Oh, das würde John total gefallen!« oder »Das passt perfekt zu Milly«. Matt und Peter lächelten höflich, während sie jedes Weihnachtsbild sorgfältig einpackten und ihren Kunden noch mal klarmachten, dass es in der Galerie kein Rückgaberecht gab.

»Wir sind schließlich kein Kaufhaus, Madam«, hörte Matt Peter mehrmals sagen.

Eine Frau wollte wissen, ob sie Familienporträts anfertigten. Peter hatte darüber gespottet, doch Matt hielt es für gar keine so schlechte Idee. Vielleicht sollten sie so etwas in der Art mal ausprobieren.

»Und wer, bitte schön, soll besagte Porträts malen? Würdest du dich selbst gnädigst dazu herablassen, Matthew?« Peter konnte manchmal ziemlich schwülstig klingen, was Matt jedes Mal zum Schmunzeln brachte.

Wie aufs Stichwort streckte Chloe, die Künstlerin aus dem ersten Stock, den Kopf durch die Tür, um Matt zu sagen, dass die Heizung im Atelier schon wieder nicht funktionierte.

»Ah, Chloe! Herein, herein«, rief Pete. »Sag uns doch mal, wie stehst du so zur Porträtmalerei? Matthew sucht nach einem Künstler, der Familienporträts malt. Zwei zum Preis von einem.« Matt verdrehte die Augen und lächelte. »Die sitzen dann stundenlang in deinem Atelier, während du ihr strahlendes Lächeln auf die Leinwand bannst und das kreischende Gesicht von Klein-Jimmy. Oh, was für ein Spaß!«

Chloe war, trotz ihrer pinkfarbenen Haare, ein ziemlich ernster Mensch, der dazu neigte, die Dinge wortwörtlich zu nehmen. Sie hatte Matt einmal erzählt, dass sie leichte Asperger-Tendenzen hatte.

»Gesichter kann ich gar nicht malen, echt. Hab mal versucht, meine Schwester zu porträtieren. Sie sah aus wie eine traurige Ziege.«

Matt lachte. »Ich bin sicher, irgendwo gibt es einen Markt für so was.«

Doch Chloe verzog keine Miene, also wechselte Matt das Thema. »Die Heizkörper müssen bloß entlüftet werden. Ich such mal nach dem kleinen Schlüssel.«

Heizkörper zu entlüften hatte etwas Befriedigendes an sich, dachte Matt, als er den Metallschlüssel gegen den Uhrzeigersinn drehte und lauschte, wie die eingeschlossene Luft langsam entwich und das Wasser rauschend ihren Platz einnahm.

»Das hätte ich auch machen können«, meinte Chloe, die ihm zusah. »Wenn ich eins von diesen Dingern hätte.«

»Gehört alles zum Service!«, scherzte Matt, doch Chloe blickte ernst drein.

»Ich möchte nicht, dass du mich für irgend so ein nutzloses Frauchen hältst, das sich dumm stellen muss, damit Männer sich für sie um alles kümmern.«

»Was für ein empörender Gedanke!«, sagte Matt. Und endlich lächelte Chloe. »So, schon erledigt.« Er legte die Hand auf den Heizkörper und spürte, wie sich die Wärme ausbreitete.

»Danke dir.«

»Wie läuft es mit dem Flussschiff?« Matt wusste, dass Chloe vor Kurzem eine neue Auftragsarbeit begonnen hatte, für einen steinreichen Geschäftsmann.

»Ich hasse es. Aber das will der Typ halt.«

»Nimm das Geld und dann auf Wiedersehen.«

»Ja, das sagt George auch.« George war Chloes Freund, den Matt ein paar Mal getroffen hatte. Einem ungleicheren Paar war er noch nie begegnet. George war ein zweifach geschiedener Anwalt, der große Firmen bei Fahrlässigkeitsklagen vertrat. Die beiden hatten sich bei einer von Chloes Ausstellungen kennengelernt, und mit seinen neunundvierzig war George gut zwanzig Jahre älter als sie.

Matt ging zur Tür. »Sonst alles in Ordnung?«, erkundigte er sich, mehr aus Höflichkeit.

»Ja, mir geht's gut. Aber dir nicht.« Chloes Direktheit traf Matt völlig unvorbereitet, obwohl er inzwischen daran gewöhnt sein sollte.

»Wie kommst du darauf?« Er lächelte.

»Du leuchtest nicht so wie sonst.« Und auf einmal machte sie einen Schritt auf ihn zu und umarmte ihn.

Er war ziemlich überrumpelt, zum einen, weil er spürte, wie ihm eine Welle von Gefühlen die Kehle zuschnürte, und zum anderen, weil Chloe ihn noch nie zuvor umarmt hatte. Es fühlte sich irgendwie … unangebracht an. Schließlich war er quasi ihr Vermieter. Er fragte sich, was gerade mit seinem Leben passierte, wenn mehr oder weniger fremde Leute wie Chloe Mitleid mit ihm empfanden.

Chloe sagte nichts. Irgendwann ließ sie ihn wieder los und kehrte an ihre Leinwand zurück. Sie schien Matts Anwesenheit sofort zu vergessen, also schlich er leise davon und überließ sie ihren wütend-nachdrücklichen Pastellkreiden.

Matt ging nicht direkt in die Galerie zurück. Das unerfreuliche Missverständnis mit Kate am Sonntag hatte ihn wieder zur Zigarette greifen lassen. Und obwohl er in dem Moment glaubte, es wäre eine Ausnahme, zog er nun aus seiner Jackentasche die dritte Schachtel, die er seit dem Wochenende gekauft hatte. Er war wieder bei zwanzig am Tag. So als hätte er nie mit dem Rauchen aufgehört.

In den zwei Tagen hatte er hinterm Laden ein ruhiges Rauchereckchen auserkoren. Der Straßenlärm war gedämpft, und er konnte die Rückseiten all der Häuser studieren und sich fragen, ob die Dutzende von Bewohnern in einem ähnlichen Schlamassel steckten wie er, ob andere Ehemänner auch das Verhalten ihrer Frauen anzweifelten und sich fragten, ob sie die Person, mit der sie verheiratet waren, überhaupt kannten. Sie war so überzeugend gewesen, was das mit dem Casino betraf, dass er sich blöd vorkam, ihr misstraut zu haben, vor allem als sie hysterisch ihren Geldbeutel durchsuchte und eine abgestempelte Zugfahrkarte herausgezogen hatte – London-Edinburgh und zurück –, mit dem Datum vom Samstag drauf. »Da! Glaubst du mir jetzt?«, hatte sie gebrüllt.

Er versicherte ihr, dass er es tat.

Doch das stimmte nicht. Und er wusste nicht, weshalb.

Nachdem Kate tags zuvor früh zur Arbeit aufgebrochen war, war Matt mit Tallulah aufgestanden, hatte ihr wie immer Frühstück gemacht, sie wie immer zur Schule gebracht und dann Peter angerufen, um ihm zu sagen, dass er etwas später ins Geschäft kommen würde. Dann war er zurück nach Hause gefahren und hatte den Computer eingeschaltet. Er wusste, es war ein Fehler. Unwissenheit ist ein Segen, was du nicht weißt, macht dich nicht heiß, und ein ganzer Haufen passender Sprichwörter schoss ihm durch den Kopf und warnte ihn davor, diese spezielle Büchse der Pandora zu öffnen. Warnte ihn davor, neue Casinos in Edinburgh zu googeln, vor allem solche, die innerhalb der letzten Woche aufgemacht hatten, und insbesondere solche, die vergangene Woche von Fernsehstar

Kate Andrews eröffnet worden waren. Und als würde das noch nicht reichen, um seine Ängste zu bestätigen, rief er danach die Stadtinformation in Edinburgh an und sprach mit einer sehr enthusiastischen Frau mit rauem schottischem Akzent. Sie zählte alle Casinos in der Umgebung auf und teilte ihm mit, dass das neueste vor drei Jahren gebaut worden war und es in naher Zukunft keine Pläne für weitere gab. Ob sie ihm eine Broschüre über die berühmte Militärparade zuschicken solle. Matt hatte bei »vor drei Jahren« aufgehört zuzuhören und legte auf.

Nun konnte er sich der krassen Wahrheit nicht mehr verschließen.

Kate hatte gelogen, was die Nacht von Samstag auf Sonntag betraf.

Ja, sie war in Edinburgh gewesen.

Aber nein, sie hatte kein Casino eröffnet.

Was also hatte sie dort gemacht?

KAPITEL 46

»Mittagspause, alle zusammen!«, rief Benno am Ende der Vormittagsdreharbeiten, was eine Massenflucht in Richtung Wohnwagen und Versorgungsstation mit Dreigängemenü auslöste.

Wie immer hatte Kate kein Interesse am Essen. Und obwohl sie ihr Handy morgens zurückgelassen hatte, damit sie bei der Arbeit nicht davon abgelenkt wurde, war ihr Plan nicht wirklich aufgegangen. Es war ihr schwergefallen, sich zu konzentrieren, weil sie die Szenen so schnell wie möglich hinter sich bringen wollte, sodass sie nicht ihr Bestes gab. Sogar der Regisseur hatte sie fragen müssen: »Kate, wo bist du nur gerade mit deinen Gedanken?«

»Sorry, sorry. Hab letzte Nacht nicht gut geschlafen.« Was stimmte. Aber nicht der Grund für ihre Konzentrationsschwäche war.

Mack, der Hausmeister, schloss ihren Wohnwagen für sie auf und wollte gerne Eindruck schinden, indem er sich erkundigte, ob sie irgendetwas brauche, und unbedingt darauf hinweisen wollte, dass echter Kaffee auf sie warte, »nicht dieser Pulvermist«.

»Oh, vielen Dank, du bist ein Schatz. Sehr lieb.« Kate lächelte ihn süß an, obwohl sie es kaum erwarten konnte, endlich ihre Nachrichten abzurufen.

Sobald sie im Trailer war, knallte sie die Tür zu und stürzte sich auf ihr Telefon. Etwa ein Dutzend SMS wartete auf sie. Hektisch scrollte sie durch alle durch, auf der verzweifelten Suche nach seinem Namen in der Liste, den sie als »MacGregor's Restaurant« getarnt hatte.

Nichts.

Nichts!

Sie spürte die Wut in sich aufsteigen wie siedendes Öl. Wie bitte?? Er hatte fünf Stunden Zeit gehabt! Wie, verdammt noch mal, konnte er es wagen, nicht zu antworten?! Dann sah sie, dass sie auch Nachrichten auf der Mailbox hatte. Also zündete sie sich mit zitternder Hand eine Zigarette an und gab ihm in Gedanken eine zweite Chance. *Okay, vielleicht hat er stattdessen angerufen. Kate, beruhig dich. Und hör deine Mailbox ab.*

Die Automatenstimme bedankte sich für ihren Anruf und verkündete, dass sie, Pause, SECHS neue Nachrichten hatte. Kate klickte sich durch, hörte von jeder nur die ersten zwei oder drei Worte an, bevor sie zur nächsten weiterschaltete, in der Hoffnung, es möge endlich die ersehnte Stimme sein.

Zuerst kam Matt: »Hi, Süße, ich bin's …«, überspringen.

Dann ihre Agentin: »Kate, Cynthia hier …«, überspringen.

Dann die Buchhalterin aus dem Produktionsbüro: »Hallo, Kate, hier spricht Jane Dobbs aus der Buchhaltung …«, überspringen.

Wieder Matt: »Ach, und, Schatz …«, überspringen.

Dann ihr Zahnarzt: »Hallo, Mrs. Fenton, hier spricht die Park-Dental-Praxis …«, überspringen!

Und, schließlich, die sechste Nachricht.

Bitte, lieber Gott, lass sie von ihm sein.

Es war ihre Mutter: »Du warst also letzte Woche in Edinburgh und hast uns nicht besucht …«

Sie warf das Handy quer durch den Wohnwagen, wo es einsam auf dem violetten Sofa landete. Ein Klopfen an der Tür.

»Nein!«

Es war Mack. »Verzeihung, Liebes, ich wollte nur wissen, ob du Klopapier brauchst?«

»Mack, wenn ich etwas brauche, dann lasse ich es dich wissen, versprochen. Kann ich jetzt bitte Mittagspause machen?«

Sie hörte, wie er davoneilte, und rief ihm nach: »Tut mir leid!« Wie konnte sie nur so unhöflich sein. Am liebsten hätte sie geheult. Wie angewurzelt stand sie da, gedemütigt von Callums Zurückweisung, und sog aggressiv an ihrer Zigarette, um irgendwie die in ihr aufsteigende Panik niederzukämpfen.

Dann klingelte ihr Telefon.

Bestimmt war es Matt.

Sie konnte jetzt nicht mit ihm sprechen, also würde sie nicht rangehen.

Doch selbst auf die Entfernung konnte sie erkennen, dass der Name auf dem Display nicht Matt war. Sie ging zum Sofa hinüber.

MacGregor's Restaurant.

Er war es.

Das Telefon rutschte ihr beinahe aus der Hand, so sehr zitterte sie vor Aufregung und Schlaflosigkeit und einer Überdosis Nikotin. Kate schloss die Augen und drückte auf Annehmen. Sie versuchte, cool zu klingen, als wäre ihr gleichgültig, dass er anrief …

»Hallo, du«, sagte sie.

»Hi.« Allein diese eine Silbe, ausgesprochen mit seiner wunderschönen, klangvollen sechsundfünfzigjährigen schottischen Stimme, ließ sie dahinschmelzen.

»Ich dachte schon, du hast mich vergessen.«

KAPITEL 47

Becky klopfte an die Tür. »Kate, noch fünf Minuten.«

»Alles klar, Süße, ich komme.«

Auf dem Weg zum nächsten Trailer wunderte sich Becky: »Süße«? *Wow.*

Kate lag auf dem violetten Sofa, wo sie glückselig die letzte halbe Stunde verbracht hatte, am Telefon mit Callum. Nach der anfänglichen Unbeholfenheit war ihre Unterhaltung aufgetaut, sie waren miteinander warm geworden und an einer Stelle sogar richtig heiß. Das mit ihnen fühlte sich an wie vor siebzehn Jahren: unkompliziert, einfach, vertraut.

Sie hatten vereinbart, am Abend zwischen fünf und sieben noch mal zu telefonieren, wenn Belinda beim Yoga war.

Bevor sie auflegte, hatte Kate es noch einmal versucht: »… und am Freitag habe ich mittags Drehschluss. Wenn du es also irgendwie schaffst, dich loszueisen …«

»Keine Chance, Kate. Tut mir leid.«

»Was ist, wenn ich zu dir komme? Wieder dieses Hotel?«

»Zu riskant. Ich kann nicht innerhalb einer Woche zwei Mal abends mit Gary fortgehen.«

Sie wusste, dass er recht hatte. Aber es war so frustrierend. »Dann muss ich mich wohl mit deiner Stimme begnügen. Und du weißt ja, was die mit mir anstellt.«

Lächelnd genoss Callum die Schmeicheleien, ehe eine leise Stimme in seinem Kopf fragte, ob er sich hier zum Narren machte … doch er ignorierte sie und beschloss stattdessen, den Moment zu genießen.

»Du kannst mich jederzeit anrufen«, sagte sie. Und als das Gespräch beendet war, schloss sie die Augen und holte tief Luft. Mein Gott, er gab ihr so ein gutes Gefühl.

Callum hatte erst einmal Telefonsex gehabt. Das war, lange bevor er Kate begegnet war, auf einer Tour mit der Rugbymannschaft nach Dublin. Er war damals Anfang dreißig gewesen. Nach drei Tagen ohne Belinda hatte er abends seine Mannschaftskollegen an der Bar sitzen lassen und war auf sein Zimmer gegangen, um zu Hause anzurufen.

Sie hatten sich über eine Stunde lang unterhalten – er wusste noch, dass es ein Schweinegeld gekostet hatte. Vor allem sprachen sie über die Tour und die Spiele und das Leben und wie es Ben an diesem Tag gegangen war, und dann fragte er sie plötzlich: »Was hast du gerade an?« Es war ihr schwarzer Morgenmantel aus Seide – der keine Fliege wärmen könnte, wie sie immer scherzte, weil er so dünn war. Doch sie betonte stets, dass sie das Gefühl von Seide auf ihrer Haut liebte.

»Mach ihn auf.« Schweigen am anderen Ende. Es hätte völlig in die Hose gehen können. Sie hätte sich über ihn lustig machen und ein »Was ist denn mit dir los, Herzchen?« erwidern können.

Doch stattdessen ging sie darauf ein.

»Okay.« Er hörte, wie ihr Atem schneller wurde, und dann sagte sie: »Ich hab ihn aufgeknotet. Sag mir, was ich als Nächstes tun soll.«

Und das tat er. Im Gegenzug stellte sie ihre eigenen Forderungen, gekrönt von einem wunderbaren Telefonorgasmus, der sie beide gleichermaßen überraschte und erfreute.

Noch Jahre später fragte sich Callum, ob die Angestellten an der Rezeption dieses Dubliner Hotels wohl mitgehört hatten, wie Belinda stöhnte: »Ich komme, oh Gott, Callum, ohhhh …«, und seine geflüsterte Erwiderung: »Genau so, Baby, ja …« Die brünette Empfangsdame hatte ihn am nächsten Morgen, als er zum Frühstück runterkam, so komisch angeschaut. Er schauderte beim Gedanken. Denn es war nicht wirklich seine Art, so … na ja, so ungehemmt zu sein. Und doch lag er an diesem Abend im Dunkeln in seinem Ehebett, voller Lust, mit Kate am Telefon, die ihm ganz genau beschrieb, was sie mit ihm anstellen würde, sobald sie das nächste Mal zusammen waren.

Als Belinda vom Yoga zurückkam, stand Callum mit umgebundener Schürze in der Küche, sang zur Musik aus dem Radio, deckte den Tisch und wärmte die Teller vor.

»Da geht es offensichtlich jemandem besser!« Sie war überrascht, aber glücklich, ihren Ehemann so viel munterer zu sehen.

»Ich hab Karotten und Brokkoli gemacht. Dauert noch ungefähr fünf Minuten.« Er küsste sie und fuhr mit den Vorbereitungen fort.

»Alte Leute sollten nicht singen!« Ailsa kam mit einer leeren Müslischüssel und einem Buch über metaphysische Lyrik unter dem Arm in die Küche. Aber sie lächelte, denn insgeheim mochte sie es, wenn ihr Dad etwas albern drauf war.

Nach dem Abendessen spülte Belinda ab, während Ailsa ihnen allen Tee kochte.

»Also, ich bin froh, dass du so gut gelaunt bist«, sagte Belinda.

»O-oh. Nimm dich in Acht, Dad. Ich wette, sie hat ein Attentat auf dich vor.« Ailsa lachte.

»Ach, sei still! Es ist doch auch für dich.«

»Schieß los.« Callum nahm an, dass es wieder um Ailsas Moped gehen würde.

»Wie du ja weißt, hab ich am Freitag frei … und Ailsa auch wegen des Lehrerfortbildungstages.«

»Wie kommt's, dass du meinen Stundenplan immer besser kennst als ich?«, beschwerte sich Ailsa scherzhaft.

»Also hab ich mich gefragt …«

Und los geht's, dachte Callum. *Ich hab mich gefragt, ob Ails und ich mal nach Mopeds schauen könnten, als Weihnachtsgeschenk.*

»Ich hab mich gefragt, ob du nicht Ails und mir einen Besuch in diesem neuen Spa in Glasgow spendieren magst. Die haben ein Angebot, zwei Personen für den Preis von einer. Elaine vom Yoga hat mir davon erzählt.«

»Echt? Super!« Ailsa war hörbar begeistert.

Callum auch, aber aus einem anderen Grund. Er versuchte, es nicht zu zeigen, sondern in seiner Rolle zu bleiben. »Und was kostet mich der Spaß?«, knurrte er.

»Hundertfünfzig. Aber da ist eine Übernachtung dabei …«

»Teilen wir uns ein Zimmer?«

»Ja.«

»Cool.«

»Und zwei Behandlungen. Pro Person. Cal, das ist echt ein Schnäppchen!«

Er sah sie an. In seinem Kopf wirbelten all die Möglichkeiten herum, die ihm das bieten würde. Er könnte Kate treffen! Er könnte die Nacht mit Kate verbringen!

Er seufzte, als hätten sie ihn gerade erst überredet.

»Aha, verstehe, und ich gehe mal wieder leer aus?«

»Ach, Callum, dir würde das doch sowieso keinen Spaß machen. Im Whirlpool sitzen, sich die Nägel machen lassen! Tratschen!«

Er lachte. »Na gut. Verfrühtes Weihnachtsgeschenk, okay?«

Belinda kam mit seifigen Händen zu ihm, umarmte ihn fest, bedeckte ihn mit Küssen und sagte dabei immer wieder: »Danke, danke, danke!«

»Ja, vielen Dank, Dad. Könnte sein, dass ich dir diesen peinlichen Auftritt vor Tom und mir neulich verzeihe.«

Callum schüttelte den Kopf und tat nach außen grummelig,

um sein inneres Lächeln zu verbergen. Er würde Kate treffen. Er wusste, es war falsch. Aber er würde es trotzdem tun. Nichts würde das jetzt mehr verhindern.

KAPITEL 48

Doug setzte Kate um drei Uhr an der Lodge ab. Sie wusste, dass Callum direkt nach der Schule ins Auto steigen und herfahren würde. Genug Zeit, um ein Bad zu nehmen, sich einzucremen, Make-up aufzulegen und sich in Schale zu werfen – in einen hinreißenden Slip aus dunkelgrünem Satin mit passendem Mieder. Ach, und Strümpfen. Das alles hatte sie in höchster Eile in einem Kaufhaus vor Ort auf ihrem Weg zurück vom Dreh erstanden.

Die ganze Zeit über dachte sie nicht ein einziges Mal an Matt. Daher war sie etwas überrascht, als ihr Handy klingelte und sie seinen Namen auf dem Display sah.

»Hi.«

»Ist was passiert?«

»Nein. Ich hab nur an dich gedacht, das ist alles. Bist du nicht am Set? Ich hab mit deiner Mailbox gerechnet.«

Gerade noch rechtzeitig fiel ihr ein, dass Matt ja davon ausging, dass sie den ganzen Tag arbeitete. »Nein, es gibt irgendein Problem mit den Scheinwerfern oder so, deshalb bin ich für ne Weile im Trailer … Alles klar bei dir? Du klingst ein bisschen … ich weiß auch nicht.«

»Mir geht's gut.«

Es folgte ein unangenehmes Schweigen.

»Kate«, sagte Matt nervös. »Mit uns ist alles okay, oder?«

»Aber natürlich! Was ist denn los mit dir?«

»Wegen Edinburgh …«

»Matt!«

»Ich weiß, dass das mit dem Casino gelogen war.«

Scheiße.

Sie musste Zeit schinden.

»Ja, in Ordnung, danke, Becky!«, rief sie als Antwort auf ein

nicht existentes Klopfen an einer nicht existenten Wohnwagentür. »Schatz, ich muss wieder zum Set. Hör zu, ich erklär es
dir ausführlich, wenn wir uns wiedersehen, aber … Ich musste
jemanden besuchen. Und ich habe versprochen, niemandem
davon zu erzählen. Matt, du musst mir vertrauen. Ich ruf dich
später an, okay?«

»Okay.«

Dann legte sie auf.

Verdammt.

Callum war seit drei Stunden da. Und fast jede Minute davon
hatten sie mit herrlich belebendem, schmutzigem und wildem
Sex verbracht. Es war besser als jede Droge und machte wesentlich süchtiger. Sie hatten sich gegenseitig wieder und immer wieder verschlungen, als gäbe es eine endliche Menge
an Befriedigung, und sie wollten unbedingt die Vorräte auf-
brauchen, während sie sich gleichermaßen wünschten, diese
würden nie zur Neige gehen. Beide waren sich insgeheim bewusst, dass ihre Körper siebzehn Jahre älter waren als damals,
und beide waren insgeheim begeistert, dass das Alter ihre Un-
ermüdlichkeit kaum gedrosselt hatte. Vor allem Callum war
beeindruckt – und in seinem Selbstwertgefühl gestärkt –, dass
seine Standfestigkeit nicht nachgelassen hatte. Dem Himmel
sei Dank für Rugby, dachte er.

Um acht Uhr klingelte Kates Wecker, um sie an den Anruf
bei Matt zu erinnern. Callum seinerseits musste sich bei Belinda melden. Er ging nach draußen und behauptete, mit den
Kumpels ein Curry essen gegangen zu sein. Erleichtert stellte
er fest, dass sie gar nicht wirklich reden wollte, so sehr genoss sie die gemeinsame Mädelszeit. Das Spa sei himmlisch,
schwärmte sie. Und möglicherweise würde es Callum dort
doch gefallen.

Kate blieb währenddessen im Badezimmer und sprach mit Matt. Seit ihrem Telefonat am Nachmittag hatte sie genug Zeit gehabt, um sich eine ausgefeilte, glaubwürdige Geschichte auszudenken, die ihre Fahrt nach Edinburgh und die Casino-Lüge rechtfertigen würde. Sie schob es alles auf ihre Schulfreundin Jinny. Behauptete, Jinny hätte seit achtzehn Monaten eine Affäre, von der Kate zwar wusste, ihr aber absolutes Stillschweigen geschworen hätte. Und nun brach gerade Jinnys Welt zusammen.

»Aber Kate, das hättest du mir doch einfach sagen können. Warum diesen ganzen Mist mit dem Casino erfinden?«

»Ich dachte, wenn ich dir erzähle, dass ich über Nacht zu Jinny fahre, wärst du verständlicherweise genervt. Vor allem nachdem ich erst kurz vorher unser gemeinsames Abendessen verpasst habe.«

»Verdammt, dann war das also auch gelogen? Das Treffen mit Paula Wieauchimmer.«

Kate saß in der Falle. Im Bruchteil einer Sekunde musste sie entscheiden, welche Antwort weniger Schaden anrichten würde. »Nein! Natürlich war das nicht gelogen – für wen hältst du mich?«

»Um ehrlich zu sein, weiß ich das nicht mehr genau.«

Da hatte sie sich jetzt selbst reingeritten. Ein paar Sekunden lang herrschte Stille, bevor Kate es erneut versuchte, diesmal sanfter. »Schatz, hör zu, ich konnte dir nicht sagen, warum es so wichtig war, dass ich fahre, weil ich Jinny schwören musste, dass ich kein Sterbenswort verrate. Also war die einzige Möglichkeit, mir etwas mit der Arbeit auszudenken. Ich hab's ziemlich vermasselt, und es tut mir so leid.«

Matt schien das, was sie sagte, zu verarbeiten, während Kate sich am anderen Ende auf die Lippe biss und betete, er möge ihr glauben. Erleichtert schloss sie die Augen, als er sagte:

»Schon okay. Ich hab nur, also, ich hab das Schlimmste befürchtet, das ist alles.« Callum war wieder hereingekommen und versuchte, leise zu sein, weil er merkte, dass Kate immer noch am Telefon war.

»Schatz, ich bin bald wieder zu Hause, und dann können wir mal richtig Zeit miteinander verbringen, ja?«

Ihre Stimme war zärtlich, sanft, liebevoll, und Kate so reden zu hören ließ Callum frösteln. Ein ganz seltsames Gefühl überkam ihn. War er eifersüchtig? Vielleicht. Aber es war mehr als das – es schockierte ihn, wie überzeugend sie klang. Wenn die Rollen vertauscht wären und Kate ihn mit Belinda hätte sprechen hören, was hätte sie sich dann gedacht? Dass man ihm seine Anspannung und Unbehaglichkeit deutlich anmerkte und dass er es kaum erwarten konnte, das Gespräch zu beenden: »Okay, ich muss Schluss machen – mein Lamm Pasanda ruft.« Nicht gerade der Traum eines liebenden Gatten. Aber vielleicht echter. Wenn er es sich recht überlegte, dann fand er es beunruhigend, mit welcher Leichtigkeit Kate ihren Charme spielen ließ. Tat sie dasselbe auch mit ihm? Hörte sie je auf zu schauspielern?

Als sie später zusammen auf dem Bett lagen, den Vollmond betrachteten und den Rufen der Eule und dem fehlenden Verkehrslärm lauschten, fragte er sie nach Matt. Sie zuckte nicht zurück, wie er es erwartet hatte, und ging auch nicht in Verteidigungshaltung. Stattdessen antwortete sie ihm geradeheraus: »Es gab immer nur dich, Callum. Ich liebe Matt von ganzem Herzen. Aber es gab immer nur dich.«

Dann wandte sie sich ihm zu und küsste ihn so zärtlich, während ihre geschlossenen Augen feucht wurden vor Tränen, und er dachte: Das kann unmöglich gespielt sein.

Und das war es auch nicht.

KAPITEL 49

Drei Wochen später war Kate wieder zu Hause und drehte tagsüber im Filmstudio. Das machte den Alltag für sie wesentlich einfacher. Sie konnte rechtzeitig zurück sein, um Tallulah eine Gutenachtgeschichte vorzulesen und ein Glas Wein mit Matt zu trinken. Nun ja, ein paar Gläser Wein, um genau zu sein, und dazu einige Zigaretten. Auch jetzt gesellte er sich zu ihr auf die Terrasse und rauchte in der Kälte vor sich hin.

»Willst du zum neuen Jahr damit aufhören?«, neckte sie ihn.

»Warum, du?«

Im Lauf des vergangenen Monats oder so hatte Kate gelernt, mit Matts Gereiztheit umzugehen. Er war auf jeden Fall anders, aber sie konnte nicht genau ausmachen, weshalb. Natürlich ging ihr durch den Kopf, dass er irgendwie von Callum erfahren hatte. Da war diese ganze Sache mit dem Casino, aber das hatten sie doch inzwischen hoffentlich hinter sich gelassen? Sie schob es darauf, dass er zunehmend die Nase voll hatte von ihrer Arbeit. Dieses Engagement war besonders lang: neun Monate insgesamt, in denen sie immer wieder längere Zeit von zu Hause weg war. Wann immer sich die Gelegenheit bot, drängte sie Matt, ihr zu sagen, was ihm durch den Kopf ging, doch jedes Mal erhielt sie dieselbe Antwort: *Kate, mir geht's gut, mach kein Theater.*

Also küsste sie ihn und sagte: »Ich liebe dich. Das weißt du, oder?«

Dann lächelte er dünn und erwiderte: »Ich dich auch.« Wieder diese Sache mit der Antwortfloskel, stellte Kate fest, nur diesmal andersherum. Sie wagte es jedoch nicht, die Sache weiter zu verfolgen, aus Angst, Staub aufzuwirbeln. Und bei Kate lief gerade alles so schön ruhig und glatt.

»Ich hab mir Gedanken über Weihnachten gemacht«, sagte sie und brach damit das Schweigen, das sie zusammen mit dem Zigarettenrauch auf der Terrasse eingehüllt hatte. »Wie wäre es, wenn wir zu meinen Eltern fahren?«

»Nach Edinburgh?«

Sie ignorierte die Verärgerung in seiner Stimme. »Ja, warum nicht?! Es wäre mal eine schöne Abwechslung, und Mum würde sich total freuen. Außerdem, wann hast du das letzte Mal ein richtig schottisches Hogmanay gefeiert?«

Matt wusste, dass die Entscheidung bereits gefällt war; es stand nicht wirklich zur Debatte. »Ja, klar. Was immer du willst.«

Dann drückte er seine Kippe im Gartenaschenbecher aus und ging ins Haus. Weihnachten war momentan Matts geringste Sorge.

KAPITEL 50

Wenn man bedachte, wie unsicher er am Anfang gewesen war, als er Kate wiedertraf, überraschte es Callum, wie leicht er wieder in den Trott des Verrats gefallen war. Ihre Fernaffäre hatte fast schon Routine, zu der eine Menge Telefonsex und Momente der flüchtigen Hoffnung auf mögliche Treffen gehörten.

Jeden Morgen, wenn Kate ungestört reden konnte, schickte sie die übliche Nachricht von Kettley's Garage, um Mr. MacGregor zu informieren, dass bei seinem Wagen eine Inspektion fällig sei.

Callum wiederum antwortete, wenn es bei ihm ungefährlich war, um ihr zu sagen, um welche Tageszeit er telefonieren konnte. Sie schickte eine kurze Bestätigungs-SMS zurück, und alle Nachrichten wurden sofort gelöscht.

Sie hatten sich seit drei Wochen nicht mehr gesehen, und es belastete sie zunehmend. Kate äußerte ihre Frustration häufig, indem sie ihm Handyfotos schickte ... von ihren nackten Brüsten, ihren Brüsten in einem schönen BH, ihrem knackigen Hintern in einem String oder ihrem ganzen Körper nackt in der Badewanne, die rechte Hand aufreizend unter den Seifenschaum geschoben. Es gab sogar mal eine Nahaufnahme von ihren Lippen, leicht geöffnet, sodass man die Zunge erahnen konnte, die ihn lockte. Kate wusste, es war riskant, doch sie ertrug es nicht, ihn nicht zu sehen, und damit linderte sie ein wenig das überwältigende Bedürfnis nach Erfüllung.

»Kannst du nicht nach London kommen?«

»Und dann?«

»Ich kann dir ein Hotelzimmer besorgen ...«

»... klingt wie ein Callboy oder ein ...«

»Persönlicher Sex-Sklave? Was für eine hinreißende Vorstellung.«

Sie lachten darüber, aber sich nicht zu sehen war gar nicht lustig.

»Ich weiß, es ist noch lange hin, aber in den Winterferien …«

»Februar? Callum, vergiss es, ich kann nicht bis Februar warten!«

»Hey, ich tue, was ich kann, okay?«

»Sorry. Sprich weiter.«

Er wartete, etwas irritiert von ihrer Gereiztheit. »Okay, also Belinda will, dass wir in den Winterferien mit Ailsa nach Frankreich zum Skilaufen fahren. Unsere Freunde haben dort eine Hütte.«

Kate unterbrach ihn wie ein schmollender Teenager. »Ich ertrage die Vorstellung von dir und deiner Familie im Urlaub nicht.«

Callum ignorierte sie und fuhr fort: »Jedenfalls findet in derselben Woche eine Lehrerkonferenz in Brighton statt. Ich könnte stattdessen dorthin fahren, aber natürlich nicht die ganze Zeit …«

Kates Laune besserte sich sofort. »Ja. Mach das. Das ist wenigstens etwas. Aber ich meine es ernst, Callum, ich muss dich vorher sehen. Koste es, was es wolle.«

Nachdem sie das Gespräch beendet hatten, war Callum etwas verärgert, dass sein Vorschlag – der für ihn ein großes Opfer darstellte – bei Kate auf so wenig Begeisterung stieß.

Er hatte sie von außerhalb des Rugby-Clubhauses angerufen, wo er sich mit Gary auf ein Bier verabredet hatte. Er hatte eigentlich gehofft, niemandem von Kate und ihm erzählen zu müssen, doch es wurde langsam knifflig, und er brauchte einen Vertrauten für Notfälle. Schließlich hatte er es bereits ein paar Mal riskiert, Gary als Ausrede zu benutzen, und deshalb das Gefühl, ihn einweihen zu müssen.

»Cal, du bist ein absoluter Volltrottel.« Das war nicht die Reaktion, auf die Callum gehofft hatte, aber Gary nahm nie ein Blatt vor den Mund. »Diese ganze Scheiße ist doch schon mal passiert! Mann, du bist echt verrückt!«

»Ja, schon gut, nicht so laut.« Es war nicht viel los im Club – das Training lief noch, aber an der Bar saßen ein paar alte Kumpel wie sie, und Callum hatte Sorge, dass fremde Ohren mithörten.

»Hör zu, Kumpel, natürlich kannst du auf mich zählen, wenn du mich brauchst. Aber Belinda ist was Besonderes. Ich wünschte, ich hätte jemanden wie sie getroffen.«

Callum dachte an Gary und seine drei gescheiterten Ehen.

»Kannst du dich nicht einfach eine Runde austoben und dann damit aufhören?«

»Schön wär's«, erwiderte Callum. Und das meinte er ganz ehrlich.

»Sie wird dir kein zweites Mal verzeihen. Das ist dir schon klar, oder?« Gary war ungewöhnlich sanft. »Und wenn Belinda zu haben ist, dann werden da jede Menge Männer Schlange stehen.«

»Verdammt, Gary, sie ist einfach der Hammer!«

»Deine Frau oder dein Seitensprung?«

Callum sah ihn an. Das hatte er jetzt verdient.

»Ich weiß, für wen ich mich entscheiden würde«, sagte Gary.

»Dann würdest du *dazu* Nein sagen?« Callum zog sein Handy heraus und rief das Foto auf, das Kate ihm am Morgen geschickt hatte. Er hatte es noch nicht über sich gebracht, es zu löschen. Sie trug wieder diesen fliederfarbenen Halbschalen-BH, ihre Haare waren zerzaust, und sie schmollte wie eine Filmdiva aus den Fünfzigerjahren.

Gary nahm das Handy und starrte auf das Bild. Callum beobachtete seine Reaktion und war seltsam stolz auf die Wirkung, die es hatte. Selbst Gary musste von seinem hohen moralischen

Ross aus zugeben, dass Kate umwerfend war. Er pfiff lang und anhaltend, während er den prächtigen Anblick von Kate in Dessous auf sich wirken ließ. Callum konnte ein Lächeln nicht unterdrücken, wie ein selbstgefälliger, eitler Pfau.

Dann machte Gary den Augenblick kaputt. »Der Traum eines jeden alten Mannes, was, Cal?« Er reichte ihm das Handy zurück. »Lösch das lieber mal. Solange das Glück dir noch hold ist.«

Callum verließ den Club an jenem Abend verärgert und niedergeschlagen. Er war sauer auf Gary, aber nur weil er im Grunde wusste, dass dieser recht hatte. Er war sechsundfünfzig Jahre alt, verdammt. Wem versuchte er hier was vorzumachen? Er stieg in sein Auto und drehte den Rückspiegel so, dass er sein Spiegelbild betrachten konnte. Die Lichter des Clubs warfen Schatten darauf, die seine Müdigkeit und seine Falten betonten. Er sah erschöpft aus und überfordert. Und genau das war er.

Sein Handy piepste.

Kettley's Garage, die ihn daran erinnerten, dass bei seinem Auto eine Inspektion fällig war.

Er hielt kurz inne, bevor er antwortete, etwas widerwilliger als sonst: *Ok* – was Kate grünes Licht gab, sich zu melden. Er wartete. Einige Sekunden später kam ihre Antwort:

AUFREGENDE NEUIGKEITEN
WEIHNACHTEN IN EDINBURGH!
DAS CHRISTKIND KOMMT …
… UND ICH AUCH! Xx

Es brauchte nicht viel, um seine Zuversicht wiederherzustellen, und als er vor dem Losfahren den Rückspiegel einstellte, fiel ihm auf, dass er wesentlich jünger aussah, wenn er lächelte.

KAPITEL 51

»Was hab ich mir nur dabei gedacht, ein verdammtes Jahrgangs-treffen fünf Tage vor Weihnachten zu organisieren!«

Hetty hatte gerade ein Handygespräch beendet. »Das war jetzt Betsy Barrack, um abzusagen!«

Es tat Matt so leid für sie. Sie hatte sich dermaßen viel Mühe wegen dieser Party gegeben, und nun ließen die Leute sie einer nach dem anderen hängen. Er sah zu, wie seine Freundin eine Schachtel mit Jahrbüchern öffnete, die sie extra für den Abend hatte drucken lassen. Sie wirkte etwas linkisch in ihrem neuen, Hetty-untypischen Kleid, das aussah, als würde es an den Körper von jemand anderem gehören, mit ihrer bombastischen Frisur und dem starken Make-up, das sie sich von einem Profi hatte machen lassen. Verzweifelt suchte er nach tröstenden Worten.

»Hey, komm schon! Es werden immer noch jede Menge Leute da sein, wart's nur ab! Und wie du selber gesagt hast, selbst wenn es nur wir beide sind, ist das im Grunde immer noch ein Jahrgangstreffen!«

Hetty hatte bereits die Namensschildchen auf einem Tisch ausgebreitet. Dahinter prangte ein großes, von Hetty selbst er-stelltes Banner mit den Worten *Willkommen, Warwickonians! Jahrgang 1988*, ein Versuch, etwas Fröhlichkeit in den ansons-ten ziemlich trostlosen Veranstaltungsraum zu bringen. Der DJ in der Ecke baute seine Anlage auf und ließ zum Soundtest Fetzen von Achtzigerjahrehits laufen, die so abrupt aufhörten, wie sie angefangen hatten, und der düster dreinschauende Bar-keeper bereitete die Reihen von Gläsern mit kostenlosem Wein auf vier großen Tabletts vor.

»Wenn keiner kommt, können wir immer noch den ganzen Gratiswein alleine trinken.« So langsam fielen Matt keine Auf-munterungen mehr ein.

»Lass gut sein, Matty, ich weiß doch, dass du eigentlich gar nicht hier sein magst, also lass uns aufhören, so zu tun, okay?«

Es stimmte. Matt war nur da, um Hetty zu unterstützen.

Er hatte immer ganz offen zum Ausdruck gebracht, dass er den Sinn von Treffen dieser Art nicht verstand. »Wenn wir gerne mit Leuten in Kontakt geblieben wären«, hatte er ihr erklärt, »dann hätten wir das getan! Es gibt gute Gründe, weshalb Tom Bromsgrove oder Mike German nicht mehr Teil unseres Lebens sind, und umgekehrt. Du bist einfach eine süße Romantikerin mit einer verklärten Sicht auf die Welt, die in allen das Beste sieht!«

»Adam Latimer eingeschlossen«, wagte sie zu ergänzen. Matt seufzte. Auf dieses Treffen freute er sich kein bisschen – noch ein Grund, weshalb er nicht wirklich da sein wollte.

»Sei nett zu ihm, Matty, mehr verlange ich ja gar nicht.«

Matt nickte und nahm sich vor, so viel zu trinken wie möglich. Sie würden tags darauf in den Weihnachtsurlaub nach Edinburgh starten, aber egal. Wenn er verkatert war, konnte er sich während des Flugs ausschlafen. Um genau zu sein, hoffte er, den gesamten Urlaub verschlafen zu können.

Die Situation zwischen Kate und ihm hatte eine Art Stillstand erreicht. Sie sahen sich kurz am Morgen, bevor sie zur Arbeit abgeholt wurde, und dann noch mal kurz am Abend, wenn sie zusammen aßen, was selten vorkam, rauchten, was regelmäßig vorkam, und tranken, was immer der Fall war, bevor Kate um zehn ins Bett verschwand, weil sie ihren Schönheitsschlaf brauchte.

Sex gab es keinen, was nicht überraschend war. Aber so hatte er sie noch nie erlebt. Er war so an ihre manischen Phasen und ihre Zeiten des Selbsthasses oder Ärgers – ja, sogar der Wut – gewöhnt, wenn sie mitunter sogar gewalttätig wurde. Und natürlich an ihre depressiven Phasen, während deren sie manchmal nicht einmal aufstehen konnte und tagelang stumm im Bett lag.

So besorgniserregend diese verschiedenen Seiten von Kate auch waren, nun wünschte er sie sich zurück, denn er wusste, wie er mit der Manie oder dem Selbsthass oder der Wut und den dunklen, dunklen Stimmungen umgehen musste. Doch diese neue Kate war anders als alles zuvor. Es lag ein Strahlen in ihren Augen, sie war munter, aber ruhig, freundlich, aber sehr, sehr distanziert. Es glich eher dem Zusammenleben mit einem sehr umgänglichen Arbeitskollegen als mit der Mutter seines Kindes und der Frau, mit der er seit sechs Jahren verheiratet war.

Es war ihm der Gedanke gekommen, ob sie vielleicht mit jemandem aus der Produktion etwas am Laufen hatte – das wäre nicht völlig ausgeschlossen. Es hatte zuvor schon Flirts gegeben, das gehörte zum Job, sosehr er es auch hasste. Doch er hatte die Besetzung von *Shot in the Dark* bei mehreren Gelegenheiten getroffen, und auch die Crew. Da war niemand dabei, bei dem seine Alarmglocken läuten würden, niemand, der ihm verdächtig vorkam oder bei dem er eine ungute Verbindung zu Kate spürte. Außerdem schien Kate das Ende der Dreharbeiten kaum erwarten zu können, das ergab also keinen Sinn. Fast täglich erzählte sie ihm, wie sehr sie sich darauf freute, dieses Projekt abschließen zu können.

Heute war der letzte Drehtag, und Kate würde sich jetzt für die Abschlussparty schön machen, die keine zwei Kilometer vom Jahrgangstreffen entfernt stattfand.

Vielleicht musste er einfach nur geduldig sein.

Kate hatte im Januar ein paar Wochen frei, bevor das nächste Filmprojekt begann. Vielleicht war eine Woche bei ihren Eltern in Edinburgh genau das, was sie jetzt brauchten. Trotzdem war er nicht sonderlich erpicht darauf, denn inzwischen assoziierte er Edinburgh mit Kates seltsamem Verhalten. Wie sie vor ein paar Wochen dorthin geeilt war, und diese ganze komische Geschichte mit Jinnys Affäre.

Er war Jinny schon ein paar Mal begegnet.

Und ihrem Mann Bill.

Ein glücklicheres, bodenständigeres Paar, das die Gesellschaft des anderen so genoss, hatte er noch nie getroffen. Er wusste zwar, dass es immer die waren, von denen man es am wenigsten erwartete, aber trotzdem – Jinny?

Er hatte Kate gefragt, ob sie Jinny während ihres Aufenthalts treffen würden, und sie hatte ihn verächtlich angesehen. Wie er auf eine so abwegige Idee kommen könne in Anbetracht der Umstände. »Komm schon, Matt, denk doch mal nach!«, hatte sie gesagt. Und er war sich extrem blöd vorgekommen, überhaupt gefragt zu haben.

Er bestellte beim Barmann einen Gin Tonic. Dieser wunderte sich, dass Matt nicht den kostenlosen Wein wollte. Matt hatte jedoch beschlossen, wenn schon Kater, dann wenigstens einen qualitativ hochwertigen und keinen der Marke säuerlicher Billigwein. Mit dem ersten Schluck prostete er sich selbst zu, in der Hoffnung, Weihnachten zu überstehen, 2003 ganz neu zu starten und hoffentlich seine Frau zurückzugewinnen.

Ein freudiges Quietschen hinter ihm signalisierte die Ankunft des ersten Gastes. Es war Grufti-Sarah, die seltsamerweise immer noch ein Goth war. Er beobachtete, wie sich Hetty in die perfekte Gastgeberin verwandelte, Sarah ihr Namensschildchen reichte und sie in Richtung des kostenlosen Weines schickte.

Wenn schon, denn schon, dachte Matt und bestellte einen weiteren Gin Tonic, mit dem er sich dann auf den Weg zu Sarah machte, um herauszufinden, ob sie sich an ihn erinnerte.

Mit Sarah würde er gerade noch klarkommen – es war Adam, den er wirklich nicht sehen wollte. Und er hoffte insgeheim, trotz des Kummers, den es Hetty bereiten würde, dass Adam Latimer heute Abend seinem Ruf gerecht werden und nicht auftauchen würde.

KAPITEL 52

Kate hatte die Partys zu Produktionsschluss schon immer gemocht. Zugegeben, als sie noch jünger und wilder war, hatte sie sie noch mehr genossen: zusammen mit den Kostümassistentinnen im Damenklo zu koksen, die bis dahin vor Schüchternheit kaum den Mund aufgemacht hatten, oder mit dem netten Praktikanten vom Kulturamt Schnaps zu trinken. Einmal sogar heftig mit einem nervösen jungen Schauspieler rumzuknutschen, der in einer Szene mit ihr zwei Sätze hatte sagen dürfen – seine erste Fernsehrolle, und dann wird er gleich von der Hauptdarstellerin vernascht, weil der Beleuchter sie dazu herausgefordert hat. Diese Zeiten waren natürlich längst vorbei. Seit sie mit Matt zusammen und Mutter geworden war, war sie viel ruhiger geworden. Ja, sie flirtete manchmal, denn da war nun wirklich nichts dabei. Normalerweise mit den Elektrikern oder kräftigen Schreinern. Sie fühlte sich von deren rauer Schale angezogen, von ihrem zynischen Witz, der Prise Humor, mit der sie alles nahmen, und der Tatsache, dass ihre Fähigkeiten nicht auf die Fernsehindustrie beschränkt waren, dass sie in einem früheren Leben mal was ganz anderes gearbeitet hatten. Irgendwie wirkten sie echter. Ja, manchmal flirtete sie, aber normalerweise hatte sie, wie es sich für ihr Alter gehörte, kein Interesse mehr daran, sich danebenzubenehmen.

Und trotzdem fühlte sich eine Abschlussparty immer ein bisschen an wie früher das Schuljahresende. Geprägt von sorgloser Stimmung und allgemeinem Leichtsinn. Die Arbeit war erledigt. Keine Zwölfstundentage und Sechstagewochen mehr, die Verantwortung abgegeben, nachdem seitenweise Drehbuchtext in stundenlange Filmaufnahmen verwandelt worden war, mit denen nun die Cutter und Tontechniker machen würden, was sie für richtig hielten. Es hatte etwas Befreiendes an sich, schließlich loszulassen. Ein Jahr oder mehr würde es dauern, bis sie die Früchte ihrer Arbeit in Zeitschriften oder dem Fernsehprogramm angekündigt sahen. *Neues Drama mit Kate Andrews.*

Die Party fand in einem spanischen Restaurant statt, das ironischerweise in der Greek Street lag. Da es nur fünf Tage vor Weihnachten war, waren alle doppelt in Feierlaune. Es gab kostenlose Tapas und Mojitos, gesponsert von der Produktionsgesellschaft. Clara, die Auszubildende zur Kamerafrau, war bereits betrunken, und das, obwohl sie erst seit einer Stunde da waren.

Kate war extra früh gekommen, damit sie nicht lange bleiben musste. Sie mussten am nächsten Morgen um halb neun aufstehen, um alles vorzubereiten, und sie wollte auf der Reise fit sein. Sie hatte Callum gesagt, er könne sie bis 22 Uhr jederzeit anrufen oder ihr SMS schicken, denn dann plante sie, die Party zu verlassen. »Und wenn meine Mailbox rangeht, hinterlass mir eine schmutzige geile Nachricht!«, hatte sie ihm zugeflüstert.

Callum wiederum war bei der Weihnachtsfeier des Kollegiums. Der offizielle Unterricht hatte bereits zwei Tage zuvor geendet. Vor den Ferien fühlte er sich immer gut, doch die Aussicht, Kate bald zu sehen, machte ihn noch beschwingter.

Es war alles genauestens geplant. Sie hatte für den 22.12. auf Callums Namen ein Zimmer im McKinley Hotel gebucht. Er würde Belinda sagen, dass er in die Stadt fahren würde, um Weihnachtseinkäufe zu erledigen – *allein! Du weißt, wie sehr ich Einkaufen hasse, und alleine werde ich es viel schneller hinter mir haben* –, und Kate würde Matt dasselbe erzählen.

Dadurch hatten sie nachmittags drei gemeinsame Stunden. Abends dann würde Callum Belinda erzählen, dass er Gary auf ein Bier traf, und Kate würde vorgeben, Jinny besuchen zu müssen – *sie ist dermaßen durch den Wind, Matt, ich kann es kaum fassen.* Das würde ihnen noch mal drei Stunden verschaffen, von halb neun bis Mitternacht. Es war nicht ideal, aber besser als nichts.

Bis dahin waren es noch zwei Tage. Jetzt gerade musste Callum die Feier mit den Kollegen der North Park Primary School über sich ergehen lassen und Brian Boyd lauschen, wie er von Jahresabschlusszahlen, steigenden Klassengrößen und der Kreuzfahrt schwafelte, die er für sich und seine Frau für kommenden Sommer gebucht hatte. Callum lächelte höflich und sah zu, wie sich Brians Mund bewegte, wobei er die Worte, die herauskamen, gar nicht aufnahm, sondern die ganze Zeit sein köstliches kleines Geheimnis hütete: In zwei Tagen würde er wieder mit Kate zusammen sein.

Vierhundert Meilen südlich, in der Greek Street in London, tat Kate genau dasselbe – nicht wirklich zuzuhören, während Benno mit ihr sprach, dem ein Hauch weißes Pulver hartnäckig am linken Nasenloch klebte. Er kokste und laberte Mist in einem fort, doch es war ihr scheißegal. Denn in zwei Tagen würde sie wieder mit Callum zusammen sein.

»Das war wirklich ein toller Dreh«, log sie, und ihre Augen wurden feucht vor Rührung. »Ich werde alle sehr vermissen.«

Nebenher dachte sie: Mein Gott, bin ich eine gute Schauspielerin.

KAPITEL 53

»Hab dich ohne deinen Einkaufswagen gar nicht erkannt!« Eine übergewichtige Frau mit leichtem Damenbart und schweiß-glänzender Stirn hatte Matt an der Bar in die Enge getrieben.

»Sorry?« Er erkannte sie nicht wieder.

»Als ich dich das letzte Mal gesehen hab«, fuhr sie fort, während sie vor Begeisterung aus allen Nähten zu platzen schien, ähnlich wie ihre Oberarme aus den zu engen Ärmeln, »bei der Abschlussfeier, hat Martin Bowler dich in einem Einkaufs-wagen am Senate House vorbeigeschoben! Waren wir damals nicht alle TOTAL DURCHGEKNALLT??!«

Matt seufzte innerlich. Er konnte sich immer noch nicht an sie erinnern, doch er hatte einen Blick auf ihr Namensschild erhascht und genug Gin Tonic intus, um so zu tun, als ob.

»Anthea!« Den Nachnamen hatte er nicht richtig gesehen, nur dass er mit einem W anfing. »Anthea Williams?«

»Weldon. BA. QTS.« Aus den Tiefen seines Gedächtnis-ses kramte Matt das Wissen hervor, dass QTS für *Qualified Teaching Status* stand.

»Aber ich unterrichte nicht.« Es sollte wohl rätselhaft klin-gen. »Hab ich noch nie.«

Dann starrte sie ihn an in der Erwartung, dass er nachfragen würde, doch er ging nicht darauf ein, sondern starrte einfach zurück.

Zum Glück wurde der unangenehme Moment von zwei Män-nern unterbrochen, die frisch von der Tanzfläche kamen und nun auf Anthea zusteuerten. Der eine hielt ihr von hinten die Augen zu und sagte in breitem Birmingham-Dialekt: »Ist mir egal, ob das hier ein Sitzstreik ist, wo ist mein verdammtes Kissen?!«

Anthea kreischte begeistert. »Phillip Beddon, wie er leibt und lebt!«

Umarmungen ringsherum, und Matt, der wieder nicht den blassesten Schimmer hatte, wer die beiden Kerle waren, sah sich nach einer Fluchtmöglichkeit um. Zu spät.

»Matt! Du trägst dein Namensschildchen gar nicht!«, rügte ihn Hetty scherzhaft, die an seiner Seite aufgetaucht war.

Bevor er sich verdrücken konnte, ertönte die laute Stimme, vor der es ihm schon den ganzen Abend graute: »Braucht er nicht. Wie könnten wir den berühmt-berüchtigten Matty Fenton vergessen!«

Adam, wer sonst.

In diesem Moment wurde Matt klar, dass er am meisten Angst davor hatte, Adam irgendwie attraktiv zu finden. Seit ihrer Liaison in Warwick hatte es keine weiteren Begegnungen mehr mit Männern gegeben, was sämtliche möglichen Zweifel, die Matt wegen seiner Sexualität vielleicht gehegt hatte, zunichtemachte.

Trotzdem war er ein bisschen neugierig, ob sich beim Wiedersehen plötzlich diese befremdlichen, aber unkontrollierbaren Gefühle wieder einstellen würden, die Adam einst in ihm hervorgerufen hatte. Doch da war nichts. Überhaupt keine Gefühle. Nicht einmal Abneigung. Nur Verwirrung, dass er je so etwas für ihn empfunden hatte. Er sah älter aus, dachte Matt, ein bisschen dicker und sehr – gewöhnlich.

»Matt? Du erinnerst dich an Adam?«, sagte Hetty.

»Ja. Klar, natürlich. Wie geht's denn so?« Er schüttelte Adams Hand und sah ihm direkt in die Augen, um sich auf keinen Fall einschüchtern zu lassen.

»Jetzt, wo ich dich sehe, noch viel besser. Hetty hat mir deine ganzen Neuigkeiten erzählt, sie …«

Es dauerte nicht lange, bis Matt von Adam genervt war. Er unterbrach ihn mitten im Satz mit dem Angebot, etwas zu trinken zu holen, und ließ ihn dann einfach stehen.

Matt ging zur Bar mit der Absicht, nicht wiederzukommen.

Er bestellte sich einen großen Scotch und kippte ihn in einem Zug runter.

Hetty folgte ihm mit gerunzelter Stirn. »Matt, also ehrlich, musstest du so unhöflich sein?«

»Ich kann nicht so tun, als würde ich ihn mögen. Der Typ ist ein Idiot.«

»Nur für heute Abend hättest du dich ein bisschen anstrengen können. Mir zuliebe.«

»Ich mach mich vom Acker.«

»Wegen Adam?«

»Nein! Es ist einfach so … man kann nicht endlos immer wieder ›Weißt du noch, damals, weißt du noch, damals‹ sagen. Das ist echt öde, um ehrlich zu sein.«

»Na, vielen Dank auch!«

Ein Jubel des Wiedererkennens füllte den Raum und erstickte ihren Streit im Keim, als die ersten Takte von *It's Raining Men* eine Horde Mittdreißiger auf die Tanzfläche lockten.

Sekunden später hatte Adam Hetty geschnappt, sie sich wie ein Feuerwehrmann über die Schulter geworfen und trug sie in die Mitte der Tanzfläche.

»Komm schon, Hetty! Denen zeigen wir, was wir draufhaben!«

Sie quietschte vor Begeisterung und hoffte vergebens, dass nicht alle im Raum ihre Shapewear-Unterhose sehen konnten.

Matt wurde von überwältigender Eifersucht überrascht, als er zusah, wie seine beste Freundin davongetragen wurde.

Die doppelten Gin Tonics zeigten langsam ihre Wirkung, und Matt verspürte ein Gefühl der Empörung. Es ärgerte ihn, dass Hetty Adam nicht durchschaute, und ihn beschlich der Verdacht, dass sie ihn im Ernstfall Matt vorziehen würde. Das alles steigerte seinen Groll auf diesen frisch aus der Versenkung aufgetauchten, unnützen Ex-Freund, der möglicherweise ihre

Freundschaft kaputt machen könnte. Matt war sich durchaus bewusst, dass der Frust oder Ärger, den er heute Abend empfand, in Wirklichkeit mit Kate und ihrem Verhalten zu tun hatte und gar nichts mit Unbeteiligten wie Hetty.

Auf einmal packte Anthea Weldon BA QTS Matt am Arm, zog ihn von der Bar weg und zwang ihn, mit ihr zu tanzen. Sein erster Impuls war, sich zu weigern. Doch er hatte gerade genug getrunken, um klein beizugeben.

Da er Adam unbedingt übertrumpfen wollte, legte Matt schon bald eine Reihe extravaganter Tanzbewegungen aufs Parkett, bei denen John Travolta vor Neid erblasst wäre.

Anthea war begeistert, wie Matt sie in die eine und dann in die andere Richtung zog, sie so wild und leidenschaftlich im Kreis drehte, dass in ihr die verschwitzte Hoffnung aufkeimte, sie könnte heute Nacht einen Glückstreffer landen.

Adam erkannte den Fehdehandschuh und zog nun seinerseits eine spektakuläre Show ab, bei der er Hetty in die Luft warf, sie herumwirbelte und gefährlich dicht über den Boden sausen ließ, um sie dann schnell wieder aufzufangen.

Als das Lied vorbei war, jubelten alle, atemlos und fröhlich. Die meisten kehrten lachend zu ihren Drinks zurück. Doch dann brachte der DJ den nächsten Knaller: *Time of My Life*. Und der Wettstreit ging weiter.

Dieses Mal jedoch ging Matt direkt zu Hetty und zog sie mit den Worten »Ich bin dran!« von Adam fort.

Hetty lachte hysterisch, als Matt ihr die Anthea-Behandlung zuteilwerden ließ.

Anthea wiederum wandte sich Adam zu, in der Hoffnung, den Tausch komplett zu machen, doch Adam hatte anderes im Sinn. Er marschierte zu Adam und Hetty hinüber.

»Tut mir leid, Kumpel, aber sie ist schon vergeben!« Dann riss er Hetty wieder an seine Seite, ein klein wenig zu aggressiv.

Was nun folgte, war ein ziemlich würdeloses Tauziehen, bei dem Hetty unfreiwillig zum Seil zwischen den beiden Männern wurde. Zuerst lachte sie noch, doch dann geriet das Ganze außer Kontrolle, und nach einem besonders heftigen Ruck verlor Adam den Halt, Hetty flog durch die Luft und landete ziemlich unsanft und unelegant auf dem Boden. Dabei zerriss ihr Kleid, und eine ihrer falschen Wimpern löste sich.

»So, Schluss jetzt!«, rief sie über die laute Musik hinweg. Die Leute ringsherum hatten das alles gar nicht so richtig mitbekommen und tanzten weiter.

»Du Idiot!«, brüllte Matt Adam an. »Alles in Ordnung, Het?« Er half ihr beim Aufstehen. Er fühlte sich teilweise verantwortlich, war aber froh, die Schuld Adam zuschieben zu können.

»Aus dem Weg. Hetty, komm, setz dich.«

»Adam, verpiss dich. Du wirst hier nicht gebraucht.« Als Matt Adam mit der Schulter beiseiteschob, geriet dieser ein wenig ins Straucheln.

Nun wurden die Umstehenden doch aufmerksam.

Aus den Lautsprechern dröhnte weiterhin der Song, während Adam seine Haltung wiederfand und zum verbalen Gegenschlag ausholte: »Was ist denn los, Matt – kommst du mit der Konkurrenz nicht klar? Fühlst du dich vernachlässigt, Schätzchen? Sind wir ein bisschen eifersüchtig?«

»Adam, das ist doch Quatsch«, brüllte Hetty über die Musik hinweg. »Matt und ich sind bloß Freunde, weshalb sollte er da auf dich eifersüchtig sein?« Sie klopfte sich den Staub ab und begutachtete den Riss in ihrem Kleid.

»Er ist nicht eifersüchtig auf mich, Babe. Er ist eifersüchtig auf dich. Stimmt's, Matt?«

Und einen Moment lang, während sich in seinem Kopf vom Gin und der Tanzerei alles drehte, in der Masse unscharfer

Gesichter aus einer Zeit, die er längst vergessen hatte und die ihn nun alle anstarrten, hatte Matt das Gefühl, sich in einer Art Paralleluniversum zu befinden.

Hetty sah verwirrt drein. Adam grinste, und Matt schüttelte den Kopf … ehe er einen Satz machte und seine Faust mitten in Adams Gesicht platzierte. Dieser flog in hohem Bogen nach hinten. Ringsherum wurde gekreischt.

Anthea Weldon war von Matts zur Schau gestellter Männlichkeit schwer beeindruckt. Matt sah Hetty an und ging.

Matt saß rauchend vor dem Hotel und versuchte, nüchtern zu werden.

Er wollte nicht wirklich nach Hause, denn Kate war wahrscheinlich noch bei ihrer Abschlussparty, wobei er dann zumindest direkt ins Bett gehen könnte, um eine weitere gestelzte Unterhaltung mit ihr zu vermeiden.

Hier konnte er jedenfalls nicht bleiben. Nicht nach diesem Zwischenfall. Tief in seinem Innern begann er zu kapieren, dass sein Leben womöglich gerade im Begriff war, sich aufzulösen.

Er war bei der siebten Zigarette, als Hetty herauskam. In der Hand trug sie einen ihrer Schuhe, dessen Absatz im Getümmel abgebrochen war. Zuerst sagten sie nichts. Sie setzte sich neben ihn, offensichtlich immer noch geschockt, denn sie sah ziemlich durcheinander aus.

»Adam sagt, ich soll dich fragen, was das alles zu bedeuten hatte. Also, hier bin ich. Und frage dich.«

Matt wusste nicht wirklich, wie er es erklären sollte. Es klang alles so geschmacklos und ordinär. Außerdem war es schon dermaßen lange her. Er dachte eine Weile nach, ehe er mit trauriger, tonloser Stimme antwortete: »Es ist nicht wirklich wichtig, Het. Nicht im Hinblick auf das große Ganze.«

»Ich wüsste es trotzdem gerne. Du hast mir gerade den gesamten Abend verdorben. Also sei wenigstens so höflich, und sag mir, was los ist.«

Sie hatte recht. Es war unvermeidlich. Und um ehrlich zu sein, hatte er, so wie er sich momentan fühlte, auch nicht mehr viel zu verlieren.

»An dem Abend, als wir unsere Prüfungsergebnisse bekommen haben. Da wolltest du zu Adam, aber er war nicht da.« Er brachte es nicht über sich, sie anzuschauen, zu sehen, wie das Vertrauen und die Naivität aus ihrem Gesicht wichen. »Dann bist du zu mir gekommen. Du hast an meine Tür geklopft und hast eine Weile im Flur gesessen, hast über ihn geredet und dass du dir wünschst, du und ich, wir wären stattdessen ein Paar, weil wir uns so gut verstehen.«

»Das war ein Witz!«, murmelte Hetty, und Matt fuhr fort.

»Aber du hast gedacht, ich bin nicht da, richtig? Und irgendwann bist du wieder nach unten in dein Zimmer gestolpert.«

»Ich versteh nicht ganz, worauf du hinauswillst?«

Er seufzte. »Nun ja, Het, ich *war* da. Ich *war* in meinem Zimmer. Ich habe dich klopfen hören. Ich habe alles gehört, was du gesagt hast.« Er nahm einen langen Zug von seiner Zigarette und füllte beim Ausatmen die Luft zwischen ihnen mit saurem Rauch.

»Und Adam auch. Weil er bei mir im Zimmer war.«

Hetty kapierte es immer noch nicht. »Du hast dich vor mir versteckt?«

Schließlich schaute er sie an und sah, wie der Groschen schmerzhaft fiel.

»War das das einzige Mal?«, fragte sie.

»Nein. Nein, war es nicht. Hör zu, ich kann es nicht erklären und …«

Hetty unterbrach ihn. »Dann bist du also schwul?«

»Es war nur ein paar Mal und immer nur mit ihm, das macht mich noch nicht schwul.«

»Nein«, sagte sie nachdenklich. Als würde sie ein Puzzle zusammenfügen. »Aber es macht dich untreu.«

»Untreu?«

»Mir gegenüber.«

Sie nahm ihren kaputten Schuh und humpelte zurück ins Gebäude. Matt seufzte. Er wusste, es wäre sinnlos, ihr zu folgen.

KAPITEL 54

Kates Mutter Yvonne war ganz aus dem Häuschen, dass ihre Tochter mit Familie über die Feiertage zu Besuch kam. Es war erst das zweite Mal, dass sie nach Schottland kamen, da sie Weihnachten sonst lieber an einem heißen, exotischen Ort wie Thailand verbrachten, was Yvonne ziemlich seltsam fand.

»Warum sollte jemand seinen Truthahn in der glühenden Hitze essen wollen?«, hatte sie zu Gordon gesagt.

»Ich glaube nicht, dass sie dort Truthahn essen«, antwortete er. »Das ist doch der Sinn der Sache. Kate versucht, etwas anderes zu machen, und es sei ihr gegönnt!«

Manchmal wunderte sich Gordon über die klaffenden Löcher im gesunden Menschenverstand seiner Frau.

Kate und Matt hatten Weihnachten auch schon in Indien verbracht – »Feiert man in Indien überhaupt Weihnachten?«, hatte sie Gordon gefragt, als sie davon erfuhr. »Nein«, lautete seine sarkastische Antwort. Was ein Fehler war. Denn nun konnte Yvonne gar nicht mehr aufhören, sich darüber aufzuregen, dass Kate und Matt Tallulahs Kindheit mit diesem ganzen Auslandsunsinn verdarben. »Das Kind braucht kaltes Wetter und Quality-Street-Bonbons und den Weihnachtsmann, der durch den Kamin kommt. Was die beiden machen, grenzt ja schon an Vernachlässigung!«

Gordon ignorierte ihr Theater. Er hatte herausgefunden, dass das die beste Taktik war.

Doch als er von Kates und Matts Besuchsplänen erfuhr, freute auch er sich. Abgesehen davon, dass er seine einzige Tochter sehen würde, was an sich schon eine Seltenheit war, würde er sich außerdem nicht Yvonnes Beschwerden über Kates seltsame Ideen anhören müssen.

Yvonne hatte sich mit der Weihnachtsdekoration selbst übertroffen. Sie hatte ZWEI echte Bäume aufgestellt: einen im Garten, der nachts beleuchtet war, und den anderen im großen Wohnzimmer.

Gordon und sie waren 1987 umgezogen, ein paar Jahre nachdem Kate ausgezogen war und ihre »Probleme« ans Licht gekommen waren. Sie erwähnten Luca nie, ebenso wenig wie seine Adoption, weil es einfach zu schmerzhaft war. Yvonne war »unfassbar traurig« gewesen, von Kummer und Verlust ganz zerfressen, und Gordon dachte, ein Umzug würde ihnen allen einen Neuanfang ermöglichen. Sie nannten es Verkleinerung, und ja, es war im Grunde eine Wohnung. Doch Yvonne bezeichnete es lieber als ebenerdiges Luxusappartement, da es über drei Schlafzimmer, zwei Bäder und ein Arbeitszimmer verfügte – Gordons kleines Reich. Es gab außerdem einen wunderschönen weitläufigen Wohnbereich mit einem tollen Kamin, vor dem Tallulah für den Weihnachtsmann eine Karotte, Whisky und Kekse bereitstellen konnte.

Sie kamen am Nachmittag des 21. an, gerade als die Dämmerung hereinbrach und die Weihnachtsbeleuchtung eingeschaltet wurde.

Tallulah war schläfrig, aber begeistert, Nannie und Grandy zu sehen, die sie so selten traf, aber über alles liebte. Vor allem Grandy mit seinem lustigen Bart und der witzigen Stimme.

»Oh, komm her, Kleines, und lass mich dich drücken!«, rief Yvonne, als sie durch die Tür traten, und schlang die Arme um Tallulah, um sie mit Küssen zu bedecken.

»Ich wette, das Taxi vom Flughafen hat ne Stange Geld gekostet, was, Matt?« Gordon überspielte seine anfängliche Schüchternheit immer, indem er praktische Fragen stellte.

»Aber es war jeden Penny wert!«, antwortete Kate für Matt, wie so oft. »Dad, wie wäre es, wenn du uns jetzt erst mal einen schönen Brandy zum Aufwärmen einschenkst, während ich meiner grässlichen Nikotinsucht fröne. Ich hab seit drei Stunden keine mehr geraucht!«, verkündete Kate und ging schnurstracks durch die Küche nach hinten hinaus in den Garten, gefolgt von Yvonne, immer noch mit Tallulah auf dem Arm, die an ihren Perlen herumspielte. »Aber wirf deine schmutzigen Kippen nicht irgendwohin auf meine Terrasse, Kate. Ich hab dir da extra einen Aschenbecher hingestellt.«

»Fröhliche Weihnachten, Mum!«, rief Kate. Sie begriff, dass der Preis für die wenigen Stunden mit Callum sehr hoch sein würde, in Anbetracht der Tatsache, dass ihre Mutter ihr jetzt schon auf die Nerven ging.

Gordon sah Matt an, und die beiden Männer lächelten in stummem Einverständnis, dass sie eine ordentliche Portion Geduld würden aufbringen müssen, um die kommenden Tage und die etwas anstrengenden Eigenarten ihrer Ehefrauen zu überstehen.

»Warte, ich nehme die Koffer.« Gordon zog es immer vor, seine Hände zu benutzen statt seinen Mund. »Und dir mach ich einen dreifachen Brandy.«

Matt lächelte. Er hatte Gordon immer schon sehr gemocht.

Zwei Stunden später räumte Yvonne die Teller ab, und Gordon spielte *Wer bin ich?* mit Tallulah, die sich köstlich amüsierte. Matt merkte jedoch, dass ihr Kichern jederzeit in Weinen umschlagen könnte und es ganz gut wäre, ans Schlafengehen zu denken.

»Schon in Ordnung, ich bade sie heute Abend noch«, meinte Kate und fügte betont beiläufig hinzu: »Und dann müssen wir über die Pläne für morgen reden. Ich hab nämlich noch einige Einkäufe zu erledigen.« Sie warf es in den Raum, beinahe so, als hoffe sie, dass es niemand bemerken würde.

»Aber die Geschenke sind doch schon alle gekommen!«, flüsterte Yvonne leise, um vor ihrer Enkelin nichts auszuplaudern, die aber sowieso völig in ihr Spiel versunken war. »Ich hab sogar schon alles für dich eingepackt!«

»Das ist toll, Mum, vielen Dank! Aber es gibt da trotzdem noch ein paar Kleinigkeiten, die ich für einen gewissen Jemand besorgen möchte.« Sie zwinkerte Matt offen zu.

Er fand diese untypische Zuneigungsbekundung gelinde gesagt etwas irritierend.

»Na gut, aber was ist denn mit dem Eislaufen und der Weihnachtsaufführung im Theater? Ich habe das doch alles schon geplant.« Yvonne konnte ihre Begeisterung kaum im Zaum halten.

»Oh, zum Eislaufen komme ich auf jeden Fall mit!«, erwiderte Kate. »Aber warum geht ihr dann nicht zusammen zur Aufführung, und ich verschwinde für ein paar Stündchen, um meine Sachen zu erledigen. Du kannst meine Karte ja Tante Norma geben, wenn du magst.«

»Ha! Norma kriegen doch keine zehn Pferde in ein Theater, Liebes«, mischte sich Gordon ein. »Sie hat Angst, das Dach könnte einstürzen.«

»Stimmt, die hat schon komische Ansichten!«, meinte Yvonne. Kate lächelte Matt an, was er höflich erwiderte, während seine Schwiegermutter fortfuhr: »Werdet ihr euch denn mit Jinny und Bill treffen, während ihr hier seid? Ich habe ihre Mutter vor ein paar Wochen getroffen – ich bin sicher, die würden sich freuen.«

Kates Lächeln erlosch, und sie warf Matt einen unbehaglichen Blick zu. »Ja, vielleicht. Mal sehen.«

»Ach, du hast dich aber nicht schon wieder mit ihr zerstritten, oder? Ehrlich, Matt, diese beiden verhalten sich manchmal, als wären sie immer noch Schulmädchen.«

»Sei nicht albern, Mum. Also, Lules, Zeit für dein Bad, und dann ab ins Bett!«

Tallulah beschwerte sich, dass das Spiel noch nicht aus war, aber Grandy versprach, alles genau so zu lassen, damit sie es am Morgen vor dem Schlittschuhlaufen fertig spielen konnten. Tallulah schien zufrieden und zog mit ihrer Mum in Richtung Badezimmer ab.

Matt entschuldigte sich ebenfalls, um *seinem* frisch auferstandenen Nikotinlaster zu frönen, sodass Yvonne mit Gordon allein zurückblieb.

Sie beugte sich zu ihm hinüber und flüsterte: »Gee, ich glaube, zwischen den beiden kriselt es. Matthew hat beim Abendessen kaum ein Wort gesagt.«

»Ach, red keinen Unsinn, der Gute ist doch gar nicht zu Wort gekommen.« Doch insgeheim gab er seiner Frau recht und fragte sich, was da wohl los war.

Draußen auf der Terrasse zündete sich Matt seine zweite Zigarette an und lauschte dem leisen Wummern von Partymusik aus einem Haus in der Nähe, vermischt mit fröhlichem Kneipenlärm, ja sogar einigen Weihnachtsliedern – die allesamt mit der nächtlichen schottischen Brise zu ihm herüberdrifteten. Ob es wohl noch schneien würde?

Er stellte sicher, dass er nicht gleich von Yvonne gestört werden würde, die ihm ein weiteres Weihnachtsplätzchen anbot, dann zog er sein Handy heraus, rief die Kontakte auf und scrollte nach unten zu »H«, bis er »Hetty« fand.

Er drückte auf Anrufen, und sein Magen schlug einen nervösen Purzelbaum, da er diese Unterhaltung nicht führen wollte, es aber nicht ertrug, nicht mehr mit ihr befreundet zu sein. Es klingelte. Und klingelte. Matt wusste, dass Hetty am anderen Ende auf das Display starren würde und wieder beschloss, nicht mit ihm zu sprechen.

Die Mailbox ging ran. »Hi, das ist die Mailbox von Hetty Strong – bitte hinterlassen Sie eine Nachricht!« Matt räusperte sich und sprach mehr oder weniger dasselbe auf Band wie beim letzten Mal.

»Hi, Het, ich bin's. Noch mal. Ich bin jetzt in Edinburgh. Hör zu, ich finde es furchtbar, nicht mehr dein Freund zu sein. Adam ist ... also, er ist nichts, *war* nichts. Und du und ich, wir sind doch so viel mehr wert als das alles, oder nicht?« Er machte eine Pause. »Ruf mich an, Kumpel. Bitte. Das ist echt komisch so.«

Er beendete den Anruf und seufzte.

Es lag an diesem Abend eine Prise Ach-scheiß-drauf in der Luft, und er wusste, er musste noch ein weiteres Gespräch führen. Er rief also wieder sein Telefonbuch auf, bis er die Nummer fand, die er suchte. Sein Finger zögerte über der Taste. Seit Tagen hatte er anrufen wollen, nein, seit Wochen. Doch jedes Mal machte er einen Rückzieher, überwältigt von dem, was die Unterhaltung ans Licht bringen könnte. Vielleicht war es der Wein beim Abendessen oder der Whisky danach, der ihn schließlich anrufen ließ. Und wieder schlug sein Magen einen Purzelbaum.

»Ja, hallo?«

»Hallo, ich bin's, Matt, Kates Mann. Wie geht's dir denn so?«

Im Badezimmer saß Kate auf dem Klodeckel und sah Tallulah beim Baden zu, ganz vertieft in ihre eigene Welt aus Disney und Seifenschaum und einer Unterhaltung mit einem Weihnachtselfen.

Kate hatte die Tür abgeschlossen. Sollte sie jemand darauf ansprechen, würde sie es auf die Macht der Gewohnheit schieben. Sie wusste, dass Matt draußen war und rauchte und ihre Eltern immer noch im Wohnzimmer darüber diskutierten, ob vier verschiedene Gemüsesorten zum Weihnachtsessen mehr als genug waren, und auch alles andere einfach nur übertrieben.

Kate zog ihr Handy aus der Tasche. Sie wusste, es war riskant, aber ein Teil des Reizes lag im Risiko. Sie wollte die Regeln brechen, die sie sich selbst gesetzt hatten, so nah an den Rand des Chaos gehen, dass sie vielleicht den Absprung wagen mussten. Ihr Atem ging schneller vor freudiger Erwartung. Sie wählte seine Nummer. Wenn er nicht rangehen konnte, dann ging er eben nicht ran. Scheiß drauf.

KAPITEL 55

Drei Meilen entfernt war Callums und Belindas Fondue-Abend in vollem Gange.

Der Fondue-Abend bei den MacGregors war bei den Freunden von Callum und Belinda zu einer Art Weihnachtstradition geworden. Er fand immer am einundzwanzigsten Dezember statt, und in den letzten Jahren hatten sie neben dem traditionellen geschmolzenen Käse auch ein Schokoladen-Fondue angeboten.

Callum schenkte Sue nach. Es war die einzige Zeit des Jahres, in der sie ihm gegenüber ein wenig milder war, doch nach ihrem dritten Glas würde sie unweigerlich eine Gelegenheit finden, ihn zur Seite zu nehmen und zu verkünden: »Callum MacGregor, ich mag dir verziehen haben, was du meiner Freundin angetan hast …« Woraufhin Callum den Satz für sie beenden würde: »… aber du wirst es nie vergessen. Ja, Sue, ich weiß. Du musst mich nicht jedes Jahr daran erinnern!« Dann würde er zum nächsten Gast weitergehen, bevor sie anfing, alte Geschichten aufzuwärmen.

Auch Belinda wusste davon. Sie hatte deshalb schon mehrmals mit Sue gesprochen, doch ohne Erfolg. »Ehrlich, Sue! Lass es gut sein. Ich finde es wunderbar, dass du mir gegenüber so loyal bist, aber der arme Kerl hat seine Strafe verbüßt.«

»Meiner Meinung nach nicht«, erwiderte Sue dann, und Belinda schüttelte den Kopf und dachte bei sich, wie seltsam es war, dass Callum ihr leidtat, weil ihre beste Freundin wegen seines Fehlverhaltens vor siebzehn Jahren so nachtragend ihm gegenüber war. Belinda beschloss, dass es das Beste war, darüber zu lachen.

Sie warf einen Blick zu Callum hinüber, der sich angeregt mit ihrem Nachbarn und seinem Kumpel Gary unterhielt, und sie verspürte eine unerwartete Woge der Liebe für ihn. Er sah gut aus, das musste man ihm lassen. Um ehrlich zu sein, sah er für sie immer gut aus, aber in letzter Zeit noch besser als sonst. Er hatte in den vergangenen Wochen ein paar Pfund abgenommen und sich neue Sachen zum Anziehen gekauft. Sehr ungewöhnlich für ihn, shoppen zu gehen, aber Belinda würde sich nicht beschweren! Er war auch irgendwie spritziger; sein alter Witz war wieder da. Als sie sich an ihm vorbei in die Küche schob, zwickte sie ihn heimlich in den Hintern. Er wirkte angenehm überrascht, und sie zwinkerte ihm zu.

In der Küche schaute sie nach dem Käsefondue. Im Grunde eine bescheuerte Idee, denn niemand außer Gary war so richtig wild auf den Käse, aber als Belinda vor ein paar Jahren vorgeschlagen hatte, Häppchen statt Fondue zu servieren, waren die Freunde alle entsetzt gewesen. Also war es dabei geblieben.

Während sie die verschiedenen Utensilien zusammensuchte, fing ihr Handy an zu klingeln.

Sie hatte die Hände voll.

Vielleicht eines von den Kindern.

Ben ganz sicher nicht. Es war das erste Weihnachten, das er fern der Heimat verbrachte, mit dem Rucksack auf Weltreise. Zweifellos würden die anderen beiden seinem Beispiel folgen, wenn ihre Zeit gekommen war.

Ailsa war heute Abend bei Tom, und Cory, der seine zwei Wochen Vorlesungspause an der Uni zu Hause verbrachte, hatte einen Job bei Onkel Fergus im Pub. Sie hatte ihn kaum zu Gesicht bekommen, seit er nach Hause gekommen war, aber wenigstens verdiente er so ein paar Kröten.

Sie hoffte nur, dass, wer auch immer anrief, nicht irgendwo abgeholt werden wollte – Belinda hatte die beiden gewarnt, dass kein Chauffeur zur Verfügung stand, nicht am Fondue-

Abend. Sie mussten sich selbst um ihre Transportmittel kümmern. Und Belinda hoffte, dass sie sich daran erinnerten, denn sowohl sie als auch Callum waren inzwischen zu alkoholisiert, um noch Auto zu fahren.

Doch es war gar nicht ihr Handy, das klingelte.

Es war das von Callum.

Er hatte es neben dem Spülbecken liegen lassen.

Ailsa hatte ihnen beiden denselben Klingelton eingespeichert, als sie sich ihre Handys angeschafft hatten, nämlich die Titelmusik von *Rocky* – es war völlig lächerlich, aber inzwischen innerhalb der Familie zum Running Gag geworden, sodass keiner es über sich brachte, die Melodie zu ändern.

Belinda stellte das Fondue-Tablett ab und griff nach dem Handy. Wie leichtsinnig von Callum, es so nahe am Spülwasser liegen zu lassen.

Kettley's Garage.

Seltsam.

»Callum?«, rief sie halbherzig, da er sie sowieso nicht hören konnte. War es wirklich wichtig? Sie überlegte, es einfach zu ignorieren, doch dann dachte sie plötzlich, es könnte etwas Wichtiges sein, auch wenn sie keine Ahnung hatte, weshalb eine Werkstatt ihn abends um sieben, vier Tage vor Weihnachten anrufen sollte.

Sie ging ran.

Nichts.

»Hallo – Belinda MacGregor am Apparat?«

Immer noch nichts.

Also legte Belinda auf, nahm den Fondue-Topf und ging zurück ins Wohnzimmer, wo sie rief: »So, wer ist bereit für eine Reise zurück in die Siebziger?«

Die Gäste applaudierten.

KAPITEL 56

An diesem Abend lagen Kate und Matt mit dem Rücken zueinander in Yvonnes selten benutztem Gästebett und taten so, als würden sie schon schlafen.

Beide dachten an die Telefongespräche, die sie zuvor geführt hatten, und die Konsequenzen daraus.

Kate war ganz starr vor Schreck, seit sie Belindas Stimme gehört hatte. Sie ging die fünf Wörter des Anrufs in Gedanken immer und immer wieder durch, erinnerte sich an den Klang des freundlichen Waliser Singsangs, als Belinda hilfsbereit versuchte, Kontakt mit dem Anrufer aufzunehmen.

Kate hasste sie dafür, dass sie so freundlich war. Hasste ihren Dialekt. Hasste es, dass sie jetzt mit Callum im Bett lag.

Sie fragte sich, wie Belinda inzwischen wohl aussah. Siebzehn Jahre älter. Bestimmt in den Wechseljahren, mit grauen Haaren und einem müden, alten Körper, den Callum doch sicherlich nicht mehr attraktiv fand? Bei diesem Gedanken wurde Kate ein bisschen selbstzufrieden. Denn was immer Belinda gegen Kate in der Hand hatte – drei Kinder und siebenundzwanzig Jahre gemeinsames Leben –, Kate würde immer die jüngere Frau sein. Attraktiver, mit mehr Sexappeal.

Doch auf ihre Selbstzufriedenheit folgte sofort quälende Eifersucht. Die Vorstellung, dass die beiden in diesem Moment zusammen im Bett lagen, gerade mal drei Meilen entfernt, reichte aus, um Kate wach zu halten, während sie das Bild ständig in ihrem Kopf umherwälzte.

Wenn sie jetzt nicht schlief, würde sie morgen furchtbar aussehen. Die ganze Mühe, die sie in die Organisation ihres Treffens gesteckt hatte, wäre pure Zeitverschwendung, wenn sie nicht toll aussah. Sie musste *immer* toll aussehen. Sie musste *immer* die bessere Wahl sein. Seufzend versuchte sie, sich mit dem Gedanken zu beruhigen, dass sie um zwei Uhr des kommenden Nachmittags mit ihm zusammen sein würde. In diesem anonymen, charakterlosen Hotelzimmer in der Innenstadt.

Mein Gott, wie sie diesen Mann liebte.

Dieser Mann war inzwischen fast eingedöst, nachdem der alkoholreiche Abend seinen glücklichen Tribut gefordert hatte. Zufrieden mit einer weiteren erfolgreichen jährlichen MacGregor-Party lag er da.

Er konnte hören, wie Belinda im Bad Zähne putzte, ihr Makeup entfernte und sich ihr gemütliches Scooby-Doo-Nachthemd über den Kopf zog.

»Ailsa übernachtet bei Tom. Hat sie mir grade geschrieben«, rief sie, den Mund voller Zahnpasta, sodass man die Worte kaum verstehen konnte.

Callum antwortete nicht, denn er war zu schläfrig und betrunken, um etwas zu sagen. Er wollte einfach nur daliegen und an Kate denken und daran, wie dringend er sie morgen sehen musste. Beim Gedanken daran, in ihr zu sein, wurde er sofort hart. Verdammt, diese Brüste … und ihre Haut …

Er war fast eingeschlafen, als Belinda leise neben ihm unter die Decke schlüpfte, sich an ihn schmiegte und sanft seinen Nacken küsste.

»War ein schöner Abend, oder?«, flüsterte sie.

»M-hm«, murmelte er, da der Schlaf ihm die Fähigkeit zu sprechen raubte.

»Und du hast so sexy ausgesehen.« Belinda war schon den ganzen Abend scharf gewesen. Langsam fuhr sie mit der Hand die vertraute Länge seines Oberschenkels hinauf, höher und höher, und stellte zu ihrer Freude fest, dass es Callum wohl ähnlich ging.

Callum öffnete mit einem Schlag die Augen, so groß war der Schock der unerwarteten Berührung von Belindas streichelnder Hand. Auf einmal war er hellwach und steinhart. Er ließ zu, dass sie weitermachte. Er konnte sie ja jetzt schlecht davon abhalten, oder? Das wäre für sie total peinlich. Aber in Wahrheit wollte er auch gar nicht, dass sie aufhörte.

Seine Gedanken folgten keinerlei Logik. Es gab keine Erklärung. Aber es kam ihm so vor … als wäre er Kate untreu. Als würde er seine Geliebte mit seiner Frau betrügen! Was für ein Bullshit. Er begriff selbst nicht, was los war.

Er wusste nur, dass Belinda, stumm lächelnd, ihn nun drängte, sich auf den Rücken zu drehen. Sie setzte sich rittlings auf ihn und führte ihn so geschickt ein, wie es die eheliche Vertrautheit beim Sex im Lauf der Jahre im gemeinsamen Bett so mit sich bringt.

Sie hatten seit einigen Wochen nicht mehr miteinander geschlafen, und das letzte Mal war ein solcher Quickie gewesen, dass es kaum als Sex zählte.

»Was ist denn los mit dir, mein Schatz? Wirst du alt?«, hatte sie ihn damals geneckt.

»Schon besser«, flüsterte sie jetzt und sah ihm in die Augen, während sie das Becken wiegend auf und ab bewegte und ihn ganz in sich aufnahm.

Callum konnte sie nicht ansehen. Nicht weil sie nicht schön gewesen wäre in ihrem Scooby-Doo-Nachthemd, das sie bis zum Bauch hochgezogen hatte, um mehr Bewegungsfreiheit zu haben, und das sich an die Kurven schmiegte, die er so gut kannte. Nein, es lag nicht daran, dass er sie nicht schön fand, sondern er ertrug das schlechte Gewissen nicht. Die Schuldgefühle wegen dessen, was er morgen tun würde, und die Schuldgefühle, weil Kate, wenn sie wüsste, was er gerade tat, völlig am Boden zerstört wäre. Also schloss er die Augen.

Und stellte sich vor, es wäre Kate.

Als sie fertig waren und Belinda erschöpft auf seiner Brust lag, schaute er hinauf zur Decke, streichelte ihren Rücken, während die Weihnachtsbeleuchtung aus dem Vorgarten festlich blinkte. Und er dachte: Ich bin ein verabscheuungswürdiger Mensch.

So lagen sie einige Minuten da, bis Belinda sich auf ihre Bettseite rüberrollte. Beim Wegdrehen murmelte sie noch: »Übrigens, Kettley's Garage hat angerufen.«

Was zum Teufel?

Er täuschte Schläfrigkeit vor, obwohl er so hellwach war wie ein Hirsch zur Jagdsaison.

»Aber dann war irgendwie die Leitung tot.« Sie gähnte. »Ich dachte, wir gehen immer zu Reilly's?«

Er wusste nicht, was er sagen sollte.

Seine Gedanken überschlugen sich. Er wollte gerade mit einer umständlichen Geschichte loslegen, dass ein Kumpel ihm diese neue Werkstatt empfohlen hatte, als er Belindas sanftes, zufriedenes Schnarchen hörte.

Sie war eingeschlafen.

Callum war gerettet. Fürs Erste.

KAPITEL 57

Die Kellnerin stellte die Getränke auf den Tisch.

»Es tut mir echt leid, dass ich so wenig Zeit habe. Ich muss danach gleich wieder los – die Schwiegereltern kommen um eins!« Jinny nahm einen großen Schluck von ihrem Cappuccino und hatte für kurze Zeit einen Kakaopulverbart.

Matt mochte Jinny. Er wünschte sich, Kate würde sie öfter treffen, denn sie war die Ruhe in Person. »Danke, dass du Kate nichts gesagt hast … also, dass wir uns treffen.«

»Na ja, es fühlt sich schon ein bisschen komisch an, wenn ich ehrlich sein soll, aber es ist ja schließlich für einen guten Zweck!«

Als er sie am Abend zuvor angerufen hatte, war sie völlig überrascht gewesen, dass Matt und Kate über Weihnachten in Edinburgh waren. Kate hatte davon gar nichts erzählt!

Matt versuchte, es herunterzuspielen, behauptete, es sei ein spontaner Entschluss gewesen und Kate habe bis zum Tag vor ihrer Anreise gedreht. Sie sei völlig kaputt, das arme Ding. Er sei sich sicher, dass Kate Jinny im Lauf der nächsten Tage anrufen würde, um ein Treffen auszumachen. Dann hatte er gesagt, er würde ihren Rat brauchen – laut ausgesprochen klang es irgendwie lahm, aber Jinny schien es nicht so zu empfinden –, und sie hatte eingewilligt, ihn zu treffen.

Nun erklärte er ihr, dass er Kate zu Weihnachten gerne ein verlängertes Wochenende zusammen mit Jinny schenken würde und dass er wissen müsste, wann Jinny Zeit hatte. Aber er bräuchte auch ihren Rat, welche Art von Wellnesshotel er wählen sollte – mit Schwerpunkt auf Yoga? Meditation? Vielleicht ein Schweigekloster?

Jinny, eine Krankenschwester mit zwei kleinen Kindern und wenig Geld, war begeistert von der Aussicht. Nicht nur überwältigt von Matts Großzügigkeit, weil er Jinny mit einladen wollte, sondern vor allem auch, dass sie drei ganze Tage mit Kate verbringen würde. Das war nicht mehr vorgekommen, seit sie Mitte zwanzig gewesen waren.

Matt verspürte leichte Gewissensbisse, dass sein geplanter Kurzurlaub nur ein Vorwand war, doch es ging eben nicht anders. »Das Wichtigste ist, dass du Kate gegenüber kein Sterbenswörtchen verlierst. Denn sie ruft dich sicher heute oder morgen an, um Hallo zu sagen, also psssst.«

Jinny verschloss pantomimisch ihre Lippen.

»Und kling um Gottes willen überrascht, wenn sie anruft!« Er lachte.

Sie unterhielten sich ganz entspannt und genossen die festliche Atmosphäre in dem gut besuchten Coffee Shop in Haymarket, wo die Feiertagslaune noch durch weihnachtliche Popsongs und Kunstschnee gesteigert wurde.

Matt wusste, worauf er hinauswollte, und spürte, dass ihm die Zeit davonlief. Er hörte zu, wie Jinny liebevoll über ihre Kinder und über Bill sprach, und er merkte, wie ihm dabei elend wurde. Denn entweder war sie eine erstklassige Lügnerin, die den Herzschmerz wegen ihrer angeblichen Affäre überspielte, oder Kate hatte ihm nicht die Wahrheit gesagt. Und er vermutete, dass Letzteres der Fall war.

Jinny warf einen Blick auf die Uhr. »Matt, ich muss leider los. Das Haus sieht aus, als hätte eine Bombe eingeschlagen. Es war so schön, dich zu sehen!«

Jetzt oder nie.

»Hey, Jin, hör zu, ich bin froh, dass es den Kindern gut geht.« Er machte eine Pause. »Und Bill auch.«

Jinny wickelte sich ihren Schal um den Hals. »Ja, manchmal treiben sie mich echt in den Wahnsinn, aber ich würde sie um nichts in der Welt hergeben.«

Sag es. Sag es!

»Und ich weiß, du hast Kate gebeten, nichts zu verraten. Aber sie hat sich Sorgen um dich gemacht …«

Jinny lächelte, mit der Suche nach den Armlöchern in ihrem Mantel beschäftigt. »Was?«

»Sie hat mir von deiner Affäre erzählt.«

Er beobachtete ihre Reaktion. Es kam keine, also fuhr er fort. »Wie geht es dir inzwischen, denn du wirkst …«

Jinny unterbrach ihn, immer noch lächelnd. »Matt, wovon redest du?«

Obwohl er sich gerne übergeben hätte, obwohl es in seinen Ohren plötzlich laut rauschte und er das überwältigende Bedürfnis verspürte zu schreien, wusste Matt, dass er weitersprechen musste.

»Kate hat mir erzählt, dass du achtzehn Monate lang eine Affäre hattest. Dass du völlig am Boden zerstört warst. Dass du dir nicht sicher warst, wie ihr das hinbekommen würdet, Bill und du.«

»Matt! Ich weiß nicht, was ich sagen soll … warte mal.« Verwirrung wich einem Lächeln. »Ist das ein Witz? Das meinst du doch nicht ernst?« Sie fing an zu lachen.

»Nein.« Und Jinnys Lachen erstarb. »Ich kann verstehen, dass du nicht willst, dass ich davon weiß, und es ist auch okay, wenn du nicht darüber reden willst. Wahrscheinlich hätte ich es nicht erwähnen sollen. Kate wird mich sowieso umbringen deswegen.«

Jinny nahm seine Hand. »Matt, schau mich an.«

Er gehorchte. Und kämpfte gegen das Bedürfnis zu weinen an, als er die Güte in ihren Augen sah.

»Ich schwöre dir, Matt, Bill und ich waren noch nie glücklicher. Ich bete diesen großen Trottel an.« Sie schüttelte den Kopf. »Ich hätte ja gar keine Ahnung, wie man eine Affäre hat, die Vorstellung allein ist völlig absurd.«

»Nun ja, ich muss zugeben, das habe ich auch gedacht, als Kate es mir erzählt hat.«

Die meisten Menschen wären bei einer solchen Unterstellung wütend geworden, doch Jinny schien sich mehr Sorgen um Kate zu machen. »Ich verstehe einfach nicht, weshalb sie so etwas sagen sollte, Matt. Das ist echt seltsam.«

Er seufzte und sehnte sich nach einer Zigarette, um seine geschundene Seele zu beruhigen. Nun, da er die Wahrheit kannte, wollte er keine Minute länger bleiben und ganz gewiss Jinny nichts von Kates jüngsten Ausflügen nach Edinburgh erzählen, wo sie angeblich ihre Freundin hatte trösten müssen. Auch er zog nun seinen Mantel an.

»Ja, ja, das ist es. Wann hast du das letzte Mal mit ihr gesprochen?«

»Letzten Monat haben wir ein paarmal gesimst, aber richtig gesprochen habe ich mit ihr nicht mehr seit Oktober. Hör zu, ich kann sie doch anrufen? Vielleicht finde ich ja heraus, was los ist.«

»Nein.« Es klang wie ein Befehl. »Sorry. Es ist einfach so, ich muss das selber klären. Ich glaube, das ist das Beste.«

Matt stand auf, fischte mit zitternder Hand einige Münzen aus seiner Tasche und legte sie als Bezahlung für den Kaffee auf den Tisch.

»Sie war wegen der Arbeit ziemlich unter Druck. Wenn wir jetzt über Weihnachten Zeit zusammen verbringen können, haben wir Gelegenheit, richtig zu reden. Bitte, Jinny, lass mich das klären.«

»Natürlich!« Dann nahm sie ihn in den Arm. »Matt, ich weiß, sie kann manchmal … ›kompliziert‹ sein. Vergiss nicht, ich bin schon ewig mit ihr befreundet.«

Es war beiden klar, was unausgesprochen zwischen ihnen im Raum stand, aber niemand wollte das Thema von Kates Labilität anschneiden.

»Ich ruf dich an, ja?« Dann ging er.

Draußen auf der Straße sangen drei betrunkene Weihnachtsmänner *I wish it could be Christmas every day* … Matt zündete sich eine Zigarette an und machte sich auf den Weg Richtung Eisbahn.

KAPITEL 58

Callum wartete seit zwanzig Minuten. Er wagte es nicht, etwas anzufassen, fühlte sich wie ein Betrüger, ein Eindringling, der nicht wirklich hier sein sollte. Draußen auf dem Flur hörte er die Zimmermädchen ihren Pflichten nachgehen.

Einmal klopfte es an der Tür, und er öffnete sie in Erwartung, Kate zu sehen. Stattdessen erkundigte sich ein betont freundlicher Manager, ob er »genug Wasser habe« und »ob er sonst noch etwas brauche«. Callum lehnte höflich ab und kehrte zu seinem Platz am Fenster zurück, zu nervös, um sich wenigstens eine Tasse Tee zu kochen. Mühsam versuchte er zu begreifen, wo er war und was er hier tat. Er wusste, Kate fand das alles belebend, dass die Gefahr für sie einen Teil des Reizes ausmachte. Doch er fühlte sich einfach überfordert. Es kam ihm vor, als würde dieses Leben, das er gerade führte, jemand anderem gehören.

An diesem Morgen war Belinda bestens gelaunt gewesen, nach der Party des vergangenen Abends und der anschließenden Party im Bett. Sie hinterfragte nicht einmal Callums Wunsch, einkaufen zu gehen – wenn überhaupt, dann war sie gerührt, dass er etwas Besonderes für sie besorgen wollte. Er hatte zwar nichts dergleichen gesagt, aber sie kannte Callum. Das war es, was er vorhatte, und in Anbetracht der Liebe, die sie gerade für ihn empfand, würde sie ihm nicht im Weg stehen.

Er verließ das Haus um die Mittagszeit und nahm einen Bus ins Stadtzentrum, wo er direkt zu John Lewis ging, um Belindas Geschenke abzuholen – einen tragbaren DVD-Player, damit sie im Bett Filme schauen konnte, schwarze Wildlederstiefel und eine Flasche Chanel. Es waren keine Spontankäufe. Kate hatte ihm im Vorfeld bei der Auswahl geholfen. Natürlich nicht aus Zuneigung zu Belinda, sondern weil sie wusste, dass es Callum

Zeit sparen würde. Ins Kaufhaus gehen. Einkaufen. Ins Hotel gehen.

Um Viertel nach eins war er fertig und beschloss, die kurze Strecke zu Fuß zurückzulegen.

Das Wetter verhalf den Leuten immer zu guter Stimmung, dachte er. Heute verwöhnte Edinburgh seine Einkaufskunden mit frostigem Sonnenschein. Wie anders sich das Stadtzentrum anfühlen würde, wenn alles regennass und in schottischen Nebel getaucht wäre. Callum ging am Rand der Eisbahn entlang und erinnerte sich an die Zeit, als seine Kinder noch klein waren, und wie sie es genossen hatten, endlos im Kreis zu fahren, wackelig zwar und voller Angst hinzufallen, aber trotzdem mit dem Wunsch, es möge nie enden.

In diesem Moment sah er ein kleines Mädchen auf dem Eis stolpern und stürzen, wobei es ein paar Meter auf dem Hintern rutschte. Seine Stirn war gerunzelt, und es war zu erschrocken, um zu weinen. Es trug Ohrenschützer, die zu seinem roten Kleid passten, und einen Pandabären im Arm. Callum dachte, wie widerstandsfähig Kinder doch sein konnten, und lächelte, weil es der Kleinen gelungen war, ihren Panda beim Flug übers Eis festzuhalten. Ihr Dad war sofort bei ihr, um sie zu trösten. Er hob sie hoch, brachte sie zum Lachen und lenkte sie von der Peinlichkeit des Moments ab.

Das könnte er sein, dachte Callum. Er und Ailsa. Wie schnell sein eigenes kleines Mädchen erwachsen geworden war. Jetzt nicht an Tom denken. Nein, nicht daran denken. Gott bewahre! Belinda war da wesentlich relaxter als er.

Das kleine Mädchen auf dem Eis hielt die Hand ihres Daddys, als er sie an den Rand zu ihrer Mum führte.

Zuerst begriff er gar nicht.

Doch dann erkannte er die Art, wie sie die Haare über die Schulter warf.

Es war Kate.

Callum stand wie angewurzelt da, konnte sich nicht vom Fleck rühren, während er ungewollt einen Blick in das Leben seiner Geliebten warf. Menschen gingen in beide Richtungen an ihm vorbei, mit Einkaufslisten, zu erledigenden Dingen, auf dem Weg, Leute zu treffen … doch er blieb reglos.

Hatte sie gespürt, dass er dort stand? Sie konnte ihn unmöglich gesehen haben, und doch drehte sie sich plötzlich ganz langsam um, ohne dass ihr Mann und ihre Tochter etwas bemerkten, und sah ihm direkt in die Augen. Dann lächelte sie.

Es war nur ein ganz kurzer Moment, aber er fühlte sich an wie eine Stunde.

Eine mit übermäßig vielen Einkaufstüten bepackte Frau schob sich an ihm vorbei. »Verzeihung!«, murmelte sie, und ihre Stimme riss ihn aus seinen Gedanken wie einen Ertrinkenden aus einem See. Er setzte sich in Bewegung, so schnell ihn seine bleischweren Beine trugen. *Geh einfach weiter.*

Plötzlich – »Entschuldigung?« – ertönte eine Stimme hinter ihm. Es war Kate! Kate rief nach ihm. War das irgendein beschissener Traum?

Sie streckte ihm eine Kamera hin, während Tallulah und Matt ihn anlächelten.

»Wären Sie so freundlich, ein Foto zu machen?«, fragte sie. »Von uns dreien?«

Er starrte sie an, aber sie lächelte immer noch. Gewöhnt an die Ungläubigkeit der Leute, wenn sie Kates berühmtes Gesicht wiedererkannten. Matt schaltete sich wie so oft ein und sagte freundlich: »Keine Sorge, Sie sehen keine Gespenster, sie ist es wirklich.«

»Ich bin hingefallen!«, rief Tallulah.

»Ja, das bist du, nicht wahr, mein Schatz?« Kate strich Tallulah über die Haare.

Dann streckte sie Callum wieder den Fotoapparat hin. »Ist ganz einfach, nur den Kopf da rechts drücken.«

Irgendwo in seinem Innern, in einem dunklen Winkel des Selbstschutzes, fand Callum seine Sprache wieder. »Verstehe. Natürlich, okay.«

Als er die Kamera nahm, berührten seine zitternden Finger die von Kate. Drei glückliche Gesichter schauten ihn an, und Matt begann den Spruch, den sie in Fotos immer aufsagten: »Chugga chugga chocolate cheeeese!« Die Kamera klickte mehrmals hintereinander.

»Das ist prima. Vielen Dank.« Kate nahm die Kamera, ohne ihn auch nur anzusehen.

Dann drehte sie sich zu Matt und Tallulah um, und die drei liefen auf dem Eis davon, um eine weitere Runde zu versuchen. Sie blickte nicht zurück, doch Callum sah ihr nach, wie sie sich entfernte, bis seine Gedanken von einem älteren Mann unterbrochen wurden, der das Ganze verfolgt hatte. »Das is diese Kate Andrews, müssn Se wissn!«

»Ja«, antwortete Callum, ehe es ihm gelang zu gehen.

Ein Klopfen an der Tür. Callum holte tief Luft und sah zuerst durch den Spion, ob es auch wirklich Kate war.

Sie sagte kein Wort zur Begrüßung, sondern drückte ihn gegen die Wand, nahm sein Gesicht in beide Hände und küsste ihn leidenschaftlich. Atemlos und erregt sah sie ihn an. »Hallo. Noch mal.« Dann zog sie ihren Mantel aus, weil sie es nicht erwarten konnte, nackt zu sein.

»Kate, was hast du dir nur dabei gedacht? Verdammt!«

»Ach, sei still, du hast es doch genossen«, neckte sie ihn, während sie ihre Jeans aufknöpfte.

»Ich habe es NICHT genossen, verdammt noch mal. Das war krank!«

Kate trug inzwischen bereits nur noch BH und Slip, Callum war nach wie vor angezogen.

»Ich meine, was hat Matt gesagt? Und deine kleine Tochter? Ich stand da und habe geglotzt wie ein Idiot – das müssen sie doch bemerkt haben …?!«

»Wir haben drei Stunden. Tun wir's jetzt, oder was?«

Und Callums Empörung begann sich aufzulösen. Kates berauschende Entschlossenheit haute ihn wieder einmal um.

Er zog sein Shirt aus.

»Schon besser«, sagte sie.

KAPITEL 59

Das Schlittschuhlaufen war richtig schön gewesen. So viel Spaß hatten sie seit Monaten nicht mehr gehabt, dachte Matt.

Er versuchte, sich daran zu erinnern, wann sie das letzte Mal auf diese Weise zusammen gewesen waren. Das musste Ende September gewesen sein, als Kate eine Woche freigehabt hatte und sie in den Center Park in Sherwood Forest gefahren waren. Damals waren sie eine richtige kleine Familie gewesen, und so hatte es sich auch heute angefühlt, wie sie zwischen all den anderen richtigen kleinen Familien auf dem Eis im Schneckentempo ihre Runden drehten und so taten, als wären sie Teil eines skandinavischen Wintermärchens. Er hatte Kate zum Lachen gebracht, als er beinahe hinfiel, weil er meinte, auf seinen Schlittschuhen eine komplizierte Schrittfolge ausprobieren zu müssen, und erst im letzten Moment das Gleichgewicht wiederfand. Am liebsten hätte er geweint, als er ihr Gesicht aufleuchten sah. Am liebsten hätte er geflüstert: Komm zu mir zurück! Doch er fürchtete, dass es dafür bereits zu spät war.

Sie machten auch ein Familienfoto. Baten einen Fremden, sie zu fotografieren, und Matt hatte das Gefühl gehabt, Kates Anonymität schützen zu müssen, als der Typ sie offensichtlich erkannte und angaffte wie ein Bekloppter. Matt wusste, wie er Kate vor übereifrigen Fans schützen konnte. Er wünschte nur, er könnte sie auch vor dem beschützen, das in ihrem Kopf vor sich ging, was immer es war. Doch sie war unerreichbar. Ihre Eintritt-verboten-Schilder waren klar und deutlich.

Um halb zwei trafen sie sich wie geplant mit Yvonne, die Karten für *Der Weihnachtsmann hat ein Problem* besorgt hatte, eine Theateraufführung für Kinder unter sieben Jahren.

Kate küsste Tallulah auf ihre Ohrenschützer. »Sei ein braves Mädchen für Daddy und Nannie, und wir sehen uns zum Abendessen wieder!«

Dann wandte sie sich an Matt. »Also, ich düs dann mal los, um was Aufregendes für dich zu kaufen!« Sie küsste ihn flüchtig auf die Wange und brach auf.

Matt sah ihr nach, wie sie sich durch die Menschenmenge schlängelte, eine Frau mit einem festen Ziel vor Augen.

Yvonne knöpfte Tallulahs Mantel zu und erzählte ihr von den verschiedenen Figuren, die sie im Theaterstück sehen würde. An Matt gewandt murmelte sie, ihre Freundin Maureen Maclean habe mit ihrem Enkel das Stück gesehen, und es sei sehr gut, aber die Hauptdarstellerin könne Kate nicht das Wasser reichen.

Yvonne hielt ihre Tochter für die beste Schauspielerin aller Zeiten. Sie plapperte munter weiter, aber Matt hörte gar nicht zu. Einem Impuls folgend, der so stark war, dass er nicht widerstehen konnte, sagte er: »Yvonne, geh du schon mal mit Lules voraus, wir treffen uns dann dort.«

Mit diesen Worten spurtete er so schnell davon, dass seine Schwiegermutter kaum Zeit hatte zu reagieren. »Was? Warte mal – was ist mit den … du kannst doch nicht einfach … gut, DANN HINTERLEG ICH DEINE KARTE AN DER KASSE!«, hörte er sie rufen, doch er drehte sich nicht um, sondern hielt den Blick fest auf das bewegliche Ziel vor ihm gerichtet.

Matt brauchte nicht lange, um aufzuholen, und bald war er nur noch etwa ein Dutzend Schritte hinter ihr. Er mischte sich unter die Passanten, ohne je Kates Designerjacke aus den Augen zu verlieren. Sollte sie sich umdrehen und ihn entdecken, würde er rufen: »Überraschung! Dachte, ich schließ mich dir an!« Doch da Kate mit solcher Zielstrebigkeit unterwegs war, bezweifelte er stark, sie würde sich von irgendetwas so ablenken lassen, dass sie sich umdrehte. Sie ging die George IV Bridge entlang, wobei sie elegant den Passanten auswich, die ihr im Weg waren. Ein oder zwei drehten sich mit einem »War das nicht … du weißt schon, wie heißt sie noch gleich?« nach ihr um, doch die meiste Zeit hielt sie den Kopf gesenkt und schritt zügig aus. Diese Frau wusste genau, wohin sie wollte. Und Matt nahm an, dass es sich dabei nicht um Marks and Spencer handelte.

Sie bog so plötzlich auf die Treppe ab, die zum Grassmarket hinunterführte, dass er sie kurz aus den Augen verlor. Doch dann war sie wieder da und steuerte fast im Laufschritt direkt auf das McKinley Hotel zu.

Was zum Teufel wollte sie dort? Traf sie sich mit Jinny? Hatte Jinny ihn womöglich doch angelogen?

Wem wollte er hier etwas vormachen?

Er folgte ihr durch die Eingangstür, während Adrenalin durch seinen Körper schoss und sein Mund vor Furcht ganz trocken war, doch sein Bedürfnis nach Klarheit wuchs mit jedem Schritt.

Das Foyer war erfüllt von feiernden Menschen. In der Mitte prangte ein silbern geschmückter Weihnachtsbaum, um den herum Gäste Drinks einnahmen und sich Witze erzählten, während aus den Lautsprechern an der Wand süße, sinnlose Lieder schallten, die den Zuhörern versicherten, dass mit der Welt alles in bester Ordnung sei.

Nein, war es nicht.

Kate ging zum Aufzug, und Matt bekam Panik. Er konnte ja schlecht mit ihr zusammen einsteigen. Aber wenn er es nicht tat, würde er sie verlieren. Fuck. *Make my dreams come true, all I want for Christmas is you!* Hilflos sah er zu, wie sich die Türen öffneten und Kate hineintrat. Er folgte ihr – war jetzt der Zeitpunkt, sich zu erkennen zu geben? Sie direkt zu fragen, was sie hier tat, und sich anzuhören, wie sie eine weitere

Lüge erfand? Er war nur noch einen guten Meter vom Aufzug entfernt. Zwei andere Frauen standen bereits im Lift. Kate hielt den Kopf gesenkt, um ein Wiedererkennen zu vermeiden. Er wollte gerade nach ihr rufen, das Handtuch werfen, als eine der Frauen sie fragte, in welches Stockwerk sie wollte. »Drei«, antwortete sie. Dann schlossen sich die Türen.

Matt hatte das Treppenhaus bereits erspäht. Er rannte los, nahm drei Stufen auf einmal, immer höher, erster Stock, zweiter Stock … und warf beinahe ein älteres Ehepaar um, das langsam die Treppe herunterkam.

»Entschuldigung. Notfall!«, keuchte er.

Dritter Stock. Schwer atmend blieb er vor dem Notausgang stehen und wartete auf das Geräusch des Aufzugs. *Ping*. Er hatte es geschafft.

Nach ein paar Sekunden spähte er vorsichtig durch die Tür in den Flur. Da war niemand. Er war zu spät.

Doch dann hörte er aus der anderen Richtung ein paar Zimmer weiter ein Klopfen. Er versuchte nicht zu atmen, aus Angst, das geringste Geräusch würde ihn verraten.

Er konnte Kate vor Zimmer 308 stehen sehen, wo sie sich mit den Fingern durch die Haare fuhr, um sie aufzulockern, und ihren Pulli glatt strich. Offenbar war es wichtig, dass sie, für wen auch immer sie traf, gut aussah.

Die Tür wurde geöffnet.

Kate lächelte.

Wen sie anlächelte, konnte Matt nicht erkennen.

Dann ging sie ins Zimmer, und die Tür fiel grausam hinter ihr ins Schloss.

Matt blieb reglos stehen. Es kam ihm vor wie Minuten, doch in Wirklichkeit waren es nur Sekunden. Wenn ihn jemand so gesehen hätte, würde derjenige sicher denken, wie albern er aussah: jeder Muskel angespannt, einen Fuß in der Luft.

In der Nische gegenüber dem Aufzug befanden sich eine große Topfpflanze sowie zwei selten genutzte Sessel, sollte sich jemand im Vorübergehen ausruhen müssen. Oder sollte zufällig ein Ehemann, der seiner untreuen Frau folgte, ein Plätzchen brauchen, um sich hinzusetzen und seine Gedanken zu ordnen. Matt ging hinüber und ließ sich in einen der Sessel plumpsen, wo sich seine verkrampften Muskeln langsam entspannten und seine Atmung sich nach und nach auf ein normales Tempo beruhigte.

Er wusste nicht, was er tun sollte.

Er wusste einfach nicht, was er tun sollte.

KAPITEL 60

Hetty blickte auf ihr Handy, auf dessen Display stumm Matts Name blinkte. Sie ging nicht ran. Auch dieses Mal nicht. Sie konnte einfach nicht mit ihm sprechen. Außerdem war sie auf ihrer Betriebsweihnachtsfeier. Es wäre unhöflich, jetzt zu telefonieren. Sie saßen in einem neuen vegetarischen Restaurant in Covent Garden und hatten gerade gewichtelt. Hetty hatte eine Steinchen-Schatulle bekommen: ein wunderschönes handgeschnitztes Kästchen, so groß wie ein Zauberwürfel, mit einem Dutzend kleiner polierter Kieselsteine darin, auf denen je ein Wort stand. Worte wie Selbstliebe, Glaube, Spontaneität. Die Idee war, jeden Morgen einen Kiesel für den Tag auszuwählen und diesen – zusammen mit der Empfindung – bei sich zu tragen. Hetty fand den Gedanken wunderschön. Sie war sich nicht ganz sicher, aber sie vermutete, dass Lisa dieses Geschenk für sie ausgesucht hatte. Prompt hatte sie ein schlechtes Gewissen und fühlte sich etwas einfallslos, denn sie wiederum hatte Lisa lediglich eine Bodylotion ohne Parabene und Reinigungstücher für den Bildschirm geschenkt.

Sie hätte sich mehr anstrengen sollen, das war ihr schon klar. Doch sie war gerade irgendwie nicht sie selbst. Seit dem Jahrgangstreffen vor zwei Tagen.

Nachdem Hetty draußen mit Matt gesprochen hatte, war sie schnurstracks zu Adam gegangen, um ihm zu sagen, dass Matt ihr alles erzählt hatte. Adam zeigte nicht ein Fünkchen Reue. Um genau zu sein, fand er die ganze Sache höchst amüsant und rieb Unmengen von Salz in die erbärmlichen Wunden ihrer getäuschten Seele, indem er ihr erklärte, dass er heute Abend nur gekommen war, um Matt wiederzusehen. Echt verdammt schade, dass der Kerl schon nach Hause gegangen war – er hatte gehofft, sie könnten noch ein bisschen in alten Zeiten schwelgen.

Da von Hettys Würde nicht mehr viel übrig war, schnappte sie sich ihren Mantel und ging. An der Tür drehte sie sich noch einmal um, um Adam ein letztes Mal zu sehen. Er lehnte lachend und trinkend mit zwei Frauen an der Bar (die beide Amerikanische Literatur studiert hatten, wie Hetty sich zu erinnern glaubte). Wie er dort stand, im Mittelpunkt der Aufmerksamkeit, und sich im Rampenlicht aalte wie eine egozentrische Katze, sah sie ihn schließlich als das, was er war: ein grausamer, ziemlich trauriger und einsamer Mann, der nicht wusste, wer er war oder was er wollte, und weder Herz noch Gewissen besaß.

Als er Hettys Blick bemerkte, zog er seine übliche Show ab, zuckte lächelnd mit den Schultern, ehe er sich wieder den beiden ihn anhimmelnden Frauen zuwandte.

Hetty war all die Jahre in diese Vorstellung von Adam verliebt gewesen, doch der wirkliche Adam war ganz anders.

Sie erreichte ihre winzige Wohnung in Hammersmith barfuß und mit gebrochenem Herzen. Nicht wegen Adam – um ehrlich zu sein, war sie froh, dass sie dieses Kapitel ihres Lebens jetzt endlich abschließen und ihn für immer aus ihrem Kopf verbannen konnte – nein, es war Matt, der sie völlig aus der Bahn geworfen hatte. Sein Geständnis wegen Adam in Warwick kam für Hetty so unerwartet, dass es sie alles infrage stellen ließ. Wie konnte sie glauben, ihn zu kennen, wenn er all die Jahre dieses riesige Geheimnis mit sich herumgetragen hatte? Hatten Adam und er damals hinter ihrem Rücken über sie gelacht?

Es kam ihr vor, als wäre ihre Welt komplett aus den Fugen geraten, aus den Angeln gehoben worden und um die eigene Achse gedreht, immer und immer wieder wie ein Kreisel, egal, wo sie landete. Siebzehn Jahre lang war Matt ihr bester Freund gewesen, aber jetzt, mit dieser Sache, diesen Lügen zwischen ihnen, hatte sie das Gefühl, ihn überhaupt nicht zu kennen.

»Ich kann dich bis zum Leicester Square begleiten, wenn du magst«, unterbrach Ivor ihre traurigen Gedanken. Das Essen war vorbei, und alle wünschten sich frohe Weihnachten, aber kein »gutes neues Jahr«, weil sie alle am 28.12. wieder antreten mussten. Wie Glen wiederholt betont hatte, »druckt sich die Zeitschrift nicht von selbst, nur weil wir im Urlaub sind!«. Hetty sah bei diesem Satz Ivor an und verdrehte die Augen, während sie in ihren Mantel schlüpfte.

Auf dem Weg zur U-Bahn sagte Ivor plötzlich: »Du warst die letzten Tage sehr still. Wie lief denn das Jahrgangstreffen, du hast gar nichts erzählt?«

Hetty überlegte, was sie antworten sollte, ohne sich nach ihrem ganzen Theater mit den Vorbereitungen jetzt lächerlich zu machen. »Sagen wir mal so, es war nicht das, was ich erwartet hatte.«

»Aha.«

Und auf einmal, ganz unvorbereitet, vertraute sie sich ihm an. »Weißt du, Ivy, ich habe einen Großteil meines Lebens, genauer gesagt fast die Hälfte davon, wenn ich ehrlich bin, geglaubt, dass dieser Typ – Adam heißt er – für mich bestimmt war. Er war meine erste große Liebe, musst du wissen. Also eigentlich meine einzige Liebe. Aber er war nicht der, für den ich ihn gehalten habe. Im Gegenteil, er war ein Idiot. Also habe ich diese ganze Zeit, dieses ganze Leben damit vergeudet, und …« Ihre Kehle wurde eng, und sie hatte Angst, dass sie gleich anfangen würde zu weinen. Ivor war schließlich nur ein Arbeitskollege! Es wäre so demütigend, vor ihm zu heulen. Sie hätte dieses zweite Glas Wein nicht trinken sollen, denn die Tränen flossen nun schnell und unaufhaltsam.

Ivor blieb wie angewurzelt stehen und blickte sich um, ob jemand zusah. Oh Gott, offenbar war sie ihm peinlich!

»Du musst mich für völlig bescheuert halten …«, schluchzte sie.

»Nein, überhaupt nicht, lass dir Zeit«, versicherte er ihr geduldig. Er schien zu warten, bis sie sich wieder beruhigt hatte. Nach etwa einer Minute meinte er: »Wir sind schon ein undankbarer Haufen, was? Wir Menschen, meine ich.«

»Was meinst du?« Schniefend fischte Hetty ein Taschentuch heraus.

»Na ja, wir verbringen den Großteil unseres Lebens damit, uns zu wünschen, wir wären woanders oder jemand anders, oder wir schauen in die Zukunft oder hängen an der Vergangenheit. Immer denken wir, das Gras auf der anderen Seite wäre grüner. Doch das ist es nicht. Es ist auch nur Gras. Nur ein anderes Stück, weiter nichts.«

Hetty scherzte durch ihre Tränen hindurch: »Ja, und meines muss gerade ordentlich gegossen werden!«

Er lächelte, und zum ersten Mal bemerkte Hetty die Freundlichkeit in Ivors haselnussbraunen Augen. Man sieht jemanden erst dann richtig, dachte sie, wenn man seine Augen anschaut, also, ihm *in* die Augen schaut und denjenigen wirklich *sieht*. Ivor merkte nicht, dass sie ihn anstarrte, denn er war zu sehr damit beschäftigt, sich an etwas zu erinnern.

»Bist du ein Larkin-Fan? Philip Larkin?«, fragte er.

»Hab ihn in der Schule ein bisschen durchgenommen.«

»Ich auch …« Und er richtete den Blick in die Ferne auf der Suche nach den Zeilen, bevor er sich wieder Hetty zuwandte und langsam, sehr gekonnt zitierte:

»Wahrlich, und ist die Zeit auch unser Element,
so taugen wir nicht für den fernen Blick,

wie er sich in jedem Moment des Lebens öffnet.
Führte er uns doch Verlust vor Augen: Schlimmer noch,
er zeigt uns das, was wir jetzt haben, wie es einst war,
so leuchtend ungeschmälert, als hätten wir
durch anderes Verhalten es so bewahren können.«

Auf einmal schüchtern, blickte er zu Boden und schob mit der Fußspitze etwas Dreck in eine Ritze im Asphalt wie ein schlaksiger, linkischer Teenager, der versucht, in der Schule ein Mädchen zu beeindrucken.

Hetty starrte ihn immer noch an, mitten in diesem Covent-Garden-Weihnachten, schniefend, und konnte immer noch nicht ganz fassen, was sich vor ihren Augen offenbarte.

»Mein Gott«, flüsterte sie. »Ivor!«

Er sah auf, und sie fand, dass er ein kleines bisschen verärgert klang, als er sagte: »Hetty, du hast keine Ahnung, was für ein besonderer Mensch du wirklich bist.«

Sie konnte ein nervöses Kichern nicht unterdrücken. Dann tätschelte er ihren Arm, als wäre sie ein Familienhund, und murmelte: »Ich glaub, ich gehe zu Fuß nach Hause. Kann etwas frische Luft brauchen. Hab ein schönes Weihnachtsfest …«

»Oh.« Hetty war ein bisschen überrumpelt. »Tschüss, Ivy! Frohe Weihnachten.«

Doch er marschierte bereits in die entgegengesetzte Richtung davon.

Mit einem leisen Klappern fiel etwas zu Boden. Hetty senkte den Blick. Einer der Kieselsteine war aus der Box entwischt. Hetty hob ihn hoch – »Beharrlichkeit« stand darauf. Sie sah zu, wie Ivor in der Menge der Weihnachtseinkäufer verschwand. Etwas in ihrem Bauch fühlte sich komisch an. Ob ihr wohl das Essen nicht bekommen war?

KAPITEL 61

In Zimmer 308 des McKinley Hotels fickte Callum Kate im Stehen gegen die Wand. Sie hatte die Beine um seine Taille geschlungen und klammerte sich an ihm fest, erregt von den Tiefen, in die er vordrang.

Er konnte nicht aufhören, und sie wollte es auch gar nicht.

Dieser Sex war wütend und unkontrolliert, ihre Köpfe waren erfüllt von Chaos und Schuldgefühlen und Lust und Liebe, alles miteinander vermischt zu einem unergründlichen Durcheinander.

»Du musst mich weiter, immer weiter ficken, Callum«, flüsterte sie. »Ich brauche es, immer von dir gefickt zu werden.«

»Oh Gott.«

Sie kamen zusammen, in einem intensiven, stummen Orgasmus, erstarrt an der Wand, ohne Worte, nur keuchend, während das Bumm, Bumm, Bumm ihrer Herzen ihnen versicherte, dass sie immer noch sehr lebendig waren.

Dann das Klopfen an der Tür.

»Und zwei Gläser.« Matt musste schreien, um sich über den Lärm der vollen Hotelbar Gehör zu verschaffen.

Eine Frau streckte ihm einen Mistelzweig aus Plastik hin. »Komm, Herzchen, gib mir nen Kuss!«, neckte sie ihn, offenbar schon ein wenig über dem Limit.

»Lieber nicht, ich hab Herpes.«

Sie dachte einen Moment lang darüber nach, ob das wirklich so schlimm war, entschied dann, dass es das war, und verkrümelte sich.

»Ach, und hätten Sie vielleicht einen Stift?«, fragte Matt den Mann hinter der Bar, der inzwischen einen Eimer mit Eiswürfeln und Wasser für den Champagner füllte.

Matt hatte sich eine der kostenlosen Postkarten von der Rezeption mitgenommen. Auf diese kritzelte er nun: »Für Susie, frohe Weihnachten!« Er bezahlte bar und bekam das festlich aussehende Tablett überreicht, das der Barmann noch mit einem Stechpalmenzweig dekoriert hatte.

Zuerst wollten sie es ignorieren, da sie immer noch ineinander verkeilt an der Wand lehnten.

»Das wird nur das Housekeeping sein oder der Turn-down-Service oder wie immer sie das nennen.« Kate hatte mehr Erfahrung mit Hotels als Callum und kannte die Abläufe. »Schau einfach durch den Spion«, flüsterte sie. Ihr war immer noch ganz schwindelig vom Sex.

Callum löste sich aus ihrer Umarmung und merkte, dass seine Knie nicht mehr so belastbar waren wie früher.

Kate lachte, nahm sich eine Wasserflasche vom Nachttisch und leerte sie in einem Zug, während Callum einen Hotelbademantel überzog und zur Tür schlurfte.

»Da ist niemand«, murmelte er mit Blick durch den Spion. »Aber, halt, warte …« Dann öffnete er die Tür.

»Hey, wo willst du denn hin?«

Doch Callum war bereits hinausgegangen und beugte sich über das Tablett mit Champagner und Karte, das im Gang stand. »Nicht für uns, für jemanden namens Susie.«

»Nimm's doch einfach trotzdem.«

»Du bist unmöglich!«

»Erfährt doch niemand!«

»Susie schon.«

»Wer auch immer das ist!«

Sie waren jetzt beide ausgelassen, nachdem der heftige Sex die Angst vertrieben hatte.

»Na, wenn du ihn nicht nimmst, tu ich's.« Mit diesen Worten sprang Kate, nur mit einem winzigen Handtuch bedeckt, in den Flur hinaus, schnappte sich den Champagner und rannte zurück ins Zimmer, dicht gefolgt von Callum.

Die Tür wurde geschlossen, und Kates begeistertes Quieken, während Callum sie aufs Bett jagte, war den ganzen Flur hinunter zu hören.

Für Matt.

Der zugesehen hatte, wie der Fremde von der Eisbahn aus Zimmer 308 gekommen war, um den Champagner zu holen, gefolgt von Kate.

Er lehnte sich an den riesigen weißen Blumenkübel mit der müde aussehenden Schusterpalme darin und musste sich heftig übergeben.

KAPITEL 62

Als Matt bei Yvonne und Gordon ankam, war es bereits halb sieben, und alle saßen beim Abendessen.

Gordon öffnete ihm die Tür und machte eine gespielt besorgte Miene. »O-oh, da hat sich aber jemand sehr unbeliebt gemacht.«

»Tut mir leid, Gordon, ich habe irgendwie die Zeit vergessen.«

»Bei mir musst du dich nicht entschuldigen. Viel Glück!«

Matt ging ins Esszimmer, wo Yvonne honigglasierten Schinken, Salat und neue Kartoffeln aufgetischt hatte – »denn wir wollen es ja vor dem Weihnachtsbraten nicht übertreiben«. Sie hatte auch für Matt mit gedeckt.

»Nimm dir«, brummte sie. »Die Kartoffeln sind jetzt natürlich kalt.«

Kate versuchte, seinen Blick zu erhaschen, und lächelte zwinkernd wie ein Schulmädchen, das stumm den gescholtenen Klassenkameraden unterstützt.

»Yvonne, es tut mir so leid«, entschuldigte sich Matt und küsste sie auf die Wange, was sie widerwillig zuließ. »Ich hatte da diese Idee für ein Geschenk für Kate, und deswegen bin ich quer durch die ganze Stadt gerannt, und ich hatte keine Möglichkeit, dir Bescheid zu sagen, weil …«

Er wurde von Gordon unterbrochen. »Weil sie sich weigert, sich ein Handy zuzulegen. Siehst du, Frau! Das ist wieder so ein Fall, wo es praktisch gewesen wäre.«

Yvonne ging in Verteidigungshaltung. »Wir sind jahrhundertelang problemlos ohne ausgekommen. Ich sehe nicht ein, weshalb ich mich wie ein Schaf verhalten und der Herde hinterherlaufen sollte. Ich sage euch, nächstes Jahr sind die Dinger schon wieder außer Mode!«

Das war Yvonnes feste Überzeugung, die sie regelmäßig zum Besten gab. Sie hasste Handys – »Das ist einfach unnatürlich.«

Kate lachte, und Matt rang sich ein müdes Lächeln in ihre Richtung ab, doch es kostete ihn gewaltige Mühe.

»Aber, Lules, jetzt sag mal, wie war das Theaterstück?« Matt hob seine kleine Tochter hoch und drückte sie ein bisschen zu fest.

»Da war ein Dinosaurier!«, rief sie.

»Wirklich? In *Der Weihnachtsmann hat ein Problem*? Was war denn nun eigentlich sein Problem?«

»Er wollte alles modersieren …«

»Das heißt modernisieren, mein Schatz«, korrigierte Yvonne sie, doch Tallulah fuhr unbeirrt fort.

»… und seine Kleidung und die Rentiere und die Elfen ändern. Und niemand hat ihn gelassen.«

»Ich schätze mal, der Weihnachtsmann wollte bestimmt auch ein Handy haben, stimmt's?«, fügte Gordon hinzu, was ihm ein Stirnrunzeln von seiner Frau eintrug.

»Jedenfalls hast du eine tolle Aufführung verpasst, Matthew – also ihr beide, um genau zu sein.«

»Tut mir leid, Mum. Ich wette, Lules hat es aber sehr genossen, dich ganz für sich allein zu haben«, sagte Kate, und Matt staunte, wie geschickt sie die Menschen mit Komplimenten manipulierte, um zu bekommen, was sie wollte. Er verspürte einen plötzlich aufflackernden Hass auf sie und nahm schnell einen großen Schluck Wein, um das unwillkommene Gefühl zu unterdrücken.

»Daddy, ich möchte, dass du mir heute Abend eine Geschichte vorliest.« Tallulah stand vom Tisch auf.

»Dein Wunsch sei mir Befehl, Prinzessin!«, erwiderte Matt. »Was sollen wir denn lesen?«

»*Misty und Jake.*«

»In Ordnung. Aber zuerst baden, ja?« Tallulah rannte begeistert davon, während Matt aus Höflichkeit ein paar Bissen seines Abendessens hinunterschlang. Sein Appetit war seit den Ereignissen des Nachmittags verschwunden.

»Hast du denn dann noch bekommen, was du wolltest?« Kate legte ihm sanft die Hand auf die Schulter und streichelte seine Haare.

Er kämpfte mit aller Kraft dagegen an, sie nicht wegzustoßen und »Fass mich gefälligst nicht an!« zu zischen. Stattdessen antwortete er: »Nicht wirklich, und du?« Dabei sah er ihr fest in die Augen. Das kurze Zucken war fast unmerklich.

Doch da Kate überzeugt war, dass Matt unmöglich wissen konnte, wie sie den Nachmittag verbracht hatte, lächelte sie einfach und sagte: »Vielleicht. Wart's ab, dann siehst du's.«

Matt wandte den Blick ab und konzentrierte sich auf ein Stück Schinken auf seinem Teller, während Yvonne im Hintergrund plapperte und Kate anfing, den Tisch abzuräumen.

Er ging die Ereignisse von vorhin noch einmal durch. Wie er zwei Stunden dort in der Nische gesessen und gewartet hatte und sich fragte, ob sie das Zimmer wohl je wieder verlassen würden.

Immer wieder hatte er überlegt, an die Tür zu klopfen. Einmal war er sogar aufgestanden und zur Zimmertür gegangen. Doch dann hatte er doch zu viel Angst gehabt und bloß dem gedämpften Quietschen des Betts und dem unterdrückten lustvollen Stöhnen gelauscht, das nur eines bedeuten konnte. Es kam ihm vor, als befände er sich auf einer anderen Realitätsebene und beobachte sich selbst, wie er da vor der Hotelzimmertür stand. Das konnte doch nicht wirklich sein Leben sein, oder?

Er hatte überlegt, Kate auf dem Handy anzurufen. Doch sein Masochismus hatte bereits die Obergrenze erreicht – warum sollte er sich das antun? Weshalb warten, bis der Anruf entweder ignoriert oder mit einer weiteren Lüge beantwortet wurde – *Schatz, kann ich dich zurückrufen? Ich bin grade mitten in einer Sache.* Also war er zu seinem Beobachtungsposten zurückgekehrt, außer Sichtweite von Zimmer 308, und hatte gewartet, bis sich die Tür endlich öffnete.

Kate war zuerst herausgekommen. Er hatte gehört, wie sie sich flüsternd verabschiedeten. Der Mann hatte vorsichtig aus dem Zimmer geschaut und dann leise »Wir sehen uns heute Abend!« gerufen, woraufhin sie antwortete: »Aber ganz bestimmt.« Dann hatte sie sich lachend umgedreht und war mit gesenktem Kopf zum Aufzug gegangen, während sich die Zimmertür hinter ihr schloss.

Sie hatte auf den Knopf gedrückt und gewartet, immer noch mit einem Lächeln im Gesicht. Und Matt sah die ganze Zeit zu. Schließlich kam der Aufzug, und sie trat hinein. Er hörte die Lautsprecherstimme sagen: »Going down«, und dachte bei sich, welch ironische Wahrheit doch in diesen zwei Worten steckte.

Es hatte gut zehn Minuten gedauert, bis der Mann aus dem Zimmer gekommen war. Matt wollte ihn richtig sehen, sich ein komplettes Bild machen, um herauszufinden, was Kate an ihm fand. Also hatte er keine Zeit zu verlieren.

Sobald Callum ihm vor der Aufzugtür den Rücken zugekehrt hatte, schlich Matt hinter ihm vorbei und rannte durchs Treppenhaus hinunter, wobei er sich beinahe den Knöchel brach, weil er bis zu fünf Stufen auf einmal nahm.

Als er unten angekommen war, platzte er durch die Tür ins immer noch überfüllte Foyer und wartete einige Sekunden, bis Callum aus dem Aufzug trat. Als er auftauchte, flutete Adrenalin Matts ganzen Körper, und er wusste, er durfte ihn nicht aus den Augen lassen, um keinen Preis. Einen anderen Plan hatte er nicht.

In seinem Kopf hatte Chaos geherrscht. Nichts passte zusammen. Die einzige Erklärung war, dass Kate mit diesem Fremden eine spontane Liaison eingegangen war – mit einem Passanten, der nachmittags auf der Eisbahn ein Foto von ihnen gemacht hatte und dann seiner Wege gegangen war. Doch wie hatte Kate ihn wiedergefunden, wenn es nicht vorher vereinbart gewesen war? Und wenn es sich um einen Fremden handelte, was doch der Fall sein musste, wie konnte es dann geplant gewesen sein? Es passte einfach nicht zusammen! Könnte es also sein, dass sie diesen Mann in Wahrheit kannte –, dass er eigentlich gar kein Fremder war? So viele Fragen flogen in seinem Kopf hin und her, dass Matt dachte, er würde gleich explodieren.

Sie erreichten eine Bushaltestelle in der Lothian Road. Matt hielt Abstand, während der Mann sich in die Schlange stellte. Als dessen Handy klingelte, schob Matt sich etwas dichter heran, weil er ihn sprechen hören wollte. Verzweifelt befahl er sich selbst, still zu sein, verdammt noch mal, denn sein Atem war mindestens so laut wie das Pochen seines Herzens in seinen Ohren.

»Callum MacGregor? … Oh, hallo, John … Ja, dir auch frohe Weihnachten. Wie kann ich helfen?«

Callum MacGregor.

Callum MacFucking MacGregor.

Callum MacGregor hat meine Frau gefickt und wird sie wieder ficken. Heute Abend. Das war alles, was er denken konnte.

Schließlich kam der Bus nach Portobello, und Callum stieg ein, immer noch das Handy am Ohr, doch er unterbrach sein

Gespräch kurz, um zum Busfahrer »Einmal Sutherland Avenue, bitte« zu sagen. Dann bezahlte er seine Fahrkarte und suchte sich einen Platz.

Vor Matt standen noch zwei Leute in der Schlange. Als er an der Reihe war, folgte er Callums Beispiel, ehe er ganz nach hinten durchging. Während der gesamten Fahrt saß Matt zwei Sitze hinter Callum und ließ dessen Hinterkopf keine Sekunde aus den Augen.

Er ist schon fast ganz grau. Matt erwartete, sich deswegen besser zu fühlen. Tat er aber nicht.

Die Fahrt dauerte ungefähr zwanzig Minuten. Als Callum ausstieg, war Matt froh, dass noch drei andere Passagiere den Bus verließen, die ihm Deckung gaben. Er wartete an der Haltestelle, bis Callum ein Stück die Straße hinuntergegangen war, ehe er sich wieder an seine Fersen heftete.

Matt folgte ihm etwa fünf Minuten, dann erreichte Callum Haus Nummer 24 und bog in die schmale Einfahrt ein. Er kramte seinen Schlüssel heraus und ging ins Haus.

Inzwischen war es natürlich dunkel, deshalb konnte Matt auf der anderen Straßenseite stehen und zusehen, wie Callum MacGregor ins Wohnzimmer trat und eine Frau küsste, die vermutlich Callum MacGregors Ehefrau war.

»Darling.« Kate kam aus der Küche und wirkte etwas aufgelöst. »Ich habe gerade eine SMS von Jinny bekommen. Ich fürchte, ich muss sie treffen.«

Verdammte Lügnerin. »Oje«, sagte Matt. »Was ist denn passiert?« Es war pervers, aber er wollte die Geschichte hören, die sich Kate ausgedacht hatte.

»Sie hatte einen ganz furchtbaren Streit mit Bill. Sie ist einfach aus dem Haus gerannt und ist jetzt völlig fertig.«

»Arme Jinny!«

»Ich weiß. Hör zu, ich versuche, bald wieder da zu sein, aber warte nicht auf mich. Ich halte dich auf dem Laufenden, ja?«

»Klar. Ich hoffe wirklich, mit ihr ist alles in Ordnung. Sag ihr liebe Grüße von mir. Wenn es passt.«

»Wahrscheinlich nicht, um ehrlich zu sein.«

»Nein.« Matt lächelte. »Wahrscheinlich nicht.«

KAPITEL 63

Belinda war im Gästezimmer und packte Geschenke ein. Noch drei Sachen – Socken für Callum, dieses Jahr mit Christmas-Pudding-Motiv – und dann nur zwei Schokoorangen von Terry's – eine weitere traurige Erinnerung daran, dass Ben dieses Jahr nicht zu Hause war. Es war inzwischen zur Tradition geworden, dass jedes der Kinder zu Weihnachten eine Schokoorange von Terry's bekam, doch es hatte keinen Sinn, Ben eine nach Australien zu schicken. Sie würde niemals durch den Zoll kommen, und falls doch, würde sie unterwegs schmelzen oder zerbrechen. Belinda konnte es kaum erwarten, dass er nach Hause kam. Ihr ältestes Baby. Nicht mehr lange, Mitte März, hatte er gesagt. Und dann würde garantiert Cory auf Reisen gehen.

Belinda fragte sich, wie sie wohl klarkommen würde, wenn Ailsa dann auch aus dem Haus war und sie und Callum unter dem oft zitierten Leeres-Nest-Syndrom litten. Sollten sie sich verkleinern? Wurde das nicht von einem erwartet, wenn man im Leben einen gewissen Meilenstein erreichte? Doch wie Belinda nicht müde wurde zu betonen, wann immer das Gespräch darauf kam: Wer sagte denn, dass die Kinder nicht vielleicht mal wieder zu Hause einziehen wollten? Und selbst wenn sie ihr eigenes Heim gründeten, wo sollten die Enkel schlafen, wenn sie zu Besuch kamen?

Belinda hatte die Angewohnheit, viel an die Zukunft zu denken. Ihren Kopf mit Was-wäre-wenns zu füllen. Callum beruhigte sie dann immer und sagte: »Bel, keiner von uns weiß doch, was um die nächste Ecke auf uns wartet, geschweige denn in fünf Jahren. Also hör auf, dir Sorgen zu machen, und genieß das Hier und Jetzt.«

Keiner von uns weiß doch, was um die nächste Ecke auf uns wartet.

Es klingelte an der Tür. Sie würde aufmachen müssen, denn Callum war mit Gary unterwegs – schon wieder! Und Ailsa war bei Tom – schon wieder! Belinda lächelte und ging nach unten.

»Mrs. MacGregor?«, fragte der Mann vor der Haustür. Einige Meter entfernt stand ein schwarzes Taxi mit laufendem Motor.

»Ja?« Der Mann sah sie einen Moment lang an. Er war gut angezogen, vielleicht Mitte dreißig – attraktiv! Ihr fiel auf, was für hellblonde Haare er hatte.

»Wollen Sie mir ein Weihnachtsständchen singen?«, scherzte sie. Doch er lächelte nicht. Und er wirkte zu verkrampft, um zu singen.

»Sie kennen mich nicht. Mein Name ist Matthew Fenton.«

»Aha …?« Belinda verschränkte die Arme vor der Brust. Misstrauisch rechnete sie damit, dass gleich eine Verkaufsmasche kommen würde oder, schlimmer noch, eine Predigt der Zeugen Jehovas.

»Meine Frau heißt Kate, und ich habe Grund zu der Annahme, dass sie sich momentan zusammen mit Ihrem Mann Callum in Zimmer 308 des McKinley Hotels aufhält.«

Schweigend sahen sie sich an. Die blecherne Musik des Taxiradios trällerte durch die stille Abendluft, und die Weihnachtsbeleuchtung im Garten blinkte im Takt zu Paul McCartney … *simply having a wonderful Christmas time …*

KAPITEL 64

»Ich hab ein Geschenk für dich«, sagte sie. Und reichte Callum eine kleine Tüte.

»Kate!«

»Ist keine große Sache. Und du kannst ja behaupten, du hättest sie dir selber gekauft.«

Callum warf einen Blick in die Tüte. Das Geschenk war nicht eingepackt, deshalb sah er sofort, was es war: eine TAG-Heuer-Uhr.

»Ist das dein Ernst?« Er war fassungslos, wollte aber gleichzeitig ihre Gefühle nicht verletzen. »Wie soll ich das denn Belinda erklären? Dass ich ein paar Hundert Pfund für eine edle Uhr für mich ausgegeben habe?«

»Ach, dir fällt schon was ein«, meinte Kate und kuschelte sich an ihn. Sie hatten gerade zusammen gebadet und legten eine kleine Pause ein, im Bewusstsein, dass ihre Zeit begrenzt war an diesem besonderen Tag.

»Also, vielen Dank.« Er küsste sie auf den Scheitel. »Ich hab aber nichts für dich.«

»Oh, du hast mir mein Geschenk schon heute Nachmittag gemacht«, zog sie ihn auf und fuhr dabei mit den Fingerspitzen seinen Arm entlang. »Meinst du, wir können uns noch mal sehen, vor Weihnachten?« Er hörte, dass ihre flüsternde Stimme etwas erstickt klang.

»Süße, das ist so schwierig.«

»Ich weiß.« Sie wartete. »Callum, ich liebe dich.«

Und es war das Einfachste auf der Welt, die Worte zu erwidern, also tat er es: »Ich liebe dich auch.«

Und so lagen sie da in der Geborgenheit der stillen Nacht und dösten vor sich hin.

Das Klopfen an der Tür war so zaghaft, dass Callum zuerst

glaubte, er hätte es sich eingebildet.

»Kate?«, murmelte er. Vor Schläfrigkeit funktionierte seine Zunge nicht richtig.

»Hmm?«

Da war es wieder, dieses Mal nachdrücklicher.

»Da ist jemand an der Tür.«

»Wie spät ist es?«

»Halb zehn.«

»Ignorier es einfach. Ist bestimmt die Putzfrau. Wir haben noch ewig Zeit.«

Doch wer auch immer dort vor der Tür stand, gab nicht auf. Es klopfte wieder.

Callum seufzte, stand auf, zog den Bademantel an und ging langsam zur Tür. Beim Blick durch den Spion konnte er niemanden entdecken. Er wollte gerade zurück ins Bett, als es noch einmal klopfte. Diesmal sah er nicht nach, sondern öffnete einfach die Tür.

Es blieb keine Zeit, um zu kapieren, was passierte.

Belinda drängte sich an ihm vorbei ins Zimmer, gefolgt von Matt, weniger grimmig, aber trotzdem entschlossen.

Callum fehlten die Worte.

Kate schrie auf, bevor sie wütend brüllte: »Was soll die Scheiße?!«

Es war die denkbar seltsamste Zusammenkunft: drei Menschen, deren Leben seit 1985 miteinander verwoben waren und zu denen nun mit Matt ein vierter stieß.

Matt hatte nicht geplant, dass sie mitkommen würde. In seiner Vorstellung stellte er die beiden alleine zur Rede. Doch bereits wenige Minuten nach seinem Auftauchen bei ihr zu Hause hatte Belinda ihren Mantel und die Schlüssel gegriffen und war mit ihm ins Taxi gestiegen.

Die Wut der Hölle ist nichts gegen die einer verschmähten Frau.

Die Fahrt war angespannt und unwirklich gewesen. Zuerst hatten sie geschwiegen und aus ihren jeweiligen Fenstern geschaut, in unergründlich trübsinnige Gedanken versunken.

Dann hatte Belinda angefangen zu sprechen, hatte ihm die ganze elende Geschichte erklärt, die vor siebzehn Jahren ihren Anfang genommen hatte, als Kate begann, mit Callum im Lamb and Flag zu arbeiten. Die miese Geschichte, von der Belinda angenommen hatte, von der sie gehofft hatte – von der sie, verdammt noch mal, *geglaubt* hatte –, sie wäre 1985 beendet worden.

Sie verglichen Daten. Belinda bestätigte mit zitternder Stimme, dass Callum behauptet hatte, am Abend von Kates Schulbesuch mit einem alten Collegefreund, Paul McGee, unterwegs gewesen zu sein.

Sie mussten sogar beide lachen, als Matt erklärte, Kates Ausrede für ihren verlängerten Edinburgh-Aufenthalt an jenem Tag sei gewesen, ihrer alten Freundin Paula McGee begegnet zu sein.

»Wie erbärmlich.« Belinda schüttelte den Kopf, doch sie wusste, dass kein Spott oder bitterer Hohn den Schmerz dieser Täuschung würde lindern können.

Matt erzählte Belinda, dass Kates Geschichte von ihrer Freundin Jinny einfach nicht zusammengepasst hatte und er deshalb bei Jinny nachgehakt hatte und dann begriff, dass Kate ihn die ganze Zeit angelogen hatte.

»Mit der trifft sie sich angeblich auch heute Abend«, sagte er leise. Und dann waren sie wieder schweigend in Gedanken versunken.

Im Hotelzimmer hatte Kate, die immer noch nackt im Bett lag, die Decke über sich geworfen und schützend die Knie an den Bauch gezogen.

Belinda stand einfach nur da, sprachlos, atemlos, vor Wut nach Luft schnappend.

Keiner wusste, was er sagen sollte. Es war alles zu schrecklich.

Schließlich knurrte Belinda: »Na, dann beschissen frohe Weihnachten, Callum!«

»Es tut mir leid«, war alles, was er rausbrachte.

»Tut mir leid, dass ihr erwischt worden seid, oder tut mir leid, dass du meine Frau vögelst?«, mischte Matt sich ein.

»Weder noch.« Kate stand auf und wickelte sich das Laken um ihren schlanken Körper. Belinda hasste sich dafür, dass es ihr auffiel und sie neidisch war. Dann ging Kate ganz ruhig zu Callum hinüber, stellte sich neben ihn und nahm seine Hand.

Er ließ es zu.

»Es tut uns leid, dass ihr beide es auf diese Weise erfahren musstet, wirklich. Aber wenigstens kennen wir jetzt alle die Wahrheit. Belinda, vor siebzehn Jahren hat er sich für dich entschieden. Das war ein Fehler.«

»Ha!«

»Und jetzt entscheidet er sich für mich. Nicht wahr, Callum?«

2003

KAPITEL 65

Es war Matts Mutter, die schließlich Alarm geschlagen hatte. An Hettys erstem Tag zurück im Büro, drei Tage nach Weihnachten, in dieser seltsamen Niemandsland-Woche, bekam sie einen Anruf von der Zentrale durchgestellt.

»Da will dich jemand namens Sylvia Fenton sprechen«, sagte Lisa, und Hetty nahm an, Sylvia rufe an, um zwischen Matt und ihr zu vermitteln.

»Oh, Hetty, Gott sei Dank erreiche ich dich! Ich hab ja deine Handynummer nicht.«

»Was ist denn passiert?«, fragte Hetty, etwas überrumpelt von Sylvias dringlichem Tonfall.

»Es geht um Matt.«

War sie überrascht? Nicht wirklich. Sie mochte Kate sehr, aber wenn sie ganz ehrlich war, hatte sie ihr nie ganz getraut. Natürlich hatte sie das Matt nie gesagt, aber Kate hatte etwas Schräges an sich, das Hetty immer ein leicht ungutes Gefühl gab. Zu hören, dass sie eine Affäre mit einem älteren Mann wieder hatte aufleben lassen, den sie vor siebzehn Jahren kennengelernt hatte, schockierte Hetty nicht wirklich, wenn es ihr auch für Matt von Herzen leidtat. Und für Tallulah.

Sie besaß einen Ersatzschlüssel für das Haus der Fentons, der sich im Lauf der Jahre als sehr nützlich erwiesen hatte, wenn es darum ging, babyzusitten oder die Pflanzen zu gießen. Hetty hatte jedoch nicht damit gerechnet, ihn jemals gebrauchen zu müssen, um nachzusehen, ob Matt noch lebte. Sylvia ertrug die Vorstellung nicht, ihn zu finden, daher flehte sie Hetty an, vorbeizugehen und nach ihm zu schauen. Falls er überhaupt dort war.

Seit zwei Tagen vor Weihnachten hatte nämlich niemand mehr etwas von Matt gehört. Das hatte Kate zugegeben, als sie auf der Suche nach ihm Sylvia anrief und in kaltem, förmlichem Ton erklärte, dass Matt und sie sich trennten, weil sie einen Mann namens Callum MacGregor liebte, der ebenfalls verheiratet war, sich also von seiner Frau trennte. Kate entschuldigte sich für das schlechte Timing und betonte, ihr wäre lieber, die Ereignisse hätten sich nicht so überschlagen, aber so sei nun mal die Situation und sie würden sich alle daran gewöhnen müssen. Sie hatte von Matt nichts mehr gehört, seit er es herausgefunden hatte, und sie wollte wissen, ob mit ihm alles in Ordnung war.

Kate hielt sich offenbar immer noch bei ihren Eltern auf. Diese kümmerten sich die meiste Zeit um Tallulah, während Kate zwischen ihrem Elternhaus und dem Hotel hin und her pendelte, wo dieser Callum wohnte. Das hatte Sylvia von Kates Mutter Yvonne erfahren, die von den furchtbaren Neuigkeiten ebenso erschüttert war.

»Matt?«, rief Hetty zögerlich und schob sich in den dunklen Flur. Der Alarm war nicht eingeschaltet, also ging sie davon aus, dass er zu Hause war. Ein übler Müllgestank drang aus der Küche, was angesichts der Menge an halb leeren Takeaway-Schachteln, Kippen und Bierdosen, die jede verfügbare Fläche bedeckten, nicht überraschend war. Im Spülbecken lag ein aufgetautes Hühnchen, im eigenen Saft vergessen. Bei seinem Anblick musste Hetty würgen, und sie ging schnell weiter ins Wohnzimmer.

Der blecherne Sound einer leise dahinplätschernden Radiosendung lief unbeachtet im Hintergrund. Das Licht war aus, selbst der Weihnachtsbaum stand traurig und dunkel da – was wohl zu erwarten war. Auf dem riesigen Ledersofa, unter einer Lage Mäntel und einer Decke, konnte Hetty gerade noch die Silhouette ihres Freundes ausmachen. Im Tiefschlaf. Aber atmend.

»Gott sei Dank«, murmelte sie und überlegte, wie sie ihn am besten wecken könnte, ohne dass er einen Herzinfarkt bekam.

Auf dem Boden neben dem Sofa standen eine fast leere Flasche Jack Daniel's und ein überquellender Aschenbecher. Hetty ging zurück in den Flur, knipste die Tischlampe an und erleuchtete damit indirekt sanft das Wohnzimmer.

Immer noch keine Reaktion. Nur kaum merkliche Atemzüge. Sie setzte sich auf das Sofa, fasste nach seiner Hand, die klamm und zittrig war, und hielt sie fest.

»Kate?«, murmelte er.

»Nein, Matt, ich bin's. Hetty.«

Er drehte sich um, und als sich Hetty das ganze Bild dieses gebrochenen Mannes offenbarte, verfluchte sie Kate Andrews stumm dafür, je in sein Leben getreten zu sein.

»Hallo, Kumpel, wie geht's dir?«, krächzte er mit von zu vielen Zigaretten beschädigter Stimme.

Offensichtlich hatte er sich seit Tagen nicht mehr rasiert, seine Lippen waren von abgestandenem Rotwein und Whisky verfärbt, und in seinen Mundwinkeln sammelte sich der Speichel. Auf seinem T-Shirt prangten die Überreste des letzten bestellten Fast Foods, und seine Haare waren fettig und strähnig.

Sie hatte ihn noch nie in einem so furchtbaren Zustand gesehen. »Schätzchen, ich lass dir mal ein Bad ein.«

Das war nun über sechs Wochen her, und Hetty hatte ihn seither jeden Tag getroffen. Angesichts der jüngsten Entwicklungen war ihre Freundschaft wieder felsenfest zementiert und die Ereignisse der Jahrgangsfeier bis zur Unkenntlichkeit verblasst. Doch eines Abends im Januar sprach Matt das Thema an, als Hetty ihn nach einer Sitzung bei Dervla, seiner Therapeutin, zu Hause absetzte.

»Ich komm nicht mehr mit rein«, sagte sie, »aber bitte nimm

die Bananen hier mit.« Essen war Hettys Lösung für die meisten Probleme des Lebens.

Matt war immer noch etwas labil, und es fiel ihm schwer, viel zu reden. »Dervla hat mich heute Abend nach Sex gefragt«, sagte er.

»Oh, verflixt!« Hetty versuchte, einen Scherz zu machen, um ihr Unbehagen zu verbergen. Das war kein Thema, über das sie und Matt normalerweise sprachen.

»Ich hatte tollen Sex mit Kate … bevor alles, na ja, den Bach runterging.« An dieser Stelle versagte ihm ein wenig die Stimme, weil der Frust und die Unbegreiflichkeit dessen, was ihm widerfahren war, wieder hochkamen.

Hetty blieb stumm. Sie hatte mal in einer Sonntagsbeilage der Zeitung gelesen, dass Depressionen Menschen ungehemmt machen konnten – lass ihn einfach reden, dachte sie, obwohl sie sich innerlich dagegen sträubte.

»Dervla hat mich nach Sex mit anderen gefragt. Ich glaube, sie wollte mich daran erinnern, dass Kate nicht der einzige Mensch auf der Welt ist, mit dem ich ins Bett gehen kann.«

Hetty lächelte.

»Ich habe ihr von Adam erzählt.«

»Oh.«

Sie starrten beide geradeaus durch die Windschutzscheibe, zu verlegen, um Blickkontakt aufzunehmen.

»Het, das ist so lange her. Und es war alles dermaßen seltsam. Aber damals mochte ich es irgendwie. Es tut mir leid, aber so war es einfach, sonst wäre es ja nicht mehrmals passiert.«

Wieder saßen sie eine Weile schweigend da, dann sagte Hetty: »Ja, ich mochte den Sex mit Adam auch.«

Sie dachten beide über diese Aussage nach, bis Hetty etwas einfiel. »Abgesehen von …«

»Was?«

Die Sache war ihr sichtlich unangenehm, und sie hielt den Blick starr geradeaus gerichtet. »Nun ja, du weißt schon, wenn er ... also ...« Matt sah sie fragend an. Sie schloss die Augen und formte tonlos das Wort »kam«.

»Diese Unterhaltung ist überhaupt nicht peinlich, stimmt's?«, witzelte er.

»Hat er da bei dir auch so ein komisches Geräusch gemacht?«

»Was?«

»So eine Art ... Muhen ... du weißt schon, wie eine Kuh ... ungefähr so ...« Und dann machte sie auf äußerst treffende Art Adam beim Orgasmus nach:

»Gnnneeeooowwwwwwrrrrwwaaahhnnnnnnng!«

Es schien eine Ewigkeit zu dauern. Matt beobachtete sie die ganze Zeit, völlig fasziniert vom hingebungsvollen Ernst ihrer Darbietung. Als sie fertig war, herrschte kurzes Schweigen, dann fing Matt an zu lachen, und zwar so lange, bis es ansteckend war. Bald fiel Hetty mit ein, und beide johlten dermaßen, dass ihr Gelächter über den Abgrund der Hysterie fiel und sich in Schluchzen verwandelte.

Irgendwann kam Matt wieder zu Atem. »Oh, Het«, sagte er. »Du bist echt besser als jede verdammte Medizin, wirklich.«

Er bedankte sich fürs Mitnehmen und stieg aus dem Wagen. In dieser Nacht schlief er zum ersten Mal seit Wochen durch.

KAPITEL 66

»Please mind the gap. Please mind the gap.« Die U-Bahn hielt an der Victoria Station, das hieß, es waren nur noch ein paar Haltestellen. Kate hatte gewollt, dass er für die Fahrt hin und zurück ein Taxi nahm – »Das dauert doch nur zehn Minuten!« –, aber Callum fühlte sich von den Lebenshaltungskosten in London ohnehin schon überfordert. Das Letzte, was er wollte, war, Geld zu verschwenden, wenn er keine Notwendigkeit dafür sah.

Kate fand seine Sparsamkeit liebenswert, was sie ihm auch regelmäßig sagte. Er behauptete dann, sie würde ihn belächeln, weil er fast Rentner sei, und sie lachte. »Du gehörst noch nicht zum alten Eisen, MacGregor. Aus dir holen wir schon noch elf Jahre raus!« Dann hatte sie pantomimisch eine Peitsche knallen lassen.

Er hatte an diesem Tag ein Treffen mit der Rektorin einer Grundschule in West Kensington gehabt. Mein Gott, was für ein Unterschied! In so vielerlei Hinsicht. Er war begeistert von ihrer Offenheit, von der bunten Mischung der Schüler und den zur Verfügung stehenden Ressourcen. Er hatte zugesagt, zwei Wochen Vertretung zu übernehmen, wobei die Aussicht bestand, dass der Vertrag verlängert wurde. »Lassen Sie uns einfach mal schauen, wie es läuft«, hatte die Schulleiterin gesagt. Ihre Einstellung und Flexibilität waren meilenweit von der von Brian Boyd an der North Park Primary entfernt gewesen.

Inzwischen lebten sie seit einem Monat in London, und obwohl Callum nicht behaupten würde, dass er es genoss, gab es Dinge, die er definitiv mochte. Mit der U-Bahn zu fahren war eines davon.

Kate fand das völlig verrückt. Sie selbst benutzte nie öffentliche Verkehrsmittel und nannte Klaustrophobie, Körpergeruch und von ihren Fans erkannt zu werden als ihre drei Hauptgründe dafür.

Doch Callum liebte die Anonymität und die Tatsache, dass niemand Blickkontakt suchte. Auch jetzt sah er sich unauffällig um, während er so tat, als würde er seinen *Evening Standard* lesen. Mehrere Fahrgäste hatten Blumen dabei. Von aufwändigen Sträußen bis hin zu einzelnen roten Rosen in einer Schachtel war alles vertreten.

Valentinstag.

Er und Belinda hatten sich immer darüber lustig gemacht. Manchmal hatte sie ihm ein paar kleine Schokoherzen gekauft, wenn sie zufällig dran gedacht hatte, und er brachte ihr mitunter einen Strauß Tankstellenrosen mit. Doch sie waren beide entsetzt über die Geldmacherei, die im Lauf der Jahre daraus geworden war. Nun konnte er sich gar nicht mehr erinnern, wann sie sich das letzte Mal etwas geschenkt hatten, um den Schutzpatron der Liebe zu feiern.

An Belinda zu denken machte ihn unweigerlich traurig. Sie hatten seit Wochen nicht mehr miteinander gesprochen, abgesehen von einer kurzen Unterhaltung, als er ihr mitteilte, dass er nach London ziehen würde. Sie hatte sich die Adresse des Luxusapartments aufgeschrieben, das Kates Regisseur-Freund Milosz ihnen vermietete. »Ich will von alledem nichts wissen, Callum, gib mir einfach nur die Adresse. Ailsa wird sie haben wollen.« Nachdem sie sie aufgeschrieben hatte, erklärte sie ihm, Ailsa wolle ihn sprechen, aber bevor sie den Hörer weiterreichte, sagte sie noch: »Callum, du tust mir leid.« Er wusste, es war besser, darauf nicht zu antworten.

Ailsa war am Telefon so nett wie immer, die Einzige in der Familie, die es ertrug, mit ihm zu sprechen. Sie würde ihn vermissen, sagte sie, und wann sie sich das nächste Mal sehen könnten.

Das war jetzt sein Leben. Auf den Kopf gestellt und heftig durchgeschüttelt. Eine Aneinanderreihung endloser Vereinbarungen, neuer Vereinbarungen, Reisen und Logistik, Telefonaten mit Ailsa, bei denen beide so taten, als wäre alles in bester Ordnung, und bei denen sie nie über den Kummer sprachen, den sie alle verspürten und der drohte sie jeden Moment in die Tiefe zu reißen. Cory weigerte sich, überhaupt mit ihm zu reden, und Ben war immer noch im Ausland.

Hier stand er nun, einst stellvertretender Schulleiter in Portobello und jetzt dankbar für jede Krankheitsvertretung, die er bekommen konnte. Kate fragte ihn täglich, ob sie dieses Opfer wert sei. Und täglich antwortete er mit Ja. Natürlich war sie das.

Es war gewissermaßen ein kleiner Segen, dass gerade Weihnachtsferien waren, als dies alles geschehen war – so musste er wenigstens nicht gleich zurück zur Arbeit. Und ihnen blieb Zeit zum Organisieren und Nachdenken.

Kate verlängerte die Buchung im Hotel, das während der ersten drei Wochen sein Zuhause wurde. In jener ersten Nacht blieb er gemeinsam mit Kate dort, und nachdem Belinda und Matt gegangen waren, lagen sie schweigend Arm in Arm da. Sie befanden sich immer noch in Schockstarre, und beide fragten sich, was sie als Nächstes tun sollten.

Callum hatte vierundzwanzig Stunden gewartet, bevor er Belinda anrief. Sie klang erwartungsgemäß furchtbar.

»Ich muss ein paar Sachen holen«, hatte er so sanft wie möglich gesagt.

»Du kannst morgen früh um zehn kommen. Ich bin dann eine Stunde weg.«

»Danke.«

»Und, Callum?«

»Ja?«

»Ich möchte nicht, dass du noch da bist, wenn ich zurückkomme. Ich will dich nie wiedersehen. Hast du das verstanden?« Beim letzten Wort kippte ihre Stimme und offenbarte den Schmerz, von dem sie erfasst war.

»Natürlich.«

Ailsa war da, als Callum kam. Er konnte sehen, dass sie geweint hatte, aber sie versuchte, die Fassung zu wahren. Sie umarmte ihn ganz fest und sagte ihm, dass sie ihn jetzt schon vermisste und dass er und Mum sich doch sicher einfach nur mal gemeinsam hinsetzen und alles bereden müssten.

»Die Eltern von Joely Parks aus meiner Klasse haben sich scheiden lassen, und dann sind sie zur Beziehungsberatung, und jetzt heiraten sie wieder!« Ailsa war so lieb, dass er am liebsten geweint hätte. Er wagte nicht zu sprechen.

»Dad, liebst du sie?«, hatte sie gefragt, voller Hoffnung, dass die Antwort »Nein« lauten würde und sie alle wieder zur Normalität zurückkehren könnten.

»Ailsa, es ist alles so kompliziert«, wich er der Frage aus. »Und wir brauchen einfach Zeit, um herauszufinden, was jetzt das Beste ist.« Er klang wie ein Politiker, geübt darin, vage um Themen drum herumzureden.

Er packte zwei Taschen – vor allem Kleidung für die Schule, seine Trainingsklamotten, Rasiersachen und ein gerahmtes Familienfoto von Weihnachten vor drei Jahren. Ailsa hatte gesehen, wie er danach griff, und ihr wurde etwas leichter ums Herz, weil sie das Gefühl hatte, dass ein Teil von ihm sie nicht alle hinter sich ließ.

Innerhalb einer Stunde war er wieder weg, wie versprochen, und ihm war schlecht, als er ging.

Bis nach den Ferien die Schule wieder losging, hatten alle die Neuigkeiten gehört. Klatsch verbreitete sich schnell, vor allem wenn es um die persönlichen Tragödien anderer ging, und Callum war Gegenstand so mancher Spekulation im Lehrerzimmer gewesen.

Am ersten Schultag rief Brian Boyd ihn in der Pause zu sich in sein Büro.

»Ein ziemliches Schlamassel, was, Callum?« Er hatte ihn über seine Halbmondbrille hinweg angesehen.

»Ja, ich denke, das wird sich alles beruhigen. Da bin ich mir ganz sicher.«

Brian seufzte. Er wusste, das verhieß nichts Gutes. Insgeheim rieb er sich die Hände, dass er die ganze Sache hatte kommen sehen. Als er davon erfuhr, hatte er zu seiner Frau gesagt: »Ich *wusste* es! Ich wusste, da läuft etwas zwischen den beiden!« Doch er ließ sich seine heimliche Genugtuung nicht anmerken, sondern wahrte seinen strengen Tonfall.

»So wie ich das sehe, sind Sie ein guter Lehrer, und wir wollen Sie nicht verlieren. Die Eltern lieben Sie und die Kinder auch. Aber etwas Derartiges ... um Himmels willen, sie ist eine öffentliche Person! Wenn es mit der Presse irgendwelche Scherereien gibt, müssen Sie gehen. Es tut mir leid, aber dann habe ich keine andere Wahl.«

Auch Kate hatte von der Presse gesprochen, doch Callum hatte gedacht, sie würde dramatisieren.

»So weit wird es nicht kommen«, hatte er Brian Boyd versichert und war aufgestanden.

Als er bereits an der Tür stand, fügte Brian hinzu: »Ach, und, Callum ... nur so nebenbei, ich finde, Sie sind ein Idiot. Belinda ist eine tolle Frau. Eine verdammt tolle Frau.«

Callum hatte genickt und erwidert: »Ja, nun, wie Sie schon sagten, Brian, ich bin ein guter Lehrer, und ich mache meinen

Job gewissenhaft. Ihre Meinung über meine Frau tut da nichts zur Sache, und meine Ehe geht Sie verdammt noch mal nichts an.«

Mit diesen Worten ließ er den wutschnaubenden Brian Boyd zurück.

»This is Embankment. Please change here for District, Northern and Bakerloo lines.«

Callum trat hinaus auf den Bahnsteig und schob sich mit der Menschenmenge Richtung Ausgang. Die Rolltreppe fuhr langsam hinauf, vorbei an den Menschen, die auf der entgegengesetzten Seite nach unten fuhren. Jeder von ihnen hat seine persönlichen Ziele, dachte er, jeder seine eigene Geschichte zu erzählen, seine eigenen Geheimnisse zu hüten, seinen eigenen Herzschmerz zu verbergen.

Die Nachtluft draußen war klar und kalt, erfüllt von Abgasen und Lärm der Londoner Rushhour. An einem Blumenkiosk hielt Callum inne, versucht, Kate eine symbolische Kleinigkeit zum Valentinstag zu kaufen, wie die vielen anderen Pendler im Zug. Doch dann wurde ihm plötzlich klar: Er hatte keine Ahnung, wie sie zum Valentinstag stand. Keine Ahnung, ob sie es für totalen Blödsinn hielt wie Belinda oder ob sie im Herzen eine Romantikerin war, die enttäuscht sein würde, wenn er nicht wenigstens mit einer zerfledderten Rose nach Hause käme.

Um genau zu sein, dachte er, gab es so viele Dinge, die er über Kate nicht wirklich wusste.

KAPITEL 67

Ihre Wege hatten sich an diesem Morgen nicht gekreuzt, da Kate lange bevor Callum aufwachte, bereits zur Arbeit abgeholt worden war.

Kate hatte in dieser Woche mit den Dreharbeiten für *Hunted*, ihren neuen Film, begonnen. Sie war selbst überrascht, wie erstaunlich ruhig sie war und ihren Job trotz der häuslichen Turbulenzen erledigte. Sie hatte Callum versichert, dass sie hundertprozentig hinter ihrer gemeinsamen Beziehung stand, und egal, was das Leben ihr abverlangte, sie würde sich der Herausforderung stellen und sich nie beschweren.

Zugegeben, sie war froh, dass die Dinge sich so entwickelt hatten, wie sie es taten, und dass sie nun in London wohnten. Sie hätte das mit Edinburgh wenn nötig irgendwie hinbekommen, aber im Grunde vereinfachte London alles immens. Außerdem dachte sie, Belinda damit irgendwie ja auch einen Gefallen zu tun. Wenigstens bestand nun keine Gefahr, dass sie Callum durch Zufall über den Weg lief.

Der Tratsch an der North Park Primary verebbte nach ein paar Tagen tatsächlich, und es sah so aus, als würde sich die Lage wieder normalisieren, zumindest was die Arbeit betraf. In einem Hotel zu leben war allerdings ein seltsames Dasein, und am Ende der ersten Woche brachte Callum das Thema einer gemeinsamen Wohnung zur Sprache.

In Edinburgh.

Kate war nicht völlig gegen den Vorschlag gewesen – es gab schließlich auch einige Vorteile: Ihre Eltern waren zur Kinderbetreuung in der Nähe, und es gingen täglich Flüge nach London, selbst der Zug brauchte nur viereinhalb Stunden. Also hatte sie angefangen, nach Schulen für Tallulah zu suchen, und

Callum im Scherz vorgeschlagen, sie vielleicht auf die North Park Primary zu schicken.

Callum fand das überhaupt nicht lustig. Er hatte bereits genug Schuldgefühle, dass er seine eigene Familie zerstört hatte, ganz zu schweigen von diesem unschuldigen fünfjährigen Mädchen, dessen Lehrer in Chiswick sie bald vermissen würden, wenn die Schule wieder begann.

Tallulah gewöhnte sich langsam daran, bei Nannie und Grandy zu wohnen. Trotz Yvonnes Entsetzen über die Affäre ihrer Tochter wollte sie für ihre Enkelin nur das Beste und hatte kein Problem damit, Tallulah bis auf Weiteres zu beherbergen. Was auch immer ihr das größtmögliche Gefühl von Sicherheit gab.

Dafür war Kate wirklich dankbar. Sie wusste, sie würde bald nach London müssen, wegen der Arbeit und um mehr Sachen zu holen – schließlich hatten sie nur genug für eine Woche über Weihnachten eingepackt. Sie wusste auch, dass es Matt gegenüber nicht fair war, vierhundert Meilen von seiner Tochter entfernt zu wohnen.

Doch sie wollte auch, dass Callum glücklich war und dass er weiterhin an seiner Schule unterrichten konnte. Also steckte sie in einem Dilemma. Und sie brauchte eine Lösung.

Letztlich wurde ihr die Sache abgenommen.

Seit dem Abend, an dem sie »aufgeflogen« waren, hatten Kate und Callum die Nächte zusammen im Hotel verbracht. Morgens fuhr Kate dann zum Haus ihrer Eltern, um bei Tallulah zu sein und so viel Normalität wie möglich aufrechtzuerhalten.

Der Weihnachtstag war einfach nur schrecklich gewesen. Tallulah hatte die meiste Zeit geweint, nach ihrem Daddy verlangt und sich geweigert, irgendwelche Geschenke zu öffnen. Sosehr sie auch versucht hatten, sie zu beruhigen, sie war untröstlich geblieben.

Kate hinterließ mehrere Nachrichten auf Matts Mailbox. »Ich weiß, du hasst mich, und ich weiß, du bist mehr als wütend, aber tu das Tallulah nicht an. Sie muss an Weihnachten mit ihrem Daddy sprechen, verdammt noch mal.«

Doch obwohl ihr Flehen jedes Mal verzweifelter geworden war, kam von Matt keine Reaktion.

Zwei Tage später begriff Kate, dass sie fremde Hilfe in Anspruch nehmen musste. Hetty ging nicht an ihr Handy, daher vermutete sie, dass Matt ihr alles erzählt hatte und Hetty nun nichts mehr mit ihr zu tun haben wollte.

Die einzige andere Möglichkeit war, Matts Mutter anzurufen. Als Sylvia schließlich ihre Fassungslosigkeit überwunden hatte und mit ihren Vorwürfen fertig war, erklärte sie sich bereit, zum Haus zu fahren und nachzusehen, ob Matt dort war.

Erst am Silvesterabend sprach Kate schließlich wieder mit Matt, der Beistand von Hetty hatte. Sie wich die ganze Zeit über nicht von seiner Seite.

Kate reichte Tallulah den Hörer, und es gelang Matt, sich lange genug zusammenzureißen, um seiner kleinen Tochter zu erklären, dass es Daddy gut ging und er in die Galerie fahren musste, um ein paar Bilder zu verkaufen.

»Aber hast du denn den Weihnachtsmann gesehen?«, schniefte sie, und Matt musste sich sehr anstrengen, nicht ebenfalls zu weinen.

»Ja, Süße, das hab ich, und er hat mir erzählt, dass er dir ein paar tolle Geschenke gebracht hat!«

»Daddy, du fehlst mir.«

»Du mir auch, mein Herz.«

Als sie fertig waren und Kate wieder ans Telefon kam, schlug sie vor, von nun an per E-Mail zu kommunizieren, was einfacher sein könnte. Und sie warnte ihn vor, dass sie nach einer Schule für Tallulah in Edinburgh suchte.

Diese schockierende Mitteilung warf Matt dermaßen aus der Bahn, dass er nicht weitersprechen konnte und Hetty den Hörer reichte.

Sie sagte: »Kate, ich glaube, du musst eine Art Zusammenbruch erlitten haben … das alles zu zerstören … den Menschen einfach so das Leben kaputt zu machen … das ist brutal. Und noch dazu so plötzlich.«

Kate hatte geseufzt, felsenfest in ihrer Überzeugung, ohne Selbstvorwürfe oder Reue für das, was sie getan hatte. »Hetty, ich erwarte von dir nicht, dass du es verstehst, denn du hattest ja noch nie wirklich eine Beziehung, oder? Aber Callum und ich sind schon immer füreinander bestimmt gewesen, es kamen nur immer andere Dinge in die Quere. Deshalb machen wir jetzt da weiter, wo wir aufgehört haben. Das ist alles.«

Hetty hatte Matt angeschaut, der sich mit gesenktem Kopf und zitternden Händen eine Zigarette anzündete. »Ist es das, was Matt und Tallulah jetzt für dich sind? ›Dinge, die in die Quere gekommen sind‹?«

Kate seufzte und verlor langsam die Geduld. »Richte Matt einfach aus, dass ich ihm eine Mail schreibe.«

»Ja, das mache ich«, antwortete Hetty. Dann fügte sie ganz unaufgeregt hinzu: »Ach, und, Kate?«

»Ja?«

»Du bist ein verdammtes Miststück.«

Eine Woche später gab Callum Kate morgens auf dem Hotelparkplatz einen Abschiedskuss, ehe er ins Auto stieg und zur Schule fuhr.

Fünfzig Meter entfernt wurde der Moment durch das schnelle Klicken einer Kamera mit Teleobjektiv festgehalten, dann stieg der Fotograf in einen Wagen, an dessen Steuer seine Kollegin saß, und sie folgten Callum bis zur North Park Primary.

Eine Viertelstunde später hatte die Fahrerin, Melanie Stokes, eine freie Boulevardjournalistin, geparkt und telefonierte mit ihrem Redakteur.

»Wie es aussieht, ist er Lehrer.«

»Oder ein gut gekleideter Schulhausmeister«, hatte der Fotograf hinzugefügt, woraufhin sie ihm einen spielerischen Klaps auf den Arm gab, ehe sie ihr Gespräch fortsetzte.

»Und sie wohnen im McKinley Hotel … Ja, sehr schick … Okay, ich schau mal, was wir kriegen können.«

Sie beendete das Telefonat und wandte sich an ihren Kollegen: »Okay, bist du bereit?«

Sie drückte auf den Knopf der Sprechanlage am Schultor, woraufhin die beflissene Stimme der Schulsekretärin Mrs. Crocombe ertönte: »Kann ich Ihnen helfen?«

»Hallo, ja, wir suchen den Besitzer eines grünen Ford Mondeo, Kennzeichen M235 KSO.«

»Sind Sie von der Polizei?«

Melanie sah den Fotografen an, zuckte mit den Schultern und dachte sich, *wer A sagt …*

»So ist es.«

Mrs. Crocombe betätigte den Summer. Der Fotograf verdeckte beim Eintreten die Kamera mit seiner Jacke, die er sich über den Arm geworfen hatte.

Sie warteten einige Sekunden im Foyer, bis Mrs. Crocombe herbeigeeilt kam. »Das ist Callums Wagen, von dem Sie da sprechen.«

»Callum …?«

»MacGregor. Er ist bereits auf dem Weg.«

»Vielen Dank.«

»Er steckt aber nicht in Schwierigkeiten, oder?«

Bevor Melanie etwas erwidern konnte, kamen sechzig Schüler im Alter zwischen fünf und sieben Jahren auf dem Weg zur

Aula ins Foyer gestürmt. Brian Boyd und zwei weitere Lehrkräfte folgten dicht dahinter. Der Lärmpegel war heftig, sodass Melanie fast schreien musste, um gehört zu werden.

»Callum MacGregor?«

»Ja?«

Im Handumdrehen hatte der Fotograf seine Kamera hervorgezogen und fing an zu knipsen.

Callum war völlig überrumpelt, und das Blitzlichtgewitter des Fotoapparates ließ die Kinder abrupt verstummen. Melanie streckte ihm ihr Aufnahmegerät hin und bombardierte ihn mit Fragen.

»Mr. MacGregor, wie fühlt es sich an, mit einem Fernsehstar zusammenzuleben?«

»Was … Moment mal, wer sind Sie …«

»Wir wissen alles über Sie und Kate Andrews, Callum, also können Sie uns genauso gut Ihre Sicht der Dinge erzählen. Haben Sie kein schlechtes Gewissen dabei, Kates Ehe zu zerstören? Sie hat schließlich ein kleines Mädchen …«

»Das geht Sie einen Scheißdreck an!«

Brian Boyd hatte eins und eins zusammengezählt und begriffen, dass sich seine Befürchtungen in Sachen Presse nun bewahrheitet hatten. Höchste Zeit, einzuschreiten.

»Mein Name ist Brian Boyd, Rektor dieser Schule. Sie halten sich ohne Erlaubnis auf dem Schulgelände auf und begehen damit eine Straftat. Bitte verlassen Sie umgehend das Gebäude, sonst bin ich gezwungen, die Polizei zu rufen.«

Mrs. Crocombe war die Sache enorm peinlich. »Ich dachte, die *sind* von der Polizei!«

Melanie ignorierte Brians Warnung und redete einfach weiter: »Mr. MacGregor, geht es Ihnen um den Ruhm? Suchen Sie ein kleines Abenteuer gegen die Midlife Crisis?«

»Machen Sie sich doch nicht lächerlich!«

»Also, Carol, rufen Sie die Polizei«, entschied Brian frustriert.

Doch Mrs. Crocombe rührte sich nicht vom Fleck. »Ich bin mir sicher, die haben gesagt, dass sie von der Polizei sind!«

»LOS, ANS TELEFON, VERDAMMT NOCH MAL!«

An diesem Punkt begannen die staunenden Kinder, die das Ganze für eine Art Spiel hielten, sich gegenseitig anzustupsen.

»Der Rektor hat ›verdammt‹ gesagt«, fing an die Runde zu machen, wurde immer schneller und schließlich zu einer Art Spielplatz-Singsang: »Der Rektor hat ›verdammt‹ gesagt, der Rektor hat ›verdammt‹ gesagt.«

Angesichts des zunehmenden Chaos fand Brian Boyd seine innere Führungsstärke wieder und brüllte streng: »Ruhe!«, was sofortige Wirkung zeigte. Dann wandte er sich dem Fotografen zu, packte ihn am Arm und bugsierte ihn zur Eingangstür hinaus.

Der Fotograf schoss durchs Fenster weiter Fotos. Als Nächstes knöpfte Brian sich Melanie vor, die sich jedoch nicht kampflos geschlagen gab und weiterhin eine Frage nach der anderen abfeuerte, während Brian sie nach draußen schob: »Mr. MacGregor, sind Sie selbst auch verheiratet? Haben Sie Kinder? Ich würde vermuten, Ihre dürften inzwischen so gut wie erwachsen sein, hab ich recht? Ich frage mich, was wohl das Schulamt und die Eltern von Ihrer moralischen Integrität halten.«

Brian drehte sich zu den Kindern um und befahl im ruhigsten Tonfall, den er zustande brachte: »Alle herhören, die Show ist vorbei. Ab in die Aula, wenn ich bitten darf. Musikgruppe auf die Bühne. Ellie Fairfax und James McBride verteilen die Liedtexte.«

Dann wandte er sich an Callum. »Mr. MacGregor, kann ich Sie bitte in meinem Büro sprechen?«

Callum beschloss zu springen, bevor er gestoßen wurde, und reichte auf der Stelle seine Kündigung ein. Kate gegenüber behauptete er später, erleichtert zu sein, weil er sowieso nicht mehr weiter dort hätte arbeiten können, nachdem alle über sein Privatleben Bescheid wussten und sich in seine Angelegenheiten einmischten.

Kate schmiedete das Eisen, solange es heiß war. Es sei doch vielleicht ein Segen und ein klarer Schnitt genau das Richtige: Ob er sich vorstellen könne, nach London zu ziehen? Sie erwischte ihn, als seine Abwehrmechanismen geschwächt waren, und er willigte ein.

Innerhalb einer Woche hatte Kate eine Unterkunft für sie gefunden – ein Apartment in Lambeth direkt am Fluss mit Wahnsinnsblick über die Themse, drei Schlafzimmern und Parkplatz. Es würde ihnen fürs Erste reichen, bis die Scheidungsmodalitäten geklärt waren.

Sie war optimistisch, dass Callum innerhalb weniger Tage Arbeit als Vertretungslehrer bekommen würde und ein Leben in London die beste Lösung überhaupt war. Eine Doppelseite in der *News of the World*, die ihre Affäre enthüllte und einige wenig schmeichelhafte Fotos von Callum in der Schule zeigte, hatte sie ihre Privatsphäre gekostet. Ihm war es furchtbar peinlich, doch Kate meinte bloß, so etwas gehöre traurigerweise dazu und das Beste sei, es einfach zu ignorieren und das Leben weiterzuleben. Gemeinsam. Endlich.

KAPITEL 68

Schon vom ersten Moment an, als Matt aufwachte, gab es kein Entkommen vor dem Valentinstag. In Capital Radio riefen Hörer an, um sich für geliebte Menschen ein Lied zu wünschen, und selbst als er auf Radio 4 umschaltete, lief dort eine Sendung über den *echten* St. Valentin. Der, wie sich herausstellte, ein Verfechter der Monogamie war und fest an die Ehe geglaubt hatte. Was für eine Ironie.

Matt musste unweigerlich an Kate denken. Er stellte sich vor, wie sie an diesem Morgen aufwachte, wie Callum ihr ein Dutzend weiße Rosen und Frühstück ans Bett brachte. Callum würde natürlich inzwischen wissen, wie sehr sie den Valentinstag liebte – mehr als alle anderen Tage des Jahres, um genau zu sein – und dass sie rote Rosen hasste, ganz im Gegensatz zu cremefarbenen und weißen.

»So. Genug!«, befahl er sich wie fast jeden Morgen, nachdem er sich seine tägliche Ration an Selbstmitleid und Was-wäre-wenns in Bezug auf Kate erlaubt hatte. Er sprang aus dem Bett, zog seine Sportsachen und die Laufschuhe an und ging nach unten, um seine Wasserflasche aufzufüllen. Matt ging nämlich joggen.

Und zwar bereits die vierte Woche. Dervla, die Therapeutin, hatte es ihm vorgeschlagen. Nicht nur, weil die Endorphine gut gegen Depressionen waren, sondern weil es seinem Tag eine gewisse Struktur gab. Das erste Mal war furchtbar gewesen. Seine Lunge gab schon nach fünf Minuten auf, und seine Beine schafften lediglich zwei Runden um den Block. Nachdem er keuchend und mit hochrotem Gesicht nach Hause gestolpert war, beschloss er, das Rauchen aufzugeben.

Nach und nach wurde aus der täglichen Schinderei ein gemütlicher Trab, und nach zwei Wochen lief er jeden Morgen vier oder fünf Kilometer, gefolgt von etwas Gerätetraining in Kates verlassenem Fitnessraum.

Erst jetzt, fast zwei Monate nach der Trennung, hatte er langsam das Gefühl, dass die Wunden heilen könnten. Er war nicht länger versucht, den ganzen Tag im Bett zu bleiben, nachdem er eine Flasche Jack Daniel's geleert hatte, und empfand das Leben nicht mehr als vollkommen bedeutungs- und trostlos. Es hatte acht Sitzungen mit Dervla gebraucht – noch war die Therapie nicht abgeschlossen – und eine Menge liebevolle Strenge seitens seiner Mutter und Hetty, um ihn aus dem Höllenloch zu ziehen, in das er so tief gefallen war.

Er war von seiner eigenen Reaktion auf das Geschehene schockiert, denn er war immer stolz darauf gewesen, ein Pragmatiker mit Yorkshire-Temperament zu sein, und hätte von sich selbst erwartet, besser klarzukommen, vor allem da er ja schon seit einiger Zeit gewusst hatte, dass zwischen Kate und ihm etwas nicht stimmte.

Doch Kates Affäre hatte ihm den Boden unter den Füßen weggezogen. Er war überwältigt von ihrer Liebe für Callum MacGregor – und dass dieser ein Teil von Kates Leben gewesen war, lange bevor Matt sie überhaupt kennengelernt hatte. Seltsamerweise hatte er das Gefühl, dass Callum eine Art Anrecht auf Kate hatte, das größer war als sein eigenes, obwohl er mit ihr verheiratet war. Und zu allem Überfluss hatte sein Ego auch noch einen weiteren Schlag einstecken müssen, denn Callum war mit seinen sechsundfünfzig fast unfassbare zwanzig Jahre älter als er. *Kate, was soll die Scheiße? Was soll die verdammte Scheiße?*

Und dann traf ihn plötzlich der Gedanke wie ein Blitz.

Wie ein Faustschlag in die Magengrube.

Natürlich! Warum begriff er das erst jetzt: Kates Baby – der kleine Luca, der, laut Kate, vor siebzehn Jahren auf die Welt gekommen war.

Callum musste sein Vater sein.

Matt blieb stehen und schnappte nach Luft, weil er die Tragweite dieser Erkenntnis erst einmal verdauen musste. Er fragte sich, ob Kate Callum je von Lucas Existenz erzählt hatte. Die Komplexität von Kates Psyche und der Wahnsinn ihrer Welt ließen ihn schaudern, und er dachte mit lähmender Traurigkeit, wie wenig er seine Frau wirklich gekannt hatte. Es hatte ihn jedoch nicht davon abgehalten, sie zu lieben, und er konnte sich auch nicht vorstellen, dass mal eine Zeit kommen würde, in der er das nicht tun würde. Er setzte seine Laufrunde fort, getröstet vom monotonen Geräusch seiner Füße auf dem Untergrund und seinem gleichmäßigen Tempo, während er sich immer wieder sagte, dass alles gut werden würde.

Tallulah zurückbekommen zu haben – wenn auch nur in Teilzeit – hatte maßgeblich zu seiner Genesung beigetragen. Es hatte gute drei Wochen gedauert, bis er sich in der Lage fühlte, sein kleines Mädchen wiederzusehen, und als es endlich so weit war, erfüllte es sein Herz mit Freude.

Inzwischen waren Kate und Tallulah mit Callum zusammen nach London gezogen, wo sie in irgendeinem Apartment am Fluss wohnten. Tallulah erzählte ihm, sie könne »aus dem Fenster die große Uhr sehen! Und das Riesenrad!«.

Wenn Matt sich stark genug gefühlt hätte, hätte er sich gewehrt und darauf bestanden, dass Tallulah nicht mit einem Mann zusammenwohnte, den er erst einmal getroffen hatte, unter ziemlich schäbigen Umständen. Doch Kate war zu dominant, und als er auch nur leisen Widerspruch einlegte, tat sie das als lächerlich ab. Callum sei jetzt ihr Partner, sie kenne ihn seit über siebzehn Jahren, und da gäbe es nichts zu verhandeln. Sie hatte kein Problem damit, dass Tallulah die Hälfte der Woche bei Matt verbrachte. Sie mussten lediglich Abholung und

Übergabe organisieren. Als wäre ihre Tochter irgendein Paket beim Postamt.

Obwohl Matt von Tag zu Tag fitter wurde, wollte er Kate immer noch nicht persönlich begegnen, wenn es darum ging, Tallulah abzuholen. Also bat er seine Mutter um Hilfe, die wiederum ihren besten Freund Peter um Unterstützung bat, der wiederum gerne seinen Partner Julius zur Verstärkung mitgebracht hätte, doch Sylvia sprach ein Machtwort. Sie wollte nicht, dass sie ihre Enkelin mit Großaufgebot abholten. Julius war davon am meisten enttäuscht, denn er hatte insgeheim geplant, Kate Andrews ordentlich die Meinung zu sagen – dieser treulosen, hedonistischen, egozentrischen, gefühllosen, Ehe zerstörenden, hartherzigen Schlampe, die, wenn sie schon mal dabei waren, als Schauspielerin absolut überbewertet wurde. Vor allem in dieser ITV-Produktion, die in Gloucester spielte.

Als Sylvia und Peter das erste Mal bei dem Wohnblock ankamen, brauchten sie eine Weile, um den richtigen Eingang und die Klingel zu finden. Wodurch sie sich minimal verspäteten. Was Sylvias Stress noch erhöhte. Kate klang durch die Sprechanlage so fröhlich und unbeschwert, als wären sie zum Nachmittagstee gekommen.

»Hi, Sylv! Hi, Pete! Kommt rauf!«

Als sie ihnen elf Stockwerke später die Tür öffnete, war Sylvia schockiert zu sehen, dass Callum auch da war. Peter drückte ihren Arm, denn er wusste, es würde sie umhauen, den Liebhaber ihrer Schwiegertochter dort rotzfrech rumstehen zu sehen, als könne er kein Wässerchen trüben. (»Was sie an dem findet, werde ich nie begreifen! Der Mann ist ja so alt wie ich, wenn nicht noch älter!«, hatte sie ihm später zugeflüstert, als sie ins Auto stiegen. Peter hatte sich gedacht, dass Sylvia da ein wenig übertrieb, aber es fühlte sich angesichts des Kummers seiner Freundin unpassend an, zu widersprechen.)

»Sylvia, das ist Callum«, sagte Kate mit Nachdruck.

Callum streckte ihr die Hand hin, doch Sylvia weigerte sich, sie anzunehmen.

»Wir wollen hier jetzt aber keine Szene machen!«, warnte Kate. »Tallulah zuliebe?«

»An Tallulah hast du aber nicht gedacht, als du mit einem Mann ins Bett gehüpft bist, der alt genug ist, um dein Vater zu sein, oder?«, zischte Sylvia, und Peter wechselte schnell das Thema, als er Tallulah entdeckte, die um die Ecke lugte, ihren treuen Panda im Schlepptau.

»Das ist doch nicht etwa Prinzessin Tallulah-bella Mozzarella Fenton, die ich da sehe?«, rief er theatralisch.

Und brachte Tallulah damit zum Kichern. Es war ein Spiel, das Peter und sie immer spielten, und nun war er dankbar dafür. Sie kam herbeigerannt und rief: »Ich heiße nicht Tallulah-bella Mozzarella!«

»Äh, ich glaube aber schon!«, neckte er sie.

Kate griff nach Lulas Übernachtungstasche und reichte sie Sylvia. »Da sind ein paar Sachen drin, aber ihr ganzes Zeug ist ja sowieso im Haus.«

»Natürlich ist es das, es ist ja ihr Zuhause.«

»Sylvia, wir können diese Streitereien nicht jedes Mal von vorne anfangen, okay? Wir sehen uns dann Donnerstagabend wieder hier.«

Sylvia biss sich auf die Lippe. Es kostete sie viel Beherrschung, nicht alles auszusprechen, was ihr durch den Kopf ging, aber es gelang ihr, zu schweigen und ihre Aufmerksamkeit stattdessen Tallulah zuzuwenden.

»Na, dann komm mit, Süße, sollen wir zu Daddy fahren?«

»Jaaaaaa!«, quietschte sie. Peter nahm sie auf den Arm und schäkerte mit ihr herum, um den Übergang so sanft wie möglich zu machen, während er sie zur Tür trug.

»Tschüss, mein Schatz!« Kate küsste sie auf die Stirn. »Sag Tschüss zu Callum!«

»Nein!«

»Tallulah, jetzt sei nicht albern!« Kate war halb verärgert, halb verlegen, da sie Sylvias Genugtuung spürte.

»NEIN!«, rief Tallulah noch lauter, nicht weil sie sauer war, sondern in Spiellaune, und momentan war Peter ihr bester Freund, nicht Callum.

»Tallulah! Jetzt sei nicht so unhöflich!« Kate kam sich inzwischen ziemlich blöd vor.

»Kate, lass gut sein«, sagte Callum leise. Kate nahm die Zurechtweisung hin.

»Das muss ich ihm lassen, Matt, er hat keine Angst, ihr die Stirn zu bieten!«, hatte Sylvia ihrem Sohn berichtet, als sie Tallulah an jenem ersten Abend vorbeibrachte.

Daraufhin hatte er sich an seine Mutter gewandt, müde von all der Traurigkeit, und gesagt: »Mum, du musst mir nichts über Callum erzählen. Oder über Kate. Mich interessiert nur mein kleines Mädchen.«

Und das war es, was ihm momentan die Kraft gab weiterzumachen. Der Grund, weshalb er sich zusammenraufte, damit man die kaputten Stellen irgendwann nicht mehr sah, fitter wurde und nach vorne schaute. In eine Zukunft ohne Kate, aber eine Zukunft, in der es immer Tallulah geben würde. An etwas anderes brauchte er nicht zu denken. Zumindest nicht auf absehbare Zeit.

KAPITEL 69

Glenda McCloud hatte die seltsame Angewohnheit, beim Lesen immer wieder kurz nach Luft zu schnappen, als würde ihr jemand pausenlos Stromschläge verpassen. Sie blätterte Belindas Akte durch, während Belinda ihr gegenüber geduldig darauf wartete, dass Glenda sich äußerte.

Sues Schwägerin Josie hatte Glenda als »die beste Scheidungsanwältin Schottlands« empfohlen, was Belinda aus zwei Gründen nervig fand: Erstens, woher wollte Josie das wissen, und zweitens brauchte sie nicht die beste Scheidungsanwältin Schottlands. Sie brauchte lediglich jemanden, der die Formulare ausfüllte, sie ans Gericht schickte und die ganze Sache so schnell wie möglich abwickelte.

Das vorläufige Scheidungsurteil war gestern getroffen worden. Nun ging es darum, die Modalitäten zu klären, bis in ein paar Wochen das endgültige Urteil fiel.

»Also. Er hat kein Problem damit, dass Sie im Haus wohnen bleiben, bis Ailsa achtzehn ist, aber dann müssen Sie verkaufen und den Erlös mit ihm teilen.«

Belinda spürte, wie ihr das Blut aus dem Gesicht wich. »Das ist nicht Ihr Ernst.«

»Ich fürchte doch. Ich muss sagen, sein Anwalt« – sie blickte auf den Namen am unteren Rand des Dokuments – »dieser Emmerson Shaw, weiß, was er tut. Hat Callum ihn zuvor schon einmal engagiert?«

»Natürlich nicht. Das wird *ihr* Anwalt sein. *Er* hätte doch keine Ahnung. Aber eines weiß ich genau, Callum würde nicht wollen, dass ich das Haus verkaufe.«

Glenda sah Belinda lange an und kaute nachdenklich auf ihrer Unterlippe herum.

»Ich fürchte, er ist absolut berechtigt, diese Forderung an Sie zu stellen. Wenn Sie mit ihm sprechen würden, könnten Sie der Sache vielleicht auf den Grund …«

»Auf keinen Fall«, wurde sie von Belinda unterbrochen, ehe sie das Ende ihres Satzes erreichte. Belinda hatte mit Callum seit jenem Tag, als er ihr von seinem Umzug nach London berichtete, nicht mehr gesprochen.

Seither kommunizierten sie entweder über Ailsa oder ihre Anwälte. Und so sollte es auch bleiben. Sie wusste, dass Callum sie unbedingt sehen wollte, um die Situation zwischen ihnen ein wenig zu entschärfen. Doch Belinda war felsenfest entschlossen, nie wieder Kontakt mit ihm zu haben. Sie traute sich selbst einfach nicht: Denn entweder würde sie ihn anbrüllen, weil er ihr Leben kaputt gemacht hatte, oder sie würde zusammenbrechen und ihn anflehen, zu ihr zurückzukommen. Beides kam nicht infrage, deshalb würde sie das Risiko nicht eingehen.

»In Ordnung, das ist Ihr gutes Recht. Und natürlich wird Ailsa erst in einem halben Jahr achtzehn, also haben Sie noch ein bisschen Zeit. Doch sollten Sie nicht zu einem einvernehmlichen Ergebnis kommen, ist er berechtigt, auf dem Verkauf der Immobilie zu bestehen.«

Es war Belindas dritter Besuch bei Glenda McCloud. Jedes Mal fühlte sie sich hinterher minderwertig und gestresst.

Sie steuerte die Patisserie in der Nähe an, wo sie sich ein riesiges süßes Teilchen und den größten verfügbaren Kaffee bestellte. Damit setzte sie sich ans Fenster und versuchte, zur Ruhe zu kommen.

Sie wusste, sie würde Callum kontaktieren müssen. Sie hatte keine andere Wahl. Abgesehen von allem anderen wollte sie, dass er wusste, was sein Anwalt da in seinem Auftrag trieb. Es war absolut undenkbar, dass der Mann, den sie geheiratet hatte, das Haus verkaufen wollte, den Ort, an dem seine drei

Kinder groß geworden waren, das Zuhause, das so viel Liebe und Lachen erlebt hatte, das im Zentrum ihrer langen, wunderbaren Reise als Familie gestanden hatte – nun ja, lang und wunderbar bis vergangenen Dezember.

Sie wusste aus seinen Briefen und E-Mails – auf die sie nie antwortete –, dass er von Schuldgefühlen geplagt wurde, und sie wusste, dass es für ihn unmöglich wäre, diese Last noch zu vergrößern, indem er sie zwang, ihr Heim aufzugeben. Außer natürlich, er hatte sich verändert. Vielleicht war er inzwischen lange genug mit der »verhassten Kate«, wie die Kinder sie nannten, zusammen, um von ihrer rücksichtslosen Art beeinflusst worden zu sein. Vielleicht hatte sie ihn dazu überredet, denn »Callum, schließlich hast du den Großteil des Kredits für dieses Haus abbezahlt, und die Kinder sind ja im Grunde erwachsen, also sei kein Schwächling, sondern kämpfe für das, was dir rechtmäßig zusteht«. Es würde sie nicht überraschen.

Miststück.

Belinda begegnete ihrem Spiegelbild in der verspiegelten Wand der Patisserie. Es machte ihr nichts aus, alt auszusehen. Sie war jetzt schließlich fünfundfünfzig, und sie war nie eine der Frauen gewesen, die sich Sorgen wegen des Alters machten. »Es holt uns alle ein«, pflegte sie zu sagen, »wenn wir Glück haben!« Sie hatte zugenommen, seit er weg war. Vor allem durch die süßen Teilchen, bei denen sie Trost suchte, und weil sie nicht mehr Tennis spielte. Ha! Welche Ironie – sie hatte nicht nur einen Ehemann, sondern gleich auch noch einen Tennispartner verloren.

Nein, es waren nicht die Fältchen um ihre Augen, die sie störten, oder die zusätzlichen Pfunde oder die grauen Haare. Sondern dass sie ihr Temperament verloren hatte. Sie hatte ihre ureigene Belinda-Art verloren. Weil sie den Glauben verloren hatte. An die Liebe.

Seine erste Affäre mit Kate war jetzt achtzehn Jahre her. Damals hatte Belinda geglaubt, sich in nichts aufzulösen. Der Schmerz hatte ihr den Atem genommen, sie gelähmt. Und sie hätte viel darauf gewettet, dass ihre Ehe diesen Schlag nicht überlebte. Denn sobald diese Armee aus Zweifeln und Misstrauen einmal einmarschiert war, wie sollte sie ihm je vergeben können oder ihn wieder lieben oder sich auch nur im selben Raum aufhalten wie er?

Doch sie hatte sich schwer bemüht, hatte nach den winzigen Überresten der Liebe und Hoffnung gegraben, bis sie genug zusammengekratzt hatte, um sie wieder aufzupäppeln und wachsen zu lassen. Langsam zuerst, schüchtern und ohne großen Glauben an Erfolg. Bis sie irgendwann beim alten »Callum und Belinda« angekommen waren, bei Cal und Lind, Callumagico und Bel. Und Kate Andrews zu einem bloßen Schatten in ihrer Vergangenheit geworden war, einem Geist, der vertrieben worden und verschwunden war. Sie hatten miterlebt, wie die Kinder groß wurden, so viele Meilensteine zusammen erreicht: die Schulabschlüsse, die Fahrprüfungen, die Studienplatzsuche, die erste Liebe, den ersten Krach, den ersten Suff und all die anderen Höhen und Tiefen des Lebens – Callums Mutter, die ins Heim musste, den Tod von Belindas Vater, Callums Beförderung zum stellvertretenden Schulleiter und selbst die guten alten Wechseljahre … all das Schlimme und das Schöne, das eine starke, belastbare Ehe auszeichnete. Sie waren eine wasserdichte Einheit. Sicher. Unantastbar. Bis dieser Eindringling zurückgekommen war, ihnen Callum geraubt und damit ihr glückliches kleines Zuhause für immer zerstört hatte.

Eine dicke, fette Träne kullerte über Belindas Wange und tropfte in ihren Cappuccino. Jeder Verlust ist traurig, dachte sie. Aber der Verlust des Glaubens an die Liebe ist katastrophal.

Sie beschloss, Callum am Abend eine Mail zu schreiben.

KAPITEL 70

»Du siehst aus wie neu«, meinte Chloe, seine »Gastkünstlerin«, und schaute Matt dabei ernst an.

»Sollte ich das nicht zu dir sagen?« Er lachte. »Du machst doch dauernd Yoga und so!«

Chloe war gerade erst vor einem Monat aus Indien zurückgekehrt, wo sie zum einen fotografiert und zum anderen das Leben in einem Aschram ausprobiert hatte.

»Ich fühle mich nicht anders«, erklärte sie. »Aber du! Du leuchtest wieder. Tschüss.«

Und so abrupt wie immer verschwand sie nach oben in ihr Atelier, um sich wieder in ihrer Kunst zu verlieren.

Matt fühlte sich eindeutig besser. Der Sport zahlte sich aus, und er hatte sich sogar einer Laufgruppe angeschlossen.

»Es tut dir sicher gut, neue Leute kennenzulernen.« Hetty hatte sein Sixpack bewundert wie einen neuen Hut.

»Hör auf, mir eine Freundin suchen zu wollen!«, hatte er lachend geschimpft. »Ich bin theoretisch immer noch verheiratet!«

»Nicht mehr lange. Hey! Wir könnten doch eine Scheidungsparty feiern?«

»Wieso bist du so besessen von Partys? Du würdest das Öffnen eines Umschlags feiern, wenn du könntest.«

Sie hatte ihm einen spielerischen Klaps auf den Arm gegeben und sich gefreut, dass der alte Matt wieder zum Leben erwachte. Dabei hatte Tallulah natürlich eine große Rolle gespielt. Sie war immer von Sonntag bis Mittwoch bei ihm, und er hatte auch angefangen, während der restlichen Woche mehr zu unternehmen. Keine Dates, dafür würde er noch eine Weile brauchen, aber abgesehen vom Laufen ging er donnerstags ins Hot Yoga und montags zum Italienischkurs. Mit Italienisch war er sich zuerst nicht sicher gewesen, da es ja ein Tallulah-Abend war, aber Hetty bot sich sofort als Babysitterin an, womit das Problem im Handumdrehen gelöst war.

Dann war da noch das Freitagabendquiz. Zuerst war er ausnahmsweise als Ersatz für Hettys Teamkollegen mitgekommen. Seit eineinhalb Jahren ging sie jeden Freitag mit ihren Kollegen Lisa, Robbie und Ivor ins Dog and Duck in Shepherd's Bush, und inzwischen nahmen sie die Sache richtig ernst. Doch als Robbie aus Familiengründen aussteigen musste, bettelte Hetty Matt an, ihn zu vertreten, da sonst ihre Chancen, die Gesamtrunde zu gewinnen, dahin wären.

»Aber ich hasse Pub-Quiz!«, hatte er gestöhnt, als sie in der Mittagspause mit Ivor in der Galerie vorbeigekommen war.

»Das hat Ivor zuerst auch gesagt, nicht wahr, Ivy? Aber jetzt kommt er jede Woche und findet es total toll.« Ivor lächelte wenig überzeugend. »Oh, Matt, bitte!«

Wie immer konnte er Hetty nichts abschlagen. So erschien er an jenem Abend im Dog and Duck und wurde ins innere Heiligtum von Team Vegelicious aufgenommen. Und entgegen seinem Protest und seinen Erwartungen hatte er einen richtig schönen Abend. Und immerhin waren sie Dritte geworden. Also brauchte es nicht viel, um ihn zu überreden, die Woche darauf wiederzukommen.

Beim fünften Mal stand er während der Pause mit Ivor an der Bar, um Getränke zu holen. Er mochte Ivor. Zuerst hatte er ihn für schüchtern und still gehalten, sogar ein bisschen komisch, doch als er ihn besser kennenlernte, schätzte er zunehmend seinen Sinn für schwarzen Humor, seine intelligenten Ansichten zur Weltpolitik und seinen sarkastischen Witz.

»Ivor, ich kann verstehen, weshalb du deine Meinung geändert hast. Diese Quiz-Geschichte kann ganz schön süchtig machen, stimmt's?«

»Nicht wirklich«, erwiderte Ivor. »Ich finde es immer noch furchtbar.«

Matt war verwirrt. »Warum kommst du dann?«

Ivor nahm sein Wechselgeld vom Barmann entgegen, holte tief Luft und sagte: »Weil ich Hetty liebe. Und ich bin süchtig nach ihrer Gesellschaft. Obwohl es mich unglücklich macht zu wissen, dass sie sich nicht im Geringsten für mich interessiert.«

Matt beschloss, fürs Erste nichts zu unternehmen, denn es stand ihm nicht zu. Oder? Aber was, wenn Hetty dadurch den für sie perfekten Mann verpasste? Was, wenn er der wahren Liebe im Weg stand, nur weil er zu feige war, den Mund aufzumachen? Er suchte nach Hinweisen, was Hetty für Ivor empfand, und beobachtete daher den restlichen Abend über die Körpersprache zwischen den beiden. Sie verstanden sich auf jeden Fall gut, er brachte sie zum Lachen – oft. Und umgekehrt. Und ja, da war etwas Liebes, Zartes zwischen ihnen. Aber was, wenn sie für ihn nur freundschaftliche Gefühle hegte und ihre Freundschaft in die Brüche ginge, sobald Matt etwas verriet?

Zum Glück wurde ihm die Entscheidung letztlich abgenommen.

KAPITEL 71

Schlussendlich hatte Belinda eine ganze Woche und über zwanzig Anläufe gebraucht, bis sie eine E-Mail verfasst hatte, mit der sie zufrieden war. Sie lautete schlicht:

Callum,
dein Anwalt hat meine Anwältin informiert, dass du von mir verlangst, das Haus zu verkaufen.
Kommt nicht infrage.
Belinda

All die anderen Entwürfe waren natürlich viel länger gewesen. In manchen hatte sie nach *dein Anwalt hat meine Anwältin informiert, dass du von mir verlangst, das Haus zu verkaufen* Sachen geschrieben wie:

und unseren drei Kindern das Zuhause wegzunehmen, in dem sie aufgewachsen sind, was ihnen das Herz brechen würde, aber es interessiert dich ja einen Scheißdreck, ob du unseren Kindern wehtust, sonst hättest du nicht bereits ihr Leben zerstört, du egoistisches, arrogantes, herzloses Arschloch.

Es fühlte sich gut an, ihn so zu nennen. Selbst für die wenigen Sekunden, die es auf dem Bildschirm stand, bevor sie es löschte. In einer Version hatte sie ein PS hinzugefügt:

PS: Kate wirkt auf mich ziemlich unterbelichtet, deshalb ist sie wahrscheinlich nicht gut genug in Mathe, um sich auszurechnen, dass sie in vier Jahren immer noch Mitte vierzig sein wird, während du einen Seniorenausweis für

*den Bus beantragen kannst. Vielleicht solltest du sie mal
darauf hinweisen. Vielleicht sollte sie sich schon jetzt überlegen, einen Pfleger zu engagieren, wenn du dann nicht
mehr in der Lage bist, dir selbst den Arsch abzuwischen …*

Sue hatte ihr geraten, alles aufzuschreiben. »Bring alles zu Papier, Süße, sag alles, was du sagen willst, und dann ZERREISS ES!
Denn du darfst ihm nie, NIEMALS zeigen, wie verletzt du bist.«

Als sie die E-Mail an jenem Mittwochabend um 20 Uhr
schließlich abschickte, war es genau 112 Tage her, seit sie ihn
das letzte Mal gesehen hatte. Erst am Freitagmorgen schaltete
sie ihren Computer wieder ein und entdeckte, dass sie drei Antworten hatte. Die erste war eine halbe Stunde nach dem Erhalt
von ihr eingegangen.

*Bel,
so schön, von dir zu hören.
Können wir darüber reden?
Callum*

Am Donnerstagmorgen hatte er dann eine weitere geschickt:

*Wenn du lieber bei E-Mails bleiben willst, auch gut.
Callum*

Und schließlich donnerstagabends E-Mail Nummer drei:

*Oder per Brieftaube?
C.*

Ein winziges Lächeln huschte über ihr Gesicht, als sie das las,
doch es verschwand, sobald sie sich dessen bewusst wurde.

KAPITEL 72

Nach dem Quiz begleitete Ivor Hetty nach Hause. Das war an sich nicht ungewöhnlich, denn Hettys Wohnung lag nur zehn Minuten von seiner in Turnham Green entfernt. Doch als sie Hettys Haustür erreichten, erklärte Ivor, er müsse ihr etwas sagen ...

»Het, ich werde *Vegetarian Living* verlassen. Man hat mir einen Job in Belgien angeboten.«

»Warum?« Es schien eine blöde Frage zu sein.

»Weil ich mich darauf beworben habe.«

»Aber warum?«

»Weil ich es in London nicht mehr aushalte.«

»Ich weiß, was du meinst. Es ist so verdammt teuer. Neulich habe ich mal ausgerechnet ...«

»Hetty, sei mal kurz still«, unterbrach er sie sanft. »Ich halte es nicht aus, weil ich mich in jemanden verliebt habe ...«

»Oh, Ivy, das ist wunderbar!«

Er ignorierte sie und sprach einfach weiter. »Ich habe mich in jemanden verliebt, aber ich glaube nicht, dass es auf Gegenseitigkeit beruht. Um genau zu sein, glaube ich, dass die Person meistens nicht einmal merkt, dass es mich gibt, und diesen Menschen jeden Tag zu sehen bringt mich um. Also muss ich Konsequenzen ziehen.«

Hetty hatte ihn angesehen und ihre ernste Zuhörer-Miene aufgesetzt. »Hast du ihr denn gesagt, was du für sie empfindest? Ich nehme doch mal an, es ist eine Sie?«

Das hatte Ivor geärgert. Na toll, sie war sich also nicht einmal sicher, ob er hetero war! »Ja, natürlich ist es eine Sie!«

Sie standen einen Moment lang schweigend da, während der Verkehr rücksichtslos an ihnen vorbeibrauste. »Dein Wichtelgeschenk war von mir. Das Ding mit den kleinen Steinchen.«

»Was?«

»Und ich hab dir die Valentinskarte geschickt.«

»Du warst das!« Sie hatte in der Tat vor ein paar Wochen mit der Büropost eine wunderschöne selbst gebastelte Valentinskarte bekommen und keine Ahnung gehabt, wer sie geschickt haben könnte. *Be My Valentine*, hatte die Karte sie in eleganter Schrift auf fliederfarbenem Hintergrund aufgefordert, mit einem schlichten silbernen Herz darunter. Auf der Innenseite stand von Hand geschrieben: *Du bist noch immer etwas Besonderes.*

»Mein Gott, Ivy! Du warst das!«, wiederholte Hetty. »Mir hat noch nie jemand eine Valentinskarte geschickt.« Sie merkte, wie sehr das nach Selbstmitleid klang. »Außer mein Dad, als ich sieben war.« Sie wusste, dass sie plapperte, um Zeit zu schinden, aber sie konnte nicht anders, denn sie musste erst einmal die Neuigkeit verarbeiten, dass Ivor ihr eine Valentinskarte geschickt hatte! »Er wollte damit etwas Nettes tun, aber so hab ich das natürlich nicht gesehen, und ich bin richtig sauer auf ihn geworden, weil ich …«

»Ach, scheiß drauf!«, wurde sie von Ivor unterbrochen. Und da wusste Hetty ganz sicher, dass etwas nicht stimmte, denn sie konnte sich nicht daran erinnern, ihn je zuvor fluchen gehört zu haben. Und ehe sie noch etwas sagen konnte, nahm er ihr Gesicht in beide Hände, schloss die Augen und küsste sie siebenundzwanzig Sekunden lang.

Während der ersten drei dieser siebenundzwanzig Sekunden wurde Hetty klar, dass sie Ivor in all der Zeit, die sie ihn kannte, völlig falsch eingeschätzt hatte und ihn in Wirklichkeit gar nicht kannte. »Wie wenn du von jemandem total überrascht wirst«, erklärte sie Matt ein paar Tage später, »weil sich herausstellt, dass derjenige richtig gut kochen kann oder ein toller Tänzer ist oder eine Fremdsprache perfekt spricht, obwohl man es nie für möglich gehalten hätte. Als Ivor mich geküsst hat, war das der wunderbarste, zärtlichste und perfekteste Kuss, den ich in meinem ganzen Leben bekommen habe – nicht dass ich besonders viele Vergleichsmöglichkeiten hätte, aber trotzdem.«

Am Montag darauf rief Hetty Matt, eine halbe Stunde bevor sie bei ihm zum Babysitten erscheinen sollte, an. »Matt, ich bin's. Hetty.«

»Ja, ich weiß. Dein Name erscheint auf dem … ach, egal.« Hat ja doch keinen Sinn, dachte er lächelnd.

»Jedenfalls muss ich dir was sagen.«

»Du willst aber jetzt nicht absagen?«

»Nein, ich bin in zehn Minuten da. Aber ich dachte, ich sollte dich besser vorwarnen«, flüsterte sie ins Telefon. »Ich komme nicht allein!«

»Aha …?« Matt war neugierig.

»Sag einfach nichts, wenn wir kommen!«

»Okay … aber …« Zu spät. Hetty hatte aufgelegt.

Als Matt zehn Minuten später die Tür öffnete und Hetty – mit IVOR! – vor ihm stand, tat er wie befohlen und zuckte nicht mit der Wimper, sondern bat sie herein und bot ihnen eine Tasse Tee an.

Tallulah jedoch war nicht ganz so diskret. »Bist du Hettys Freund?«, fragte sie Ivor, als sie sich neben ihn aufs Sofa setzte und ihm mit einem violetten Eyeliner Schnurrbarthaare ins Gesicht malte.

»Ja, Lules, das ist er«, antwortete Hetty. »Also, wie wär's mit heißem Kakao vor dem Schlafengehen?«

Erst als Matt drei Stunden später von seinem Italienischkurs zurückkam, gelang es ihm, Hetty unter dem Vorwand, Tee zu kochen, in die Küche zu locken und sie auszuquetschen, während Ivor im Wohnzimmer fernsah. Sie redete in kurzen, knappen, geflüsterten Sätzen, durchsetzt von Hysterie und Begeisterung.

»Also hab ich ihn mit zu mir in die Wohnung eingeladen.«

»Und …?« Matt warf einen Blick über die Schulter.

»Und hab ihm das Hirn rausgevögelt.«

»RAUSGEVÖGELT?! Hetty, dieses Wort ist so was von Hetty-untypisch.«

»Pssssst! Okay, gebumst! Gefickt! Gepoppt – wie auch immer du es nennen willst, wir haben's getan. Die ganze Nacht. Und das ganze Wochenende. Und haben es seither nicht bereut.« Inzwischen flossen die Tränen, und sie lachte. »Matty, ich liebe diesen Mann mit Haut und Nasenhaar.«

KAPITEL 73

Kate konnte sich nicht entscheiden. Die kaffeefarbene Seide war so elegant und schmeichelte ihrem Teint, aber der schwarze Chiffon war aufreizender. Wofür sollte sie sich entscheiden, Eleganz oder Sex?

Sie stand in der Umkleidekabine einer sündhaft teuren Boutique in der Bond Street, um sich ein Designerkleid für die BAFTAs zu besorgen. Sie war für ihre Rolle in *Second Sight*, einem TV-Drama, das sie im vergangenen Jahr gedreht hatte, als beste Schauspielerin nominiert.

Am Tag, als sie davon erfahren hatte, hatte Callum sie geneckt, weil sie durch das Apartment gehüpft war und Freudenschreie ausgestoßen hatte. »Hast du nicht gesagt, solche Preise haben nicht viel zu bedeuten?«

»Haben sie auch nicht!«, rief sie aufgeregt. »Bis man für einen nominiert wird.«

Sie hatte darüber gelacht, doch insgeheim hatte sie sich ein bisschen geärgert, dass er wegen der Nominierung nicht mehr Aufhebens gemacht hatte. Immerhin ist es ein BAFTA! hatte sie gedacht und sich dann schnell in Erinnerung gerufen, dass sich Callum in ihrer Berufswelt eben nicht so auskannte – weshalb auch? – und dass das einer der Gründe war, weshalb sie ihn liebte. Er war bodenständig. Er hatte einen *richtigen* Job.

Die Verleihung fand bereits in einer Woche statt, und sie hatte mit der Wahl ihres Kleides bis zur letzten Minute gewartet, damit sie so dünn wie nur möglich sein konnte. Die Visagistin und der Stylist würden um 14 Uhr ins Apartment kommen, dann würden Callum und sie um 18 Uhr in einer vorbestellten Limousine gemeinsam starten, die sie zum Theater in der Drury Lane brachte.

Natürlich war das ein Event mit rotem Teppich. Kate war geübt darin, wusste, wie man stehen musste, wie man lächelte, was man zu den Fernsehjournalisten und der Presse sagen musste, die sich am Eingang entlang der Absperrung drängten. Sie hatte ein paar Mal versucht, mit Callum darüber zu sprechen, doch er hatte immer abgewinkt.

»Du musst keine Angst haben, dass ich was Falsches sage, weil ich nämlich keinen Piep von mir geben werde!«

Sie lächelte und küsste ihn und ließ ihn schwören, dass er sich nie ändern würde.

»Da besteht keine Gefahr«, hatte er ihr versichert.

Seit ihrem Umzug nach London ging er regelmäßig in seinen neuen Rugbyverein in Richmond. Sie war froh, dass er Mitglied geworden war, denn es fühlte sich an, als würde er Wurzeln schlagen, auch wenn er sagte, es störe ihn, als Schotte einem englischen Verein beizutreten.

»Ach, ist doch gehupft wie gesprungen«, hatte sie erwidert. »Du bist doch sowieso zu alt, um aktiv für sie zu spielen, also bist du ja gar nicht wirklich untreu.«

Er hatte nicht so sehr gelacht, wie sie es erwartet hatte. Sie fragte ihn immer wieder, ob er glücklich sei, ob er das Gefühl habe, die richtige Entscheidung getroffen zu haben. Und er sagte immer, immer Ja.

Sie hatten inzwischen eine gewisse Routine entwickelt, die gut zu funktionieren schien: Tallulah war Freitag, Samstag und Sonntag bei ihnen, und nun, da Kate wieder drehte, hatte sie eine Teilzeit-Nanny namens Celine engagiert, die sich um die Kleine kümmerte, wenn Kate wegen der Arbeit nicht zu Hause sein konnte. Matt hatte durch Sylvia angeboten, stattdessen Tallulahs Aufenthalt bei ihm zu verlängern. »Meine Liebe, es ist doch nur vernünftig«, hatte Sylvia herablassend zu Kate gesagt, »dass Tallulah bei ihrem Vater ist, wenn du keine Zeit hast, statt bei einem armen jungen Mädchen, das kaum Englisch spricht!«

Doch Kate beharrte darauf. Sie würden an ihrer Routine festhalten, koste es, was es wolle. Und sollten Matt, oder Sylvia, damit ein Problem haben, durften sie gerne vor Gericht einen offiziellen Sorgerechtsstreit anzetteln. »Und wenn wir ehrlich sind, wissen wir doch, dass die auf meiner Seite sein werden, also warum unser aller Zeit verschwenden«, hatte sie mit starrem Lächeln verkündet.

Kate war begeistert, dass Tallulah Callum so bereitwillig als »Mummys neuen Freund« akzeptiert hatte. Zuerst war sie in seiner Gegenwart schüchtern, versteckte sich hinter Kates Beinen und spähte heimlich dahinter hervor. Doch da er so ein guter Vater war, wurde er auch ein prima Stiefvater. Bald war Tallulah in seiner Gesellschaft völlig entspannt und glücklich. Kate wusste, dass er natürlich seine eigenen Kinder vermisste. Die Trennung war drei Monate her, und nach wie vor sprach nur Ailsa mit ihm. Sie war schon zweimal nach London gekommen, um ihn zu treffen, weigerte sich jedoch, im Apartment zu übernachten, daher hatte Callum sie in einem billigen Hotel untergebracht, denn mehr konnte er sich nicht leisten. Kate bot an, ihr ein Zimmer in einer besseren Bleibe zu buchen, doch Callum ließ es auf keinen Fall zu, dass Kate bezahlte. Das wäre moralisch irgendwie nicht richtig, sagte er.

Ailsa schien den Abenteueraspekt des Ganzen zu genießen. Callum holte sie am Freitagabend von St. Pancras ab, und sie verbrachten das gesamte Wochenende zusammen. Sie hatten eine Fahrt auf der Themse unternommen, das London Eye besucht, und er hatte sie zum Essen in Ed's Diner ausgeführt. Kate tat so, als wäre es für sie völlig in Ordnung, und sie schwor, dass sie sich einfach nur freute, dass Callum Zeit mit seiner Tochter verbrachte. Doch insgeheim verletzte es sie, dass Ailsa nichts mit ihr zu tun haben wollte. Hab Geduld, sagte sie sich. *Du bist schon so weit gekommen.*

Callum war seit Weihnachten außerdem dreimal in Edinburgh gewesen, um Ailsa zu besuchen. Kate hatte ihn natürlich begleitet, und sie hatten bei Kates Eltern gewohnt. Yvonne sprach nun mehr oder weniger wieder mit ihr, doch es hatte Wochen gedauert, bis sie Kate ihr »entsetzliches Verhalten« verziehen hatte.

Yvonne tolerierte Callum mit ausgesuchter Höflichkeit, die ihre Verachtung verbarg. Gordon wiederum mochte den Kerl ganz gern. Um genau zu sein, tat er ihm ein bisschen leid, weil er in ein solches Schlamassel hineingeraten war. Yvonne behauptete, Gordon würde Callum nur mögen, weil sie in einem ähnlichen Alter waren. »Mach dich nicht lächerlich, Frau«, hatte er gesagt, obwohl er bei sich dachte, dass sie gar nicht so danebenlag.

Wann immer Kate Callum nach Belinda fragte, machte er dicht. Was geschehen sei, sei geschehen, sagte er, und es hätte keinen Sinn, die Dinge wieder ans Licht zu holen und zu zerpflücken – es wäre am besten, wenn sie alle mit ihrem Leben weitermachten. Sie hätte ihn gerne gefragt, ob er Belinda vermisste, ob er im tiefsten Innern glaubte, einen schrecklichen Fehler begangen zu haben. Doch alle Signale warnten sie davor, Belindas Namen zu erwähnen. Wann immer sie sich unsicher fühlte, tat sie das, was sie am besten konnte: ihr Sexleben nach allen Regeln der Kunst lebendig gestalten. Sie dachte sich ständig neue, aufregende Szenarien aus, kam mit kleinen Pillen an, die sie beide die ganze Nacht auf Touren hielten, zog sich betont leger an, zog sich betont schick an, forderte ihn auf, seine geheimsten Fantasien mit ihr zu teilen. Doch er sagte immer nur: »Das bist du, Kate. Du bist meine Fantasie.« Und ein winziger Teil von ihr fühlte sich irgendwie bevormundet.

Sie ließ nun den Blick im Spiegel der Umkleide an sich hinunterwandern. Ihr Körper steckte in der kaffeefarbenen Seide, für die sie sich schließlich entschieden hatte. Das Kleid hatte mehr Biss, dachte sie. Obwohl es nicht nur die Presse war, für die sie gut aussehen wollte – sie kämpfte pausenlos darum, für Callum schön zu sein. Denn sie konnte nie ganz glauben, dass sie es geschafft hatte, egal, wie oft er es ihr versicherte. Es war nicht nur ihr Äußeres, um das sie sich Sorgen machte. Sie versuchte ständig herauszufinden, ob er glücklich war. In London. Mit ihr.

Einige Wochen zuvor waren sie zusammen zu einem Rugbyspiel gegangen. Kate hatte über ihre Agentin zwei Karten für Twickenham ergattern können. Sie waren Gäste in einer VIP-Lounge, die von einer großen Chemietechnikfirma gesponsert wurde. Es würde den ganzen Tag freie Getränke und feines Essen geben, und sie würden Schottland gegen England spielen sehen. Sie war so aufgeregt, als sie ihm die Karten präsentierte.

»Eine VIP-Lounge!«, hatte er gerufen. »Belinda und ich haben immer die billigen Plätze genommen und auf dem Heimweg noch ein Curry gegessen.«

Da er Belinda so gut wie nie erwähnte, stand ihr Name unangenehm im Raum, was keiner von beiden kommentierte, aber Kate wurde fast schlecht vor Eifersucht. Als gute Schauspielerin ließ sie sich jedoch nichts davon anmerken und machte einfach weiter.

»Also, für mich ist es das erste Mal. Du wirst mir alles zeigen müssen, wenn ich meine Rugby-Jungfräulichkeit verliere!«

Der Preis für die kostenlosen Karten war, dass sie den ganzen Tag über Celebrity-Dienst hatte. Es war ein bisschen ermüdend, pausenlos von Fans belagert zu werden, wo sie doch eigentlich nur etwas Besonderes mit Callum erleben wollte, ihm etwas schenken, von dem sie annahm, dass es ihm gefallen würde, seine Liebe zum Rugby mit ihm teilen. Doch wie immer kam ihr die Berühmtheit in die Quere. Callum war mit dem Gastgeber und Geschäftsführer der Firma ganz gut klargekommen, einem umgänglichen Liverpooler namens Stuart. Während der Halbzeitpause tranken er und Callum gemeinsam ein Bier und beobachteten Kate in Action, während sie mit den anderen Gästen plauderte, ihre Runde durch den Raum drehte, sich fotografieren ließ und dabei immer wieder Callums bestätigenden Blick suchte.

»Da haben Sie ja einen guten Fang gemacht, mein Freund, was?«, hatte Stuart gesagt. Callum hatte nur gelächelt und geschwiegen. Es wäre gelogen, wenn er behaupten würde, es nicht zu genießen, dass Männer seines Alter ihn beneideten, nicht nur weil er mit einer schönen Frau zusammen war, die siebzehn Jahre jünger war als er, sondern weil sie auch noch reich und berühmt war.

Letztendlich verbrachten sie einen tollen Tag. Natürlich betranken sie sich hoffnungslos. Während des Spiels flüsterte Kate Callum ins Ohr, er solle sie in der Behindertentoilette auf einen Quickie treffen, doch davon wollte er nichts wissen. Sie hatte sogar den Eindruck, dass er von der Vorstellung ein wenig angewidert schien, und sie zog ihn auf: »Du wirst doch aber nicht etwa schon prüde?«

»Nein, es ist nur … na ja, das ist ein Rugbymatch, okay? Dienst ist Dienst und Schnaps … du weißt schon.« Sie hatte gelächelt und ihr heimisches Team weiter angefeuert.

Die Schotten gewannen, was das i-Tüpfelchen war, und Kate verkündete abends im Bett, dass sie nun definitiv zur Welt des Rugbys bekehrt sei. Sie hatte sich noch nie so patriotisch gefühlt wie in dem Moment, als sie vor dem Spiel aus voller Kehle *Flower of Scotland* sang und dann die Jungs in Blau anfeuerte.

Wann konnten sie wieder hingehen? Sollte sie versuchen, Karten für das Match gegen Frankreich zu bekommen?

»Vielleicht.« Dann hatte Callum sich umgedreht und war eingeschlafen. Kate versuchte, die Zweifel zu ignorieren, die an ihrem Selbstvertrauen nagten.

»Wie kommen Sie denn klar?«, ertönte die Stimme der Verkäuferin und unterbrach ihre Gedanken. »Ich nehme beide!«, antwortete Kate und knipste ihren Charme an. »Dann soll mein Freund entscheiden!«

KAPITEL 74

An diesem Nachmittag fühlte Kate sich geborgen in der wohligen Wärme des häuslichen Lebens.

Nachdem sie ihre Einkäufe erledigt hatte, traf sie Callum, der Tallulah in der Nähe zu einem Milchshake ausgeführt hatte. Sie liebte es, die beiden zusammen zu sehen, vor allem wenn Callum ihre Tochter auf den Schultern trug und sie zum Lachen brachte. Zu dritt kehrten sie ins Apartment zurück und verbrachten einen gemütlichen Nachmittag. Tallulah sah Kate dabei zu, wie sie ihre Nägel lackierte. Callum las die Sonntagszeitung und zappte durch die Sportkanäle. Das war es, wonach sie sich sehnte. So sollte es sein.

Das Klopfen an der Tür kam überraschend, weil Besucher eigentlich immer die Sprechanlage benutzten. Kate und Callum sahen sich an, in der Annahme, dass es sich um einen der Nachbarn handelte, wobei auch manchmal aus Versehen die Sicherheitstür unten offen gelassen wurde und Besucher direkt zum Apartment kamen.

»Ich geh schon.« Kate schüttelte ihre frisch lackierten Nägel trocken. Tallulah, der das Make-up-Spiel inzwischen langweilig geworden war, wollte mit Callum »Hai« spielen. Dabei rutschte er auf dem Teppich hin und her und versuchte, Tallulah am Knöchel zu packen. Sie liebte es, sich zu gruseln.

Kate öffnete die Wohnungstür. Draußen stand ein junger Mann, sonnengebräunt, attraktiv, nervös. »Wohnt hier Callum MacGregor?«, fragte er. Sie hörte seinen schottischen Singsang sofort heraus.

»Wer will das wissen?«, gab Kate zurück.

Dreißig Sekunden später führte sie ihn ins Wohnzimmer, wo Callum die Titelmelodie von *Der Weiße Hai* sang und Tallulah vor Freude quietschte, während er sie langsam über den Fußboden jagte.

»Ahhhh, was für ein hübsches Bild«, sagte der junge Mann. Callum hielt inne und sah auf.

»Ben! Mein Gott!« Er rappelte sich hoch, doch Tallulah wollte weiterspielen.

»Noch mal! Mach's noch mal!«

»War er ein böser Hai?«, fragte Ben. »Der aus dem Hinterhalt zuschnappt und Leben zerstört? Das kann er gut. Nicht wahr, Dad?« Tallulah bemerkte nichts von Bens Sarkasmus.

Kate nahm ihre Tochter an der Hand und führte sie aus dem Zimmer.

»Komm mit, komm und hilf Mummy im Bad.«

»Aber ich will mit Callum spielen«, beschwerte sie sich. Kate schloss die Tür hinter ihnen. Die beiden Männer starrten sich an.

»Ich mag deine neue Familie.« Bens Stimme krächzte ein wenig. »Sehr süß.«

»Hör zu … setz dich doch erst mal hin …« Callum zeigte aufs Sofa. »Ich hab dich seit über einem Jahr nicht mehr gesehen. Erzähl mir von deiner Reise!«

»Wie bitte? Glaubst du, das hier ist ein Kaffeekränzchenbesuch oder was? Meinst du, ich bin zufällig in London und hab mir gedacht – hey, warum fahr ich nicht mit meinen Urlaubsfotos zu Dad rüber, dann kann ich meine neue Stiefmutter und ihr Balg kennenlernen?« Ben war stinksauer. Monatelanger Frust kochte in ihm hoch, monatelanges Warten darauf, seinem Vater zu sagen, was er von ihm hielt, im Wissen, dass er das nur persönlich tun konnte.

»Komm schon, sie ist fünf, sie ist völlig unschuldig an alledem.«

»Unschuldig? Was ist mit meiner Mutter? Und meiner kleinen Schwester? Und meinem Bruder? Hä? Sind wir nicht auch alle unschuldig? Verdammt!« Ben hasste sich dafür, dass er anfing zu weinen. Er ging zum Fenster, um sich zu beruhigen, und blickte hinaus auf die Themse, eine Aussicht, die er unter anderen Umständen bewundern würde.

»Verschafft dir das einen Kick, Dad? Sind es der Ruhm und das Geld? Oder bist du bloß ein trauriger alter Mann, der gemerkt hat, dass er noch Chancen bei einer Schlampe hat, die zwanzig Jahre jünger ist als er?«

Callum wusste, es war nicht der richtige Zeitpunkt, seinen Sohn dafür zu rügen, wie er über Kate sprach. »So ist es nicht. Wir kannten uns schon … von früher …«

Da konnte Ben nur müde lachen. »Ja. Ich hab von deinem kleinen Geheimnis erfahren. Meinst du, das macht es besser, ja? Die Tatsache, dass sie kein One-Night-Stand ist? Dass du sie schon gekannt hast, als …« Er geriet ins Stocken. »Als *ich* fünf war, verdammt noch mal?«

»Ben …«

»Du hast uns damals schon alle angelogen – du Scheißkerl!« Von Wut überwältigt, machte er einen Satz nach vorn und zielte mit der Faust auf den Kiefer seines Vaters. Callum duckte sich im letzten Moment weg.

»Boah! Ben, bitte. Ich weiß, du bist sauer. Natürlich bist du das. Aber das ist nicht die Lösung …«

Ben wischte sich hastig die Tränen weg. Dann wandte er sich mit erstickter Stimme an Callum. »Ich war immer so stolz, dich als Dad zu haben. Als wir in der Schule waren und so. Alle meine Kumpels fanden dich toll. Wegen des Rugbys und weil du mit ihnen nie wie ein Lehrer gesprochen hast. Ich fand es wirklich toll, dein Sohn zu sein.«

»Es tut mir so leid.«

»Aber jetzt schäme ich mich bloß noch. Ich hasse dich!«, schluchzte er.

Callum dachte, Ben würde wieder auf ihn losgehen, als er einen weiteren Satz nach vorn machte, doch stattdessen packte er seinen Vater und umarmte ihn verzweifelt, schluchzend wie ein kleiner Junge und mit nun leiser Stimme. »Dad, bitte komm nach Hause«, bat er.

Völlig überrumpelt und hilflos schlang Callum die Arme um seinen ältesten Sohn, küsste ihn auf den Scheitel und tröstete ihn wie früher, als er noch jünger war. Dann hob er den Blick und sah, dass Kate ohne Tallulah ins Zimmer zurückgekehrt war.

Sie lächelte Callum traurig an und sagte sanft: »Das Beste für uns alle ist, zu akzeptieren, dass die Dinge nun so sind, wie sie sind.«

Sie hatte nicht mit Bens Aggression gerechnet, der sich aus Callums Umarmung löste und zischte: »Wer hat dich um deine Meinung gebeten, du verdammte Hure!«

»Oh, wie abgedroschen!« Sie lachte.

»Hey, Ben, komm schon!«

Doch Kate war aus härterem Holz geschnitzt, und sie sah Ben fest in die Augen. Dann sagte sie ganz ruhig und bestimmt: »Hör zu, Herzchen. Es tut mir leid, dass das für dich so schmerzhaft ist, wirklich. Aber ich liebe deinen Vater, und wir sind jetzt zusammen, und je eher du das akzeptierst, umso eher können wir alle mit unserem Leben als Familie weitermachen. Und da können auch du und Cory und Ailsa dazugehören.«

»Vergiss es. Du spinnst doch.«

Kate ignorierte ihn und fuhr fort: »Und natürlich bist du hier mehr als willkommen, wann immer du willst. Solange du mich und meine Tochter respektierst.« Mit diesen Worten packte sie ihn am Arm – er war zu geschockt, um sie abzuschütteln. »Aber solltest du jemals wieder hier auftauchen und so das Maul aufreißen, während ein fünfjähriges Kind im Raum ist, dann bekommst du es mit mir zu tun. Und glaub mir, ich bin nicht zimperlich. Verstanden?«

Fassungslos über diesen Ausbruch wandte Ben sich auf der Suche nach Unterstützung an seinen Vater: »Und?«

Doch Callum konnte ihn nicht ansehen und schwieg.

Auf dem Weg zur Tür drehte Ben sich noch einmal um und flüsterte: »Du verdammter Feigling.«

KAPITEL 75

Callum,
vielen Dank für deine Mail und dass du mit deinem An-
walt wegen des Hauses gesprochen hast. Meine Anwäl-
tin hat nun bestätigt, dass du nicht auf dem Verkauf von
Sutherland Avenue bestehst.
Ben hat erzählt, dass er dich besucht hat.
Er war ziemlich fertig.

Eigentlich hatte sie schreiben wollen: *Ben hat erzählt, dass er*
dich und deine Schlampe von Freundin besucht hat – ich hoffe,
ihr seid stolz auf euch und den Kummer, den ihr dieser Fami-
lie zugefügt habt, ihr egoistischen, rücksichtslosen, arroganten
Wichser, doch sie unterließ es. Stattdessen zwang sie sich zu
einem positiven Schluss:

Ailsa liebt ihr neues Moped. Danke, dass du es ihr gekauft
hast.
B.

KAPITEL 76

Callum mailte nun seit vier Wochen mit Belinda hin und her. Sein Herz machte jedes Mal einen Satz, wenn er ihren Namen im Posteingang sah, was nicht besonders oft vorkam – obwohl er trotzdem hoffnungsvoll jeden Tag nachschaute. Ihre Nachrichten waren immer kurz. Aber wenigstens kommunizierte sie mit ihm. Und er antwortete immer sofort.

Bel,
ich freu mich sehr, dass Ailsa das Moped gefällt.

Er hatte einen Kredit aufgenommen, um es kaufen zu können, aber das würde er Belinda nicht erzählen. Oder Kate.

Bitte sorg dafür – ich weiß, das wirst du –, dass sie immer ihren Helm aufsetzt und dass sie nie, nie, nie Alkohol trinkt, bevor sie damit fährt.
Ja, Ben kam vorbei, und ja, er war ziemlich fertig. Es tut mir natürlich sehr leid.
Die alten Watsonians haben letzten Monat gegen die Saracens gut gespielt, was? Wobei ich finde, dass sie die hintere Reihe noch mal überdenken sollten.
Viele Grüße für heute
Callum

Er hätte gerne geschrieben: *PS: Du fehlst mir jeden verdammten Tag.*

Er hätte auch gerne ein »x« für einen Kuss hinzugefügt.

Doch auch das ließ er sein.

Und er erwähnte Kate gegenüber nicht, dass er überhaupt mit Belinda Kontakt hatte.

KAPITEL 77

Matt liebte Tage wie diesen. Die Woche vor Ostern: strahlender, klarer Sonnenschein mit einem Hauch von Frische in der Luft, Osterglocken, Optimismus und Schokohasen von Lindt. Er hatte Ostern schon immer Weihnachten vorgezogen, und in Anbetracht der Ereignisse der vergangenen fünf Monate spürte er das jetzt umso mehr.

Im Laden war es den Vormittag über recht ruhig gewesen. Es machte ihm nichts aus, denn er genoss den Frieden. Zwar hatte er die Tür weit geöffnet, um mögliche Laufkundschaft einzuladen, doch insgeheim hoffte er, dass niemand kommen würde. Er las ein gutes Buch, das er gerne beenden wollte.

Peter war diese Woche unterwegs. Mit Julius in Kopenhagen. »Es gibt keinen besseren Ort auf der Welt!«, hatte er gesagt. Matt hatte einen halbherzigen Versuch gestartet, eine Vertretung für ihn zu finden, indem er Chloe fragte, ob sie ein paar Schichten übernehmen und sich etwas dazuverdienen wollte, was sie sicher gut brauchen konnte.

»Nein.«

»Oh. Okay.« Eigentlich war er inzwischen an ihre Schroffheit gewöhnt, aber manchmal wurde er immer noch davon überrascht.

»Ich mag keine Läden.«

»Na ja, es ist ja kein richtiger Laden.«

»Du verkaufst Dinge, die Leute kaufen Dinge.«

»Ja, aber es ist Kunst!«

Das machte für Chloe offenbar keinen Unterschied. Sie verschwand wieder nach oben in ihr Atelier, während Matt lächelnd den Kopf schüttelte. Sie war kurz davor, ihr jüngstes Werk abzuschließen, eine beeindruckende Flusslandschaft auf der größten Leinwand, die er bei ihr je gesehen hatte. Manchmal setzte er sich zu ihr, um ihr beim Malen zuzusehen. Es schien ihr nichts auszumachen, solange er nicht redete.

Das war ihm in der ersten Zeit nach Kate gerade recht gewesen. Als er versuchte, wieder zu arbeiten, aber kläglich scheiterte, schickte Peter ihn oft nach oben, um still bei Chloe zu sitzen. Manchmal saß er drei Stunden lang dort, in vollkommener Stille, abgesehen vom dumpfen Kratzen der Pastellkreiden, während Chloe an ihrem Werk arbeitete.

Mittags beschloss er, eine Weile zuzusperren und einen Spaziergang zu machen. Von der hinteren Treppe aus rief er zum Atelier hinauf: »Chloe? Ich hol mir ein Sandwich, möchtest du auch irgendwas?«

»Eine Packung Schinken!«, rief sie zurück. »Und einen Pfirsich.«

In Ordnung, dachte Matt. Niemand konnte Chloe vorwerfen, vage zu sein.

Auf der Hauptstraße lag durch die Aussicht auf den bevorstehenden Feiertag eine positive Energie in der Luft. Alle hatten gute Laune, waren beschwingten Schrittes unterwegs und lächelten sich unaufgefordert an.

Auf Höhe vom Porto's wechselte Matt immer auf die andere Straßenseite. Er war nicht mehr dort gewesen, seit Kate und er sich getrennt hatten. Bestimmte Orte, bestimmte Leute ertrug er einfach nicht. Im Kopf hatte er eine Checkliste, um seine Fortschritte zu überprüfen und abzuhaken. Den Anwalt zu treffen war ein großer Brocken gewesen, doch mit Hettys Hilfe hatte er den Termin durchgestanden, und in zwei Wochen würden Kate und er offiziell geschieden sein. Bald würde er von ihr als seiner »Ex-Frau« sprechen können. Und das war inzwischen in Ordnung so. Auch wenn es eine Weile gedauert hatte, an diesen Punkt zu kommen.

Kate das erste Mal zu kontaktieren war eine weitere Hürde gewesen. An die ersten beiden Gespräche ganz zu Anfang konnte er sich gar nicht mehr erinnern. Doch Hetty hatte ihm gesagt, dass Kate per Mail kommunizieren wollte, und das passte ihm gut. Nach ein paar Wochen waren sie zu SMS übergegangen – schlichte Nachrichten wie *Tallulah hat ihr Pferdebuch bei dir vergessen* oder *Mum kommt morgen um 6, um T. abzuholen.* Es hatte etwas länger gedauert, wieder mit ihr am Telefon zu sprechen. Wobei die Vorstellung wesentlich schlimmer gewesen war als die Erfahrung selbst, und er wusste, wenn er es einmal geschafft hatte, konnte er es wieder tun.

Sie hatte so freundlich geklungen, so nett, hatte ihn gefragt, wie es ihm ging. Sie sagte, sie hoffte, sie könnten das alles hinter sich lassen und letztlich wieder Freunde sein, denn »Matt, ich werde dich immer lieben«. Er dachte, wenn sie das sagte, würde es ihm das Herz zerreißen, aber ob es nun ein Mechanismus des Selbstschutzes war oder ob er ihr einfach nicht glaubte, diese Worte aus ihrem Mund zu hören hatte keinerlei Wirkung auf ihn.

Er hatte mit Dervla darüber gesprochen, und sie schlug vor, es einfach so stehen zu lassen. Es gebe keinen richtigen oder falschen Weg, das Ende einer Ehe zu verarbeiten. Und keinen Zeitplan für die Veränderung seiner Gefühle von quälendem Schmerz zu Gleichgültigkeit und Lockerheit.

Er betrat das kleine Feinkostgeschäft an der Ecke, das seit 1975 Alessandra gehörte, einer achtzigjährigen Griechin aus Zypern, und ihrem türkischen Ehemann Osman. Der Duft nach frischen Kräutern und braunen Papiertüten brachte ihn jedes Mal zum Lächeln, wenn er den Laden betrat. Er wählte etwas griechisches Brot mit Sesam, Halloumi und Hummus, den Alessandras Tochter selber machte, zwei saftige Fleischtomaten und eine Avocado. Außerdem dachte er an Chloes Schinken, und er fand auch einen Pfirsich für sie, der reif genug war.

»Hey, Matteus!« Aus irgendeinem Grund freute sich Alessandra immer, ihn zu sehen. »Mein schöner Junge, du siehst besser aus jedes Mal.«

Ob es nun an ihrem Alter lag oder an ihrem südländischen Temperament, jedenfalls war Alessandra immer sehr emotional, egal, ob sie nun über die politische Lage in Zypern sprachen oder die Tatsache, dass ihr die Ziegenmilch ausgegangen war. Sie wickelte seine Einkäufe ein und packte sie in eine rosaweiß gestreifte Plastiktüte, so dünn wie Zuckerwatte.

»Du wirst wieder recht, was? Matteus kommt wieder zurück!« Und sie zwinkerte ihm zu.

Er verstand sie nicht ganz, bedankte sich aber trotzdem, da er annahm, dass es sich um etwas Positives handelte.

Zurück in der Galerie nahm er den Hintereingang und rief wieder zu Chloe hinauf: »Hab deine Sachen!«

Zuerst reagierte sie nicht.

»Chloe?«

Manchmal hörte sie ihn nicht, so versunken war sie in die Welt ihres Bildes. Manchmal hörte sie ihn auch einfach deshalb nicht, weil sie ihn nicht hören wollte. Er nahm an, dass es Letzteres war, und machte sich auf den Weg nach oben.

»Es ist fertig!« Sie spürte, ohne sich zu ihm umzudrehen, dass er hereingekommen war. Sie stand mit dem Rücken zu ihm, betrachtete die Leinwand und wischte ihre Hände sinnloserweise an einem Lappen ab, der vor Pastellfarben nur so strotzte.

»Chloe, wow.«

Es war wirklich umwerfend. Natürlich hatte er das Bild schon in verschiedenen Stadien gesehen, doch während der letzten zwei Wochen war er nicht oben gewesen. Kräftige, geschwungene Linien, stürmisch und voller Freude, fingen die Lebendigkeit und Strömung des Flusses in einer leuchtenden Explosion von Farbe ein. Die Terrassentüren zum kleinen Balkon standen offen und ließen zur Feier des Tages das Licht dieses herrlichen Frühlingsnachmittags herein. Der Lärm der Straße war durch die Entfernung gedämpft, was eine Art Urlaubsatmosphäre aufkommen ließ, wie an einem gut besuchten Strand. Matt legte die Einkäufe auf den kleinen Maltisch und stellte sich neben Chloe.

»Das ist wirklich umwerfend.«

»Ich weiß«, sagte sie.

Er drehte sich zu ihr um und lächelte, denn er fand ihren Glauben an sich selbst so erfrischend und ehrlich.

»›Gut gemacht‹ zu sagen trifft es irgendwie nicht ganz!« Überrascht stellte er zum ersten Mal fest, dass ihre pinkfarbenen Haare eigentlich ziemlich exotisch waren. Genau wie ihre leuchtend grünen Augen.

Sie erwiderte sein Lächeln nicht. Stattdessen fing sie an, sich auszuziehen, ohne den Blick von ihm abzuwenden. »Ich möchte Sex mit dir haben.«

Ohne weitere Fragen zu stellen, fing Matt ebenfalls an, sich auszuziehen, und erwiderte nur: »Ja, das ist eine ziemlich gute Idee.«

Er öffnete den Laden an diesem Nachmittag nicht mehr.

KAPITEL 78

Liebe Bel,
meinst du, wir könnten uns treffen, wenn ich das nächste
Mal nach Edinburgh komme, um Ailsa zu besuchen?
Callum, x

KAPITEL 79

Lieber Callum,
nein.
Belinda

KAPITEL 80

Dervla hatte Matt versichert, dass das Leben ihm nur das zumuten würde, womit er auch klarkam. Und ob es nun der erstaunlich lebensbejahende Nachmittag voller Sex mit Chloe war, der den Ausschlag gab, oder ob er einfach nur bereit war, die nächste Hürde in dem zu nehmen, was Dervla »Heilungsprozess« nannte, jedenfalls wachte er am Sonntagmorgen auf und beschloss, dass er heute Kate gegenübertreten würde.

Für gewöhnlich holte Sylvia Tallulah jeden Sonntagmorgen um zehn Uhr im Apartment ab und brachte sie nach Chiswick. Matt warf einen Blick auf die Uhr – es war halb neun. Er rief also seine Mutter an und teilte ihr die Planänderung mit. Sie war sofort ganz außer sich. »Aber Schatz, das kannst du nicht, es ist noch zu früh.«

»Nein, ist es nicht. Es ist in Ordnung.«

»Dann lass mich wenigstens mitkommen«, bettelte sie.

»Mum, du warst wirklich lieb, und ich weiß ehrlich nicht, wie ich die letzten Monate ohne dich durchgestanden hätte, aber heute hole ich Tallulah ab, und es wird absolut kein Problem sein.«

Er ging unter die Dusche, hielt sein Gesicht in das heiße, reinigende Wasser, dachte an Chloe und musste laut lachen. Es war so köstlich chaotisch gewesen, so unerwartet erotisch und herrlich sexy. Farbe überall, umgestoßene Farbtöpfe, heruntergefallene Paletten, umgeworfene Staffeleien; alle Stellungen absolviert, stehend, sitzend, von oben, von unten, seitlich, längs, quer, irgendwie … ein wohlverdienter Ausgleich für Monate ohne Sex, zumindest für Matt. Und als sie beide drei Stunden später schließlich erschöpft waren, zogen sie sich einfach wieder an, setzten sich auf den Fußboden und aßen das Mittagessen, das Matt zuvor besorgt hatte.

»Vielen Dank«, sagte Chloe ziemlich förmlich.

»Für den Pfirsich oder den Sex?« Er lachte.

»Für den Pfirsich und den Sex und den Schinken«, antwortete sie, ohne zu lachen.

Er zögerte, wusste aber, dass er es im Keim ersticken musste, bevor es ernsthaften Schaden anrichtete. »Chloe, nur damit du Bescheid weißt«, sagte er vorsichtig, »ich habe das alles gerade sehr genossen, aber ich will momentan noch keine Beziehung irgendeiner Art, ich bin nicht, wenn du weißt, was ich meine, beziehungstauglich.«

Sie sah ihn an, und der Pfirsichsaft lief ihr über das Kinn. »Ich habe einen Freund«, erklärte sie ohne eine Spur von Verteidigungshaltung. »Ich brauche nicht noch einen.«

»Ah. Okay!«, erwiderte Matt ein wenig verdattert und biss in ein Stück griechisches Brot, das er dick mit Hummus bestrichen hatte. Lächelnd saß er da und dachte darüber nach, dass er endlich eine der kompliziertesten Phasen seines Lebens hinter sich ließ und der Neuanfang in einem wunderschönen, unkomplizierten Sex-Nachmittag bestanden hatte, der einmalig bleiben würde.

Matt drückte auf die Klingel von Apartment 29, während sein Herz raste und ihm der Schweiß auf die Stirn trat. *Du schaffst das.*

Auf einmal ertönte die bezaubernde Stimme von Tallulah durch die Sprechanlage. »Hallo, Nana, komm hoch!«

Matt blieb keine Zeit zu erklären, dass es Daddy und nicht Nana war, bevor das laute Summen der Tür ihn drängte, sie zu öffnen. Im Aufzug konzentrierte Matt sich auf Tallulah – darauf, ihr zuliebe ruhig zu bleiben und Kate gegenüber höflich zu sein –, er würde nicht lange bleiben müssen, nur sein kleines Mädchen abholen und gehen. Doch als der Aufzug langsamer wurde, wäre er am liebsten wieder umgedreht. Er hatte es sich anders überlegt, es war eine blöde Idee. Dann öffnete sich die Schiebetür, und all seine Ängste lösten sich in Luft auf, sobald er sie sah, seine geliebte Tallulah in ihrer ganzen Pracht, die dort bereits wartete.

Sie freute sich so sehr, Daddy statt Nana zu sehen, dass sie kreischte: »DADDY! DADDY! DADDY!« Sie sprang in seine Arme und klammerte sich an ihn wie ein Baby-Koala. »Komm, und schau dir mein Zimmer an!«

Die Wohnungstür war nur wenige Meter entfernt und angelehnt. Mit seiner kostbaren Fracht als Glücksbringer fühlte Matt sich nun mutiger und trat ein, bereit, Kate das erste Mal in fast vier Monaten zu begegnen.

Nur dass sie gar nicht da war.

Stattdessen stand dort Callum, der ähnlich überrascht war, Matt zu sehen.

»Oh«, sagte Matt.

»Hallo«, sagte Callum.

Gott sei Dank war Tallulah da. »Daddy, können wir heute ins Kino gehen? Panda möchte unbedingt einen Film schauen.«

»Ja, mein Schatz, vielleicht. Möchtest du deine Sachen holen?«

Sie wand sich aus seinen Armen, sprang zu Boden und rannte in ihr Zimmer davon, sodass die beiden Männer in peinlichem Schweigen zurückblieben. Es fühlte sich an wie eine Ewigkeit.

»Kate ist noch nicht zurück. Sie musste eine neue Handtasche besorgen oder so was.« Callum machte eine Pause. »Für heute Abend.«

Matt nickte. Es gab mal eine Zeit, als er an Callums Stelle gewesen war, sich darauf vorzubereiten, Kate zu einer Preisverleihung zu begleiten, ihr zu gratulieren, wenn sie gewann, sie zu trösten, wenn sie verlor. Er verspürte einen Stich der Eifersucht und sagte: »Seltsame Veranstaltungen, diese Preisverleihungen.«

»Nicht dass ich wüsste.«

»Nein.«

Noch mehr unbehagliches Schweigen. Beide Männer suchten verzweifelt nach einem Thema und wünschten sich sehnlichst an einen anderen Ort. Matt hatte Callum noch nie so aus der Nähe gesehen. Damals, in diesem Hotelzimmer, hatte er es kaum ertragen, ihm ins Gesicht zu schauen. Doch nun fielen ihm die Falten um die Augen auf, die ergrauenden Schläfen, der kleine Bauchansatz, und er fragte sich ernsthaft, was Kate an ihm fand. Er wirkte ruhig und freundlich. Aber war Matt das nicht auch?

»CALL-UM?«, rief Tallulah aus ihrem Zimmer. »Wo sind meine Schuhe?«

Callum sah Matt an – der unrechtmäßige Vater, der unrechtmäßig väterliche Pflichten übernahm, etwas über Matts Tochter wusste, das Matt nicht wusste: den Aufenthaltsort ihrer kleinen Schuhe. Callum blieb keine andere Wahl, als zu antworten. »Schau doch mal unterm Bett nach, Süße.«

Für Matt ein Schlag in die Magengrube. *»Süße?«* Nimmt mir *meine Frau weg und jetzt auch noch meine Tochter.*

»Entschuldige mich kurz.« Callum war froh, einen Grund zu haben, Matt allein zu lassen. Dieser stand starr wie ein Holzklotz da und wagte es kaum, sich im schicken Zuhause seiner Bald-Ex-Frau und ihres Liebhabers umzusehen. Er entdeckte, dass es schon ein gerahmtes Foto von den dreien gab – Kate, Callum und Tallulah –, das bestimmt erst vor wenigen Wochen aufgenommen worden war. Kates neue Familie.

Er konnte sie nebenan reden hören, Callum und Tallulah, wie sie ihre Tasche durchgingen, um sicherzugehen, dass sie nichts vergessen hatte. Matt hatte das Gefühl, neben sich zu stehen und zuzusehen, wie sein Leben an ihm vorbeizog. Auf einmal ging die Wohnungstür auf, und sie kam hereingeschneit.

Kate.

Sie sah ihn nicht sofort. »Tut mir leid, dass es so lang gedauert hat, Schatz, sie mussten erst bei einer anderen Filiale anrufen, und ich … oh!«

»Hallo, Kate.«

Es war so ein Schock gewesen, Callum zu sehen, dass das Wiedersehen mit Kate sich jetzt wie ein Kinderspiel anfühlte. Womit er allerdings nicht gerechnet hatte, war die Umarmung, mit der sie sich auf ihn stürzte.

»Matt! Oh mein Gott, Matt!«

Mehr, als ihr leicht auf den Rücken zu klopfen, schaffte er nicht. Es fühlte sich extrem seltsam an, ihr so nah zu sein, nachdem er sie so lange nicht gesehen hatte. Sie roch anders. Ein neues Parfüm vielleicht? Oder Shampoo?

Sie sah ihn an. »Warum hast du denn nicht gesagt, dass du kommst? Oh, das ist so schön! Ich dachte, es wäre Sylvia!« Sie hatte inzwischen fast Tränen in den Augen. »Komm, wir setzen uns. Ich hol uns was zu trinken.«

»Nein, wir können nicht bleiben. Tallulah holt nur ihre Sachen.« Er rief: »Lules? Bist du so weit?«

»Komme schon!«

Kate starrte ihn an, voller Bewunderung. »Du siehst so gut aus! Warst du trainieren?«

»Ja. Hab mit dem Laufen angefangen.«

»Also das hat sich wirklich ausgezahlt. Du siehst toll aus.«

Er wusste, es war albern und oberflächlich, aber scheiß drauf: Er konnte nicht anders, als sich innerlich zu beglückwünschen. *Du findest, ich sehe besser aus als er, stimmt's?* Die vielen Wochen des Trainings hatten sich allein schon für diesen einen Moment des Triumphes gelohnt. Tallulah kam mit ihrem pinkfarbenen Rucksack auf dem Rücken, Schuhen an den Füßen und zugeknöpftem Mantel angerannt, Panda fest im Arm.

»Also, dann mal los!«, sagte Matt.

Es war nur eine Kleinigkeit, und sie hätte es nicht tun müssen. Aber als Callum Tallulah in den Flur folgte, hakte Kate sich bei ihm ein, als wolle sie sagen: *Ist mir egal, wie gut du aussiehst, das ist jetzt mein Mann, ich habe die richtige Wahl getroffen.* Matt zwang sich, seinen Blick nicht zu ihren verschränkten Armen wandern zu lassen, und er wusste, es war Callum unangenehm, dass sie es getan hatte.

»Viel Glück heute Abend, Kate.«

»Werdet ihr es im Fernsehen anschauen?«

»Mal sehen. Ist vielleicht ein bisschen spät für den kleinen Spatz hier«, antwortete er und strich Tallulah über die Haare.

»Ach, sie kann doch ausnahmsweise mal aufbleiben. Ist schließlich ein besonderer Anlass.«

»Mal schauen.« Matt lächelte. Er würde vor Tallulahs neuem Stiefvater nicht über Erziehungsfragen streiten.

Und dann fand Matt die Kraft, dem Mann, der ihm die Frau gestohlen hatte, die Hand hinzustrecken. »Alles Gute, Callum.«

Callum schlug ein, und für einen ganz flüchtigen Augenblick war da etwas zwischen ihnen, eine Art Anerkennung, die sich nicht in Worte fassen ließ. Als er die Tür hinter sich schloss, wusste Matt nur, dass er von einem überwältigenden Gefühl der Erleichterung erfüllt war.

Nicht weil seine erste gefürchtete Begegnung mit Kate jetzt hinter ihm lag.

Sondern weil er nicht länger für Kate verantwortlich war.

KAPITEL 81

»Findest du, ich sehe anders aus?« Hetty aß Chips mit Cheese-
and-Onion-Geschmack und betrachtete ihr Spiegelbild. Sie
saß an ihrem winzigen Schminktisch, immer noch im Schlafanzug, obwohl es fast Mittag war. Mit dem Zeigefinger fuhr
sie prüfend die Linie ihrer Wange bis zum Kinn nach, um die
Form zu erkunden. »Mein Gesicht ist auf jeden Fall breiter geworden.«

Ivor hatte Hetty von der gemütlichen Wärme ihres zerwühl-
ten Bettes aus beobachtet und den Anblick dieses hinreißenden
Wesens genossen, in das er sich nur noch mehr verliebt hatte.
Nun kroch er unter der Decke hervor und stellte sich, völlig un-
befangen in seiner Nacktheit, hinter sie und legte ihr die Hände
auf die Schultern, um ebenfalls ihr Spiegelbild zu betrachten.
Sie hatte keine Ahnung, wie schön sie war. Das fand er besonders bezaubernd.

»Ich könnte dich auffressen«, flüsterte er, während er ihren Hals küsste und gleichzeitig an ihrer Haut knabberte und
schnupperte. Dann schob er die Hände selbstbewusst unter
ihr T-Shirt, um ihre hinreißenden Morgenbrüste zu umfangen,
die nun nicht von Unterwäsche eingeengt waren. Er spürte,
wie er hart wurde, als ihre Nippel sich unter der Berührung
seiner Daumen sofort aufrichteten. »Deine Titten sind einfach
fantastisch.«

Hetty seufzte wohlig und schloss die Augen. Sie liebte es,
wenn er solche Sachen sagte. Es erregte sie, dass der private
Ivor so ganz anders war als der öffentliche, dieser zurückhal-
tende, höfliche Arbeitskollege, der sich im Büro wie ein Lämmchen und im Bett wie ein Löwe benahm.

Sie genoss den Sex mit ihm in vollen Zügen. Und sie hatte
immer noch Nachholbedarf nach ihrer Zeit in der Wildnis, wie

sie es für sich nannte: dieses karge, brachliegende Land innerhalb des ansonsten fruchtbaren Kontinents ihres Lebens. Wie um alles in der Welt hatte sie so lange ohne überleben können? Mehr als das, denn der Sex war nur ein schönes Extra, wie hatte sie so lange ohne *Liebe* überleben können? Ohne den sicheren Halt von Ivors muskulösen, seidenweichen Armen, mit denen er sie liebevoll umfing, oder die Art, wie er sie auf den Kopf küsste oder ihre Hand hielt, wenn sie ihre Wochenendwanderausflüge machten, ihr über unwegsames Gelände half, ihr eine regennasse Haarsträhne hinter die Ohren strich und über den schlammverschmierten Zustand lachte, in dem sie beide am Schluss waren.

Sie hatte sich einfach damit arrangiert, mit dieser Lücke. Sich angepasst wie ein Tier in Gefangenschaft, sich den selbst auferlegten Einschränkungen unterworfen. Und ja, sie waren selbst auferlegt gewesen. Denn es war ihre Entscheidung gewesen, sich einzureden, dass Adam der einzige Mann für sie war und dass, wenn sie ihn nicht haben konnte, kein anderer gut genug wäre. Wie bescheuert. Und was für eine Zeitverschwendung – all die Jahre, die Ivor und sie zusammen hätten verbringen können, sich fröhlich durch den Tag vögeln, Vormittage wie dieser, wo sie die Schläfrigkeit nach dem Sex genossen und in der Gesellschaft des anderen einfach nur zufrieden und entspannt waren.

Sie waren inzwischen so vertraut mit dem Körper des anderen. Nach wochenlanger Übung kannten sie jeden Zentimeter köstlicher Haut, jede wunderbare Unebenheit und liebenswerte Eigenheit. Hetty war zum Leben erwacht, seit sie zusammen waren, daran bestand kein Zweifel. Und Ivor ebenso. Zwei verlorene Seelen, die bis dahin in der Dunkelheit ihres einsamen Lebens umhergezappelt waren, hatten sich endlich gefunden, berührt und verbunden. Sie hatten auch gelacht.

Sehr viel. Und herausgefunden, dass sie mehr gemeinsam hatten, als sie je für möglich gehalten hätten. Immer wieder entdeckten sie neue Zufälle, von denen jeder mit einem freudigen »Ich auch!« quittiert wurde. Keiner von beiden brauchte noch andere Menschen; sie waren gelandet und angekommen.

»Wir sind wie ein Pärchen Kanadagänse«, verkündete Hetty. Nicht gerade ein romantischer Vergleich, dachte Ivor lächelnd. Aber im Grunde unheimlich passend.

Nur wenn Hetty an Matt dachte, wurde sie ein wenig von schlechtem Gewissen geplagt. Obwohl sie wusste, dass er überglücklich war, dass sie Ivor gefunden hatte und nun an ihm klebte wie Nadeln an einem Magneten, hatte sie trotzdem das Gefühl, Matt für diesen tollen neuen Mann in ihrem Leben verlassen zu haben. Sie wandte sich nicht mehr so an Matt wie früher, er war ersetzt worden. Denn Ivor war nicht nur ihr Liebhaber, er war auch ihr neuer bester Freund. So sollte das sein, und sie akzeptierte das. Und wenn sie ehrlich zu sich war, merkte sie, dass es Dinge gab, über die sie mit Ivor reden konnte, die sie Matt gegenüber nie im Traum ansprechen würde. Und doch hatte sie das Gefühl, ihn gehen lassen zu müssen.

»Het, sei nicht albern«, hatte Ivor sie getröstet. »Er wird immer dein Freund sein.«

Sie lächelte und nickte. »Ich besuche ihn heute Abend. Ich muss es ihm sagen.«

»Am besten alleine, oder?«

»Ja.« Dann drehte sie sich um und zog ihr T-Shirt aus. »Wie wär's mit einem Quickie vor dem Markteinkauf?«

KAPITEL 82

»Cory, Bohnen oder Erbsen?«

»Bohnen. Mum, sag ihr, sie soll aufhören!« Er balgte im Wohnzimmer mit seiner Schwester herum.

Belinda stand in der Küche und kochte das sonntägliche Abendessen, das immer aus Fischstäbchen und Kartoffelbrei mit Erbsen oder Bohnen bestand. Eine der kleinen Traditionen, die sie im Lauf der Jahre als Familie entwickelt hatten. Es war merkwürdig tröstlich, Cory und Ailsa herumalbern zu hören. Doch sie hatte Angst vor dem Zeitpunkt, wenn sie sonntagabends nicht mehr da sein würden, um Fischstäbchen zu essen, und sie alleine war. Nicht so, wie sie sich das je vorgestellt hatte, aber trotzdem. Nach vorne schauen. Sie musste jetzt an die Zukunft denken. Das endgültige Scheidungsurteil war vor einer Woche in Kraft getreten. Sie hatte den Kindern noch nichts davon gesagt – wollte sich erst selbst an die Vorstellung gewöhnen.

Am Tag, als es passiert war, hatte Callum ihr natürlich gemailt.

Liebe Bel,
dann ist es jetzt also offiziell.
Nicht mehr verheiratet.
Ich bin so verdammt traurig.
Callum x

Sie hatte geweint, als sie es gelesen hatte. Sie hasste sich dafür, aber dann dachte sie, niemand muss davon erfahren. Sie antwortete nicht. Fünf Tage lang. Dann schrieb sie lediglich:

Callum,
warum traurig?
Das Leben geht weiter.
Viel Glück.
B.

Eigentlich hätte sie gerne geschrieben: *Warum traurig? Du wohnst in einem luxuriösen Penthouse-Apartment in London mit einer reichen, berühmten, schönen jüngeren Frau, die dich so sehr liebt, dass sie bereit ist, alles zu tun, um dich zu bekommen – einschließlich das Leben von mindestens sechs anderen Menschen zu zerstören! Du solltest feiern!*

Doch auf einmal war sie es leid, wütend zu sein. Und sie wusste, sollte sie irgendwann darüber hinwegkommen wollen, den einzigen Mann, den sie je wirklich geliebt hatte, zu verlieren, dann würde sie anfangen müssen, ihm zu vergeben. Und ihm alles Gute wünschen. Um ihrer selbst willen würde sie das tun müssen.

Belinda verteilte die Fischstäbchen auf den Tellern und rief: »Essen ist fertig!«

Cory und Ailsa kamen hereingesprungen und Ben von oben die Treppe herunter. Ailsa liebte es, ihre beiden Brüder zu Hause zu haben. Cory war angeblich zum Lernen da, denn demnächst standen seine Abschlussprüfungen an, und Ben war inzwischen seit über einem Monat zurück. Er behauptete, nach einem Job zu suchen, doch Belinda hatte das Gefühl, er war da, um sie zu beschützen. Als wäre Belinda ohne seinen Dad in seinen Augen zu einer hilflosen, verletzlichen Frau geworden.

»Das ist sehr lieb von dir, mein Schatz, aber ich komme wirklich gut klar. Und ich will nicht, dass du dich in so ein

Nesthocker-Kind verwandelst und mit vierzig immer noch hier wohnst!«

Er sagte, er würde bis zum Sommer warten und dann darüber nachdenken weiterzuziehen. Belinda fühlte sich gesegnet mit so wundervollen Kindern. Sie wusste, es würde Callum das Herz brechen, dass seine Jungs nichts mehr mit ihm zu tun haben wollten. Irgendwann würde sie mit ihnen darüber sprechen und versuchen, diese kaputte Brücke zu reparieren. Aber noch war sie nicht wirklich stark genug dazu. Wenigstens hatte Ailsa noch Kontakt zu ihm. Belinda wollte ihr nie zu viele Fragen stellen, nachdem sie ihren Dad getroffen hatte. Sie versuchte es auf subtile Art. Ihre Triebfeder war nicht Neid oder Eifersucht, wissen zu wollen, wie er sein neues Leben jetzt lebte. Sie wollte nur wissen, ob es ihm gut ging. Ob diese »verhasste Kate«, wie die Kinder sie immer noch nannten, sich gut um ihn kümmerte.

»Ich fahre nachher zu Tom«, verkündete Ailsa.

»Kannst du mich zu Lenny mitnehmen?« Cory hatte den Mund voller Bohnen.

»Okay.«

»Aber dann musst du auch einen Helm aufsetzen!«, sagte Belinda.

»Ja, und bring sie nicht dazu, schnell zu fahren«, fügte Ben hinzu.

Belinda musste zugeben, dass Ailsa das mit ihrem Moped wirklich toll machte, sie hielt sich an die Geschwindigkeitsbegrenzungen und ließ sich Zeit. Sie wusste, ihre Mutter machte sich Sorgen, wann immer sie damit unterwegs war, und jedes Mal, wenn sie ihren Dad traf, ging er mit ihr die Verkehrsregeln durch.

»Bleibst du über Nacht?«, erkundigte sich Belinda. Die Antwort würde ziemlich sicher Ja lauten.

Cory zog sie wie üblich damit auf, dass sie einen Freund hatte. Ben befahl Cory wie üblich, den Mund zu halten, und schnipste eine Erbse nach ihm. Belinda schimpfte lachend mit beiden, nicht mit dem Essen zu spielen. Im Hintergrund lief im Fernsehen, von allen unbemerkt, die Übertragung der diesjährigen BAFTA-Verleihung, wo gerade die ersten Gäste auf dem roten Teppich erschienen.

KAPITEL 83

Callum konnte nicht damit aufhören, an seinen Haaren her-
umzumachen. Kate hatte darauf bestanden, dass die Visagistin sie mit etwas Gel stylte – »damit es ein bisschen ordentli-
cher ist« –, und nun konnte er die Finger nicht davon lassen. Er
sah toll aus. Was Kate nicht müde wurde, ihm zu versichern.

»So einfach für euch Männer. Smoking und Fliege, fertig.«
Und sie zog zum x-ten Mal seinen Kragen zurecht. »Bist du sicher, das geht so?«, fragte sie ihn mit Blick auf ihr Kleid, ebenfalls zum x-ten Mal.

»Kate. Du siehst absolut hinreißend aus, und wenn wir heute
Abend heimkommen, dann vögele ich dich bis zum Umfallen,
okay?«

Er wusste, das war es, was sie hören wollte, und er hatte
recht. Sie strahlte. Sie liebte es, wenn er ihr Komplimente
machte. Das passierte nicht allzu oft – nicht, weil er sie nicht
schön fand, das wusste sie, sondern einfach weil er ein Mann
war und Schmeicheleien bei den meisten Männern nicht zum
Programm gehörten, ganz zu schweigen von einem sechsundfünfzigjährigen Lehrer aus Edinburgh.

Die Limousine bog um die Ecke, und der Anblick, der sich
ihnen bot, war überwältigend. »Mein Gott, das ist ja wie ein
Ameisenhaufen!« Hundert Meter roter Teppich bedeckten die
Mitte der gesperrten Straße, die zum Eingangsportal des Drury
Lane Theatre führte. Auf beiden Seiten hielten Absperrgitter die
Fans und Horden an Journalisten und Paparazzi sowie Nach-
richtenteams aus aller Welt in Schach. Auf dem roten Tep-
pich selbst tummelten sich jede Menge berühmte Schauspieler
und Schauspielerinnen, blieben immer wieder für Fotos und
Interviews stehen. Dazwischen die Security-Leute mit ihren
Headsets und die Event-Manager, die dafür sorgten, dass alles

reibungslos lief. Die Limousine kam langsam zum Stehen, und Kate wandte sich an Callum. »Okay. Bereit?«

»Nein.« Er bereute ernsthaft, sich darauf eingelassen zu haben.

Sie berührte sein Gesicht und sagte leise: »Keine Panik. Einfach lächeln und immer in meiner Nähe bleiben. Und kein Wort.«

»Da besteht keine Gefahr.«

»Du steigst zuerst aus, kommst dann auf meine Seite und öffnest die Tür für mich.«

Das überraschte ihn ein wenig. »Als wäre ich dein verdammter Diener, oder was?«

»Callum, tu's einfach.« Kate seufzte, leicht genervt.

Er gehorchte. Und sobald Kate aus dem Wagen stieg, ging das Blitzlichtgewitter los, und die Rufe aus der Menge ertönten.

»Kate! Kate! Miss Andrews! Hier drüben! Schön, Sie mit Ihrem neuen Partner zu sehen. Callum, hier, hierher!« Es klang wie eine Scheune voller Gänse zur Fütterungszeit.

»Ich hasse es, dass sie meinen Namen kennen«, flüsterte er ihr zu.

»Sie wissen alles«, flüsterte Kate durch ihr starres, geübtes Lächeln zurück. Dann nahm sie ihn fest am Arm, während sie gleichzeitig versuchte, so feminin wie möglich zu wirken, und führte ihn den roten Teppich entlang. Alle paar Schritte hielt sie an, um sich fotografieren zu lassen oder einem Fan ein Autogramm zu geben. Schließlich erreichten sie den Eingang, wo Kate stehen blieb und ihm durch ihr immer noch starres Lächeln weitere Instruktionen gab: »Okay, jetzt dreh dich um, und küss mich. Und dann winken.«

»Verdammt, bin ich ein Zirkusaffe, oder was!«

Er versuchte, ihre Anweisungen zu befolgen, doch vor lauter Ungeschick und situationsbedingter Anspannung stießen sie mit den Nasen zusammen, was ein wenig lächerlich wirkte. Kate als Profi überspielte den Moment mit Lachen, obwohl es ihr innerlich höchst peinlich war. Sie hatte für die Kameras so gut aussehen wollen.

Nur ein kleines Stück entfernt wandte sich ein Paparazzo an seinen Kumpel und meinte: »Hat ihn noch nicht besonders gut dressiert, was?« Die beiden lachten, sehr zufrieden mit sich, dass sie den Nasenstüber erwischt hatten. Das gab ein tolles Foto ab.

Im Foyer wurde Kate von Nikki begrüßt, einer der Organisatorinnen. »Kate! Du siehst fantastisch aus!«

»Vielen Dank. Das ist mein Partner, Callum MacGregor.«

Callum lächelte, sagte aber kein Wort. Wie befohlen. Kate überspielte den peinlichen Moment mit einem Scherz: »Ich fürchte, er ist heute Abend ein bisschen schüchtern. Also, was ist der Plan?«

»Okay.« Nikki warf einen Blick auf ihr Clipboard. »Da du nominiert bist, haben wir dich ziemlich weit vorne platziert. Ich bringe euch gleich zu euren Plätzen, aber zuerst würden Sky News gerne noch ein schnelles Interview machen?«

»Gern. Dann mal los.« Als sie das Foyer durchquerten, merkte sie, wie die Leute sie anstarrten – »Schau mal, Kate Andrews!« –, und sie wusste, dass sie fantastisch aussah.

Auch die Sky-Journalistin konnte ihre Bewunderung nicht verbergen und murmelte: »Wahnsinnskleid!«, bevor sie mit dem eigentlichen Interview loslegte.

»Also, Kate Andrews! Sie sind heute Abend als beste Schauspielerin nominiert – was glauben Sie, wie Sie abschneiden werden?«

Kate hatte die Kunst, zurückhaltend und bescheiden zu klingen, perfekt drauf. Sie achtete darauf, niemals arrogant zu wirken, und würdigte stets die Leute, mit denen sie zusammenarbeitete. Es lief alles bestens, sie antwortete geschmeidig, war sich dabei stets der Kamera bewusst, ohne hinzusehen, und sie lächelte die ganze Zeit ohne Unterbrechung. Callum hingegen konnte nicht anders, als ständig in die Kamera zu schauen, während Kate redete.

»Nun ja, wer weiß, was der Abend bringt – ich fühle mich einfach nur sehr geehrt, nominiert worden zu sein und diese Ehre mit Schauspielerinnen wie Gabriela Heinmann und Holly Grove zu teilen. Das ist wirklich aufregend.«

Eine Stunde später drückte Kate fest Callums Hand, als der Moderator den altgedienten Hollywoodstar Nicholas Reynolds auf der Bühne willkommen hieß, der den Preis für die beste Schauspielerin überreichen würde. Einen knappen Meter von Kate entfernt stand ein Kameramann in Position, zwei weitere neben Holly Grove und Gabriela Heinmann. Kate hatte Callum bereits eingebläut, ja nicht in die Kamera zu schauen, und er versuchte es nach besten Kräften, was ihm aber nicht immer gelang. Seine Blicke wurden magnetisch davon angezogen, und er wusste wirklich nicht, wie Kate das schaffte.

»Und der BAFTA geht an …« Callum spürte den Schweiß aus Kates Handflächen rinnen. Sie zitterte. Und auch er bestand nur aus Anspannung, voller Furcht, sie könnte nicht gewinnen, und wie sie dann reagieren würde.

»KATE ANDREWS!«

Gott sei Dank, dachte er.

Das war Kates Stichwort. Sie wirkte zuerst geschockt, dann demütig, dann den Tränen nahe. Sofort wandte sie sich an Callum, küsste ihn lang und intensiv und flüsterte: »Ich liebe dich.«

Das alles fühlte sich für ihn viel zu öffentlich an. Er kam sich vor wie auf dem Servierteller und brachte deshalb nur ein nicht gerade überwältigendes »Gut gemacht« heraus, bevor er zusah, wie sie zur Bühne ging, um ihren Preis entgegenzunehmen.

KAPITEL 84

Hetty hatte sie beide überrascht. Sie waren nachmittags am Fluss und im Gunnersbury Park gewesen, und nun lag Tallulah erschöpft auf dem Sofa, an Matt gekuschelt, der ihr die Geschichte vom mürrischen Gorilla vorlas. Er hatte eingewilligt, ausnahmsweise Pizza zu bestellen, daher rechnete er mit dem lustigen Pizzaboten von Pete's Pizza Parlour, als es klingelte.

Doch es war Hetty.

»Überraschung!«, rief sie. »Schlechter Zeitpunkt?«

»Perfekter Zeitpunkt.« Matt umarmte sie. »Mensch, ich hab dich vermisst! Ich werde mal ein ernstes Wörtchen mit diesem Ivor reden müssen, dass er mir meine beste Freundin geklaut hat«, scherzte er.

Hetty kicherte und quietschte, als sie Tallulah sah. Zu dritt ließen sie sich aufs Sofa fallen.

»Wo ist er eigentlich? Sag jetzt bitte nicht, ihr habt euch getrennt?«

»Nein. Ganz im Gegenteil.« Seit über einer Woche platzte sie fast, weil sie es ihnen erzählen wollte. »Oh, Matty. Wir bekommen ein Baby!«

Es stimmte, er hatte sie wirklich vermisst. Seit Ivor und Hetty zusammengekommen waren, hatten sie kaum einen Abend getrennt verbracht. Und obwohl sie weiter babygesittet hatten, damit Matt zum Italienischunterricht und zur Laufgruppe gehen konnte, waren Hetty und Ivor nun ein festes Paar, sodass Matt sich nicht daran erinnern konnte, wann er das letzte Mal eine Stunde mit Hetty allein verbracht hatte. Es machte ihm nichts aus. Nicht wirklich. Schließlich lagen hinter ihr Jahre mit »Matt und Kate« – jetzt war einfach er dran, den Anstandswauwau zu spielen. Außerdem freute er sich unheimlich für sie.

Die kleine Hetty Strong bekam ein Baby. Sie würde die beste Mutter der Welt sein.

Sie brachten sich mit allem Tratsch auf den neuesten Stand, einschließlich, nachdem Tallulah ins Bett gegangen war, des einzig Aufregenden, was Matt dieses Jahr passiert war: Chloe.

»Oh mein Gott! Das ist nicht wahr!« Hetty war gleichermaßen fassungslos, schockiert und begeistert.

»Doch. Aber das war eine Ausnahme.«

»Echt?« Hetty kniff misstrauisch die Augen zusammen.

»Oh Gott, ja, auf jeden Fall. Es hat mir unglaublich gutgetan, aber das war's.«

»Sie hat pinkfarbene Haare!«, verkündete Hetty, als würde sie Matt damit etwas erzählen, was er noch nicht wusste.

»Und einen Freund«, fügte Matt hinzu. »Nein, es war schön, aber sie ist nicht die Richtige für mich.«

Hetty nahm seine Hand. »Wo wir schon davon sprechen, wie geht's Kate?«

»Oh, verflixt! Ich wollte doch eigentlich die BAFTAs aufnehmen!«

Er griff nach der Fernbedienung und zappte durch die Programme, bis er beim richtigen landete. Wie durch ein Wunder wurde gerade die Kategorie Beste Schauspielerin angekündigt. Hetty und Matt starrten auf den Bildschirm.

»KATE ANDREWS!« Und seltsamerweise, trotz all dem Kummer, den sie verursacht hatte, all dem Chaos und Herzschmerz freuten sich Matt und Hetty für sie und hüpften auf und ab, um ihre Anerkennung zum Ausdruck zu bringen.

»Ah, gut gemacht, Kate!«, sagte Matt.

Sie sahen in Nahaufnahme zu, wie sie Callum küsste, und Matt seufzte, doch es zerriss ihm nicht das Herz, nicht mal annähernd, um genau zu sein. Sie sahen, wie Nicholas Reynolds ihr den BAFTA überreichte und sie umarmte, als würde er sie seit Jahren kennen.

»Sie ist dem Kerl noch nie begegnet, musst du wissen«, Matt lachte. Er war froh, aus dieser Welt aus Falschheit und unaufrichtigen Freundschaften raus zu sein.

Kate nahm das Mikrofon, richtete sich auf, holte tief Luft und gewann das Publikum mit einem Scherz für sich, indem sie so tat, als würde sie aus Versehen den Preis fallen lassen. »Meine Güte, ist der schwer!« Dann konzentrierte sie sich und sprach mit leiser Stimme, aber immer noch laut genug, um verstanden zu werden. »Das hier ist – unglaublich«, fing sie an und bewunderte die schwere Bronzemaske, in deren Sockel ihr Name eingraviert war. »Ich kann Ihnen gar nicht sagen, wie sehr es mich ehrt, neben so großartigen Schauspielerinnen wie Gabi Heinmann und Holly Grove nominiert worden zu sein.« An dieser Stelle deutete sie mit dem Kopf bewundernd in deren Richtung. »Sie inspirieren uns mit ihrer herausragenden Arbeit, und dafür sind wir alle dankbar.« Ein Murmeln der Anerkennung ging durchs Publikum.

»Ich möchte mich bei den Kollegen und der Crew von *Second Night* bedanken – was war das für eine tolle Zusammenarbeit. Und vor allem bei dem Regisseur und Genie Denholm Merrigan.« Wieder Applaus.

»Außerdem möchte ich meiner kleinen Tochter Tallulah danken.« Ihre Stimme krächzte genau zum richtigen Zeitpunkt vor lauter Emotionalität. »Sie ist mein Engel und mein leuchtend heller Stern, und sie bringt mich jedes Mal zum Lächeln, wenn sie das Zimmer betritt. Sie ist heute Abend extra lange aufgeblieben, um zuschauen zu können.« An dieser Stelle blickte Kate direkt in die Kamera und sagte: »Lules, ich hab dich lieb!«

Daheim in Chiswick wandte sich Matt an Hetty und tat, als würde er sich fürchten. »Keine Sorge, ich verrate nichts«, flüsterte Hetty schnell, ohne den Blick vom Bildschirm zu wenden. »Du hast es aufgenommen, also kann sie es morgen früh anschauen!«

»Und schließlich möchte ich meinem Partner danken, Callum MacGregor.« Die Kameras schwenkten sofort auf Callum in Nahaufnahme. Man sah ihm deutlich an, wie sehr er sich wünschte, sein samtener Theatersessel würde ihn auf der Stelle verschlingen. »Callum, du warst während der vergangenen Monate mein Fels in der Brandung, und ohne dich stünde ich nicht hier.«

»Na ja, das stimmt so ja nun nicht ganz«, meinte Hetty.

»Liebster, du vervollständigst mich«, sagte Kate in Callums Richtung, als befände sich niemand außer ihnen beiden im Saal, und beendete ihre Rede, indem sie ihm einen Luftkuss zuwarf, und rief beim Verlassen der Bühne über den Applaus hinweg: »Vielen Dank, BAFTA!«

»Mein Gott, war das gruselig.« Hetty nahm sich ein Stück kalte Pizza aus der Schachtel. »›Du vervollständigst mich‹?! Herr im Himmel! Und hast du Callums Gesicht gesehen? Wie ein Fisch auf dem Trockenen. Er hat in die Kamera gestarrt wie ein Karpfen!«

»Ich weiß.« Doch Matt lachte nicht. »Ach, arme Kate. Ich hoffe, sie … es wirft sie nicht wieder aus der Bahn.«

Hetty sah ihn fassungslos an. »Matty, du bist echt unglaublich. Wie kann sie dir leidtun?«

»Weiß auch nicht. Ich hab einfach nur ein schlechtes Gefühl, das ist alles.«

KAPITEL 85

Die Party war in vollem Gange, die Luft flirrte vor Glückwünschen und Schmeicheleien. Kellner reichten niedliche Häppchen herum wie winzige Portionen Fish & Chips und Kartoffelbrei mit Würstchen. Callum nahm sich ein paar, wann immer ein Tablett an ihm vorbeiwanderte, aber er begriff den Reiz dieser Mini-Einheiten nicht. Den Großteil der Party im Anschluss an die Verleihung hatte er allein verbracht, denn ihm war schnell klar geworden, wenn man nicht »jemand« war, wurde man im Großen und Ganzen ignoriert. Es machte ihm nichts aus. Er war völlig zufrieden damit, die Leute zu beobachten und auf Kate zu warten, die sich im Moment mit irgendeinem wichtigen Produzenten aus den USA unterhielt. Ab und zu sah sie zu ihm herüber und fragte pantomimisch: »Alles okay?«, woraufhin er jedes Mal enthusiastisch nickte und sie ihr jeweiliges Gespräch fortsetzte. Ihre BAFTA-Trophäe gab sie keine Sekunde aus der Hand. Und ihm fiel auf, dass sie den ganzen Abend keinen Bissen gegessen hatte.

Ziemlich viele Gäste waren inzwischen extrem betrunken oder zugekokst. Zuvor hatte er sich aus einer sehr mühsamen Unterhaltung mit einem Schauspieler namens Lloyd Irgendwie lösen müssen, der wie ein Bekloppter Grimassen geschnitten und behauptet hatte, mal mit Kate gearbeitet zu haben.

»Und, wo kommst du her … ähm …«

»Callum. Ja, wie ich gerade schon sagte, Edinburgh.«

»Aye! Ein waschechter Schotte!«

Lieber Gott, steh mir bei, dachte Callum.

»Ich hab da oben mal in einem Theaterstück mitgespielt.«

»Ja, haben Sie bereits erwähnt.«

Kate stand zu diesem Zeitpunkt neben ihnen, tief ins Gespräch mit einem Regisseur versunken, mit dem angeblich alle arbeiten wollten.

»Sie ist einfach fantastisch, nicht wahr – also, Kate? Stimmt's?«

»Ja.« Callum wünschte, er wäre betrunken.

»Ich meine, eine echte … ne Lady halt. Alle lieben sie.«

»Aha.«

»Und sie ist so …« An dieser Stelle verlor Lloyd den Faden, und seine Grimassen wurden manischer. »Und wo kommst du her, Callum?«

»Istanbul.« Callum drehte sich um. »Ich glaube, ich muss mal an die frische Luft.«

Und er machte sich auf den Weg zur Terrasse.

Draußen standen Leute rauchend in Zweier- und Dreiergrüppchen herum. Er stellte sich ans Geländer und blickte auf die Skyline der Stadt. Hinter ihm gingen die Feierlichkeiten weiter, diese fremde Party in dieser fremden Welt, und auf einmal fühlte er sich sehr allein. Er holte sein Handy hervor, rief das Telefonbuch auf und klickte durch seine Nummern, bis er die von Belinda gefunden hatte. Sein Daumen schwebte über ihrem Namen. Er wollte so gerne mit ihr reden.

»Dadrin geht's ziemlich wild zu, was?« Ein grauhaariger Mann in einem Designeranzug stellte sich neben ihn.

»Kann man so sagen, ja.«

»Sie sind Kates Partner, richtig?«

»Äh … ja.«

»Sie klingen aber nicht so überzeugt!«

»Sorry … muss mich nur erst an das alles gewöhnen. Callum MacGregor.« Er streckte ihm die Hand hin.

»Tony Matthews, Produzent der Maggie Lane Show. Ich bin ein guter Freund von Kate. Ehrlich!« Callum lachte. »Wissen Sie, wir hätten Sie beide gerne morgen als Gäste in der Show dabei.«

»Das ist doch nicht Ihr Ernst!«

»Doch, absolut. Ich meine, BAFTA-Gewinnerin Kate Andrews zu Gast zu haben ist eine Sache und auf jeden Fall wunderbar. Aber ihren Partner mit dabeizuhaben, das wäre ein richtiger Coup.«

Callum wollte gerade weiter protestieren, als Kate nach draußen kam und sich zu ihnen gesellte. Sie hakte sich bei Callum unter und schmiegte sich an ihn. »Hat Tony dich schon überredet?«

»Ich versuche mein Bestes.«

»Komm schon, Liebling. Die Publicity würde uns beiden wirklich guttun – lass die Menschen unsere Version der Geschichte hören …« Sie sah ihn mit Dackelblick an. »Bitte?«

KAPITEL 86

Der Wagen holte sie um sieben Uhr dreißig ab. Um neun Uhr sollten sie auf Sendung sein. Callum hatte kaum geschlafen und versucht, Kate zu überreden, ihn einen Rückzieher machen zu lassen, doch davon wollte sie nichts wissen. Sie bemühte sich, ihn bei Laune zu halten, ihn aufzuheitern, alles in ihrer Macht Stehende zu tun, um die Stimmung aufzulockern. Sie servierte sogar Champagner und Räucherlachs zum Frühstück.

Callum kam auf der Suche nach seinem Handy in die Küche und wunderte sich über den hübsch gedeckten Tisch. »Ist das nicht ein bisschen übertrieben?«

»Darling! Ich habe gestern Abend einen BAFTA gewonnen! Und wir feiern unser erstes gemeinsames Fernsehinterview.« Sie schenkte ein und reichte ihm das Glas.

»Ich kann nicht. Ich … das ist mir alles zu viel …«

»Aber du arbeitest heute doch gar nicht!«

»Ich weiß, aber dieser ganze Überfluss und der Alkohol und die Partys und … Kate, ich bin Lehrer. Momentan nicht mal mit vollem Lehrauftrag.« Sie sah aus wie ein Welpe, den man getreten hat. »Hör zu, ich mach heute dieses Chat-Show-Ding, aber das war's dann, okay? Das bin einfach nicht ich.«

»Ach, Schatz, ist es das? Bist du nervös?«

»Ja, natürlich bin ich das. Warum auch nicht? Ich bin kein verdammter Star, oder? Das ist lächerlich.«

Da ging sie auf einmal auf ihn los. Mit einer Bitterkeit und Wut, die er noch nie erlebt hatte. Wobei, das stimmte nicht ganz, er hatte sie schon einmal so erlebt: vor knapp achtzehn Jahren, als sie bei ihm zu Hause durchgedreht war, an dem Abend, als sie von Belinda überrascht worden waren.

»Tja, ich muss damit DIE GANZE VERDAMMTE ZEIT LE-
BEN! DU HAST JA KEINE AHNUNG, WIE DAS IST!«

Er war vor allem verwirrt, begriff nicht, weshalb sie sich so
verhielt. Und dann dämmerte es ihm. »Bist du betrunken?«

»Sei nicht bescheuert.« Doch er hatte keine Energie für einen Streit.

Er wollte Ailsa anrufen, denn sie hatte an diesem Morgen
ihre Englischprüfung. »Ich gehe kurz telefonieren.«

»Warum kannst du das nicht hier drin machen?«

»Nun ja, weil ...«

»Du rufst Belinda an, hab ich recht? Warum darf ich nicht
hören, was du ihr zu sagen hast? Oh mein Gott! Triffst du dich
hinter meinem Rücken mit ihr?«

Callum war beunruhigt von ihrem Ausbruch, schockiert über
diese Veränderung, als hätte Kate sich in jemand anderen verwandelt. »Sweetheart, was ist denn los mit dir?«, erkundigte er
sich sanft. »Ich will doch nur Ails anrufen und ihr viel Glück
wünschen, das ist alles.«

Da ließ sie die Bombe platzen. »Ich weiß, dass du Belinda
gemailt hast.«

Er starrte sie an. Wusste nicht, wie er reagieren sollte. Wenn
er es leugnete, würde er lügen, doch dann gewann die Verärgerung darüber, bespitzelt worden zu sein, die Oberhand. Er
war fassungslos. »Wie bitte? Herrgott noch mal, hast du meine
Mails gelesen?«

»Ja.« Sie schämte sich kein bisschen.

»Du bist echt unglaublich.« Dann ging er hinaus, um zu telefonieren.

Als er die Tür hinter sich zuzog, schleuderte Kate ihr Glas
gegen die Wand – Scherben überall und Champagner, der
auf den cremefarbenen Teppich tropfte. Kate kämpfte mit den
Tränen.

Eine halbe Stunde später saßen sie auf der Rückbank des Wagens, schweigend, und blickten aus ihren Fenstern.

Callum dachte an Ailsa. Er hatte eine Nachricht auf ihrer Mailbox hinterlassen, sie aber nicht gesprochen. Sie zu erwischen war immer Glückssache, und da Ailsa die Einzige war, die überhaupt mit ihm sprach, traf es ihn besonders, wenn er sie nicht erreichte.

Er hasste es, sich so von seiner Familie abgeschnitten zu fühlen. Aber wem wollte er denn was vormachen, wenn er so weit entfernt lebte? Cory hatte immer noch kein Wort mit ihm gewechselt, seit er weg war, und Ben ignorierte seit seinem Besuch in London Callums Anrufe. Die ganze Sache war ein riesengroßer Mist.

Er sah zu Kate hinüber, in ihrer eigenen Welt versunken und vermutlich verletzt nach dem morgendlichen Streit. Sie hatte so aufgewühlt ausgesehen, als er wieder hereinkam, und seither kein Wort mit ihm gesprochen. Im Grunde hatte er auch ihr Leben kaputt gemacht. Er hätte es bei dem Schlussstrich belassen und nicht seinem verdammten Ego nachgeben sollen. Kate könnte jetzt glücklich sein, dachte er, mit Matt und der kleinen Tallulah. Nicht auf dem Weg zu einem Fernsehinterview mit einem Mann, den sie gar nicht wirklich kannte, sondern nur glaubte zu kennen, nur glaubte zu lieben. In diesem Moment empfand er solches Mitgefühl für sie, dass er nach ihrer Hand griff.

Zuerst wollte sie ihn nicht ansehen, sondern wischte nur ihre wütenden Tränen weg.

»Komm schon, Süße, das ist doch verrückt«, sagte er leise, da er sich bewusst war, dass der Fahrer jedes Wort hören konnte. »Wir können doch keine Livesendung im Fernsehen machen und nicht miteinander sprechen!«

Sie schniefte traurig. »Callum, ich hab Angst.«

»Wovor?« Er hatte wirklich keine Ahnung.

»Angst, dass du zu ihr zurückgehst.«

Die Chancen diesbezüglich waren gleich null. Er wusste das, doch aus irgendeinem Grund widersprach er nicht, beruhigte sie nicht, also fuhr sie fort. »Du liebst sie immer noch, stimmt's?«

Er antwortete nicht sofort. »Das ist doch nicht … ach, komm … hör einfach auf damit.«

»Beschissenen Dank auch.« Sie zog ihre Hand weg.

»Aber ich hab mich doch für dich entschieden, oder etwa nicht?« Er versuchte, sie wieder zu berühren, aber sie zischte ihn an, ohne sich darum zu scheren, ob der Fahrer es hörte oder nicht. »Lass das!«

»Kate, verdammt, du nervst echt.«

Sie waren inzwischen bei den London Studios angekommen, und der Fahrer, der es kaum erwarten konnte, sie mitsamt ihrem peinlichen Streit loszuwerden, vermeldete betont munter: »Da wären wir. Sie müssen zu dem Sicherheitstor dort drüben gehen.«

»Vielen Dank«, keifte Kate. Und sprang aus dem Auto.

Sofort wurde sie von einer Gruppe von fünf Autogrammjägern belagert. »Miss Andrews, unterschreiben Sie hier? Kann ich ein Autogramm haben?«

Und wie sonst ohne Rücksicht auf professionellen Anstand drehte sie sich zu ihnen um und brüllte: »ACH, VERPISST EUCH, IHR SPINNER!«

Ein gelangweilt wirkender Fotograf, der in der Nähe herumlungerte, machte den Fang des Tages, indem er zufällig die gesamte Szene mit der Kamera festhielt, doch Kate ignorierte ihn und ging weiter auf das Tor zu.

Callum holte sie ein. »Kate!«

»Das war, als hätte ich lebenslänglich bekommen«, zischte

453

sie. »Ich musste mich zwingen, nicht jeden Tag an dich zu denken. Ich musste dich aus meinem Kopf LÖSCHEN …«

»Um Himmels willen, nicht so laut.«

»Und das Einzige, womit ich mich ablenken konnte, war die Arbeit. Konnte keine Sekunde stillstehen. Musste immer weitermachen. Musste erfolgreich sein. Musste Geld verdienen, weil es mich davor bewahrt hat, abzustürzen …«

»Im Ernst, du musst leiser sein.«

Sie näherten sich dem Sicherheitstor, da drehte sie sich zu ihm um und flüsterte: »Wenn du mich wieder verlässt, sterbe ich.«

»Kate, jetzt mach kein so verdammtes Drama draus!« Callum wurde langsam wütend. Wut, die der Angst entsprang. Auf einmal blieb sie stehen, während sich ihre Gedanken überschlugen, und wog ab, ob sie es sagen sollte oder nicht. Dann tat sie es.

»Ich hab es damals nicht durchgezogen.«

Er sah sie verwirrt an.

»Die Abtreibung. Ich hab sie nicht machen lassen.«

Dann hielt sie inne, um seine Reaktion zu beobachten.

»Was?«

»Ich habe das Baby bekommen. Vor all den Jahren – unser Baby.«

Er konnte sehen, wie die Verzweiflung fieberhaft von ihr Besitz ergriff. »Kate. Hör auf damit.« Er packte sie fest an den Schultern. »Sieh mich an. Du musst dich beruhigen.«

»Ich hab ihn zur Welt gebracht und ihn Luca genannt, und ich hab ihn zur Adoption freigegeben, weil ich nicht konnte … Cal, er war wunderschön.« Die Wildheit in ihren Augen machte ihm Angst, und es wurde noch schlimmer, als sie auf einmal weicher wurde, ihn anlächelte, als würde sie erwarten, dass er ihr gratulierte oder ihm Freudentränen in die Augen stiegen.

»Okay, hör zu, Schatz, ich glaube, dir geht es nicht gut …
das ist … du halluzinierst, okay? Du hast die letzten Wochen
sehr hart gearbeitet und …«

»Du glaubst mir nicht, oder?«

Das tat er tatsächlich nicht. Aber er wollte sie nicht noch
weiter aufregen.

»Kate, ich glaube, du solltest dich etwas ausruhen …«

Sie schnappte nach Luft. Fassungslos. Dann gab sie ihm eine
Ohrfeige.

»Ach, fick dich«, sagte sie und machte auf dem Absatz kehrt.
Er ging dicht hinter ihr her. Es beunruhigte ihn massiv, zu was
für verzweifelten, verrückten Mitteln sie griff.

Der Wachmann tat, als hätte er den Streit nicht bemerkt. Um
ehrlich zu sein, war das nicht das erste häusliche Drama, das
sich vor dem Tor zwischen Gästen vor seinen Augen abgespielt
hatte. Und der Paparazzo-Fotograf dreißig Meter hinter ihnen
konnte sein Glück kaum fassen – klick, klick, klick, klick.

KAPITEL 87

Ailsa war mehr als rechtzeitig bei Tom losgefahren. Sie wollte eine Dreiviertelstunde vor der Prüfung in der Schule sein. Nur damit sie auch wirklich bereit war. Es würde super laufen, das spürte sie.

Am Ende von Toms Straße spürte sie ihr Handy vibrieren. Das war bestimmt wieder Dad. Sie hatte morgens schon einen verpassten Anruf von ihm gehabt, aber sie wollte einen klaren Kopf behalten. Mit ihrem Dad zu sprechen machte sie immer traurig, und vor dieser Prüfung durfte sie nicht traurig sein.

Sie befolgte korrekt alle Verkehrsregeln, blickte in ihre Spiegel, blinkte und verlangsamte das Tempo.

Und trotzdem sah sie es nicht kommen.

Es erwischte sie voll.

Zack.

Ein Aufprall.

Knirschen.

Und die Räder des umgekippten Mopeds drehten sich langsamer und immer langsamer, bis sie schließlich den Geist aufgaben.

Stille.

Dann fing jemand an zu schreien.

KAPITEL 88

»Wer sagt, dass Neujahrsvorsätze im neuen Jahr anfangen müssen?«, wollte Belinda am Telefon lachend von Sue wissen, während sie eine große, verstaubte Plastikkiste durchs Wohnzimmer trug. Sie räumte den Dachboden aus, einer der Punkte auf ihrer To-do-Liste. Sie hatte sich vorgenommen, damit anzufangen, sobald die Scheidung durch war. Und dafür hatte sie sich heute extra freigenommen.

»Warum heben wir so Sachen wie Schachteln von Haartrocknern oder Radios oder Moulinex-Mixern auf? Wahnsinn, manches von dem Zeug muss noch aus den späten Siebzigern stammen!«

»Schmeiß es nicht weg, es könnte ein Vermögen wert sein!«

»Na, du bist mir ja eine große Hilfe.« Plötzlich hörte sie auf zu lachen. »Verdammt.« Im Fernsehen lief gerade eine Vorschau für die kommende Maggie Lane Show auf ITV mit einem Foto von Kate und Callum, wie sie mit den Nasen zusammenstießen, das bei den BAFTAs am Abend zuvor aufgenommen worden war. Auf dem Bildschirm stand: *Gleich: Kate Andrews und der neue Mann an ihrer Seite.*

»Lind? Belinda? Bist du noch dran?«

»Mach den Fernseher an. ITV. Und leg ja nicht auf.«

KAPITEL 89

Sobald Carla, die Visagistin, seine Haare fertig gekämmt hatte, zerstrubbelte Callum sie wieder. Kate, die auf dem Visagistenstuhl neben ihm saß und die Lippen angemalt bekam, verdrehte die Augen.

Carla lächelte. Sie war an so was gewöhnt. »Ich nehme nur ein bisschen Glanz weg, okay?« Und ehe Callum begriff, was sie meinte, ging sie mit ihrem Puderpinsel auf ihn los, um sanft sein Gesicht abzutupfen.

»Was machen Sie denn da?«, rief er.

»Den Glanz aus Ihrem Gesicht nehmen!«

»Callum, verdammt, sei so gut, und lass die Frau ihren Job machen.«

Ein übereifriger Runner kam herein, mit Headset und Clipboard als Ehrenabzeichen. »Okay, wir sind jetzt bereit!«, erklärte er mit zu lauter Stimme.

Kate stand auf und lächelte die Make-up-Frauen zuckersüß an. »Vielen Dank, Ladies.« Dann verschwand ihr Lächeln, als sie Callum anzischte: »Bringen wir es hinter uns.«

KAPITEL 90

»Das ist pure Folter«, stöhnte Belinda. »Ich sollte einfach ausschalten, oder?«

»Wehe!«, warnte Sue am anderen Ende der Leitung.

»Es fühlt sich ein bisschen ... voyeuristisch an.«

»Belinda, der Mann ist im Fernsehen! Und garantiert kurz davor, sich zum Affen zu machen. Es ist nicht so, als würdest du ihn durchs Schlüsselloch ausspionieren. Achtung, es geht los, es geht los!«

Fünf Meilen entfernt war der Krankenwagen angekommen, und die Sanitäter hoben Ailsa vorsichtig auf die Bahre. Ein Polizist am Unfallort ging die Nummern in ihrem Handy durch. Er fand »Zu Hause« und drückte auf Anrufen.

Die Leitung war besetzt.

KAPITEL 91

Das hell erleuchtete Studio wirkte im Fernsehen viel geräumiger als in echt, und Callum fühlte sich zu groß und unbeholfen, wie er beinahe über einige der Kamerakabel stolperte, als man ihn zu seinem Sessel führte. Der Studiomanager, Harry, signalisierte ihm lächelnd, still zu sein. Die Werbepause würde gleich zu Ende sein, und die schnelle Tonfolge, die jeden Teil der Show einleitete, dröhnte aus den Studiolautsprechern, während Harry die Moderatorin einzählte.

»Auf Sendung in fünf, vier, drei«, rief er, um dann tonlos fortzufahren, »zwei, eins«, gefolgt von einem Handsignal an Maggie.

»Willkommen zurück!«, sagte sie betont munter, was zur aufgesetzten Fröhlichkeit der Sendung passte. »Mein nächster Gast hat gestern Abend einen BAFTA als beste Schauspielerin gewonnen, und die Medien loben sie in den höchsten Tönen. Aber die Boulevardpresse war nicht immer so freundlich, denn vor einiger Zeit stand sie im Mittelpunkt einer intensiven Kontroverse, als ihre Affäre ans Licht der Öffentlichkeit gezerrt wurde, was ein gefundenes Fressen für die Presse war. Nun sind sie hier, um die Sache richtigzustellen, Schauspielerin Kate Andrews und ihr Partner, Callum MacGregor, von Beruf Lehrer. Hallo und herzlichen Glückwunsch zum BAFTA! Haben Sie ihn mitgebracht?«

Kate lachte. »Ähm, nein, er ist so schwer, dass man einen Kran bräuchte, um ihn aus dem Haus zu heben!«

Maggie lächelte übertrieben, während sie gleichzeitig über ihren Knopf im Ohr den Produzenten drängen hörte: »Sprich die Affäre an, frag nach der Affäre.«

»Nun, Sie sind in letzter Zeit ziemlich in die Schlagzeilen geraten – Ihr Privatleben, genauer gesagt, Ihre Affäre, wurde gewissermaßen zum Gemeingut. Wie um alles in der Welt sind Sie damit klargekommen?«

Kate hatte mit dieser Frage gerechnet und reagierte, trotz ihres Katers und des gerade erlebten Dramas, mit professionellem Geschick: »Die Sache ist die, Maggie, Affären sind eine komplizierte Angelegenheit – obwohl viele Leute sie haben! Und ich glaube, man muss sich hundertprozentig sicher sein, dass man die richtige Entscheidung getroffen hat. Und wenn man seiner Entscheidung wirklich vertrauen kann, dann kommt man auch mit allen Hindernissen klar, die sich einem in den Weg stellen.«

Die Kamera schwenkte auf Callum, der stocksteif dasaß wie das sprichwörtliche Kaninchen vor der Schlange. Kate fuhr fort und ignorierte die Tatsache, dass Callum sie beide ziemlich doof aussehen ließ. »Ich hatte nie irgendwelche Zweifel, dass Callum der Richtige ist«, erklärte sie ernsthaft. »Und ich habe immer noch keinen Zweifel daran.«

KAPITEL 92

Belinda saß auf der Sofakante und war unfähig, den Blick vom Bildschirm zu lösen, Sue immer noch am Telefon. Sie konnten beide nicht glauben, was sie da sahen.

»Der wirkt ja völlig verängstigt! Ich meine, wenn ich nicht so sauer auf den Typen wäre, würde er mir richtig leidtun!«

»Ich weiß. Was hat er sich nur dabei gedacht, da einzuwilligen? Oh mein Gott!«

Stumm beobachteten die beiden Frauen, wie die Ereignisse ihren Lauf nahmen. Belinda gewöhnte sich langsam an den Anblick des Ehemanns, den sie seit über vier Monaten nicht mehr gesehen hatte. Er sah müde aus, dachte sie.

Auf einmal erklang leise und gedämpft die Titelmelodie von *Rocky*. Callums Handy klingelte. Doch statt es zu ignorieren, zog er es aus der Tasche und schaute aufs Display.

»Hey, wer ruft an? Ihre Ex-Frau?«, witzelte die Moderatorin, der Callums mangelndes Gespür für Benehmen während einer Live-Sendung etwas peinlich war.

Kate wandte sich ihm zu, immer noch lächelnd, aber mit Nachdruck. »Du willst da jetzt aber nicht wirklich rangehen, oder?«

Da stand AILSA. Callum drückte auf die Taste: »Hallo, kann ich dich zurückrufen?«

»Callum, du Idiot!«, schimpfte Belinda vor dem Fernseher, halb erfreut, halb erschaudernd, und sie verachtete Kate dafür, in was sie diesen einst so wunderbaren Mann verwandelt hatte.

Die Moderatorin blieb locker und behandelte das Ganze wie eine Art Comedy-Einlage, während sie zusah, wie Callum lauschte und seine Miene dabei aschfahl wurde. »Vielleicht ist es jemand, der versucht, ihm eine Versicherung aufzuschwatzen!«, scherzte sie mit Kate, deren äußerlicher Charme die Wut verbarg, die in ihr aufschäumte.

Auf einmal stand Callum auf. Er wirkte völlig benommen und stammelte: »Ich muss los.«

»Callum, setz dich hin!«, befahl Kate.

»… es ist Ailsa …« Mit diesen Worten verließ er das Set, wobei sich sein Mikrokabel hinter ihm spannte, bis es schließlich riss.

Um die Peinlichkeit zu überspielen, die Live-Sendungen mitunter mit sich brachten, erklärte Maggie Lane, dass nun Zeit fürs Gewinnspiel sei!

Belinda ließ den Hörer fallen. Sue am anderen Ende rief ins Leere: »Lind? Was ist los? Alles in Ordnung?«

Belinda griff nach ihrem Handy, das ausgeschaltet in der Handtasche steckte, und ihre Hände zitterten vor Angst. Es schien eine Ewigkeit zu dauern, bis es sich eingeschaltet hatte. Sie öffnete ihr Telefonbuch, suchte seinen Namen heraus und drückte auf »Callum«.

Es klingelte ein einziges Mal.

Seine Stimme war leise und verängstigt. »Ailsa hatte einen Unfall.«

KAPITEL 93

Es war derselbe Fahrer, der sie morgens hergebracht hatte. Er sagte kein Wort. Traute sich nicht. Er hatte gesehen, wie die bessere Hälfte zehn Minuten zuvor das Gebäude verlassen hatte und in ein Taxi gestiegen war.

Sobald Kate sich angeschnallt hatte, versuchte sie, Callum anzurufen. Es klingelte, aber er ging nicht ran. Sie wollte einfach nur wissen, was los war. Sie versuchte es wieder. Nichts.

»Scheiße«, murmelte sie und sah aus dem Fenster, wo das Londoner Southbank im vormittäglichen Sonnenschein zum Leben erwachte. Touristen machten Fotos, Taxis wurden herbeigewunken, Straßenkünstler führten unermüdlich ihre Kunststückchen vor. Alle lustig, alle fröhlich. Und sie wollte nur noch sterben.

Es war vorbei.

Eigentlich hatte sie es schon lange gewusst, aber versucht, es sich nicht einzugestehen. Callum hatte irgendwie so resigniert gewirkt, im Grunde seit dem Abend, als sie in Edinburgh im Hotel aufgeflogen waren. Sie fragte sich, ob er sie wirklich Belinda aktiv vorgezogen hatte oder ob er sich vielmehr dem Unausweichlichen ergeben hatte: im Wissen, dass er keine andere Wahl hatte. Denn Belinda hätte ihm auf keinen Fall ein zweites Mal vergeben. Wo sonst also sollte er hin? Sie konnte sich natürlich täuschen – vielleicht waren es nur die qualvollen Schuldgefühle, die es ihm unmöglich machten, sein altes Leben loszulassen und das neue willkommen zu heißen. Ein Leben, das seine Tage in Kummer hüllte. Was er natürlich so nie gesagt hatte. Er würde gewusst haben, dass es keinen Sinn hatte.

Sie schauderte bei dem Gedanken, dass ihre Theorie stimmen könnte. Und sie spürte, wie sie im Treibsand der Verzweiflung versank und unweigerlich von einem überwältigenden

Gefühl der Demütigung, des Versagens und des Selbsthasses verschlungen wurde.

»Können Sie da an dem Laden bitte kurz halten? Ich bin gleich wieder da.«

Es war ein Mini-Mart. Kate ging direkt an die Kasse und kaufte vierzig Marlboro Lights und zwei Literflaschen Gin.

KAPITEL 94

Callum musste nur eine halbe Stunde auf den Zug warten. Zum Glück war nicht viel los. Er setzte sich in eine Ecke und starrte aus dem Fenster mit dem Wunsch, die viereinhalbstündige Fahrt möge schnell vergehen.

Sein Handy klingelte mehrmals, meistens war es Kate. Doch er brachte es einfach nicht über sich, mit ihr zu sprechen. Konnte jetzt nicht an ihre Beziehung denken und die unschönen Ereignisse des Morgens.

Er schickte ihr eine SMS: *Ailsa hatte einen Unfall. Bin auf dem Weg nach Edinburgh. Rufe dich dann an. Sorry, Kate.* Er schickte keine Küsse, keine Schnörkel oder Zärtlichkeiten. Er konnte momentan einfach nicht an sie denken.

Alles, was er wollte, war, sein kleines Mädchen zu sehen und zu hören, dass es ihr gut ging. Er schloss die Augen und betete, dass die Fahrt bald vorbei sein möge. Und er bot dem lieben Gott einen Deal an: *Ich tue alles. Alles. Aber bitte mach, dass sie okay ist.* Ihm fiel ein, dass er schon einmal einen solchen Deal geschlossen und sein Versprechen nicht gehalten hatte. Vielleicht zahlte der liebe Gott es ihm auf diese Weise heim.

Als er am Edinburgh General Hospital ankam, schickte man ihn in die Notaufnahme, wo ihm eine sehr freundliche Rezeptionistin mitteilte, dass es keine Neuigkeiten gab, er aber gerne im Familienzimmer Platz nehmen könne. Es würde bald jemand mit mehr Informationen kommen.

Es waren nur wenige Schritte. Er öffnete die Tür. Belinda stand mit dem Rücken zu ihm und blickte aus dem Fenster. Sie drehte sich um. Sie sahen sich an. Und das Natürlichste auf der Welt war, sich zu umarmen. Was sie taten, ohne ein Wort zu sagen. Die Mutter hielt sich am Vater fest, der sich an der

Mutter der Tochter festhielt, die wenige Meter entfernt an ihrem Leben festhielt, das an einem seidenen Faden hing.

Erst als fünf Minuten später der Arzt hereinkam, ließen sie sich schließlich los.

»Mr. und Mrs. MacGregor?«

»Ja?«, antworteten sie im Chor, und Belinda griff nach Callums Hand, die sie so fest drückte, dass es wehtat, während sie auf das Schlimmste gefasst waren.

»Mein Name ist Dr. Anderson. Ich fürchte, Ihrer Tochter geht es nicht sehr gut.«

»Oh Gott.«

»Aber es wird besser. Langsam. Kommen Sie, wir sehen gemeinsam nach ihr.« Er drehte sich um, und sie folgten ihm. Als Belinda merkte, dass sie immer noch Callums Hand hielt, zog sie ihre schnell weg.

KAPITEL 95

Es war eine Kombination mehrerer Dinge gewesen. Hetty hatte das katastrophale Interview in der Maggie Lane Show gesehen und Matt davon erzählt. Matt machte sich bereits Sorgen um Kate, doch als ihre Mutter bei ihm anrief, schrillten seine Alarmglocken los. Yvonne erzählte ihm, sie habe in den Lokalnachrichten gehört, dass Callum MacGregors Tochter einen Moped-Unfall gehabt habe. Es sei noch ungewiss, ob sie überleben würde. Man hatte Callum im Krankenhaus mit seiner Ex-Frau gesehen, und Yvonne versuchte seit zwei Tagen, Kate zu erreichen, ohne Erfolg. Ob Matt glaubte, dass alles in Ordnung war? Er bot an, hinzugehen und nachzuschauen, und bat Hetty, so lange auf Tallulah aufzupassen.

Auf sein Klingeln hin machte keiner auf. Nach einigen Überredungskünsten willigte der Hausmeister ein, Matt mit seinem Generalschlüssel ins Apartment zu lassen, unter der Bedingung, dass er danebenstand, um aufzupassen, dass nichts Unrechtes passierte. »Sie ist schließlich berühmt!«, hatte er Matt erklärt. Dieser war versucht zu erwidern: Ja, und ich war mal mit ihr verheiratet. Aber er fand, dass das unaufrichtig und kleinlich klang.

Der Fernseher lief, und das Apartment stank nach Zigaretten. Das war ihm bei seinem letzten Besuch nicht aufgefallen, und Kate hatte immer geschworen, aus Rücksicht auf Tallulah nicht im Haus zu rauchen. Er sah im Schlafzimmer nach, doch das Bett war unbenutzt. Der Hausmeister blieb immer zwei oder drei Schritte hinter ihm. Dann ging er ins Wohnzimmer.

Dort sah er sie liegen.

Mit dem Gesicht nach unten auf dem Sofa. Neben ihr die leeren Gin-Flaschen. »Verdammt.« Matt rannte zu ihr und drehte sie um.

»Soll ich einen Krankenwagen rufen?«, wollte der Hausmeister voller Panik wissen.

Matt ignorierte ihn und versuchte, Kate eine Reaktion zu entlocken. »Kate, Kate, kannst du mich hören?«

Langsam öffnete sie die Augen und lächelte. »Hey, Matt! Wasislos?«

Matt wandte sich an den Hausmeister. »Es geht ihr gut. Sie können jetzt gehen.«

»Ich weiß nicht. Also, ich sollte wirklich …«

»Sie kennt mich ja offensichtlich. Sie hat eben meinen Namen gesagt, also bitte.« Widerwillig, da er gerne das Drama ein wenig genossen hätte, verließ der Hausmeister die Wohnung. Matt gelang es, Kate aufzusetzen. »Ich hol dir was zu trinken, in Ordnung?«

»Okay«, flüsterte sie. Ihr Kopf sackte nach vorn, die Arme hatte sie vor sich ausgestreckt.

Als Matt eine Minute später mit einem Krug Wasser zurückkehrte, befand sie sich immer noch in derselben Haltung. Er schenkte ihr ein Glas ein, und sie nippte ganz langsam daran.

»So ist's gut.«

Sie saßen zwanzig Minuten so da, während er ihren Rücken streichelte und zusah, wie sie Schluck für verkaterten Schluck das Wasser trank und zwischendurch trocken würgen musste. Es waren keine Worte nötig, und beide bewegten sich nicht, abgesehen vom Streicheln und Trinken. Schließlich brach Matt das Schweigen.

»Hey, weißt du, was ich neulich gemacht habe?«, fragte er leise. »Ich habe angefangen, den Dachboden auszumisten.« Kate blieb reglos, beruhigt durch die wohltuende Vertrautheit von Matts sanfter Stimme, als würde er ihr eine Gutenachtgeschichte vorlesen. »Sehr kathartisch. Kisten über Kisten mit … Zeug.«

Das Glas zitterte unkontrolliert in ihrer Hand, sodass er es ihr abnahm und auf den Boden stellte. Kate lehnte den Kopf an seine Schulter.

»Ich habe ein paar deiner alten Theaterprogramme gefunden, von all den Stücken, die du gemacht hast. Das waren ganz schön viele.« Er machte eine Pause. »Du hast mal Schneewittchen gespielt, richtig? Am Coventry Belgrade. Neunzehnhundertacht…« Er konnte sich nicht mehr an das genaue Datum erinnern.

»Neunzehnhundertfünfundachtzig«, murmelte sie, kaum hörbar. »Meine erste Rolle.«

»Jedenfalls ist mir was klar geworden. Du und ich … wir sind uns schon mal begegnet! An dem Tag, als du zum Vorsprechen dort warst – keine Ahnung, wieso wir das vorher nie bemerkt haben!«

Sie drehte sich nun zu ihm um, etwas verwirrt, denn sie begriff nicht, was er sagte.

»Ich hab für eine Aufführung an der Uni ein paar Requisiten und so Zeug abgeholt, und du hast auf dein Vorsprechen gewartet. Ich hab dich deinen Text abgefragt, weißt du nicht mehr?«

Kate schüttelte den Kopf, und eine dicke Träne, schwer vor Kummer, rollte über ihre Wange.

»So eine kleine Welt, was? Dass sich unsere Wege so gekreuzt haben.« Er lächelte bei der Erinnerung. »Ich habe dir viel Glück gewünscht.« Dann zog er sie an sich und küsste sie auf den Scheitel. »Ich werde dir immer Glück wünschen, Kate.«

»Zwischen Callum und mir ist es aus.«

»Ach, Süße.«

»Ich wette, du freust dich, nicht wahr?«

Er seufzte. »Nein. Nein, ich finde es sehr traurig.«

Es fiel ihr schwer zu sprechen, denn die Nachwirkungen des Gins machten ihre Zunge schwer und ihren Mund klebrig vor Trockenheit. Matt schenkte ihr noch etwas Wasser ein. Sie trank es gehorsam.

»Vielleicht sollte ich mit dir mitkommen. Eine Weile nach Hause kommen«, sagte sie. Matt dachte, wie seltsam das Leben doch war. Hätte sie diese Worte noch vor zwei Monaten gesagt, wäre sein Herz vor Freude geplatzt.

»Liebes, du weißt, dass das nicht geht.«

»Warum?« Sie konnte nicht richtig geradeaus schauen, deshalb hielt sie sich ein Auge zu und versuchte, ihn mit dem anderen anzusehen. »Ich weiß, ich bin wirklich dumm gewesen«, sagte sie. »Das weiß ich. Und ich weiß, es wird eine Weile dauern, aber ich hole mir Hilfe. Ich gehe wieder zu der Therapeutin – sie wird mir helfen.«

»Ich denke, das ist eine wirklich gute Idee.«

»Ja, und dann kriegen wir das hin wie beim letzten Mal. Ich verspreche dir, ich verspreche dir hoch und heilig, dass ich nicht noch mal so dumm sein werde.«

Matt betrachtete das hässliche, unglückliche Häufchen Elend, das aus seiner schönen Frau geworden war, und er streichelte ihr Gesicht. Noch nie hatte er solches Mitgefühl für sie empfunden wie in diesem Augenblick.

»Hör mir zu … Kate, hör mir zu. Du kommst nicht mit mir nach Hause.« Trotz seiner klaren Worte lag keine Bosheit in dem, was er sagte, keine Selbstgerechtigkeit. »Unsere Ehe ist vorbei. Das musst du doch begreifen.«

»NEIN!«

»Doch, das ist sie.« Er zog sie noch fester an sich. »Ich liebe dich.« Inzwischen weinte er. »Und ich werde nie damit aufhören …«

»Dann nimm mich mit nach Hause!«

»… und ich werde dir helfen, wie ich nur kann. Aber deine Mutter ist auf dem Weg nach London. Ich bleibe bei dir, bis sie hier ist, und dann wird sie sich um dich kümmern. Bis du wieder auf den Beinen bist.«

»Aber ich will, dass du dich um mich kümmerst.«

Er küsste sie wieder aufs Haar, wiegte sie sanft hin und her und tröstete ihre kindlichen Schluchzer. »Das ist nicht mehr meine Aufgabe, Liebes. Tut mir leid.«

EPILOG

2017

»Du hättest den Selfie-Stick mitbringen sollen, du Blödi!«, belehrte der fünfzehnjährige Jack seine Zwillingsschwester Dorcas, als diese verzweifelt versuchte, sie alle drei aufs Foto zu bekommen.

»Bitte doch einfach meinen Dad!« Tallulah lachte. Sie liebte die Zwillinge und hatte sie immer als kleinen Bruder und kleine Schwester betrachtet, obwohl es keinerlei Blutsverwandtschaft gab. Aber Hetty hatte immer irgendwie zur Familie gehört, also war es nur logisch, dass dasselbe für Hettys Kinder galt. Sie kannte die beiden schon ihr ganzes Leben, und als Einzelkind genoss sie die Vorteile dieser Pseudo-Geschwister-Beziehung sowie die Autorität, die sie durch die sechs Jahre Altersunterschied hatte.

»Dad! Mach mal ein Foto!« Sie reichte Matt das Smartphone. Er kam ihrer Bitte pflichtbewusst nach, wobei er so tat, als wüsste er nicht, wie rum er das Handset halten sollte.

»Onkel Matt! Hör auf!«, sagte Dorcas mit einem Kichern.

Das Alter stand Matt gut. Die Lachfältchen, die mit den Jahren und dem Glück durch seine zweite Frau Carrie – Tallulahs geliebte Stiefmutter – gekommen waren, machten sich gut in seinem ohnehin attraktiven Gesicht.

Es war ein freudiger Anlass: Tallulahs Abschluss an der UCL und ein sehr glücklicher Tag. Kate war erst kurz zuvor gegangen. Sie hatte stolz neben Matt im großen Saal gestanden und ihrer cleveren Tochter zugejubelt, als diese sich mit den etwa hundert Absolventen aufgestellt hatte, um ihr Abschlusszeugnis in Wirtschaftswissenschaft entgegenzunehmen.

»Weiß der Geier, von wem sie das hat, was, Matt?«, hatte

Kate ihm zugeflüstert, als sie beide mit Tränen in den Augen ihrem kleinen Mädchen applaudiert hatten, das inzwischen einundzwanzig war.

Matt und Kate hatten ein entspanntes Verhältnis. Die alten Wunden waren längst verheilt, das Leben weitergegangen.

»Bist du sicher, dass du nicht mitkommen möchtest?«, fragte Matt. Hetty und Ivor hatten für alle einen Tisch bei Chez Martin reserviert, um Tallulahs großen Tag zu feiern.

»Ach, nein, muss noch was erledigen!«

Matt wusste, dass es keinen Sinn hatte, sie zu überreden. Obwohl Kate seit Jahren trocken war, empfand sie größere gesellschaftliche Anlässe immer noch als Herausforderung und verdrückte sich immer lieber still, während die Feierlichkeiten ohne sie weitergingen. Er wusste auch, dass heute ein wichtiger Tag für sie war. Und nicht nur wegen Tallulahs Abschluss. Er nahm sie zum Abschied fest in die Arme.

»Vergiss nicht, du kannst mich jederzeit anrufen. Und Carrie auch.« Sie sahen zu Matts zweiter Frau hinüber, die sich mit Ivor und Hetty unterhielt. Carrie besaß ein bemerkenswertes Selbstvertrauen; ein Selbstvertrauen, um das Kate sie in anderen Phasen ihres Lebens beneidet hätte. Wenn sie Carrie nun ansah, empfand sie einfach nur Erleichterung. Und ein Gefühl der Sicherheit. Dass der Vater ihres kleinen Mädchens endlich eine Frau gefunden hatte, die ihn liebte. Eine Frau, die ihn verdient hatte.

»Ich lass dich wissen, wie es gelaufen ist, ja?«

Matt lächelte und zwinkerte ihr zu. »Viel Glück!«

Kate warf der fröhlichen Gesellschaft einen Luftkuss zu und machte sich auf den Weg zur U-Bahn.

Ailsa war immer noch bei ihrer Mutter. Sie war morgens auf einen Plausch vorbeigekommen. Als es nun an der Haustür klingelte, ging sie durch den Flur, um zu öffnen – heutzutage brauchte sie für alles etwas länger, da ihre voranschreitende Schwangerschaft sie behäbig werden ließ.

»Mummy, darf ich aufmachen?«, rief der vierjährige Alfie und rannte voraus, ohne auf eine Antwort zu warten, um durch den Briefkastenschlitz zu spähen.

»Kannst du sehen, wer es ist?«, fragte sie.

»Es ist Granpa!«

Ailsa öffnete die Tür, um Callum hereinzulassen. »Hallo, Dad.«

»Nette Überraschung!«

»Ja, Mum hat ein paar Stunden auf den Zwerg hier aufgepasst, damit ich mich aufs Ohr hauen konnte. Bin völlig platt.«

»Nicht mehr lange, Süße. Ein gutes Curry, das ist es, was du jetzt brauchst.« Er gab seiner Tochter einen Kuss, bevor er seinen Enkel hochhob. »Alfie, wo steckt denn deine Nana?«

»Sie ist oben im Schlafzimmer. Sie sagt, sie muss sich noch schön machen.«

Callum lachte.

»Hey, Alf, nicht die Geheimnisse einer Lady verraten!« Ailsa lächelte ihren Vater an. »Und, wohin führst du sie heute aus?«

»Ich dachte, wir fahren in die Stadt und spazieren zum Arthur's Seat hoch. Bin seit Jahren nicht mehr dort gewesen, dabei haben wir ihn vor der Haustür!«

»Bist du sicher, dass deine Knie das mitmachen?«

»Ich habe eine Ibuprofen genommen.« Er zwinkerte ihr zu.

Ailsa sah ihren einundsiebzig Jahre alten Vater an und lächelte. Sie musste zugeben, dass ihm in Sachen Beharrlichkeit so schnell keiner das Wasser reichen konnte. Einmal pro Woche, seit bald vierzehn Jahren, führte er ihre Mutter zu einem »Date« aus. Manchmal ins Kino, manchmal zu einem Spaziergang hinauf zur Burg. Während des Festivals ins Theater oder zu einem Konzert in den Assembly Rooms, und wann immer er Karten für Länderspiele im Murrayfield bekam, gingen sie natürlich ins Stadion, um Schottland spielen zu sehen. Was immer es auch war, er gab nie auf. Kämpfte unermüdlich darum, den Glauben wiederherzustellen, den er vor so langer Zeit in ihrer Ehe zerstört hatte.

Belinda hatte Callum klargemacht, dass sie ihn nie wieder zurücknehmen würde und dass sie definitiv nicht mehr heiraten würden, doch wenn er für den Rest seines Lebens um sie werben wollte oder bis es ihm zu langweilig wurde, durfte er das gerne tun. »Aber erwarte lieber nicht mehr als meine anregende Gesellschaft und unerschütterliche Freundschaft«, sagte sie. »Denn das ist alles, was du je bekommen wirst.«

Ailsas Unfall hatte sie alle umdenken lassen. Es hatte achtzehn Monate gedauert, bis sie wieder voll hergestellt war. Als Callum zurück nach Portobello zog – in eine Zweizimmerwohnung, nicht ins familiäre Heim –, war Belinda froh zu sehen, wie sich die Kluft zwischen ihm und seinen drei Kindern schloss. Sie selbst konnte ihm im Lauf der Zeit verzeihen. Aber sie würde niemals vergessen. »Kein zweites Mal, Callum«, hatte sie mit einem traurigen Lächeln gesagt. »Wofür hältst du mich?«

Während des ersten Jahres bettelte und flehte er sie an, in der Hoffnung, sie irgendwann mürbe zu machen und zum Nachgeben zu überreden. Doch dann kam der Tag, als sie ihm reinen Wein einschenken und klarmachen musste, dass es entweder Freundschaft gab oder gar nichts.

Und als noch mehr Zeit verging und Ben und Cory und Ailsa selbst Familien gründeten, lernten Callum und Belinda, Großeltern der etwas anderen Art zu sein: Sie vertrugen sich wahrscheinlich besser als die meisten nicht geschiedenen Paare in ihrem Alter. Belinda wusste, wenn sie ihm ein Zeichen gab, würde er sie morgen wieder heiraten. Doch das würde nicht passieren. Und endlich hatte er es akzeptiert.

Belinda kam nach unten und sah schick aus. Sie gab sich immer Mühe für ihre wöchentlichen Verabredungen. Auch mit neunundsechzig achtete sie immer noch auf sich und legte zur Feier des Tages einen Hauch Mascara und etwas Lippenstift auf.

Jede Woche sagte er zu ihr: »Bel, du siehst bezaubernd aus.«

Und jede Woche antwortete sie ihm mit einem Funkeln in den Augen: »Mach dir keine Hoffnungen, MacGregor, denn du wirst mich nicht ins Bett kriegen, verstanden?« Nur diese Woche sagte sie es nicht, weil der kleine Alfie dabei war. Der sollte so etwas von seiner Nana nicht hören. Schließlich war sie inzwischen eine ehrwürdige alte Dame.

»Ist es kalt draußen?«, fragte sie Callum.

»Es ist Schottland, Frau, was erwartest du?« Er hielt ihr ihren Mantel hin, damit sie hineinschlüpfen konnte. Ailsa beobachte die beiden lächelnd.

»Also, warte mit den Wehen gefälligst, bis wir wieder da sind«, sagte Belinda noch auf dem Weg zur Tür hinaus.

»Keine Sorge, ich geh jetzt sowieso nach Hause. Tom macht Tortillas.« Dann beobachtete sie, wie ihre Eltern die Auffahrt zu Callums Auto hinunterspazierten, sich dabei so angeregt unterhielten wie eh und je und für alle Welt aussahen wie damals an jenem Tag vor dreiundvierzig Jahren, als sie sich beim Rugby das erste Mal begegnet waren.

»Ich habe gestern Abend meine besondere Münze bekommen, sehen Sie.«

Sie reichte sie Maria, der Therapeutin, die sie bewundernd betrachtete. »Vierzehn Jahre trocken. Das ist ziemlich beachtlich, Kate.«

»Ich weiß.«

»Dann gehen Sie immer noch regelmäßig zu den Treffen?«

»Mindestens zweimal pro Woche. Ich bin ein braves Mädchen, keine Sorge.«

Kate war schon eine Weile nicht mehr bei Maria gewesen. Inzwischen sahen sie sich nur noch alle paar Monate mal, um auf dem Laufenden zu bleiben oder wenn Kate Bedarf nach einer Sitzung hatte.

»Sie sehen jedenfalls gut aus.«

»Keine Sorge, ich weiß, dass Sie damit nicht meinen, dass ich dick bin.« Kate lachte.

Ein paar Minuten saßen sie schweigend da. Kate kannte das inzwischen. Als sie das erste Mal bei einem Therapeuten war – einem anderen vor langer Zeit –, hasste sie diese Phasen der Stille und fühlte sich gezwungen, sie zu füllen. Doch damals war sie ein anderer Mensch, weniger ehrlich, sich weniger bewusst, was in ihrem Innern wirklich ablief.

Inzwischen kannte sie die Regeln. Sie konnten schweigend dasitzen, bis die Stunde um war, wenn es das war, was sie wollte. Aber das war es nicht. Sie hatte im Lauf der Jahre ebenfalls gelernt – durch den Schmerz der Abstinenz und die endlosen Stunden, in denen sie bei Treffen der Anonymen Alkoholiker ihr Herz ausgeschüttet hatte und anderen dabei zugehört hatte, die ihre Herzen ausschütteten –, dass es immer besser war, die Dinge auszusprechen, als sie in sich reinzufressen.

»Tallulah hat heute Vormittag ihr Abschlusszeugnis an der Uni bekommen.« Die Tränen einer stolzen Mutter stiegen ihr in die Augen.

»Das ist schon ein echter Meilenstein«, sagte Maria. »Wie hat es sich angefühlt?«

»Wunderbar. Was sonst.« Sie lachte. »Und eine winzige Portion Schuldgefühle hat sich eingeschlichen, als ich sie da mit ihrem Zeugnis auf der Bühne gesehen habe, aber dann dachte ich, scheiß drauf, sie ist ziemlich gut gelungen, unsere Lules, trotz meiner frühen Versuche, ihr das Leben zu vermasseln. Ich hab genug Zeit mit Selbstmitleid verbracht, oder?«

»Ich würde schon sagen, ja.«

Mehr Schweigen. »Es war schön, da mit Matt und Carrie zu stehen. Wer hätte das gedacht, was? Die beiden und ich, die besten Freunde, die unserem kleinen Mädchen zujubeln. Wir sind ein leuchtendes Beispiel für das, was man eine moderne Familie nennt.«

Wieder Schweigen. »Und?«, lenkte Maria das Gespräch sanft auf das Thema, von dem sie das Gefühl hatte, dass Kate darüber reden wollte. »Großer Tag heute?«

»Ja.«

»Wo treffen Sie ihn?«

»Im Secret Garden Café im Regent's Park.«

»Nett und neutral.«

»Nett und neutral«, wiederholte Kate und kaute auf ihrer Unterlippe herum, um die Tränen der Angst zu unterdrücken. Vergeblich. Doch sie wusste ja eigentlich, dass sie irgendwann würden fließen müssen, also konnte sie die Schleusen genauso gut jetzt öffnen.

Kate war eine Stunde früher gekommen, nur für den Fall, dass sie es nicht gleich fand, und trank schnell hintereinander drei Kaffee. Sie zitterte. Aber es lag nicht am Koffein.

Sie sah auf ihre Uhr. Zum wiederholten Mal.

Er war nicht zu spät dran.

Noch nicht.

Sie könnte jetzt natürlich einfach gehen. Sie musste sich das nicht antun. Aber wie würde es sich anfühlen, es nie zu wissen, nie herauszufinden?

Dann hörte sie es. Seine Stimme.

»Kate?«

Sie sah auf, und da stand er. Lächelnd. Ängstlich.

Einunddreißig Jahre alt.

Er sah aus wie sein Vater.

Und sie liebte ihn vom ersten Augenblick an.

»Luca.«

»Es ist wirklich schön, dich kennenzulernen, Mum.«

Lesen Sie auch:

RUTH JONES

NUR WIR DREI

Roman

Aus dem Englischen von
Julia Walther

22,00 € (D)
ISBN: 978-3-7499-0229-3

Die Originalausgabe erschien 2020 unter dem Titel
Us Three bei Bantam Press, London.
© 2021 by Ruth Jones
Deutsche Erstausgabe
© 2021 für die deutschsprachige Ausgabe
by HarperCollins in der
Verlagsgruppe HarperCollins Deutschland GmbH, Hamburg

Für meine kühnen und bildschönen
Schlechtwetter-Freundinnen

Omne trium perfectum
Aller guten Dinge sind drei

PROLOG
2017

Die Schuhe waren ein großer Fehler gewesen. Ihre Zehen waren inzwischen taub, und jedes Mal, wenn der Absatz eines Stilettos auf den harten Asphalt traf, fuhr ihr die Erschütterung durch Mark und Bein. Wieder einmal hatte Eitelkeit über Bequemlichkeit gesiegt. *Ganz toll, Lana.*

Sie stöckelte den Bessemer Place entlang, der parallel zu St Theodore's verlief. Jahrzehnte zuvor, zu Teenager-Zeiten, war diese Gasse einer ihrer Lieblingsorte gewesen, weil man hier heimlich süßen Cider trinken und eine rauchen konnte. Lana seufzte. Ihr Herz tat weh vor Verlust und Trauer, und die schmerzenden Füße machten alles nur noch schlimmer.

Als sie die Ecke erreichte, wo der Bessemer Place in die Hauptstraße mündete, sah sie mehrere schwarz gekleidete Gestalten auf die Kirche zustreben – manche allein, manche zu zweit, wieder andere in Grüppchen, alle in Trauer vereint. Der Gottesdienst würde bestimmt gut besucht sein. Beim Gedanken an das, was ihr bevorstand, stockte Lanas Herz wie ein stotternder Motor: die Beerdigung ihres wunderbarsten Freundes.

»Lana«, erklang eine Stimme hinter ihr.

Zögerlich. Traurig.

Judith.

Es war zu erwarten gewesen, dass sie sich begegnen würden. Nach einem Augenblick der Unentschlossenheit entschieden sich beide im letzten Moment gegen eine Umarmung.

»Ich kann nicht fassen, dass es wirklich wahr ist, du?« Lanas Stimme zitterte, während sie ungeschickt in ihrer Tasche nach dem Fläschchen mit Bachblüten-Rescue-Tropfen suchte und den Inhalt wie einen Whisky in sich hineinkippte.

»Die Familie möchte, dass wir mit vorne sitzen«, sagte Judith.

»Oh Gott, ich weiß nicht, ob ich das schaffe …«, stammelte Lana panisch. »So nah am Sarg und … Ich kann einfach nicht gut umgehen mit …«

»Heute geht es aber nicht um dich, Lana, schon vergessen? Es geht um Catrin«, fuhr Judith sie an.

Lana schluckte eine Erwiderung hinunter. Die unangenehme Spannung zwischen ihnen wuchs. Dann, ohne Vorwarnung und zum denkbar schlechtesten Zeitpunkt, spürte Lana plötzlich, wie sich die vertraute Hitze vom Hinterkopf über den Nacken hinunter ausbreitete, als hätte man sie an eine Steckdose angeschlossen. »Verdammte Hitzewallungen«, murmelte sie und zerrte die schwarze Seidenstola von ihren Schultern, um sich damit Luft zuzufächeln.

»Hier, kannst du dir ausborgen.« Widerwillig zog Judith eine Art spanischen Fächer aus ihrer Tasche.

»Danke.« Lana öffnete ihn mit einer schwungvollen Flamenco-Geste, begann zu fächeln und genoss die kühlende Brise. Nach einer Minute klang die Hitzewallung ab.

»Sollen wir dann mal reingehen?«, fragte Judith einen Hauch versöhnlicher.

»Ja.« Lana hielt Judiths Blick fest. »Wir schaffen das. Oder?«

TEIL I

1986

Einunddreißig Jahre zuvor

1

CATRIN

Catrins Vater hatte seine »Miene der Vernunft« aufgesetzt. Diesen Gesichtsausdruck zeigte der achtundvierzigjährige Huw Kelly – halb Waliser, halb Ire – jedes Mal, wenn Catrin oder ihr Bruder auf irgendeine Art von Reise ohne elterliche Begleitung aufbrachen.

Catrin machte im Alter von fünf Jahren das erste Mal die Bekanntschaft der Miene der Vernunft, und zwar vor ihrem Schulausflug mit Mrs. John ins Museum von Coed Celyn. Danach war ihr dieser Gesichtsausdruck vor sämtlichen Hockey-, Netzball- und Schwimmwettkämpfen begegnet, vor Zeltlagern und Jugendfreizeiten in Belgien, Pilgerfahrten nach Lourdes und den Skiferien in Österreich im letzten Schuljahr. Die Miene der Vernunft war auch bekannt als das Das-sind-die-Fakten- und Was-im-Notfall-zu-tun-ist-Gesicht. Dahinter verbarg sich jedoch, kaum verhohlen, die Miene des verängstigten Vaters, der auf sein kostbares Gut hinabblickte, das mit jedem Tag, der verging, noch wertvoller wurde, und der in diesem Moment dachte: *Wenn dir irgendetwas zustößt, ist mein Leben vorbei.*

Huw hatte guten Grund, sich Sorgen zu machen, denn Catrin würde jetzt zu ihrer Großen Reise aufbrechen: ein Monat Insel-

Hopping in Griechenland, begleitet von Judith Harris und Lana Lloyd, ihren besten Freundinnen seit dem fünften Lebensjahr. Die drei Mädchen hätten nicht unterschiedlicher sein können, doch sie kannten sich in- und auswendig und waren heute noch genauso eng befreundet wie in ihren ersten Schulwochen. Während ihrer dreizehnjährigen Freundschaft hatten sie kaum einen Tag verbracht, ohne sich zu sehen, und allen drei war klar, dass sie in völlig unterschiedliche Richtungen auseinandergehen würden, wenn sie von der Großen Reise zurückkehrten: Catrin nach Cardiff, um Medizin zu studieren, Judith zum Studium der Wirtschaftswissenschaften nach London und Lana wollte in Guildford eine Ausbildung als Musicalschauspielerin machen. Was vor ihnen lag, war also mehr als bloß ein Urlaub. Es war ihr großes Finale, die letzte Gelegenheit, gemeinsame Zeit zu verbringen, bevor das nächste Kapitel ihres jungen Lebens aufgeschlagen wurde. Das Ziel für die Große Reise zu finden war alles andere als leicht gewesen: Mit dem Rucksack durch Australien? Mit dem Wohnmobil durch Neuseeland? Obsternte in Frankreich? Judith hatte Interrail vorgeschlagen – interessiert an der Geschichte und Bedeutsamkeit europäischer Großstädte wie Hamburg und Nizza –, wohingegen Catrin unbedingt Paris und Rom sehen wollte. »Die sind so romantisch«, seufzte sie sehnsüchtig.

»Aber nur wenn man steinreich ist!«, hatte Lana gewarnt und damit der Begeisterung ihrer Freundin sofort einen Dämpfer verpasst. »Wir drei haben ein Budget von zehn Pfund am Tag. Und ich würde mich lieber im Meer waschen und am Strand schlafen, als einen Monat in einem stinkigen Zug voll notgeiler Fremder zu verbringen.«

»Schön formuliert«, meinte Judith sarkastisch, und Catrin seufzte noch einmal.

»Hört zu«, sagte Lana einlenkend. »Wie wäre es denn mit Insel-Hopping? In Griechenland gibt's jede Menge Geschichte und so Zeug, also kommst du auf deine Kosten, Jude. Und, Cat, wenn du auf diesen ganzen romantischen Mist stehst, was wäre idyllischer als ein Sonnenuntergang auf Skiathos? *Mir* reicht ein Strand mit Bar und fertig. Was meint ihr?«

Widerwillig hatten die beiden zugestimmt. Sie waren es gewohnt, dass Lana bekam, was sie wollte, aber ärgerlicherweise hatte sie auch meistens recht.

»Perfekt!«, hatte Lana lächelnd verkündet. »Dann machen wir also Insel-Hopping.«